조선의 단편 1

조선의 단편 1

야담으로 읽는 세상사

정환국 편역

한국 야담 100선

머리말

이 책은 조선 후기 야담의 정수라 할 만한 이야기들을 엄선하여 우리말로 풀어쓰고 해설을 붙인 결과물이다. 야담은 고전문학의 한 갈래로, 한문으로 기록된 비교적 짤막한 길이의 잡다한 이야기를 통칭하는 개념이다. 사실 이런 유형은 형식이 자유로운 편이며, 삼국시대부터 조선시대까지 줄곧 창작되거나 전승되어 왔다. 근대 시기에도 여전히 존재했고, 과거와는 또 다른 형태지만 지금도 만들어지고 있다.

하지만 시대마다 부르는 명칭이 달라서 야담으로 불리기 전에는 '설화'나 '필기' 등으로, 요즘 시대에는 '야설'이란 명칭으로도 쓰이고 있다. 이처럼 야담은 그 범위가 무척 다양하고 어떤 정형화된 틀이 없어서 시대마다 각기 다른 내용과 형식을 취했다. 조선시대 야담문학이라고 하면 17세기 이후 변화된 사회 현실과 인정물태를 반영한 단편서사 양식을 일컫는다. 그중에서 서사성과 문예성이 높은 일군의 작품들을 '한문단편'이라 부르기도 한다. 지금으로 보면 단형서사또는 단편소설이라 불러도 무방하다.

한편, 야담이 자기 형식을 갖춰갈 즈음 국문장편소설도 유행하기 시작했다. 이리하여 조선 후기에는 한문으로 쓰인 단편서사인 야담과 국문으로 쓰인 장편소설이라는 서사의 이원 구도가 성립되었다. 두 양식을 통해 당대의 현실과 욕망이 더욱 다채롭게 드러날 수 있었다. 다만 그 역할이 나뉘어 있었는데, 국문장편소설이 요즘의 드라마 같았다면 단편인 야담은 당대의 다큐멘터리 같은 것이었다. 그리고 지향도 서로 달랐다. 국문장편소설은 인물과 배경 등을 조선 사회에 두지 않았으며, 주로 상층의 가문 유지나 유교 이데올로기의 고취, 또는 사회 질서를 유지하고자 하는 취지가 강했다. 반면, 야담은 현실적인 소재와 당대인의 욕망을 가감 없이 드러냈기에 그 시대의 리얼리즘이었다. 더러 어떤 이야기는 지금의 뉴스에 등장하는 사건 사고와 다름이 없었다.

조선시대는 유교 사회였다. 유교는 중국에서 출현하여 한반도에 전래한 동아시아의 생활윤리이자 정치철학이다. 그런데 이 유교 이념을 가장 올곧게 실현한 권역이 한반도였다. 그만큼 조선은 유교 질서가 잘 구현된 사회였다. 그런데 유교와 소설류는 애초 상극이었다. 소설류가 대개 허구이자 비일상적인 소재를 다루었기에 그 사유 체계와 세계관이 도교 쪽 아니면 불교 쪽이었다. 소설류는 이처럼 출발부터 비유가적인 글쓰기 양식이었기에 유가 사회에서 걸핏하면 이단으로 취급받았다. 하지만 어느 시대나 서사에의 욕망은 사그라들 수 없는 법이다. 조선시대 소설류도 이단 취급을 받았으나 끈질기게 생명력을 유지했다. 그런 와중에 야담이 출현하게 된 것이다.

그런데 야담은 약간의 안전장치가 있었다. 일반적으로 야담은 고려 후기부터 조선 전기까지 활발하게 창작됐던 필기에서 기원한 양식으로 보고 있다. 필기는 지금 문학 유형으로는 수필에 해당하나 그 성격은 상당히 달랐다. 곧 유가 사대부가 자기 정체성을 제고하기 위한 글쓰기 수단의 하나였다. 따라서 양반들의 역량이나 문예를 과시하는 미담이 주류였다. 그러나 조선시대로 들어와 양반들의 위치가 확고해지자 필기의 용도는 줄어들었다. 대신 이런 필기 형식에 민간이나 그 주변의 이야기를 집어넣기 시작하면서 조선 후기 야담이 탄생한 것이다. 따지고 보면 같은 그릇에 다른 내용물을 넣은 셈이다. 그랬기에 야담은 여러 서사류 중에서 비교적 유가의 간섭을 덜 받으며 조선 후기 서사의 꽃으로 피어날 수 있었다.

이런 야담의 전통은 당시 동아시아 서사 지형으로 넓혀보아도 대단히 독자적이며 특별한 서사적 혁명이었다. 물론 같은 시대에 중국은 《홍루몽》 같은 장편소설이, 일본은 상업소설류가 대세를 이루었고, 비교적 문학의 출현이 늦었던 베트남은 중단편 소설류가 있었다. 이런 서사 유형은 각국의 당대 현실을 적실하게 반영했다고 평가받는다. 그러나 우리같이 수백 년간 광범위하게 이어진 야담의 전통은 어디에도 없었다. 곧 야담은 우리만의 사회를 비추는 양식으로 고안해 낸 조선식 서사였다. 비교 대상을 좀 더 넓혀보자면, 17세기 이후 서구의 신생 서사 장르인 노블(Novel)이 떠오른다. 노블은 당시 성장하고 있던 시민 사회의 현실과 욕망을 다룸으로써 문학의 새로운 아이콘으로 등장했다. 우리는 같은 시기 야담을 고안하여 사회적으로 소외된 존재들의 현실과 욕망을 차곡차곡 쌓아올렸다. 그러니 한국 야담은 서구의 노블과 비견해도 손색이 없다.

그렇다면 한국 야담은 몇 편이나 되고, 어떤 내용들을 담고 있을까? 사실 워낙 많은 자료에 실려 있고, 앞으로 새로 발굴될 작품도 예상되는 만큼 편 수를 완전히 파악하기는 쉽지 않다. 몇 해 전 글쓴이를 포함한 야담연구팀이 《정본 한국 야담전집(10책)》(보고사, 2021)을 펴낸 바 있다. 조선 후기 주요 야담집 20종의 한문 원문을 교감하여 표점을 달아 정본을 만든 것이다. 여기만 해도 4200여 편이 실려 있다. 물론 이 중에는 서로 겹치거나 화소가 비슷한 작품도 적지 않다. 그런데 이것 또한 야담의 특성이기도 하다. 비슷한 소재를 반복적으로 활용하거나 줄거리 일부를 변주하면서 새 가지를 치고 있기 때문이다. 실제 이런 면모를 이 책에서도 어느 정도 확인하게 될 것이다.

이 수천 편에서 다루어진 내용은 그야말로 가지각색이다. 이를 요약하면 다음 몇 가지다. 먼저 신분제의 동요에 따른 중하층의 부상과 저항, 상층의 내부 균열로 발생한 몰락 양반들의 고투 같은 이야기가 대세를 이룬다. 그리고 상업과 경제 활동의 변화에 따라 치부(致富)를 위해 질주하는 서사가 다양한 형태로 구축되고 있는가 하면, 역동적인 시정 사회 속에 꿈틀거리는 인정세태를 묘파한 작품들도 적지 않다. 또한 신분과 처지를 넘어서는 남녀의 애정을 다룬 이야기도 단골 중의 하나이다. 이 외에도 사회 변화에 따른 비범한 인물들의 남다른 면모를 주목한 작품들도 빼놓을 수 없다. 그렇다면 이 수많은 작품을 통관하는 기저나 키워드는 뭘까? 이 책의 여러 이야기에서 확인되겠지만 다름 아닌 '출사(出仕)'와 '치부'이다. 출사는 과거에 급제하여 출세하는 것을 말한다. 상층 사대부, 그중에서도 궁벽한 처지에 몰린 몰락한 선비들의 욕망이 이쪽이다. 치부는 부자가 되기 위한 질주이다. 질주하는 주체는 계급과 계층을 초월하나 특히 중하층의 참여가 예사롭지 않다. 이처럼 두 층위는 성격을 달리하면서도 결국은 누구나 잘살고 싶은 욕망을 대변하다. 그러므로 지금 우리 시대의 열망과 별반 다르지 않다.

요약하자면 야담에는 조선 후기 온갖 사회상과 인간상이 녹아들어 있다. 이것이 작품마다 자기 색깔을 구현하고 있다. 그러니 각 편은 조선 후기 사회의 모자이크 조각에 해당한다. 이 조각을 다 모으면 조선 후기를 입체적으로 묘파한 총천연색의 모자이크가 완성되는 셈이다.

이 책은 이렇게 많은 야담 가운데 당시에도 인기가 있었고 지금 시대와도 호응할 법한 이야기, 그러면서도 서사성이 우수한 100편을 가려 뽑았다. 이를 다시 50편씩 나누어 두 권에 편재했다. 그리고 다시 책마다 소주제로 나누어 각각 5부로 구성했다. 그러나 이런 형식은 편의적인 나눔이라는 점을 고백하고 싶다. 그만큼 여기에 실린 이야기들은 서로 얽히고설켜 있으며, 하나의 이야기에도 여러 가지 요소들이 들어 있기 때문이다. 그러니 이 편제에 너무 얽매이지 말고 읽었으면 좋겠다.

한편, 여기 이야기들은 모두 12개 야담집에서 선별하여 읽기 쉽도록 우리말로 번역하여 실었다. 해당 야담집은 17세기 초 《어우야담》에서부터 19세기 후반의 《동야휘집》까지다. 또 각 이야기의 원문은 《정본 한국 야담전집》에 모두 실려 있다. 번역은 되도록 원문을 충실히 따랐으나 한문과 한글의 어순이 다른 만큼 읽기 편하게 다듬었다. 그리고 아주 가끔은 서사의 흐름을 살리기 위해서 한문 원문의 앞뒤 순서를 바꾸어 번역하기도 했다. 또 극히 일부분에서는 서사의 흐름을 방해하는 내용은 반영하지 않았다. 특히 이야기 끝에 붙인 평은 번역에서 제외했다. 독자들의 자유로운 감상을 방해할 수도 있겠다 싶어서이다. 마지막으로 개별 이야기의 이해를 돕기 위해 글쓴이의 해설을 붙였다. 아무래도 옛날이야기다 보니 줄거리가 난데없거나 전체 흐름을 잡기가 곤란할 때가 있을 줄 안다. 이를 위해 이야기의 배경이나 내용 가운데 특정한 지점을 알기 쉽게 설명했다. 가끔은 지금 우리의 현실과 연계시켜 부연하기도 했는데, 이는 순전히 글쓴이의 생각일 뿐이니 가감하여 받아들였으면 한다.

사실 그동안 한국 야담에 대한 번역물이나 선편(選篇)이 없지는 않았다. 그러나 이 책처럼 한국 야담을 전체적으로 망라하는 가운데 엄선한 사례는 거의 없었다. 그만큼 한국 야담의 정수만 모았다고 보면 되겠다. 그럼에도 이 책을 보고 나서 더 많은 야담문학과 대면하고 싶다면, 《이조한문단편집(4책)》(창비, 2018)과 《한문서사의 영토(1·2)》(태학사, 2012), 그리고 《청구야담(上·下)》(보고사, 2023)을 추천한다.

끝으로 이 책을 읽는 독자들에게 바람을 붙여둔다. 이 책에 실린 각양각색의 이야기를 그저 옛날이야기로만 치부하여 거리두기를 하지 말았으면 한다. 분명 신분제 사회였던 이 시기 서사는 지금 우리의 삶과는 거리가 있다. 그러나 신분과 이념을 조금씩 걷어내고 나면 우리가 겪는 현실과 별반 다르지 않다. 사실 지금 사회는 또 다른 신분이나 위계가 더해지고 있고 다수가 그 피해를 보고 있지 않은가. 우리가 겪고 있는 신자유주의 시대의 폐해는 어쩌면 조선시대의 신분제도보다 더 가혹할지도 모른다. 그러니 옛날이야기인 야담 속에 예상하지 못했던 저항과 극복의 메시지가 들어 있을지 누가 알겠는가. 한 가지 더 추가하자면, 여기 이야기의 소재가 다종다양한 만큼 창작이나 콘텐츠에 활용하기 안성맞춤이다. 이쪽에 관심이 있는 이가 잘 응용한다면 금상첨화일 것 같다. 아무튼 야담에 대한 열린 독서를 권장한다.

지금 우리 시대의 서사는 대부분 단편이다. 한때 《토지》나 《태백산맥》 같은 대하소설이 널리 읽히던 시절도 있었으나 점점 바빠지고 변화무쌍한 지금은 이런 긴 호흡의 소설을 읽기가 힘들다. 그러니 우리는 조선 후기처럼 다시 야담을 소비하는 시대를 맞았다. 실제 우리는 다양한 매체와 콘텐츠를 통해서, 또 소설을 통해서 단편에 익숙해져 있다. 이렇게 도래한 야담의 시대에 이 책이 조그마한 위안과 또 다른 출발의 길라잡이가 되기를 기대해 본다.

2023년 10월

정환국

차례

2부. 치부와 만석꾼

3장. 부자 되기 프로젝트

4장. 만석꾼의 가치

3부. 신분과 사회 현실

5장. 노비와 도적

5부. 신선과 별세계

9장. 신선의 세상

10장. 너머의 세계

1부

전란과 정쟁

1장

전란의 소용돌이

1화

전란의 파고를 넘은 정생과 홍도

남원의 정생(鄭生)은 이름이 알려지지 않았다. 그는 젊은 시절에 퉁소를 잘 불고 노래도 잘했다. 성격이 호탕하여 어디에 얽매이는 일이 없었으나 공부에는 게을렀다. 같은 마을의 양갓집과 혼인 얘기가 오고 갔는데, 그 집 딸의 이름은 홍도(紅桃)였다. 양가에서 혼사가 이루어져 혼렛날이 가까워졌다. 그런 중에 갑자기 홍도의 아버지가 정생이 배운 게 없다는 이유를 들어 혼례를 취소해 버렸다. 이 소식을 접한 홍도가 부모님께 여쭈었다.

"혼인은 하늘이 정한다고 하지요. 이미 하기로 정해졌으면 당연히 처음 맺은 사람에게 가야 하잖아요. 중간에 약속을 저버리면 되겠어요?"

아버지는 딸아이의 말에 적이 감동하여 결국 정생과 결혼시켰다. 그리고 이듬해에 홍도는 아들 몽석(夢錫)을 낳았다.

그런데 만력• 임진년(1592)에 왜란이 일어났다. 정생은 활 쏘는 군인으로 출전하여 왜적을 방어해야 했다. 정유년(1597)에는 명나라 장수 양원•이 남원성을 지킬 때 정생도 성안에 있었다. 이때 홍도도 남자 복장으로 갈아입고 남편을 따라 성안으로 들어갔으나 군영에서는 그녀의 존재를 알지 못했다. 한편, 아들 몽석은 난리를 피하고자 할아버지를 따라 지리산으로 들어갔다.

얼마 지나지 않아 남원성이 함락되었다. 정생은 양원 부대의 도움으로 탈출했으나 이 바람에 홍도와 이별하고 말았다. 아내가 명나라 군대를 뒤따라간 줄로 알았던 정생은 자신도 귀국길에 오른 명나라 군대에 어렵사리 편승하여 중국으로 들어갔다. 그는 길에서 구걸하며 절강 땅에까지 닿았다. 가는 곳마다 아내를 수소문해 보았으나 만날 수 없었다. 그러던 중에 하루는 어떤 도인과 배를 함께 타게 되었다. 달밤인데 난데없이 가까운 배에서 퉁소 소리가 들려왔다. 그러자 옆에 있던 사람이 말했다.

"이 퉁소 소리는 언젠가 조선에서 들었던 음률 같은데!"

정생도 이상하다 싶었다.

"부는 이가 내 아내가 아닐까? 아내가 아니라면 어떻게 저 곡을 알겠어?"

이에 정생도 전에 아내와 함께 주고받았던 노래를 읊조리듯 불렀다. 그랬더니 저쪽의 사람이 손뼉을 치면서 크게 소리쳤다.

• **만력(萬曆)** 명나라 13대 황제인 신종(재위 1572-1620)의 연호. 예전에는 이렇게 중국 황제의 연호를 연도 표시의 기준으로 삼았다.

• **양원(楊元)** 임진왜란과 정유재란 때 지원군으로 왔던 명나라 무장이다. 실제 그는 남원성 전투에서 패배하여 그 책임으로 처형당했다.

"저 사람은 분명 내 남편이오!"

너무 놀란 정생은 곧바로 작은 배에 옮겨 타고 이웃 배로 가보려 했다. 그러자 도인이 한사코 말렸다.

"저 배는 남만의 장삿배•이니 왜인도 같이 섞여 있을 거네. 자네가 가봤자 아무런 도움이 안 될 테고, 자칫 잘못했다간 해를 당할 수도 있을 걸세. 날이 밝으면 내가 알아볼 테니 기다려 보게."

날이 밝아오자 도인은 은전 수십 냥과 함께 휘하의 장정 두세 명을 보냈다. 저들을 달래며 알아보았더니 과연 그의 아내 홍도가 맞았다. 이렇게 해후한 두 사람은 손을 맞잡고서 할 말을 잊고 목 놓아 통곡할 뿐이었다. 배 안에 있던 사람들은 너나없이 이 놀라운 광경에 넋을 빼앗겼고 한편으로는 안타까워했다.

그간의 사정은 이러했다. 남원이 함락되었을 때 홍도는 왜적에게 포로로 붙잡혀 일본으로 끌려갔다. 일본에서는 그녀가 남자 복장을 하고 있었던 까닭에 여자인 줄 모르고 장정으로 분류하여 장삿배에 팔아넘겼다. 그녀는 이 상선에서 장정이 하는 역할을 해야 했다. 대부분의 일이 익숙하지 않은 데다 여자의 몸이라 잘 해낼 수도 없던 중에, 그나마 노 젓는 조수 일은 잘했다. 이 배는 남만과 중국 절강 땅을 왕래하는 항로를 이용했다. 그래서 홍도는 이 뱃길을 통해 조선으로 돌아가리라 생각하던 중에 여기서 정생을 만나게 된 것이다.

• **남만(南蠻)의 장삿배** 남만은 베트남을 포함한 동남아시아 전역을 가리킨다. 이 지역은 예로부터 바닷길을 이용한 교역이 활발했으며, 16세기 이후 유럽의 진출로 더욱 성황을 이루었다. 따라서 동인도회사에서 운영하던 유럽 상인까지도 포함하여 이렇게 불렀다.

다시 만난 정생과 홍도는 그대로 절강 땅에 눌러살게 되었다. 그곳 사람들이 불쌍하다며 저마다 돈과 곡식을 내주었기에 그럭저럭 살아갈 수 있었다. 얼마 안 있어 둘째 몽현(夢賢)이 태어났다. 아이가 열일곱 살이 되었을 때 혼처를 구했으나 중국 사람들은 조선 사람이라는 이유로 나서는 이가 없었다. 그런데 한 중국 처자가 몽현과 결혼하겠다고 나섰다. 이유는 이랬다.

"제 부친께서 조선으로 원정을 떠나셨다가 돌아오지 못하셨어요. 저는 이 사람에게 시집가서 조선에 가보고 싶어요. 아버지께서 돌아가신 곳이라도 찾게 된다면 넋을 불러 제사라도 드릴 수 있었으면 해요. 혹시라도 아버지께서 돌아가신 게 아니라면 만에 하나 다시 만날 수 있을 테지요."

이리하여 그녀는 몽현에게 시집와서 함께 살게 되었다.

무오년(1618)에 북방 지역에서 전쟁이 일어났다.• 정생은 유정•의 군대에 선발되어 누르하치를 정벌하러 떠나게 되었다. 하지만 이 전쟁에서 명나라 군대는 패하고 유정은 전사했다. 오랑캐 병사들에게 중국 군대가 거의 전멸당하자 다급해진 정생이 소리쳤다.

"나는 중국인이 아니오! 조선인이란 말이오!"

오랑캐는 그가 중국인이 아니라는 말을 듣고는 죽이지 않았다. 그

- 청나라 태조가 되는 누르하치가 명나라를 처음으로 공격한 전쟁이다. 이때 명나라에서는 조선에 지원군을 요구했고, 광해군은 강홍립에게 밀지를 내려주어 상황에 따라 대응하라고 했다고 전해진다.
- **유정(劉綎)** 당시 명나라 장수로 양호(楊鎬)와 함께 요동에서 후금과 싸우다가 전사한 대표적인 인물.

리고 얼마 뒤 정생은 탈출하여 조선 땅으로 넘어왔다. 고향 남원으로 내려가던 중, 공홍도 이산현•에 당도했을 때 다리에 종기가 났다. 침 놓는 의원을 찾아야 했다. 그런데 마침 만난 의원이 명나라 병사였다. 그는 예전에 명나라 군대가 철수할 때 따라가지 못하고 조선에 낙오한 처지였다. 정생이 이름과 살던 곳을 물어보니, 다름 아닌 아들 몽현의 장인이 아닌가. 그간의 사정을 묻고는 서로 얼싸안고 통곡했다. 둘은 함께 남원으로 내려와 예전에 살던 집을 찾아갔다. 거기에는 아들 몽석이 장가를 들어 아들까지 두고 있었다.

정생은 맏아들을 만난 데다 둘째 아들의 장인까지 극적으로 상봉했기에 외로움과 적적함을 조금이나마 달랠 수 있었다. 그러나 아내 홍도와 만났다가 다시 헤어졌기에 울적한 마음은 여전했다.

한편, 홍도는 남편을 떠나보낸 지 1년이 넘어가게 되자 이제는 돌아올 가망이 없다고 판단하고 집과 재물을 다 내다 팔아 작은 배를 세내었다. 중국 복식과 왜 복식, 그리고 조선 복식을 마련하고서 아들 몽현과 며느리를 데리고 절강에서 출발했다. 바닷길에서 중국 사람을 만나면 중국인이라 하고, 왜인을 만나면 왜인이라 하면서 한 달 하고도 25일 만에 제주의 추자도 밖 먼바다의 가가도•라는 섬에 닿을 수 있었다. 이제 남은 양식은 예닐곱 홉뿐이었다.

"우리가 배에서 굶어 죽게 되었구나. 필시 물고기 밥이 되고 말 것

- **공홍도(公洪道) 이산현(尼山縣)** 공홍도는 공주와 홍주(홍성)에 이르는 충청도 지역을 가리킨다. 이산현은 지금의 충청남도 논산군 노성면에 있던 조선시대 현이다.
- **가가도(可佳島)** 지금의 가거도. 가거도는 신안군 흑산도 밖 서해 끝단에 있다.

이니, 이 섬에 올라가 스스로 목숨을 끊느니만 못하겠구나."

이렇게 홍도가 포기하려 하자 옆에 있던 며느리가 한사코 말리며 위로했다.

"어머니 저희가 쌀 한 홉으로 죽을 끓여 먹으면 하루 동안의 허기는 달랠 수 있어요. 그러니 엿새는 충분히 버틸 거예요. 저 동쪽을 보세요. 어렴풋이 육지가 있는 듯해요. 제발 견디면서 살아보자고요. 운 좋게 지나가는 배라도 만나면 육지에 닿을 수 있을 거예요. 그러면 십중팔구 사는 거잖아요."

홍도와 몽현은 그녀의 말을 따라 버티기로 했다. 대엿새가 지났을 무렵 통제사의 순찰선이 이 섬에 와서 정박했다. 홍도는 남원에서 남편과 헤어지게 된 사정과 절강에서 재회한 사연은 물론이고 남편이 북쪽 원정에 나섰다가 죽은 연유까지 얘기해 주었다. 도와달라고 애원하니, 순찰선에 탄 사람들 가운데 비통해하지 않는 이가 없었다. 저들은 홍도 일행이 탄 작은 배를 순찰선의 고물에 매달고 항해하여 전라도 순천 땅에 내려주었다.

홍도는 아들과 며느리를 이끌고 육로를 이용해서 남원의 옛집으로 향했다. 천신만고 끝에 도착하니 거기에는 남편과 아들 몽석, 그리고 몽현의 장인인 중국 사람이 함께 살고 있었다. 이렇게 온 집안 식구가 모두 살아 돌아왔을 뿐만 아니라 사돈까지도 무탈했다. 집안은 다시 단란해져 흐뭇한 정이 무르녹았다.

《어우야담》 권1 제10화

2화

임진왜란과 세 형제의 운명

서울 도성에 조정 신료 아무가 있었다. 그는 임종 때가 되자 세 아들에게 이런 유언을 남겼다.

"장지는 꼭 면천•의 이 생원의 지시를 받아 잡도록 해라. 절대 내 말을 어겨서는 안 되느니라."

상이 난 이틀 뒤에 과연 면천의 이 생원이 와서 조문했다. 상주가 그에게 부친의 유언을 전하니,

"내 어찌 선친의 장지를 잡아드리지 않을 수 있겠는가?"

이렇게 말하며 승낙했다. 상주는 먼저 산소를 찾아보러 가자고 했으나, 생원은 아예 상여를 운구하여 같이 가자고 했다. 이에 상주는 이 제의대로 그의 뒤를 따라 상여를 메고 길을 나섰다. 서대문을 나

• **면천(沔川)** 충청남도 당진의 옛 지명. 서북쪽의 산에서 내려오는 물이 흘러 '시내가 가득하다.'라는 뜻에서 붙여진 지명이다.

와 파주와 장단 방향으로 향했다.

어딘가에 이르렀을 때 생원은 상여를 멈추라고 하더니 사람을 시켜 한 곳의 혈을 삽으로 파도록 했다. 일꾼이 몇 자 남짓 팠을 뿐인데 거기에 그대로 하관하라고 하는 게 아닌가. 상주 형제는 난감해했다.

"사대부의 장례를 어찌 이리 경솔하게 대충 한단 말입니까?"

하지만 생원도 물러서지 않았다.

"장례 형식을 다 갖추고 못 갖추고는 내 알 바 아니네. 하나 이곳이 아니면 장례 치를 만한 땅이 없으며, 또 지금이 아니면 장례 치를 적당한 때도 없다네. 그러니 어찌 회(灰)를 덮는 간격이나 덧널을 설치하느냐 마느냐를 따지며 부질없이 형식에 매이겠는가?"

상주는 어쩌지 못하고 관을 모시고 봉분을 만든 다음 잔디와 흙으로 덮었다. 그러고 나니 묘 모양이 마치 동이를 엎어놓은 것 같았다. 상주는 선친께 죄송한 마음이 들어 혼잣말을 내뱉었다.

"오늘 일은 아버님의 유언을 따라 생원 어른의 말대로 하긴 했지만, 조만간 산소를 다시 정하고 예를 다하여 모셔야지."

이윽고 생원과 함께 돌아왔다. 오는 길에 말 위에서 생원에게 물었다.

"장례는 하나같이 어른의 말을 따라 마쳤습니다만, 지금 묏자리가 좋기는 합니까?"

"자네 선친의 장지를 내가 왜 안 좋은 곳으로 잡아주겠는가?"

"그럼, 앞으로 길흉화복은 어떠합니까?"

"초년엔 흉한데 피할 길이 없네. 만상제는 오래 살지 못할 듯싶네."

잠시 뒤 말을 이었다.

"둘째도 그러할 테고, 막내가 가장 길하다네."

이때 막내는 아직 관례를 치르지 않은 나이였다. 탈상을 마친 뒤 막내는 창의동• 성(成) 승지의 딸과 혼인했다. 혼례를 치르고 아직 처가에 있을 때 왜병이 동래를 함락시켰다는 소식이 당도했다. 첫째와 둘째 형이 그에게 편지를 보내 급히 집으로 돌아오라고 했다. 함께 피란을 떠날 참이었다. 하지만 막내는 이제 막 신부와 정을 맺은지라 차마 떼어놓고 가기 어려웠다. 그런데도 형들이 세 번이나 재촉하는 편지를 보내오자 어쩔 수 없이 돌아가야 했다. 헤어질 때 막내는 모란 한 가지를 꺾어 신부의 비녀 밑에 꽂아두고 눈물을 뿌리며 돌아왔다.

형제 셋은 나란히 피란을 떠났다. 도망치던 중 어떤 곳에서 왜병과 맞닥뜨려 일시에 사로잡히고 말았다. 이들은 결박당한 채로 높다란 침목에 매달려 차례로 목이 잘려 나갔다. 첫째와 둘째가 참수당하고 이번에는 막내 차례였다. 이 광경을 집안 종이 뒤에서 목격하고 간신히 몸을 빼 도망쳐 집으로 돌아왔다. 마침 막내의 아내가 후원에 있었다. 그는 세 형제가 왜병의 칼날에 죽어 나간 사정을 하나도 빼지 않고 상전에게 아뢰었다. 이 얘기를 들은 성씨 부인은 자신도 함께 죽으리라 마음먹었다.

한편, 그때 막내를 막 죽이려는 즈음이었다. 왜 장수 하나가 막내의 말쑥한 외모를 아까워하여 죽이지 않고 구해준 까닭에 막내는 살아남게 되었다. 왜 장수는 그를 양자로 삼아 다독이고 보살피며 정이

• **창의동(彰義洞)** 현재의 종로구 통의동과 효자동 일대로, 한양 도성의 북소문인 창의문이 있어서 붙여진 동명이다. 지금의 서촌 일대는 궁궐과 인접하여 신료들이 많이 살았다.

많이 들었다. 결국 그는 본국으로 돌아갈 때 막내를 데리고 들어갔다. 이후 막내는 왜 땅에서 10년을 살았다. 그곳 풍속에는 외국 사람이면 그 재주를 평가하는 시험을 봐야 하는 규례가 있었다. 이 시험은 10년에 한 번 치러지는데, 합격하지 못하면 죽임을 당했다. 그런데 이런 시험에 막내가 떨어지고 말았다. 죽게 될 참이었으나 이번에도 양아버지 왜장이 구해주어 살 수 있었다. 다시 10년이 흘러 시험을 치렀으나 이번에도 통과하지 못했다. 이제는 살 방도가 없겠다 싶었는데, 이번에는 고승인 어떤 대사의 간곡한 청원 덕에 살아남을 수 있었다. 막내는 그길로 중이 되어 불문에 귀의하게 되었다.

다시 10년이 흘렀다. 막내를 살려준 고승이 병으로 죽게 되었다. 그는 죽기 전에 제자인 막내에게 바라는 게 무엇인지를 물었고, 막내는 본국인 조선으로 돌아가고 싶다고 했다. 고승은 막내가 지나갈 고을마다 문서를 보내 보루를 넘거나 교량을 건널 때 그를 막지 말고 잘 호송해 주도록 했다. 이리하여 마침내 막내는 바다를 건너 한양 도성으로 돌아올 수 있었다.

꿈에 그리던 옛집을 찾아갔다. 그러나 온 집안이 전란 중에 쑥대밭이 된 상태였다. 어디 묵을 만한 곳이 없어 창의동 처가를 찾아갔더니 그곳 또한 이미 주인이 바뀌어 있었다. 더는 물어볼 데도 없어 사방을 두리번거리며 헤매다가 하는 수 없이 서편으로 내달려 갔다. 부친의 산소나 찾아 성묘할 참이었다. 골짜기로 들어가 쭉 돌아봤으나 예전에 대강 쓴 묘라서 그런지 아무래도 찾을 수 없었다. 다만 위아래로 새로 들어선 듯한 두 개의 봉분이 있었다. 축대까지 높이 쌓아 번쩍 뛰어도 될 만큼 정리가 잘된 묘였다. 봉분마다 비석이 세워져 있고 재실도 규모가 컸다. 그는 속으로 '우리 선산 기슭을 힘센 집안에서 빼앗아 쓴 모양이네.'라는 생각이 들었다. 그곳 묘지기에게 가서 물었더니 이렇게 말했다.

"이 묘는 현임 평안 감사 댁 산소입니다."

가까이 다가가 비문을 읽어보니 위쪽 봉분의 직함이 묘지기 말대로였다. 그런데 자녀들 기록을 보니 다름 아닌 선고(先考)였다. 아래 봉분은 왜란 때 화를 당해 옷가지와 신발로 장례를 치렀으며, 평안 감사가 그 유복자라고 되어 있었다. 생년 일시와 배우자 및 형제들의 순서로 보니 정확히 자신의 행적 그대로였다. 이때부터 생각이 복잡해지고 무슨 환영인가 싶어 멍해졌다.

그는 곧장 평양으로 달려갔다. 그러나 막상 평양에 도착했으나 감영의 정문은 깊은 바다인 양 들어갈 길이 막막했다. 게다가 왜 땅에서 입었던 옷을 갈아입지도 못하고 그대로 걸치고 있었으니, 그야말로 일개 왜국 중이 나타난 꼴이었다. 그는 안 되겠다 싶어 감영 정문 밖에서 누더기 가사 소매를 넓게 펼쳐 바닥에 드리운 채 몸을 수그렸다. 이렇게 사흘 동안 그 자리에서 움직이지 않았다. 그러자 감영에선 그를 보는 족족 물어왔다. 그러면 아래에서 '이러저리합니다.'라고 보고했다. 이슥고 감사가 비장에게 물었다.

"저 중이 뭐라고 말하더냐?"

"저자의 말은 아무래도 요사하고 흉악하니, 사또 나리께서는 저자와 얘기를 나눌 필요도 없습니다. 듣다 보면 의심만 더할 뿐입니다. 소인에게 맡겨주시면 당장 처치하여 입을 막아놓겠습니다."

"그리하라."

비장이 중을 끌고 나갔다. 그러던 중 대부인이 감사를 불러서 물었다.

"아까 무슨 괴상한 일이 있다고 하던데, 자네는 어찌 처리했는가?"

"비장이 처리하겠다고 이미 끌고 나갔습니다."

"꼭 헛소리라고 단정할 수 있겠는가? 내가 발을 치고 직접 물어보고자 하니 속히 그 사람을 불러들여 주시게!"

비장이 아직 손을 쓰기 전이었기에 곧바로 감영 안으로 불러들였는데, 중의 대답은 앞서 감사한테 전갈한 그대로였다.

"당신 말은 대체로 그럴듯하네요. 그렇긴 해도 분명히 증명할 만한 걸 얘기해 봐요."

대부인이 이렇게 말하자 중의 대답은 이랬다.

"처가에 있을 때 형님들이 빨리 돌아오라고 재촉하는 편지를 세 번이나 보냈고, 이걸 다 아내에게 쥐여줬었소. 또 아내와 이별할 때 모란 가지를 꺾어 비녀 맡에 꽂아두었소. 이게 가장 확실한 증거요."

대부인은 마지막으로 확인했다.

"이 두 가지 일은 이미 조정에까지 알려져 있답니다. 성상께서는 유복자인 아들이 높은 벼슬에 오른 걸 축하해 주셨고, 아울러 그 어미가 모란 가지를 비녀에 꽂고 있는 걸 신기해하시며 신료들에게 이걸 주제로 글을 지어 올리라고까지 하셨지요. 당신이 한양을 지나오면서 이 얘기를 들었을 수도 있지 않나요? 이것으론 증거가 부족하니 내 은밀한 곳에 어떤 표식이 있는지 아시는지요? 이것만큼 확실한 증거가 없을 듯합니다."

중은 한참 머뭇거리다가 이내 말했다.

"내 아내의 아랫배 아래로 검은 점 일곱 개가 가로로 나 있소. 함께 잠자리하면서 그곳을 쓰다듬으며 '북두칠성이 있네.'라며 놀리곤 했었소."

대부인은 이 말이 채 끝나기도 전에 발을 걷고 뛰쳐나와 중을 껴안고 함께 구르며 목 놓아 울었다.

"내 남편이네, 내 남편이야! 내 남편이 분명하다고! 하늘이시여, 하늘이시여! 어찌 이토록 기막히고 기막힌 재회가 있단 말입니까!"

감영이 온통 떠들썩했다. 대부인은 남편에게 당장 두건과 가사를 벗으라 하고 관복으로 갈아입혔다. 주변에서 축하한다는 말이 물 끓듯 했다. 감사는 임금에게 서찰을 올려 죽은 줄 알았던 부친이 다시 살아 돌아온 자초지종을 아뢰었다. 그리고 급히 산소로 가서 봉분을 없애고 비석도 치워버렸다.

이 생원이 점지해 준 산소는 과연 영험한 곳이었다.

《동패락송》 제43화

3화

병자호란과 네 유생의 운명

숭정 병자년(1636)•에 별시가 열려 이른 봄에 초시를 치렀다. 그러나 회시는 조정에 일이 생기는 바람에 이듬해 봄으로 늦춰졌다. 이때 초시에 합격한 유생 네 명이 북한산 절에 모여 공부하고 있었다. 하루는 어떤 승려가 네 사람이 묵는 선방을 찾아왔다.

"절에 영험한 스님이 계시니 서방님들께선 급제 여부를 물어보시지요."

네 사람은 스님을 불러 앞날을 물어보았다. 스님은 함께 보기는 어렵다고 했다.

"소승이 남의 관상을 볼 땐 사람이 많이 모여 있으면 말해주지 않는답니다. 아무래도 조용한 방 안에서 한 사람씩 관상을 봐야겠습니다."

• **숭정(崇禎) 병자년(1636)** 숭정은 명나라 16대 황제인 의종(재위 1627-1644)의 연호. 이해 12월에 병자호란이 발발했다.

스님의 말대로 넷은 한 사람씩 승방 안에 들어가 관상을 듣고 나왔다. 나중에 서로 확인해 보니, 한 사람은 '나는 자손이 아주 많다는군.'이라고 하고, 다른 한 사람은 '나는 글쎄 도적의 우두머리가 될 거라네.'라 하며, 또 한 사람은 '나는 신선이 된다고 하네.'라고 했다. 그리고 마지막 한 사람은 '나는 과거에 급제하여 뒤에 꼭 자네 셋을 다 만나게 된다지 뭔가.'라고 했다. 넷은 떠들썩하게 한바탕 웃고는 맹랑한 중이라고 치부해 버렸다.

그런데 그해 섣달에 예고 없이 청나라 군대가 조선을 침범했다. 강도•가 함락되고 남한산성이 포위되기에 이르렀다. 이때 네 유생은 각자도생하느라 달아나서 뿔뿔이 흩어졌다. 난이 평정된 뒤에도 이들은 서로 만나지 못해 소식이 뚝 끊기고 말았다.

그로부터 몇 년의 시간이 흘렀다. 그중 한 유생은 과연 과거에 급제하여 경상 감사가 되었다. 감사는 봄에 좌도의 안동부로 순시할 참이었다. 감영에서 출발하려는데 소를 타고 온 길손이 영문 밖에서 명함을 내밀며 뵙기를 청했다. 감사는 그가 누군지 모른 채 일단 들어오라고 했다. 만나보니 평소 아는 사람도 아니었으며, 해진 도포에 찢어진 갓을 쓴 모양새가 그야말로 볼품없는 선비였다. 인사를 나눈 뒤 차차 말을 주고받다 보니 다름 아닌 북한산 산사에서 같이 공부했던 사람이었다. 큰 전란 중에 각자 도망치기에 바빠 살았는지 죽었는지도 몰랐다가 뜻밖에 해후하게 되니 기쁘기 한량없었다. 감사가 그

• **강도(江都)** 강화도. 고려시대 몽골 침입 때부터 외세의 침략이 있을 때마다 줄곧 왕과 신료들이 강화도로 몽진했기에 2차 도읍지 역할을 했다. 그래서 '강화도읍지'라는 의미가 생겨났다.

에게 어디에 사느냐고 물으니 순시할 안동과 그리 멀지 않은 곳이었다. 길손이 감사에게 청했다.

"나리께서 행차하는 곳이 제 거처와 가까우니 옛날 우정을 생각해서라도 잠시 들러주심이 어떨는지요? 그렇다면 영광이겠소."

감사는 행차하는 행렬을 잠시 물리고 평상복 차림에 말을 타고 길손을 따라갔다. 한 언덕을 넘자 골짜기를 가득 메운 높은 누대와 큼직한 집채가 나타났다. 어엿한 관아의 모습과 다르지 않았다. 감사에게 자리를 내준 뒤 길손은 붉은 사립을 쓰고 남색 철릭으로 갈아입었다. 굳센 대장의 차림으로 좀 전과는 딴판이었다. 나졸들이며 군교들도 경상 감사의 위엄에 뒤지지 않았다. 감사는 깜짝 놀라며 물었다.

"여기 규모를 보니 자네는 도적의 우두머리가 아닌가?"

"그렇소."

"어떻게 이리되었는가?"

그의 얘기는 이랬다.

"존형께선 북한산에서 관상을 봐주었던 승려의 말을 기억하시오? 당시엔 우리가 맹랑하다고 웃어넘기지 않았소? 한데 세상일이란 참으로 알 수 없나 보오. 산사에서 헤어진 뒤 우리 가족은 모두 죽임을 당했고 나만 도망쳐 살 수 있었소. 여기저기 숨고 달아난 끝에 이 산속까지 오게 되었소. 난을 피해 이곳에 들어온 사람들이 많더이다. 저들은 내가 문자를 좀 안다고 추대하여 우두머리로 삼았소. 나는 빼앗은 물건을 공평하게 나누어주어 인심을 크게 얻었다오. 난이 끝난 뒤에도 전과 변함없이 도적들을 모아 어느덧 녹림군(綠林軍)이 되었소. 이제 보면 그때 승려가 관상을 봐준 것도 이미 정해진 운명이 아니었나 싶소. 나는 지금 골짜기 하나를 다 차지하여 부귀를 편히 누리고 있소이다. 아침에 발령받았다가 저녁이면 교체될 수도 있는 존형의 관직이 부럽지 않소. 마침 존형의 행차가 이곳을 지나간다는 소식을 듣고 내 일부러 맞으러 간 것이오. 이곳을 한번 구경시켜 줄 참이었소. 존형이 감사이기는 하나 동원할 인원이나 규모가 나만 못한 듯하오. 혹여 돌아가서 나를 생포할 생각일랑 하지 마시오. 아예 여기 얘기는 입에 담을 필요도 없을 거요. 그렇지 않고 부질없이 딴생각을 품었다간 단단히 후회하게 될 것이오. 다치게 될 뿐만 아니라 아무 이익도 없을 테니 말이오."

감사는 점점 주눅이 들고 두려운 마음마저 들었다. 그저 '그려, 그려' 하고 돌아왔다. 그 뒤 감사는 우도로 순행을 나갔다. 아무 고을에 들렀다가 출발하려는데 또 한 선비가 뵙고자 했다. 들어오라 하여 만나보니 그 역시 북한산에서 같이 공부했던 이였다.

"나리께서 이곳을 순시하러 오셨는데 제 거처가 여기서 멀지 않습니다. 잠시 말을 돌려 왕림해 주시길 청합니다."

선비의 요청에 감사는 그러겠다고 대답했다. 하지만 이번에는 전날의 일을 거울삼아 제법 위엄을 갖추고 수행원을 뒤따르게 했다. 선비가 사는 곳은 대문이 크고 높다랬으며 부근의 촌락도 수백 호는 되어 여느 마을 못지않았다. 접대하는 식솔과 하인도 많았다. 감사에게 이바지하는 예의범절이 큰 고을과 읍이라도 그러지 못할 정도였다. 감사가 놀라 물었다.

"존형은 이런 시골에 살면서도 거느리는 휘하가 이렇게도 많소? 접대하고 이바지하는 데도 스스럼없고 질서정연하니 말이오."

선비는 그간의 사정을 이야기해 주었다.

"형은 옛날 북한산 산사의 승려가 관상을 보고 해준 말을 기억하시오? 병자년 난리가 일어났을 때 나는 집을 버리고 도망쳐 영남 땅을 떠돌았소. 마침 이 산골로 들어왔더니 피란 온 부녀자들이 많이 모여 살고 있지 뭐요. 이곳에 투신하고 보니 내가 사내인지라 뭇 여자들이 반겼고 급기야 나를 가장으로까지 대접하여 매사를 다 나를 통하게 했으며, 옷과 음식은 저들이 밭 갈고 길쌈하여 지극정성으로 이바지했지요. 난리가 끝난 뒤에도 각자 집으로 돌아가지 않고 여기 그대로 눌러앉았소. 몇 년이 흘러 낳은 자식들은 거의 백을 헤아리고 아들들은 장가를 들고 자식까지 봤지요. 나는 육가의 다섯 아들•이 돌아가며 봉양하듯 늦복을 편히 누리고 있는 데다 시비 소리 들리지 않고 영예와 욕됨이 끼어들지 않으니 영공(令公)이 부러울 게 있겠소. 경상 감사 자리야 영예가 반 욕됨이 반이요 근심과 기쁨이 갈마들 게 아니오?"

얘기를 다 듣고 난 감사는 뭔가 잃어버리기라도 한 듯 멍해졌다.

그 후 감사가 순시를 이어가던 중 이번에는 하동 경내에 들어섰다. 지리산 자락을 지나는데 느닷없이 공중에서 감사의 자(字)를 부르는 소리가 들렸다. 이곳에 본인의 자를 아는 사람이 있는가 싶어 퍽 수상한 생각이 들었다. 그래서 가마 안에서 발을 걷고 밖을 빙 둘러보았더니, 그 소리는 산 위쪽에서 났다. 어떤 사람이 층층 바위절벽 위

• **육가(陸賈)의 다섯 아들** 육가는 한나라 때 유방(劉邦)의 유세객이었다. 그는 초기 한나라 정착에 이바지하여 유방으로부터 천금을 하사받았다. 이 돈을 다섯 아들에게 균등하게 나누어주고 이들의 보살핌으로 편안한 여생을 보냈다고 한다.

에 앉아서 외치고 있지 않은가. 감사는 가마를 멈추라 하고 산 위에 있는 자에게 누구냐고 물었다.

"자네가 아직 나를 기억할는지? 나는 바로 아무개라네."

역시 다름 아닌 북한산에서 함께 과거 공부를 했던 이였다. 감사는 손을 들어 불렀다.

"내려오게!"

"아니 자네가 올라와야 할걸."

잠시 뒤 동자 둘을 내려보내 감사의 양팔을 붙잡아 올라갔다. 저들이 깎아지른 절벽을 오르는 데 무슨 평지를 걷는 것 같았다. 두 사람은 악수하고 서로 대화를 나누었다.

"자네 북한산에서 승려가 관상을 봐주었던 일을 기억하는가? 그때 나는 신선이 될 거라고 했지. 그땐 말도 안 된다며 비웃었는데, 지금 보면 신기하지 않은가? 지난번 오랑캐들이 난리를 일으켰을 때 집안 식구들을 뿌리치고 산속으로 도망을 쳤었네. 몇 날 며칠을 굶어 지칠 대로 지쳤으나 어찌해도 입에 풀칠할 방법이 없었네. 그러다 시내를 따라 올라오다 보니 어느 시냇가에 풀이 무성하지 않겠는가. 번지르르하고 색깔이 먹음직스러워 씹어 먹었더니 달고 씁쓰름한 게 먹을 만하지 뭔가. 맛이 있기에 주변에 깔린 풀을 죄다 뜯어 먹었지. 그랬더니 그 뒤로는 먹지 않아도 배가 부르고 입지 않아도 몸이 따뜻했네. 산길에서 노숙해도 전혀 병이 나질 않고, 걷는 게 나는 듯하여 명산대천을 두루 돌아다녔지. 가끔 도 닦는 신선들을 만나 경전을 논하면서 한 해를 보내곤 한다네. 이 한 몸 유유자적하고 굶주림과 추위를 걱정하지 않으며 이끗과 모욕에도 놀라지 않을뿐더러 병도 들어오지 못하지. 나의 이 즐거움은 상아 장식의 큰 깃발을 휘날리는 자네에게 조금도 뒤지지 않네. 아까 먹었다던 풀은 바로 금광초•라는 것인데, 이 역시 자네의 식전방장과 어찌 비교하겠는가?"

그는 말이 끝나기가 무섭게 훌쩍 뛰어올라 학의 등에 올라탔다. 동자 두 명이 양쪽에서 모시고 하늘을 향해 날아올랐다. 감사는 이번에도 멍하니 기운이 꺾여 자신이 경상 감사인 줄도 망각할 정도였다고 한다.

이런 사례를 보면 하늘이 정해준 운명이 있기는 한가 보다. 지나치듯이 해준 승려의 말이 이렇게 딱 맞아떨어졌으니 말이다. 그러니 저 승려 또한 이인이다.

《청구야담》 권8 제18화 〈會琳宮四儒問相(회림궁사유문상)〉

• **금광초(金光草)** 신선이 즐겨 먹는다는 풀로, 특정한 종류가 있는 것은 아니다.

임병양란의 충격과 민인의 운명

세 이야기는 모두 전란을 소재로 한 것이다. 단언컨대 전란과 사랑은 문학의 원천이다. 이 소용돌이 속에서는 누구도 자유롭지 못했다. 다만 양자가 사회와 개인에게 미치는 영향은 조금 달랐다. 전란이 대사회적인 충격이라면, 사랑은 인간의 감정, 특히 남녀 간의 정감을 파고들어 마음을 헤집어놓는다. 그러니 전란과 사랑은 인간의 안팎을 뒤흔들기 마련이다. 이 줄기가 문학의 역사였고, 이는 앞으로도 이어질 문학의 여정이다.

조선 왕조에서 16세기 말에서 17세기 전반까지 이어진 왜란과 호란은 문학의 향방을 바꿔놓았다. 비단 당대 전란의 직접적인 체험뿐만 아니라 후대에도 기억이나 극복, 아니면 트라우마 등이 문학에 반영되어 다양한 변주를 거듭했다. 야담문학에도 적지 않은 영향을 끼쳤음은 물론이다. 여기 이야기들이 그런 사례로, 야담이 태동하는 계기가 된 것도 바로 전란이었다. 한국의 단형 서사문학인 야담은 17세기 이후 등장한 신생 장르였다. 원래 야담은 기존의 일화 중심의 필기문학의 전통에서 성립했다. 그러나 필기와의 가장 큰 차이점은 서사의 진전이었다. 바로 전란의 경험과 기억이 이 서사적 전환을 촉발했다. 그러니 한국 야담문학은 전란 소재에서 출발했다고 해도 과언은 아니다.

여기 세 이야기는 이 시기 한반도를 넘어 동아시아 재편을 가져온 전란의 체험이 개개인에게 어떤 심대한 영향을 미쳤는가를 잘 보여준다. 다만 1화가 전란의 충격을 직접적으로 반영한 이야기라면, 2화와 3화는 전란에 따른 개인의 운명을 저울질한 서사로 전란 이후의 현실과 상상이 교차하면서 만들어진 이야기라 하겠다.

먼저 1화는 남원의 정생과 홍도 부부의 피란과 해후, 그리고 이별과 가족 상봉의 과정을 숨가쁘게 그리고 있다. 왜란 중에서도 정유재란은 특히 인적·물적 피해가 극심했다. 일본은 재차 조선을 침범하면서 약탈을 일삼았다. 이때 수많은 포로와 문화재가 일본으로 넘어갔다. 홍도가 포로로 잡혀 일본으로 간 것은 이런 역사적 사실을 배경으로 하고 있다. 그런데 이들이 겪은 정유재란은 서사의 시작에 불과했다. 부부는 남원에서 낳은 자식의 생사도 모른 채 각각 일본과 중국으로 헤어져 떠돈다. 그뿐인가, 겨우 다시 만난 이들은 북쪽 변방의 전쟁으로 다시 이별해야 했다. 그리고 이번에는 점차 호란의 소용돌이 속으로 빠져들었다. 이처럼 이 이야기는 시간상으로는 30년을 훌쩍 넘고, 공간은 동아시아 삼국과 요동 일대까지 확장된다. 이

시간의 흐름을 따라, 그리고 공간의 이동을 따라 부부의 생사에서 가족의 생존으로 범위도 넓어졌다. 이런 긴 시간과 넓은 공간을 유영하는 주인공들의 면모가 제법 사실적으로 그려져 있다. 그러나 아무리 전란 속이라고 하지만 도저히 가능해 보이지 않는 일들이 점철되다 보니 비현실적으로 느껴진다. 전란이 만든 현실이자 환상인 셈이다.

그런데 이 이야기는 다른 유형으로도 잘 알려져 있다. 바로 소설 〈최척전(崔陟傳)〉이다. 당연히 〈최척전〉은 내용이 더 길다. 부부의 재회 공간이 베트남으로, 공간적 배경도 하나 더 늘었다. 물론 인물이나 명칭도 조금씩 다르다. 그럼에도 두 이야기는 뿌리가 같다. 즉 하나는 단편의 야담으로, 다른 하나는 장편의 소설로 줄기가 갈린 것이다. 공교롭게도 두 이야기의 창작 시기도 비슷하게 잡히고 있다. 어느 것이 먼저냐는 논란이 있을 정도이다. 그만큼 이 이야기는 전란 시대에 탄생했음을 방증한다. 그리고 전란을 통한 한국 야담의 서막을 알리는 작품이기도 하다.

2화는 임진왜란으로 세 형제의 운명이 갈리는 내용이다. 그런데 초반부 서사는 전혀 전란과 상관없을 것 같은 분위기다. 형제는 부친의 장지를 두고 이 생원이라는 이와 실랑이를 벌이는가 하면, 자기들의 운명도 그에게서 듣게 된다. 이처럼 서두에 묏자리를 정하는 풍수 소재가 들어와 있다. 이런 소재는 으레 후손의 발복에 초점이 맞춰지는 법이다. 하지만 여기서는 혼사와 전란이 개입되면서 예기치 않은 상황으로 전개된다. 그리고 첫째와 둘째는 순식간에 왜병에게 목숨을 잃고 막내만 살아남는다. 이리하여 중반부부터는 이 '막내의 서사'가 본격화된다. 막내의 혼인과 이별, 포로와 귀환은 정생과 홍도 부부와 다르면서도 엇비슷한 면이 있다. 이야기의 초점은 막내의 귀환과 집안 식구들과의 해후, 그리고 이런 기적이 묏자리를 잘 잡은, 즉 '이 생원이 점지해 준 산소가 영험한 곳'이라는 점에 있다. 그런데 원래 풍수 소재는 전란과 거의 상관이 없었다. 특히 야담에서는 주로 18세기 이후 치부나 기타 발복의 차원에서 풍수담이 등장했다. 따라서 이 이야기는 18세기 어느 때쯤에 왜란을 기억하는 차원에서 만들어졌을 가능성이 크다. 전란에 대한 트라우마 또는 극복의 차원이 풍수 발복의 형식으로 재탄생한 서사라 하겠다.

이런 전란 소재의 변모는 3화도 비슷하다. 배경은 병자호란이고 인물은 네 명의 유생으로 바뀌었다. 가족의 운명에서 벗들의 운명으로 옮아온 것도 다르다면 다르다. 또한 이야기 안에서 전란의 색깔은 상대적으로 더 옅어졌다. 여기에는 2화의 이 생원과 역할이 비슷한 승려가 등장한다. 그런데 이번에는 풍수가 아니라 관상이다. 관상 소재는 뒤의 다른 이야기에서도 접할 수 있기에 그때 더 언급하기로 한다. 이 승려가 봐준 관상대로 네 벗은 각각 도적의 우두머리, 대가족의 가장, 신선, 관료가 된다. 관료가 된 벗만 원래 꿈꾸던 길로 들어섰으며, 나머지 셋은 속세와 멀어진 산속의 존재가 되었다. 셋의 공통점은 전란을 피해 가족들과 헤어져 단신으로 도망친 결과였다. 전란이 이들을 세상과 단절시킨 모양새이다. 이렇게 네 동료는 전란을 통해서 전혀 다른 삶을 살게 된 것이다.

그런데 정작 세속을 피해 사는 셋의 반응이 그리 나쁘지 않다. 오히려 '시비 소리가 들리지 않고 영욕이 관여하지 않는다.'라며 현재의 삶에 만족하고 있다. 전란이라는 불가피한 상황에서 삶의 방향이 바뀌었다. 뒤집어 말하면 이런 큰 전환의 계기가 없었다면 이들도 과거나 벼슬만을 좇았을 터다. 그래서인지 이 셋을 차례로 만나고 난 관리의 멍한 모습은 퍽 인상적이다. 그도 저들의 삶을 욕망하는 것일까? 아무튼 이 이야기는 조선 후기 선비들이라면 겪었을 법한 과거 급제와 관로 진출의 현실과 그 문제를 이전 시기 전란을 개입시켜 환기하고 있다는 점에서 흥미롭다. 참고로 선비들의 과거 급제와 출세의 문제는 뒤의 다른 이야기에서도 다양한 형태로 등장한다. 이는 정리 주체인 사(士)계층이 자기 욕망을 야담에 투영했기 때문이다.

4화

전장의 포화 속을 누빈 명마

영변• 부사를 지낸 이(李) 아무개가 청주에서 후처를 얻었다. 처가에 있던 백마가 망아지를 낳았는데, 망아지의 두 귀는 희었으나 몸에는 누런 털이 고리 문양으로 좌우 양쪽에 똑같이 나 있었다. 망아지는 이공이 올 때마다 그가 묵는 방의 창문 밖에 누워 있곤 했다. 그런가 하면 이공이 어미 백마를 타고 움직이면 망아지도 어김없이 어미를 앞장서 갔다. 가다가 갈림길이 나오면 바로 멈춰 서서 어미가 오기를 기다렸다.

어떤 역참지기가 그곳을 지나가다가 이공을 뵙고 자기가 말고삐를 잡고 몰아보겠다고 요청했다. 한번 몰아보고 나더니 역참지기는 당장 망아지를 팔라고 했다. 이공은 난감했다.

• **영변(寧邊)** 김소월의 시 〈진달래꽃〉의 '영변의 약산 진달래꽃'으로 잘 알려진 평안도 북단의 고을.

"내 망아지가 아닌데 자네에게 마음대로 팔 수 있겠는가?"

이러면서 이들은 10여 리를 더 동행했다. 다시 역참지기가 말했다.

"이 망아지를 사고 싶어도 살 수 없는 상황이군요. 제가 말 감별을 많이 해보았으나 이런 망아지는 본 적이 없습니다. 앞으로 천하의 명마가 될 것입니다."

이 말을 들은 이공은 장인에게 간청하여 망아지를 자기 소유로 돌려 직접 기르게 되었다. 겨우 세 살이었으나 벌써 씩씩하고 건장한 게 타고 다닐 만했다. 이공이 한번은 이 말을 타고 한양으로 올라갔다. 일을 마치고 돌아오는데, 가진 미음 한 사발만이면 충분했다. 그만큼 말이 빨랐다. 내려오던 길에 달리는 말을 구경하던 아이들이 손짓하며 외쳤다.

"야, 저 말은 하늘을 나는 것 같아! 발굽이 땅에 닿지도 않는걸. 와 신기하다!"

얼마나 빠른지 한양에서 오후에 출발하여 300여 리를 달려 청주 집에 도착하고 보니 아직 해가 완전히 넘어가지 않은 시간이었다. 그런데 그 뒤 이공이 밭두둑으로 말을 타고 나갔을 때였다. 말이 느닷없이 날뛰며 너른 들판을 가로질러 내달리더니 급기야 이공을 물어 거의 죽을 지경까지 이르게 했다. 주변에 있던 농민들이 몰려들어 구해준 덕에 겨우 살 수 있었다. 이때부터 이공은 말을 단단히 묶어놓을 뿐 다시 타지 못했다. 말은 쉼 없이 울어댔고 아무도 가까이 가지 못했다.

이웃에 울진 현감을 지낸 아무개의 첩 자식인 이옥•이 있었다. 그는 당시 무과에 급제했다. 무인이 새로 과거에 급제하면 으레 변방에서 수자리를 서야 했다. 타고 갈 말이 필요했던 이옥은 이공을 찾아뵙고 말을 자기에게 팔라고 청했다. 이공은 그러겠다고 하면서 이런 요구를 덧붙였다.

"내가 이 말에게 물려 불구의 몸이 되었소. 그러니 파는 거야 뭐가 어렵겠소만 저 말은 엄청 사납소. 당신이 제압하여 데리고 갈 수 있으면 사 가시오. 그래도 세상에 없는 명마이니 값이 너무 적어서는 안 되오. 무명베 일흔다섯 필은 가져와야 하오."

이옥은 이공의 요구에 맞춰 대가를 치르고 말을 샀다. 마침 자신의 종 가운데 말을 잘 다루는 자가 있어서 그를 대동하고 가서 말을 끌고 왔다. 하지만 이 종마저도 감히 가까이 다가가지 못하고 먼발치서 꼴을 먹여야 했다. 산같이 솟은 몸체에 비쩍 말랐으나 울부짖는 소리는 여전했다. 이옥이 겨우 재갈을 물려 너른 들에서 종일 치달렸더니 그제야 조금 기세가 꺾였다. 이옥은 이 말을 타고 변방 수자리를 무사히 마쳤다.

그런데 바로 뒤 병자년 호란이 발발했다. 이옥은 집안 식구들을 산골짜기로 피신시키고 자신은 종군하고자 했다. 충청 병사와 충청 감사의 부대는 경기 지역으로 진군하여 그곳 군진과 합세하는 중이었다. 이옥은 단신으로 뒤쫓아가 감사를 뵙고 종군하겠다는 의지를 보였다. 이에 감사 정세규•가 기특하다며 자기 휘하에 두었다. 그러나

- **이옥(李沃)** 생몰년은 미상으로, 현종 대에서 숙종 대까지 여러 내외직을 거쳐 경기 감사까지 지냈다. 이야기 후반부의 변고로 옥에 갇히는 설정도 당쟁이 본격화되던 즈음에 파직 등의 고초를 겪었던 그의 생애와 어느 정도 부합한다.
- **정세규(鄭世規)** 1583-1661. 자는 군칙(君則), 호는 동리(東里)로 이조판서를 지냈다. 실제 병자호란이 일어난 해인 1636년 충청 감사가 되었다. 이때 그는 인조가 남한산성에 포위되자 휘하의 부대를 이끌고 북진하다가 용인 일대에서 대패했다.

이옥은 병사를 따르겠다고 청했다.

“저희 집안이 병마절도사의 관영 휘하에 있는 만큼, 그곳 진영의 무사라면 마땅히 병사 나리를 따라야 할 것입니다.”

하지만 감사는 병마절도사에게 관문을 보내 사정을 전달하고 자신의 휘하에 두었다. 그런데 감사의 부대는 전투에서 패했고, 이옥은 오랑캐의 화살 여러 발을 맞아 쌓인 시체 더미 속에 나가떨어졌다. 다행히 화살을 주로 하체 쪽에 맞은 덕분에 죽지는 않았다. 한참 뒤 눈을 떠서 타던 말을 부르자 말이 어디선가 나타났다.

“내가 크게 다쳐 곧 죽을 것 같구나. 일어날 수가 없으니 어떻게 네 등에 올라탄단 말이냐?”

그러자 말은 엎어져 있는 이옥 곁에 꿇어앉았다. 이옥은 남은 힘을 다해 말에 올랐다. 그를 태운 말이 서서히 일어나더니 처음에는 느린 걸음으로 걷다가 한참 뒤 조금씩 달리기 시작했다. 그렇게 몇 리를 갔을까, 갑자기 개 짖는 소리가 들렸다. 말은 몸을 웅크린 채 귀를 쫑긋하여 듣더니 알아서 개 짖는 소리가 나는 쪽으로 찾아갔다. 그곳은 누군가의 시골 농막이었다. 말이 이 집 문 앞에 멈춰 서자 이옥은 말 위에 엎어진 채 외마디로 외쳤다.

“사람 살려!”

그때 털모자를 쓴 어떤 사람이 뜰을 거닐고 있다가 먼발치서 물어왔다.

“이 깊은 밤에 누구신데 여기까지 오셨소?”

“나는 험천•에서 패전한 군사로 오랑캐의 화살을 맞고 겨우 여기까지 도망쳤소. 나 좀 살려주시오!”

이옥이 이렇게 애걸했으나 그 사람은 허락하지 않았다.

"험천에서의 싸움은 당연히 질 만했지. 당신네는 죽어 마땅하오."

그러고는 그대로 들어가려다가 뭔가 망설이는 듯하더니 느닷없이 다시 물었다.

"당신 집은 어디요?"

"집은 청주에 있습니다."

"청주에 살면 송곡•까지는 거리가 얼마나 되오?"

"제가 바로 송곡 사람이랍니다."

"그렇다면 울진 이 현감 어른을 알고 계시오?"

"제 부친입니다."

이 말에 그는 깜짝 놀랐다.

"아니, 이 현감의 자제가 무슨 일로 종군하여 전장에 나왔단 말이오? 당신이 과연 이 현감의 아들이면 그 어른의 생년 일시를 아시오? 아니면 이 현감 신상에 표식으로 삼을 게 뭐가 있소?"

"부친께서는 아무 해 아무 달 아무 일에 태어나셨고, 왼쪽 가슴 아래 붉은 점이 나 있습니다. 어떻게 자기 아버지가 아닌데 부친이라며 우기겠습니까?"

그는 그제야 문을 열고 나와 직접 이옥을 부축하여 안방으로 안내했다. 그리고 처자식을 시켜 정성껏 간호하게 했다. 며칠 치료받은

- **험천(險川)** 탄천이라고도 하며, 지금의 용인시 풍덕천을 가리킨다. 정세규 부대가 여기서 패했다.
- **송곡(松谷)** 현재 청주시 서원구 현도면 달계리에 이 지명이 남아 있는 만큼 이 일대를 가리키는 것으로 추정된다.

이옥은 아무래도 이상하여 그 사람에게 물었다.

"평소 친분이 없는데도 위급한 저를 살려주셨군요. 왜 이렇게 지극 정성으로 돌봐주시는 건가요?"

"나야 당연히 자네를 살려야 할 일이 있어서 구한 걸세. 따져 무엇 하려고?"

사연이 궁금했던 이옥이 제발 알려달라고 하자 그 사람이 입을 열었다.

"이 일은 매우 기이하다네. 여기 내 목을 한번 보게."

그러고는 옷깃을 헤치고 보여주었다. 그의 목에는 칼에 그인 흔적이 여러 곳이었다.

"정묘호란 때• 나는 길에서 오랑캐의 칼에 맞고 고꾸라졌었네. 이 현감께서 지나가다가 엎어져 있는 나를 보고 안타까웠는지 다가오더니 여기저기 살피지 않겠나. 내가 아직 숨이 넘어가지 않은 걸 확인하고는 혁대를 풀어서 내 상투에 묶고 이를 등에 연결한 다음 타고 있던 말에 실었다네. 본인은 걸어서 말을 끌고 댁에 도착했지. 그리고 지성으로 간호하여 나를 살려주었다네. 마침 오늘 자네가 나와 비슷한 화를 당했군. 전혀 예기치 않게 자네가 여기까지 온 것이고. 분명 자네 부친의 혼령이 자네를 내게 보낸 게 아니겠는가. 그러니 내 어찌 정성을 다하지 않을 수 있겠는가?"

이런 사정과 인연이었다.

• **정묘호란 때** 정묘호란은 1627년에 일어나 2개월간 지속됐으며, 병자호란은 1636년 12월에서 1월까지 이어졌다. 따라서 지금 그의 말은 대략 10년 전의 일이다.

그 뒤 이옥은 효종을 따라 심양에 들어가게 되었다. 그런데 오랑캐 장수가 이옥의 말을 보고 반해 자신이 차지해 버렸다. 이옥은 말을 빼앗긴 채 빈손으로 돌아와야 했다. 효종 일행이 귀국길에 올라 압록강을 넘어왔다. 통군정•에 앉아 오랑캐 땅을 돌아보던 그때였다. 효종이 북쪽을 보다가 뭔가를 보고는 하문했다.

"저기 오는 게 이옥의 말이 아니더냐?"

모시던 신료들이 바라봤으나 보이는 게 없었다.

"이제 크기가 쥐만 해졌구나."

또 얼마 있다가 이렇게 말했다.

"이젠 고양이만 하구나."

다시 얼마나 지났을까, 신료들에게 물었다.

"지금은 개만 해졌구나. 제군들은 보이지 않는가?"

그러나 좌중의 눈에는 보이지 않았다. 잠시 뒤 효종이 다시 말했다.

"이제 거의 다 보이는데."

그때야 뭔가가 눈에 들어오는 신료가 있었다.

"개미만 한 게 보이옵니다."

이윽고 이옥의 말이 북편 기슭에 당도하여 압록강을 건너서 넘어왔다. 이옥은 말이 사나운 데다 오랑캐 땅에 놔두고 왔으니 자신을 들이받을 수도 있겠다 싶었다. 그래서 효종에게 일단 자기 몸을 숨겼으면 한다고 청했더니, 효종은 그러면 자기 숙소로 들어와 있으라고

• **통군정(統軍亭)** 압록강 기슭에 자리 잡은 의주 읍성에서 가장 높은 누정. 북쪽으로 요동 땅을 조망하는 곳이며, 조선과 중국을 넘나들 때 경계가 되는 상징적인 공간이었다.

했다. 그런 다음 막사 문을 열어 말을 그 안으로 들였다. 예상대로 말은 마구 날뛰며 날아올랐다. 이옥은 숨은 채로 자기가 입고 있던 옷을 말에게 던져주었다. 예상대로 말은 그 옷을 물고는 날뛰었다. 이옥은 주변 사람들에게 잡아 묶지 말라 하고 말 스스로 안정될 때까지 기다렸다. 그런 다음에야 겨우 진정되어 몰고 돌아올 수 있었다.

효종은 등극한 뒤 이 말을 대궐 마구간에 들이라고 명했다. 그런데 이 말이 대궐 마구간으로 들어오자 다른 말들이 꼴을 먹지 못하고 머리를 숙이며 웅크린 채 편히 있질 못했다. 태복시•에 내려보내 기르게 했으나 그곳의 말들도 마찬가지였다. 왕은 할 수 없이 이옥에게 말을 돌려주어야 했다. 그 뒤 다시 궁궐에 공납했으나 이번에도 여전했다. 이렇게 세 번을 시도했으나 결국 실패하고 이옥에게 되돌려졌다. 그로부터 또 몇 년 뒤 그의 집안에 변고가 일어나 이옥이 옥에 갇히게 되었다. 죄안이 다 드러나 곧 죽을 목숨이었다. 이옥의 아내는 말을 보고 이렇게 하소연했다.

"우리 남편이 너무도 원통하게 죽게 되었구나. 네가 구해줄 수 없겠느냐?"

그러자 말은 이옥의 아내를 태우고 한양으로 내달렸다. 한양에 도착한 그녀는 신문고를 울리려고 했으나 도성 문이 닫혀 있었다. 그러자 말이 도성 문을 뛰어넘어 들어갔다. 이 덕에 죄안이 뒤집혀 이옥은 살아날 수 있었다. 청주에서 한양까지의 거리가 300여 리나 되었

• **태복시(太僕寺)** 조선시대에 궁중의 말과 목장을 관장하던 부서로, 왕의 어가를 맡아 보았다.

으나 이틀 만에 오고 갔으며 죽은 목숨까지 살린 것이다. 이 명마의 빠르기와 신령스럽기가 이와 같았다. 이옥의 자손은 물론 주변에서 지켜본 사람들이 이 사실을 지금껏 전해주고 있다.

《매옹한록》 하권 제102화

5화

정치적 격변과 함께한 곡배마

금양위 박미•는 명마를 잘 알아봤다. 하루는 길에서 걸음이 느린 말과 마주쳤다. 비쩍 마른 데다 다리를 절뚝거리며 똥거름 가득한 바리를 지고 있었다. '이랴!' 하는 소리가 쉴 새 없었다. 서둘러 집으로 돌아간 박공은 말을 몰고 가던 거름장수를 불러 물었다.

"너는 저 말을 팔겠느냐?"

"팔고야 싶지요. 한데 값을 쳐서 팔 수나 있겠습니까?"

박공은 집안 마부를 시켜 뼈대가 굵고 힘이 센 말 한 필을 끌고 나오라고 했다. 뜰에 서서 우는데 바람이 일고 하늘로 날아오를 듯한 기세였다.

"내가 이 말을 뒤뚱뒤뚱하는 너의 말과 맞바꾸고 싶은데 어떠하

• **금양위(錦陽尉) 박미(朴瀰)** 1592-1645. 자는 중연(仲淵), 호는 분서(汾西), 본관은 반남이다. 선조의 다섯째 딸인 정안옹주와 혼인하여 부마가 되었고 금양위에 봉해졌다. 광해군과 인조 시기에 활동했으며 글씨에 뛰어났다.

냐?"

거름장수는 전혀 곧이들으려 하지 않고 어이없다는 듯이 웃었다.

"대감 나리께서 무슨 그런 말씀을 하십니까?"

"조정에 출입하는 신분으로 어찌 장난삼아 말하겠느냐?"

박공은 거름장수에게 얼른 자기 집 말을 끌고 가라고 했다. 거름장수는 영문도 모른 채 박공의 말을 몰고 돌아가 주인에게 사정을 이야기했다. 주인은 어영청 소속의 기마병이었다. 당연히 화들짝 놀라고 너무도 이상하다는 생각이 들어 거름장수가 끌고 온 말을 타고 곧장 박공 댁으로 달려갔다. 박공이 찾아온 이유를 얼핏 묻자 그가 말했다.

"소인의 집은 흥인문 밖 왕십리에 있습니다. 지난달에 열다섯 꿰미를 주고 시원찮은 말 한 필을 샀습지요. 머슴을 시켜 날마다 문안에 들어가 똥거름을 날라서 밭이나 일구라고 한 것입니다. 한데 오늘, 이 머슴이 뜻밖에 좋은 말로 바꾸어 왔지 뭡니까. 어찌 된 일이냐고 물었더니 대감 나리께서 직접 부르셔서 여차저차했다고 하지 않겠습니까. 소인이 짐작하기로 머슴놈이 귀댁의 말을 훔쳐 와서는 제 앞에서 황당한 말로 꾸며 몽둥이세례를 피해볼 심산인 듯합니다. 저놈의 심보를 생각하면 머리털이 쭈뼛쭈뼛할 정도입니다. 저놈을 우선 저희 집에 가둬두고 나리의 처분을 듣고자 해서 이렇게 와서 뵈옵니다. 사실대로 아뢰오니 제발 너그러이 용서해 주십시오."

"이런저런 말 말게! 내가 정말로 한 일일세."

기마병은 수긍하지 않았다.

"머슴놈의 죄를 들추려 하지 않으시니 포용이 지나치십니다. 소인, 황공하기 이를 데 없습니다."

"네 말은 값이 1000냥이 넘어가는 물건이다. 하나 내가 내준 말은 700냥에 불과하니라. 이걸 맞교환하다시피 했으니 이는 빼앗은 거나 진배없다. 그래서야 쓰겠느냐?"

박공은 당장 하인을 불러 또 좋은 말 한 필을 끌고 나오라고 했다.

"이 말은 값이 300냥쯤 될 것이다. 이것까지 주면 남은 빚을 갚은 셈이다."

기마병은 이제 더 굽실굽실하며 아뢰었다.

"소인이 어른의 인품을 알아보지 못하고 도둑놈을 집에 두고 기른 죄까지 저질렀으니, 이제 엄한 꾸중을 달게 받겠습니다."

박공은 이 말에 대꾸하지 않고 다시 말 한 필을 끌고 오라고 했다.

"자, 이것도 500냥쯤 나가는 말이다. 세 마리를 합산하면 1500냥이다. 이것까지 끌고 가거라."

이렇게 되자 기마병은 당장 뜰 아래로 내려가 벙거지를 벗고 엎드려 사죄드렸다.

"나리께서 소인이 도둑질할 마음이 있어서 이런다고 생각하시면 지금 당장이라도 담당 관서에 영을 내려 처분하소서. 그게 정당하온데 지금 사리에 지나친 말씀을 두세 번이나 하시다니요? 소인 아무래도 마음이 송구하여 몸 둘 바를 모르겠습니다."

박공은 아랫사람에게 일러 그를 대청마루로 올라오게 한 다음 나긋나긋 실제 사정을 얘기해 주었다. 그래도 기마병은 받아들이기 어려웠다.

"설령 나리 말씀대로 못난 소인의 말이 항우가 타던 오추마나 관우가 전장을 누비던 적토마와 같은 급이라고 하더라도 열다섯 꿰미로 샀던 걸 한 달도 안 돼 1500냥을 받고 팔다니요. 이는 실로 양상군자도 못 할 짓입니다. 대감 나리, 개미같이 하찮은 목숨을 살려주십시오!"

"아니라니까. 내 말 세 필은 구하기 쉽지만 너의 말을 만나기는 여간 어려운 게 아니다. 너는 모름지기 저것들을 받아서 가지고 돌아가거라. 계속 머뭇거리며 말을 듣지 않으면 불손한 죄로 다스릴 것이야!"

기마병은 여전히 그럴 수 없다며 몇 번이나 사양했다. 그러나 박공도 일절 듣지 않고 점점 화를 내며 나무랐다. 그제야 기마병은 어쩔 수 없이 받은 말을 끌고 돌아갔다.

박공은 여윈 말을 잘 먹여 길렀다. 한 해가 지나자 살이 오르고 골격도 튼튼해졌다. 털빛은 반질반질 윤이 나고 귀는 뾰족한 대나무처럼 쫑긋하고 발굽은 옥처럼 투명했다. 꼬리는 바람을 가르고 갈기는 날렵하니, 과연 전설상의 용마(龍馬)가 틀림없었다. 박공은 변함없이 말을 잘 보살폈다. 다시 두세 해가 지나서 처음으로 이 말을 타보았다. 언덕을 넘고 냇물을 건너뛰는데 마치 평지를 밟는 듯했다. 번개를 쫓고 그림자를 앞설 정도로 빨라 하루에 천 리를 달렸다. 게다가 말의 등이 뾰족 솟아올라 있어 안장과 언치를 절묘하게 걸 수 있었다. 이런 까닭에 당시 이 말을 두고 곡배마(曲背馬)라 불렀다. 귀족이며 높은 벼슬아치들은 곡배마를 한 번만 타도 영광이라며 서로 앞다투어 빌리려고 하는 통에 박공의 대문 앞은 항상 사람들로 북적거렸다.

광해군이 즉위하자 대비를 유폐시키고 형제를 죽였다.• 박공도 그

• 대비는 선조의 계비인 인목대비이며, 형제는 인목대비 소생인 영창대군을 말한다. 다만 이 폐모살제(廢母殺弟) 사건은 시간상 차이가 있으니, 영창대군은 1614년에 죽임을 당했고, 인목대비는 1618년에 서궁에 유폐된다.

의 부친이 유교칠신•이었던 관계로 연좌되어 곤장을 맞고 먼 변방으로 귀양을 가게 되었다. 가산도 전부 몰수당했다.

한편, 광해군은 곡배마가 명마라는 소리를 익히 들었던 터라 강제로 사복시가 관장하는 궁궐 마구간에 집어넣도록 했다. 광해군은 궁궐에 들어온 이 말에 남다른 관심을 보이며 잘 보살피게 했다. 하루는 광해군이 이 말을 타고 비원을 내달렸다. 그런데 말이 갑자기 네다섯 길 높이로 날뛰었고 왕은 바닥으로 굴러떨어지고 말았다. 곡배마는 그대로 도주하여 궁궐을 뛰어넘고 장안의 수천수만의 집과 대문을 통과하여 해가 지기 전에 박공의 귀양지로 찾아왔다.

당시 사헌부 등 담당 부서에서 번갈아 소장을 올려 박공을 사사시키라는 청원이 잇따랐고, 박공도 밤낮으로 불안에 떨며 바늘방석에 앉아 있는 상황이었다. 그러던 중에 이 말이 홀연 나타난 것이다. 왕이 타던 비단 안장이 그대로인 채 마당으로 뛰어 들어온 말은 구슬프게 울부짖고 눈물까지 쏟았다. 박공은 처음엔 반가워 매만지며 멀리까지 달려온 것에 감격했으나 이내 두려워졌다. 그래서 곡배마를 쓰다듬으며 조용히 타일렀다.

"곡배마야! 네가 천 리 험한 길을 달려서 옛 주인을 찾아왔으니 주변 겸인이나 집안 하인들보다 훨씬 낫구나. 하지만 지금 나는 눈앞에 큰 화가 닥쳐서 목숨이 위태롭단다. 너까지 궁에서 도망쳐 내게 왔으니 죄목이 하나 더 붙게 되었구나. 이를 어찌한단 말이냐, 어찌해!"

• **유교칠신(遺敎七臣)** 선조가 임종 때 유언으로 세자를 부탁한 일곱 명의 신하를 말한다. 그 신하는 유영경, 박동량, 신흠 등인데, 박동량이 박미의 부친이다.

이 얘기를 듣고 말은 눈을 굴리고 땀을 흘리며 당황해하는 듯한 표정을 지었다. 박공은 곰곰이 생각한 끝에 한 가지 묘안이 떠올라 다시 말에게 일렀다.

"이 고을 수령이 밤낮으로 나의 일거수일투족을 염탐하여 간신들에게 낱낱이 보고하고 있단다. 아무래도 구덩이 하나를 파서 네가 숨어 있도록 해야겠다. 너는 절대로 날뛰거나 소리를 질러서는 안 되느니라. 그랬다간 남들에게 발각되고 말 게다."

말을 알아들었다는 듯이 곡배마는 고개를 두어 번 끄덕였다. 박공은 집 뒤편 과수원에 땅을 파서 움을 만들고 말을 그 안에 집어넣었다. 알아보지 못하게 위를 흙으로 바르고 작은 구멍을 따로 내어 그 틈으로 몰래 콩깍지와 여물을 넣어주었다. 말은 그의 당부대로 몸을 감춘 채 숨을 죽이고 있었다. 이렇게 몇 해를 탈 없이 보냈다.

그러던 어느 날, 밤이 깊었을 즈음 말이 움 밖으로 뛰쳐나와 마당으로 쏜살같이 들어왔다. 마치 산이 부서지고 큰 벼락이 떨어지는 듯했다. 박공은 깜짝 놀라 왜 그러느냐며 애써 달래고 야단도 쳤지만 막무가내였다. 발굽을 드러내 구르고 '히잉' 하며 울음소리를 냈다. 박공이 직접 고삐를 잡고 과수원으로 끌고 들어갔으나 끝내 움 안으로는 들어가려 하지 않았다. 건장한 종들을 시켜 힘을 합쳐 끌어당겼으나, 역시 단단히 버티고 서서 꿈쩍도 하지 않았다. 박공은 탄식하며 말했다.

"내가 죽을 모양이구나! 이 말이 유달리 이런 불길한 징조를 보이니 말이다."

그는 유서를 써서 맏아들에게 보냈다. 이제 영영 떠나는 심정과 장례에 필요한 물품 등을 속히 마련하라는 취지였다. 따라와서 시중들던 사람들은 모두 울음을 삼키고 눈물을 흘렸다. 문 앞에 모여서는 사약을 받들고 오는 집행자가 언제 올지 전전긍긍할 뿐이었다. 그로부터 사흘이 지났을 때 말 한 필이 날 듯이 달려 들어왔다. 그런데 사약을 받든 일행이 아니고 박공의 맏아들이었다. 의기양양하게 달려 들어오는데 잔뜩 신이 나 있는 모습이었다. 박공은 이상해서 아들에게 물었다.

"네 얼굴을 보니 걱정스러운 기색이 전혀 없구나. 내 죄가 경감돼서 그런가 보구나. 하나 저 곡배마 일로 끝내는 죽음을 면치 못할 듯하니 이를 어찌한단 말이냐?"

아직 숨을 헐떡이고 있던 맏아들은 몇 번이고 말을 하려다가도 터져 나오는 웃음을 참지 못했다.

"하늘이 종묘사직을 도왔는지 새 임금께서 보좌에 올랐습니다. 조정에 가득 찼던 극악무도한 자들이 모두 법의 심판을 받았습니다. 귀양 가거나 종적을 감췄던 분들은 다 풀려나게 되었고요. 아버님께서도 이미 도총부 도총관 겸 사도시와 빙고•의 도제조로 발탁되셨습니다. 주상전하께서 살가운 마음을 전하면서 역마로 부르셨습니다. 대비마마를 뵙는 자리에 대동할 신료로 아버님을 참석시키라는 영을 내리셨습니다. 조만간 모시는 자들이 도착할 것입니다."

박공이 반정이 일어난 일시를 물었더니 곡배마가 움에서 나온 바

• **사도시(司導寺)와 빙고(氷庫)** 사도시는 궁중의 미곡과 장류를 관장하는 관서이며, 빙고는 궁중에 제공할 얼음을 저장하던 창고이다. 동빙고와 서빙고가 있었는데, 용산의 서빙고는 지금도 지명으로 남아 있다.

로 그날 밤이었다. 그는 이튿날 새벽에 조정으로 돌아왔다. 그 뒤로 박공의 부귀와 영화는 날이 갈수록 하늘을 찔렀다.

그 무렵 변방에서 후금(後金)이 난리를 일으켜 요동 지역을 습격하여 차지해 버렸다. 우리 조정에서는 청국에 사신을 파견하여 의리로 설득하려 했다. 그 사절단이 출발하여 의주에 도착했을 즈음이었다. 보낸 문서 가운데 한 조목의 표현이 적절치 않은 걸 발견하고 다시 고치려고 했으나 너무 멀어서 전갈할 방법이 없었다. 그때 한 정승이 의견을 냈다.

"곡배마를 써서 명을 전하면 이 일은 쉽게 해결할 수 있소."

삼정승이 모두 옳거니 하고 당장 박공을 불러들였다. 전후 사정을 설명하자 박공 역시 동조했다.

"나라에 중요한 일이니 이 몸이 문드러지는 한이 있더라도 마다할 수 없거늘 하물며 말 한 필 쓰는 것이 무슨 문제이겠습니까!"

그러면서 전령인 사복시의 병사에게 단단히 당부했다.

"네가 말을 달려 의주에 닿거든 맨 먼저 말고삐를 나뭇가지에 높이 매고 말이 주둥이를 쳐들어 흰 거품을 토해내도록 하거라. 사흘 동안 이렇게 하고 그런 다음에 안장을 내리거라. 안장을 푼 지 사흘이 지나서 꼴을 먹이거라. 그리고 또 사흘 뒤 말죽을 먹이고 그다음 다시 사흘 뒤에야 올라탈 수 있느니라. 절대로 이를 어겨서는 안 되느니라. 명물이 다치거나 잘못되는 일이 없어야 하느니라."

병사는 '예' 하고 몸을 날려 말에 올라탔다. 사흘을 꼬박 달려 의주에 당도했다. 그는 부리나케 사신에게 공문을 전하고 그만 기절하여 쓰러지고 말았다. 곡배마는 관아 밖에서 발을 구르며 부르짖고 있었다. 이를 본 의주 관아붙이들이 혀를 차며 말했다.

"이 말은 금양위 댁의 곡배마가 아닌가! 천 리 먼 길을 달려왔으니 얼마나 배가 고프겠어?"

그러고는 앞다투어 말에게 콩깍지와 꿀을 마구 먹였고 지쳐 있던 말은 허겁지겁 다 받아먹다가 죽고 말았다. 안타깝다!

한참 뒤 깨어난 병사가 빨리 말을 끌고 오라고 소리쳤으나 이미 죽은 뒤였다.

박공은 이 소식을 듣고 대성통곡했으며 죽은 곡배마를 비단 이불로 겹겹이 싸서 묻어주고 제사까지 지내주었다고 한다.

《기리총화》 하권 제6화 〈曲背馬(곡배마)〉

전란 시기의 명마 이야기

4화와 5화는 전란과 정쟁 속을 누빈 말에 관한 이야기다. 동서양을 막론하고 말 없이 전쟁을 치르는 경우가 없었다고 할 정도로 말과 전쟁과의 상관관계는 떼려야 뗄 수 없는 것이었다. 동아시아 전통에서만 봐도 초나라 항우의 오추마(烏騅馬)나 삼국시대 관우의 적토마(赤兎馬)는 전장을 누빈 명마의 대표적인 사례이다. 따라서 말을 통한 전란의 반추는 전쟁 이야기의 한 축을 구성해 왔다.

한편, 인류 역사에서 말은 가장 늦게 가축화된 동물이지만, 제일 중요한 운송과 교통의 수단이었다. 바야흐로 인류는 말을 이용하면서 세상을 정복할 수 있었다. 그러니 말은 인간의 역사를 통째로 바꾸어 놨다고 해도 과언이 아니다. 전쟁사에서 말이 빠지지 않고 등장한 것도 그 기동성과 지구력 때문이었다. 당연히 우리 역사에서도 먼 거리를 오가거나 나라의 대사가 있을 때면 말이 빠지지 않고 등장했다.

그런데 한반도의 말 하면 가장 먼저 떠오르는 것이 제주의 조랑말이다. 제주 조랑말은 고려 후기 몽골의 침입 때 처음 들어왔다고 알려져 있다. 나중에 제주의 자연환경에 맞게 토착화된 종이다. 그러나 기록으로 남은 삼국시대나 기록이 없는 삼한시대에도 말은 전쟁에 없어서는 안 되는 도구였다. 그리고 관용이든 사적 용도이든 이동 수단으로 사용되어 왔다. 이를 잘 반영한 문학이 야담이다. 앞으로 접하게 될 다른 이야기에서도 길을 나서는 인물은 으레 말을 탄다. 조금 형편이 어려운 경우는 청노새나 나귀를 타고, 형편이 좋으면 준마를 타는 정도의 차이가 있을 뿐이다. 그러니 탈것이 어떤 거냐에 따라 신분이나 형편이 구분되었다. 지금 우리가 어떤 자동차를 타느냐를 따지는 것과 비슷하여 씁쓸하긴 하지만, 이런 차이를 따져보는 것도 야담을 읽는 작은 재미라면 재미다.

말과 인간의 관계는 이것만이 아니었다. 말을 잘 이용하기 위해서는 이를 제대로 알아보는 사람이 필요했다. 춘추시대 백락(伯樂)이란 인물은 바로 명마를 잘 알아보는 이로 알려져 있다. 여기 이옥과 박미도 명마를 알아보는 백락 같은 존재이다. 한편, 명마는 재야에 묻혀 있는 인재를 상징하곤 했다. 그래서 재주와 역량을 갖춘 인물이라도 그를 알아보는 안목을 가진 이를 만나야 한다는 이치와 통했다. 요컨대 명마 이야기는 재야에 묻힌 인재를 발굴한다는 메시지로 읽히곤 했다. 또한 말은 인간 마음의 심연을 상징하기도 했다. 사람의 마음이란 종잡을 수 없어 날뛰는 말과 같다고 하여 이를 '의마(意馬)'라고 했다. 이 또한 한시 같은 문학의 소재로 자주 활용되었다. 이처럼 말은 고전문학의 중요한 재료였다.

4화는 병자호란 시기에 활약한 명마를 다룬 이야기다. 여기 이옥의 명마는 망아지일 때부터 범상치 않았다. 그렇지만 이 말은 좀처럼 길들지 않는 야생성을 지녔다. 그나마 이옥을 만나 명마로 재탄생하지만, 그럼에도 야생성은 좀처럼 사라지지 않는다. 이 점이 예의 명마 이야기와는 다른 점이다. 일반적으로 명마가 백락 같은 주인을 만나면 인간과 호흡을 같이하며 길들어지기 때문이다. 어쩌면 이옥의 명마야말로 말의 본성을 가장 잘 보여주는 것일 수도 있다. 아무튼 이 명마는 전란이 터진 이후 본격적인 역량을 드러내기 시작한다. 전쟁터에서 쓰러져 있는 주인을 살려내는가 하면, 오랑캐 땅에 억류됐다가도 탈출하여 주인을 찾아오고, 옥에 갇혀 죽을 위기에 처한 주인을 구해내기까지 한다. 더구나 국왕이 자신의 소유로 넘기려고 했지만 이마저도 여의치 않았다. 이는 명마의 비범성을 부각하는 한편 좀체 꺾이지 않는 야생성을 확인시켜 준다. 이처럼 이 이야기는 명마의 전란 전후의 활약을 그렸다. 그것이 몇 가지 에피소드로 이어져 있어서 이를 통한 전란의 추이를 파악하는 데 요긴하다. 마치 종군기자가 이 명마를 따라가며 전란의 다양한 국면을 취재한 느낌이다. 그러니 호란의 또 다른 르포(reportage)라고 할 만하다.

5화는 광해군 대의 폐모 사건과 1623년 인조반정이라는 정권 교체를 배경으로 하고 있다. 따라서 2장에 들어가도 좋겠지만, 후반부에 요동 지역에서 후금(後金)의 발호라는 정치적 격변과 전란의 흐름이라는 점에서 이 장에 편제했다. 곡배마는 처음에는 절뚝이며 똥 짐을 나르던 짐말이었다. 이 말은 등이 굽은 외형부터 특이하다. 지금 보면 외봉낙타 같은 모양새였을 것이다. 이런 곡배마가 주인을 위해 절개를 지키고, 일약 나라의 운명까지 보좌한다는 이야기다. 도성에서 의주까지 한달음에 달려가 외교문서를 바로잡는 데 기여했다. 원래 전시나 기타 위급한 상황일 때 나라에서는 파발을 돌렸다. 이때 동원되는 말을 파발마라고 했다. 특히 과거에는 중국과의 관계가 중요했기 때문에 한양에서 의주까지 파발을 띄우는 경우가 많았다. 지금의 서울시 은평구에 있는 구파발이라는 지명도 여기서 유래했다. 그런데 이 파발은 일정한 거리의 역사까지 말을 달려 릴레이식으로 띄웠다. 여기처럼 한 마리가 한양에서 의주까지 달린다는 것은 사실상 불가능했다.

곡배마는 이 불가능한 일을 해내고 죽음을 맞이했기에 더 극적이다. 이에 앞서 주인인 박미는 곡배마를 의주로 보낼 때 주의할 점을 말몰이에게 자세하게 일러주었다. 그러나 명마를 알아보지 못한 의주 관원들에 의해 엉뚱한 죽음을 맞아야 했다. 다시금 명마를 알아보고 못 알아보는 사람이 여기서 갈리고 있다. 애초 박미와 곡배마는 서로 간의 교감이 남달랐기에 서사는 시종일관 주인과 말의 유대와 정감을 골자로 하여 흘러간다. 이 점이 이야기의 미의식이고 4화와 구별되는 지점이다. 어쨌거나 곡배마는 주인인 박미와의 유대를 통해서 조선의 명마로 거듭났다. 지금까지 우리는 오추마나 적토마 같은 중국의 명마 계보는 익히 들어왔으나 조선의 명마 이름은 알거나 부른 적이 없다. 이제 이 곡배마를 우리의 명마라고 불러도 좋지 않을까 싶다.

2장

정쟁의 한복판

6화

바가지 물에 버들잎을 띄운 인연

연산군 시절에 큰 사화•가 일어났다. 이씨 성을 가진 한 교리가 목숨을 보전코자 도망하여 보성(寶城) 땅에 흘러들었다. 그는 목이 몹시 마르던 참에 우연히 개울가에서 물을 긷는 여자아이를 보았다. 한달음에 가서 아이에게 물 좀 달라고 했더니, 바가지에 뜬 물에 개울가의 버들잎을 따서 띄운 다음 건네주었다. 이생은 퍽 괴이쩍어 물었다.

"지나는 길손이 목이 말라 마실 물을 급히 찾는데 어째서 버들잎을 물에 띄워 주는 게냐?"

그녀의 대답이 이랬다.

"손님께서 갈증이 심하신 걸 알았어요. 혹여 찬물을 벌컥벌컥 마시다가는 영락없이 탈이 나겠다 싶어 버들잎을 띄워 드렸지요. 그래야

• **사화(士禍)** 1504년에 일어난 갑자사화. 연산군의 생모였던 폐비 윤씨가 죽을 때 이를 부추기거나 방관한 관료를 모조리 죽인 사건으로, 이 시기에 일어났던 사화 중에서 가장 참혹했다.

천천히 마시게 될 테니까요."

그는 깜짝 놀라, 그녀가 보통내기가 아니라 생각하며 물었다.

"너는 누구 집 딸이냐?"

"개울 건너 유기장 집 딸입니다."

이생은 그녀의 뒤를 따라 유기장 집으로 갔다. 이 집 사위가 되어 갈 데 없는 신세를 모면해 볼 생각이었다. 그는 바라던 대로 이 집 사위가 되었다. 하지만 한양에서 대접받던 귀한 이가 어찌 유기• 짜는 걸 알겠는가? 그러다 보니 날마다 하는 일 없이 낮잠 자는 게 일상이었다. 유기장 부부는 화가 날 수밖에 없었다. 한번은 그에게 욕을 해댔다.

"우리는 사위를 맞으면 유기 짜는 일을 잘 도와줄 거라 믿었지. 지금 저 새서방이란 자는 아침저녁으로 밥만 축내고 밤낮으로 흐리멍덩하니 잠만 자네 글쎄. 이게 밥버러지지 뭐야."

이날부터 아침저녁 밥을 반으로 줄여버렸다. 하지만 아내는 그가 딱하고 안타까워 매번 솥 바닥의 눌은밥을 더 얹어주었다. 부부의 정이 이처럼 돈독했다.

그로부터 몇 년이 지나 중종 임금이 보위에 올랐다. 연산군은 죄를 얻어 폐위되고 유배 처분을 받았다. 조정은 일신되어 삭탈당한 관료들이 모두 풀려나 복직했다. 이생에게도 복직하라는 명이 떨어졌다. 해당 공문이 팔도에 내려지고 조정에 복귀할 사람들을 물색했다. 이

• **유기(柳器)** 고리나 대오리 따위로 짠 그릇류로, 고리짝이나 버들고리 등이 이에 해당한다. 그것을 만드는 장인을 유기장 또는 고리장이라 불렀다.

소식이 널리 퍼져 이생도 풍문으로 듣게 되었다. 그때는 마침 초하루로, 주인인 장인어른이 관아에 유기를 납품하려던 참이었다. 이때 이생은 갑자기 나서서 장인에게 부탁했다.

"이번 관가에 삭납•할 유기는 제가 가져가 납품하겠습니다."

장인은 터무니없다며 나무랐다.

"자네 같은 잠보가 어디가 동쪽인지 어디가 서쪽인지도 모르면서 어떻게 관아에 유기를 납품한단 말인가? 내가 직접 납품해도 매번 퇴짜 맞기 일쑤거늘 자네가 관아에 들일 수나 있겠나?"

장인은 이처럼 허락해 줄 뜻이 전혀 없었다. 이때 이생의 아내가 끼어들었다.

"한번 해보고 안 되면 그만이잖아요. 왜 가보지도 못하게 한단 말이에요?"

딸의 간청에 장인은 마지못해 허락해 주었다. 이생은 유기를 등에 짊어지고서 관문 앞에 도착해서는 곧장 관아 마당으로 들어갔다. 동헌 가까이에 이르자 큰 소리로 외쳤다.

"아무개 유기장이 고리짝 납품차 와서 대령했소!"

마침 본관 사또는 이생과 평소 아주 가깝게 지내던 무관이었다. 그는 이생의 차림새를 보고 목소리를 듣더니 깜짝 놀랐다. 자리에서 일어난 사또는 동헌을 내려와서는 이생의 손을 덥석 잡아 윗자리로 안내했다.

• **삭납(朔納)** 초하룻날 납품한다는 뜻. 관아에서 조달할 물품은 주로 매달 초하루에 수급했던 데서 유래했다.

"아니, 이공이 아니시오! 어디서 숨어 있다가 이런 모양으로 나타나셨소? 조정에서는 백방으로 이공을 찾고 있소. 감영의 공문이 내려와 있으니 속히 상경해야 하오."

사또는 술과 찬을 내오게 하여 대접한 뒤, 도복과 관대를 제공하여 옷을 갈아입도록 했다. 이에 이생은 감격하며 말했다.

"죄를 지은 몸으로 유기장의 집에 빌붙어 살면서 지금까지 목숨을 이어왔네. 다시 새 주상전하를 뵈올 줄 상상이나 했겠는가?"

자리를 마치면서 사또는 곧장 감영에 이 교리가 읍내에 있다는 사실을 보고하고, 역마를 재촉하여 이생을 한양으로 올려보내려고 했다. 하지만 이생은 한사코 말렸다.

"3년 동안 지내온 유기장 주인과의 인연을 돌아보지 않을 수 없네. 게다가 조강지처의 살가움도 외면할 수 없고, 장인에게도 작별을 고해야 하네. 지금은 집으로 돌아갈 테니, 자네는 내일 아침에 내가 사는 곳으로 찾아와 주게."

"알겠소."

이생은 원래 입고 있던 옷으로 다시 갈아입고 관아 문을 나섰다. 유기장의 집에 도착한 그는 장인에게 이렇게 보고했다.

"유기를 아무 탈 없이 잘 납품했습니다."

"희한하군! 옛말에 '솔개도 천 년을 묵으면 꿩을 잡는다.'라고 하더니, 정말 빈말이 아닌가 보네. 우리 사위도 남처럼 할 수 있는 일이 있군그래. 신기하군, 신기해! 오늘 저녁밥은 몇 숟갈 더 얹어주어야겠어."

다음 날 이른 아침, 이생은 일찍 일어나 대문과 마당에 물을 뿌리고 비질까지 했다. 이를 본 장인은 더욱 놀랐다.

"우리 사위가 어제는 유기를 관아에 잘 들이더니 오늘 아침엔 마당까지 쓸다니! 오늘 해는 서쪽에서 뜨겠어."

이생이 아무 말 없이 마당에 멍석을 깔자 장인이 물었다.

"멍석은 깔아서 뭐 하려고?"

"본관 사또가 오늘 아침 여길 들를 겁니다. 그래서 깔지요."

그러자 장인은 쓴웃음을 지으며 말했다.

"자네, 웬 잠꼬대인가? 사또 나리께서 무엇 하러 우리 집에 납신단 말인가? 이야말로 천부당만부당한 헛소리지! 이제 생각해 보니 어제 유기를 잘 들였다고 한 것도 거짓말이었군. 필시 길가에 버리고 왔을 게야."

그런데 이 말이 끝나기도 전에 관아의 물품 담당 아전이 비단 방석을 가지고 숨을 헐떡이며 와서는 방 안에 까는 게 아닌가. 그러면서 일렀다.

"사또 나리께서 행차하신다오. 지금 곧 오신단 말이오!"

유기장 부부는 잔뜩 겁에 질려 머리를 감싸고서 울타리 사이로 숨어버렸다. 잠시 뒤 '물렀거라!' 하는 소리가 대문 앞에서 들리더니 과연 사또가 말을 타고 들어왔다. 말에서 내린 사또는 이생의 방으로 들어가 밤새 안부를 묻고는 이어서 말했다.

"형수는 어디 계시오?"

그러면서 이생의 아내를 불러내게 했다. 이생은 아내더러 인사를 드리라고 했다. 그녀는 나무비녀를 꽂고 베치마를 입은 채로 앞에 나와 절을 올렸다. 저고리와 치마는 낡고 해졌으나 용모와 행실은 단정하면서도 기품이 있어 상것 여자가 아니었다. 본관 수령은 그녀를 깍듯이 대했다.

"어려운 형편이던 학사님을 형수께서 잘 보살펴 준 덕분에 오늘 같은 날이 왔소. 의로운 남자라도 이보다 낫지는 못할 것이외다. 이것 참 절로 감탄할밖에요!"

그녀는 옷깃을 여미며 대답했다.

"외려 저는 미천하기 짝이 없는 아낙으로 군자를 모시게 되었습니다. 하지만 이렇게 귀인이신 줄은 까마득히 몰랐기에 모시고 함께한 일이 무례하기 짝이 없었답니다. 큰 죄를 지었거늘 사또 나리의 치사를 감당이나 하겠습니까? 나리께서 오늘 이렇게 상것들이 사는 누추한 데까지 왕림하셨으니 천만 영광입니다. 천한 계집의 집에 오시느라 기체가 손상되지나 않으셨을까 걱정입니다."

사또는 이 말을 듣고 나서 아랫것들을 시켜 유기장 노부부를 불러들이라 했다. 이어 술상을 내려주고 점잖게 대했다. 이윽고 이웃 고을의 수령들도 줄지어 찾아왔다. 전라 감사도 막객을 보내 안부를 전했다. 유기장의 집 문밖에는 사람과 말소리로 시끄러웠으며, 구경하는 사람들이 담을 치듯 했다. 이생이 사또에게 아내를 부탁하며 말했다.

"저이가 상것이기는 하지만 나와 부부의 인연을 맺은 사이라네. 기어코 정실로 맞아야 하겠네. 여러 해 동안 고생하면서도 한결같은 정성으로 나를 받들었네. 지금 귀해졌다고 해서 아내를 바꿀 수는 없지 않겠는가? 가마를 빌려주면 저이와 함께 타고 가겠네."

사또는 당장 그 자리에서 가마 하나를 내어 행장을 꾸려주었다.

한편, 이생이 입궐하여 사은숙배할 때였다. 중종이 그를 들라 하여 떠돌던 시절의 자초지종을 묻자, 이생은 그간의 사정을 제법 상세하게 아뢰었다. 이를 들은 임금은 재삼 감탄해 마지않으며 영을 내렸다.

"저 여인을 첩으로 대해서는 아니 되겠구나. 특별히 후처로 삼도록 해라!"

이생과 여인은 해로하여 부귀와 영화가 견줄 데가 없었다. 자식도 많이 두었다고 한다. 이 이야기는 판서 이장곤•의 일이라고도 한다.

《계서잡록》 권4 제5화

• **이장곤(李長坤)** 1474-?. 자는 희강(希剛), 호는 학고(鶴皐), 본관은 벽진이다. 1502년 교리를 거쳐 평안도 병마절도사, 이조와 병조의 판서를 역임했다. 실제 그는 사림파로 갑자사화 때 화를 당해 거제도로 유배되었다가 함흥으로 달아나 양수척의 무리 속에 숨어 산 적이 있었다.

7화

반정으로 몰락한 집안을 구한 여인

광해군 때 대북파• 가운데 어느 재상은 부귀와 영예가 타의 추종을 불허했다. 재상의 아들도 짧은 기간 동안 승진을 거듭하여 승지 자리에 올랐으며, 크고 화려한 저택에 금은과 곡식이 그득 쌓여 있었다.

반면, 사위인 김생이란 자는 몹시도 고단하고 기구하여 처가에 얹혀사는 신세였다. 장인 장모는 물론 식구며 하다못해 종들까지도 그를 싫어하여 박대했다. 심지어 말 끄는 어린 사내종마저도 그를 '김생'이라 부를 정도로 아무도 사위 대접을 해주지 않았다. 하지만 그의 아내만은 지극정성이어서 부부간의 정은 살뜰했다.

이런 김생은 눈치를 보느라 날이면 날마다 새벽에 나가서 아침에 들어왔다. 아침을 때우면 다시 나갔다가 저물녘에야 들어왔다. 그것

• **대북파(大北派)** 광해군 대에 정권을 잡았던 북인 정권을 말한다. 이후 북인은 고위 관료와 신진 세력이 대북파와 소북파로 갈려 정쟁을 이어갔다. 그러나 1623년 반정으로 광해군이 폐위되고 인조가 즉위하면서 북인은 몰락했다.

도 장인과 장모, 처남이 있는 데로는 발길을 들이지 못하고 번번이 작은 문을 통해 곧장 아내의 방으로 직행하곤 했다. 그럴 때면 아내는 문에 기대어 가만히 기다리고 있다가 툇마루를 내려와 그의 손을 잡고 들어가 도포와 옷가지를 받아주었다. 그런 다음 손수 밥상을 내왔다. 재상의 겸인붙이나 종들까지도 고기반찬을 물리도록 먹었으나, 김생에게 제공되는 음식은 쓴 나물 몇 가지뿐이었다. 아내는 그때마다 화를 참지 못해 김생을 마주하고서는 눈물을 줄줄 흘렸다. 그러면 김생은 씩 한번 웃고는 그녀를 달래주었다.

"남에게 얻어먹는 신세라 이것만으로도 분에 넘치거늘 무엇이 서운하겠소?"

그러던 어느 날이었다. 김생은 그날도 느지막이 아내의 방으로 들어갔는데 아내가 보이지 않았다. 홀로 앉아 꽤 시간이 지났을 즈음, 그녀가 홀연 담장 뒤편을 통해 몸을 웅크린 채 살금살금 들어오는 것이었다. 김생이 왜 그러느냐고 캐묻자 아내의 말이 이랬다.

"아침에 어머니께서 저를 심하게 나무라셨어요. '네가 먹고 입는 걸 다 부모에게 의지하면서 하는 일은 저 인간 챙기는 것뿐이구나. 아침저녁으로 좋아 죽는 걸 보니 금슬이 얼마나 좋은지 말이야. 저 김생이라는 자는 마흔이 넘도록 그저 우리 곡식만 축내고 네 삶을 망가뜨리고 있지 않느냐. 어찌 저리 못나고 싫은 짓만 골라 하는지. 이 일만 생각하면 머리카락이 쭈뼛쭈뼛 서고 이가 갈릴 지경이란다. 그런데도 너는 저놈을 부모보다 열 배는 더 챙기다니……. 네가 이대로 계속할 거라면 저놈과 함께 집을 나가거라. 너희 좋을 대로 알아서 실컷 먹고 뜨시게 지내든지…….'라고 하셨지요. 이 말씀을 듣고 나니 꾸지람을 살까 봐 대놓고 앞문을 통해 들어올 수가 없었어요. 해 그림자가 뉘엿뉘엿해졌기에 서방님이 돌아왔겠다 싶어 변소에 간다는 핑계를 대고서 몰래 도망하여 이렇게 온 것이고요. 너그러이 이해해 주세요."

"장모님께서 그렇게 훈계하셨다는데 당신은 무엇 하러 왔소?"

잠시 뒤 여종이 저녁밥을 내어왔다. 아내는 이 여종에게 단단히 일렀다.

"절대 내가 여기에 와 있다는 걸 발설하지 말거라!"

여종은 알았다면서 나갔다. 배가 고팠던 김생은 밥과 반찬을 마구 집어 먹었다. 그런데 밥상 위에 닭 다리 하나가 놓여 있었다. 이를 본 아내가 얼굴을 찌푸리며 말했다.

"서방님, 절대 그것은 드시지 마세요!"

"무슨 말이오?"

"아까 솥에 닭 한 마리를 삶던 중에 고양이가 삶은 닭을 훔쳐 가서는 살과 껍질은 다 먹어버리고 다리 하나만 측간 옆에 떨어뜨렸더랬어요. 여종들이 이 일을 떠들어대자 어머니는 '저게 그 인간에게는 좋은 고기반찬이 되겠구나! 꼭 그놈 밥상 위에 놓거라. 잠깐이라도 주둥이가 즐겁게 말이야.'라고 했답니다. 그런데 정말 이게 여기 놓여 있네요. 아주 더러운 것이니 아예 입에 가까이 대지도 마세요."

그런데 김생은 마다하지 않았다.

"장모님께서 내려주신 고기 한 점이니 이거야말로 특별한 은혜인걸. 먹지 않을 수 없지."

그러면서 남김없이 다 먹어 치워버렸다. 그는 다시 몸을 일으키더니 밖으로 나가려 했다.

"날이 저물었어요. 조금 있으면 인정 종이 울릴 텐데 서방님은 어디로 가시려고요?"

김생이 아내에게 일렀다.

"오늘 밤 삼경이 되면 당신은 뒷동산에 올라가 동편으로 저 궁궐 주변을 둘러보시오. 떠들썩한 소리가 들릴 텐데, 만약 다투고 죽이는 칼부림이 좀 오래간다 싶으면 꼭 결단을 내려 자결해야 하오. 만약 순식간에 진압돼서 안정되는가 싶으면 몸을 잘 지켜 죽지 말아야 하오."

아내는 잘 알아들었으며 그리하겠다고 다짐도 했다. 김생은 서둘러 밖으로 나갔다. 아내는 그날 밤 뜬눈으로 지새우다가 삼경의 북소리가 울리자 남들이 잠든 틈을 타 뒷동산 등성이에 올라 저 멀리 궁궐 거리를 바라보았다. 고요하니 사람 소리 하나 없었다. 남편이 괜스레 허튼소리를 했나 싶어 등성이에서 막 내려오려는데 갑자기 횃불이 하늘을 밝히는 것이었다. 동시에 사람들이 고함을 지르고 말들이 울부짖으며 날 듯이 대궐 문으로 들이닥쳤다. 잠깐 소리가 야단스럽더니 단번에 우르르 몰려 들어갔다. 궁성 안을 보니 단풍나무숲 밖으로 간간이 불빛이 보일 뿐 그리 시끄럽지는 않았다. 그때 재상과 아들은 모두 궐에서 숙직하느라 집 안에 남자라고는 아무도 없었다. 아내는 무슨 일이 일어났는지 도무지 알 수 없었다. 방으로 돌아온 뒤로도 그저 궁궐 쪽이 궁금할 뿐이었다.

다음 날 새벽, 여종이 재상에게 올릴 아침 밥상을 가지고서 궁궐로 들어가려 했다. 그런데 궐문의 큰길에는 천 명이 넘는 기병들이 가로막은 채 채찍을 휘두르고 곤봉을 내리치며 사람들을 물리치고 있었다. 여종은 주인의 힘을 믿고 틈새를 뚫고 지나가려고 했다. 그러자 대오에 있던 한 무관이 그녀에게 채찍을 내리쳤다. 그녀는 발끈하여 욕을 해댔다.

"나는 아무 동네의 아무 대감댁 식솔이란 말이오. 당신 같은 보잘것없는 장교 따위가 감히 나를 괴롭혀?"

무리에 있던 병졸들은 어이없다며 비웃었다.

"네 주인이 다름 아닌 역적의 우두머리란다. 조만간 죽임을 당할 텐데 하찮은 네가 감히 권세를 팔아?"

이들은 우르르 달려들어 짓밟아 끌어냈다. 여종은 위급한 상황은 겨우 벗어났으나 온몸이 피로 물들었다. 간신히 집으로 돌아와 이 사태를 안주인에게 알렸다. 집안 식구들은 소스라치게 놀랐다. 믿어야 하나 말아야 하나 하던 중에 재상의 부인이 말했다.

"우리 집은 나라님께서 특별히 아끼신 데다 다른 음모를 꾸민 일도 없었으니 하루아침에 수렁으로 떨어지기야 하겠느냐? 이는 필시 저 무뢰한 김생이 반역을 꾀하다가 일이 발각되어 국문을 당하게 되자 우리 집을 끌어들여 억하심정을 드러냈기 때문일 것이다. 네 서방 참 잘한다, 잘해!"

아내도 의심이 들고 혼란스럽기는 마찬가지여서 고개를 숙인 채 말을 하지 못했다. 얼마 지나지 않아 낭관 두셋이 대문으로 달려 들어와서 하나는 문서를 뒤져 찾아내고 나머지는 창고를 수색했다. 집안 식구들은 다들 울부짖으며 왜 그러느냐고 물었지만, 저들은 입을 닫고 아무 대꾸도 하지 않았다. 안주인은 당장 나이 든 종을 시켜 몰래 나가 어떤 상황인지 알아보라고 했다. 한참 뒤에 돌아온 종이 알아 온 내용은 이러했다.

"어젯밤 새 왕이 즉위하고 옛 임금님은 폐위되어 쫓겨났답니다. 조정의 대신들은 대비•를 유폐시킨 일로 반역으로 몰려 형벌을 받게 되었다고 하고요. 소인은 대감께서 걸려든 게 아닌가 싶어 급히 전옥서•로 가서 하옥된 이들을 확인해 보았습니다. 그랬더니 대감 나리와 도련님이 혹독한 형벌을 받아 골수가 다 터져 나와 있었습니다. 조만간 사지가 찢기는 형벌을 당할 거라고 합니다. 불쌍하게도 이제 마님과 아씨들은 다 관적•에 올라가게 될 것입니다. 소인들 또한 어디로 떠돌며 헤매게 될지 모르겠습니다."

이 말에 부인은 한바탕 절규하더니 그대로 혼절하여 땅에 쓰러졌다. 집안 식구들은 노소를 가리지 않고 한데 모여 통곡하며 엎어졌다. 그러던 중 사정을 알아 온 나이 든 종이 불현듯 눈물을 닦더니 연신 주인마님을 불렀다.

"좀 전에 경황이 없어 한마디 빠뜨린 게 있습니다."

"그래, 말해보거라!"

"소인이 문틈으로 몰래 살펴봤더니 호두각• 위에 한 젊은 분이 앉아 계셨습니다. 금박을 한 붉은 비단옷을 입고 계셨는데, 김생 나리

- **대비** 선조의 계비이자 영창대군의 생모인 인목대비(仁穆大妃)를 말한다. 1608년 광해군이 즉위했을 때 소북파가 영창대군을 옹립하려는 사건이 일어나자, 대북파의 주도로 영창대군을 죽이고 모친인 인목대비는 유폐시켰다.
- **전옥서(典獄署)** 죄인을 잡아 가두던 관서로 의금부 옆에 있었다. 지금의 서울 종로구 세종로 1가 부근이 그 자리다.
- **관적(官籍)** 관아의 노비를 기록한 문서로, 관적에 오른다는 것은 신분이 관노 등으로 떨어지게 됐다는 뜻이다.

와 빼닮아 있었습니다. 혹시 김생 나리가 이번 일로 저 자리를 차지한 건 아닐는지요?"

"세상에 외모가 닮은 경우가 얼마나 많더냐. 저놈이 그리 갑작스레 금박에 붉은 비단옷을 입었겠느냐?"

그러자 김생의 아내가 끼어들었다.

"세상만사는 다 예측할 수 없는 법이잖아요. 일단 다시 가서 살펴봤으면 해요."

"네가 저놈을 한결같이 믿다 보니 걸핏하면 망상을 해대는구나. 이러니 내 속에서 천불이 나지."

이번에는 종이 나섰다.

"소인이 다시 한번 가보겠습니다. 만약에 아니면 그만이고요."

종은 담장을 뛰어넘어 날 듯이 의금부 정문인 금오문(金吾門)으로 향했다. 가던 길에 마침 두 명의 하급 무사가 새 왕이 내려준 복장을 하고서 큰길에서 '물렀거라!'를 외치고 열 명의 기수가 양쪽으로 나뉘어 길을 열고 있었다. 높다란 수레에는 한 젊은 관리가 앉아 있었는데, 입고 있는 도포는 몹시 화려했고 따르는 무리는 구름같이 많았다. 종이 시선을 고정한 채 쳐다보니 영락없이 김생이었다. 종은 행차의 뒤를 쫓아 계속 따라갔다. 앞서서 길을 열던 자들이 곧장 궐문 안으로 들어가자 관리도 수레에서 내려 따라 들어갔다. 조금 뒤에 다시 궐문을 나와 직방•으로 돌아 들어갔다. 이를 지켜보던 종이 소속

• **호두각(虎頭閣)** 의금부에서 죄인을 심문하던 건물. 건물 모양이 앞쪽으로 불쑥 튀어나와 있는 게 호랑이 머리와 같다고 해서 붙여진 이름이다.

하인들에게 물었다.

"저분은 뉘시오?"

"판서 김 아무 나리시네."

"관향은 어디시오?"

"아무 본관이시네."

"지금은 무슨 직책이시오?"

"이조판서이시며, 의금부 도사와 어영대장을 겸하시고, 동춘추(同春秋)·동성균(同成均)에 사복시(司僕寺), 장악원(掌樂院), 사역원(司譯院), 내의원(內醫院) 관아의 도제조까지 보고 계시오."•

신이 난 종은 집으로 돌아와서 이 사실을 부인께 아뢰었다. 그러면서 김생의 이름자와 관향이며 나이 등을 아가씨에게 여쭸더니, 아까 하인들이 말한 내용과 하나도 다르지 않았다. 안주인은 그제야 얼굴이 확 펴지며 딸을 돌아보았다.

"내가 귀인을 몰라보고 지금까지 냉대만 했구나. 이 두 눈알을 찔러 죄를 빌고 싶은 심정이다. 지금 화가 코앞에 닥쳤는데도 구할 길이 없구나. 안타깝게도 네 아비와 오라비 모두 칼을 받게 되었으니 이를 어찌한단 말이냐. 너를 낳고 키워준 은혜를 봐서라도 그간 사위를 나무라며 천대한 허물을 용서해 주려무나. 그럼 마른 뼈에 다시

- **직방(直房)** 조방(朝房)이라고도 하며, 조정 신료들이 조회가 열리기까지 대기하던 공간이다.
- 여러 관직을 겸직한 사례이다. '겸(兼)'이 들어간 경우는 자신의 품계보다 2등급 낮은 벼슬자리를 겸하는 경우이고, '동(同)' 자가 들어간 경우는 주로 해당 기관의 2인자로, 2품직인 경우가 대부분이었다.

살이 붙고 얼어붙은 풀뿌리에 다시 봄이 찾아오는 격이 아니겠느냐? 얘야, 부디 명심해 다오."

"그이가 저렇게 귀하고 높은 자리에 오른 걸 알고도 소녀가 아버지와 오라비를 구해낼 수 없다면 칼에 엎드려 죽어야지요. 어머니, 부디 걱정하지 마세요."

이에 아내는 종이를 찾아서 짧은 편지 한 통을 썼다.

소첩이 지금껏 차마 죽지 못하고 구차스럽게 먹고 숨 쉬며 버텨온 이유는 실로 단 한 가지였답니다. 제가 죽어버리면 당신은 더욱 외로운 신세로 달리 의지하여 위로받을 데가 없어지기 때문이었지요. 그랬기에 이제껏 항상 이것만 생각하며 살아왔는데, 이제 천도가 좋은 복을 내려 높은 자리에 오르는 영예를 누리게 되었군요. 옛날에는 춥고 고단했으나 지금은 따뜻하고 화려하게 되었으니 축하드려요. 첩은 이제 당신에게 누가 되어서는 안 되겠지요. 제 운명의 길이 어그러져 집안의 화는 점점 혹독해지니, 한번 죽지 않고서는 이 심정을 드러낼 길이 없네요. 이제 아버지와 오라비의 실낱같은 목숨과 저의 이생에서의 삶을 끝까지 함께할까 해요. 인연의 업은 이미 이루어졌으니 저 떠가는 구름이요 흐르는 물이지요. 혹시라도 유마•께서 이를 아신다면 내세에서 이 빚을 조금이나마 갚을 수 있을지요? 당신은 몸을 잘 보전하시어 너른 집과 보드라운 요에서도 지난날의 초라했던 집을 잊지 마시고, 붉은 수레와 높이 걸린 깃발 아래에서도 힘들

• **유마(維摩)** 보통 '유마거사'라고 한다. 재가불자로서 보살행을 실천했기에 불가에서 대표적으로 거론되는 보살이다.

게 걸어 다녔던 때를 잊지 마시고, 비단 저고리에 고운 바지를 입더라도 헌 삼베 도포를 입었던 때를 잊지 마시고, 낙타의 육봉이나 곰 발바닥•을 드셔도 성긴 채소 먹던 때를 잊지 마시길 바랍니다. 부디 황천에서 보내는 저의 바람을 저버리지 마시기를…….

편지를 건네받은 종은 쏜살같이 김생에게 전달했다. 그때 김생은 관청에서 일을 처리하고 있다가 느닷없이 이 편지를 받아 보고서는 흐느껴 울었다. 눈물이 가슴을 적실 정도였다.

다음 날 조회가 끝나고 김생은 사모관대를 벗고 엎드려 임금께 아뢰었다.

"바라옵건대 소신의 공신첩과 직위를 바치오니 조강지처를 지키게 해주시옵소서."

임금이 연유를 묻자 김생은 하나하나 진언했다. 이에 마음이 움직인 임금은 특별히 김생의 장인을 죽이지 않고 살 만한 곳에 짧게 귀양을 보내는 것으로 일단락 지었다.

김생은 수레와 의복을 한껏 갖추고서 직접 아내를 맞이했다. 그리고 하사받은 으리으리한 집으로 함께 들어가 부부의 정을 누렸으며 장모도 모셔 와 여생을 함께했다.

《기리총화》 중권 제13화 〈金生賢婦(김생현부)〉

• **낙타의 육봉(肉峰)이나 곰 발바닥** 육봉은 낙타 등의 솟은 혹으로, 곰 발바닥과 함께 아주 귀한 음식으로 꼽혔다.

사화와 반정, 그 속의 여성

이 장에서는 조선시대 주요 정쟁을 배경이나 소재로 한 이야기들을 담았다. 1장에서 다룬 전란과 함께 정쟁은 조선 왕조의 대표적인 정치적 격변으로, 양자는 이 혼란의 안과 밖을 구성하고 있다. 흥미로운 점은 정쟁과 전란이 조선 사회에서 일정한 시차를 두고 지그재그식으로 일어났다는 사실이다. 16세기 벽두에 시작한 사화는 중엽까지 이어졌다가 동서 분당으로 귀결되었으며, 후반에는 왜란이 발발했다. 17세기 들어와서는 인조반정이라는 큰 사건이 있었고, 다시 호란의 시련을 겪어야 했다. 그리고 17세기 중후반에 정국은 다시 환국(換局)으로 몸살을 앓았다. 그런데 그에 따른 상흔은 각각 달랐다. 즉 전란이 주로 백성들에게 막대한 피해를 줬다면, 정쟁은 양반 사대부층에 심대한 영향을 끼쳤다. 승패에 따라서 지는 쪽은 삼족이 멸해지는 화를 당하기도 했다. 당연히 관료나 지배층은 정쟁에 더 민감할 수밖에 없었다.

따라서 텍스트를 지배했던 이들은 입장이나 이해관계에 따라 정쟁을 자기 방식으로 이야기에 풀어냈다. 흔히 역사는 승자의 기록이라고 한다. 이긴 자들의 관점에서 역사서가 만들어지기 때문이다. 반면, 문학은 패자의 기록이라고 해도 과언이 아닐 정도로 패자들의 주변에서 많이 나왔다. 그러니 어쩌면 문학이 역사서보다 당대를 톺아보기에 제격일 수 있다. 그런데 이런 정쟁과 관련한 이야기들의 경우는 상황이 좀 달랐다. 거의 준역사서라 할 만큼 정쟁의 승자 쪽에서 나온 결과물이 적지 않았다. 그러니 여기에는 어느 한쪽의 입장이 정당한 시대 사명으로 간주될 우려마저 없지 않았다. 정쟁을 소재로 한 야담도 일면 이런 점들이 엿보인다. 따라서 어느 정도 이를 환기하면서 볼 필요는 있겠다. 그렇긴 하나 정쟁을 이야기의 배경이나 소재로 끌어들인 데는 승자든 패자든 그에 대한 기억이나 트라우마가 워낙 강했기 때문이다. 비록 승자의 입장이 강하기는 하지만 이야기인 만큼 주인공이 겪는 정쟁의 무게에 관심이 가도록 그물을 쳐두었다.

야담의 경우 정쟁이 배경이 되는 이야기는 6화처럼 사화를 소재로 한 사례가 더러 있으나 대개는 광해군 대의 인조반정과 숙종 대에 몇 차례 이어진 환국이 중심이다. 이 이야기들의 한두 가지 특징이라면 인조반정 세력과 광해군과 북인 일파를 선과 악으로 구분시켰다는 점, 환국 시기의 남인과 노론 사이의 갈등이 선명하다는 점을 들 수 있다. 사실 객관적으로 볼 때 광해군 대의 정치에 대한 역사적 평가는 복잡미묘한 편이라 반정 세력을 긍정하고 광해군 일파를 부정하는 구도는 문제가 없지 않다. 또한 17세기 후반에 치열했던 당쟁은 18세기 이후 노론의 승리로 귀결되지만, 집안의 생사가 달려 있던 첨예한 갈등 국면에서 어느 쪽이 주인공이냐에 따라 선악이 극명하게 갈렸다. 이 또한 객관성을 잃은 건 마찬가지였다. 이렇게 된 데에는 후대의 기록자들이 당파성에 견인되었거나, 어느 한쪽을 일방적인 시각으로 몰고 갔기 때문이다. 그러나 이것대로 정쟁에 대한 하나의 시각이자 기록으로 보면 되겠다.

여기 두 이야기는 사화와 인조반정을 배경으로 하면서 여성을 주인공으로 했다. 남성들이 벌인 굵직한 판에 지혜롭고 신실한 여성을 끼워 넣은 형식으로, 정쟁 속 그 이면을 톺아보는 데 제격이라 할 만하다.

6화는 연산군 시절의 갑자사화가 배경이다. 이 사화는 조선조 4대 사화 중에 사림파의 피해가 가장 컸던 사건으로 기록되어 있다. 당연히 도망쳐 온 교리는 사림파로 피해자였다. 그는 멀리 도망쳐 저 남쪽 끝 보성까지 숨어들었다. 그런데 이곳에서의 우연한 만남, 즉 바가지 물에 버들잎을 띄워 준 인연이 서사의 동력이다. 한 어린 소녀의 이 작은 배려가 전혀 예상치 못한 결과를 가져왔다. 부친이 버들가지를 엮어 바가지 따위를 만드는 유기장이었으니 그녀는 신분으로 보면 양민인 듯하다. 지방의 관에 유기를 납품하여 생계를 유지하는 집안이니 한양에서 일어난 사화가 뭔지도 몰랐을 터다. 그러고 보면 애초 두 사람의 만남은 전혀 연결성이 없는 것이었다. 그리고 이 집의 사위가 된 교리는 자신을 업신여기는 소녀의 부모와 갈등을 일으킨다. 더구나 이 소녀는 정작 문면에 자주 등장하지도 않는다. 하지만 이 인연은 망명자인 교리가 조정에 복귀하는 데 결정적인 역할을 했다. 한 소녀의 작은 지혜가 일으킨 효과는 상당했다. 그리고 자신은 사대부가의 후실이 되었다. 남쪽 바닷가 땅에서 바가지 물에 띄워진 버들잎 하나가 하늘하늘 퍼져 한양 조정에까지 닿은 느낌이다. 그야말로 잔잔한 파란이다.

7화는 광해군 대에서 인조반정까지를 시대적 배경으로 하면서 대북파 집안의 몰락을 다루고 있다. 그러나 이야기의 초점은 이 집안이 멸문의 화를 당할 판에서 극적으로 모면한다는 데 있다. 이는 오롯이 현명한 딸의 지극정성에서 말미암았다. 잘 알려져 있듯이 인조반정은 1623년에 광해군을 몰아내고 인조를 옹립한 사건이다. 실제 이 이야기에서도 광해군의 폐위 과정과 거사의 성공 현장이 짤막하지만 박진감 넘치게 그려지기도 했다. 이야기의 또 한 가지 축은 당시 정권의 실세였던 위세 당당한 집안에 들어온 사위가 뒤에 인조반정의 공신이 된다는 반전이다. 이 사위는 찢어지게 가난한 집안 출신이다. 그런 그가 거사의 주체가 된다는 설정이 예사롭지 않다. 그리고 재상인 장인 집안과 얹혀사는 무능한 사위라는 극단적인 양자 사이에 현명한 아내가 끼어 있는 형국이다. 사위는 대갓집의 사위라고는 믿기지 않을 정도로 천대받는다. 심지어 하인들한테도 무시당하는 처지이다. 그러니 보성 땅에서 박 교리가 아무 일도 하지 않아 장인 장모에게 구박받았던 정도하고는 비교가 되지 않는다. 그런데 아내만은 다르다. 남편을 물심양면으로 돕는다. 돕는다는 표현이 말이 안 되지만 여기서는 이 표현이 딱 어울린다. 그렇다고 그녀가 앞날을 내다보고 남편을 챙긴 것도 아니었다. 그저 아내로서 해야 할 역할에 충실했을 뿐이다. 그런 점에서 앞의 보성 소녀와 처지는 다르지만 비슷한 여성상이라 하겠다.

그러나 반정이 일어나고부터는 상황이 급변한다. 당대를 호령하던 집안이 하루아침에 구렁으로 떨어질 판이다. 실제 반정이나 당쟁의 결과는 이랬다. 이제 아내는 자기 부친과 오라비를 구출해야 했다. 이때 남편에게 올린 절박한 심정의 편지는 구구절절하다. 이런 그녀의 편지가 자기 집안을 구해냈다. 이와 비슷한 사례가 18세기 초 노론의 명문가였던 김만중 집안에서 실제 일어났다. 김만중의 딸 김씨는 같은 노론 대신 집안이었던 이이명에게 시집을 갔다. 그런데 1721년에서 1722년 사이에 일어난 신임옥사로 남편은 사사되고 아들까지 참혹한 화를 당했다. 그녀는 집안의 혈족으로는 유일하게 남은 손자를 살리기 위해서 국문으로 된 상소(상언)를 임금에게 올려 하소연했다. 그 자료가 〈김씨부인 국문상언〉으로 남아 있다. 이 상언에 당시 집안이 화를 입은 정황과 멸문의 화를 피하기 위한 분투가 생생하게 담겨 있다. 여기 100년 전 대북파 집안의 아무개 딸이 비슷한 상황에서 편지를 쓰고 있다. 다시 말하지만, 당시 당쟁이나 정쟁은 한 집안의 영광과 몰락을 좌우했기 때문에 그야말로 운명을 건 싸움이었다. 여기서 패하면 자신의 운명은 두말할 것도 없고, 집안의 몰락으로 직결되었다. 규방의 여성도 예외는 아니었다. 이 이야기는 그런 현실적인 맥락을 극적으로 구현했다.

8화

주인 집안을 먹여 살린 노비

연양군 이시백•의 처가에 언립(彥立)이라는 종이 있었다. 그는 생김새가 우락부락한 데다 사나웠으며 힘도 세서 누구도 당해낼 자가 없었다. 한 되 쌀로 지은 밥도 한 끼를 때우는 데 부족할 정도로 먹는 양 또한 엄청났다. 먼 시골 출신이었던 그는 시킨 일은 그럭저럭했으나 매번 배가 고프다고 툴툴대며 게으름을 피웠으며 나서서 일하는 법이 없었다. 그러다가도 배불리 먹고 나면 나가서 땔감을 구해 왔는데, 나무를 뿌리째 뽑아서 산더미처럼 짊어지고 왔다.

한편, 가난한 주인집에서는 식량이 모자라 그가 원하는 만큼 배를 채워줄 수 없었다. 더구나 험상궂은 낯짝이 두렵기까지 하여 가고 싶

• **연양군(延陽君) 이시백(李時白)** 1581-1660. 자는 돈시(敦詩), 호는 조암(釣巖), 본관은 연안이다. 인조반정 때 공을 세워 연양군에 봉해졌다. 이후 병조와 공조의 판서, 영의정 등을 두루 역임했다. 호란을 배경으로 하는 소설 〈박씨전〉의 주인공 박씨의 남편으로도 등장한다.

은 데로 가라고 하면서 내보내려고 했다. 하지만 언립은 어디로 가려고도 하지 않았다.

"마님 댁은 심부름꾼도 부족하여 일을 시킬 만한 사람이 없는데, 소인이 어떻게 떠날 수 있겠습니까?"

이렇게 되자 집안은 이놈 자체가 큰 우환거리였다. 급기야 그에게 일을 시키거나 나무라지도 않았다.

그로부터 얼마 지나지 않아 바깥주인이 역병에 걸려 끝내 일어나지 못하고 죽고 말았다. 과부가 된 안주인과 어린 딸만이 남아 방 안에서 가슴을 치며 통곡할 뿐이었다. 찾아와 위로해 주거나 장례 물품을 보내 도와주는 친척도 없었다. 보다 못한 언립은 주인 영전에 통곡하고 뜰로 나와 엎드려 안주인에게 아뢰었다.

"마님께선 망극하시겠지만 믿고 의지할 가까운 식구나 친척도 없는 지금 통곡만 하시겠습니까? 염과 하관 같은 한시가 급한 대사를 앞에 두고 말입니다. 돈이 될 만한 집안의 살림이 있으면 소인에게 내어주십시오. 그러면 때에 맞춰 장례를 치르겠습니다."

안주인은 옷가지와 그릇 따위 살림 도구를 있는 대로 꺼내 그에게 내주었다. 언립은 이 중에 값나갈 만한 것들만 추려 저잣거리로 달려가 돈을 마련했다. 이 돈으로 염하는 데 들어갈 물품들과 질 좋은 널을 사서 모두 다 짊어지고 왔다. 오는 길에 널을 짜는 장인도 불렀다. 장인은 그가 큰 널빤지를 네 개나 짊어지고 있는 걸 보고는 말을 안 들었다가는 큰일이 생길까 두려워 바로 따라 나섰던 것이다. 장인이 성의를 다해 관을 짜자 언립은 또 이웃의 부녀자들을 불러 장례에 소용되는 상복 따위를 짓게 했다. 하나하나 정갈하게 마련한 다음 곧

입관하고 상주에게 상복을 대주었다.

이번에는 이름난 지관을 찾아가 딱한 주인집 사정을 알리고 제법 값이 나가는 물건을 건네주며 근교에 묏자리 하나를 봐달라고 청했다. 지관이 그러기로 하자 언립은 말 한 필을 내어 그를 태우고 자신이 직접 몰아 찾아 나섰다. 한 곳에 이르렀을 때 지관이 이곳이 쓰기에 좋은 자리라고 일러주었다. 그러나 언립이 주변을 둘러보고는 지맥이나 안산과 사수•가 흠이 있어 장지로는 적당하지 않다고 따졌다. 그 말이 분명하고 정확했다. 지관은 깜짝 놀랐다. 마음속으로는 체면이 구겨진 데다가 사납게 생긴 놈에게 이만저만 욕을 당하지나 않을까 두렵기까지 했다. 그래서 바로 다른 곳에 찾아가 '이곳이 평소 봐두었던 숨은 명당자리'라며 알려주었다. 언립은 훑어보고 고개를 끄덕였다.

"여기라면 그나마 쓸 만하겠소."

집으로 돌아온 언립은 안주인에게 이 사실을 아뢰고 날을 정해 하관했다. 그는 상여를 메고 묘를 쓰는 것까지 도맡아 처리하여 안주인과 상주가 서운함이 없게 해주었다. 안주인은 이때부터 집안의 대소사를 모두 언립의 말에 따랐다. 장례가 끝난 뒤 언립은 안주인에게 다시 고했다.

"상을 치르느라 집안 형편이 더 어려워져 이제는 더 이상 한양에서 살기가 힘들어졌습니다. 시골로 내려가서 몇 년간 농사를 지으면 어

• **안산(案山)과 사수(砂水)** 풍수상의 용어. 안산은 묏자리 맞은편에 있는 산의 위치를, 사수는 묏자리 주변을 감싸고 도는 물의 형세를 말한다.

떨지요? 살림이 조금 넉넉해지면 그때 다시 올라오면 되지 않겠습니까?"

"그게 좋겠구나!"

이리하여 세간을 옮겨 시골로 내려갔다. 언립은 농사일에 밝은 데다 무엇보다 힘이 세고 근면 성실했다. 특히 밭에 거름 내는 일과 흙갈이하는 법이 보통 농민들하고는 비교할 수 없이 뛰어났다. 그러니 밭에서 나는 소출이 남의 열 배는 되었다. 게다가 이웃들이 그를 무서워하면서도 좋아하여 앞다투어 거들었다. 그 결과 불과 오륙 년 사이에 주인집은 남부럽지 않은 부자가 되었다. 이쯤 되자 언립은 안주인에게 다른 건을 의뢰했다.

"아기씨께서 이미 장성하셨으니 혼처를 알아봐야 하겠습니다. 한양 아무 동네의 아무 댁은 마님 댁과 친척 간이니 그쪽에 부탁하시지요. 소인도 그 집 어른을 뵌 적이 있으니, 마님께서 좋은 신랑감을 구해달라고 편지 한 통을 써주시면 제가 알아서 처리해 보겠습니다."

안주인은 이번에도 무조건 그의 말을 따라 편지를 써주고 가져갈 선물도 넉넉히 챙겨주었다. 상경한 언립은 그 댁을 찾아가 주인어른을 뵙고 좋은 신랑감을 찾으러 왔다는 사정을 아뢰었다. 당시 조정의 높은 벼슬아치였던 친척 어른은 안주인의 집이 잘살게 됐다는 소식을 접하고 기뻐했다. 보내온 두둑한 선물에도 감동하여 있는 힘껏 신랑감을 구해보겠노라고 했다. 하지만 당장 마땅한 이를 찾을 수 없었다.

언립은 안 되겠다 싶어 품질이 좋은 배 한 짐을 사들여 자신이 직접 배장수 행세를 하며 도성 안팎의 사대부 집을 드나들었다. 그러면서 남몰래 신랑감을 물색하기 시작했다. 서소문 밖에 있는 한 집에 이르렀을 때이다. 대문과 담장이 망가지고 무너져 있어 얼마나 가난한지 짐작이 갔다. 그 집에는 한 총각 수재가 있었다. 장성한 나이인데도 쑥대머리에 더러운 때가 잔뜩 낀 옷을 입고 있었다. 그가 문 밖으로 나와 배장수를 불렀다. 언립이 그에게 다가가 배를 꺼내 보이자, 그는 가지고 있던 칼로 껍질을 깎아 연이어 몇 개를 먹어버렸다. 또 열 개 남짓은 소매 속에 넣고 나서 이러는 것이었다.

"배 맛은 좋네. 지금은 값을 치를 돈이 없으니 다음에 다시 오게."

언립이 그의 외모와 기상을 보니 범상치 않았다. 기쁜 마음을 감추지 못하고 수재에게 물었다.

"여기는 어느 분의 집입니까?"

"이 평산• 댁으로 이 평산 어른이 나의 부친일세."

이 말을 듣고 언립은 그곳을 나와 친척 벼슬아치 댁으로 가서 어른에게 아뢰었다.

"서소문 밖에 있는 이 평산 댁의 아드님이 신랑감으로 최고입니다. 소개하여 청혼해 주셨으면 합니다."

그러자 친척 어른이 못마땅해했다.

"이 평산은 바로 내 벗이니라. 그 집 아들이 장성하기는 했다만 제멋대로 쏘다니며 학문을 하지 않아 남들이 다 꺼리느니라. 해서 아직 혼인도 못 한 것이고. 그러니 어찌 이자가 마땅하겠느냐?"

• **이 평산(平山)** 연평부원군 이귀(李貴, 1557-1633). 자는 옥여(玉汝), 호는 묵재(默齋), 본관은 연안이다. 평산 부사를 지냈으며, 병조판서와 이조판서 등을 역임했다. 인조반정 때 뒷부분에 등장하는 승평부원군 김류(金瑬, 1571-1648)와 함께 거사를 주동했다. 그의 아들이 바로 이시백이다.

그래도 언립은 간곡하게 요청했으나 끝내 허락해 주지 않았다. 할 수 없이 언립은 집으로 내려가 안주인에게 청하여 다시 편지 한 통을 받아서 올라왔다. 이렇게 무진 애를 쓰며 간곡하게 요청하자 드디어 친척 어른이 이 평산에게 통지했다. 덧붙여 신부 될 집안이 풍족하게 살고 규수도 아주 현숙하다는 사실까지 이야기해 주었다. 마침 이 평산은 아들의 혼처를 구하지 못해 걱정하던 차였다. 이 말을 듣고 몹시 기뻐하며 당장 혼롓날을 정해버렸다.

신랑 연양은 혼례를 치른 뒤에도 행실이 무례했고 방탕한 짓을 서슴지 않았다. 그래도 언립은 그가 기발한 인물이라고 여겨 자랑질이 입에서 떠나지 않았다. 안주인도 좋아하며 잘 대접했고, 원하는 건 다 들어주었다.

계해년(1623)에 광해군이 왕위에서 쫓겨났다. 연평 이공은 승평 김류공(金瑬公) 등 여러 공신과 반정을 모의하게 되었다. 그때 언립이 노비 출신이기는 하지만 남다른 재주가 있다는 소식이 알려졌다. 이들은 연평의 아들 연양더러 그를 조용한 방으로 끌어들여 함께 일을 의논케 했다. 그리고 그에게 거사의 성패가 어떨지도 물었다. 언립의 답은 이랬다.

"신하로서 임금을 내리라고 권하기는 참으로 어려운 일입니다. 하나 나라가 망하는 지경인데도 도모하지 않는다면 이 또한 신하의 직분이 아닙니다. 다만 나리와 함께 거사할 분들이 어떤지 모르겠습니다."

이에 연양은 언립을 집에 있으라고 하고 일을 함께할 사람들을 모은 다음 그에게 살펴보라 했다. 쭉 살피고 난 언립은 연양에게 괜찮겠다고 말했다.

"저분들 모두 큰일을 담당할 자질을 갖추고 계시니 이 거사는 성공할 듯싶습니다. 하지만 소인은 이 거사에 참여하지 않겠습니다."

그러고는 하직하고 어디론가 떠나버렸다. 떠나고 한 달 남짓이 지나도록 그가 간 곳을 알 수 없었다. 연양은 도무지 짐작이 가지 않아 걱정이 컸다. 그러던 어느 날, 그가 다시 찾아왔다.

"소인이 떠났던 것은 만일의 위급한 사태를 우려했기 때문입니다. 제가 바다로 들어가 피신할 만한 섬 하나를 찾아놓았습니다. 농사지을 땅과 생선, 소금 따위도 풍족하니 죽을 때까지 걱정 없는 곳입니다. 거사가 잘못되면 상전 나리와 안식구들을 모시고 들어갈까 해서지요. 지금 강가에 배 한 척을 마련해 두었으니 거사가 위태로워지기라도 하면 나리께서는 당장 강가로 나오시면 됩니다."

연양은 그렇게 하기로 했다.

반정으로 새 임금이 등극하자 연평군 삼부자•는 일시에 반정공신으로 책봉되어 부귀와 영화가 비할 데 없는 집안이 되었다. 언립의 주인에 대한 충정과 앞을 내다보는 탁월한 식견이 더욱 빛을 발한 것이다. 이때부터 집안에서는 그를 더 이상 하인으로 대할 수 없어 백문으로 속량시켜• 공주에서 살게 했다. 그의 후손이 제법 많았는데 모두 양민이 되었다.

- **삼부자** 연평부원군 이귀와 그의 아들 이시백, 그리고 이시백의 아우 이시방(李時昉, 1594-1660)을 가리킨다. 이시방은 인조반정 당시 성균관 유생으로 참여했다.
- **백문(白文)으로 속량(贖良)시켜** 백문은 관인이 찍히지 않은 문서로, 관가의 허가 절차를 거치지 않았다는 뜻이다. 속량은 일정한 돈이나 물품을 바치고 천민에서 양민이 되는 것을 말한다. 따로 평민에서 양반이 되는 길은 납속(納贖)이 있었다.

이 외에도 그에 대한 기이한 일들이 많았으나 앞서 얘기한 사실이 가장 뚜렷한 사례이다.

《학산한언》 제58화

9화

당쟁의 소용돌이를 넘나든 겸인

염시도(廉時道)는 아전으로 한양의 수진방•에서 살았는데, 성품이 신실하고 청렴했다. 그가 상국인 허적•의 겸인이 되었을 때 남다른 신임을 받았다. 하루는 허 상국이 시도에게 일렀다.

"내일 새벽에 심부름 갈 데가 있으니 일찍 와야 하느니라!"

그런데 그날 밤 시도는 평소 어울리는 이들과 술 마시고 노름하느라 늦잠을 자는 바람에 날이 샜는지도 몰랐다. 허겁지겁 일어나서 상국 댁으로 내달려 갔다. 가는 길에 제용감이 있는 치현•을 지나가게 되었다. 길가 빈터의 고목 아래 풀섶에 어렴풋이 뭔가 떨어져 있는

- **수진방(壽進坊)** 조선시대 한성부 중앙의 여덟 개 구역 가운데 하나로, 지금의 구 정도에 해당한다. 현재의 종로구 수송동과 청진동 일대이다.
- **허적(許積)** 1610-1680. 자는 여차(汝車), 호는 묵재(默齋), 본관은 양천이다. 숙종 때 육조의 판서와 영의정 등 삼정승을 역임했다. 특히 그는 남인의 영수로서 송시열 등 서인과 치열한 당쟁을 벌인 것으로 유명하다.

게 보였다. 다가가 보니 푸른 보자기로 단단히 묶여 있었다. 들어보니 꽤 무거웠다. 그는 이 보자기를 소매 춤에 넣고 상국 댁이 있는 인사동으로 달음질했다. 그는 늦게 출근한 죄를 빌었는데 허 상국은 괜찮다고 했다.

"먼저 온 다른 아전을 시켰느니라. 네가 무슨 죄가 있다고."

시도는 대청 아래로 물러가 묶여 있는 보자기를 풀어보았다. 거기에는 은 200냥이 넘는 돈이 속 보자기에 싸여 있었다.

"이리 많은 돈을 잃어버린 주인은 그 속이 얼마나 타들어 가고 경황이 없을까? 내가 이를 덮어놓고 놔둘 수 없지! 게다가 출처 없는 횡재는 우리같이 신분이 낮은 사람에겐 이롭지 못한 일이야. 집에 가져갈 수도 없으니 상공께 바치는 게 낫겠어."

이렇게 중얼거리다가 돈을 가지고 허 상국을 다시 뵙고 주운 사연을 아뢴 뒤 거두시길 청했다. 하지만 허 상국은 받지 않았다.

"네가 주운 걸 왜 나에게 주며, 또 네가 가지지 않은 걸 내가 왜 가지겠느냐?"

시도는 겸연쩍어하며 물러났다. 그런데 잠시 뒤에 상국이 그를 불렀다.

"며칠 전에 듣자 하니, 병판 댁에 말이 있는데 은 200냥 값이 나간다고 하더구나. 이를 광성부원군• 댁에서 사려고 한다고 했고. 그래서 말인데, 이 은이 그 말값으로 받은 것인데 잃어버린 게 아닐까 싶

• **치현(鴟峴)** 제용감(濟用監) 근처에 있었던 나지막한 언덕이었을 것으로 짐작된다. 제용감은 왕실의 의복이나 식품 등을 관장한 관서로, 현재 종로구 중학동에 그 터가 남아 있다.

다. 네가 가서 한번 여쭤보거라."

여기서 말한 병판은 바로 청성부원군 김공•이다. 시도는 분부에 따라 다음 날 김공을 찾아뵈었다. 김공이 찾아온 연유를 묻자 시도가 여쭈었다.

"한동안 찾아뵙지 못해 문안차 들렀습니다. 혹시 귀댁에서 잃어버린 물건이 있으신지요?"

"없네."

김공이 처음에는 이렇게 말하더니 갑자기 대청 아래에 서 있던 젊은 사내종에게 물었다.

"아무 놈이 말을 데리고 간 지 이틀이 넘었거늘 아직 돌아왔다는 보고가 없구나. 어찌 된 일이냐?"

"안 그래도 아무개가 죽을죄를 지었다고 하면서 감히 나와 뵙지를 못하고 있습니다요."

이 대답에 김공이 버럭 화를 냈다.

"이 무슨 말이더냐? 속히 잡아들여라!"

사내종이 한 종을 붙잡아 뜰에 꿇리었다. 이 종은 연신 머리를 조아리면서 아뢰었다.

"소인의 죄는 만 번 죽어도 마땅하옵니다."

• **광성부원군(光城府院君)** 김만기(1633-1687). 자는 영숙(永淑), 호는 정관재(靜觀齋), 본관은 광산이다. 당시 노론의 대표적인 집안 출신으로 〈구운몽〉의 작자 김만중의 형이다.

• **청성부원군(淸城府院君) 김공(金公)** 김석주(1634-1684). 자는 사백(斯百), 호는 식암(息庵), 본관은 청풍이다. 당시 노론의 대표적인 인물로 이조판서 등을 지냈다. 1680년 경신대출척 때 남인을 정권에서 몰아내는 데 주도적인 역할을 했다.

김공이 어찌 된 영문인지 캐묻자 이실직고했다.

"소인이 재동•의 광성부원군 댁에 가서 말값을 받았으나 어느 순간 잃어버리고 말았습니다."

김공은 노발대발했다.

"종놈의 속임수가 이 지경이란 말인가! 네가 농간을 부려 다 숨겨 놓고 와서는 나를 속이다니!"

당장 몽둥이를 대령하라 하여 때려죽일 참이었다. 시도는 잠시 멈추시라고 청하면서 은을 잃어버린 사정을 실토해 보게끔 했다. 김공은 그렇겠다 싶어 다시 캐물었다. 종은 사정을 자세히 아뢰었다.

"처음 말을 끌고 광성부원군 댁에 도착하니 상공께서 집안 하인을 시켜 끌고 온 말을 타고 돌아보라고 하셨습니다. '과연 준마로구나!' 하시더니, 말이 살찌고 윤기가 흐르는 모습을 보고 치하하시면서, '이 말은 네가 기른 것이냐?' 하문하시기에 '그렇습니다.' 했습지요. 상공께서는 감탄하시며, '집안의 종으로 이처럼 충직하고 성실한 자가 있다니 참으로 가상하구나!' 하시며 소인을 앞으로 오라고 부르셨습니다. '너는 술을 마실 줄 아느냐?' 하시기에 소인이 그렇다고 했더니, 상공께서 향기롭고 진한 홍로주 한 사발을 내오라 하여 연거푸 석 잔을 주셨습니다. 또 말값을 계산하여 은 200냥을 주시면서 열세 냥을 얹어서, '이 돈은 네가 말을 잘 기른 상이니라.'라고 하셨습니다. 소인은 절을 올리고 문을 나섰는데, 날은 이미 어두워진 데다 너무

• **재동(齋洞)** 지금의 종로구 재동. 원래 명칭은 잿골[회동(灰洞)]로, 계유정난 때 수양대군이 단종을 보필하던 신하들을 이곳에서 참살하여 피비린내가 진동하자 동네 사람들이 재로 덮어주었다고 하여 유래한 이름이다.

취해 제대로 걷지도 못하다가 그만 길가에 엎어지고 말았습니다. 그곳이 어디인지 기억도 나지 않습니다요. 한밤이 되어갈 때 설핏 깨고 보니 순간 인정 종소리가 들리지 않겠습니까. 억지로 일어나 돌아오긴 했습니다만 은을 담은 보자기를 어디에 떨어뜨렸는지 알 수 없었습니다. 소인이 이런 죄를 저질렀으니 마땅히 죽어야 할 목숨입니다. 지금까지 머뭇거리며 감히 뵙지 못한 이유가 여기에 있습니다."

이때 시도는 은을 주웠다며 찾아뵌 연유를 아뢰고 돈이 들어 있는 보자기를 건네주었다. 싼 흔적과 은 냥의 숫자가 과연 잃어버린 것과 같았다. 김공은 시도를 칭찬하면서 기특하게 여겼다.

"너는 요새 사람이 아니로구나! 이미 잃어버린 물건이었으니 반을 나누어 너에게 상으로 주겠다. 너는 거절하지 말고 받거라."

시도는 웃으면서 사양했다.

"소인이 재물을 탐냈다면 알아서 챙기고 입을 씻은들 누가 알겠습니까? 제 것이 아닌 이상 제 마음을 더럽힐까 염려해야지 무슨 보상을 염두에 두겠습니까?"

이 말에 뜨끔해진 김공은 얼굴빛을 고치며 더는 은을 상으로 주겠다는 말을 하지 않았다. 대신 거듭 탄복하며 술을 내오라 하여 치하했다. 자기 종의 죄도 흔쾌히 용서해 주었다.

이윽고 시도가 상공께 인사를 드리고 문을 나서는데 밖에서 한 젊은 여자아이가 기다리고 있다가 뒤따라오며 급히 불러 세웠다.

"아전 나리, 잠시만요!"

시도가 뒤를 돌아보며 왜 그러느냐고 물었다.

"좀 전에 은을 잃어버렸던 이는 저의 오라비입니다. 저는 오라비에게 의지하여 살고 있는데 지금 나리 덕분에 오라비가 살 수 있게 되었습니다. 이 은혜를 어떻게 갚아야 할지요? 제가 안채에 들어가 아뢰었더니 부인 마님께서도 극구 칭찬하시며 술과 안주를 내려주셨어요. 그러니 잠시 계셨으면 합니다."

그녀는 곧장 행랑채에 자리를 펴고 금세 큰 상을 들고 나왔다. 진수성찬에 맛 좋은 술까지 차려져 있었다. 이 상을 받은 시도는 배불리 먹고 취하여 돌아왔다.

경신년(1680)•에 허적이 대역죄로 사사되었다. 시도는 허적이 사약을 받을 때 박차고 들어와 약을 빼앗아 나누어 마시려 했다. 그러나 의금부 도사가 그를 질질 끌고 나와 밖으로 내쫓았다. 허 상국이 죽은 뒤 시도는 미쳐 날뛰며 울부짖었다. 그러고는 더는 살 뜻이 없어 집을 버리고 산수 자연을 찾아다니며 발길 닿는 대로 떠돌았다.

마침 친척 형이 강릉 땅에 살고 있어서 그를 찾아갔다. 그런데 그는 이미 중이 되어 출가하고 없었다. 주변에 물었으나 어디에 있는지 모른다고 했다. 시도는 그길로 속세를 떠날 참으로 금강산으로 들어갔다. 표훈사•에 이르러 그곳 승려들에게 물었다.

"내가 불교에 귀의하려 하네. 덕이 높은 고승을 스승으로 모시고자 하는데 어느 분이 좋겠는가?"

- **경신년(1680)** 경신대출척. 이 사건으로 남인이 실각하고 서인이 집권하게 되었다. 이후 1689년에는 인현왕후를 내치고 장희빈을 왕비로 옹립하는 사건이 이어졌는데, 이때는 서인이 정권을 잡게 된다. 이 사건을 기사환국이라 한다.
- **표훈사(表訓寺)** 금강산 내산에 있는 사찰로, 670년 표훈대덕(表訓大德)이 창건했다고 한다. 장안사와 함께 내금강의 대표적인 사찰이다.

그러자 한결같이 말했다.

"묘길상• 뒤 암자에서 수도하고 계신 분이 바로 생불이시오."

시도는 이들이 가르쳐준 암자를 찾아 올라갔다. 거기에 정말 어떤 승려가 가부좌를 한 채 입정해 있었다. 시도는 스님 앞에 엎드려 성심으로 복종하고 진득하게 섬기겠으며 머리를 깎고 승려가 되겠다고 다짐했다. 이렇게 간절하게 요청했으나 스님은 듣지도 보지도 않았다. 그래도 시도는 엎드린 채 일어나지 않았다. 날이 저물어갈 즈음 스님이 갑자기 소리쳤다.

"시렁 위에 쌀이 있거늘 왜 밥을 하지 않는가?"

시도가 일어나서 시렁을 확인해 보니 과연 쌀이 있었다. 그래서 밥을 해 먹었다. 그 뒤로도 시도는 한밤 내내 엎드려 있었다. 아침이 되자 스님은 다시 밥을 지으라고 했다. 이렇게 하기를 대엿새가 지났다. 그러나 스님은 끝내 가타부타 얘기가 없었다. 이에 시도는 의지가 조금 꺾인 채로 암자를 나와 주변을 거닐었다. 그러다 암자 뒤편에 두세 칸짜리 띳집을 발견했다. 거기에는 열여섯 살 정도 되는 몹시 예쁜 여자아이가 있었다. 시도는 순간 안아보고 싶은 욕구가 불쑥 일었다. 결국 참지 못하고 그녀 앞으로 다가가 껴안으며 범하려고 했다. 그러자 여자아이가 옷섶 속에 품고 있던 작은 은장도를 꺼내더니 자결하려는 게 아닌가. 그때야 정신이 든 시도는 두려운 마음에 그만두고 어떻게 여기까지 오게 되었는지 물었다.

• **묘길상(妙吉祥)** 금강산 만폭동 절벽에 새겨져 있는 아미타여래좌상. 불상의 높이가 15미터에 이르며 마애불로는 걸작이다. 표훈사에서 금강산 정상 방향으로 올라가는 길에 있다.

"저는 본래 아랫마을 동구 밖에 사는 아낙이랍니다. 오라비가 금강산으로 출가하여 이 암자의 스님을 모시고 있지요. 어머니께서 암자의 스님이 신령한 분이라고 하여 소녀의 운명을 여쭈었더니 4, 5년 안에 큰 액을 당할 상이라고 하시면서, 세상살이를 끊어버리고 암자 곁에 와서 살면 화를 면할 수 있고 좋은 인연까지 맺을 거라고 알려주었답니다. 어머니는 그 말씀을 믿고 이곳에 띳집을 엮어서 저만 데리고 들어와 머물렀지요. 몇 년을 이렇게 해오던 중에 지금 어머니는 잠시 아랫마을 옛집에 들르러 갔답니다. 이 와중에 느닷없이 당신의 위협으로 자결할 상황이었지요. 아마도 이 일이 큰 재액인가 보네요. 부모의 명도 없이 저질러진 일이라, 죽을지언정 어찌 오명을 뒤집어쓰겠어요? 그렇긴 하나 이것도 우연은 아닌 듯하네요. 신통한 스님이 좋은 인연이 있을 거라 한 것도 필시 당신을 두고 말했나 봐요. 남녀로 한번 몸을 맞대었으니 저로선 어찌 다른 사람에게 가겠어요? 맹세코 따를 터이니 다만 어머니가 돌아오시기를 기다려 확실한 혼례를 치르는 게 좋지 않겠어요?"

시도는 그녀의 분별 있는 말에 따르지 않을 수 없었다. 이윽고 그녀와 작별하고 원래 암자로 돌아왔다. 그러나 스님은 여전히 말이 없었다. 그날 밤 시도는 온통 그녀 생각에 사로잡혀 더는 불도를 닦으려는 의지가 없어졌다. 어서 내일 아침이 되어 그녀 모친의 허락이 떨어지기만을 기다렸다.

다음 날 아침, 시도는 잠에서 깼다. 그런데 스님이 갑자기 선방으로 들이닥쳐서는 그를 호되게 꾸짖었다.

"어떤 해괴한 물건이기에 나를 이처럼 흔드느냐? 필시 죽여야 끝나겠구나!"

그러면서 육환장•을 들고 휘둘러 치려 했다. 낭패한 시도는 암자 밖으로 줄달음을 쳐 한참을 우두커니 서 있었다. 얼마나 지났을까, 스님은 그를 불러 다시 들어오라고 했다. 이번에는 따뜻한 말로 위로하는 것이었다.

"자네 상을 보니 출가할 사람은 못 되네. 암자 뒤에 사는 처자는 결국 자네 부인이 될 것이네. 하지만 여기서 곧장 떠나되 잠시도 지체해선 안 되네. 뒤에 조금 놀랄 일이 있겠지만 자네 복록은 이제부터 시작될 것이네."

그러면서 '이성득전작교가연(以姓得全鵲橋佳緣)'•이란 여덟 글자를 써주었다. 시도는 눈물을 흘리며 하직하고 나왔다. 그가 표훈사로 내려와 앉은 자리가 따뜻해지기도 전에 느닷없이 군관이 들이닥쳤다. 저들은 그의 머리에 자루를 씌워 단단히 묶어서는 수레에 태워 득달같이 내달렸다. 이삼일 만에 한양으로 압송해서는 삼목•을 채워 옥에 가두었다. 어찌 된 사정일까? 옥사가 일어났을 때 허적과 연루된 사람이 많았다. 당연히 그가 가까이 지낸 자들이나 겸종들까지 다 붙잡혔다. 옥사의 공초에서 시도도 여기에 단단히 연루됐다는 정황이 나

- **육환장(六環杖)** 승려가 짚고 다니는 고리가 여섯 개 달린 지팡이로, 주로 중생을 깨우치는 도구로 사용했다.
- **이성득전작교가연(以姓得全鵲橋佳緣)** 풀어보면, '성씨 때문에 목숨을 보전하고, 오작교의 아름다운 인연을 이루다.' 정도가 된다. 시도의 성씨인 염(廉)이 청렴하다는 의미이니, 이런 그의 인품으로 목숨을 보전하게 된다는 뜻이다.
- **삼목(三木)** 죄인에게 씌웠던 세 가지 형구. 목에 씌우는 칼, 손을 묶는 수갑, 발에 채우는 차꼬를 말한다.

와 체포된 것이었다.

의금부에서 국문이 시작되었다. 마침 청성부원군이 이 옥사를 관장하고 있었다. 여러 관료가 줄지어 앉은 가운데 나졸이 시도를 붙잡아 끌고 들어왔다. 그때는 심문받으러 온 자들이 많아서 김공은 처음엔 그가 시도라는 걸 못 알아보고 한 차례 대질 신문을 한 뒤에 다시 옥에 가두어놓았다. 그때 마침 김공의 음식을 담당하던 여종이 다름 아니라 전에 은을 잃어버렸던 바로 그 종의 누이였다. 그녀는 김공에게 음식을 바치러 왔다가 감옥 안에서 귀신 몰골을 한 채 칼에 씌워져 있는 시도를 발견하고 깜짝 놀랐다. 집으로 돌아온 여종은 부인마님에게 이 사실을 알렸다. 부인은 시도가 너무 불쌍하고 안타까워 남편에게 편지를 보내 잘 살펴달라고 청했다. 그제야 그가 시도라는 걸 알게 된 김공은 당장 시도를 압송해 들이라고 했다. 대략 혐의 없음으로 결론을 내리고 곧장 석방을 명했다.

"이자는 본래 의로운 사람이다. 그의 마음과 행실을 내 깊이 알고 있느니라. 어찌 역적의 모의에 참여했겠느냐?"

시도가 의금부 문을 나오는데 예전에 돈을 잃어버렸던 종이 새로 지은 고운 옷을 가지고서 기다리고 있었다. 그리고 둘은 함께 종의 집으로 갔다. 종은 시도를 극진히 대접하고 노자와 말 한 필을 내어주면서 행상이나 하면서 자취를 감추라고 일러주었다. 그리하여 그는 행상하러 다니게 되었다.

다니던 중에 허적의 생질인 신후재•가 상주 목사로 있다는 소식을 접했다. 시도는 그를 찾아뵙고자 상주로 향했다. 그때는 칠월칠석으로 이른바 견우와 직녀가 서로 만나느라 까막까치가 다리를 놓는다는 날이었다. 상주 권역으로 들어섰을 때 날은 이미 저물었다. 그런데 말이 느닷없이 내달려 후미진 길을 따라 한 촌가로 들어가는 것이었다. 시도는 도망친 말을 뒤쫓아 그 집을 찾아갔다. 들어가 보니 도망한 말은 벌써 마구간 안에 매여 있었다. 어떤 여자가 앞마당에서 실을 잣고 있다가 방 안으로 몸을 피했다. 시도가 묶인 말을 풀려고 하자 한 노파가 안에서 나와서 말렸다.

"뭐 하러 굳이 풀려고 하시오? 말이 알아서 돌아온 것을."

시도가 무슨 영문인지 몰라 멍한 채 인사를 하고 물었다.

"뵌 적이 없는 안주인께서 무슨 말씀을 하시는지 모르겠소. 말이 알아서 돌아왔다니 무슨 뜻이오?"

노파는 시도를 맞으며 앉으라고 했다.

"차차 말하리다."

그때 갑자기 들창 안에서 흐느끼는 소리가 들려왔다.

"왜 우느냐? 너무 좋아서 그러느냐?"

시도는 더더욱 의구심이 들어 이유를 캐묻자 노파가 운을 뗐었다.

"손님께서는 아무 해에 금강산 작은 암자 뒤편에서 한 처자를 만난 일이 있지요?"

"그렇소."

"그 아이가 내 딸이요. 지금 울고 있는 애가 그 아이지요. 암자의 스님은 어디서 오셨는지 아십니까? 바로 강릉에 살던 당신의 족형이

- **신후재(申厚載)** 1636-1699. 자는 덕부(德夫), 호는 규정(葵亭), 본관은 평산이다. 강원도 관찰사, 한성 판윤 등을 역임했으며, 기사환국 때 남인으로 활약하다가 1694년 갑술옥사 때 귀양을 가는 등 부침을 겪었다.

시지요. 그분은 신통한 고승으로 무엇이든 꿰뚫어 보고 앞으로 닥칠 일도 척척 맞춰 털끝만치도 차이가 없었답니다. 진즉에 내 딸을 가리키며 나에게 이리 일러주셨지요.

'이 애는 내 사촌동생 염 아무개와 인연이 있다네. 하나 지금부터 몇 년 사이에 큰 액운이 있을 터, 만약 나에게 와서 의지한다면 무사히 넘길 수 있을 걸세. 그러고 나면 혼인도 저절로 이루어질 것이네. 하지만 당장 함께 살지는 못하고 영남의 상주 땅에서 아무 해 아무 달 아무 날이 되어서야 가족이 될 걸세.'

이 가르침에 나는 딸아이를 데리고 스님을 찾아가 액운을 넘기려고 했었지요. 그때 정말 당신이 암자를 찾아왔으나 내가 마침 나가 있어서 만나지 못했지만 말입니다. 그 뒤 스님은 암자를 버리고 다른 곳으로 떠나셨는데 어디로 가셨는지는 알 수 없고요. 지금은 내 아들이 이곳 상주의 사찰에 와서 수행하고 있기에 나도 뒤따라와서 여기에 있게 된 것입니다. 스님이 말해준 날이 오늘이라 필시 당신이 찾아올 줄 알았지요."

그러더니 딸아이를 불러서 시도를 뵈라고 했다. 조금 뒤에 여자가 문밖으로 나왔다. 과연 금강산에서 보았던 그 처자였다. 얼굴이며 자태가 더욱 성숙하고 아름다워 시도는 절로 애잔함이 몰려왔다. 그녀도 슬픔과 기쁨이 교차하는 듯 눈물만 흘릴 뿐이었다. 잠시 뒤 진수성찬에 푸짐한 저녁밥 한 상이 나왔다. 오늘이 올 줄 알고 미리 마련한 음식들이었다. 그날 밤 마침내 혼례를 치렀다. 스님이 말한 여덟 글자 부적이 다 들어맞았다.

시도는 며칠을 머물다가 상주 목사를 찾아뵙고 그간 일의 자초지종을 말해주었다. 목사는 그를 대단하다고 하면서 많은 선물을 내려주었다. 한편, 시도의 전처는 이미 오래전에 죽고, 같이 살던 집은 친척에게 맡겨둔 상황이었다. 이리하여 그는 새로 얻은 아내와 장모를 데리고 한양으로 올라가 다시 예전 집에서 살았다.

시도의 이름은 고관들 사이에 널리 퍼졌으며 청성부원군 김공의 보살핌도 극진하여 집안이 제법 풍족해졌다. 세상 사람들은 그를 '염의사(廉義士)'라 불렀으며, 아내와 함께 수복을 다 누리고 80여 세에 죽었다. 그의 자손들이 지금껏 안국동에 살고 있다.

《학산한언》 제25화

10화

정승과 겸인 집안을 살린 사위

동고 이준경• 정승의 겸인으로 피가(皮家)가 있었다. 그는 여러 해 동안 정승 집안의 일을 도맡아 처리했다. 매사에 신중하고 견실하여 이 정승도 그를 매우 아꼈다. 한편, 그에게는 다른 자식은 없고 딸아이 하나만 있었다. 그래서 그는 동고 어른을 뵐 때마다 간청했다.

"소인은 여식 하나만 있사오니 데릴사위를 얻어서 늘그막에 의지하고자 합니다. 신랑감은 대감마님의 분부 여하에 달려 있습니다."

정승은 알았다며 고개를 끄덕였다. 하지만 딸아이가 16세가 되었어도 여태껏 신랑감을 알아봤다는 얘기가 전혀 없었다. 피가가 기다리던 차에 하루는 퇴궐하여 귀가한 정승이 곧장 그를 불러 말했다.

• **동고(東皐) 이준경(李浚慶)** 1499-1572. 자는 원길(原吉), 동고는 그의 호이며, 본관은 광주이다. 16세기 초 사화 때 고초를 겪었으며, 이후 병조판서와 삼정승을 역임했다. 특히 그는 향후 붕당의 폐해가 있을 것임을 예견했는데, 그의 사후에 실제 동서 분당이 일어났다.

"내 오늘 아침에야 신랑감을 얻었구나. 속히 불러오게 하마."

그러고는 당장 하인에게 일렀다.

"너는 지금 육조거리 한성부• 앞으로 가거라. 거기에 빈 가마니를 뒤집어쓴 채 앉아 있는 총각이 있을 게다. 반드시 그자를 불러와야 하느니라."

하인은 말이 떨어지기가 무섭게 그곳으로 달려갔다. 정말 그곳에 그런 총각이 있어서 이 정승 대감의 분부라며 가자고 했다. 그랬더니 총각은,

"정승 대감께서 무슨 일로 나를 부른단 말이오?"

이렇게 말하며 한사코 거절하면서 가지 않았다. 하인이 공갈도 치고 위협도 해봤지만 그는 꼼짝도 하지 않았다. 별수 없이 빈손으로 돌아간 하인은 사정을 정승께 아뢰었다.

"필시 그럴 줄 알았느니라."

안 되겠다 싶어 정승은 호위를 맡은 휘하의 군사 몇 명을 보내 억지로라도 끌고 오게 했다. 그가 끌려오자 정승이 물었다.

"너는 아내를 얻고 싶지 않느냐?"

그랬더니 그는 딱 잘라 말했다.

"소인은 아내를 얻을 생각이 없습니다."

하지만 정승이 재삼 강권하자 총각은 마지못해 그래 보겠다고 했다. 이때 피가가 곁에서 그를 살펴보았더니, 차림새가 남루한 데다

• **육조거리 한성부(漢城府)** 육조거리는 육조의 각 기관이 있던 거리로, 지금 광화문 앞 세종로 길에 있었다. 한성부는 한양의 행정과 치안을 담당한, 지금의 서울시청에 해당한다.

생김새도 꾀죄죄한 게 거지나 다름없었다. 놀랍기도 하고 실망도 컸으나 대감이 분부한 터라 거절할 수도 없었다. 그런 그를 사랑채로 데리고 가 몸을 씻기고 옷을 갈아입혔다. 이 정승은 피가에게 서두르라고 했다.

"따로 좋은 날짜를 잡을 필요 없이 내일 바로 혼례를 치르거라. 며칠이라도 늦췄다가는 필시 저자를 잃고 말 게다."

피가는 대감을 전적으로 믿었기에 이도 받들어 다음 날 초례를 치러 혼인시켰다. 집안에서는 입을 가리며 비웃지 않는 이가 없었다. 심지어 신랑에게 모욕을 주기도 하고 더럽다며 침을 뱉기도 했다. 그러나 신랑은 전혀 부끄러워하거나 아랑곳하지 않았다. 한편, 신랑은 장가를 든 뒤로는 두건도 쓰지 않고 버선도 신지 않으며 문밖으로는 한 발짝도 나가지 않았다. 그저 밤낮으로 잠자는 게 일과였다. 그래서 사람들은 그를 게으른 놈, 쓸모없는 인간이라고 지목했다. 이렇게 3년이 흘렀다.

그러던 그가 하루는 홀연 몸을 일으키더니 대야물에 얼굴을 씻고 망건을 쓰고는 의관을 정제하고 앉는 것이었다. 온 집안 식구들이 놀라며 희한한 일이라 했다.

"오늘 어째서 저렇게 빗질하고 씻는다지?"

"오늘 대감 나리께서 나를 찾아오실 거요."

그가 이렇게 말하자 다들 비웃었다. 그런데 잠시 뒤 문밖에서 느닷없이 주변을 물리치는 소리가 들려왔고 대감이 과연 문 안으로 들어왔다.

"네 사위는 어디에 있느냐?"

대감이 피가에게 물으면서 곧장 방으로 들어가더니 사위의 손을 붙잡았다.

"장차 어찌한단 말인가, 어찌해? 이제 너만 믿을 뿐이다!"

"천운이니 어찌하겠습니까?"

"그렇다면 너는 필시 네 아내와 집안 식구들은 구할 수 있겠지? 그때 우리 식구들도 꼭 함께 구해주어야 하느니라."

"보아하니 닥쳐올 사태가 어떨지는 단정하기 어렵습니다."

이런 얘기를 주고받더니 대감은 바로 집을 나섰다. 이때부터 집안 사람들은 이를 두고 이상해하면서도 대감이 그를 이렇게 대접했으니 분명 보통 사람은 아닐 것이라 여겼다. 그리하여 집안에서의 대접이 이전보다는 나아졌다.

어느 날 밤이었다. 피가가 대감 댁에서 돌아와 막 대문으로 들어서는데 사위가 급히 불러세웠다.

"장인께서는 옷을 벗지 마시고 당장 대감 댁으로 돌아가세요. 대감의 임종을 지키셔야 합니다."

피가는 의아하여 되물었다.

"방금 대감마님의 이부자리를 깔아드리고 오는 길이네. 저녁 진지를 드신 뒤에 담배를 태우시며 앉아서 손님들과 담소를 나누고 계셨거늘 이 무슨 말인가?"

"여러 말 마시고 급히 가셔야 합니다. 급히요! 잠깐이라도 지체했다가는 임종을 지키지 못할 겁니다."

피가는 너무 이상했으나 하도 사위가 보채는 바람에 바로 되돌아갔다. 대감의 침실로 들어갔더니 가래 끓는 소리가 났다. 대감은 피가가 들어온 걸 보고는 눈을 뜨고 겨우 소리를 내었다.

"너는 어떻게 알았기에 갔다가 다시 돌아왔느냐?"

"소인의 사위가 이야기해 주었습니다만 짐짓 믿지 않고 왔습니다. 대감마님, 어인 일이십니까? 잠깐 새에 이리 위중해지시다니요?"

대감은 고개만 끄덕이며 다시 일렀다.

"네 사위는 보통 사람이 아니니라. 너는 그가 하는 말이면 하나도 어기지 말고 무조건 따르거라."

이 말을 남기자마자 숨을 거두었다.

이로써 피가는 자기 사위가 재주를 감추고 세상 밖을 노니는 부류임을 알게 되었다. 이때부터 그를 전적으로 믿고 의지했다. 동고 이 정승이 죽고 10여 년이 지났을 즈음 사위는 느닷없이 피가에게 이런 요청을 했다.

"제가 처가에 들어온 뒤로 한 일이 아무것도 없네요. 장인어른이 수천 냥을 마련해 주시면 그 돈으로 장사나 해볼까 합니다."

뭐라도 해보겠다고 하니 장인은 반가웠다.

"좋네."

이리하여 장인 피가는 수천 냥을 만들어 내어주었다. 사위는 이 돈을 가지고 나갔다가 6, 7개월 만에 돌아왔는데 빈손이었다. 그러고는 이렇게 말했다.

"일이 잘 풀리지 않아서 돈을 다 날리고 말았습니다. 다시 오륙천 냥을 대주시면 이번에는 장사를 잘해보겠습니다."

장인은 또 돈을 마련해 주었지만, 1년이 지난 뒤에 사위는 다시 빈손으로 돌아왔다.

"이번에도 낭패를 보아 장인어른 뵐 면목이 없습니다. 집과 전답이며 살림살이를 다 팔아서 저에게 주신다면 이번에는 장사를 더 크게 벌여볼 참입니다. 전에 잃었던 돈까지 만회할 겁니다."

피가는 허랑하기 짝이 없었으나 이 정승이 임종할 때 했던 부탁이 있던 터라 그가 원하는 대로 집은 물론이고 시골에 있는 별장까지 팔아 대주었다. 이제 피가는 남의 집을 빌려 사는 신세가 되었다. 집안 사람들은 돌아가며 헐뜯었고 모르는 사람들은 비웃기까지 했다. 그러나 피가는 주변의 시선에 아랑곳하지 않았다. 그런데 1년쯤 지났을 때 사위는 또 빈털터리가 되어 돌아왔다.

"장인께서 어렵게 마련해 주신 돈을 또다시 다 날리고 말았습니다. 대감 댁의 서방님을 뵙도록 해주시면 거기서 돈을 빌려 장사해 볼까 합니다."

피가는 이마저도 받아들여 그와 함께 대감 댁으로 갔다. 사위는 대감의 아들을 뵙고 오륙천 냥을 대달라고 했다. 이에 그는 흔쾌히 돈을 마련해 주었다. 그러나 역시 사위는 빈손으로 돌아왔다. 급기야 대감 댁의 집과 시골의 전장까지 헐값에라도 팔아서 빌려달라고 장인을 통해 부탁했다. 이 요청을 들은 아들은 선친의 유지를 생각하여 아무런 난색도 표하지 않고 다 팔아서 돈을 마련해 주었다. 그 뒤 7, 8개월 만에 돌아온 사위는 이 돈까지 바닥내고 말았다. 처음 돈을 가져간 때부터 그 햇수를 따져보면 거의 7, 8년이었다.

또 시간이 지났다. 어느 날 사위는 피가와 대감의 아들을 불렀다. 모신 자리에서 그는 이런 건의를 했다.

"두 집안의 재산이 제 손에 완전히 거덜나고 말았군요. 이제 무어라 아뢸 말도 없습니다. 하지만 이왕 일이 이렇게 됐으니 어쩌겠습니까. 두 집 식구들은 저와 함께 시골로 내려가 생계를 꾸리는 게 어떨까 싶습니다."

다들 어쩔 수 없었다.

"그러세."

마침내 날을 잡아 두 집안 식구는 노정에 올랐다. 소와 말을 준비하여 짐을 싣고 사람을 태워 동대문을 나가 동쪽으로 길을 나섰다. 며칠 만에 어느 산골짜기로 들어섰다. 그곳은 바위가 우뚝우뚝하고 나무들은 울창하여 길은 끊어지고 산이 앞을 막고 있었다. 천 길 높이의 깎아지른 듯 서 있는 높은 봉우리를 맞닥뜨리자 이제 더 이상 발을 딛고 갈 데도 없었다. 일행은 여기서 타고 온 말과 소를 풀어주어야 했다. 이들 식구는 산 아래에 주저앉아 마주 보며 눈물을 흘릴 뿐이었다. 그런데 잠시 뒤, 깎아지른 석벽 위에서부터 흰 베 수백 가닥이 내려왔다. 사위는 울고 있던 두 집안의 식구들을 독려하여 흰 베 가닥을 붙잡아 몸에 감게 했다. 그렇게 해서 석벽 위를 오르니 산 맞은편 아래로는 넓은 들이 끝도 없이 펼쳐졌다. 들판 위로는 기와집 몇 채와 초가집 수백 칸이 들어서 있었다. 닭 울고 개 짖는 소리가 여기저기서 들려왔다. 그야말로 번듯한 하나의 마을이었다.

두 집안 사람들은 두 곳의 기와집에 나누어 거처했다. 집에는 곡식이며 면포, 가마솥과 그릇 따위의 온갖 일용품들이 하나도 빠짐없이 갖춰져 있었다. 이제야 사람들은 사위가 지난날 돈을 가져간 게 모두 이 별처를 조성하기 위함이었음을 알게 되었다. 식구들은 봄에는 밭 갈고 가을에는 수확하며, 남자는 쟁기질하고 여자는 베 짜며 세상 밖의 소식은 모른 채 산중의 재미를 누렸다. 그런데 이 정승의 두 아들은 한양 대갓집 자제로 살다가 하루아침에 외딴 시골에서 생활하자니 문을 열어도 갈 데가 없었다. 도성이 그리워져 마음이 울적한 적도 많았다. 보다 못한 피가의 사위는 피가와 두 아들을 데리고 높은 봉우리로 올라가 손으로 한 곳을 가리켰다.

"서방님들, 저기 저 개미만 한 것들이 보이지 않습니까? 저것은 다 왜놈들이랍니다. 세상 밖은 지금 난리가 났습니다. 올해 4월•에 왜구가 대대적으로 우리나라에 쳐들어와 백성들이 다 어육이 되었습니다. 저들이 한양에까지 침범하여 전하께서는 지금 의주로 몽진하셨답니다. 집이 한양에 있었더라면 몸을 보전할 수 있었겠습니까? 소인은 본래 세상에 나오려고 하지 않았으나 우연히 한번 나왔다가 마침 대감을 뵙게 되었습니다. 대감께서는 직접 저의 혼사를 주선하셨답니다. 이를 거부할 수 없었던 소인은 결국 혼인하여 아내를 얻게 되었던 것이지요. 대감께서는 또 직접 저의 누추한 방에까지 왕림하셔서 나라의 운명을 걱정하시면서 집안 식구들을 소인에게 부탁하셨고 그래서 몇 년 동안 경영한 끝에 이곳에 무릉도원을 조성한 것이지요."

대감의 아들들과 피가는 이 말을 듣고는 깜짝 놀라면서 그간의 모든 사정을 파악할 수 있었다. 아울러 대감의 영험한 안목과 높은 식견을 잘 알게 되었다.

이들이 이곳에서 편안히 지낸 지 8, 9년이 되었다. 이때 사위가 이 정승의 큰아들에게 말했다.

• **올해 4월** 1592년 4월. 이해 4월 14일에 임진왜란이 일어났다.

"서방님께서는 이 땅에서 계속 사시렵니까?"

"그렇네. 이곳에 살면서 세월을 보내고 싶네."

"안 됩니다. 서방님이 여기에 계속 계시게 되면 훗날 후손들은 필시 평범한 백성 아니면 촌구석의 우매한 이들밖에 더 되겠습니까? 그리 되면 대감께서 조정에 나아가 벌인 사업들이 끝내 자취 없이 사라지고 말 것입니다. 이 어찌 통탄할 일이 아니겠습니까? 이제 왜놈들이 모두 달아나 나라 안이 말끔해졌으니 다시 세상에 나가셔야지요."

피가의 경우 '나야 다른 자식은 없고 자네 내외만 있을 뿐인 데다 늙었기도 하니 여기서 여생을 마칠까 싶다.'라는 뜻을 밝혔다.

"장인어른은 그렇게 하시지요."

사위는 이윽고 이 정승 집안의 사람들을 데리고 산을 나와 충주 읍내의 남산• 자락에 도착했다.

"여기 터가 아주 좋군요. 후대에는 양식이 쌓이고 자손들도 번성하여 잇달아 과거 급제를 하고 벼슬이 이어질 곳입니다. 앞으로 이곳을 집안의 터전으로 삼으시고 다른 곳으로 옮기지 마세요."

이 말을 남기고 인사한 다음 떠나갔다. 그 뒤로 이 사위의 행적은 알 수 없었다고 한다.

《청구야담》 권2 제28화 〈李東皐爲傔擇佳郞(이동고위겸택가랑)〉

• **남산(南山)** 충주의 남산. 산 모양이 봉황과 닮았다고 하여 '금봉산(金鳳山)'이라고도 한다. 예로부터 마고할미의 전설이 있는 등 일종의 길지로 알려졌다.

정쟁을 헤쳐 나간 남다른 인물들

이번에는 이야기의 주인공이 남성이다. 다만 신분이 낮은 편이다. 노비 언립은 우락부락하게 생긴 데다 사납고 거칠며, 겸인 염시도는 매사가 청렴하고, 피가의 데릴사위는 빈둥빈둥 놀기만 하는 등 성격도 제각각이다. 그러나 한 집안이 정쟁과 전란 속에 휘말렸다가 이들에 의해 극복되거나 유지된다는 점은 공통적이다. 그것도 앞의 여성들에 비해 훨씬 주도적이며 적극적이다.

8화는 풍비박산이 난 주인집을 건사하고 관혼상제까지 도맡는가 하면, 집안 전체를 다시 일으키는 만능 노비 이야기다. 주인공 언립은 힘은 장사였으나 흉악스러운 외모에 밥만 축내는 종이었다. 그러나 '주인에 대한 충정과 앞을 내다보는 탁월한 식견'을 지닌 존재였다. 그의 비범함은 주인집이 아예 몰락하면서부터 드러나기 시작한다. 주인의 장례를 주관하여 치르더니 주인집 딸의 혼사까지 주도한다. 이뿐만 아니라 가난에 시달리며 과부만 남은 집안을 어엿한 부잣

집으로 탈바꿈시켰다. 이쯤 되면 무너진 한 집안을 일으킨 사내종의 미담이라고 하기에도 좀 과장된 느낌이라 현실성이 떨어져 보인다.

그런데 서사는 여기서 멈추지 않는다. 후반부로 가면 언립은 양반 집안의 건사를 넘어 큼지막한 정치적 사건에 관여하게 된다. 바로 인조반정이다. 거사의 주체들은 그에게 반정의 성패 여부를 물어본다. 나가도 너무 나간 감이 없지 않으나 이야기를 더 따라가 보면, 초점은 언립이 이 소용돌이를 얼마나 절묘하게 비켜 가면서 한 집안의 안녕을 유지하는가로 모아진다. 야담 중에서 노비가 이런 정도로 정쟁의 소용돌이를 돌파하는 사례는 없었다. 그런 만큼 언립의 활약은 현실의 노비와는 동떨어져 보인다. 아주 드물기는 하지만 역사의 주요 장면에 노비가 등장하기도 했다. 그러니 마냥 불가능한 설정이라고 볼 것도 아니다. 한편, 이런 노비의 유형을 충노(忠奴)라고 한다. 앞으로 전개되는 노비 이야기들에서는 악노(惡奴)나 반노(叛奴)도 적지 않게 등장한다.

9화는 남인과 노론이 치열한 당쟁을 벌이던 시대를 배경으로 어느 재상가 겸인의 파란만장한 인생사를 다뤘다. 시작은 주인공 염시도가 길에서 남의 돈을 주워 주인에게 돌려주는 미담부터이다. 겸인은 중인 신분으로 대갓집에서 잡일이나 시중을 드는 등 대소사를 챙기는 일종의 기능직이다. 실제로는 잡일이나 하는 데 그치지 않고 금전거래나 회계는 물론 문서까지 담당했기에 상당한 지식과 일 처리 능력이 요구되는 자리였다. 임금에게 환관이 있었다면 대갓집 주인에게는 겸인이 있었다. 특히 조선 후기에는 벌열 가문이 늘어나면서 겸인의 역할과 기능이 증대되었으며 부상하던 중인 계층의 한 축을 이루었다.

염시도는 '염시탁(廉時度)'으로도 세상에 알려져 있고, 그에 관한 이야기가 여러 야담집에 실려 하나의 계보를 형성했다. 그의 이야기는 야담뿐만 아니라 소설화된 인물전으로 만들어져 〈염시탁전〉, 〈염시도전〉 등으로 불린다. 야담과 인물전 사이에 큰 차이는 없으나 부분부분 결이 다른 지점도 없지는 않다. 여하튼 염시도는 실존 인물이었을 가능성이 크고, 그의 사적을 야담과 전이라는 두 가지 유형으로 풀어냈다고 본다. 그리고 이는 조선 후기 겸인을 다룬 이야기 가운데 가장 대표적인 사례가 되었다.

그렇기는 하나 주인공 염시도의 서사를 따라가다 보면 어딘지 궁색해 보이고 주체성이 떨어지는 것 같다. 뭔가 주견이 없이 정쟁 속에서 부침을 거듭하는 인상만 주기 때문이다. 그런데 이는 겸인이라는 위치가 만들어낸 불가피한 형상이기도 하다. 상층 지배 집단 사이에 벌어지는 정쟁의 와중에서 한쪽 편의 주인을 모시는 주인공의 현실이 이런 인물상을 만들어냈다는 것이다. 그렇기에 이런 이야기의 성격을 좀 더 이해하기 위해서는 서사를 안과 밖으로 나누어 볼 필요가 있다. 즉 겸인 염시도가 겪은 파란이 겉으로 드러난 이야기라면, 기사환국과 경신대출척으로 대표되는 숙종 시대 당쟁이 이야기 이면에 자리한 사회적 조건인 것이다.

염시도의 주인인 허적과 돈을 잃어버렸던 김만기는 처음에는 우호적인 관계인 듯싶다. 그러나 실제로 허적은 남인의 영수였고 김만기는 서인의 중심에 있었다. 아닌 게 아니라 우호적인 관계도 잠시, 1680년에 일어난 경신대출척으로 허적과 그의 집안은 몰살된다. 따라서 그의 겸인이었던 염시도도 이 당쟁의 파고 속을 넘나들어야 했다. 어쨌거나 '염의사'라는 칭호에서 짐작할 수 있듯이 그의 청렴함은 자신의 목숨을 보전하고 기이한 인연까지 맺는 계기가 되었다. 따라서 염시도 개인의 청렴함은 이 소용돌이를 헤치고 나가는 동력이었다. 물론 여기에는 이야기로서의 적절한 우연과 기연도 함께했다. 이리하여 이 이야기는 조선 후기 겸인의 위치와 그 정체성을 보여주는 흔치 않은 서사가 되었다.

10화는 정쟁이 뒷배경이 아니라 전란이 개입되기에 전란 소재에 해당한다. 정쟁을 배경으로 한 5화 '곡배마 이야기'와 맞바꾸면 좋을 듯싶다. 그러나 인물과 형식 면에서 앞의 이야기들과 관련된 부분이 많아 1부의 마지막에 배치했다. 피가 사위의 애초 모습과 비범성은 노비 언립과 닮아 있으며, 정승 집안과 겸인 피가의 관계는 염시도 이야기와 엇비슷한 이유도 있다.

여기서도 주인과 겸인의 관계는 아주 돈독하다. 이 관계는 매사에 신중하고 견실한 피가의 품성과 행실에 기인한 것이지만, 주인인 이

준경의 앞날을 내다보는 안목도 한몫했다. 그런 그가 피가의 사위를 삼아주었는데, 이 사위가 이야기의 주인공이다. 무명의 존재, 그러나 '재주를 감추고 세상 밖을 노니는' 이 이인은 이 정승의 부탁으로 탐탁지 않은 피가의 데릴사위가 되었다. 그리고 어느덧 정승은 자기 집안과 피가 집의 운명을 그 사위에게 맡기고 유명을 달리한다. 그런데 사위는 이때부터 이상한 행동을 서슴지 않는다. 장사를 하겠다며 수시로 피가의 돈과 재산을 탕진하더니 그것도 모자라 정승 집안까지 거덜낸다. 이렇게 돈이나 재산을 계속 탕진하는 소재는 야담에서 자주 보이는 편으로, 뭔가 꿍꿍이짓을 벌이거나 음덕을 쌓을 때 하는 방식이다. 여기서는 깎아지른 석벽 위에 두 집안의 안식처를 마련하는 과정으로 활용되었다. 조만간 석벽 위에서 내려다본 세상은 끔찍한 전란 속에 휘말려 든다. 개미만 하게 보이는 왜병들이 물밀듯이 몰려오는 광경은 그래서 매우 상징적이다.

그러나 그의 역할은 여기서 끝이 아니었다. 전란이 끝나고 다시 속세로 내려와 이 정승 집안의 전통을 잇게 하는 것까지 책임을 졌으니 말이다. 이로써 그의 이인적인 면모는 완성되었다. 도성 안에서 거지꼴로 있다가 일약 범상치 않은 재주를 발휘하는 그의 형상은 전란과 정쟁을 통과하는 당대 사람들이 욕망한 또 다른 구원자의 모습이었는지도 모른다. 그러나 이야기는 이것 또한 정승 집안과 겸인의 남다른 유대에서 비롯되었다는 점을 놓치지 말라고 항변한다.

2부

치부와 만석꾼

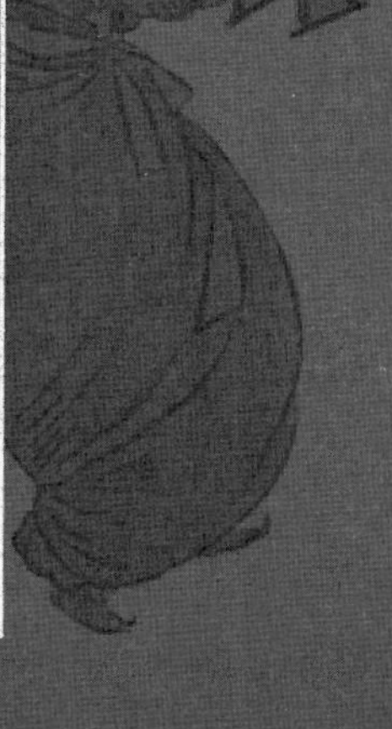

3장

부자 되기 프로젝트

11화

제주 우황으로 부자가 된 선전관

옛날 어느 무관이 선전관으로 춘당대에서 치르는 무과 시험•에서 임금의 호위를 맡고 있었다. 그때 마침 제주 목사를 파면시키라는 장계가 올라왔다. 옆에서 이를 지켜보던 무관이 동료들에게 이렇게 말했다.

"내가 제주 목사가 된다면 만고에 없는 치적도 올리고 세상의 이끗을 독차지할 수 있을 텐데 말이야!"

동료들은 무슨 말도 되지 않는 소리냐며 비웃었다. 그런데 그가 얘기하는 걸 행차한 임금이 듣게 되었다. 임금은 누가 이 말을 했느냐고 물었다. 무관으로서 임금을 감히 속일 수 없어 땅에 엎드려 아뢰었다.

"소신이 한 말이옵니다."

• **춘당대(春塘臺)에서 치르는 무과 시험** 춘당대는 창덕궁 안 지금의 후원에 있던 석대로, 여기서 임금이 주재한 가운데 말타기와 활쏘기 등의 무과 시험을 많이 치렀다. 이를 '춘당대시(春塘臺試)'라 한다.

"만고에 없는 치적을 올린다면서 어찌 세상 이끗을 독차지한다고 할 수 있느냐? 또 세상의 이끗을 독점하려는 자가 어찌 선정을 베푼다고 하겠느냐?"

무관은 납작 엎드린 채 아뢰었다.

"소신에게 그럴 만한 방법이 있사옵니다."

임금은 허탈하게 웃으며 그리 해보라고 하고 당장 그를 제주 목사에 제수한다는 특지를 내렸다.

"너는 가서 무조건 두 가지를 다 이루거라. 그리하지 못하면 너는 망언한 죄로 죽임을 면치 못하리라!"

무관은 명을 받들고 물러나 집으로 돌아왔다. 그는 먼저 밀가루를 많이 사서 치자 물로 반죽한 다음 큰 대바구니 안에 넣었다. 이렇게 세 바리를 만들었다. 나머지 챙긴 물건은 옷가지를 싼 짐뿐이었다. 조정에 하직 인사를 올리고 하인 한 명만 대동한 채 제주로 부임했다.

그는 송사를 공평하게 처리했으며, 아침저녁에 끼니로 제공되는 음식 외에는 술 한 잔도 받아먹지 않았다. 관아 창고에 남은 물자는 죄다 고을의 폐단을 바로잡는 데 썼다. 또한 그곳 토산품은 하나도 착취하지 않았다. 이렇게 1년이 지나갔다. 아랫것들과 백성들은 목사를 공경하며 받들었다. 고을이 생긴 이래 처음 보는 청백리라고 칭송이 자자했다. 이리하여 그가 영을 내리면 실행에 옮겨지고 금하라 하면 그쳐 온 도내가 편안해졌다.

그러던 어느 날, 그는 느닷없이 병이 났다며 문을 닫고 끙끙 앓는 것이었다. 며칠이 지나자 병세는 더 심해졌다. 음식을 전폐하고 어두운 방 안에 누워 앓는 소리가 하염없었다. 유향소 품관들과 아전들은 삼시로 병문안을 했으나 직접 만날 수가 없었다. 좌수와 군영의 관리가 그에게 간곡히 청했다.

"무슨 증세인지는 모르오나 저희 고을에도 의원과 약이 있습니다. 왜 진맥하여 치료하지 않으십니까?"

한참 가만있던 목사는 겨우 목소리를 냈다.

"이 병은 내가 젊었을 적부터 앓기 시작했네. 병치레하느라 대대로 물려받은 재산이 거덜나고 말았다네. 다행히 지난 20년 동안 이 병이 도지지 않았기에 깨끗이 나은 줄 알았네. 한데 지금 다시 도졌으니 이젠 치료할 방도도 딱히 없다네. 죽을 날을 기다리는 수밖에 더 있겠나."

저들은 계속 여쭈었다.

"어떤 증세이며 또 어떤 약재가 효과가 있습니까? 사또 나리께서 이리 앓고 계시니 고을 백성들은 넓적다리를 베어내고 심장을 도려내는 일이라도 서슴지 않으려 합니다. 약이라면 하늘에 올라가고 땅속으로 들어가서라도 기필코 구해 올 참이고요. 약방문만 내려주시면 저희가 무엇이든지 하겠습니다."

"내 병은 단독•이라는 걸세. 약으로는 그나마 우황이 잘 듣는다네. 우황 수십 근을 반죽으로 만들어 온몸에 붙이면 효과가 있지. 하지만 하루에도 서너 차례 새 약으로 갈아주어야 하고, 이렇게 사오일을 치료해야 하네. 우리 집안이 제법 살았는데도 그동안 많은 우황을 대느

• **단독(丹毒)** 감염에 의한 악성 피부병의 하나로, 고열을 동반하며 피부에 벌겋게 물집이 생긴다. 대상포진과 비슷한 증상이다. 과거에는 치료법이 마땅치 않아 목숨을 잃는 경우가 많았다고 한다.

라 단번에 파산하고 말았네. 어디서 우황을 다시 구해 몸에 붙이겠는가?"

저들은 이 말을 듣더니 오히려 희색이 만연했다.

"우황이라면 저희 고을이 특산이라 구하기가 쉽습니다."

좌수는 급히 밖으로 나와 각 읍에 전령을 보냈다.

> 사또께서 병을 앓고 계시니 치료할 방법이 있다면 우리는 있는 힘을 다해 찾아보아야 할 것이다. 게다가 치료약은 우리 고을에서 그리 귀하지도 않은 우황이다. 그러니 누구누구 따질 것도 없고 적고 많음을 구분치 말고 있는 대로 바치라.

제주 백성들은 영을 듣고 앞다투어 우황을 바쳤다. 하루 사이에 몇 백 근이나 모였다. 목사를 따라온 하인은 우황을 접수하여 대바구니에 넣어두고, 싣고 왔던 치자 물을 들인 밀가루 반죽을 소분하여 매일 그릇에 담아 땅에 묻으면서 주의시켰다.

"누구라도 가까이 오면 독기에 쐬어 눈과 얼굴이 모두 상할 테니 접근하지 말라!"

이렇게 오륙일이 지나자 목사의 병세는 점차 호전되었다. 곧 병상에서 일어나 정무를 보았다. 깔끔하고 공정한 일 처리는 예전과 같았다. 그가 임기를 채우고 돌아가게 되자 제주 백성들은 비를 세워 그의 공덕을 기렸다. 한양으로 올라온 그는 이 약재를 팔아 수천 냥을 손에 쥐었다.

예로부터 제주에서는 소가 열 마리면 여덟아홉 마리에 우황이 있다 보니 흔한 약재였다. 그가 그 사실을 알고 있었기에 미리 치자 반죽을 준비하여 이런 수법을 쓴 것이다. 가까이서 모실 수 없었던 관속들은 멀리서 누런 치자 반죽을 보고 우황인 줄로만 알았던 것이다. 마침내 그는 부자가 되었다고 한다.

《청구야담》 권8 제2화 〈得巨産濟州伯佯病(득거산제주백양병)〉

12화

뜻밖에 소실을 얻어 횡재한 서생

새문• 밖에 한 서생이 살고 있었다. 그는 엄한 아버지 밑에서 가르침을 받아 제법 도리에 밝았다. 그의 아내도 더없이 현명했다. 집은 말 못 할 정도로 가난했으나 아내는 마음과 정성을 다했다. 음식도 먹기 편하도록 부드럽고 걸쭉하게 하여 시아버지를 봉양했다. 당연히 시아버지와 남편은 그녀를 사랑하고 아꼈다.

한편, 서생에게는 호남 땅에 숨어사는 종들이 있었다. 그는 추노•를 해서 어려운 집안 형편을 펴보고자 했다. 말을 세내고 하인까지 빌려 어렵사리 길을 떠났다. 막 호남의 경계에 들어섰을 때 저녁이 되

- **새문〔신문(新門)〕** 돈의문, 즉 서대문을 말한다. 도성의 다른 성문보다 늦게 지었다는 의미에서 '새문'이라 한 것이다. 뒤에 '새문 안', '새문 밖' 등으로 이 지역 주변 위치를 구분했다.
- **추노(推奴)** 주인이 외거노비나 도망간 노비를 찾아가 몸값을 징수하던 일. 조선 후기에는 몰락 양반과 도망 노비의 증가로 추노는 사회적 현상의 하나가 되었다.

었다. 그는 어떤 잘사는 민가가 있기에 노자를 쓰지 않아도 되겠다 싶어 투숙했다. 이 집의 주인은 다름 아닌 만석꾼이었다. 주인은 그를 몹시 반기며 기대 이상으로 대접했고 대하는 마음도 따뜻했다. 서생은 대접이 과한 듯하여 오히려 좀 이상하다는 생각도 들었다. 밤이 되고 난 뒤에야 주인이 말을 꺼냈다.

"그대에게 긴하게 청할 일이 있소이다."

"무엇입니까?"

주인의 청은 이러했다.

"내겐 아들이 없고 딸아이만 하나 있소. 지금 열일곱 살로 아주 정숙하고 지혜로운 아이지요. 이 애가 열세 살 때 꿈에서 한 남자를 만났는데, 이 사내를 제 딴엔 자기 짝이라고 여긴 모양이오. 얼굴과 외모가 너무 또렷해서 금방 알아볼 수 있었다는 거요. 꿈을 꾸고 나서 아이가 하는 말이, '하늘이 맺어준 배필이어서 제 꿈에 나타난 거예요. 꼭 만날 때가 있을 거예요. 저는 그때가 언제이든 상관없이 다소곳이 기다리겠어요. 아버지께서 다른 혼처를 구하더라도 절대 저는 따르지 않겠어요.'라고 합디다. 아무리 마음을 돌리려고 해도 제 뜻을 굽히지 않고 고집을 부리지 뭐요. 나이가 점점 들어가기에 집안 식구들의 걱정이 이만저만 아니었소. 한데 오늘 딸애가 문틈을 통해 그대의 모습을 보고는 일전에 꿈에서 본 남자와 너무도 흡사하다고 하지 뭐요. 물론 장년이시라 정실이 있을 테지만, 딸애를 첩으로 두더라도 무방하니 오늘 밤 모시고 잘 수 있게 해주시오. 저 애는 그대가 자기 뜻을 저버리면 스스로 목숨을 끊겠다고 맹세했다오. 제발 뜻을 굽혀 받아들여 주길 간곡하게 부탁하오."

그러나 서생은 꿋꿋하게 안 된다며 고개를 휘저었다. 주인이 간절하게 애원하고 애걸했으나 한결같이 거절했다. 서생의 생각으로는 평소 엄격한 부친도 두려웠거니와 어진 아내의 마음을 다치게 할 수는 없었기 때문이다. 다시 주인이 말했다.

“혹시 집안 형편이 어려워 소실을 두기가 어렵다고 걱정해서요? 그렇다면 우리 집 재물이 다른 데로 넘어갈 리는 만무하오. 그 때문이라면 걱정할 게 뭐가 있겠소?”

“그것 때문이 아닙니다.”

“그렇다면 부모님이 엄격하고 심지가 굳어서 그런 게요?”

“그렇습니다.”

“한 번만이라도 인연을 맺고 나면 꼭 댁에 들이지 않아도 무방하오. 딸애는 여기에 그대로 살게 하고 몇 년에 한 번씩 찾아와도 괜찮소.”

“그 외에도 어려운 점이 많아 아무래도 따를 수 없겠습니다.”

“지금 부인이 질투가 많아 곤란한 거요?”

“그렇지 않습니다.”

주인은 그래도 포기하지 않고 더욱 간절한 눈빛으로 허락해 주기를 쥐어짜듯 했다. 한밤중이 지나서야 서생은 더는 어쩌지 못하고 승낙해 주었다. 이에 주인은 당장 딸애더러 꾸미고 나와 서생에게 인사를 올리라고 했다. 그녀는 달 같은 자태에 꽃 같은 얼굴로 나타났다. 예의 사내라면 누구나 놀라며 좋아할 일이었다. 그러나 서생은 오직 어진 아내 생각에 이 여자의 아름다운 자태를 살필 겨를이 없었다. 잠자리에 들어 달콤한 때를 보냈는데도 산과 바다 같은 깊은 정은 일지 않았다.

아침에 일어난 서생은 떠날 채비를 서둘렀다. 하인들이 사는 곳으로 가야 했기 때문이다. 그런 모습을 본 주인 딸이 아버지에게 부탁했다.

"저 양반은 마음이 정말 철석같아요. 우리 집을 나서고 나면 분명 저를 잊을 거예요. 아무래도 추노하여 거둬들일 재물을 우리 집에서 대신 주겠다고 하여 떠나지 못하도록 해야겠어요. 억지로라도 붙잡아 다른 곳으로 가지 못하게 해주세요. 우리 집에서 사흘 밤을 지내고 곧장 한양으로 돌아가게 했으면 해요."

주인은 딸아이의 말대로 그를 잡아두었다. 그런데 다음 날 서생은 더 머물 생각이 없어 당장 한양으로 올라가려 했다. 그녀는 다시 아버지에게 애원했다.

"아버지는 저 신랑 혼자 돌아가게 할 참이세요?"

"네가 올라가는 건 앞으로 차차 논의해 보자꾸나."

"저런 냉담한 신랑이 한양으로 돌아가고 나면 저는 평생 과부가 되고 말 거예요. 저이가 데려가고 싶지 않더라도 저는 기필코 따라갈 거예요. 제 뜻을 신랑에게 알려주셨으면 해요."

주인이 서생에게 딸을 데려가라고 하자 서생은 이를 고사했다.

"천천히 생각해 봤으면 합니다."

그러나 주인은 막무가내로 막아섰다. 서생은 다시 어쩔 수 없이 더 머무르게 되었다. 그 사이 딸은 조마조마하여 아버지를 채근했다.

"아버지 재산이 만금이니 저희 생활 자금은 넉넉히 대주시겠지요? 필요한 만큼 지금 내주셨으면 해요. 상경길에 죄다 여장에 꾸려 제가 타는 가마 앞뒤로 늘어서게 할 참이에요. 신랑이 시댁에 과시할 수 있도록 말이에요. 그럼 신랑도 뿌듯하겠지요. 지금 앞뒤 따질 겨를이 없다니까요."

"그래, 네 말이 정말 옳구나!"

이에 말 30필을 준비하여 은과 비단 등속을 가득 실었다. 짐바리마다 여종 하나씩을 태우고 짐말을 끄는 사내종도 하나씩 붙였다. 이들 모두 신랑 집에 가면 심부름하는 종으로 쓰라고 했다. 떠나는 날, 화려한 가마에 신부를 태우고 건장한 노복 10여 명이 가마 앞뒤로 호위했다. 신랑도 안장을 채운 준마를 타고 나왔다. 한양에서 내려올 때와 비교하면 지금은 그야말로 금의환향이었다. 신랑 신부를 따르는 짐바리만 해도 대여섯 무더기라 짐을 실은 말이 길게 이어졌다.

서생은 신이 나서 마음이 들뜬 상태로 도성에 도착했다. 그는 신부와 짐은 우선 서소문 거리의 여관집에 떨구어놓고 떠날 때의 말을 타고 집으로 들어갔다. 부친을 뵙고 추노하러 갔다가 실패하고 돌아왔다며 아뢰었다. 그리고 물러나 아내를 만났다. 아내는 환한 얼굴에 온화한 낯빛으로 먼 곳을 다녀온 남편을 위로했다. 밤이 되어 함께 잠자리에 들었는데 남편의 얼굴에 근심이 가득했다. 아내가 그런 그를 달래며 말했다.

"우리 집이 가난하고 어렵지만 그래도 분수가 있잖아요. 추노 한번 실패했다고 그렇게 마음에 두면 어떡해요? 먹을 건 콩죽이나 물뿐이지만 우리 열 손가락이 다 있잖아요. 서로 믿고 걱정하지 말아요."

그런데 남편의 말은 달랐다.

"그런 게 아닐세. 내 이번 길에 뜻하지 않게 수천 냥을 횡재했다네. 그런 와중에 부득이 자네를 저버린 일이 많았네. 이 때문에 부끄럽고 민망해서 절로 낯빛이 펴지 못한 걸세."

그러면서 자초지종을 하나도 빠뜨리지 않고 말해주었다. 다 듣고 난 아내는 놀라워하면서 의외로 잘된 일이라며 축하까지 해주었다.

"하늘이 우리 집에 큰 복을 내렸네요. 제가 평소 손과 발에 굳은살이 배도록 심혈을 쏟아부었어도 시부모님 봉양하기가 어려웠잖아요. 한데 지금 누군가가 우리의 노고가 불쌍하여 도와주었나 봐요. 낭군은 저에게 은혜로운 일을 한 것이지 배반한 게 아니에요. 제가 어찌 한 푼어치라도 서운한 마음을 두겠어요? 게다가 그 여자는 곧고 믿음이 가며 지혜로우니 다른 여자들보다도 훨씬 나은 듯싶어요. 저는 한 번만 듣고도 그녀가 사랑스럽고 놀랍기만 한걸요. 그녀의 바람을 어깃장 낼 마음도 없고요. 설령 제가 질투라도 한다면 이는 정말이지 악업을 쌓는 짓이지요. 당신이야 돈 한 푼 없어도 소실을 둘 수 있잖아요. 그런데 천만다행으로 무진장의 재물까지 가지고 왔다니요!"

서생은 무색해하며 말했다.

"자네 뜻은 그렇다고 하나 아버님이 워낙 엄하시니 이를 어찌하겠는가?"

"그 문제는 제가 잘 풀어볼게요."

다음 날 이른 아침, 아내는 시아버지에게 문안드릴 때 나긋나긋한 목소리와 온순한 태도로 곁에 앉아 얘기를 나누었다. 이윽고 이 일로 고담•을 만들어 이야기를 늘어놓았다. 그러면서 여쭈었다.

"남자가 첩을 두게 된 건 정리상 어쩔 수 없겠지요. 그의 부모라면

• **고담(古談)** 옛이야기라는 뜻으로, 조선 후기에는 지금의 소설류를 이렇게 불렀다. 비교적 짧은 이야기는 '고화(古話)'라고도 했다.

아버님처럼 엄격하신 분이라도 아들을 나무랄 순 없지 않겠어요?"

"그럼, 그렇고말고! 부모 된 도리로야 자식이 첩을 두는 걸 막아야 하나, 이런 경우는 결코 나무랄 수 없는 거지."

이제 며느리는 이실직고했다.

"이 얘기는 고담이 아니라 바로 서방님이 이번에 겪은 일입니다."

시아버지는 갑자기 얼굴색이 화난 표정으로 바뀌었다. 그래도 며느리는 정색하고 아뢰었다.

"시아버님과 며느리 사이는 높고 낮기가 엄연하오나 이렇게 뵙고 정성을 다해 말씀드렸는데 순식간에 표정이 바뀌시다니요? 못난 이 며느리가 죽을죄를 지었으며 정녕 잘못을 저질렀습니다."

그제야 시아버지는 얼굴을 폈다.

"이미 지나간 일, 어찌할 수 없구나!"

며느리는 당장 종을 여관으로 보내 소실을 속히 데려와서 시부모님을 뵙도록 했다. 잠시 뒤 사람과 말이 거리를 꽉 메우며 들어왔다. 옥 같은 얼굴의 부인이 화려하게 장식한 가마에서 내려 시부모와 정실 부인에게 절을 올렸다. 따르는 일행과 하인도 퍽 많았다. 담장 높이만 한 선물을 풀어놓자, 마당이 재물로 가득 차서 둘 데가 없었다. 가난에 찌들었던 선비의 집이 졸지에 화려한 부잣집이 된 것이다. 집안에는 희색이 만연했다. 가마꾼과 마부 10여 명만 친정집으로 돌려보내고 나머지 하인들과 재물은 서생의 집에 그대로 남겨두었다.

참으로 세상에 드문 일이었다.

《동패락송》 제53화

13화

반촌의 부부가 치부하는 방법

예전에 어떤 선비가 과거를 보기 위해 반촌•에 들어가 묵은 적이 있었다. 집주인은 마침 출타하고 그의 아내만 있었다. 주변을 아무리 두리번거려 보아도 아무런 인적이 없었다. 순간 음욕이 발동한 선비는 여자를 억지로 끌어 잡고서는 통사정하며 안간힘을 썼다. 그녀는 애써 찾아온 손님인지라 차마 소리쳐 거절하지는 못하고 받아들여 정을 통했다.

이윽고 외출했던 남편이 돌아왔다. 대청마루로 올라서더니 그대로 방문을 열고 들어오려던 참이었다. 선비는 후다닥 치마로 그녀의 몸을 덮고 고개를 돌려 들어오는 남편에게 치마 쪽을 눈짓하며 손을 내

• **반촌(泮村)** 성균관에 필요한 물품을 제공하던 사람들이 모여 살던 마을로, 현재 종로구 혜화동 일대에 해당한다. 이곳에 거주한 사람들을 '반인(泮人)'이라 불렀으며, 주로 도살업에 종사하는 등 하층민이었다. 따로 여기 내용처럼 과거 응시자들에게 숙박을 제공하기도 했다.

저었다. 들어오지 말라는 신호였다. 남편은 선비가 누군가와 자기 방에서 일을 벌이고 있는 줄로 착각하고 문을 닫고 다시 나왔다.

"나같이 노숙한 사람이 왜 남의 눈치도 못 알아채고 말이야!"

남편은 이렇게 말하며 대문을 나서서 집을 나가버렸다. 선비는 남편이 나가고 나자 아무 거리낌 없이 한껏 즐겼다. 일을 치른 선비는 방을 나가 바깥채에 묵고, 여자는 혐의를 없애기 위해 이웃집으로 가 있었다. 한참 만에 남편이 다시 돌아왔다. 아내가 뒤따라 들어오자 남편이 물었다.

"자네는 그새 어디 갔다가 지금에야 오는가?"

"옷을 지어야 해서 이웃 손을 빌려 마름질하러 다녀왔지요. 한데 그이가 어디 갔다고 해서 기다리다 보니 좀 늦어졌네요."

남편은 이상하다 생각하지 않고 더는 묻지 않았다.

한편, 그로부터 얼마 지나지 않아 선비는 과거에 합격했다. 그리고 몇 년 뒤 평안 감사가 되었다. 이 소식을 접한 남편은 들떴다.

"이제 평양 감영에 가면 선물을 가득 실어 올 수 있겠군!"

그런데 아내가 비아냥거렸다.

"당신이 내려가 본들 무슨 선물 보따리를 받아 올 수 있겠수?"

화가 난 남편은 성을 냈다.

"내가 가서 못 받는다면 자네가 간들 뭘 얻는다고?"

"내가 가면 필시 얻을 게 많지요."

그래도 남편은 아내의 말을 듣지 않고 혼자 말을 빌려 평양으로 떠났다. 감영에 도착하여 감사를 뵈었는데, 감사는 그를 보고도 별다른 인사 없이 그저 밥을 내주라고만 했다. 다음 날에는 노자를 내어주며 그더러 속히 돌아가라고 하는 게 아닌가. 남편은 화가 머리끝까지 솟아 인사도 하지 않고 나와버렸다. 아내 볼 낯도 없고 해서 이만저만 원통하고 민망한 게 아니었다.

집에 돌아온 남편은 다짜고짜 욕지거리를 퍼부으며 분을 이기지 못했다. 아내는 그런 그를 맞이하며 빈정거리는 투로 물었다.

"그래, 무슨 물건을 가져오셨소?"

남편은 감사가 옛날에 대하던 것과는 딴판으로 대접이 냉담하기 짝이 없더라며 일일이 말해주었다. 아내는 웃었다.

"내가 분명 말하지 않았어요? 당신은 백 번 내려가 본들 얻을 게 없고 내가 내려가야만 얻어 올 게 있다고."

남편은 성을 내며 말했다.

"자네 말이 그렇다니 당장 내일이라도 내려가 보든지!"

이리하여 아내는 행장을 꾸려 평양 감영으로 갔다. 영문의 문지기를 통해 자신이 찾아왔다고 통지하니 감사가 바로 들어오게 했다. 그녀가 섬돌로 올라가 감사를 뵙고 절을 올렸다. 감사는 동헌의 집무실로 들라 하여 먼 곳까지 오느라 고생이 많았다며 위로한 다음 관아 안채로 가서 쉬라 했다. 그리고 휘하에게 일러 손님 대접을 잘하라고 했다.

그녀는 이곳에서 며칠을 머무른 뒤 감사에게 퇴청하겠다고 아뢰었다. 그랬더니 감사는 옛날의 정분을 잊지 못하고 안채에 머물던 그녀를 침실로 불러들였다. 옛정을 다시 이어 사랑을 나누었다. 이윽고 감사는 행하•를 적을 종이를 들이라 하더니 큰 글씨로 직접 돈 수천 냥과 그 외에 명주와 면포, 조기와 참기름 따위를 적었다. 이것들은 모두 평안도 지방의 특산품으로 선물용이었다. 아전에게 명하여 품목대로 내오게 하고 돈까지 챙겨 말에 실도록 했다. 실은 물품이 몇 바리나 되었다.

이 행렬이 한양으로 접어들었다. 행렬의 선두가 반촌의 앞길에 도착하여 평안 감사가 전에 묵었던 주인집을 수소문하니 길 가던 사람들이 가르쳐주었다. 선두가 그 집으로 들어가고 뒤따르던 다른 행렬도 연이어 도착했다. 아내는 맨 마지막에 들어왔다. 풀어놓은 짐이 마당에 꽉 차고 집 안까지 가득 메워 벽이 무너질 정도였다. 남편이 이걸 보고는 눈이 휘둥그레졌다. 그러다 이내 언제 그랬냐는 듯이 잔뜩 신이 나서 내려놓은 물품들을 정리하기에 바빴다. 어느 정도 정리되고 짐꾼들도 다 떠나 주변이 조용해졌다.

"내가 내려갔을 때는 물건 하나도 얻지 못했는데 자네는 이렇게나 많은 재물을 얻어 왔구려. 도대체 어찌 된 일인가?"

아내는 씩 웃으며 대답했다.

"당신은 아무 해에 감사 나리께서 과거를 볼 참으로 우리 집 안방에 들어왔다가 정을 통하던 사건을 기억하지 못하나 봐요?"

이 말에 남편은 한참을 있더니 뭔가 스치듯 떠올랐다.

"맞아 기억하지! 다만 그때 누워 있던 여자가 누구인지는 몰랐고."

"바로 나였어요."

남편은 처음엔 깜짝 놀랐다가 이내 아쉬운 듯 탄식했다.

• **행하(行下)** 일반적으로 주인이 부리는 사람에게 주는 돈이나 보수를 일컫는 말. 주로 집안에 경사가 있을 때나 놀이를 한 뒤에 덤으로 하사하는 유형을 말한다.

"그때 누워 있던 게 자네란 걸 알았다면 내 백 번이라도 눈감아 주었을 텐데 말이야. 그랬다면 오늘의 소득이 이 정도에만 그쳤겠는가?"

둘은 껄껄 웃었다.

《청구야담》 권1 제12화 〈誇丈夫西貨滿䭾(과장부서화만태)〉

기발하거나 우연찮은 축재의 풍경

조선 후기 야담의 큰 줄기는 두 가지다. 하나는 신분과 상관없이 누구나 잘살고 싶은 욕망을 반영한 치부(致富)이고, 다른 하나는 양반들의 영원한 과제이자 목표였던 과거 급제를 통한 입신양명을 다룬 출세이다. 이를 크게 치부담과 출세담으로 구분할 수 있다. 꼭 이 두 이야기가 아니더라도 치부와 과거 급제 소재는 많은 작품에 다양한 방식으로 편입되어 있다. 그러니 앞으로 이 책의 다른 편에서도 해당 소재들을 접하기는 어렵지 않을 것이다. 치부와 출세, 이는 조선 후기 상하층의 보편적인 욕망을 대변한다. 그런 점에서 야담은 단편 이야기로써 당시에도 어느 정도 대중성을 확보할 수 있었다. 이런 속에서 상하층이 뒤섞이며 저마다의 욕망이 분출되기도 했다.

다만 출세담은 양반만이 과거에 응시할 수 있었기에 그 대상이 한정적이었다. 물론 양반의 주변에서 출세를 돕거나 디딤돌이 되는 등 하층이 개입하기는 하지만 이야기의 주체는 되지 못했다. 반면, 치부담은 계급과 계층을 막론하여 상하가 어우러졌기에 더 광범위하고 유형도 다양하다. 중하층은 물론이고 양반 중에서도 몰락 양반은 본업인 과거를 버리고 농사나 상업에 뛰어들어 부를 축적하고자 하는 욕망을 키웠다. 이러했으니 치부담은 신분을 막론하고 조선인 모두가 달려드는 모양새였다. 이런 치부 관련 이야기가 흥행하게 된 데는 당시 경제 체제의 변화도 한몫했다. 종래의 농본주의 사회는 그대로 유지되었으나 상업 거래가 늘어나고, 담배 같은 기호품의 수요가 늘어나면서 많은 이윤을 남기는 시장경제가 형성되었다. 농사나 장사는 평민들이 하는 일이었으나 시장경제의 활성화로 몰락 양반들도 이런 돈벌이에 뛰어들기 시작했다.

그러면서 치부담의 양상도 단일하지 않고 상당히 복잡해졌다. 여기에 조선 후기 사회 제도와 경제 체제가 계속 변화를 거듭하면서 치부담도 변주를 거듭했다. 이 장에서는 이런 변화에 따른 다양한 치부담의 형태를 소개했다. 여기에는 여러 계층의 치부자와 다양한 치부 방법, 그에 따른 당대인의 욕망이 가감 없이 그려져 있다. 먼저 앞의 세 이야기는 기발하거나 우연찮거나 난데없는 상황에서 부를 획득하는 내용이다.

11화는 어느 무관의 치부담이다. 애초 그는 임금의 호위를 담당하는 선전관이었다. 선전관은 무관으로는 낮은 직위였으나 임금을 호위하는 직분이다 보니 장차 고위직에 오를 수 있는 전도양양한 자리였다. 실제 왕명으로 특진하여 높은 벼슬자리로 옮기는 경우도 많았다고 한다. 여기 무관도 여하튼 임금 주변에 있었기에 목사 자리에 발탁될 수 있었다. 그리고 그는 치적도 올리고 이끗도 챙기는 재주를 발휘했다. 그가 부를 획득한 공간은 제주였다. 지금은 제주살이가 육지인들에게 선망의 대상이 되었지만, 과거 제주도민의 삶이란 척박하기 짝이 없었다. 다만 귤이나 해산물, 말총이나 우황 등은 조정에 진상하거나 납품하는 제주 특산으로 귀한 취급을 받았다. 박지원의 〈허생전〉에서 주인공 허생도 제주에서 말총을 거래하여 거금을 손에 쥐게 된다. 그런데 여기서는 우황을 소재로 했다.

우황은 소의 담낭 부위에 생긴 염증이 굳어진 결정체로, 예로부터 중요한 약재로 쓰였다. 우황청심환이 바로 그런 예이다. 무관은 이 적황색의 결정을 같은 색상의 치자 반죽으로 바꿔치기하는 수법으로 수천 냥의 돈을 벌었다. 따지고 보면 그는 약재 거래로 부자가 된 셈인데, 그 수완이 보통이 아니었다. 그런 데다가 지역을 잘 다스려 제주도민의 찬사까지 한 몸에 받았다. '내가 제주 목사가 된다면 만고에 없는 치적도 올리고 세상의 이끗을 독차지할 수 있을 텐데.'라고 호언장담한 걸 실현한 것이다. 이런 치부라면 충분히 인정할 만하고, 목사로서의 균형감도 잃지 않은 사례이지 않을까 싶다. 그리고 조선 후기에 제주가 새로운 부의 획득처로 상정되고 있는 점도 주목할 만하다. 육지인의 바다 밖 세계에 대한 관심이 높아지던 와중에 제주가 경제 공간으로 부상했다고 볼 수 있기 때문이다.

그러나 그의 부는 꾀병을 앓으면서 제주도민을 눈속임한 결과였다. 선량한 관속과 도민을 기만하여 획득한 부는 결코 정당화될 수 없다. 이 역시 한반도에서 제주가 줄곧 '변경, 타자, 소외' 등으로 일관되었던 역사와 무관하지 않아 씁쓸한 뒷맛을 남긴다.

12화는 추노를 떠났던 한양의 서생이 지방의 만석꾼을 만나 뜻밖에 부자가 되는 이야기다. 보통 치부담의 주인공으로 찢어지게 가난한 인물을 내세우곤 한다. 이 이야기의 주인공 역시 형편이 말이 아니었다. 그나마 지방에 도망한 노비가 있었기에, 그는 추노라도 하여 난관을 타개하려 했다. 그런데 추노하러 가는 길에 묵기 위해 들른 민가에서 예상치 않은 상황이 벌어졌다. 이 집의 주인은 외동딸만 둔 지방의 갑부였다. 이 주인은 아무리 봐도 상황이 좋아 보이지 않는 서생을 붙잡는 데 혈안이 되어 있다. 이유는 딸아이의 꿈에 나타난 신랑감이 바로 이 서생이었기 때문이다. 인연치고는 과장된 이러한 설정이 모든 상황을 끌고 가는 모양새이다.

어쨌든 서생으로서는 난감하고 받아들일 수 없는 사건의 연속이다. 그리고 온순한 데다 다소 우유부단했던 서생은 결국 갑부와 그의 딸 의지대로 끌려갔다. 그리하여 그는 추노보다 훨씬 더 많은 재물을 얻었다. 혼수품을 잔뜩 싣고 올라오는 신행길은 그래서 그의 치부를 드러내는 장면이 되었다. 그렇지만 한양 서생의 치부는 어딘지 꺼림직하다. 그는 호남 갑부의 사위가 됨으로써 엄청난 부를 획득했으나 모든 과정에서 수동적인 자세로 일관했다. 그저 마지못해 허락하고서 갑부가 된 셈이다. 하물며 엄한 아버지를 설득하는 과정도 아내가 그를 대신했다.

이렇기에 그는 자신의 부를 개척하거나 주체적으로 획득한 것이 아니었다. 그렇다고 그를 그저 운이 좋은 사내라고만 보기도 어렵다. 도리에 밝았다는 서두의 언급과 현명한 아내를 둔 바탕이 이런 결과를 가져왔다는 서사적 전략이 짜여 있기 때문이다.

13화는 성균관 반촌의 백성이 우연찮은 사건으로 부자가 된 이야기다. 반촌 사람들은 대부분 성균관에 예속되어 유생들의 물품을 제공하는가 하면 쇠고기 등을 관가에 납품하는 등 백정 일 따위를 맡아서 했으며, 거주지가 성균관 주변에 한정된 특수 집단이었다. 이 이야기처럼 과거 보러 올라온 지방 유생들을 위한 숙박업도 담당한 것으로 알려져 있다. 이곳에 사는 사람들을 반인(泮人)이라 불렀다. 이는 성균관을 반궁(泮宮)이라 한 데서 유래한 것이다. 그리고 지금 성균관이 있는 좌우로 물길이 나 있었는데, 이를 반수(泮水)라고 했다. 이 반수가 흐르던 일대에 살던 반인들의 삶은 어땠을까 하는 궁금증이 생긴다면 이 이야기가 좋은 사례가 될 듯하다.

여기 반인 부부도 당연히 반촌에 거주하는 반인의 일원이지만 정확히 어떤 일을 했는지는 밝혀져 있지 않다. 그런데 과거 보러 올라온 지방 유생이 이 부부의 집을 숙소로 잡으면서 사건이 시작된다. 과거를 보러 온 사람이 숙소의 여주인에게 흑심을 품고 덤벼드는 장면도 민망하지만, 이를 '손님 대접'이라며 받아주는 여주인의 반응도 불편하기는 마찬가지다. 거기다가 자기 집 안방에서 불미스러운 일이 저질러지는 걸 보고도 순순히 물러나는 바깥주인의 태도도 쉽게 납득이 가지 않는다. 그리고 이 불륜을 저지른 손님이 고관이 되자 부부는 물주라도 만난 양 돌변한다. 요즘으로 치면 무슨 부부 공갈단 같은 느낌마저 든다. 특히 아내의 활약은 심상치가 않다. 결국 이 이야기는 한 사내가 아내를 팔아 치부한 꼴이 되었다. 여기다가 아내에게서 자초지종을 듣고 난 남편의 반응은 기가 차고 남을 노릇이다. '진작 알았더라면 그때 백 번이라도 눈감아 주었을 거'라고 하지를 않나, '그랬다면 재물이 더 생겼을 텐데.'라며 아쉬워한다.

그런데 어찌하겠는가? 씁쓸하지만 이것도 당시 중하층이 살아가는 방식이었을 터다. 그러니 오히려 다른 어떤 이야기보다도 현실적으로 비친다. 아무튼 이 이야기는 앞서 나온 이야기들과는 전혀 다른 방식으로 치부가 이루어졌다. 예나 지금이나 '돈을 버는데 귀천을 따질 것인가?'라는 귀에 익은 말이 새삼 와닿는다.

14화

궁상맞은 박 포장의 표류와 횡재

화포장• 박가는 훈련도감의 군졸로 됨됨이가 성실하고 순박했다. 하지만 얼굴이 너무 못생겨 집안사람들마저도 궁상이라고 조롱할 정도였다. 그는 술을 무척 좋아했지만, 가난하여 마음껏 취할 여유가 없었다.

그래서 한다는 게 이런 거였다. 그는 군영에서 급료로 쌀을 받으면 곧장 술집으로 달려가 술 한 동이를 사서 집으로 돌아왔다. 혼자 골방으로 들어가 문을 꽉 잠그고 틀어박혀 있다가 몇 날 며칠 만에야 나왔다. 그의 아내가 괴이쩍어 하루는 문구멍으로 엿보았다. 처음엔 두 손을 모으고 멍하니 앉아 술을 앞에 놓고 한참 음미만 하고 차마 마시지 못했다. 너무 아까워 마시지 못하는 모양새였다. 그러다가 갑

• **화포장(火砲匠)** 총이나 화포를 다루는 장인이나 포수. 사신단에는 호위를 위해 이런 인원이 꼭 필요했다.

자기 껄껄 웃고는 좋아 어쩔 줄 모르며 무릎을 꿇고 두 손으로 술동이를 받쳐 들더니 단번에 쭉 들이켰다. 안주도 먹지 않았다. 흥이 일자 그는 일어나 박자를 맞춰 노래를 부르며 방 안을 빙빙 돌았다. 그로부터 시간이 얼마 지나지 않아 그는 몸을 구부리고 동이에다 먹은 술을 남김없이 게워냈다. 다 토해내자 양이 처음 받아 올 때와 조금도 차이가 나지 않았다. 이윽고 다시 아까처럼 마시고 게워내기를 몇십 번이나 반복했다. 그러는 사이에 해는 벌써 저물고 밤도 지나 어느덧 새벽이 되었다.

이튿날, 이 기막힌 광경을 목격한 아내가 왜 그런 짓을 하는지 물었더니 대답이 이랬다.

"내 주량이 워낙 세다 보니 단번에 양을 채우기 어렵다네. 저 술을 단번에 다 마셔버리면 갈증을 풀 수 없지 않은가. 그래서 마시고 토하기를 반복하여 아쉬운 대로 목을 축이고 취흥도 돋우는 거라네."

이런 그가 화포장으로 중국 사행을 따라가게 되었다. 그때는 사신단이 해로를 이용해 중국에 갔다. 해로 사행에는 정사, 부사, 서장관이 각기 딴 배를 탔다. 외교문서도 세 부를 만들어 각기 한 부씩 보관함으로써 불의의 사고에 대비했다. 사행선이 장연과 풍주• 등지에서 출발하면 적해와 백해•를 건너고 그 외에도 많은 섬을 통과해야 한

- **장연(長淵)과 풍주(豊州)** 황해도 예성강 하류 지역의 고을로, 풍주는 풍천(豊川)으로 불렸으며 지금 송화군에 해당한다. 두 고을 모두 서해에 인접해 있어서 해로 사행할 때 사행선의 출발지였다.
- **적해(赤海)와 백해(白海)** 일반적으로 먼바다를 건널 때 적해와 백해, 흑해(黑海)를 지나간다는 속설이 있는데, 이는 바다 색깔의 차이에 따라 나누어 부른 것이다. 따라서 특정한 바다의 지역이라기보다는 먼바다를 지칭한다.

다. 그러기에 바람과 조수를 보아 항로를 택했다. 선발된 인원들은 항해 중에 필요한 물품과 중국 가서 무역해 올 밑천에다 수하의 기능인들과 장인들까지 죄다 배에 실어 갔다.

이 사행선이 떠날 때는 지방 수령이 음악과 잔치를 크게 열어 전송했다. 사행단의 친지들은 뱃전을 잡고 울면서 잘 다녀오기를 빌었다. 한편, 박 포장은 정사의 배에 배속되었다. 동승한 수행원들은 저마다 중국 가서 무역으로 돈을 벌 심산으로 가진 재산을 다 털었기에 가져가는 짐이 엄청 많았다. 그러나 박 포장은 원체 가난했기에 가져가는 거라곤 빈 행낭뿐이어서 동행자들의 비웃음거리가 되었다.

사행선이 너른 바다로 나갔을 때였다. 갑자기 파도가 거세져 금방이라도 언제 죽을지 모르는 상황이 되었다. 그러자 우두머리 사공이 외쳤다.

“우리 일행 가운데 필시 불길한 사람이 있는가 봅니다. 이런 위험이 닥치면 위아래를 막론하고 입은 옷 한가지씩을 벗어서 해당자를 가려내야 합니다.”

일행은 바닷일이라 사공의 말을 따라야 했다. 이에 조수 사공이 벗은 옷가지를 가져다가 하나씩 바닷속에 던졌다. 그런데 박 포장의 옷만 물속으로 가라앉는 것이었다.

“한 사람 때문에 같이 탄 모든 이가 수액을 당할 수는 없지 않겠소? 속히 저분을 잡아다가 물속에 던져야 다른 분들의 목숨을 살릴 수 있소이다.”

사공의 이 말에 정사는 박 포장이 아무 죄도 없이 죽게 된 것이 안타깝기 그지없었다. 한참을 고민하던 끝에 사공에게 물었다.

"이곳에서 가까운 섬이 있느냐?"

"예. 멀지 않은 곳에 조그만 섬이 있습지요."

정사는 뱃머리를 돌려 그 섬에 배를 정박시켰다. 박 포장을 섬에 내려놓으려다가 그래도 차마 못할 짓이라는 생각이 들었다.

"멀쩡한 사람을 사지에 내버릴 수 있겠느냐? 바람도 좀 잠잠해졌으니 굳이 이렇게까지 할 필요가 있겠느냐?"

정사는 박 포장을 다시 싣고서 닻을 올리라고 영을 내렸다. 그런데 막 출발하려고 하자 배가 빙빙 돌면서 앞으로 나가질 못했다. 이제 배에 탄 사람들은 너나없이 하소연했다.

"지금 배 안에 틀림없이 수액을 당할 사람이 있으니 다시 확인해 봐야겠습니다."

이번에는 한 사람씩 배에서 내려보게 했다. 다들 내려도 배는 여전히 맴돌았다. 그러다가 박 포장이 내리자 배는 지체없이 앞으로 나아갔다. 이젠 어쩔 수 없이 박 포장을 내려놔야 했다. 정사 일행은 식량과 옷가지, 솥이며 도끼와 칼 등 필수품을 그에게 내어주며 섬에 남겨놓았다. 그러면서 돌아오는 길에 꼭 들러 데려가겠다고 다짐하며 눈물을 뿌리고 헤어졌다.

절해고도에 혼자 남은 박 포장은 풀을 엮어 움막을 지어 비바람을 막고 추위와 더위를 피했다. 또 조개나 소라를 줍고 개구리나 메뚜기를 잡아서 허기를 채웠다. 이 외딴섬에서 마른 뼈다귀 신세가 되고 말 거라는 생각으로 밤에도 잠을 이룰 수 없었다. 그런 밤이면 귀를 쫑긋하고 밖의 소리를 들었다. 매번 새벽녘이 되면 바람 소리가 산고개를 뒤흔들며 섬에서 바다로 지나가는 듯했다. 해가 지면 그 소리가 바닷속에서 일어나 파도를 세차게 일으키며 섬으로 들어왔다. 몹시 이상하다 싶어 그는 때를 맞춰 숲속에 몸을 숨기고 엿보았다. 그랬더니 대들보나 용마루만 한 수백 자나 되는 엄청나게 큰 이무기 한 마리가 나타났다. 이 괴물이 꿈틀거리는데 눈에서는 빛이 번쩍번쩍했다. 바위굴 속에서 기어 나와서는 곰이며 사슴, 멧돼지 따위를 잡아 삼키고 바다로 나가서는 물고기와 거북까지 닥치는 대로 먹어 치웠다. 이것이 오가는 길에는 작은 배가 다닐 만한 도랑이 파여 있었다.

박 포장은 칼을 예리하게 갈아서 괴물이 다니는 길에 세운 채로 묻었다. 또 길가의 대나무를 베어 밑동을 창처럼 끝을 뾰족하게 깎아 놓았다. 날이 어둑어둑해지자 이무기가 바다에서 뭍으로 기어올랐다. 그러다가 그가 설치해 놓은 칼끝에 찔려 주둥이부터 꼬리까지 아랫부분이 다 찢어졌다. 게다가 길가 뾰족한 대나무 끝에 몸통이 찢어지면서 옥이며 붉은 구슬 따위가 땅으로 쏟아져 나와 주변 골짜기 여기저기까지 쌓였다. 이삼일이 지나자 비린내가 바람을 타고 숲에 진동했으며 악취가 코를 찔렀다. 박 포장이 나가서 살펴보니 숲속에 이무기가 죽어 있었다. 이무기의 속을 갈라 내장을 들어내자 몇백 몇천 개인지 모를 조승주•가 나왔다. 그는 이 구슬들을 풀에 싸서 가마니 크기로 대여섯 포대를 만들었다. 이것을 헌 옷가지로 덮어두고 중국 간 배가 돌아오기를 기다렸다.

어느덧 반년이 지나고 있었다. 그러던 어느 날, 바다 한가운데서

• **조승주(照乘珠)** 광채가 수레를 비출 정도로 빛이 나는 귀한 보물. 보석 가운데 가장 귀한 종류라는 뜻이다.

큰 돛을 펼친 배가 다가왔다. 그쪽에서 고함치는 소리가 들렸다.

"박 포장! 아직 살아 있는가?"

중국에 갔다가 돌아오는 사행선이었다. 배에 탄 사람들은 박 포장을 보고 반가워 손을 잡아끌어 배에 올렸다. 사행 갔던 사람들은 강남의 비단이며 보석을 배에 가득 싣고 돌아오는 중이었다. 이를 본 박 포장은 구시렁거렸다.

"여러분은 중국에서 값진 물건을 잔뜩 사 오시는가 봅니다. 저야 빈 섬에서 혼자 바짝 말라갔으니 이것도 다 운수인가 보네요. 돌아가면 무슨 낯으로 처자식을 봐야 할지……. 섬에서 일없이 있다가 바닷가의 둥글둥글한 자갈을 주워 모았소. 아내가 상을 고이거나 베틀에 받쳐 길쌈하는 데 도움이라도 될까 해서 말이오."

이렇게 하여 대여섯 포대를 배에 실을 수 있었다. 사람들은 속으로 비웃었으나 한편으로는 그런 그가 애처롭고 안타까웠다.

박 포장이 조선으로 돌아와서 실어 온 보석과 구슬을 팔았더니 값어치가 수백만 냥이었다. 마침내 그는 동방의 갑부가 되었다.

《동야휘집》 권13 제6화 〈落小島砲匠獲貨(낙소도포장획화)〉

15화

역관의 인삼 장사와 남국 체험

변씨 성을 가진 한 역관은 중국어를 잘했다. 그는 해마다 북경으로 사신이 가면 통역으로 따라갔다가 장사를 해서 재산을 꽤 불렸다. 이 재미로 역관 자리를 내던지고 의주 언저리에 머무르며 장사를 하여 재산이 보통이 아니었다. 그는 이 지역에서 내로라하는 갑부가 되었다.

변가는 성격이 호기로운 데다 호화로운 생활을 좋아했으며 방랑 기질까지 있었다. 거기다가 남의 급한 사정을 보면 그냥 못 넘기는 사람이었다. 장사치 가운데 손해를 보고 장사를 망친 이가 있으면 돈을 내주어 다시 장사할 수 있게 해주는가 하면, 불쌍한 사람들에게 살 곳을 마련해 주고 의지할 데 없는 사람들도 기어코 도와주어 떠도는 일이 없게 했다. 그러니 그를 따르는 사람들이 저잣거리 사람들처럼 많았고 그를 존경하지 않는 이가 없었다.

이렇게 몇 년을 적선하다 보니 재산이 점점 줄어들더니 어느 순간 완전히 쪼그라들어 남에게 돈을 빌려야 할 판이었다. 이렇게 되자 탄식이 절로 나왔다.

"물은 차고 빌 때가 있으며 달도 둥글고 기울 때가 있는 법이지. 재물이야 모이고 흩어짐이 일정하지 않으니 올 때가 되면 오고 갈 때가 되면 가는 것이 아니겠는가. 어찌 목이 멘다고 음식을 끊듯이 이전에 했던 일을 그만두랴."

이렇게 다짐하고 평안도 감영과 여러 고을을 돌아다니며 은 5만 냥을 빌렸다. 이 돈을 가지고 다시 북경으로 가서 융복사• 곁에 집 한 채를 세냈다. 거기에 좌판을 벌이고 물건을 팔았다. 수완이 있었던 변가는 여기서도 상당한 이익을 남겼다. 다시 이자를 불리고 돈을 모은 끝에 어느덧 수만 냥을 손에 쥐게 되었다. 한편, 그 이웃에 그와 전부터 가까운 사이였던 강남의 상인 오가(吳家)가 살고 있었다. 오가는 원래 남경의 대상이었으나 남에게 사기를 당해 재산을 다 날리고 말았다. 빚이 부질없이 쌓여만 가자 하는 수 없이 소유한 장원과 하인들을 다 처분하고 북경으로 흘러들어서 남에게 빌어먹는 신세였다. 거기에 다른 우환도 겹쳐, 허물어져 가는 집마저 팔아야 할 처지였다. 그런 오가의 아내와 자식들이 울며불며 변가에게 도와달라고 애원했다. 변가는 오가가 불쌍하여 이번에도 5천 냥을 마련해서 대주었다. 차용증서도 받지 않았으니 거저 준 거나 마찬가지였다.

"훗날 재산이 늘어 갚을 수 있으면 갚게. 갚지 않아도 내 자네에게 독촉하지 않음세."

• **융복사(隆福寺)** 15세기에 창건된 북경 동편에 위치한 사찰로, 우리의 동묘(東廟) 같은 역할을 했다. 이곳에 주요 상권이 들어서 있어서 북경 문화의 중심지였다. 지금도 이 일대는 북경 상권과 문화를 대표한다.

이때부터 변가의 명성이 중국에서도 자자해졌다. 그를 찾아온 사람들은 죄다 '변 어르신'이라고 불렀다.

변가는 진작부터 풍류남아로 자처했기에 사소한 규범에 얽매이지 않았다. 하루는 북경 거리를 지나가다가 한 아름다운 여인을 만나게 되었다. 그녀는 얇은 깁으로 얼굴을 가린 채 나귀가 끄는 수레를 타고 가고 있었다. 여리여리한 자태가 곱고 예뻐 당대의 절색이었다. 변가는 차마 돌아서지 못하고 그 수레를 뒤따라갔다. 수레는 평강리• 를 거쳐 방울 소리를 울리며 돌고 돌아서 어느 동네의 한 집에 도착했다. 이 집은 대문과 마당이 아주 넓고 건물은 큼직하면서도 고즈넉했다. 여인은 수레에서 내려 집 안으로 들어갔고 이어서 대문이 닫혔다.

변가는 뭔가 잃어버린 듯 아쉬워하다가 돌아가야 했다. 마침 가깝게 지내던 서역 상인이 있어서 그에게 그녀가 누구인지 조용히 물어봤다. 그랬더니 그 상인이 알려주었다.

"유곽의 여자들이 사는 아무 댁일 거요."

"그녀를 만나볼 수 있겠는가?"

"아무 주인은 꽤 부유하여 드나드는 이들도 귀족들이니 만나려면 돈이 많이 들 거요. 만 냥이 아니면 허락지 않을 거요."

"만나지 못하는 게 걱정이지 만금이야 말할 필요가 있겠는가."

이리하여 며칠 뒤 변가는 화려하게 차려입고 그 집을 찾아가 대문을 두드렸다. 잠시 뒤 시중드는 아이가 빗장을 열고 나와 변가를 인

• **평강리(平康里)** 북경의 유곽 거리였던 곳. 옛날 당나라 때 평강방(平康坊)에 기녀가 많이 모여 살던 데서 유래했다.

도하여 들어갔다. 대문과 중문 사이 가림담 밑에 이르렀을 즈음 한 노파가 나와 그를 맞이했다. 백발에 구부정한 모습인 걸로 보아 그녀의 어머니인 것 같았다. 변가는 다가가 이렇게 말했다.

"이 집에 비어 있는 독채가 있다고 들었소. 세를 내어 좀 거처하고 싶소이다."

"좁고 누추하여 당신 같은 분이 묵기에는 턱없을까 염려스럽네요. 감히 둘러대지 못하겠네요."

노파가 이렇게 말하면서 손님 접대용 방으로 안내했다. 방 안에 잠시 앉은 노파는 대뜸 이런 말을 꺼냈다.

"제게 아리따운 딸아이가 있는데 손님께 소개해 드릴까 합니다."

곧 딸아이더러 나와 인사를 올리라고 했다. 맑은 눈동자에 하얀 치아며 행동거지는 또 왜 그리 곱고 아리따운지. 변가는 순간 흠칫하며 저도 모르게 자리에서 벌떡 일어나 목례를 했다. 며칠 전에 봤던 바로 그 여자였다. 미인을 마주하고 보니 그는 눈을 어디에 둘지 몰랐다. 차를 마시고 나니 술이 나왔다. 이제야 즐겁게 대화를 나누고 웃음이 절로 나와 둘 사이가 무르익었다. 언제 날이 저물었나 싶었다.

"곧 인정 종이 울릴 테니 통행금지에 걸리지 않도록 속히 돌아가세요."

노파의 말에 변가는 이렇게 사정했다.

"길이 먼데 어찌하란 말이오? 누울 자리 하나 내어줄 수 없겠소?"

여자도 옆에서 거들었다.

"좁고 누추하다 탓하지만 않으신다면 하루 묵는 거야 무슨 문제겠어요?"

변가가 애원하는 눈길을 내처 보내자 노파는 마지못해 허락했다.

"그럼 그러세요."

변가는 명주 이불 두 벌과 한밤에 먹을 찬까지 준비해 달라고 했다. 그러자 노파는 딱 잘라 거절했다.

"오늘은 여기에 묵기만 하세요. 뒷날을 기약하시지요."

끝내 동침을 허락하지 않았다. 변가는 잠시 뒤 서편 행랑으로 자리를 옮겼다. 휘장과 발이며 침상과 탁자 등이 고급스러워 눈이 부셨다. 화장대와 이불 같은 침구도 화려하기 그지없었다. 이윽고 방에 촛불을 밝히자 찬을 내왔다. 두 남녀는 다시 만난 정을 풀기에 바빴다. 먼저 변가는 찾아온 이유를 말했다.

"이번에 찾아온 것은 살 집을 구하려는 게 아닐세. 평소의 내 바람을 이루기 위함일세."

그런데 말을 다 마치기도 전에 노파가 방으로 쓱 들어왔다. 뭔가 캐묻더니 씩 웃었다.

"남녀가 서로 원하면 부모도 막을 수 없는 법이지."

변가는 고맙다며 아예 이 집 머슴이라도 되겠다고 했다. 여자는 그를 낭군이라고 부르며 즐거운 술자리를 하고 나서 잠자리에 들었다.

다음 날 아침부터 변가는 전대의 돈을 다 털어 날이면 날마다 여자와 붙어서 놀았다. 얼마 지나지 않아 전대 속은 점점 비어갔다. 이쯤 되자 여자는 변가에 대한 애정이 변치 않았으나 노파는 마음이 벌써 떠나고 있었다. 급기야 딸에게 계획을 알려주었다. 그와 함께 주변 절에 가서 아들 낳게 해달라고 기도를 올리고 돌아오라고 한 것이다. 일행이 선무문• 밖에 이르렀을 때 여자가 변가에게 말했다.

"여기서 동편으로 돌면 작은 마을이 나오는데 이모 댁이 있어요. 잠시 찾아뵙고 올까 봐요."

변가는 그녀의 말대로 어느 큰 집을 찾아갔다. 어떤 노파가 나와 맞으며 반가워했다.

"왜 한동안 소식이 없었니?"

여자는 뒤에 있던 변가의 손을 잡아끌어 노파와 인사를 시켜주었다. 노파는 변가를 다정한 눈길로 보더니 조카 일행을 붙잡아 이틀 정도 묵어가게 할 요량으로 수레와 말을 모두 묶어두라 했다. 그리고 여자와 변가를 데리고 서편 뜨락으로 들어갔다. 그곳에 누정이 하나 있는데 주변으로 짙푸른 초목이 우거져 있었다.

"이곳이 이모네 집인가?"

변가가 여자에게 물었으나 그녀는 웃기만 할 뿐 아무 답이 없었다. 잠시 뒤 누군가가 페르가나•산 말을 타고 달려와 급히 아뢰었다.

"노마님이 갑작스레 병을 앓아 지금 상태가 위중합니다. 속히 돌아가시지요!"

"어떡하죠? 정신이 없으니 우선 저라도 먼저 가봐야겠어요. 다시 탈 것이 오면 그때 이모님이 낭군과 함께 오세요."

여자는 급히 줄달음하여 떠났다. 변가도 여자를 따라가려고 했으

- **선무문(宣武門)** 북경 자금성 내성(內城)의 하나로, 과거 이 문을 통해 죄인을 호송했기에 '죽음의 문'으로 불리는 등 악명이 높았다.
- **페르가나** 대완국(大宛國)으로 불렸으며, 현재의 우즈베키스탄의 페르가나 지역이다. 이곳에서 생산되는 한혈마(汗血馬)가 명마로 유명했다. 따라서 대완국 말이라고 하면 명마를 뜻한다.

나 이모와 시중들던 여자아이까지 손을 내저으며 말렸다.

"언니가 돌아가시기라도 하면 저 애가 무슨 정신이 있겠는가? 우리라도 여기서 힘을 모아 장례 일을 도와야 하지 않겠는가? 뭐 하러 급히 가려고만 하는가?"

별수 없이 변가는 그곳에 머물러 장례와 제사에 쓸 비용을 함께 의논했다. 그러나 날은 저물어가는데 탈 것은 오지 않았다.

"왜 아무런 연락이 없을까? 우리 신랑이 먼저 가서 살펴보오. 나도 곧 뒤따라갈 테니."

이모의 말에 변가는 그녀의 집으로 달려갔다. 그런데 이게 웬일인가? 대문은 자물쇠로 굳게 닫혀 있고 진흙으로 발라 봉합까지 해둔 상태였다. 깜짝 놀란 변가는 이웃 사람들에게 수소문해 보았다. 그랬더니 사람들이 이렇게 말했다.

"노파는 이 집에 세 들어 살았고, 막 이사해서 떠나고 없어요."

"어디로 이사했소?"

"우리야 모르지요."

변가는 분하기 짝이 없어 당장 이모를 찾아가 따지려고 했으나 날이 저물어 이마저도 여의찮았다. 겨우 침상 하나를 빌려 잠을 청했으나 눈 한번 붙이지 못했다. 날이 밝기는 또 왜 이리 더딘지……. 그는 동이 트자마자 이모 집으로 달려가 문을 두드렸다. 그런데 여기도 반응이 없었다. 서너 번 큰 소리로 부르자 문지기가 느린 걸음으로 나왔다.

"아무 이모가 집에 있느냐?"

"없는데요."

"어제 저물녘까지 여기 있었는데 지금 어디로 갔단 말이냐? 또 여기는 누구 집이더냐?"

"여기는 최 상서 나리 댁인데, 어제 어떤 사람이 잠깐 후원을 세내었다가 저녁이 되기도 전에 떠났습죠."

당혹감에 휩싸인 변가는 무엇을 어떻게 해야 할지 막막하기만 했다. 하는 수 없이 예전 머물던 숙소로 되돌아왔다. 분을 삭이지 못하고 곡기 끊기를 며칠, 다시 그녀의 종적을 찾아보려 했지만 그야말로 바람을 잡는 격이었다. 그제야 비로소 된통 사기를 당했다는 걸 알아차리고 전대를 털어 남은 돈을 헤아려보았다. 다행히 아직 수만 냥이 남아 있었다. 그는 이 돈으로 다시 장사하여 한해 남짓 만에 본전을 되찾았다.

변가는 이제 다 때려치우고 고향으로 돌아가야겠다며 여장을 꾸려 귀향길에 올랐다. 날이 저물어 향화암(香華菴)이라는 암자에 들렀다. 그곳에 어느 선비가 먼저 와 있었다. 선비는 외모가 깔끔하고 풍채도 훤칠했으나 다 해진 옷을 입고 있었는데, 선방에 좌정한 채로 감정을 누르지 못하는지 슬피 울기까지 했다. 변가가 선비에게 무슨 사연이 있어서 그러느냐고 물었더니 대답이 이랬다.

"저는 강남 출신의 동(董) 수재라고 합니다. 부친께서는 도성에서 벼슬살이하여 병부낭중(兵部郎中)까지 지냈으나 병환으로 돌아가셨지요. 제가 상경하여 상여를 이곳 암자에 모신 지 벌써 3년이 되었는데도 집이 너무 가난하여 선친을 고향으로 모시지 못하고 있답니다. 어찌 눈물이 나지 않겠습니까."

이 사연을 들은 변가는 천 냥을 내주면서도 선비의 이름은 묻지 않았다. 선비는 연신 감사하다고 절을 올리며 감동한 나머지 눈물이 그렁그렁했다. 이윽고 이들은 길을 나누어 헤어졌다.

변가는 여양역•에 이르러 그곳 객사에서 묵었다. 그런데 야밤에 느닷없이 마적단• 수백 명이 나타났다. 저들은 창과 칼을 들고서 한 마을을 쑥대밭으로 만들고 난 뒤 변가가 묵고 있는 객사까지 들이닥친 것이다. 변가를 붙잡더니 칼을 빼 들고 위협했다.

"네 생명이 중요하냐, 아니면 재물이 중요하더냐?"

변가는 살려달라고 애원했다.

"나는 조선 사람으로 북경에 와서 장사하는 몸이오. 변변찮은 행장이 있으니 마음대로 가져가시오. 제발 이 목숨만은 살려주오."

저들은 행장의 상자를 뒤져서는 깡그리 털어 가져갔다. 이리하여 변가는 완전히 빈털터리가 되어 돌아왔다. 어렵사리 의주까지는 왔으나 밑천이 완전히 거덜나고 말았다. 이제 관에서 빌린 은 5만 냥을 갚을 길이 막막했는데, 달리 헤어날 수도 없다고 판단한 그는 스스로 목숨을 끊으려고 했다.

한편, 의주 일대의 부자들과 대상들은 모두 지난날 변가와 평소 친했던 사이였다. 이들은 평소 의리를 중시했는데, 지금 막다른 데에 몰려 있는 변가의 처지가 딱하기 짝이 없었다. 그래서 저마다 은을

• **여양역(閭陽驛)** 중국 요녕성 여양현에 있던 역관으로, 중국에서 조선으로 들어오는 길목에 있었다. 조선 사신단이 중국에 오가면서 묵었던 곳이기도 하다.

• **마적단** 주로 '향마적(响馬賊)'이라고 많이 쓴다. 요동 일대에 출몰한 도적단으로, 청나라 때부터 일제강점기까지 이어졌다. 당시 만주 등 여러 권역과 이해관계를 가지고 야합을 반복한 특수한 집단이었다.

갹출했다. 많게는 일이천 냥이고 적어도 삼사백 냥은 되었다. 다 취합하여 변가에게 넘겨주니 3만 냥은 되었다. 이것으로 관에 빚진 돈을 갚았으나, 아직 남은 돈이 2만 냥이었다. 더 이상 변통할 길이 없었던 변가는 속수무책으로 명을 기다려야 했다. 결국 단단히 가두어 엄히 독촉하라는 명이 감영에서 떨어졌다. 그는 옥중에서 감사에게 글을 올렸다.

> 옥에 갇힌 소인, 용서받을 길 없는 처지로 죽음만 기다리고 있을 뿐입니다. 하나 이는 공과 사에 도움이 되지 않습니다. 바라건대 2만 냥만 더 빌려주십시오. 3년을 기한으로 하여 무조건 4만 냥을 다 갚겠습니다. 하늘 아래 어찌 추호라도 속이겠습니까?

감사는 이 편지를 받고 곰곰이 따져보았다. 이 상황이야말로 뿔 없는 양이라도 내놔야 하고, 거북이 등짝이라도 갈라내야 하는 격이었다.• 게다가 변가가 돈을 불리는 데 일가견이 있다는 걸 알고 있었기에 감사는 그를 특별히 풀어주고 2만 냥을 내주도록 했다. 변가는 이번에는 이 돈으로 인삼을 모조리 사들였다. 그리고 다시 북경으로 들어가 예전 거처에 자리를 잡았다. 여기서 옛날에 돈을 대주었던 상인 오가를 우연히 만났다. 오가는 변가의 손을 붙잡고 눈물을 흘렸다.

"예전에 어른이 아니었다면 저에게 오늘이 있었겠습니까?"

• 이 고사는 술에 취한 사람이 안줏거리를 막무가내로 요구하여 양이 아닌데도 양고기라며 내놓고 고기가 안 되는 거북 등짝이라도 내준다는 말이다. 현실적으로 가능하지 않지만 불가피한 상황을 빗대는 표현이다.

이욱고 변가를 자기 점포로 데리고 가서 술을 따라주며 그동안의 회포를 풀었다.

"저는 어른께서 돌보아 주신 덕으로 다시 장사를 할 수 있었답니다. 때가 되니 바람도 분다고, 큰 이득을 보아 지금 생활은 예전만큼 풍족해졌지요. 한데 지금 어른을 뵈니 수척하시고 기운도 전혀 없어 보이십니다. 예전 모습과 너무 다르니 무슨 일이 있었습니까?"

변가는 대강이나마 망하게 된 정황을 이야기해 주고, 관에서 은을 빌려 인삼을 무역해 왔으니 이것으로 한몫을 보려 한다는 사정까지 알려주었다. 오가는 변가의 지난날에 대해서는 몹시 안타까워하면서도 인삼을 무역하겠다는 소리에는 감탄을 연발했다.

"인삼은 중국에서 귀한 터라 날개 돋칠 정도로 비싸게 거래된답니다. 특히 남경 사람들이 매번 다투어 사 가다 보니 그곳에선 다른 곳보다 가격이 배나 더 나갑니다. 사내대장부가 일을 이루면 하늘로 오르고 실패하면 땅속으로 들어가기밖에 더 하겠습니까. 어찌 자질구레한 거래만 하고 있겠어요? 저를 따라 강남으로 가서 인삼 장사를 하면 성공할 것입니다. 나중에 후회하지 마시고요."

변가는 펄쩍펄쩍 뛰며 좋아했다.

"그게 좋을 듯하네! 모두 자네 하자는 대로 따를 테니 나를 데려가 주게."

이에 오가는 배 한 척을 빌려 변가와 함께 가져온 인삼을 가득 실었다. 또 남몰래 중국옷을 만들어 변가더러 갈아입으라고 했다. 이들은 통주(通州)에서 출항하여 뱃길로 순풍을 타고 채 열흘이 안 되어 양주(揚州)에 닿았다. 양자강을 따라 석두성•에 이르러 다시 남경 성

안으로 들어갔다. 거리에는 누각과 장막이 10리에 걸쳐 번쩍번쩍했다. 그 사이로 보석 가게가 별처럼 늘어선 가운데 물화가 산처럼 쌓여 있었다. 오가는 변가를 데리고 한 약방에서 묵었다. 그곳 주인에게 데려온 분은 조선 사람으로 귀한 인삼을 가지고 와서 조용히 팔려고 한다는 정보를 흘렸다. 더하여 이 정보가 새 나가지 않도록 단단히 입단속을 해두었다. 주인 늙은이는 인삼을 가져왔다는 소리에 잔뜩 흥분하여 방 하나를 깨끗이 치우고 이들의 거처로 제공해 주었다.

이때 광서(廣西)의 어느 고을에 부임하게 된 아무개 현령이 약을 사기 위해 약방에 들렀다가 마침 인삼 장수가 와 있다는 걸 알게 되었다. 인삼을 사겠다고 인삼 장수를 찾으니 변가가 나와 손님을 맞이했다. 안으로 들어가 막 흥정하려는데 변가는 손님의 얼굴이 어디선가 많이 본 듯하다고 생각했다. 예전 북경에서 고생하며 지냈던 동 수재 같기도 하여 정말 이상하다고 갸우뚱할 때쯤 손님이 갑자기 변가를 끌어안고 대성통곡을 하는 게 아닌가.

"어른은 저의 은인이십니다! 제가 지난날 어른의 도움으로 선친을 고향에 모실 수 있었지요. 그때의 감격은 가슴 깊이 새기고 있답니다. 언젠가 결초보은하리라 자나 깨나 마음에 간직하고 있었지요. 다만 소식을 전할 길이 없어서 연락을 취할 수 없었답니다. 지금 여기서 이렇게 뵙다니요. 하늘이 굽어살피셨나 봅니다."

변가가 지금은 무슨 일을 하며 살고 있냐고 물었더니 이렇게 답했다.

- **석두성(石頭城)** 남경의 고성으로 삼국시대 오나라 손권(孫權)이 쌓았다고 한다. 지금 북경과 가까운 통주에서 이곳 양주까지는 운하와 바닷길이 다 열려 있었으며, 양주에서 남경까지는 양자강 줄기를 따라 내려오면 된다.

"몇 해 전 과거에 급제하여 지금 광서 흥원현•의 현령이 되어 막 부임하는 길입니다. 어른께서는 어떻게 여기까지 오셨는지요?"

변가도 지금까지의 자초지종을 얘기해 주었다. 그랬더니 동 수재는 대뜸 이런 말을 했다.

"근자에 들으니 안남국 왕자가 7년간 병을 앓고 있다고 합니다. 날마다 인삼 수십 근을 복용하여 그 덕으로 버티고 있다는데 지금은 더 이상 인삼을 대기가 어려운 상황이라네요. 그러니 안남으로 가서 팔면 많은 수익이 날 겁니다. 이거야말로 이익을 독차지할 기회가 아니겠습니까? 안남이 광서성과 그리 떨어져 있지 않으니 저와 함께 흥원현으로 가서 거기서 들어가면 일정은 반으로 줄고 이득은 배가 될 겁니다. 어떠신지요?"

변가는 오가와 이 일을 의논했는데, 오가 역시 그게 좋겠다고 했다. 그리하여 세 사람이 동행하여 흥원현으로 가 그곳에서 며칠을 묵으며 쉬었다. 변가와 오가는 행장을 꾸리고서 물길과 육로를 이용해 몇 달 만에 안남 땅에 도착했다.

이 나라는 기후가 아주 따뜻하여 아무 때나 파종하여 경작할 수 있었다. 2월인데도 처음 심는 작물이 있는가 하면, 막 익어가는 곡식도 있고, 수확하는 곡류도 있었다. 뽕나무는 사시사철 자랐기에 아무 때나 잎을 따다가 누에를 쳤다. 나무가 하늘을 찌르고 꽃은 큼지막하여 작약만 했다. 사람들이 이런 나무에 올라가 과실을 따는데 감귤이나

• **흥원현(興元縣)** 원래 흥원은 과거 안남국, 즉 베트남 하노이 일대의 현명으로 여기서 광서 지역이라고 한 것은 착오이다. 아마도 해당 지역이 가까워서 이 현명을 끌어온 게 아닌가 싶다.

여지 같은 것들이었다. 중국과 유통하는 물품으로는 비단이나 자수가 대종이었다. 특히 인두화가 새겨진 그릇 종류가 많았다. 이런 그릇류는 아주 맑고 영롱하여 눈이 저절로 갔다. 중국에서 진품으로 거래되는 문양 그릇은 대부분 이 안남산 인두 그림이 새겨진 것들이다. 한편, 이곳 사람들은 기름을 즐겨 사용하여 사람이 죽으면 바로 시신을 태워 기름을 빼낸 다음 불살랐다. 또 이들은 항상 빈랑•을 씹으며 목이 마르면 사탕수수를 먹었다. 그래서인지 장수하는 이가 많아 120세 나이에 백발이 다시 누렇게 되는 이도 있었다.

변가는 안남국 도성으로 들어가 인삼을 싣고 와서 팔려고 한다는 말을 퍼트렸다. 그랬더니 왕자의 병으로 애를 태우던 국왕은 반색하며 곧장 비싼 값을 지불하고 모조리 사들였다. 변가는 단번에 10만 냥을 벌었다. 그는 이 돈으로 그곳 특산인 비단과 보석 등 진기한 제품으로 맞바꿔 배에 가득 싣고 흥원현으로 되돌아왔다. 동 수재는 돌아온 변가 일행을 환영하고 접대하느라 야단이었다. 또 천 냥을 내어 변가의 만수무강을 빌었다. 하지만 변가는 이를 받지 않았다.

"그때 한번 힘써준 의리를 가지고 무슨 보상을 바라겠는가?"

수재가 여러 번 간청했으나 끝끝내 받지 않았다. 그곳에서 며칠을 더 묵고 나서 둘은 눈물을 뿌리며 헤어졌다. 변가 일행은 다시 남경으로 돌아왔다. 오가도 은 만 냥으로 은혜에 보답하려 했으나 변가는 이 역시 받지 않았다. 할 수 없이 오가는 금과 비단을 한껏 실어 가는

• **빈랑(檳榔)** 야자나무과 교목으로 베트남을 비롯한 동남아 지역에서 자생한다. 특히 이 나무의 열매는 입안을 깨끗하게 해주고 기분 전환에 도움을 준다고 하여 양치 대용으로 사용했다.

길에 보냈다. 북경에 도착한 변가는 가지고 온 채단과 보석 등을 팔아 수십만 냥의 은을 손에 쥐었다.

마침내 의주로 돌아와 관아에 은 4만 냥을 갚고, 또 오륙만 냥으로 저번에 도와준 의주 상인과 주변 부자들에게 진 빚에다 이자까지 얹어서 다 갚았다. 그래도 남은 돈이 10만 냥은 되었다. 한양 집으로 돌아온 변가는 다시는 장사하지 않았으며 왕후에 비견될 정도로 평생 넉넉하게 살았다고 한다.

《동야휘집》 권13 제5화 〈涉南國蔘商榷利(섭남국삼상각리)〉

해외에서의 횡재와 치부

14, 15화는 부의 획득 장소가 바다 건너 섬이나 타국 등지로 확대된 사례이다. 조선시대에는 줄곧 해금 정책이 시행되었다. 이는 삼면이 바다였던 한반도의 해로를 막은 정책이었다. 왜구 등이 출몰하여 연안 지역의 피해가 적지 않았던 데 따른 조치였다. 그러나 근본적으로는 육지 중심의 사고에 매몰돼 있던 상층 지배 집단의 바다와 해양에 대한 무지에서 비롯된 실책이었다. 이 실책은 조선 왕조에만 그치지 않았다. 근대 재편기, 이른바 근대화 물결의 통로는 바다였다. 그러나 바다를 잃어버린 조선은 17세기 이후 서양인이 가세한 동남아시아에서 중국과 일본으로 이어진 해로 무역의 길이 있는지도 몰랐으며, 한반도 연근해로 출몰한 서구 제국주의 세력의 목적도 간파하지 못했다. 그러니 일본이 이 해로를 통해 메이지 유신을 단행한 정황도 제대로 알 리 없었다. 그 결과 우리는 근대 서구 제국주의와 신생 일본의 제국주의를 감당하지 못하고 속수무책으로 일제 강점이라는 비운을 맞아야 했다.

이처럼 조선시대에는 육지 밖의 세계에 관심을 가지기는커녕 줄곧 야만의 지대이자 미지의 세계로만 이해했다. 이에 따라 집권자들은 바다를 통한 대외무역을 일절 금지했다. 인적 교류도 기껏해야 중국이나 일본에만 국한되었고, 그것도 공식 사절단에게나 허용되었다. 그러니 해로를 통한 민간의 원양어업이나 장사 등은 꿈도 꾸지 못했다. 그럼에도 연안 지대에 사는 어민이나 일부 생업에 종사하는 이들은 이런 국가 정책에 아랑곳하지 않고 바다를 이용했다. 그곳이 삶의 터전이었기 때문이다. 여기에 일부 지식인들은 제주 남쪽 바다에서 펼쳐지는 해로 무역의 세계에 관심을 기울였고, 더러 표류로 인해 해상에서의 체험이 쌓이기 시작하면서 야담에도 드물지만 바다나 섬 또는 다른 나라가 상정되기 시작했다. 여기에 바다 건너 외국의 물품을 거래하거나 바다에서 예상치 않은 횡재를 하는 상상까지 보태졌다.

14화는 해로를 통한 중국 사행을 배경으로 한 이야기다. 원래 중국 사행은 삼국시대부터 고려시대를 거쳐 조선 전기까지는 해로로 이루어졌다. 육로라면 의주를 거쳐 요동반도를 통해 중국으로 들어가야 하는 먼 경로였다. 이것보다는 서해에서 중국 산동반도로 가는 편이 훨씬 가깝고 시간도 벌 수 있었다. 다만 육로에 비해 상대적으로 위험성이 컸다. 그러다가 양국의 해금 정책이 시행되고 북경이 중국의 수도로 정착되면서 육로 사행이 본격화된 것이다. 이때가 대체로 17세기 무렵이다. 그런데 육로 사행의 초기에는 전란과 왕조 교체 등으로 동아시아 정세가 매우 불안정했기 때문에 사정에 따라 다시 해로를 이용하는 등 육로와 해로 사행을 병행하는 추세였다. 이 이야기는 바로 이때를 배경으로 하고 있다.

박 화포장은 원래 훈련도감의 군졸이며, 사행단의 호위병으로 차출된 인물이다. 그런 그가 사행을 떠나기 전에 보여주는 모습은 보는 이들을 불편하게 한다. 세상에 없는 궁상인 데다 술을 마시고 토하기를 반복한다. 이 괴기스러운 행위는 그만큼 그의 형편이 어렵다는 걸 극단적으로 희화한 것이다. 그리고 나중에 동방의 갑부가 된다는 대반전을 위한 서막의 역할로 이해된다. 그럼에도 그의 모습은 분명 불편하다. 아무튼 그의 비루함은 승선하는 과정에서도 잘 드러난다. 여기에 엎친 데 덮친 격으로 그는 수액이 있는 사람으로 판정이 난다.

옛날 먼바다를 항해할 때면 선원들은 본인 이름자를 써서 바다에 던졌다고 한다. 자신이 배에 탄 사실을 바다에 고하는, 일종의 용왕에게 올리는 신고식이었다. 그런데 그 이름자를 쓴 종이가 가라앉으면 불길하다고 여겨져 승선이 거부되기도 했다. 박 포장이 섬에 남겨지게 된 것도 이런 뱃사람들의 습속이 반영된 것이다. 어쨌거나 그는 육지에서도 바다에서도 버림받은 인물로 표상된다. 그런데 바로 이 지점에서 대반전이 일어난다. 바다 한가운데에 버려진 존재가 전화위복으로 엄청난 횡재를 하게 되는데, 여기서부터 짐짓 환상적인 장면들이 펼쳐진다.

섬과 바다를 오가는 거대한 이무기가 등장하고, 무수한 보물을 얻게 되는 과정은 현실에서 일어날 수 없는 일이다. 동아시아에서 이무기는 용이 되려다가 못 돼서 바다나 물에 사는 흉물로 부정적인 이미지가 강하다. 일종의 버려진 대상이다. 이런 이무기가 비슷한 처지의 화포장에게 어마어마한 횡재를 선사했다. 바다를 통한 횡재, 이는 육지에서 재화를 획득하는 것과는 차원이 다르다. 한편, 바다와 표류 관련한 다른 유형으로 거인담이 있다. 뒤에서 다시 소개하겠지만 거인담은 바다 밖 세계에 대한 공포가 만들어낸 환상이다. 반면, 이런 횡재담은 미지의 세계에서 일확천금을 얻을 수 있다는 또 다른 욕망이 빚은 판타지다. 혹은 바다 사람들의 만선의 꿈이 확대된 이야기일 수도 있다.

15화는 한 역관이 본업을 버리고 장사로 갈아탔다가 숱한 고난을 거듭한 끝에 인삼 교역으로 거부가 되는 이야기다. 조선 후기에 역관은 독특한 위치에 있었다. 계급으로는 중인이었으나 나라의 외교 업무였던 사행에서 활약했으며, 개인 무역이 허락되어 부를 축적할 수 있는 수단을 갖춘 집단이었다. 실제로 역관은 조선 후기 중인층의 사회경제적 위상을 높이는 데 중심적인 역할을 했다. 홍순언(1530-1598)과 변승업(1623-1709)은 대표적인 역관들로, 이들은 야담에 직간접적으로 등장한다. 이 이야기의 주인공 변가도 변승업이나 그 집안을 배경으로 했음을 짐작케 한다.

다만 변가는 장사로 재미를 보자 통역 일을 그만두고 상인으로 거듭났다. 이것이 다른 역관 소재 이야기와는 성격을 달리하는 부분이다. 다만 직업을 바꾼 뒤로 그는 숱한 우여곡절과 부침을 거듭한다. 그 내용이 제법 복잡하고 장황하다. 여기에다 북경→의주→북경→남경→베트남→의주로 이어지는 주인공의 상업 루트는 당시 동아시아 삼국의 무역판을 총망라한 인상이다. 이 와중에 주인공이 중국 장사치나 남경 유생 등을 만나고 유곽의 미녀에게 빠져 재산을 탕진하는 등 숱한 화소도 끼어 있다. 요컨대, 역관으로서 부의 아이콘이었던 변씨 집안을 주인공으로 하여 동아시아 교역의 루트를 빌려 당시 교역의 최대치를 극화한 사례라 하겠다.

그런데 이런 서사의 흐름을 따라가다 보면 상당히 익숙한 화소들이 보인다. 즉 유곽의 기녀에게 빠져 가진 돈을 탕진하고 위기에 빠지는 부분은 중국 당나라 때의 전기소설 〈이와전(李蛙傳)〉에서부터 우리 고전소설 〈왕경룡전(王慶龍傳)〉 등으로 이어진 화소이다. 역관 홍순언 이야기도 이와 비슷하다. 여기에 무역이라는 화소를 집어넣어 변화를 모색했다. 그러다 보니 좀 지나치다 싶은 부분이 없지 않다. 대표적인 것이 베트남에서 인삼 장사를 한다는 설정이다. 이야기 주체는 주인공이 마치 교역 루트를 개척한 것처럼 베트남의 풍물과 특산을 자세하게 소개한다. 그러나 이는 현실적으로 불가능했다. 이전에 전란으로 어찌어찌하여 베트남을 다녀온 사례는 있었으나 사무역으로 그곳에 간다는 설정은 어불성설이다. 그러나 이야기니 문제

없지 않은가.

변가가 팔고자 하는 상품은 한반도가 자랑하는 인삼이다. 동아시아에서 한국 인삼은 '나삼(羅蔘)'이라고 하여 이미 신라시대부터 각광을 받았다. 그러니 실제적인 교역은 아니더라도, 베트남에서 당시 인삼에 대한 관심이 충분했을 법하다. 결국 이 이야기는 국내로 한정되었던 무역과 장사에 대한 경계를 허물고 외부 권역으로 최대한 뻗치고자 한 상상이 만들어낸 서사이다. 이런 국제 교역으로 거부가 된다는 발상은 일단 시선을 밖으로 돌렸다는 점에서 치부담치고 드문 사례이다. 다른 한편으로, 구심력이 강한 조선 사회에서 이런 원심력의 욕망이 작동한 것 자체가 반가운 일이다.

4장

만석꾼의 가치

16화

만석꾼의 꿈을 이룬 여주의 선비

옛날 경기도 여주 땅에 허씨 양반이 살고 있었다. 그는 어질고 착했으나 집이 너무 가난했다. 아들 셋은 글공부에 매진하게 하고, 자신은 사방의 친지들을 찾아다니며 구걸하여 공부하는 아들들의 양식을 대주었다. 그가 워낙 선한 사람이었기에 사람들은 그가 오면 반기며 먹을거리를 내주었다. 그런 그와 아내가 어느덧 나이 들고 병들어 죽게 되었다. 그 뒤로도 얼마간은 이웃들이 부모 잃은 아들들을 잘 돌봐주었다. 삼년상을 마친 뒤 둘째인 허공(許珙)이 형과 동생에게 이런 말을 했다.

"이제까지 우리가 굶어 죽지 않은 것은 다 부모님께서 인심을 얻은 덕이었지. 이젠 삼년상도 마쳤으니 부모님의 은덕에 더 의지할 수도 없어. 지금 같은 형편이면 죽는 일 말고 뭐가 있을까. 그러니 각자 살 길을 찾아봐야 할 것 같은데……."

형과 아우는 한목소리로 하소연했다.

"우리가 어려서부터 해온 글공부 외에는 할 줄 아는 게 없으니……."

허공은 이러자고 했다.

"각자 하고 싶은 걸 하기로 합시다. 나도 다른 걸 해보라고 권하지는 않을 테니까. 하지만 우리 셋이 모두 글공부만 고집하다간 추위와 배고픔에 다 죽고 말 거요. 나는 앞으로 10년 동안 온 힘을 쏟아 재산을 불려 우리 집안을 살릴 테니, 오늘부로 파산합시다. 형님과 아우는 절로 들어가 공부하되 그곳에서 빌어먹으며 버티고, 형수님과 제수씨는 당분간 친정에 계시게 하는 게 좋겠어요. 부모님이 물려주신 거라곤 이 집터와 보리밭 세 마지기에 어린 여종 하나뿐이오. 이것도 종가의 재산이지만 우리가 파산했으니 당장은 내가 빌려 써야겠소."

그날로 허공은 형제 내외와 눈물을 뿌리며 작별했다.

그는 당장 아내가 시집올 때 가져온 패물을 팔아 예닐곱 꾸러미 돈을 쥐었다. 때마침 면화가 풍년이었다. 허공은 있는 돈을 다 털어 미역을 샀다. 미역을 짊어지고 부친이 평소 왕래하며 먹을거리를 구했던 집들을 두루 찾아다녔다. 들르는 집마다 미역을 내놓고서 체면 불고하고 목화와 바꾸자고 했다. 친지나 아는 이들은 어렵게 사는 그가 불쌍해 요구한 대로 해주었다. 이렇게 하여 모은 목화는 질이 똑같지는 않았으나 양은 수백 근이 되었다. 이것으로 영동 지방의 귀리 열 가마 남짓을 사들였다.

한편, 허공 부부는 10년 동안 죽만 먹기로 맹세하고 여종에게는 매일 한 그릇을 주었으나 자기들은 죽 한 그릇으로 나누어 먹었다. 그러면서 여종에게 일렀다.

"배고파 견디기 어려우면 네 마음대로 가고 싶은 데로 가거라."

이 말에 여종은 울면서 아니라고 말했다.

"주인 나리께선 죽기 살기로 생계를 꾸리시는데 쇤네가 배고프다고 떠나갈 수 있겠습니까?"

허공은 이에 더 일에 매진했다. 가지고 있던 양반 옷가지까지 다 정리하고 적삼 저고리와 바지 한 벌로 겨우 몸만 가리고서 밤낮으로 일했다. 아내는 길쌈을 하고 여종이 이를 도왔으며, 자신은 자리를 짜기도 하고 짚신을 삼기도 하며 하루도 쉬지 않았다. 가끔 가까운 사람이 찾아와도 방 안에서 일하느라 울타리 밖에 자리를 내주고 멀찍이서 양해를 구했다.

"자네는 내가 인정 없다고 나무라지 말게. 거기에 있다가 돌아가시게."

이렇게 한 해 동안 짠 길쌈과 자리 따위로 벌어들인 수입이 수백 냥은 되었다.

마침 자기 집 문 앞에는 한양 사람이 소유한 논 열 마지기와 하루갈이 밭이 있었다. 이것을 합쳐서 팔려고 내놓자 허공은 이 논밭을 샀다. 애초에는 남에게 빌려주어 삯을 받을 참이었으나 그러자면 선비용이 들 뿐만 아니라 남는 것도 적겠다 싶어 직접 농사를 짓기로 했다. 그는 소와 쟁기를 마련하여 직접 밭으로 들어갔다. 그러나 농사일을 해본 적이 없었기에 노련한 농부를 불러 둑에 앉히고 찬을 잘 대접해 가며 일을 배웠다. 농사일을 어느 정도 익힌 그는 흙갈이를 십여 차례나 하여 여느 농가보다 깊숙이 갈아엎었다. 밭에는 담배를 심고자 했다. 먼저 재와 마른 풀을 두둑하게 덮고, 이랑에는 수없이 많은 구멍을 파서 내릴 비에 대비했다. 혹시라도 가뭄에 파종한 씨앗

이 상할까 염려하여 이른 봄에 길게 나무걸이를 세워 비가림을 하고 그 아래에 담배씨를 파종하고 물을 자주 주었다. 이 해에 정말 큰 가뭄이 들어 주변에서 심은 담배는 죄다 시들거나 말라 죽었지만, 허공의 담배만은 잎이 무성했다. 비를 기다렸다가 바로 옮겨 심으니 잎이 파초처럼 크게 자라 땅을 다 덮었다.

잎에서 진액이 나오기 전인데도 여주의 담배 장수가 전매하자며 돈 200꿰미를 들고 왔다. 담배 장수는 이 담뱃잎을 빻아 덩이로 만들더니 강가 모래사장에서 햇빛에 말린 다음 배로 실어 갔다. 그러고는 나중에 또 찾아와서 새로 나온 잎을 사 갔다.

열 마지기 논에서 거둔 쌀도 100섬은 되었다. 이때부터 재산이 달마다 배로 늘고 해마다 네 배로 늘어 셀 수 없을 정도였다. 채 오륙년이 지나지 않아 노적가리가 마당에 가득 차고 논밭은 긴 이랑으로 이어져 10리 안 농민들이 도움을 받아야 할 판이었다. 도처의 농부들이 그럴 때마다 술과 고기로 감사를 표했으나, 허공은 여전히 반 그릇 귀리죽으로 끼니를 때웠다.

8년째가 되었을 때 절에 있던 형과 동생이 둘째 집이 도주공•이 되었다는 소식을 한두 번 들은 게 아니었다. 둘은 구경이라도 해보겠다는 심산으로 산에서 내려갔다. 집에 이르자 허공 내외가 반갑게 맞았다. 허공의 아내는 이웃에서 보낸 술과 고기를 내와 시아주버니에게 드렸다. 저녁때는 채소와 국을 갖춘 상을 내왔다. 두 시아주버니가 8년

• **도주공(陶朱公)** 중국 춘추시대에 월나라의 범려(范蠡)로, 원래는 정치가로 오나라와 각축을 벌일 때 활약했다. 그러다가 훗날 정계에서 물러나 장사로 막대한 부를 축적했다. 또한 남에게 시혜도 많이 하여 후대에 부자의 대명사가 되었다.

만에 오셨기에 차마 귀리죽은 드릴 수 없었던 까닭이었다. 그런데 허공은 차려진 저녁상을 보고는 눈을 부릅뜬 채 야단을 치며 밥 한 그릇을 끓여 두 그릇 죽으로 다시 올리라고 했다. 그러자 형이 불같이 성을 냈다.

"네 재산이 수천 석이라면서 8년 만에 핏줄을 만났는데 이미 내온 밥을 물려 죽으로 올리라니! 이게 사람의 도리더냐?"

그래도 허공은 의연했다.

"제가 잡은 10년 기한이 아직 되지 않았습니다. 형님이 그리 화를 내도 저는 털끝만큼도 변함이 없어요."

화가 단단히 난 형과 동생은 그대로 절로 돌아가 버렸다.

이듬해 형과 동생은 나란히 소과에 합격했다. 허공은 창방연•에 들어가는 비용과 물품을 마련해 두고, 직접 한양으로 올라가 형제를 데리고 집으로 돌아와서 잔치를 열었다. 그리고 이튿날, 데려온 광대들과 악공들을 불러 일렀다.

"우리 형님과 아우가 집도 없이 절에서 빌어먹으며 지낸 줄은 너희들도 들었을 것이다. 오늘 다시 산으로 올라가 공부에 매진해야 하니, 너희들은 여기 남아 있어 봐야 아무 도움이 안 되느니라. 여기서 일정을 정리하고 돌아들 가거라."

그러면서 열 냥씩을 나눠주고 돌려보냈다. 형과 동생에게도 산사로 올라가 대과를 준비하라고 거듭 부탁했다.

• **창방연(唱榜宴)** 과거에 합격했을 때 벌이는 잔치로, 문희연(聞喜宴)이라고도 한다. 이때 합격자는 어사화를 꽂고 기녀와 광대를 대동하여 사흘 동안 이웃과 어른들에게 인사를 다녔다. 이를 '삼일유가(三日遊街)'라고 한다.

마침내 정한 10년이 다 찼다. 허공은 엄연한 만석꾼 부자가 되었다. 그해 봄이 돌아오자 허공은 장시•로 가서 고급 옷을 만들 올이 가는 명주와 비단을 끊어 왔다. 어렵게 사는 동네 여자들에게 삯을 주고 남녀 의복을 짓게 했는데, 그 양이 엄청났다.

그리고 마침내 음력 섣달 스무하루가 되자, 허공은 산사에 편지를 써서 형과 동생에게 알렸다.

> 우리가 삶을 꾸릴 방편을 마련해 보자던 그 10년이 다 찼네요. 지금까지 모은 재산이면 우리 삼형제가 평생 충분히 먹고도 남을 겁니다. 오늘부로 고생은 그만하고 함께 모여 단란하게 삽시다.

편지와 함께 안장을 화려하게 채운 말도 딸려 보내 집으로 맞이했다. 형수와 제수씨에게도 편지를 보내 똑같이 모셨다. 형과 동생이며 형수와 제수씨가 다 모이자, 마당에 옷을 갈아입을 장막 두 개를 설치했다. 그리고 자물쇠가 채워진 가죽 농 여섯 개를 운반하여 내외가 갈아입을 장막에 세 개씩 두었다. 형제 내외는 그곳에서 새로 지은 비단옷으로 갈아입었다. 이번엔 마부에게 일러 말 세 필을 대령하라고 하더니 형제에게 이렇게 일렀다.

"이 집은 함께 살기에는 비좁아요. 따로 가볼 데가 있답니다."

삼형제는 나란히 고삐를 잡고 고개 하나를 넘었다. 그러자 산 아래에 우람한 기와집 세 채가 보였다. 전면에는 긴 사랑채가 가로질러

• **장시(場市)** 도성의 저잣거리가 아닌 지방에 서는 오일장, 칠일장 같은 장터.

있었고, 사랑채 앞에 늘어선 줄행랑엔 준마가 그득했다. 주변으로는 하인들 집까지 있어서 어엿한 마을을 이루고 있었다. 사람들이 길가에 나와 이들 일행을 맞이했다. 형과 동생이 깜짝 놀라며 물었다.

"여기는 어디며 어찌 이리도 장관인가?"

"우리 형제가 죽을 때까지 살 곳이지요."

원래 살던 곳까지 거리가 채 5리도 안 되는 이곳에 형제가 살 집을 짓고 하인들까지 배치하여 마을 하나만큼 웅장하게 만들었는데도 누구도 이를 눈치채지 못했던 것이다. 그만큼 허공의 일 처리는 치밀하고 신중했다. 그날 저녁부터 여자들은 각각 집 한 채씩 나누어 거처하고 허씨 삼형제는 큰사랑채에서 함께 지냈다. 또 가죽 궤짝 10여 개를 운반해 왔는데, 그것은 모두 논밭 문서였다.

"이걸 우리 형제가 공평하게 나눕시다. 다만 제 아내가 죽을힘을 다해 이런 재산을 만들었고 매사에 내 뜻을 정말이지 잘 따라주었지요. 아내가 만에 하나 불평하지는 않겠지만 저로서는 고생한 보상을 꼭 해주고 싶어요. 그러니 따로 더 챙겨주려 합니다."

그러면서 열다섯 섬지기 논문서는 나눌 문서에서 제외하여 아내에게 내주었다. 나머지 문서는 모두 균등하게 나누었다.

어느 날, 형제들이 함께 자는데 허공이 느닷없이 한밤중에 일어나 통곡하는 것이었다. 형이 위로하면서 물었다.

"지금 자네가 누리고 있는 삶은 옛날 공후와 다르지 않거늘 뭐가 부족하다고 이리 슬퍼하고 애통해한단 말인가?"

허공의 대답은 이랬다.

"부모님이 당초에 우리 형제에게 바랐던 것은 과거 급제였지 재산에 있지 않았지요. 형님과 아우는 소과이기는 하지만 그래도 선친의 유지를 받들었는데, 저는 아무짝에도 쓸모없는 신세인 듯하군요. 오로지 입에 풀칠하기 위해 생계에 골몰하느라 학문을 내팽개친 지 벌써 10년이 넘었네요. 이젠 글자 하나도 기억할 수 없으니 선친의 바람을 저버리고 말았지 뭡니까. 이러니 어찌 가슴이 아프지 않겠습니까? 다시 해보려 해도 이젠 가망이 없으니, 활을 잡아 공을 이루는 게 한 가지 방도가 아닐까 싶네요."

이리하여 허공은 다음 날 바로 활터로 가서 비가 오거나 바람이 불어도 아랑곳하지 않고 활쏘기 연습에 매진했다. 그리하여 3년 만에 무과에 급제했다. 거기다가 출중한 실력을 발휘하여 우수한 무관으로 이름까지 났다. 그리고 처음으로 얻은 벼슬자리가 안악군•의 군수 자리였다. 그런데 안악군으로 부임하려는 즈음 아내가 병으로 죽고 말았다. 허공은 탄식하며 말했다.

"부모님께서 돌아가신 지 오래인 내가 벼슬자리 녹봉으로 부모님을 봉양하지 못하고 이제 아내라도 영광스럽게 해주려나 싶었다. 그런데 아내마저도 지금 이렇게 되고 말았구나! 이제 녹봉을 받아봤자 어디에 쓰랴. 그러니 더는 벼슬자리에 연연할 필요도 없지 않은가!"

결국 허공은 부임하지 않고 고향 집에서 생을 마쳤다고 한다.

《동패락송》 제29화

- **안악군(安岳郡)** 황해도 서북부에 있던 고을로, 16세기에 임꺽정이 이곳 구월산을 근거지로 도적 활동을 한 것으로 유명하다. 근대에 들어와서도 동학군의 주요 무대였고, 기독교가 전파되는 통로 역할을 하기도 했다.

17화

박리다매로 갑부가 된 부부

한양에 처지가 딱한 김가라는 서생이 살았다. 김가는 처자식을 데리고 이리저리 떠돌며 겨우 입에 풀칠했다. 그러다가 남양(南陽) 땅에 흘러들어 산기슭에 달팽이 집을 짓고 살게 되었다. 김가의 큰아들은 나이가 서른이 넘었으나 장가들기는커녕 동생과 함께 해가 뜨면 나가서 양식을 구걸해 와야 했다. 이것으로 늙은 아내가 밥을 지었다.

한편, 아랫마을에 풍헌• 장씨가 살고 있었다. 이 고을의 평민으로 가난하기는 김가와 마찬가지였다. 장씨에게는 시집갈 때가 된 딸이 있었다. 하루는 김가의 맏아들이 아비에게 사정했다.

"어머니 연세가 점점 많아지셔서 이젠 부엌일도 하기 어려워졌어요. 저희에게 밥해 줄 사람이 없으면 나이 든 도령 신세로 앞으로 어

• **풍헌(風憲)** 지방의 향청 등에 소속되어 마을의 기강을 세우는 역할을 하는 자를 이른다. '약정(約正)'이라고도 했으며, 면 단위로 두었다. 중인이나 평민 등이 많이 맡았으나 후대에는 향반이 맡기도 했다.

떻게 살아가겠어요? 하루속히 혼처를 구해야겠어요."

아버지는 아서라 했다.

"네 혼인 문제를 아비로서 어찌 소홀히 하겠느냐마는 그렇다고 누가 우리같이 빌어먹는 집에 딸을 보내겠느냐?"

"이 마을에 장 풍헌 어른에게 과년한 딸이 있다고 하니 제가 직접 뵙고 청해보겠습니다."

"아무리 우리가 죽고 싶을 정도로 궁핍하다고 해도 평민 딸과 결혼할 수 있겠느냐! 이야말로 더 못할 짓이다."

"아버지 말씀은 너무 오활하십니다. 저희가 이 지경에 이르렀으니 '새벽 굶주린 호랑이 중이든 개든 안 가린다'•는 말과 같은 것이지요."

이리하여 아들은 아비의 닳아빠진 도포와 갓을 빌려 입고 장 풍헌을 찾아갔다.

"제가 할 말이 있어서 찾아왔습니다."

"그래 무슨 말인가?"

"어른께서도 필시 저희 집안의 처지를 들으셨을 겁니다. 어엿한 양반인데도 저는 때가 지나도록 장가를 들지 못했습니다. 어른의 딸을 아내로 맞고 싶은데 어떠신지요? 하늘은 복이 아예 없는 사람을 내지는 않았을 터이니, 가난해도 어찌어찌 살아갈 방도는 있지 않겠습니까."

그러나 장씨는 거절하며 손을 휘저었다.

• **새벽 굶주린 호랑이 중이든 개든 안 가린다** '새벽 호랑이 중이나 개를 가리지 않는다.'라는 속담으로, 다급해지면 가릴 처지가 못 된다는 뜻이다.

"내 딸이 자네 집에 들어가면 필시 굶어 죽고 말걸세. 자넨 어쩌자고 되지도 않는 말을 하는가?"

김가 아들은 열없이 물러나야 했다. 장씨는 안채로 들어와 혼잣말로 힐난하며 혀를 찼다.

"어디 천부당만부당한 소리를 하고 있어!"

마침 딸이 아침밥을 지으려고 쌀을 씻으러 부엌에 들어갔다가 나와서는 물었다.

"아버지, 무슨 일로 이리 불평을 하세요?"

"네가 알 바 아니다."

딸이 두세 번 연유를 알려달라고 보채자 장씨는 마지못해 입을 열었다.

"윗마을 김 도령이 내 사위가 되겠다고 찾아왔지 뭐냐. 내 이미 물리쳐 돌려보냈다만 어림도 없는 소리지!"

이에 딸이 적극적으로 나섰다.

"우리 집 사정으로 맞을 만한 사위는 기껏해야 총을 든 병사 정도밖에 더 되겠어요? 김 도령이면 그래도 양반 집안 출신이니 저들보다야 나을 것 같은데……. 가난하거나 부자이거나 죽고 사는 건 각자 타고난 복이잖아요. 그 집에서 청혼한 게 그리 놀랄 일도 아니니 꼭 허락해 주시면 좋겠어요. 제가 바라는 바예요."

"네 뜻이 그렇다면 모르는 척하고 따르는 거야 뭐가 문제겠느냐?"

"김 도령은 아침 식사도 건너뛰기 일쑤일 거예요. 우리 솥에 아침밥이 남아 있으니 다시 오라고 해서 허기라도 달래게 하세요. 아울러 혼인 허락을 해주고 보내는 게 좋겠어요."

장씨는 울 밖으로 나와 돌아가던 김가 아들을 손짓으로 불러세웠다. 그리고 함께 앉아 얘기를 나누었다.

"어려운 형편의 양가가 합친다면 심란하기 짝이 없는 일일세. 하지만 내 자네 말을 따라 혼인을 허락하겠네."

"어른, 정말 잘 생각하셨습니다!"

그러면서 김가 아들은 다섯 손가락으로 복이 들어오는 날을 꼽아보더니 이틀 뒤(모레)로 길일을 잡았다.

"그건 너무 급하네."

장씨가 난색을 보이자 김가 아들은 한술 더 떴다.

"어른네도 가진 게 없는 형편이니 애초 혼수를 장만할 가망이 없잖습니까? 기일을 늦춰서 뭐 하겠어요? 신랑과 신부가 함께 자면 그게 바로 혼례지요."

"맞긴 맞네."

장씨가 인정했다. 김가 아들은 내온 아침밥을 먹고 돌아왔다.

김가가 아들에게 물었다,

"그래 장가가 뭐라 답하더냐?"

"내일모레 혼례를 치르기로 했습니다."

"너무 촉박하구나!"

"우리 집도 가난하니 혼렛날을 늦춰 잡는다 해도 비단옷과 안장 올린 말을 준비할 수 있겠어요? 그날 다시 아버지의 해진 옷가지를 빌려 치르면 충분합니다."

이윽고 그날이 되었다. 둘은 맞절만 올리고 함께 잠자리에 들었다. 신부가 신랑에게 말했다.

“시어머님이 연로하셔서 이제 밥 짓는 일도 감당하기 어렵잖아요? 제가 며느리가 됐으니 하루 더 있을 필요 없이 시댁으로 가서 부엌일을 맡아야겠어요. 어서 며느리의 도리를 했으면 해요.”

다음 날 새벽, 그녀는 아버지에게 말했다.

“우리 집에서 저를 시집보내면서 혼수라고 장만한 게 없잖아요. 그러니 하루라도 빨리 시어머님 일을 대신해야겠어요. 지금 신랑과 함께 가겠어요.”

그러더니 빗과 참빗을 품에 넣고 버드나무로 만든 작은 상자를 머리에 이고 남편을 따라 길을 나섰다. 달팽이 집 같은 시댁에 도착하여 신랑이 먼저 들어가 부모님께 고했다.

“처를 데리고 왔습니다.”

곧 안에서 신부를 불렀다. 신부는 들어가 시부모에게 절을 올리자마자 곧장 부엌으로 들어가 밥을 지었다. 신랑 형제가 밖에 나가 구걸해 오고 이것으로 신부가 밥을 짓는 식이었다.

그러던 어느 날, 아내가 남편에게 말했다.

“사내대장부로 태어나 제대로 먹고살 궁리를 못 하고 그저 남에게 빌어먹기만 하다니요. 앞으로 무엇을 하실 생각이세요?”

“농사일도 배우지 못했고 나무하고 가축 기르는 일도 아는 게 없다네. 그러니 구걸하지 않고 무엇을 하겠는가?”

아내는 버드나무 상자 속에서 두 필짜리 비단 같은 물건을 꺼냈다. 가늘고 촘촘하기가 어느 정도인지 구별이 되지 않았다. 그녀가 집에 있을 때 직접 짠 것이라고 했다.

“이걸 가지고 장날에 가서 잘 팔면 서른 냥은 받을 수 있을 거예요.

우리가 급하니 일단 처음 만나는 사람에게 값의 고하를 따지지 말고 팔아넘기세요. 못해도 스무 냥은 될 거예요. 그중 열 냥으로 목화와 벼를 사고 나머지 돈은 가지고 오세요."

남편은 그녀의 말대로 장이 서는 날 가지고 가서 팔았더니 글쎄 마흔 냥을 쳐주는 것이었다. 장시에서 목화와 벼를 사고도 서른 냥이 남았다. 집안 식구들은 기뻐 어쩔 줄 몰라 했다. 장에서 사 온 벼를 까분 쌀로 밥을 해 먹었으며, 꽃무늬 옷감으로 옷도 해 입었다. 이어 아내는 서른 냥을 남편에게 내어주며 염전으로 가서 염부와 이런 계약을 하라고 일러주었다.

"이 돈을 염전에 투자하여 소금으로 바꿔 내다 팔겠다, 그렇게 3년이 되면 원금은 받지 않겠다……. 그러면 업자는 필시 좋다며 받아들일 거예요. 당신은 소금을 짊어지고 100리 안을 두루 돌아다니며 파세요. 팔 때는 싸게 넘기고 외상으로도 대 주세요. 이리해서 인심을 얻다 보면 단골들이 생기겠지요? 그러다 보면 이문이 크게 날 게 분명해요."

남편은 이번에도 아내의 말을 따라 염부를 찾아갔다. 염부는 단지 눈앞의 서른 냥을 탐내어 재물로도 적지 않다고 생각했다. 그러나 약정한 그 3년 동안 지고 나갈 소금의 양이 조금씩 쌓여 나중에는 서른 냥 값어치보다 많아진다는 계산을 할 줄 몰랐다. 그러면서 '반드시 3년 동안 소금을 이자로 치겠으며 기한이 찰 때 원금은 돌려주겠다.'라고 했다. 김가는 그럴 필요 없다며 고사했다.

다음 날부터 날이면 날마다 그는 소금을 짊어지고 여러 고을을 돌아다니며 헐값으로 팔기도 하고 외상으로 내주기도 했다. 그러면서 들른 마을마다 소금 사는 사람들과 얼굴을 익혔다. 이리되자 다른 소금 장수가 팔러 와도 이들은 꼭 "김 서방의 소금을 기다리는 참이오." 라며 사지 않았다.

드디어 약정한 3년이 다 되었다. 아내가 남편에게 물었다.

"외상으로 판 게 총 얼마나 되나요?"

"3천 냥은 될 걸세."

아내는 다시 서른 냥을 내주면서 일렀다.

"이 돈을 가지고 다시 염전에 가봐요. 전처럼 하되 이번에는 형제가 함께 소금을 팔겠다고 하세요. 그쪽에서는 이 제의도 절대 거절하지 않을 거예요."

그는 아내의 의도를 파악하고 염부를 찾아갔다.

"당신이 지난번 3년을 끝내고 돌아갈 때 헐값이라며 본전을 찾아가지 않더니 이번에는 두 사람이 와서 팔아보겠다고 하는구려. 나야 어찌 허락하고 말고 미적거리겠소?"

이에 김가는 동생과 날마다 소금을 짊어지고 나가 이전처럼 여러 고을로 흩어져서 팔았다. 1년이 지난 뒤 김가가 아내에게 하소연했다.

"4년간 소금을 짊어졌더니 등골이 휘고 눌려 견디기 어렵네. 이젠 말에 실어서 다녔으면 하네."

"말에 싣고 다니며 팔아서는 당신이 직접 져서 보는 이득만 못해요. 그래도 정 견디기 힘들면 말에 싣고 다녀도 괜찮아요."

김가는 열 냥쯤을 들여 암컷 말 한 마리를 사서 소금을 실었다. 소금을 말에 실은 뒤로는 동생까지 짊어지는 일을 관두도록 했다. 그런데 말이 새끼를 배게 되었다. 하루는 김가가 나가는데 아내가 부탁했다.

"오늘은 소금 팔고 돌아오는 길에 말은 집에 두고 직접 염전에 가서 짊어지고 오는 게 좋겠어요."

김가는 아내 말대로 돌아오는 중간에 말을 집으로 돌려보냈다. 이날 말은 수망아지를 낳았는데 둘도 없는 명마였다.

한편, 두 번째 소금 장사한 지 3년이 되었다. 그동안 아내는 길쌈을 하여 남긴 돈이 천 냥이 넘었다. 소금 장사로 남긴 돈을 다 합치니 거의 만금에 가까웠다. 이제 주변 고을에서 가장 우뚝한 부자가 된 것이다. 수망아지도 오륙 년이 지나자 날 듯이 달리고 빠르기가 번개 같았다. 값이 점점 올라가는 건 당연했다. 동내(洞內)에서 잘사는 무변인 이 선달이 상경길에 타고 가기 위해 이 말을 팔라고 했다. 마침 선달에게는 조생 벼를 심는 논 30마지기가 김가의 집 앞에 있었다. 선달은 논과 말을 맞바꿀 의향이 있다고 했다. 김가 아내는 이 소식을 듣고 남편에게, 선달을 집으로 모셔 오면 자신이 직접 매매를 하겠다고 했다. 선달이 집으로 찾아오자 아내는 사립문을 사이에 두고 대화를 나누었다.

"귀댁에서 우리 집 말을 사려고 하는 게 맞습니까?"

"그렇소."

"그럼, 저 멀리 보이는 사흘갈이 묵은 밭도 듣기로는 귀댁의 것이라고 하던데…… 우리 말을 저 밭으로 바꿨으면 좋겠네요."

"저 전답은 버린 거나 다름없소. 어찌 값을 따지며 남의 준마를 훔치듯 할 수 있겠소? 저 밭에다 이미 약속한 조생 벼 논을 더 얹어 드리겠소."

그러나 김가 아내는 굳이 논은 내버려두고 밭만 가지겠다고 했다. 그리고 이를 문서로 만들어 교환했다. 며칠 사이에 그녀는 큰 집 지을 목재를 구입한 다음 말과 바꾼 버려진 밭으로 갔다. 거기에다 굉장한 크기의 집 한 채를 우뚝 세웠다. 부부는 이 새집으로 들어가 살면서 수와 부를 누리고 아들도 많이 두었다. 이 밭은 집터로 더없이 좋은 곳이었다. 김가 아내의 안목이 이를 다 꿰고 있었던 것이다.

《동패락송》 제31화

18화

생계를 위해 비부쟁이가 된 선비

영남에 어느 가난한 선비가 있었다. 그는 날마다 이리 구하고 저리 구해서 처자식을 근근이 먹여 살리는 형편이었다. 하다 못한 그가 한 번은 아내에게 한 가지를 제안하고 의중을 물었다.

"인생 백 년은 잠깐 사이에 지나간다네. 그러니 일생을 보낼 계획이 있어야 하는 법이지. 이를 위해서는 필시 오륙 년 동안은 힘써 궁리하고 도모해야 하네. 그리해야 죽기 전까지 미간을 펴고 몸이 원하는 대로 하면서 누릴 수 있을 걸세. 우리는 지금 하루 벌어서 겨우 당일 끼니를 때우는 처지라 어느 겨를에 앞날의 생계를 꾸리겠는가? 이렇게 지내다간 늘그막에 병이라도 나면 꼼짝없이 죽는 수밖에 없지. 아무래도 내가 멀리 나가서 길게 살 방도를 찾아야겠네. 그동안 자네는 남의 집 길쌈이나 바느질이라도 하고, 아이들은 꼴이라도 베게 하면서 죽지 않고 근근이라도 버틸 수 있겠는가?"

아내가 그러겠다고 하자 선비는 마침내 집을 나서 한양으로 올라갔다. 그는 한양에서 벼슬아치들을 물색하는 한편 떠도는 여론을 살폈다. 그러다가 청렴하면서도 명망이 높은 데다 뛰어난 재주에 도량까지 넓은 어느 사대부 양반을 알아냈다. 선비는 이 양반을 의지처로 삼고자 하여 먼저 이 댁의 여종에게 접근했다. 여종은 얼굴이 못생겨 사람 축에도 끼지 못할 정도였다. 시집을 가려 해도 누구도 데려가지 않을 상황이었다. 그가 그런 그녀와 부부가 되었다. 이제 비부쟁이•가 된 것이다. 그런 다음 주인 대감을 뵙고 집안 청소를 맡아보았다. 그러다 안팎의 심부름이나 장보기는 물론 소작료를 받아 오는 일까지 거들었다. 일 처리가 하나같이 깔끔하고 수완이 좋아 주변에서 칭찬을 듣기 시작했다. 이러기를 한참, 이제 집안사람들은 모두 그를 전적으로 신임하게 되었다. 그래서 엔간한 가정의 일은 다 그와 상의하여 처리했다.

그러던 어느 날, 주인 나리가 공무를 마치고 귀가하여 조용히 그를 불러 물었다.

"너는 누구이며 이름이 무엇이고, 전에는 어디에 살았느냐?"

그는 이렇게 속였다.

"소인은 함경도 백성으로 이름이 아무입니다. 어렸을 때 글을 익혀 제법 할 줄 알았으나 가난에 찌들어 여기저기 떠돌다 보니 여기까지 왔습니다."

"네가 글을 배워 읽고 쓸 줄 알면서도 남의 집에서 뜰이나 쓸고 허드렛일이나 하고 있으니 억울할 만도 하겠구나. 이제부턴 대청으로

• **비부쟁이** 비부(婢夫). 여종의 남편을 이르는 말.

올라와 먹을 갈고 붓을 닦는 일을 맡도록 해라."

이렇게 하여 그는 먹과 붓을 쥐고 서기를 맡게 되었다. 당연히 민첩하고 거침없이 해냈다. 주인은 그를 몹시 아끼게 되었다. 얼마 지나지 않아 주인 나리는 평안도 감사가 되었다. 감사는 그를 데리고 가서 금전 출납하는 일을 맡겼다. 그리고 어느덧 감사 임기가 끝나 돌아갈 때가 되었다. 그는 조용한 틈을 보아 감사에게 아뢰었다.

"사또 나리께선 워낙 청렴하고 검소하셔서 한 푼도 사적으로 쓰지 않으셨지요. 소인이 장부에 기재하고 남은 것만 해도 백금 10만 냥입니다. 이걸 어떻게 처분하실는지요?"

감사도 알고 있었다는 듯이 말했다.

"나도 그걸 처리할 방도를 생각했으나 마땅히 떠오르질 않는구나. 아직 정해진 건 없다."

이에 그가 나름 대책을 내놨다.

"평안도의 양반이나 백성, 군졸들과 구실아치들은 아무 폐해로 은이 얼마 들어가고 아무 폐해로는 얼마가 소요됩니다. 10만 냥 중 5만 냥을 이쪽에 돌린다면 이런 폐해를 막을 수 있습니다. 그러면 저들은 나리를 세상에 없는 고마운 분으로 받들겠지요. 그리고 나머지 5만 냥은 소인에게 주십시오. 소인이 중국 상품을 사들여서 배에 싣고 충청도, 전라도 등 삼남 지역으로 내려가 팔면 곱절의 이득은 나고도 남을 것입니다. 그러면 이 돈으로 통제영•의 활이나 화살이며, 창이나

• **통제영(統制營)** 조선시대 삼도의 수군통제사의 군영으로 통영에 있었다. 이 군영을 따로 우수영이라 하며, 여수에는 좌수영을 두었다. 이곳 관사는 세병관(洗兵館)으로, 여수의 진남관(鎭南館)과 함께 조선시대 대표적인 수군 주재소로 현재도 남아 있다.

칼, 대포 등속을 구입해서 대동강과 평양의 방비에 쓰면 좋지 않겠습니까?"

감사는 그렇겠다 싶어 백금 10만 냥을 고스란히 그에게 내주었다. 선비는 5만 냥으로 평안도의 각종 폐단을 바로잡고 정리했다. 남은 5만 냥으로 중국 상품을 사서 배에 싣고 남쪽으로 떠났다. 그런데 기한이 넘었는데도 감감무소식이었다. 그사이 감사는 임기를 마치고 한양으로 복귀했다. 감사는 속았다고 여겨 걸핏하면 '아무개는 큰 도둑놈으로 죽여야 해.'라고 말하고 다녔다.

이로부터 3년이 지났다. 선비가 다 해진 옷을 입고 한양에 나타났다. 그는 아내인 여종을 시켜 안주인 마님께 아뢰게 했다.

"비부쟁이 아무가 돌아와 뵙습니다."

안방마님의 전갈은 이랬다.

"대감께선 5만 냥을 훔쳐 갔다는 이유로 너를 죽이려 하신다. 하지만 평안도에 계실 때 대감께선 집안일을 돌보지 않으셨지. 데려간 막료들도 다 이름난 무인이었지만 우리 집에 필요한 게 무엇이 있는지 거들떠보지도 않았다. 일 처리가 빈틈없고 빠르며 충실하고 믿음이 가는 네가 아니었으면 어떠했겠느냐. 공무에도 문제가 생기지 않았고, 우리 집에도 도움이 많이 됐던 것은 다 네가 힘쓴 덕분이다. 네가 필요한 물품을 계속 보내주지 않았다면 우리 가정은 꾸려지지 못했을 게다. 이러니 너의 공로를 내가 어찌 잊겠느냐. 너는 꼭 그간의 사정을 자세히 알려주되 여기 머물지 말고 속히 떠나거라."

여종이 이 말을 전했으나 선비는 씩 웃을 뿐 계속 남아서 떠나거나 피하지 않았다. 며칠 뒤 어느 날, 그가 대감의 눈에 띄었다. 대감은 그의 죄를 낱낱이 얘기하며 당장 곤장을 대령하라고 했다. 금방이라도 때려죽일 참이었다. 하지만 선비는 의연했다.

"백금 5만 냥이면 얼마나 큰 돈인데, 소인이 정말 훔치려 했다면 지금 감히 이렇게 나타났겠습니까? 대감께서는 어떤 사정인지 하문하시지도 않고 다짜고짜 죽이려고만 하십니까?"

이 말에 대감은 곤장 대령을 잠시 늦추라고 하면서 그동안 무슨 곡절이 있었는지 아뢰라고 했다. 그는 물러가더니 유생의 의관으로 갈아입고 나오는 게 아닌가. 그러더니 섬돌을 밟고 올라와 대감 맞은편 손님 자리에 앉았다.

"저는 평안도 백성이 아니고 영남의 유생입니다. 일부러 대감 나리의 비부쟁이가 된 까닭은 대감께서 필시 평안 감사가 되리라는 걸 알았기 때문입니다. 우리나라에서 평안도는 물화가 풍부한 고장이지요. 하여 소생은 몸을 낮춰 대감 나리를 모시면서 이곳의 물화를 이용하여 부를 축적해 보고자 한 것입니다. 하지만 자기 이익을 차지하려면 반드시 남에게 먼저 이익을 가져다줘야 하고, 윗자리를 이롭게 하려면 꼭 아랫자리를 먼저 이롭게 해야 하는 법이지요. 이래야 사리에 온당하고 신령의 길에도 부합하는 것입니다. 그래서 소생은 먼저 백금 5만 냥으로 평안도의 선비며 백성이며 군졸과 이속을 도운 것이지요. 나머지 5만 냥으로 무역하여 다시 10만 냥을 만들었답니다. 이것의 반은 대감 댁으로 보내 도왔고, 나머지 반은 소생의 집에 보내 종잣돈으로 삼았지요. 이 3년 동안 대감께서는 원금을 잃지 않으셨습니다. 그런데도 소생을 미워하여 기어이 죽이려고 하시다니요?"

대감도 물러서지 않았다.

"나를 속인 걸 싫어하는 것이니라. 거기에 이익이 어떻고 손해가 어떻고는 따질 게 아니니라."

이에 선비는 "내일 다시 뵙겠습니다." 하고는 물러났다. 그러고는 여종의 방에 꾸려놓았던 문서를 한 아름 안고 나와서 이번에는 대감의 자제를 만나 뵙고 말했다.

"내 오늘 손님의 예로 대감 나리를 뵈었소. 이제 자제들께서도 나를 비부쟁이로 대하지 마시오."

더하여 그간의 경위와 사정을 하나도 빠짐없이 설명해 주고 덧붙였다.

"영식들은 생각해 보시오. 내가 만약 대감 나리를 속이지 않았다면 나리 같은 청렴한 분이 무슨 수로 5만 냥의 전답을 사들일 수 있었겠소? 나는 5만 냥으로 중국 물품을 무역하여 배에 싣고 저 남쪽 동래로 가서 일본 물품과 바꾸어 다시 한양으로 올라와 판매하여 서너 배의 이익을 남겼소. 한데 많은 상품으로 큰 이득을 남기려면 인색하거나 아까워해서는 안 되는 법이오. 해서 나는 오고 가는 길에 쓰고, 가난하고 어려운 이들에게 나눠주고, 잔치를 열어 손님들에게 쓴 비용이 적지 않았소. 또 수입 가운데 전답과 집을 마련하고 하인까지 두는 데 든 비용으로 10만 냥을 책정했었소. 먼저 가장 기름진 논밭과 실한 집에 건실한 하인을 골라 사는 데 5만 냥을 들였소. 이쪽은 대감댁 몫으로 돌렸소. 여기 이것들이 해당 문서들이오. 여러분이 받아서 보관하시오. 그다음으로 구입한 것들도 5만 냥이 들었소. 이건 나의 몫이오. 내일 댁의 지방에 사는 노비들이 쌀 천 섬을 싣고 와서 용산에 정박할 것이오. 이 쌀은 처음에 5만 냥으로 대감 나리 몫으로 사들였던 논밭에서 나온 소작료요. 댁에 있는 하인을 보내 증서를 가지고 가서 맞춰보라 한 다음에 댁으로 들이게 하시오."

그러면서 자루를 뒤져 증서인 문건 하나를 꺼내 건네주었다.

이튿날 과연 지방의 노복 수십 명이 천 섬의 쌀을 수레에 싣고 와서 대감 집 안으로 들여놓았다. 이를 지켜본 대감은 한참을 멍하니 바라보다가 그를 경솔하게 꾸짖은 일을 부끄러워했다. 대감은 청빈한 가문 출신으로 맑은 이름을 더럽히지 않고도 졸지에 큰 부자가 될 수 있었다.

《삽교만록》 권5 제56화

농상업에 뛰어든 절박한 선비들

이 장에서는 가난했던 사람들이 엄청난 부를 축척한다는 이야기를 모았다. 만석꾼 이야기는 치부담 가운데 끝판왕이라고 봐도 좋다. 한 해 소출이 만 섬인 만석지기이거나 돈 10만 냥을 쥐면 만석꾼이라고 할 수 있다. 쌀 한 섬은 지금 기준으로 60kg이다. 그때 당시 만 섬이면 도대체 얼마나 많은 창고가 필요했을까 싶다. 한편, 조선시대 화폐가 지금 값어치로 얼마나 될지 정확히 따지기는 어렵다. 가장 기본인 1냥도 우리가 아는 상평통보 같은 엽전 100개에 해당한다. 그런데 10만 냥이면 엽전 몇 개가 필요한가? 이야기 중에는 간혹 10만 냥도 아니고 100만 냥을 손에 쥐었다는 화소도 나온다. 이게 실제로 가능했을까?

경제사 분야에서 이와 관련한 논란들이 있지만 속 시원한 답을 얻기는 어렵다. 그럼에도 조선시대 농업 경영이 주로 소농 경제였다는 점을 환기하면 만석꾼은 현실이라기보다는 이상에 가까워 보인다. 가끔 천석꾼이 등장하는 이야기를 생각해 보면 더 그렇게 느껴진다.

아마도 천석꾼은 현실에 가까웠을 것이다. 다만 만석꾼 이야기는 지향하는 지점이 있다. 바로 조선 후기 농상 경제의 변화상이 잘 녹아들어 있다는 것이다. 농업 생산력이 높아지고 시장이 활기를 찾으면서 물물 거래 같은 전통적인 방식에서 물품 중심의 대량 거래 사회로 전환하고 있었던 변화에 편승한 이야기라는 점에서 그렇다. 자본주의가 언제부터 시작되었는가에 대한 논란이 많고 그 의미도 복잡하지만, 조선 후기 농상 경제는 분명 이전에 볼 수 없었던 흐름으로 재편되고 있었다. 만석꾼 이야기는 이런 분위기를 반영하여 부를 꿈꾸는 이들의 욕망의 정점을 상정한 하나의 꿈이자 이상이었을 것이다. 요컨대, 당시 사람들이 부자의 규모를 상정할 때 만석꾼이면 최고 갑부로 보았기에 상당히 상징적인 용어라 하겠다.

여기 세 이야기는 무일푼의 인물들이 어떻게 만석꾼이 되는가를 잘 보여준다. 또한 양반 출신이 본업을 버리고 농사와 장사에 뛰어들어 부자가 된다는 점도 공통적이다. 실제 양반이 과업을 버리고 농상업에 뛰어든 몇몇 자료가 있기에 이런 이야기가 마냥 허구적인 설정이라고는 볼 수 없다. 그렇다고 이것이 일반적인 경향은 결코 아니었다. 이야기를 잘 들여다보면 이를 구현한 여러 요소, 특히 양반 출신이기에 가능한 맥락들이 얼핏얼핏 드러나기도 한다.

16화는 가난으로 궁지에 몰린 여주의 허생이 과업을 포기하고 농사에 매진하여 만석꾼이 되는 과정을 밀도 있게 그렸다. 그는 먼저 형제들과 헤어지면서 과업을 포기한다. 그리고 아내와 작정하고 시작한 생업이 짚신 삼기와 길쌈이었다. 이것으로 밑천을 마련한 부부는 담배 재배와 벼농사에 뛰어든다. 이 중 담배 재배나 거래는 다른 치부담에도 단골처럼 등장하기에 좀 더 이해를 돕고자 한다.

옛날에는 담배를 부르는 명칭이 다양했다. 원래 서인도 제도가 원산으로 타바코(Tabacco)라 불렀기에 이를 음차하여 '담바고'라 했다. 이것이 담배의 어원이기도 하다. 한편, '남방 지역에서 나는 신비로운 풀'이라는 뜻으로 남령초(南靈草)라고도 불렀다. 처음 조선인이 담배를 접했을 때의 황홀경이 이 의미 안에 들어 있는 셈이다. 담배가 한반도에 처음 들어온 시점은 16세기 말에서 17세기 초엽이었다. 동남아시아산 연초가 일본을 경유하여 한반도에 전래된 것이다. 그리고 언제부턴가 담배를 피우고 난 감회를 읊은 한시들이 등장하더니 18세기로 넘어오면서 완전한 기호품으로 자리하게 되었다. 18세기 말에서 19세기 초 정감문학의 대가였던 이옥(1760-1812)은 담배를 의인화한 〈남령전(南靈傳)〉과 담배 경전에 해당하는 《연경(烟經)》을 남겼다. 이처럼 이때에는 담배가 문학 소재로도 애용된 것이다. 그리고 고전문학에는 가끔 여인네들이 담배를 피우는 장면도 등장한다. 지금보다 흡연에 대한 거부감이 덜했던 정황이다. 이런 터라 상품 가치와 장사로 얻는 수확이 컸음은 두말할 나위가 없다.

허생은 벼농사와 특용작물 재배로만 만석꾼이 된 게 아니었다. 서사의 사이사이에 몇 가지 에피소드가 부가됐듯이, 그는 절약을 자신의 신조로 삼았다. 이런 과정이 일관성 있게 그려진 점이 이 이야기의 미덕이기도 하다. 그런데 만석꾼이 된 그는 양반으로서의 자기 정체성에 대한 고민과 회한을 숨기지 않는다. 그래서 늦게나마 무업(武業)에 뛰어들어 기량을 발휘하기도 한다. 하지만 동고동락했던 아내의 죽음으로 이마저도 포기한다. 이처럼 이야기의 끝에는 양반으로서의 자기 정체성에 대한 고민과 회한의 정서가 묻어난다.

17화에 나오는 한양 출신의 양반은 허생보다 더 극악한 상황이다. 허생은 그나마 여주에 자기 집과 터전이라도 있었다. 그러나 여기 양반은 집 하나 없는 신세이다. 조선 후기 과거에 급제하지 못하고 다른 생계가 없어 삶이 막막했던 몰락한 양반의 전형이지 않을까 싶다. 결국 그는 도성에서 생계를 이어가지 못하고 여기저기 떠돌다가 남양 땅까지 흘러든다. 거처 없이 떠돌며 화전을 일구어 살았던 화전민의 삶과 다름없다. 그러니 주인공은 위신이고 뭐고 따질 겨를도 없다. 궁여지책으로 나온 방편이 평민 여자와의 결혼이었다. 그런데 이게 기막힌 선택이었다. 마침 아내도 찢어지게 가난한 양민의 딸이었다. 그녀도 남편을 만나 형편을 타개해 보려던 차에 두 사람이 만난 형국이다.

그리고 이때부터 아내의 수완이 발휘되기 시작한다. 이야기의 주체가 남편에서 아내로 전환되면서 본격적인 치부 과정이 그려진다. 그녀가 주목한 분야는 소금 거래였다. 소금은 인류 역사가 시작되면서부터 가장 중요한 거래 품목 중에 하나였다. 오죽하면 인류의 이동이 소금 길을 따라 이루어졌다는 설이 나왔을까. 동아시아에서 소금에 관한 유명한 저작은 한(漢)나라 때 나온《염철론(鹽鐵論)》이다. 소금과 철에 대한 국가 정책과 판매에 관한 저술이다. 또 당나라 때는 소금과 차가 가장 중요한 품목 가운데 하나였다. 이처럼 시대와 수요의 변화에 따라 새로운 블루오션 상품이 등장할 때도 소금은 항상 빠지지 않는 대상이었다. 아무튼 부부는 소금과 담배라는 당시의 뜨거운 품목을 잡은 셈이다.

그런데 아내는 남편을 시켜 새로운 상술을 실험했다. 이른바 염가 판매와 외상이었다. 소금을 염가로 판매하고 외상으로 대주면 단골이 많이 생기게 마련이다. '외상(外上)'이나 '단골(單骨)' 같은 용어는 지금도 상거래에서 많이 쓰는 우리식 한자어이다. 이런 용어들이 소금 장사를 통해 상술로 제시되고 있는 것이다. 이런 판매 방식은 기본적으로 박리다매에 해당한다. 이 시기 치부와 관련해서 많이 나오는 상술은 주로 매점매석인 사재기 수법이었다. 〈허생전〉의 허생이 쓴 상술도 그렇고, 19화에 나오는 강경의 절뚝발이도 이 상술을 이용했다. 그러나 이들 부부는 박리다매로 새로운 상거래의 선순환을 보여주었을 뿐만 아니라 이것으로 만석꾼이 되었다. 이 점이 이 이야기의 특징이자 새로움이다.

18화는 하루하루 근근이 살아가던 선비가 대갓집 비부쟁이가 되는 걸 마다하지 않은 끝에 부자가 된다는 이야기다. 이 선비의 본업은 밝혀져 있지 않으나 아무래도 과거 공부를 하던 유생이었을 것이다. 그러나 그는 집안을 살리기 위한 방편으로 장사에 뛰어들었다. 이를 위해 자신의 신분을 속이고 천한 역할까지 마다하지 않았다. 양반이 비부쟁이를 자처했다는 설정부터 파격인데, 이때부터 그는 자기 실력을 발휘하기 시작한다. 집안의 허드렛일을 하다가 주인 눈에 띄어 집안 서기를 보았고, 또 금전 출납 등의 일까지 도맡았다. 이쯤 되면 여느 집안의 겸인 역할과 다름없다. 그러니 그의 신분은 양반에서 천민으로, 천민에서 중인으로 오르내리는 것 같다.

이후 그는 장사에 뛰어드는데, 이 또한 익숙한 풍경은 아니다. 중국 물품을 사서 뱃길로 삼남 지방과 남해 바닷가 상권을 이용하기 때문이다. 더구나 그 길은 연안의 해로이다. 이 와중에도 그는 평안도 지역의 폐해를 보상하는가 하면, 상품 거래에 대한 소신을 밝히고 있다. 즉 백성을 위하고 세상을 바로잡는다는 양반으로서의 본분을 구현하고 있다. 이 점이 이 이야기의 남다른 특징이기도 하다. 다만 이것을 어떻게 이해하고 평가할 것인가 하는 문제는 보는 시각에 따라 다를 법하다. 가장 원론적인 입장에서 보자면 이런 적선의 면모는 칭찬받아 마땅하다. 그럼에도 불필요해 보이는 내용을 끼워 넣었다는 인상을 지울 수 없다. 그러니 보기에 따라 양반의 치부 행위를 합리화 또는 정당화하는 논리이자 장치일 수도 있을 듯하다.

19화

한양 부자와 강경의 절뚝발이

한양에 선대의 유산으로 거금을 쌓아두고 있는 이가 있었다. 그는 남에게 돈을 빌려주고 이자를 챙기는 사업을 했다. 대신 물품을 교역하는 장사 따위를 한 적은 없었다. 이런 그를 두고 비아냥거리며 충고하는 사람이 있었다.

"사내대장부가 10만 전 돈을 가지고 멀리 도회지로 돌아다니며 장사를 하면 더 큰 이득이 날 텐데, 왜 안 하시오?"

아무것도 모르는 그가 물었다.

"도회지란 데가 어디요?"

"개성, 평양, 의주, 동래, 원산포, 함흥, 전주, 강경포가 도회지이지."

마침 그의 농장이 충청도에 있었다. 그래서 그는 10만 전을 말 여섯 마리에 싣고 강경포로 내려갔다. 때는 봄에서 여름으로 바뀌는 계절이라 강경 시장에는 생선이며 새우젓이 좌판마다 가득하고, 포구에는 어물을 싣고 온 선박들이 줄지어 빼곡했다. 사람과 수레가 구름처럼 몰려들었고 벌집같이 늘어선 가게에서는 홍정하는 소리로 시끌벅적했다. 여기에 맞닥뜨린 한양 부자는 눈이 어지럽고 정신이 팔려 어디로 가야 할지 도무지 알 수가 없었다. 그래서 우선 말을 강가 언덕 위 풀밭에 매어놓고 턱을 괴고 앉아 있었다. 그때 다 해진 모자에 허름한 옷을 걸친 사내가 절뚝거리며 다가와 그 옆에 앉는 것이었다. 한양 부자가 그에게 말을 걸었다.

"당신은 어디 사시오?"

"이곳 강경포에 사오."

"강경이 큰 도회지란 말을 듣고 내 돈을 싣고 왔소. 한데 막상 와서 보니 어디서 묵어야 할지, 어떤 물건을 사들여야 할지 막연하오. 어쩌면 좋겠소?"

"우리 집이 궁색하나 싫지 않다면 묵으시오. 홍정할 때는 사람들이 다투지 않는 품목을 사들여야 하오."

부자는 반색하며 말했다.

"그럼 당신 집에 묵으리다. 여기 돈도 당신에게 맡길 테니 맘대로 굴려보시오."

이리하여 부자는 10만 전을 실은 말을 몰아 절뚝발이를 따라갔다. 그의 집은 게딱지만 하여 문도 없고 말을 세울 만한 곳도 따로 없었다. 하룻밤을 묵고는 참지 못하고 떠나려 했다.

"돈은 당신 수중에 있으니 이제 나는 관여하지 않을 테요."

그는 갑작스러워 만류하며 말했다.

"이런 말세에 어떻게 남을 믿는단 말이오? 여기 더 머무르며 돌아가는 사정을 살펴야 하지 않겠소?"

"당신이 나를 속이지 않는다면 내가 없다고 안 될 일이 뭐가 있겠소? 설령 당신이 나를 속인데도 내가 여기 남아서 무슨 수를 쓸 수 있겠소?"

부자는 끝내 말을 몰아 상경길에 올랐다. 그는 절뚝이며 쫓아가서 말고삐를 붙잡고 물었다.

"그러면 언제쯤 다시 내려오시겠소?"

"나는 평생 도성 밖을 나가보지 않았다오. 오늘 이 걸음도 나에겐 일찍이 없었던 초유의 일이라오. 하니 무엇 하러 다시 오겠소?"

"그렇다면 이름은 어떻게 되며, 한양 어느 방(坊) 어느 동 어느 골목에 사시오?"

부자는 자기 집 주소를 일러주고 나서 덧붙였다.

"그대가 찾아오려고 하는 거요? 쉬운 일이 아닐 텐데."

"당신이 안 내려온다고 나도 찾아가지 않으면 되겠소?"

이렇게 부자는 한양으로 올라가더니 이후로 일자무소식이었다.

강경은 수많은 장사치가 생선이나 새우젓 같은 해물을 다투어 거래하는 곳이었다. 반면, 연초는 당시 지천이어서 여기저기 쌓아놓고도 팔리지 않았다. 이를 눈치챈 절뚝발이는 부자에게 넘겨받은 10만 전으로 연초를 몽땅 사들였다. 이 연초를 단단히 포장하여 비가 들이치지 않는 건물을 여기저기서 빌려 보관했다. 이렇게 맡긴 곳만 해도 수백 군데였다.

이듬해, 연초 품귀 현상이 일어나 연초값이 열 배로 뛰었다. 그는 쌓아둔 연초를 다 팔아 단번에 100만 전을 벌어들였다. 이 100만 전 가운데 20만 전은 따로 떼놓고 나머지 80만 전으로 논밭을 장만하고 새집을 지었다. 그뿐만 아니라 하인과 말과 소를 갖춘 어엿한 큰 부자가 되었다. 이윽고 그는 한양으로 올라가서 원래의 돈 주인을 찾아갔다. 부자는 깜짝 놀라며 물었다.

"자네가 웬일로 왔는가?"

그는 그간의 사정을 얘기하고 이런 제의까지 했다.

"맡겨주신 돈을 써서 1년 만에 열 배로 불렸지요. 당신 앞으로 본전의 두 곱을 남겨두고 80만 전은 제 몫으로 했고요. 이렇게 졸부가 되었는데 찾아와서 고해야 하지 않겠습니까. 이제 제가 사는 집으로 내려가서 얼마나 풍족하게 살고 있는지 보시지요. 그런 다음 댁의 본전과 이자 20만 전으로 남쪽의 물건들을 사들여서 배로 실어 강경으로 보내고, 샌님은 육로로 상경하세요. 제가 바닷길로 올라온 물건을 팔아서 못해도 열 배의 이윤은 남겨드리지요."

그러나 부자는 거절했다.

"내 처음부터 자네를 믿어서 돈을 맡긴 게 아니었네. 느닷없이 장사하는 도회지와 맞닥뜨리고 보니 현기증이 나고 심란하여 없던 병이 생길 것 같았네. 더군다나 이러다간 돈을 다 날릴 게 뻔했고. 그러니 차라리 그대에게 주어 부자가 된다면 한 집안의 목숨을 살리는 게 아니겠나 싶었지. 본전이 내게 돌아올 거라곤 애초 기대하지 않았었네. 한데 어찌 갑절의 이자를 돌려받겠는가? 그대가 꼭 내 돈을 갚고 싶거든 내려가서 본전만 올려보내시게."

이래도 그는 고집을 부렸다.

"지금 샌님이 저와 동행하시면 도중에 먹고 자는 것뿐만 아니라 강경 집에 가서 지내시기도 편안할 겁니다. 저번에 오셨을 때 고생한 것과는 딴판이라니까요. 여기에서의 생활과 하등의 차이가 없을 겁니다."

그러자 마지못해 부자가 응했다.

"그럼 같이 내려가세."

과연 내려가는 도중에 잡은 숙소는 포근하고 안락했다. 이는 절뚝발이가 미리 준비해 두었기에 가능했다. 강경에 도착한 부자는 그의 어마어마한 저택과 풍족한 살림을 구경하고는 눈이 휘둥그레졌다. 탄성을 연발하며 좋아했다. 하지만 부자는 끝내 자기 본전만 받아서 육로로 올라왔다. 한양 부자가 남긴 말이 이러했다.

"본전을 잃지 않았고 일가족의 목숨을 구제했으니 내가 얻은 소득도 적지 않다. 하필 분수 밖의 이끗을 다시 좇으랴!"

《삽교만록》 권5 제9화

20화

만석지기가 보여준 부자의 덕목

옛날 순흥• 땅에 만석꾼 황씨 노인이 있었다. 이웃에 사는 선비 아무개의 사위는 최가로 풍기(豊基)에 살았다. 원래 뼈대 있는 집안 출신으로 글재주가 뛰어났다. 그는 과거를 보러 상경해야 했는데 집이 가난하여 노잣돈이 없었다. 고민 끝에 순흥으로 장인을 찾아가 뵙고 황 부자에게서 빚을 내줄 수 있는지 알아봐 달라고 부탁했다. 장인은 어려운 일이라며 난감해했다.

"황 부자는 천하에 없는 구두쇠라네. 자기 부모 제사도 쌀 석 되에 밴댕이 세 마리로 지내는 위인인데 한 푼인들 남을 도우려 하겠는가?"

사위 최생은 이 말을 듣고도 황 부자가 잘사는 게 배 아픈 장인이 험담하는 걸로 받아들였다. 그래서 안면이 없음에도 자신이 직접 황

• **순흥(順興)** 경상북도 영주 지역의 옛 지명으로, 지금은 영주시 순흥면으로 남아 있다. 이곳에 우리나라 최초의 서원인 소수서원이 있다.

부자를 만나 간청해 보기로 했다.

다음 날 아침, 최생은 장인에게 아뢰지 않고 곧장 황 부자 집을 찾아갔다. 대문에 당도하자 하인 둘이 나와 반갑게 맞아서 안으로 모시더니 사랑채로 안내하는 것이었다.

"주인 나리께서 아침에 사냥을 나가시면서 쇤네에게, '손님이 오거든 네가 먼저 맞아서 방으로 모셔 잘 접대하고 있거라.'라고 하셨습니다."

곧 한 상 푸짐한 찬을 내왔다. 최생이 다 먹고 상을 물릴 즈음이었다. 팔뚝에 송골매를 앉히고 개들을 끌고서 주인어른이 예닐곱 명의 건장한 종들을 대동하고 귀가했다. 주인은 체구도 큰 데다 차림새도 여유가 있어 누구라도 절로 받드는 마음이 들게 했다. 사랑채 문으로 들어온 주인은 손님에게 간단한 예를 표하고 문지기 하인에게 물었다.

"손님이 왕림한 지 시간이 좀 된 모양이구나. 그래, 찬이라도 올려 드렸느냐?"

"예, 나리!"

이번에는 손님을 보고 물었다.

"손님은 어디 사시오?"

최생은 자기 이름과 사는 곳을 말씀드렸다.

"이웃 친구의 사위를 이제야 만나보게 되었구려!"

그러면서 조반을 내오라고 했다. 그야말로 진수성찬이었다. 최생은 이 상을 앞에 두고 주인 어른에게 아뢰었다.

"세상 사람들이 부잣집을 보면 으레 비방하고 헐뜯던데, 이는 결코 믿을 게 아니라는 걸 오늘 알았습니다."

"무슨 말이오?"

최생은 처가 쪽에 찾아온 이유와 장인과 주고받은 대화까지 말씀드렸다.

"한데 오늘 초면인 시생을 살뜰히 살펴주시고 진수성찬까지 내주시니 악장께서 괜스레 험담을 하신 것 같군요. 참으로 아름답지 못한 처사여서 송구합니다."

황 부자는 아니라며 그동안의 내력을 소상히 알려주었다.

"자네 장인이야 나와는 이웃이고 가까운 벗일세. 누구보다도 내 사정을 잘 알고 있다네. 부모 제사를 쌀 석 되와 생선 세 마리로 지냈다는 말은 하나도 틀리지 않고 다 맞는 말일세. 이제 이 늙은이가 가난했던 처음부터 나중에 잘 풀린 사정을 낱낱이 얘기해 줌세.

나는 진작에 부모님을 여의었네. 그땐 찢어지게 가난한 데다 의지할 사람도 따로 없었지. 안동에서 아내를 맞았는데 다행히 됨됨이가 집안을 건사할 만하더군. 해서 우리 부부는 가난을 벗어나기로 굳게 약조했네. 마침 우리 집 앞 대로변에 돌이 많아 개간하지 않고 버려진 밭뙈기가 있었네. 우리는 이 밭을 삽질하여 묵은 흙을 걷어내고 여기저기 구덩이를 판 다음, 길가 주막 앞에 열 개 남짓 동이를 놓아 지나가는 이들의 오줌을 받아 구덩이에 부었다네. 여기에 아내가 옥수수 씨를 뿌리고 나는 흙으로 덮었지. 하루갈이 남짓한 땅에 남김없이 심었더니 옥수수가 무성하게 자라 가을에 수십 가마를 수확했네. 우리 부부는 손과 발이 붓고 터지도록 부지런히 농사를 지었다네. 다행히 힘쓰는 일마다 잘 풀렸지. 그리고 우리는 한 톨 쌀도 천금같이 아끼자고 다짐했다네. 그러니 부모 제사에 드는 비용도 자네 장인이 말한 것과 다름없이 아꼈던 것이고 말일세. 요컨대, 쓰는 건 재산이

만 석이 된 뒤에야 쓰자고 했지. 근 10년이 되어 가을걷이가 9천 석이 되더군. 나머지 천 석이야 아주 쉽게 될 줄 알았지. 한데 홍수나 가뭄으로 손해를 보기도 하고, 귀신이 곡할 노릇으로 뜻하지 않은 화재 등으로 끝내 만 석을 채울 수 없었네. 어제는 우리 부부가 이런 말을 주고받았네.

'조물주가 만 석을 채워줄 생각이 없나 보군. 우리 내외가 이제 일흔 줄에 접어들었는데 지금이라도 베풀고 쓰지 못한 채 하루아침에 황천 사람이 돼버리면 어쩌나. 수전노라는 오명만 뒤집어쓰고 말 테니 슬프지 않은가? 내일부터라도 찾아오는 손님을 잘 대접하고 남에게 베풀기를 아까워하지 말아야겠어. 그래야 죽기 전에 좋은 부자라는 모양새라도 갖게 되지 않겠어?'

이런 얘기였네. 우리는 문지기 두 명을 세워 손님이 오면 잘 모시도록 했지. 푸짐한 상도 항상 준비해 두고 말일세. 불시에 찾아오는 손님들을 대접하기 위함이었네. 이렇게 하기로 한 첫날 자네가 맨 먼저 방문한 것이네. 그러니 자네는 참으로 횡재수가 있는 사람인가 보네. 그렇다면 이번 과거에도 자네가 틀림없이 뽑힐 것 같네. 이 늙은이가 필시 귀하게 될 사람을 돕는데 무얼 아끼겠는가?"

얘기를 끝낸 주인은 그 자리에서 수노•를 불러 분부했다.

"이 손님은 이웃의 아무 생원 어른의 사위니라. 이번에 과거를 보러 가는데 노잣돈이 없다는구나. 너는 곳간에서 50냥을 꺼내 와라.

• **수노(首奴)** 관노의 우두머리를 말하기도 하나, 대개 한 집안의 종들 가운데 우두머리를 가리킨다. 주인집 대소사를 처리했기에 주인에게는 매우 중요한 존재였다.

또 짐바리 말 한 필도 내어 타고 갈 수 있게 해주거라. 이리 과거 경비가 해결되더라도 집안 식구들이 굶주림에 허덕이면 그 걱정으로 과장에서 글 짓는 데 진력할 수 없게 되느니라. 네가 풍기 인근의 마름에게 내 표지•를 써서 보내, 벼 서른 포를 이 손님의 본가에 실어다 주게 해라. 식량 걱정하지 않게 말이다."

최생은 전혀 기대하지 않았던 이런 대접과 후의에 감사하기 짝이 없어 연신 고맙다며 머리를 조아렸다. 주인은 손사래를 쳤다.

"많이 쌓아두기만 하고 베풀지 않으면 나중에 무엇 하겠소? 재산은 하늘이 내는 법. 들어올 때가 있으면 나갈 때가 있는 게 이치 아니겠는가? 주인이 바뀌지 않는 재물이 또 얼마나 있겠는가? 이 집도 언젠가는 아마 쑥밭이 되겠지. 자네가 크게 된 뒤 다시 이곳에 들르게 되면 술 한 잔 기울여 이 늙은이의 넋이나 위로해 주었으면 좋겠네."

"이런 대갓집의 엄청난 재물이야 몇 대를 지나더라도 갑자기 없어질 리가 있겠습니까?"

최생의 이 언급에 주인은 이런 말까지 해주었다.

"급히 이룬 건 또 급히 망하는 게 당연한 이치 아니겠는가?"

이리하고 이들은 작별했다.

최생은 과연 이번 과거에 급제했다. 한편, 그의 처가가 다른 고장으로 이사하는 바람에 최생은 더 이상 순흥 땅을 오갈 일이 없었다. 그리고 세월이 흘러 13년이 지났다. 최생은 벼슬길이 탁 트여 어느새

• **표지(標紙)** 지금의 수표나 어음 따위로, 조선 후기 상업 활동에 필수적인 거래 수단이었다.

경상 감사가 되었다.

그는 지방 순시를 나서면서 순흥 고을 수령에게 미리 알려 황 부자가 사는 마을에 와서 대기하라고 일렀다. 감사의 수레가 마을에 당도했다. 그런데 감사가 주변을 둘러보니 황 부자의 저택은 이미 다 쓰러져 풀이 무성하고 아무런 인적도 없었다. 최 감사는 이 광경에 경악하여 가슴이 내려앉으며 아려왔다. 황씨 집안의 남은 사람이 있는지 수소문해 보니, 한 늙은 하인이 이 마을 뒤편 불당에서 거사•로 있다는 것이었다. 감사는 아전을 보내 불러오라 하여 그에게 상전이 폭삭 망한 연유를 캐물었다. 이자가 들려준 사정은 이러했다.

"상전 어른이 돌아가시고 젊은 상전 형제분이 계셨지요. 상전 어른만 한 능력과 재주는 없었어도 그리 물정에 어두운 편이 아니었습니다. 아마도 하늘이 망하게 하고야 만 게 아닌가 싶네요. 어느 해에 아무 곳의 농막에 불이 나서 쌓인 곡식을 다 태우고, 다른 해에는 아무 곳의 농장이 수해로 수많은 전답이 쓸려나가더군요. 위험한 상황과 망할 징조가 여기서 생기고 저기서 속출하니 배길 수가 없었지요. 젊은 상전들은 이미 부자가 된 뒤에 태어났기에 애초 전답이 어디에 있는지 잘 알지 못했답니다. 그저 아무 들에 얼마큼 있다는 정도만 알고 있었지요. 그러다가 어느 날 원인을 알 수 없는 불이 나 전답 문서가 들어 있는 궤짝 십여 개가 몽땅 타버렸답니다. 문건이라곤 한 조각도 남은 게 없었지요. 아무리 기름진 논과 밭이 사방에 깔려 있다

• **거사(居士)** 출가하지 않고 불가에 들어와 있는 남자를 말한다. 주로 부역을 회피하거나 떠도는 이들이 사는 방편으로 거사가 되는 경우가 많았다. 이들 중에서 기예를 파는 사당패가 나오기도 했다.

고 해도 무엇으로 자기 소유라고 증명할 수 있겠습니까? 여기에다 초상이 줄지어 나 큰 상전도 곧 작고하고 말았지요. 작은 상전은 거지 신세가 되어 집을 나갔답니다. 풍문에 들으니 지금 밀양 포구에서 소금 지게를 져서 겨우 입에 풀칠하고 있다고 합니다."

감사는 가던 길을 멈추고 집터에 앉아 제문을 지었다. 전에 돌봐준 은혜를 잊지 못하는 심정과 앞을 내다본 말이 틀리지 않았음을 아뢰는 내용이었다. 폐허에서 제사를 지내고 탄식하며 떠났다. 한편, 밀양 부사에게 관문을 내려 소금 지게꾼 황씨를 물색하여 대기하라고 했다. 감사는 밀양을 순찰할 때 그를 관아로 불러들여 만났다. 몸은 야위고 얼굴은 검게 타 처량하기 짝이 없었다. 그와 옛일을 이야기하며 집안이 그리 갑자기 망하게 된 이유를 묻자, 거사 종이 말했던 바와 똑같이 대답했다. 감사는 안타까워하며 물었다.

"자네가 이처럼 패가망신한 신세지만 불릴 만한 밑천과 땅이 생기면 다시 가업을 일으킬 수 있겠는가?"

"예, 그렇고 말고요."

이에 최 감사는 자기가 감영으로 돌아간 뒤에 찾아오라고 약속하고 떠났다. 과연 그는 약속한 날짜에 맞춰 감영으로 찾아갔다. 감사는 그더러 옷을 갈아입으라고 하고 옷가지와 갓도 한껏 제공했다. 감영에 며칠 묵었다가 돌아가는 길에 감사는 특별히 500냥을 내주었다. 황씨는 이 밑천으로 재산을 불려 다시 어지간한 부자가 되었다고 한다.

《동패락송》 제30화

만석꾼의 가치와 철학

앞의 세 이야기가 만석꾼이 되는 과정에 집중했다면, 여기 두 이야기는 '만석꾼 이후'를 다루었다. 만석꾼은 실제 어떠했으며 세상과의 소통 여부가 궁금할 법한데, 이런 점을 환기하는 데 도움이 될 만하다. 그리고 부자의 덕목은 과연 무엇인지를 고민하게 해주기도 한다.

19화는 선대의 유산으로 거금을 쌓아둔 한양의 어느 부자 이야기다. 이 한양의 부자는 요즘으로 치면 고리대금업자이다. 신분이 드러나 있지 않아 단정하기 어렵지만, 선대의 부를 물려받은 중인 집안 출신이 아닌가 싶다. 그런 그가 조선의 대표적인 상권으로 개성, 평양, 의주, 동래, 원산포, 함흥, 전주, 강경포가 있다는 얘기를 듣고 직접 장사를 하기 위해 뛰어들었다가 강경의 절뚝발이를 만나 예기치 않은 방향으로 이야기가 흘러가게 된다. 지금도 강경의 젓갈은 유명한데, 예전에도 이곳은 금강 중류에 위치하여 생선과 젓갈류가 유통되는 삼남 지역의 중요한 포구였다.

여기서 우리의 예상을 빗나가게 하는 부분은 두 가지다. 첫 번째는 한양 부자가 직접 장사하지 않고 대뜸 절뚝발이에게 그 많은 돈을 다 넘기고 자신은 한양으로 돌아가 버린다는 것이며, 두 번째는 돈을 인수한 강경의 절뚝발이가 그곳 포구에서 나는 생선이나 젓갈류를 상품으로 거래하지 않고 담배를 사고판다는 것이다. 이렇게 이야기는 예상을 빗나가면서 전개된다. 더 이상한 점은 한양 부자가 차용증서나 다른 조건 없이 자기 돈 전부를 절뚝발이에게 내던지듯 주고 떠나 버린다는 설정이다.

아무튼 이때부터 서사는 두 가지 방향으로 전개된다. 하나는 절뚝발이의 치부 과정이고, 다른 하나는 10만 전을 그에게 주고도 아무 간섭도 하지 않는 한양 부자의 반응과 태도이다. 절뚝발이는 받은 돈으로 담배를 매점매석하는 방식으로 열 배의 수익을 내어 100만 전을 손에 쥔다. 너무 지나치다 싶지만 어쨌든 그는 매점매석으로 일확천금을 넘어선 부를 일구었다. 지금은 매점매석 행위를 불법으로 간주하여 단속도 하지만, 이 시기에는 거래상의 능력으로 봤는지 부정적인 시선을 찾을 수 없다. 잘 알려진 연암 박지원의 〈허생전〉에서 허생의 상행위도 매점매석이었다. 허생은 매점매석을 하고서 나라의 상권이 그만큼 취약하다는 점을 한탄한다. 그럼에도 그는 물류가 대량으로 생산되기 시작하면서 고안된 새로운 거래의 수단으로 인식하고 있었다.

또 한 가지 논란거리는 엄청난 부를 이룬 주체가 장애인이라는 점이다. 신분제 사회에서 장애인에 대한 처우는 열악하기 짝이 없었다. 이때는 아예 장애인에 대한 사회적 대응이나 관심이 없었다고 봐야 한다. 장애인을 다룬 작품 자체가 드물거니와 그나마 남아 있는 자료에도 대상에 대한 시선이 부정 일색이다. 그런데 여기 절뚝발이는 백만장자가 되었다.

한양 부자도 자연스러워 보이지 않는 건 마찬가지다. 돈놀이나 하여 재산을 불리던 그라면 무지막지한 수전노이거나 이끗에 혈안이 된 고리대금업자가 떠오를 법하다. 그런데 그는 그러기는커녕 남에게 10만 전을 내던지고 갚지 않아도 된다는 식이다. 그러나 이야기 마지막에 가서 놀라운 반전이 일어난다. 실은 한양의 이 부자는 남을 도와주려는 의지가 강한 사람으로, 흔히 말하는 천박한 부자가 아니었다. 그의 입장에서는 어차피 돈을 제대로 지키지 못할 거면 남이나 돕자는 취지였는데, 그것도 몸이 불편한 움막에 사는 절뚝발이를 만나자 선심이 일었던 모양이다. 하지만 이런 그의 생각이나 취지는 이야기 전개 과정에서는 드러나지 않는다. 그는 '본전을 잃지 않았고 남의 일가족 목숨을 구했으니 자기 소득이 있었다.'라거나, '분수 밖의 이끗을 좇지 않은' 인물로 귀결되었다. 결과적으로 그의 부는 사회에 선한 영향력을 행사한 셈이다.

20화는 순흥의 만석꾼 황 부자의 사연이다. 황 부자 부부는 무일푼에서 시작하여 옥수수 농사 등을 통해 목표한 부를 이루었다. 그런데 엄밀하게 말해 그는 만석지기가 아니었다. 9천 석지기다. 그는 9천 석까지 일구고 나서 잠시 자만했었다. 나머지 천 석은 손쉽게 이룰 것이라고 예상했던 것이다. 그런데 그게 뜻대로 되지 않았다. 여기서 황 부자는 세상의 이치를 깨닫게 된다. 돈을 벌어가면서 삶의 이치를 깨닫게 됐다는 그의 발화는 일반 부자들의 이야기에서는 접할 수 없었던 신선한 선언이 아닐 수 없다. 그 이치는 이런 것이었다. 재물은 한쪽에 계속 남아 있는 게 아니라 돌고 도는 활물이며, 벼락부자는 금세 망하는 법이라는 사실이다. 뻔한 얘기 같기도 하다.

하지만 이런 이치를 깨닫고 실천에 옮긴다면 사정은 달라진다. 실제 그는 이때부터 '죽기 전에 좋은 부자라는 소리를 듣기 위해' 이를 실천에 옮긴다. 만석지기가 보여준 조선 최초의 노블레스 오블리주이다. 돈이 지배하는 사회, 경제가 최우선시되는 현실에서 새삼 저 순흥 만석꾼의 부자 덕목은 누차 강조해도 지나치지 않을 성싶다. 과거나 현재나 개인의 부는 순전한 개인의 노력만으로 일구어지지 않는다는 게 너무나 명백하기 때문이다. 여기 만석꾼 이야기는 그저 민중의 대리 만족이거나 선망의 구현만이 아니라 당대 사회 속에서 그들의 위치와 역할까지 고민했다는 점에서 새롭다. 그리고 지금 우리 사회에 전하는 울림도 적지 않아 보인다.

3부

신분과 사회 현실

5장

노비와 도적

21화

남의 종에서 양반이 된 막동

인조 때의 일이다. 대대로 벼슬을 지낸 송씨 집안이 있었다. 자손이 드문 데다 초상도 줄지어 나서 가문의 형편이 말이 아니었다. 종가에서는 제사를 이을 장손마저 다 몰락하여 외롭고 고단한 청상과부와 어린 고아만 남은 상황이었다. 막동(莫同)이라는 젊은 사내종 하나가 집안일을 도맡아 처리하고 바깥일도 대신했다. 그러던 어느 날, 그마저도 갑자기 도망쳐 버렸다. 집안에서는 그가 없으면 안 되었기에 백방으로 찾았으나 종적이 묘연했다.

이로부터 삼사십 년이 흘렀다. 같은 송씨 집안으로 형편이 어려워 자기 힘으로는 살 수 없는 한 늙은 선비가 있었다. 그는 관동의 어느 현령에게 의지해 볼 참으로 고성군으로 넘어가는 길이었다. 주막은 먼데 날은 저물어 아무 인가라도 찾아야 했다. 산등성이 하나를 넘자 그 산 아래에 수백 호의 마을이 나타났다. 푸른 기와가 물결치듯 하고 주변이 수려했으며 정자도 여기저기 들어서 있었다. 마을로 내려가 알아보니, 마을의 최고 어른은 승선• 최 아무개라고 했다. 송가가 그 집을 찾아가 승선을 뵙고자 한다고 기별하니 한 젊은 사내가 나와 정중하게 모셨다. 사내는 사랑채로 안내했는데, 송가가 자리에 앉기도 전에 어떤 종이 승선의 말을 전했다.

"이곳이 적막하여 그간 울적한 마음을 풀 기회가 없었소. 손님을 모시고 정담이나 나누었으면 하오."

이 전갈에 송가는 종을 따라 들어갔다. 웬 노인이 있었는데, 두툼한 턱에 이마가 넓었으며 두 눈은 번쩍번쩍 빛이 났다. 송가를 보고 정중한 태도로 깎듯이 예의를 차렸다. 둘은 촛불 심지가 다 타들어 가도록 한껏 이야기를 나누었다. 어느덧 삼경이 지나고 있었다. 그러자 승선은 주변을 물리치고 문을 단단히 잠그고 내실의 벽까지 막았다. 그러더니 갓을 벗고 송가 앞에서 넙죽 절을 올리면서 죽을죄를 지었다며 흐느꼈다. 송가는 대체 무슨 일인지 알 수 없어 눈이 휘둥그레져서 물었다.

"영감께선 무슨 연유로 이리 해괴한 행동을 하십니까?"

"소인은 바로 귀댁의 종이었던 막동입니다. 상전의 큰 은혜를 입고도 몰래 도망쳤으니 그 죄가 하나입니다. 마님이 홀로 집안을 지키며 소인을 수족처럼 대하셨는데 그 성의를 받들지 않고 돌아가실 때까지 소식을 끊었으니 그 죄가 둘입니다. 양반 집안의 성씨를 사칭하여 세상 사람들을 속이고 분에 넘치는 벼슬을 했으니 그 죄가 셋입니다.

• **승선(承宣)** 보통 '승지'라고 한다. 뒷부분에서 그가 동부승지에 오른 이력을 확인할 수 있다.

제 몸이 부귀영화를 누리면서도 상전댁과 연락을 취하지 않았으니 그 죄가 넷입니다. 서방님이 여기까지 왕림했는데도 대등한 사이로 대했으니 그 죄가 다섯입니다. 다섯 가지 죄를 짓고서 어떻게 세상에 얼굴을 들겠습니까? 서방님이 소인을 꾸중하시고 매질해 주시면 쌓인 죄가 만에 하나라도 씻기겠습니다."

송가는 송구하여 몸 둘 바를 몰랐다. 승선이 말을 이었다.

"주인과 종의 의리는 부자나 군신의 관계와 조금도 차이가 없는 법입니다. 지금 저는 주인마님의 은정을 저버렸기에 체면이 아무래도 서지 않습니다. 당장 삶을 포기하여 죗값을 치르고자 합니다."

송가는 아니라고 했다.

"설령 영감 말씀대로일지라도 지금은 시간도 많이 흘러 지난 일이 돼버렸소. 물은 흘러갔고 구름은 흩어진 셈인데 구태여 그걸 끄집어내 주인과 손님 모두 곤란하게 하려 합니까? 편히 앉아 한담이나 나눕시다."

승선은 먼저 송씨 종중의 친지들이 별고 없는지를 물었다. 그러면서 옛적 일을 이야기하다 보니 감회가 새삼스러워져 느꺼워하며 탄식을 연발했다.

"어릴 적부터 영감은 남다른 면이 있었소. 하나 감내하기 어려운 하인의 몸으로 어떻게 이런 집안을 일구었소?"

승선의 답은 이랬다.

"이야말로 시중드는 종을 교대시키며 말씀드려도 다 드리기 어렵습니다. 소인이 소싯적부터 종노릇을 하면서 가만 살펴보니 상전댁의 운수가 다해 다시 일어설 기약이 없더군요. 그렇다면 저는 일생을 추위와 굶주림에서 벗어나지 못하겠구나 싶었지요. 하여 밤낮으로 계획을 짜고서 대충 집안일을 처리하다가 어느 날 갑자기 도망을 쳤습니다. 딴에 포부가 컸고 담력도 제법이어서, 종노릇이나 천한 신세로 늙어 죽지는 않겠다고 맹세했지요. 그래서 한때 쟁쟁했으나 이제는 자손이 끊긴 최씨 집안 출신으로 행세하게 되었습니다.

처음에는 도성 안에 살면서 몰래 재산을 불려 몇 해 사이에 수천 냥을 모았답니다. 그런 다음 영평•으로 거처를 옮겨 두문불출한 채 글을 읽으며 몸가짐을 삼가니, 그곳 고을에선 제가 선비인 줄로 알았지요. 게다가 가진 돈과 재물을 풀어 가난한 백성들을 도와 저들의 환심을 샀고, 뇌물을 많이 써서 이 지역 부호들의 입을 틀어막았지요. 그뿐만 아니라 한양 성안의 협객들을 동원해서 수레를 장식하고 복장을 화려하게 갖춰 입고는 남의 이름자를 훔쳐 저명한 사람으로 행세하면서 저를 찾아오게 했답니다. 당연히 고을 사람들은 저들을 보고 저를 더더욱 믿을 수밖에요. 그렇게 사오 년이 지나서 이번에는 철원으로 이사를 했답니다. 거기서도 그전처럼 몸가짐을 조심했지요. 철원 사람들도 영평에서 제가 처신한 일과 집안 내력을 전해 듣고 얕잡아 보지 않고 잘 대우해 주었답니다. 어느덧 한 고을의 높은 가문이 되었고, 이때 비로소 한 무변의 딸과 혼인까지 했지요. 아내는 재취였고요. 우리는 아들과 딸을 낳아 키우다가 저의 실체가 탄로가 날까 두려워 회양으로 거처를 또 옮겼답니다. 그리고 여기 고성

• **영평(永平)** 경기도 포천시의 옛 지명으로, 한양에서 금강산 방향으로 유람하거나 피란을 갈 때면 으레 거치는 지역이었다. 최 승선도 이 여정을 따라 거처를 계속 옮기고 있다.

까지 오게 된 것이지요. 그사이 회양 사람들은 철원 사람들에게 묻고, 고성 사람들은 회양 사람들에게 물어 저에 대한 소문이 자자해졌지요. 이제 저들은 저를 이 지방 최고의 집안으로 쳐주었답니다.

한편, 저는 요행으로 진사과에 붙어 처음 승문원에 배속되었다가 이어 승정원과 사간원의 관원을 지냈지요. 여기서도 돈을 쓴 덕분에 얼마 안 있어 예조의 관원으로서 통정대부에 발탁이 되었으며, 병조의 참지와 동부승지•까지 올랐답니다. 애초 계획은 매 맞고 욕 듣는 신세를 벗어나는 것이었는데 느지막이 갑자기 높은 자리에까지 오르게 된 것이지요. 문득 사람의 욕심은 절제하기 어렵고 둥글고 찬 달도 쉬이 기울어지기 마련이라는 생각이 들더군요. 아무도 모른 채 이런 승진을 계속하면서도 물러날 줄 모르면 귀신도 화내고 인정도 시기하여 일이 완전히 틀어질 수 있겠다 싶었지요. 그래서 그때부터 다시는 홍진 세상에 발을 들여놓지 않고 전원에서 한가하게 지내며 남은 삶을 마치기로 했답니다.

이젠 다섯 아들과 두 딸도 모두 대갓집과 혼인했고, 저희 집 전후좌우로 인척들 모두가 모여 있지요. 맏아들은 문과에 급제하여 지금 은율현의 임소에 있고, 둘째는 성리학을 독실히 익혀 조정 신료들이 번갈아 가며 그를 추천하여 특별히 세자를 모시는 세마(洗馬)에 제수되었으나 벼슬길에 나아가지 않았답니다. 셋째는 성균관에 들어가 있고요. 저는 나이 칠순이 넘었고 자손은 만당합니다. 해마다 만 섬

• **병조의 참지(參知)와 동부승지(同副承旨)** 참지는 정3품직이며, 동부승지는 승정원의 정3품직 당상관이다. 특히 동부승지는 승정원 안에서도 형조의 사무를 관장하는 요직이었다.

이 걷혀 하루에 천 냥을 쓰고도 남지요. 제 분수와 역량을 따져봤을 때 어찌 만족하지 못하겠습니까? 다만 상전의 은혜를 갚지 못한 걸 생각하면 꿈에서도 혼이 시릴 정도였지요. 당장이라도 달려가 뵙고자 해도 제 신원이 탄로가 날까 두려웠고, 어려운 생활을 도와드리고 싶어도 길이 없어 안타까웠답니다. 남몰래 절로 가슴이 아려왔지요. 그러다 보니 멍하니 혼잣말만 늘어놓고 있던 참이었답니다. 한데 지금 하늘이 서방님을 보낸 것인지 이렇게 다시 만나게 되었네요. 이젠 죽어도 눈을 감을 수 있게 되었습니다."

송가는 그더러 편히 앉아 한담이나 나누자고 했다. 승선은 자기 뜻을 더 얘기했다.

"몇 달간 여기 머무시면 변변찮으나마 정성을 다해 모시고자 합니다. 다만 그저 지나가던 손님이 느닷없이 후한 대접을 받으며 계속 있다 보면 주위의 의심을 사기 마련이지요. 황송하오나 낮에는 인척간으로 행세하여 저희 집안을 빛내주시고 밤에는 주인과 종 사이로 명분을 바로 했으면 합니다. 너그러이 들어주실는지요?"

송가는 그러자고 했다. 이렇게 긴 이야기가 끝나자 날이 밝아오고 있었다. 자제들과 제자들이 아침 문안을 드리러 왔기에 승선이 말했다.

"간밤에 기이한 일이 있었구나."

"무슨 일입니까?"

"어젯밤 졸음이 몰려올 때 손님에게 집안 내력을 얘기해 보라 했더니 다름 아닌 내 재종질이 아니겠느냐. 계파를 분명하게 밝힌 걸 보면 정말로 속인 게 아니더구나. 내가 예전 한양에 살 적에 저이의 아비와 함께 놀고 공부도 같이하여 돈독한 정이 형제와 다름없었느니라. 사오십 년 사이에 불행히도 나만 살아 있고 형님은 세상을 떠났다는구나. 서로 길이 먼 데다 산이 가로막아 어린 자식이 있는 줄도 몰랐었느니라. 지금 조카를 이렇게 만난 건 죽은 형님의 보살핌이 있어서일 게다."

자제들도 몹시 반가워하며 송가와 인사를 나누고 형님 동생으로 부르게 되었다. 승선은 산속 정자와 물가의 누대며 나무숲과 대밭 사이로 송가를 데리고 다니며 음악으로 날을 보내고 시주(詩酒)로 일과를 삼았다. 그러다가 하루는 송가가 승선에게 그만 돌아가겠다고 했다.

"오래 사시라고 만 냥을 드릴 테니 이 돈으로 널찍한 전답을 장만하고 큰 집도 지어 일가와 함께 쓰십시오."

송가는 너무 신이 났다. 그는 고맙다고 하고서 수레와 말에 돈과 재물을 잔뜩 싣고 떠났다. 긴 일정에도 지치지 않았으며 그의 차림새는 빛이 날 정도였다. 그는 귀가하자마자 논밭을 사고 집을 장만하여 졸지에 남부럽지 않은 생활을 누리게 되었다. 이런 송가의 사정을 알게 된 사람들은 의심하지 않을 수 없었다.

마침 송가에게는 사촌동생이 하나 있었다. 그는 사람이 음흉하고 독살스럽기 짝이 없는 발피•였다. 그가 송가를 찾아와 갑자기 이렇게 윤택해진 연유를 끈덕지게 캐물었다. 마지못해 송가는 이렇게 둘러댔다.

"아무 고을의 원님이 돌봐준 덕이네."

• **발피(潑皮)** 일정한 직업이 없이 떠도는 사람으로, 흔히 부랑아 또는 무뢰한을 말한다.

하지만 발피는 믿지 않았다. 다른 날에 또 와서 물었다. 이번에는 이렇게 변명했다.

"길가에서 우연히 은 단지를 주웠다네."

이 역시 통하지 않았다. 쓴웃음을 짓던 발피는 술을 빚어놓았다며 송가를 불러와 함께 술을 마셨다. 진창으로 취하자 발피는 느닷없이 대성통곡을 했다. 송가가 왜 그러느냐고 묻자 그가 본색을 드러내기 시작했다.

"내가 일찍 부모를 여의고 형제도 없어 형님만 믿고 의지했잖소. 한데 형님은 나에게 이리도 데면데면하다니요. 왜 그러는 거요?"

이 말에 송가는 그를 달랬다.

"내가 얼마나 너를 박대했다고 형제 사이에 다투려 하느냐?"

"내 진득한 마음은 받아주지 않고 점점 의심만 더 하잖소. 누가 이 답답함을 해결해 준답니까?"

"너는 내가 재산을 불린 사정을 잘 알지도 못하면서 그리 원망하고 화만 내는구나. 그래, 내가 다 밝혀 알려주지."

그러면서 송가는 그에게 그간의 사정을 다 얘기해 주었다. 그러자 발피는 불끈 화를 냈다.

"형님은 그런 치욕을 당하면서도 배신한 종놈의 뇌물을 받았단 말이오? 그자를 무슨 옥이야 금이야 하며 자식들 대하듯 했단 말이군. 내 당장 그자 있는 데로 달려가서 저놈의 패악한 짓을 다 까발려야겠소. 우리 형님이 멸시받은 모욕을 씻고, 무너져 가는 세상의 기강을 바로 세워야 하지 않겠소!"

발피는 말을 마치기 무섭게 신발을 끌며 동대문을 나섰다. 다급해진 송가는 급히 발이 빠른 자를 사서 그편에 승선에게 편지를 보냈다. 어찌 된 사정인지 상세히 적고 잘 타이르지 못한 잘못을 자책했다. 편지를 전달받은 자는 이틀거리를 하루로 당겨 발피보다 먼저 고성에 도착했다. 그때 승선은 가까운 동네 사람들과 술잔을 벌여놓고 바둑을 두고 있었다. 심부름꾼이 편지를 올리자 뜯어보고 난 승선은 전혀 두려워하는 기색도 없이 큰 소리로 껄껄 웃으며 일어섰다.

"소싯적에 하찮은 기술을 익혀둔 걸 후회하게 될 줄이야!"

바둑 두던 사람들이 뭔 일이냐고 묻자 대답이 이랬다.

"저번에 조카가 찾아왔을 때 병을 치료하는 법을 얘기하다가 우연히 내가 침술을 좀 할 줄 안다고 자랑했었네. 조카가 그때 좋은 소식이라며 '제게 미쳐 날뛰는 정신 나간 동생이 있는데 돌아가는 즉시 숙부에게 보내 치료하게 해야겠어요.'라고 하지 않겠나. 난 그저 장난삼아 한 말이었는데 지금 느닷없이 그 애를 보냈다는 걸세. 오늘내일쯤 도착할 테니 여러분들은 집으로 돌아가 조용히 문을 닫아걸고 계시게들. 미친 자가 멋대로 행패를 부리게 해서는 안 되니 말일세."

그들은 식겁하여 흩어져 각자 집으로 돌아갔다. 삼엄한 경계를 하느라 어느덧 동네 전체가 인적이 뚝 끊기고 말았다.

"승선 댁에 미치광이가 온다는군!"

이윽고 과연 발피가 나타났다. 불같은 성질에 고래고래 소리를 지르고 이리저리 떠들며 승선 집으로 다가왔다.

"아무개는 우리 집 종놈이야, 아무개는 우리 집 종놈이라고!"

동네 사람들은 실소를 금치 못했다.

"정말 미쳐도 단단히 미친놈이군, 미친놈이야!"

한편, 승선은 동요 없이 편안히 앉은 채로 건장한 하인 수십 명을 불러 일렀다.

"너희들은 한꺼번에 같이 나가 이 미친병에 걸린 자를 결박해 오너라. 지난번에 손님으로 온 조카가 '아무리 가까운 친척이라도 조금도 봐주지 말라'고 했으니, 즉시 집 뒤편 곳집 안에 가두거라. 그래야 침을 놓기가 좋지."

하인들은 주인의 명을 받자마자 밖으로 나가 발피를 에워싸서 붙잡았다. 발피는 불같이 분노가 끓어올라 주체를 못 하고 거의 인사불성으로 날뛰었다. 그러나 어느새 깊은 곳집에 갇혔고 자물쇠가 단단히 채워졌다. 마을 사람들도 이제 문을 열고 이곳으로 모여들었다. 승선은 얼굴을 찡그리며 말했다.

"조카의 병이 이런 정도라니! 내가 손을 쓰지 않는다면 고질이 되고 말겠는걸."

주변 사람들도 거들었다.

"안쓰럽군! 이름 있는 집안의 젊은이가 이런 마음병을 앓다니. 우리가 미친 사람을 여럿 보았지만 저렇게 심한 경우는 처음 보는군."

사람마다 자기가 알고 있는 미친 사람 얘기를 고사를 들어가면서 늘어놓았다. 누구는 미불•이 어쨌느니 하면서 이야기꽃을 피우는가 하면, 누구는 또 다른 사람을 들먹였다. 이걸 다 모으면 한 권의 소설책이 될 만했다.

• **미불(米芾)** 중국 송나라 때의 서예가로, 중국 서예사의 사대가로 꼽힌다. 특히 그는 기질이 까다로운 데다 결벽증이 심해 매우 독창적이고 개성적인 그림들을 남긴 것으로 유명하다. 여기서는 그가 예술혼이 지나쳐 미친 경지에 들었다는 취지이다.

밤이 깊어 사람들이 다 돌아갔다. 승선은 대침 하나를 들고 혼자 발피를 가둔 곳간으로 들어갔다. 발피는 여전히 입을 놀려 마구 욕설을 퍼부었으나 승선은 들은 척도 하지 않고 침을 마구 찔러대기 시작했다. 그 통에 발피의 살은 다 터져 고통을 견딜 수 없었다. 그저 넘어가는 소리로 목숨을 살려달라고 애원할 수밖에 없었다. 승선은 아랑곳하지 않고 더 깊이 찔러댔고 발피는 더 애걸복걸했다. 이윽고 승선은 정색하고 꾸짖었다.

"나는 본분을 지켜 그동안의 내력을 먼저 밝혔고, 너의 형은 진정 호의로 대해주었느니라. 하나 지금 너는 나의 허물을 드러내 나를 기어코 파멸시키고야 말겠다는 게냐? 맨바닥에서 일군 내가 너 같은 어리석고 못난 놈에게 낭패를 볼 만큼 생각이 없는 사람이겠느냐? 애초 칼 쓰는 사람을 보내 네가 오는 길에 쳐 죽이려 했었다. 그래도 특별히 선세의 은혜를 생각하여 당장 목숨만은 살려주마. 네가 마음을 고쳐먹고 계획을 바꾼다면 어엿한 부자가 될 수 있도록 도와주겠지만, 아까처럼 여전히 헛된 고집을 부린다면 나야 기껏 실수해서 사람을 죽인 서투른 의원밖에 더 되겠느냐? 네가 알아서 판단하거라."

발피는 승선의 후의에 적이 느낀 바가 있는 데다 자신에게 이로울지 해로울지 따져보니 답은 명확했다.

"제가 잘못을 고치지 않으면 개자식이고말고요."

이에 승선은 이리하라 일렀다.

"지금부터, 아침 동이 트고 나서는 나를 꼭 아재로 부르도록 하고, 다른 사람들이 여차여차 물어오면 너는 여차여차 답을 하거라. 알았느냐?"

"그리하고말고요. 아버지라 부르래도 뭐가 안 되겠어요?"

승선은 집으로 돌아와 자제들에게 일렀다.

"조카의 병마가 다행히 고질이 되진 않은 모양이다. 심혈을 기울여 침을 놓았더니 큰 효험이 있더구나. 너희들은 모름지기 기름지고 맛난 음식을 준비하여 조카의 허한 기운을 채워주거라."

자제들 모두 그러겠다고 답했다.

이튿날 아침, 승선은 자제들과 종들을 대동하고 곳간으로 들어갔다. 발피는 웃는 낯으로 절을 하며 감사해했다.

"숙부님이 치료해 준 뒤로 정신이 맑아지고 기운이 나면서 병이 싹 가셨네요. 조용한 방에서 누워 며칠 요양했으면 합니다."

승선은 눈물을 흘렸다.

"하늘이 송씨 집안의 귀신을 굶어 죽게 하진 않으려는가 보다. 내가 어젯밤 차마 해서는 안 될 일을 하고 말았구나. 네 살을 마구 찔렀으니 말이다. 이야말로 골육상잔이 아니더냐."

그러고는 새 옷을 갈아입혀 사랑채로 데리고 나왔다. 승선은 그를 정성껏 보살피고 잘 먹여주었다. 얼마 뒤 마을 사람들이 모여들자 승선은 발피더러 한 사람 한 사람 인사를 드리라고 했다. 발피는 허리를 푹 숙이고 공손한 자세로 죄송해했다.

"제가 어제 병이 발작하여 무슨 짓을 했는지 살피지 못했습니다. 여러 어른께 행패를 부리지 않았는지요?"

사람들은 웃으며, "아닐세. 자네 숙부만 욕을 당하셨네."라고 했다.

"이 병으로 숙부님을 괴롭혔으니 스스로 돌아보아도 부끄럽고 죄송할 뿐입니다."

이때부터 발피는 더 깎듯이 예의를 차렸다. 그는 대여섯 달을 그곳에서 편히 지내다가 돌아갔는데, 승선은 그가 떠날 때 돈 3천 꿰미를 쥐여주며 전송했다. 발피는 감격하여 죽을 때가지 이 일을 누구에게도 발설하지 않았다.

승선은 임종 때가 되어 이런 말을 남겼다고 한다.

"나는 옛 주인이 몰락한 덕에 이렇게 됐느니라. 내가 죽으면 짧은 갈옷을 입혀 묻어주거라. 지난날의 잘못을 이것으로 빌 수 있게 말이다."

《기리총화》 상권 제11화 〈崔承宣傳(최승선전)〉

22화

묏자리를 몰래 써서 발복한 여종

관동의 곽생(郭生)은 지체 높고 뼈대 있는 집안 출신으로 나이 지긋한 어른이었다. 살림도 꽤 넉넉했다. 그는 날마다 산승과 바둑 두는 걸로 소일했다. 산승과는 격의 없이 놀고 농지거리를 하는 게 또래가 장난치는 것 같았다. 아들은 몇 번이고 그러지 마시라고 해도 듣질 않았다. 집안사람들은 이 승려가 더없이 미웠으나 어찌할 방법도 딱히 없었다.

그 뒤 곽생이 죽어 집안에서 상을 치렀다. 발상할 즈음 산승이 찾아와 조문했다. 슬픔에 잠겨 있던 상주는 그에게 화를 내며 왜 왔냐고 따졌다. 산승은 따로 해명하려고 하지도 않은 채 다만 이렇게 말했다.

"소승은 선친 나리께 망극한 은혜를 입었습니다. 저 같은 천것을 무람없이 대해주셨으니 죽어서도 그 은혜를 갚아야 하거늘 이제 그럴 수도 없군요. 다만 길지 한 곳을 바칠까 합니다. 선친 나리께서 편히 묻힌다면 만분의 일이라도 갚을 수 있지 않을까 싶습니다."

아들 곽가는 산승의 말이 영 미덥지 않았다. 하지만 자신도 풍수를 아는 사람인데 널리 명산을 찾아다녔으나 아직껏 마음에 드는 명당을 찾지 못하고 있던 터였다. 그래서 우선 승려의 말을 따라 그곳이 좋을지 아닐지를 보고 결정하는 것도 괜찮을 성싶었다. 결국 곽가는 승려와 함께 어느 산으로 올라가 맥을 좇아 혈을 찾았다. 그러던 중 승려가 한 곳을 가리키며 말했다.

"이곳은 인시에 장사를 치르면 묘시에 발복한다•는 곳으로, 여러 대에 걸쳐 공경대부가 날 땅입니다. 이제 더 볼 필요도 없습니다."

곽가가 좌향을 따져가며 자세히 살피더니 말을 받았다.

"풍수서에 이르지 않았소. '황제는 구중궁궐에 언제나 계시고, 장군은 군막을 나오지 않는다.'라고 말이오. 대개 산이 둘러싸고 물길이 안아 돌며 바람이 모이고 햇볕이 드는 땅을 귀하게 여기지 않소. 이 혈은 흘러온 지맥이 높다라니 이어져 있는 듯하나 온통 겁살의 기운을 띠고 있고, 중첩된 안산이 툭 솟은 것 같지만 다시 보면 너무 넓거나 멀지 않소? 득수와 득파•도 부합하지 않으니 아무래도 다른 곳을 더 봐야겠소."

승려는 다시 한 산등성이를 가리켰다.

• **인시(寅時)에 장사를 치르면 묘시(卯時)에 발복한다** 인시(새벽 3시에서 5시 사이)에 하관하면 묘시(새벽 5시에서 7시 사이)에 복이 찾아온다는 말로, 명당자리에 묏자리를 쓰면 당장 운이 트이고 복이 닥친다는 뜻이다.

• **득수(得水)와 득파(得破)** 묏자리에서 지맥을 통해 흘러나오는 물의 흐름으로, 처음 물길이 보이는 지점을 득수, 물길이 끝나는 지점을 파문(破門)이라 한다. '득파'는 이 파문을 얻었다는 말이다.

"그럼, 이곳은 어떠합니까?"

곽가가 다가가 보고는 얼굴이 환해졌다.

"내가 땅자리를 많이 봐왔지만 이처럼 좋은 곳은 본 적이 없었소."

곽가가 연신 고마워하자 승려가 물었다.

"이 땅은 군수 한 사람 낼 수 있는 정도입니다. 아드님은 큰 것을 버리고 작은 것을 취하시니 웬 까닭이랍니까?"

"내가 땅을 보는 눈은 노승 못지않소. 선친 장례를 치르느라 남보다 배로 신경 쓰고 있으니 잔말하지 마시오."

이리하여 묏자리가 정해졌다. 상주는 길일을 잡아 군수만 날 거라는 그 땅에 부친의 장례를 지극정성으로 치렀다.

처음 곽가가 묏자리를 보러 갈 때 한 어린 여종더러 대나무로 엮은 밥 광주리를 지고서 뒤따르게 했다. 이 여종은 퍽 지혜롭고 영리하여 주인과 승려가 묏자리를 잡던 중에 주인이 포기한 처음 자리를 두고 속으로 탄복하며 염두에 두었다. 집으로 돌아온 그녀는 그 어미에게 말했다.

"아무 혈 자리를 조만간 남이 차지할 듯해요. 아버지 유해를 그 자리에 이장하여 훗날 면천하기를 바라야겠어요."

어미는 그러자고 했다. 이리하여 어미와 딸은 밤을 틈타 이전 무덤을 몰래 파내다가 그 혈 자리로 가서 구덩이를 파고 묻었다. 따로 봉분을 쓰지는 않았다. 이후 딸은 어미에게 또 조용히 말했다.

"우리가 여기에 남았다간 종의 신분을 면치 못할 거예요. 저와 함께 멀리 달아나서 종적을 감추는 게 어떻겠어요?"

어미는 평소 딸아이를 아꼈던 터라 그 제안대로 따르기로 했다. 모녀는 이슥한 밤에 도망을 쳐 경기 지방으로 숨어들었다. 처음에는 남의 집 고용살이를 했다. 모녀는 실을 뽑고 베를 짜며 생계를 부지런히 꾸렸다. 그런데 하늘과 신령이 도왔는지 하는 일마다 순조롭게 잘 풀렸다. 어느새 집을 사고 밭을 장만하여 어엿한 부자가 되었다. 그 마을에서는 이 어린 소녀의 신통한 재주를 입이 닳도록 칭찬했으며, 부잣집 자제들은 다투어 그녀를 아내로 맞이하려고 했다. 그러나 그녀는 모두 거절했다.

"저들이 천 섬 곡식을 쌓아놓고 있다 하더라도 본바탕이 천하니, 저는 다 원치 않아요."

한편, 마을에 김씨 성을 가진 이가 있었다. 그는 사대부가의 후예였으나 진작 고아가 된 신세였고 집도 가난했다. 남의 집 머슴으로 살며 서른이 훌쩍 넘었는데도 아직 정해진 짝이 없었다. 게다가 됨됨이가 굼뜨고 어리석어 온 마을의 웃음거리였다. 그런데 그녀는 그를 점찍었다.

"저 사람이 아니면 저는 죽는 한이 있어도 시집가지 않을 거예요. 상것들이나 천것들에게 욕을 보는 일은 저에게 수치랍니다."

어미가 만류했으나 끝내 그녀의 의지를 꺾을 수 없었다. 결국 둘은 화촉을 밝혔다. 그녀는 남편보고 농사일은 일절 끊으라 하고 스승을 모셔 와 학문을 익히도록 했다. 하지만 이 남편은 본시 미련하여 한 해 내내 고생하며 배워도 한 글자도 터득하지 못했다. 다만 성품은 우직하여 그녀가 가르쳐준 것이라면 하나도 어김없이 잘 따랐다. 그녀는 남편을 출세시킬 요량으로 도성으로 들어가 한 떳집에 세 들어 살게 되었다. 마침 이곳은 이이첨•의 집과 이웃하고 있었다.

그녀는 남편더러 종일 의관을 정제하고 꼿꼿하게 책상에 앉아 책을 펴고 있으되 경망한 말은 일절 하지 말라고 했다. 남편은 그녀의 말이면 잘 따랐다. 그 덕에 동네에선 그를 보고 도덕군자라며 떠들썩하니 치켜세웠다. 이이첨이 집을 출입할 때면 높은 가마를 탔기에 그가 있는 마루를 내려다볼 수 있었다. 앉아 책을 읽는 모습이 의젓하니 뭔가 범접할 수 없는 기상이 느껴졌다. 한참 시간이 지났어도 전혀 흐트러짐이 없었다. 이이첨의 겸인들이나 책객들은 물론 종들까지도 그의 행동거지를 보고 주인에게 한입으로 이야기했다. 이이첨은 왠지 모르게 그를 경계하는 마음이 생겼다.

한편, 그녀는 송아지 한 마리를 사서는 집 안에서 키웠다. 건초는 먹이지 않고 콩잎으로 대신하니, 송아지는 아주 살찌고 윤기가 났다. 마침 그때 이이첨이 중병에 걸려 비장이 상하고 입이 깔깔하여 산해진미에도 젓가락을 대지 못했다. 집안사람들은 애가 탔으나 어찌해야 할지 몰랐다. 그녀는 이이첨이 앓고 있다는 사실을 알아채고 키운 송아지를 잡아 포를 떠서 이이첨의 안채에 보냈다. 이이첨이 한 점을 맛보자 앓던 위가 순간 열려서 뭐든 먹었으며 소화도 문제없었다. 두세 달 만에 송아지 한 마리를 다 먹어 치웠고 병도 다 나았다. 이이첨은 퍽 고마워하며 한번 틈을 내서 그녀의 집을 찾아가 남편의 공부를 물을 참이었다. 이이첨이 오려 한다는 말을 들은 여종이 달려와 그녀

- **이이첨(李爾瞻)** 1560-1623. 자는 득여(得輿), 호는 관송(觀松), 본관은 광주이다. 예조판서, 대제학 등을 역임했다. 특히 선조 광해군 연간에 북인의 영수로서 권력을 장악하여 국정을 좌지우지했다. 이런 이유로 야담에서 그는 부정적인 인물로 자주 등장한다.

에게 이 사실을 아뢰자, 그녀는 남편에게 이렇게 당부했다.

"이 정승께서 오시면 겸손하게 인사만 차리세요. 절대로 입을 열어 본색이 드러나게 해서는 안 돼요."

남편은 알았다고 했다. 며칠 지나지 않아 과연 이이첨이 마부가 끄는 말만 타고 찾아왔다. 남편 김가가 담을 넘어 도망을 치려 하자 이이첨이 만류하며 붙잡았다. 인사를 나누고 응대를 하는데 하나같이 우물쭈물 머뭇거렸다. 서안에 《주역》이 놓여 있기에 이이첨이 깊은 뜻을 물었더니 김가는 이렇게 말했다.

"저 같은 모자란 자가 어찌 《주역》의 이치를 알겠습니까?"

몇 번이고 캐물었으나 끝내 응하지 않았다. 물러난 이이첨은 오히려 김가의 지조에 더욱 탄복했다. 그 뒤로 이이첨은 자주 의정에게 부탁하여 그에 대한 벼슬자리 추천서가 올라가도록 했다. 이윽고 여러 차례 벼슬을 내리는 영이 났으나 남편은 꿈쩍하지 않고 벼슬길에 나가지 않았다.

그녀는 다시 교외로 이사를 했다. 그리고 세 아들을 낳았다. 아들 형제는 자질이 빼어났고 재주와 식견도 출중했다. 모두 지체 높은 집안에 장가를 갔으며, 문장에 뛰어나 일찍부터 명성이 나기 시작했다. 어느 날 그녀는 자식더러 상소 한 편을 지어 이이첨의 허물을 낱낱이 거론하여 다른 여지가 없도록 하게 했다. 아들은 걱정이 되어 여쭈었다.

"어머니께서는 어쩌려고 우리 집안을 망하게 할 말을 내라고 하시는지요? 저 이이첨은 권세가 온 나라를 압도하고 있습니다. 그를 잘못 건드렸다간 엄청난 재앙을 만날 거예요. 더구나 아버님을 천거해 준 덕분에 저희가 여기까지 왔는데, 지금 이러면 그를 배신하는 거잖아요. 왠지 불길합니다.”

모친은 아들들을 크게 꾸짖었다.

“너희들 식견이 높다지만, 내 말을 따르지 않는 게냐? 하면 내 맹세코 너희들을 보지 않을 것이야!”

자식들은 어쩔 수 없이 소장을 지었다. 모친은 즉시 남편더러 이를 베껴 써서 올리도록 했다. 이 상소로 인해 남편은 견책의 벌을 받아야 했다. 그런데 그사이 해를 넘기고 천도가 바뀌어 새 임금이 들어섰다. 이이첨을 비롯한 적신들은 뿌리가 뽑혀 낱낱이 내쳐졌다. 하지만 남편은 지난해에 올린 상소 한 장으로 오히려 큰 공을 세우게 되었다. 높은 자리에 연이어 올랐으며 천수를 다 누렸다. 아들 셋도 차례로 과거에 급제하여 청요직을 차지했으며 모두 정직한 청백리로 이름이 높았다.

그 뒤 언젠가 세 아들은 어느 고관대작을 공박하고자 함께 모의했다. 모친은 이 사실을 알고 한밤 때를 잡아 주변 사람들을 다 물리치고 난 다음 아들들을 불렀다. 그리고 조용히 타일렀다.

“너희들이 근원도 모른 채 귀한 자제인 양 방자하게 굴어 남의 집안을 무너뜨리려 하는구나. 이 어미는 내 자식들이 이런 짓을 하지 않았으면 한단다.”

아들들은 말이 떨어지기가 무섭게 자신들의 근원이 어떤지를 여쭈었다.

“그래, 이 어미는 종의 신분이었다. 젊어서 곽 아무개 집 종으로 있었지. 여차여차하여 여기까지 이르게 됐지만 말이다. 그러니 너희들은 한없이 겸손해야 한다. 그런데 이렇게 기세등등하다니! 우리가 보통 사람들과 같을 수 있겠느냐?"

그제야 자식들은 자신들이 남을 모함한다는 사실이 부끄러워졌다. 면이 없어진 자식들은 조용히 물러갔다.

이때 마침 도둑놈이 들어왔다가 모자간에 몰래 주고받는 얘기를 듣게 되었다. 이자는 후한 사례금을 얻겠다 싶어 쏜살같이 곽가의 집에 가서 알렸다. 그때 곽가는 형편이 말할 수 없는 지경으로 따로 의지할 데가 없던 상황이었다. 도둑에게서 이 소식을 접한 곽가는 기쁠 수밖에. 당장 김가의 집으로 찾아가 여종을 시켜 그 어미에게 자신이 왔다는 통지를 하게 했다. 모친은 곽가가 왔다는 말을 듣고 몹시 반겼다.

"우리 친정 오라버니가 오셨군요!"

이렇게 둘러대며 정성껏 대접했다. 주위에 사람이 없을 때는 주인과 종의 예로써 매우 공손하게 대했다. 곽가도 사정이 어쩔 수 없어서 친척 오라비로 행세하며 김가의 집을 출입했다. 아무튼 곽가는 이 집에 있으면서 큰 도움을 받아 풍족하게 생활했다. 게다가 김가 자식들의 주선으로 음직의 벼슬자리까지 얻을 수 있었다. 그리고 산승의 말대로 과연 군수 자리에 올랐다고 한다.

《청구야담》 권6 제16화 〈占名穴童婢慧識(점명혈동비혜식)〉

노비들의 신분 상승의 꿈

조선시대 정치·사회 구조의 핵심은 왕조 체제이자 신분제 사회로 요약된다. 절대군주인 왕이 다스리고 이를 세습하는 체제로, 이 왕조를 유지하기 위해서 개인의 신분을 몇 개의 계급으로 나누어 놓았다. 즉 신분에 의해 민인의 삶이 결정되는 사회였다. 우리는 이를 근대 이전의 사회라고 해서 '전근대'라고 부른다. 이 용어에는 부정과 폄하의 시선이 담겨 있다. 하지만 왕조 사회는 세계사적인 현상이었으며, 인류 역사의 흐름에서 볼 때 불가피한 과정이기도 했다. 이 과정을 우리가 정확히 바라보고 그 장단점을 지금 우리 사회의 시금석으로 삼아야 하는 것도 불가피하다.

따라서 조선시대를 지금의 관점으로만 봐서는 곤란하다. 당대의 특수성을 참작하여 살펴봐야 본모습이 더 또렷해진다. 그 특수성 중에 가장 뚜렷한 흔적이 신분제였다. 신분제 하면 '노비'를 빼놓을 수 없다. 제일 낮은 계급이며 가장 천대받은 존재들, 이들을 우리는 다양한 미디어를 통해 접해왔다. 무엇보다 이들은 사람으로 취급받지 못했다. 노비는 거래의 대상이었던 존재로, 주인에게는 재산으로 취급되었다. 그렇긴 하나 사회 내부로 들어가 보면 이들의 모습이 단일한 것은 아니다. 저들은 개인의 능력으로 한계를 넘어서려는 욕망을 드러내기도 했고, 혹은 집단으로 사회에 항거하기도 했다. 고려시대 '망이·망소이 난'이 그랬고, 조선시대에는 17세기 전란 직후에 등장한 '살주계(殺主契)'가 그렇다. 살주계는 주인을 죽이려는 노비들의 계모임이었다.

그런가 하면 주인과의 조화 또는 관계 개선을 통해 자기 삶을 개선해 나간 노비들도 적지 않았다. 이 책의 다른 이야기들에서 등장하는 수노(首奴) 따위가 그렇다. 한 집안의 우두머리 노비인 수노는 주인 집안의 대소사를 관장했다. 개중에는 문자까지 쓸 줄 아는 이들도 있었다. 당연히 주인은 수노를 각별하게 대접했다. 자기 집안의 운명이 이 수노에 달린 경우도 있었기 때문이다. 또한 자기 신명을 바쳐 주인을 위해 충성을 다하는 노비도 많았다.

이런 노비의 두 축을 편의상 악노(惡奴)와 충노(忠奴)로 구분한다. 야담에는 이런 악노와 충노의 전형적인 사례들이 단골로 등장한다. 주로 추노담에는 악노들이, 절행담에는 충노가 등장하는데 앞의 두 이야기는 악노나 충노도 아닌 사례이다. 공교롭게도 두 서사의 줄거리는 엇비슷하다. 사내종이냐 여종이냐의 차이가 있을 뿐이다.

21화는 '구복(옛날 종) 막동'으로 알려진 이야기다. 막동이라는 이름도 어디선가 많이 들어본 듯 귀에 익다. '못생긴 아이'라는 정도의 의미인 막동은 우리 속담에도 등장하는 등 종의 보통명사와도 같다. 그런데 여기 막동은 대단히 영리하고 치밀한 종이다. 그는 주인 송씨 집안이 망해가는 걸 보고 자기 살길을 찾아 도망쳐 버린다. 충노라면 주인 집안의 운명과 같이해야 하지만 막동은 그렇지 않았다. 한편, 막동은 도망한 노비이므로 이런 경우는 주로 주인이 그를 쫓는 추노담으로 연결되기 마련이다. 어려운 형편에 처한 주인이 도망간 노비를 찾아가 몸값을 받아 오는 걸 추노(推奴)라 하며, 이를 소재로 한 이야기를 추노담이라 한다. 뒤에서 확인하겠지만 야담 가운데 추노 소재는 상당히 빈번하다. 그런데 이 이야기는 추노담으로도 가지 않았다.

막동이 도망치고 삼사십 년이 훌쩍 지난 시점에서 본격적인 서사가 시작된다. 그는 그사이 '최 승선'이라고 하여 벼슬까지 지낸 양반으로 행세하고 있었다. 이야기는 그가 어떻게 남의 집 종에서 일약 수하에 수많은 하인과 수십 채의 집을 가진 양반이 되었는가를 그의 술회를 통해 밝혀간다. 그는 주인집이 더 이상 가망이 없어지자 도망친 다음, 요즘 말로 출신과 신분을 세탁했다. 이를 위해 그는 먼저 돈을 모아야 했다. 필요한 돈이 어느 정도 모이자 본격적인 양반 되기 작업에 착수했다. 그리고 자신의 내력을 숨기기 위해 거처를 계속 옮긴다. 한양에서 서편, 즉 금강산 방향인 포천, 철원, 회양, 고성 등지로 이사를 거듭했다. 또 진짜 양반이 되기 위해서는 그에 걸맞은 품세가 따라야 하는 법, 그는 가는 곳마다 얌전한 행실로 주변의 인심을 얻는다. 양반 되기의 마지막 조건은 벼슬이었다. 그런데 이마저도 석연찮은 요행으로 얻어냈다.

강원도를 전전하던 그가 진사과에 합격하고 승정원의 승지가 되었다니, 가능할까 싶지만 아무튼 그렇다. 이리하여 막동은 완전한 양반이 되었다. 여기에 그의 집은 대갓집과 혼인 관계를 맺고 자식들도 양반의 소임을 수행했으니 어엿한 양반가가 이루어졌다. 이처럼 이 이야기는 어느 도망 노비의 완벽한 양반 되기 프로젝트를 구현한 서사물이다. 그런데 최 승선이 임종 때 남긴 마지막 말은 의미심장하다. 이 죄의식과 회한의 정서는 도망 노비의 현실을 우회적으로 피력한 것이다. 아울러 기존 사대부들의 기시감을 어느 정도 무마시키는 효과까지 불러오는 발화이기도 하다.

22화는 한 여종의 분투를 그렸다. 21화의 주인공이 여종이었다면 어땠을까 하는 궁금증을 풀어주는 이야기라고 할 만큼 두 이야기의 구도는 엇비슷하다. 그러나 사내종과 여종의 현실은 또 달랐을 터, 두 이야기는 이 차이만큼의 다른 결을 보인다. 그중 하나가 이야기 서두의 풍수 소재의 개입이다. 여종은 주인 상주가 포기한 묏자리에 자기 아버지 무덤을 써서 훗날 발복을 이루었다.

풍수는 누구나 알듯이 복을 받기 위해 집터나 조상의 묘를 명당자리에 쓰는 걸 말한다. 풍수지리는 점복학이라 하여 음양오행설과 함께 동양 사상의 한 줄기다. 우리의 경우 삼국시대부터 토속신앙과 결부되어 독자적인 전통을 이어왔다. 그러나 고전문학에서 풍수가 발복의 소재로 등장한 시점은 비교적 늦다. 특히 18세기 이후의 야담에서 많이 보인다. 아마도 그동안 저류로 흐르던 발복의 염원이 민인들의 '잘살고 싶은 욕망'과 결부되면서 이때부터 이야기 소재로 들어오게 된 듯하다. 그러니 풍수담은 상하층을 막론하고 복을 받아 잘살기를 바라는 기대감이 집약된 유형이다.

문제는 명당자리가 있다고 해서 아무나 집을 짓거나 묘를 쓸 수 없었다는 것이다. 소유권이 있어야 했기 때문이다. 여종에게 무슨 땅이 있겠는가? 그래서 그녀는 남의 묏자리에 몰래 자기 부친의 묘를 썼다. 이런 행위를 투장(偸葬)이라고 한다. 남의 선산이나 묏자리를 무단으로 점거했으니 당연히 불법이다. 이런 사건이 발생하면 피해자 쪽에서는 관아에 소송을 제기하기 마련이었는데, 이를 산송(山訟)이라 했다. 산송은 조선 후기 다툼 가운데 가장 뜨거운 감자였다. 이 다툼은 양반 가문 사이에도 일어났지만, 양반과 평민 사이에도 빈번했다. 이유는 거기에 조상의 묘를 써야 잘살게 될 것이라는 믿음 때문이었다. 여기 여종도 이런 믿음으로 산승이 주인을 위해 잡아준 길지에다 투장을 했다. 이후의 이야기는 그녀의 바람대로 이루어졌다. 막동과 마찬가지로 그녀는 신분 상승을 이루어 어엿한 양반가의 규방마님이 되었다. 더구나 그녀는 자신이 '보통 사람과 다른' 처지라는 걸 항상 인지하고 행실과 말에 겸손이라는 두 글자를 달고 살았다. 이는 자식들을 훈계하는 장면에서도 여실하다.

이렇게 두 이야기에서는 노비가 양반이 되는 신분 상승을 다루고 있다. 그렇다면 이런 사례가 실제로 가능했을까? 공식적으로는 노비가 양민이 되는 속량이 있었고, 평민이 양반이 되는 납속책이란 게 있었다. 그러나 노비가 두 단계를 뛰어넘어 양반이 되는 경우는 나라에 공을 세워 특별한 어명이 있지 않은 이상 불가능했다. 그렇기에 두 이야기는 현실적이라고 보기 어렵다. 그렇다면 당대 노비들의 염원을 이렇게라도 풀어낸 것일까? 정답을 얻을 수 없지만, 이 두 이야기도 주인공의 처신을 보면 뭔가 상층의 검열 아래 움직이고 있다는 느낌을 지울 수는 없다.

23화

사족의 재물을 털어 간 녹림객

영남의 한 사족은 대대로 부를 축적하여 백여만 금의 재물을 보유하고 있었다. 사는 터전은 삼면이 모두 석벽으로 둘러싸였고, 앞쪽으론 큰 강이 동구 밖을 가로지르고 있었다. 거느리고 있는 호지집•도 200여 채나 되었다. 그는 엄청난 재물을 쌓아두었지만 여러 대 동안 시골구석에서 살다 보니 혼인을 맺은 사돈가는 모두 향반이었고 서울 쪽에는 애초 일면식 있는 친척 하나 없었다. 그로서는 권세 있는 집안과 연을 맺고 싶었으나 길이 없는 실정이었다.

그때 마침 이웃 마을에 사는 울산 원님이 상을 당해서 생질인 박교리라는 이가 고을 치소(治所)로 내려와 장례의 제반 절차를 주관하고 있었다. 이날 강 건너 모래사장엔 멋진 말을 타고 건장한 종들을 대동한 어떤 이가 나타났다. 그 사람은 배를 불러 강을 건너왔다. 배

• **호지집** 양반가나 지주의 주변으로 늘어선 노비의 집들을 말한다.

를 대고 뭍에 오르는 모습이 가뿐하고 빨랐다. 그는 순식간에 사족의 대문 앞에 당도했고, 말에서 내려 서슴없이 대청마루로 올라왔다. 주인은 의관을 정제하고 나와서 그를 영접했다.

"존함은 뉘시며 무슨 일로 왕림하셨소?"

주인이 묻자 그가 대답했다.

"저는 울산 원님의 생질입니다. 원님께서 초상을 만나 발인이 모레입니다. 그새 묵을 곳을 찾았으나 여기 말고는 여의찮군요. 어른의 하인 집 두세 채를 빌려 상 치르는 일행이 묵어갔으면 하는데 괜찮을는지요?"

주인은 오래전부터 유력한 집안과 인연을 맺어 급할 때 힘을 빌리고자 했던 터였다. 지금 돈을 쓰지 않고도 이런 기회가 생겼으니 그야말로 고대하던 바가 아닌가. 사족은 당연히 그러라며 흔쾌히 허락했다. 그는 거듭 고맙다고 하면서 내일 다시 오겠다고 하고서 떠났다. 다음 날이 되자, 주인은 수노에게 분부하여 서너 채 큰 집을 비우고 마당과 방을 말끔히 치우고 창과 지게문도 새로 도배하라고 했다. 상여꾼이 쉴 곳과 양반이 거처할 방은 물론 병풍이나 가리개 같은 집기와 접대할 음식까지 빠짐없이 챙겼다. 그러고 나서 조카들과 함께 의관을 정돈한 채 기다렸다.

초저녁이 되자 과연 방상시•가 앞을 인도하는 장례 행렬이 당도했다. 운구를 따르는 이들은 태반이 인근 고을 수령이었다. 감영과 병

• **방상시(方相氏)** 원래 역귀를 쫓는 역할을 하는 존재로, 검은 웃옷에 붉은 치마를 입고서 창과 방패를 든 모습이다. 후대에는 이와 비슷한 복장으로 상여가 나갈 때 길을 인도하는 역할을 했다.

영에서 호상하느라 비장들이 사립에 푸른 철릭을 입고 백마를 탄 채 좌우로 늘어섰다. 그 밖에도 상여꾼 등이 빽빽하게 에워싸서 안장한 말이 강가 20리를 꽉 메웠다. 저들은 십여 척의 큰 배를 묶어 나무다리로 만들어 곧장 강을 건너왔다. 이윽고 하관할 곳에 상여가 멈추었다. 뒤미처 곡소리가 들리는데 땅이 흔들릴 정도였다. 잠시 뒤 박 교리란 이가 대여섯 시종들을 거느리고 말을 달려 주인집으로 들어와 정중하게 읍을 했다.

"여러모로 큰 은혜를 입어 수월하게 상여를 모시게 되었습니다. 층층 구름 같은 의리에 무엇으로 보답해야 할지요?"

"돈도 들지 않은 일을 가지고 수고라고 할 게 뭐 있겠소?"

주인이 화답했다. 이렇게 말을 주고받던 중인데 안채에서 '샌님 들어오시라'는 급한 전갈이 왔다. 주인이 집 안으로 들어가니 안주인이 발을 동동 구르며 말했다.

"큰일 났어요! 종들 얘길 들으니 저들이 말한 상여엔 애초 관이 실려 있지 않고 온통 무기들이라네요. 이 일을 어째요, 어째?"

주인은 이 말에 정신이 번쩍 들었다. 사태를 파악하려 했으나 때는 늦어 어쩔 도리가 없었다. 마지못해 아내를 달래 위로하고 사랑채로 나왔다.

"주인장 안색을 보니 걱정거리가 많은가 봅니다. 두려워하는 빛이 얼굴에 잔뜩 끼었소. 무슨 우환거리라도 생긴 거요?"

박 교리가 묻는 것이었다.

"아니오. 어린아이가 급탈이 났다가 다행히 차도가 있는가 보오."

그러자 박 교리는 옅은 미소를 지었다.

"주인장, 품이 좁은가 보오! 내가 지금 원하는 것은 재물이라오. 땅이나 전답이며 식솔이나 가축은 물론 가옥이나 양식 따위는 그대로 일 것이오. 지금 잃는 게 적지는 않겠지만 몇 년 안에 알아서 다시 차게 될 터인데 뭔 걱정이 그리 많소? 게다가 재물이란 세상 공공의 물건 아니오. 이것을 쌓아두는 자가 있으면 반드시 쓰는 사람도 있고, 지키는 자가 있는가 하면 또한 가져가는 사람도 있는 법이오. 그대가 쌓아두고 지키는 사람이라면 나는 쓰고 가져가는 자인 게요. 늘기도 하고 줄어들기도 하는 이치와 차고 비는 변화는 곧 조화의 상도이니, 주인장도 이 조화에 붙어사는 사람이 아니겠소. 어찌 늘어나기만 하고 줄어들지 않으며 차기만 하고 비지 않기를 바랄 수 있겠소. 일이 이렇게 발각되고 말았으나 밤중에 시끄럽게 소란을 피워 사람이 다치고 목숨까지 해치는 일이 있으면 되겠소? 우선 주인장은 안채로 들어가 부녀자들을 한 방에 모이도록 하시오."

이미 어쩔 도리가 없게 된 주인은 그가 지시하는 대로 부녀자들을 모아놓고 나와 알렸다.

"영대로 했소!"

그러자 그는 다시 주인에게 일렀다.

"주인장께선 평소 특별히 아끼는 물건이 있을 거요. 그 물건을 미리 얘기해 주면 함께 쓸려가지 않게 하겠소."

주인은 700냥으로 새로 산 청노새를 지목했다. 그러는 사이 어느새 수령이며 비장, 상제와 뒤따르는 상복 입은 이들, 그리고 곡비(哭婢)와 상여 담꾼들, 마부들이 죄다 소매가 좁은 군복으로 갈아입고 병기를 든 채 바깥마당에 빼곡히 늘어섰다. 천 명을 헤아리는 저들은 신수가 건장하며 날래고 용감무쌍한 사내들이었다. 교리는 이들에게 영을 내렸다.

"너희들 안채로 들어가거든 각 방에 있는 돈이나 옷가지, 그릇이나 다리, 비녀·팔찌나 비단 따위를 막론하고 모조리 실어 내오되 부녀자들이 모여 있는 방에는 아무리 억만금 재물이 쌓여 있다고 해도 절대 접근하지 말라. 재물이 귀하다고 하지만 명분도 엄중한 법이니라. 만약 영을 어긴 자가 있으면 필시 군율로 다스릴 것이다!"

또 주인의 청노새도 손대지 말라는 취지로 단단히 이르고 다시 주인에게 요청했다.

"저들을 데리고 들어가 안내해 주시오. 괜히 어지럽게 뒤지는 일이 없게 말이오."

주인은 결국 군도를 안으로 안내해야 했다. 먼저 안주인이 거처하는 방으로 안내한 다음, 맏며느리 방, 둘째 며느리 방, 막내며느리 방, 손주며느리 방, 소실 방, 제수 방, 측실 방, 큰딸 방, 작은딸 방, 긴 골방, 짧은 골방, 큰 벽장, 작은 벽장, 동편 다락, 서편 다락, 앞 곳간, 뒤 곳간 등으로 이어졌다. 방마다 있는 물건들을 낱낱이 뒤져 바깥마당에 쌓아놓았다. 또 바깥사랑으로 나와서 큰사랑, 중간사랑, 아랫사랑, 뒷사랑, 안별당, 뒷별당에 있는 물건들도 하나 남김없이 쓸어 모았다. 무려 억만금이나 되었다. 그들은 이것을 300마리 튼실한 말에다 싣고서 일시에 나는 듯 강을 건너 달아났다.

한편, 두령은 그대로 남아서 주인과 자리를 마주하고 앉았다. 그는 새옹지마를 들먹이며 위로하고, 도주공(陶朱公)이 재산을 모았다가 흩었던 일에 빗대며 달래었다. 그런 다음 길게 읍하고 떠나가면서 이런 말까지 남겼다.

"나 같은 길손은 한번 본 것만으로도 더없는 불행이니, 꿈에라도 다시 만나지 않기를 바랄 테지요. 이제 헤어지면 또 만날 기약이 없구려. 주인장은 아무쪼록 사리를 깨닫고 마음을 잘 다스려 기체 건승하고 다복하길 바라오. 그리고 다신 한양의 지체 높은 집안과 사귈 생각일랑 먹지 마시오. 이번에 봤듯이 박 교리란 자가 무슨 도움이 되었소?"

이윽고 말에 오르더니 주인을 돌아보며 재삼 신신당부했다.

"물건을 잃어버린 사람은 으레 뒤를 좇곤 하나 아무 소득이 없을 거요. 주인장은 행여 그런 쓸데없는 짓을 했다가 낭패 보는 일이 없도록 하시오."

"예예! 감히, 감히요."

마침내 그는 강을 건너 말을 몰아 나는 듯이 사라졌다. 잠시 뒤 200여 호의 노복들이 다 모여들었다. 이들은 씩씩거리며 안부를 묻는가 하면 혀를 차며 분에 겨워했다. 그러면서 저들의 뒤를 좇자는 의견이 분분했다. 시끄럽게 떠들며 얘기를 주고받더니 번갈아 주인에게 진언했다.

"저들은 필시 바다의 적도들이라 육로를 이용할 리 만무합니다. 여기서 아무 바다 어귀까지는 몇 리이고 아무 어귀까지는 또 몇 리 되는 거리이니 급히 추적하면 따라붙지 못할 것 없습니다. 600명이 넘는 저희가 좌우로 대오를 나누어 쫓으면 아무 포구와 아무 해변에 당장 다다를 수 있습니다. 하물며 아무 마을이 아무 바다 어귀에 있고 아무 마을이 아무 포구 가에 있으니, 마을 사람들과 협력하면 저놈들

무리가 수천이라 하더라도 저희가 못 당해낼 이유가 없습니다."

하지만 주인은 절대 쫓지 말라고 했다. 그러자 그들 중 수노로 일처리를 도맡은 10여 명이 돌아가며 주인에게 아뢰었다.

"우두머리가 뒤를 쫓지 말라고 신신당부한 것은 한갓 협박하는 말에 지나지 않습니다. 쇤네들과 600명 장정이 있는데도 실없이 억만금 재물을 잃고 말았으니 어찌 분통이 터지지 않겠습니까? 애초에 너무 뜻밖에 닥친 일이어서 제대로 대응하지 못했습니다만 지금 추격하는 거야 준비가 되어 있으니 뭐가 두렵겠습니까? 더구나 포구가 멀지 않고 포구의 마을도 대촌이니 한번 쫓기만 한다면 분명 못 잡을 이유가 없습니다. 만에 하나 저들을 잡지 못하더라도 결코 패배하는 일은 없을 것입니다. 제발 나리, 쇤네들이 처리하도록 한번 맡겨주십시오."

여러 주장이 벌 떼처럼 일어나자 상전으로서도 막을 방도가 없었다. 그런데 그 순간이었다. 집 뒤편 소나무숲과 대숲 사이에서 느닷없이 천여 명의 장부들이 함성을 내지르며 뛰쳐나왔다. 이들은 사랑채 뜰로 날듯이 모여들더니 닥치는 대로 발로 차고 밀어뜨리고 밟아대고 때렸다. 상투를 잡아 내팽개치기도 하고 머리통을 가격하기도 했다. 순식간에 600명의 장정을 박살 내 아무 짝에 쓸모없는 개나 닭처럼 만들고, 낚아채 생쥐 아니면 병아리로 만들어버렸다. 그야말로 폭풍우가 한번 뒤집은 형세요 빠르기가 벼락이 내리친 격이었다. 순식간에 집 안은 온통 쑥대밭이 되었다. 그러고 나서 저들은 일시에 강을 건너가 간 곳을 알 수 없었다.

수백의 노복들은 하나같이 땅에 엎어진 채 널브러져 있었다. 눈이 빠진 놈, 팔이 부러진 놈, 코피가 터진 놈, 머리통이 깨진 놈, 갈비뼈가 부러진 놈, 이빨이 빠진 놈, 귀가 떨어진 놈, 뺨이 부은 놈, 이마가 깨진 놈, 발을 저는 놈, 뼈가 뒤틀린 놈, 살갗이 터진 놈, 숨을 헐떡이는 놈, 기절한 놈, 눈만 멀뚱멀뚱 넋이 나간 놈, 엎어져서 일어나지도 못하는 놈 등 제각각이었다. 다치지 않고 멀쩡한 놈은 하나도 없었다. 이런 와중에도 누구 하나 죽는 불상사는 일어나지 않았다.

이튿날 주인은 놀란 마음을 추스르고 잃어버린 물건을 조사해 보니 남아 있는 것이라곤 한 개도 없었다. 마구간의 청노새도 보이지 않았다. 그런데 그 다음다음 날 새벽, 홀연 강 건너 나룻가에서 노새의 울음소리가 들렸다. 익히 귀에 박힌 소리였다. 주인은 깜짝 놀라 급히 사람을 보내 살펴보게 했다. 다름 아닌 잃어버렸던 청노새였다. 은 안장에 청실 굴레를 한 노새가 강 머리에 홀로 서 있었다. 안장 앞에는 큰 망태가 걸렸는데, 거기엔 피가 뚝뚝 떨어지는 머리통 하나가 들어 있었다. 굴레 오른쪽엔 편지 한 통이 비스듬히 끼어 있었다. 겉봉에 '강벽리(江壁里) 집사 누구께'와 '월출도(月出島) 두령 올림'이라는 수취인과 발송인이 쓰여 있었다. 강벽리는 사족의 마을 이름이며, 월출도는 도적의 소굴임을 알 수 있었다. 사족이 뜯어보니 내용은 이러했다.

일전에 두 차례 찾아뵌 일은 제가 오랫동안 계획한 끝에 나온 묘수였소. 사정이 워낙 급했기에 편안히 얘기를 나누지 못했소. 떠난 뒤로도 안부를 물을 겨를이 없었소. 불시에 닥친 난리에 몸을 상하지는 않았는지 모르겠소. 돈이나 패물 따위를 잃은 거야 넓은 도량의 어른께서는 의당 개의치 않을 줄로 아오. 다만 작별할 적에 당부한 말을 무시하여 아랫것들이 다치는 결과가 초래돼서 면구하오. 허랑하게 자초한 일이라 누구를 탓하고 누구를 원망하겠소? 명심하여 새겨야 할 것이오. 어른의 300바리 재물은 바다 밖 섬의 1년 치 양식으로 쓸 터이니 감사하고 감사하오. 청노새는 온전히 반송하오. 안장에 달린 머리는 명령을 어긴 자요. 살펴주시오.

모년 모월 모일 녹림객• 배(拜)

편지를 다 읽고 난 주인은 재물을 약탈당한 분이 얼음 풀리고 눈이 녹듯 사라지고 막혔던 가슴도 뻥 뚫리는 것 같았다. 누군가가 그에게 위로의 말을 건네면 도적을 만났다고 하지 않고 걸핏하면 이렇게 말했다.

"나는 세상에 둘도 없는 호걸 남아를 만났지. 강과 산 같은 멋진 그 모습을 다시 만날 기회가 없어서 말이야……."

그 뒤로도 그는 녹림객을 잊지 못해 항상 마음에 두고 연연해하면서 아쉬워했다고 한다.

《청구야담》 권1 제22화 〈語消長偸兒說富客(어소장투아세부객)〉

• **녹림객(綠林客)** '녹림호객(綠林豪客)'의 준말로, 산속의 도적을 뜻하며 주로 점잖게 표현할 때 썼다. 도적을 명화적(明火賊)으로도 불렀는데, 이는 밤에 횃불을 들고 나타났기 때문에 붙여졌다.

24화

도적 두목이 되어 기량을 펼친 선비

아주 옛날도 최근도 아닌 시절에 명문 가문의 진사 심생(沈生)이 있었다. 그는 창의동에 집을 짓고 살았다. 평소 자신을 호방한 사람으로 자부하여 사소한 예법에는 구속되는 적이 없었다. 비교적 일찍 진사과에 합격했으나 과거 공부가 더 이상 마뜩잖았다. 또한 남의 도움을 받아 벼슬을 하려고도 하지 않았다. 사람들이 그 이유를 물어오기도 했으나 그럴 때면 그저 한바탕 껄껄 웃을 뿐이었다.

이런 그는 평소 날랜 말을 타고 호쾌하게 달리는 걸 즐겼다. 귀족이나 고관대작의 마구간에 살찌고 튼튼한 말이 있으면 기어코 사람을 보내 한번 타볼 수 있냐고 청했다. 그의 이름을 익히 알고 있던 그들은 그러라며 흔쾌히 빌려주었다. 심생은 빌린 말을 타고 큰길을 쉬지 않고 무질러 달리곤 했다. 말의 발걸음이 무뎌져서야 그만두고 공중제비하듯 안장에서 내려왔다.

"이 말은 이제 지쳐서 더 이상 타지 못하겠는걸."

그러고는 터벅터벅 걸어서 돌아왔다.

어느 날 이른 아침이었다. 한 마부가 바람을 가르는 준마를 끌고 와서 심생 집 울타리 밖에서 훈련을 시키고 있었다. 심생은 마부를 불렀다.

"저 말, 내가 한번 타고 싶네."

의외로 마부는 그러라고 했다. 심생은 안장에 걸터앉더니 고삐를 쥐었다. 순간 산등성이의 나뭇가지 사이를 눈 깜짝할 사이에 지나갔다. 도성을 지나 고을을 넘어가는 게 무슨 흙무더기 하나 뛰어넘는 것 같았다. 한낮이 되자 말은 조금 지친 듯해 보였다. 그는 한 술집에 당도하여 이 고을이 어디냐고 물었더니, 바로 황해도 금천• 땅이었다. 뒤에 기진맥진하여 따라온 마부에게 말을 넘겨주고 자신은 타관에 혼자 남았다. 돌아갈 길이 멀고 아득하기만 했다. 그때 느닷없이 관아로 연결된 큰길에서 말을 연습시키고 있는 한 마부와 마주쳤다. 심생은 다시 말을 한번 타보자고 마부에게 요청했다.

"얼른 올라보십쇼!"

이 말은 앞서 탔던 말보다 더 날랬다. 타자마자 훌쩍 뛰어올라 날 듯이 내달렸다. 오장이 죄다 흔들리고 일신이 붕 뜬 듯했다. 나라의 영을 전하는 파발마와 다름없었다. 심생은 그만 멈추라고 하고 싶었지만, 딴에 용감하다는 평이 무색해질까 싶고 뛰어내리려 해도 몸을 다치지나 않을까 두려워졌다. 어쩔 수 없이 달리는 대로 내버려두고

• **금천(金川)** 황해도 동남부 서해 연안에 있었던 군명이다. 서쪽으로 평산군, 남쪽으로 연백군, 북쪽으로 신계군과 인접해 있었다. 개성 인삼의 주요 산지로 유명했다.

서 꾹 참고 버텼다.

이윽고 말은 깊고 깎아지른 골짜기로 달려 들어갔다. 수많은 골짝과 봉우리를 지나고 나니 길이 갑자기 확 트여 수레가 달리는 도로 같았다. 길 왼편에서 붉은 군복을 입은 부대가 대오를 정렬한 채 말을 타고 다가왔다. 저들이 심생을 보더니 타던 말에서 내려 가마로 올라타라고 했다. 심생은 갑작스러운 이 상황이 도대체 뭔가 싶었다. 순간 멍해지면서 꿀 먹은 벙어리가 되어 말에서 내려 가마에 올라탔다. 가마는 여덟 명이 지는 팔인교로 표범 가죽이 깔려 있었다. 가마 앞에서 포성이 한 번 울리자 병장기며 깃발이 좌우로 촘촘히 늘어섰다. 자신에게도 군복이 입혀졌다. 어쩔 도리가 없게 된 심생은 정신을 가다듬고 원래 있던 자리인 양 차분하려고 노력했다.

고개 하나를 넘어가자 등성이 뒤편 광활한 들판에는 수많은 기마병이 대오 정연하게 늘어서 있었다. 목책과 보루가 굉장하고 막사도 구름처럼 잇닿아 있었으며, 칼과 창은 하늘의 별처럼 꽂혀 있었다. 가마 아래에서 군령을 전하는 화살이 날아와 전해지기 무섭게 함성이 여기저기서 일어나고 취타대가 큰북을 울렸다. 마치 적과 눈앞에서 대치하는 모습 같았다. 이윽고 심생이 탄 가마가 대열의 장벽 안으로 들어서자 장수들과 아전들이 예를 갖추어 문안했다. 의식이 끝나자 저들은 심생을 보고 다시 가마에 타라고 했다.

가마를 타고 5리쯤을 더 가자 쇠로 된 성곽에 사방으로 해자가 둘린 성이 나타났다. 회칠한 성가퀴가 눈에 들어왔다. 성안으로 들어서니 가옥이 즐비했으며 저자도 늘어서 있었다. 세 겹의 붉은 대문을 통과하자 널찍하고 단청한 수백 칸의 대청이 나타났다. 그 규모가

으리으리하고 아름다웠으며, 금색과 푸른색의 단청이 번쩍번쩍 빛났다. 아리따운 여인들이 좌우에서 그를 모셔 대청에 올랐다. 심생은 의젓하게 옥탑 위에 앉아 두령 한 명을 불러 물었다.

"여기는 대체 어떤 곳이냐? 너희들은 웬 사람들인데 나 같은 별 볼일 없는 선비를 가지고 이런 꼭두각시놀이를 벌이느냐?"

두령이 아뢰었다.

"저희 부락은 지도나 책에도 나와 있지 않으며 관리도 관아의 관할 밖입니다. 저희는 사방을 떠돌던 사람들로 배불리 먹고 따뜻한 데서 자며 마음 놓고 살고자 새가 모이듯 개미가 무리 짓듯 모여들었지요. 그러다가 어느새 큰 군대가 되었습니다. 의롭지 않게 부자가 된 이의 재물을 빼앗으며 빈궁해도 하소연할 데 없는 사람들을 받아들이고 있습지요. 이것이 일상이 되었습니다."

"그렇다면 너희들은 모두 도적의 무리로구나. 국법을 무시하고 훔친 병기를 멋대로 휘둘러 무고한 사람을 죽이면서도 여태 이를 바로잡기는커녕 나를 두목으로 추대하려 하다니, 이 무슨 짓이냐?"

두령은 물러서지 않았다.

"이 산채는 홍길동 대장 때부터 지금까지 100년 넘게 이어온 거처입니다. 역대 대장들 모두 지략이 뛰어난 분들이라 산채의 군민이 편히 지내왔지요. 한데 작년에 전 대장께서 작고하시자 이곳을 통솔할 분이 없어지고 말았습니다. 저희는 전국을 샅샅이 돌며 은밀히 대장 될 분을 찾고 있었습니다. 나리보다 나은 분을 보지 못했기에 감히 준마 한 필로 나리를 금천으로 유인하여 오시게 했고, 다시 다른 말로 여기까지 모셔 온 것입니다. 제발 나리께선 이 산채의 인간들을 불쌍히 여기시어 충의대장군(忠義大將軍)의 인끈을 맡아주십시오."

심생은 한참 고민하던 끝에 쇠 여의봉으로 사방침을 내리쳐 갈라놓았다.

"그래, 오래전부터 내 꾀와 재주를 한번 시험해 보고 싶었느니라. 특별히 너희들의 청을 수락하노라!"

무리는 뛸 듯이 기뻐하며 축하의 잔치를 열었다. 이때부터 심생은 조롱 속의 새, 어항 속의 물고기처럼 주는 음식을 받아먹으며 편히 지냈다. 며칠이 지나 심생은 두령을 불러 물었다.

"이 산채 안에 있는 인원은 몇이고 비축해 둔 양식은 얼마나 되느냐?"

두령이 자세하게 보고하자 심생은 버럭 화를 냈다.

"우리 입 숫자에 남은 양곡을 따져보면 기껏 몇 달 치밖에 안 되겠다. 왜 진작 대책을 세우지 않았더냐?"

두령이 눈을 부릅뜨고 고했다.

"이전 대장께서는 세상을 경영할 재주에 귀신도 예측하지 못하는 수법을 내서 우리나라 수천 리에 걸쳐 부호와 큰 고을의 관아까지 털지 못한 데가 없었습니다. 오직 합천의 해인사와 호곡•의 이 진사 댁, 그리고 함흥 성내 등 세 곳만은 틈을 보지 못했습니다. 이 외의 큰 고을이나 요충지 가운데 좀 괜찮은 지역이나 제법 사는 마을이야 손으로 다 꼽을 수 없지만, 힘들여 탈취해 봤자 한 달 먹을 식량도 되지

• **호곡(壺谷)** 지금의 안동시 임동면 박곡리에 있던 벼랑 골짜기로, '표곡(瓢谷)' 또는 '박곡'으로도 불렸다. 지형이 호리병 또는 호리박처럼 생겨서 붙여졌다. 지금은 임하댐으로 수몰되어 원래 모습을 찾아볼 수 없다.

않습니다. 백 번 궁리하고 따져봐도 실로 뾰족한 수가 없던 터라 이렇게 늦게야 사정을 아뢰게 되었습니다."

심생은 호통을 쳤다.

"수를 쓰는 건 내가 할 일이고 시행은 너희들이 하면 되느니라. 너희가 뭐라고 감히 이게 문제니 저게 어려우니 따지며 사설을 늘어놓는단 말이냐. 내 아무 날 직접 가서 해인사를 치겠으니 전군에 이를 통지하되 절대 밖으로 새 나가지 않게 하라."

두령은 화들짝 놀라며 대꾸했다.

"해인사는 승려 수만 해도 수천입니다. 돈이나 비단 등속이 산처럼 많으나 방비가 철통같고 활과 창검으로 무장하고 있습니다. 신출귀몰한 저번 대장께서도 감히 엄두를 내지 못하셨고요. 지금 천릿길에 우리 군사를 움직였다간 사지로 몰고 가는 꼴입니다. 나리께서 군령을 빌린답시고 저희 목숨을 다 죽이려 하십니까?"

심생은 대로하여 두령을 끌어내 목을 치라 했다. 하지만 주변에서 이 영에 응하는 자가 없었다. 심생은 직접 칼을 쥐고서 그를 마구 찔러 죽여버렸다. 그러자 전군이 숙연해졌다. 심생은 다른 두령을 불러 일렀다.

"너는 군사 중에 얼굴이 희고 말끔하며 머리가 영리해서 일 처리에 밝은 자 서른 명을 선발하거라. 이들에게 모두 관노 복장을 하게 하고 각자 준마 한 필에 타되 돈 2천 꿰미도 실어 가서 먼저 해인사로 들어가도록 해라. 그리고 전하기를 '아무 대군(大君)께서 대를 이을 자식을 얻고자 직접 와서 불공을 드릴 것이며, 또 거기에 온 구경꾼들에게도 향반•을 대접하여 사례하겠다.'라고 해라. 이 돈으로 향촉을 마련해 두고 내가 내려오기를 기다리거라. 절대 착오가 있어서는 안 되느니라."

또 한 두령을 불러 지시했다.

"너는 좀 기다렸다가 열흘 뒤 이 노문•을 가지고 해인사로 달려가서 이렇게만 말하거라. '대군께서는 주상전하께서 연거푸 만류하는데다 조정의 신하들이 문제로 삼지나 않을까 조심스러워 남몰래 내려오게 되었으니 주변 군현에서는 알게 하지 말 것이다. 절에서 이바지하는 물품도 일체 생략하라.' 그리고 후히 베풀겠다고 꼬드기고 나서 역시 내가 오기를 기다리거라. 이 또한 오차가 있어서는 안 되느니라."

또 한 두령을 불렀다.

"너는 나머지 두령 수십 명과 의관을 화려하게 차려입고 각자 준마를 타고 하나같이 청지기인 양 행세하라. 또 군중에서 키가 크고 얼굴이 험상궂게 생긴 자 수십 명을 뽑아서 대군의 관복과 푸른 비단 차양을 친 두 마리 말이 끄는 가마를 준비한 다음, 해인사에서 50리 떨어진 지점에 잠복해 있거라. 내가 직접 내려갈 때까지 기다렸다가 즉시 수레를 바꿔 타도록 해야 하느니라."

두령들은 저마다 부여된 영을 받들어 떠났다. 심생은 십여 일을 아무에게도 구속받지 않고 편안히 지냈다. 이윽고 복건과 도복을 착용

• **향반(香飯)** 사찰에서 내주는 밥을 포함한 음식 일반을 가리킨다.

• **노문(路文)** 고위 관원이 왕명이나 휴가로 외유할 때 그 편의를 위해 발급해 주던 문서. 해당자의 여행 일정에 따라 지나는 길의 각 고을과 역참에 차례로 전해졌다.

하고 한 필 천리마를 타고 산채를 내려왔다. 합천 인근에 당도하니 앞서 떠난 무리가 이미 약속한 곳에 매복해 있었다. 심생은 준비된 가마에 올라 비단 차양을 전부 내리고 한밤중에 해인사에 도착했다. 승려들이 나와 그를 절 안으로 영접했다. 심생은 병풍과 휘장이 화려하게 꾸며진 선방에 발을 뻗고 앉아 주지승과 절간을 주관하는 사람들을 불렀다. 내일 밤에 불재(佛齋)를 지내기로 약정하고서 이바지할 비용을 낱낱이 따져 항목마다 넉넉하게 지급해 주었다. 빙 둘러서서 듣던 승려들은 감탄해 마지않았다.

"훌륭하신 대군마님은 꼭 부처의 가호를 받으실 것입니다."

심생은 주변 사람들을 물리치고 편히 잠자리에 들었다. 동시에 몰래 한 두령을 시켜 절에서 쓰는 가마의 의자를 부순 다음 원래대로 슬쩍 붙여놓게 했다. 눈으로 봐선 부서진 곳을 알아볼 수 없게 해둔 것이다. 대군으로 분장한 심생은 피곤하여 쓰러지듯 잠에 빠졌다가 오경 무렵에 깼다. 산달이 창문에 훤히 비추고 개울물 소리가 베갯머리를 간지럽혔다. 저도 모르게 흥취가 일었다. 이윽고 방문을 열고 술상을 준비하라고 하더니 또 중을 불러 물었다.

"절 밖에 수석을 감상하기에 좋은 곳이 있는가?"

"모처가 아주 좋습니다."

심생은 바로 옷을 걸치고 나서면서 일렀다.

"자네들, 나를 그곳으로 안내하게."

중들은 서둘러 가마를 대령했다. 이 가마가 부서진 줄 알고 있던 심생은 조심해서 걸터앉았다. 여러 중이 가마를 메고 길을 나섰다. 수십 보쯤 갔을 때 그는 일부러 몸을 옆으로 기대었다. 그러자 의자

걸이가 부서지면서 심생은 그대로 아래로 떨어져 길가에 엎어지고 말았다. 중들이 급히 구하려고 달려들었다. 심생은 기절하여 경직된 상태로 의식이 없었고 옷도 다 젖어 있었다. 여러 두령이 업어서 선방으로 되돌아왔다. 급히 좋다는 약을 떠 넣어주고 옷도 말렸다. 한참 뒤 심생이 몽롱한 상태로 깨어나 앉았다. 그는 고래고래 소리를 지르며 화를 냈다.

"나는 품계를 따질 수 없는 귀인으로 밖으로 나오면 당연히 감사보다 위니라. 너희 같은 부자 절에는 조정에서 파견하는 관원이 끊이지 않고 드나들 터인데 성한 가마 하나도 없던 게냐? 필시 부서진 걸 대령해서 나를 떨어뜨려 고의로 다치게 할 참이렷다! 다행히 하늘이 굽어살펴 내 죽지는 않았다만 머리가 깨지고 어깨와 다리까지 부러졌구나. 예불 드리러 왔다가 평생 불구가 될 줄 상상이나 했겠느냐?"

중들은 뜰아래 엎드려 어떤 변명도 하지 못했다. 심생은 승적 명부에 적힌 중들을 하나씩 호명하며 뜰로 붙잡아 들였다. 한 명도 도망치거나 빠져나가지 못하게 대마 끈으로 서로를 단단히 묶도록 하고 어기는 자는 당장 죽이겠다고 했다. 중들은 벌벌 떨며 하라는 대로 따랐다. 이때 누더기를 걸친 거지들이 사방 모퉁이를 꽉 메운 채 이 광경을 구경하고 있었다. 무려 수천 명이나 되었다. 심생이 거지들을 보고는 좌우에 늘어선 시중에게 캐묻게 했다.

"너희들은 무슨 일로 여기에 이렇게 모였느냐?"

이에 거지떼가 일제히 아뢰었다.

"대군마님께서 성심으로 시주하시고 또 무차대회•를 열어 중생에게 먹을 것을 내려주신다는 소식을 들었습니다. 하여 100리를 멀다 않고 이렇게 모인 것입니다요."

심생은 저들이 불쌍하다며 말했다.

"내가 지금 산 사람일지 귀신이 될지 모르는 판에 어떻게 불공을 드리겠느냐? 돌아갈밖에 수가 없구나. 하나 이 허물은 다 내가 지게 되느니라. 공양하려던 돈 2천 꿰미를 너희들에게 줄 테니, 이 돈을 골고루 나눠 가져가도록 해라."

그러면서 돈을 뜰에 뿌렸다. 거지들은 앞다퉈 돈을 몽땅 다 줍고 나서 일제히 외쳤다.

"대군마님, 만수무강하소서!"

그러자 심생이 다시 일렀다.

"내 너희들에게 첫 번째로 내리는 영이 있느니라. 너희들은 의심하거나 어려워할 필요가 없느니라."

"끓는 물이나 불로 죽이는 솥에 들어가는 일이라도 영만 내리시면 마땅히 따릅지요."

"내 몸을 다쳐 원통하기 짝이 없구나. 그렇다고 저놈들을 죄다 죽일 수도 없는 노릇이다. 너희들은 이 경내의 선방, 요사채 할 것 없이 죄다 뒤져 돈이고 재물이고 기물이고 모조리 지고 가거라. 하나도 남겨서는 안 되느니라. 저 흉악한 자들의 잘못을 깨우치고 어려운 너희들의 형편이 좀 나아진다면 나도 큰일을 하는 게 아니겠느냐. 저 말라빠진 불상에게 예불을 드리는 것보다 낫지 않겠느냐 말이다!"

- **무차대회(無遮大會)** 사부대중에게 잔치를 열어 물품과 음식을 골고루 나누어주는 불교 행사로, 고려시대부터 이어온 수륙재(水陸齋) 따위가 그것이다.

이에 거지들이 모두 환호했다.

“어찌 감히 영을 따르지 않겠습니까!”

그러고는 선방으로 몰려 들어가서 샅샅이 뒤져 남김없이 긁어 왔다. 심생이 다시 영을 내렸다.

“너희들, 내가 떠나기 전에 어서 빨리 줄달음치거라. 조금만 늑장을 부렸다간 뒤쫓는 중놈들에게 붙잡힐지 모르니 말이다.”

이에 거지떼는 일시에 구름처럼 흩어졌다. 한편, 심생은 일부러 지체하면서 수십 시각을 앉아 있었다. 이슥고 아침 해가 떠서 동창을 비출 때가 되어서야 가마를 타고 길을 나섰다. 100여 리를 내달려 가서는 가마에서 내려 말로 바꿔 타고 급히 산채로 돌아왔다. 거지떼는 다름 아닌 거지꼴로 분장했던 산채의 군사들이었다. 이들도 차례차례 산채로 돌아왔다. 각자 털어 온 재물을 바치니 백만금이나 되었다. 병기에 피 한 방울 묻히지 않고 차지했으니 두령들이 복종하지 않을 수 있겠는가.

며칠 뒤 한 두령이 어느 곳에 군령을 내릴 것인지 여쭈었다.

“아무 날 호곡을 칠 것이니라.”

두령은 꺼리는 기색이 역력했다.

“호곡은 안동 땅인데 삼면이 다 우뚝한 병풍바위로 둘러싸인 천 길 깎아지른 절벽입니다. 나는 새도 여기까진 날아오르지 못한다고 할 정도입니다. 전면으로 외길 하나만 이어져 있는데 사람이나 겨우 지날 수 있고 말은 통과하지 못한다고 하고요. 동네 어귀의 마을 초입엔 돌문까지 설치돼 있어서 낮에 열어두었다가 밤이 되면 닫아두고 쇠사슬로 단단히 묶어놓는다고 합니다. 돌문 밖으로 난 작은 길은 푹

꺼져 있고 기운 언덕이 절벽인 까닭에 말은 조심조심 끌고 가야 지날 수 있고, 사람은 필시 더듬더듬 기어서 올라야 합니다. 그 골짜기의 이 진사는 쌀이 10만 섬이고 돈과 비단도 그만하답니다. 이를 하인 수백 명이 갑옷과 투구에 활과 화살을 들고 밤새워 순찰하고 있습니다. 아무리 예전 난공불락의 요새를 격파한 사례가 있다고 한들 저 호곡엔 써볼 수도 없을 것입니다."

심생은 이 말을 듣고 적이 놀란 표정을 하며 두령을 꾸짖고 물러가라 했다. 그리고 따로 심복을 몰래 보내 이 진사 집 동정을 정탐해 오게 했다. 심복이 돌아와 정탐한 내용을 보고했다.

"이 진사는 자기 이외에 혈육이 없다가 쉰 살에 아들 하나를 얻었다고 합니다. 한데 겨우 보자기를 벗어난 어린아이가 허약해서 걸핏하면 병치레한다고 합니다. 근자에 진사는 아들을 위해서 인적이 드문 절에 가서 제를 올리고 불경을 외고 있다고 하고요. 집안사람들이 주변 보호를 더 삼엄하게 하고 있고, 집 뒤편엔 온통 마름쇠•를 펼쳐 놓았답니다. 남자든 여자든 모두 신표를 차고 있어서 이것이 없으면 적으로 간주한다고 합니다."

보고받은 심생은 오히려 빙그레 웃으며 좋아했다.

"일이 절로 풀리겠군!"

심생은 당장 높다란 갓을 쓰고 도포를 입고서 소매 속엔 향주머니와 상아부채며 구슬 박힌 꼬까신까지 챙겨 천 리 가는 노새에 올라탔

• **마름쇠** 사람이나 말 등의 이동을 막거나 도적을 방비하기 위한 방어용 무기. 이 기구가 단단하고 억세서 서너 개의 가시가 달린 마름 열매와 비슷하다고 해서 붙여진 이름이다.

다. 한 사람도 뒤따르게 하지 않고 혼자 채찍질하여 산채를 내려왔다. 그는 며칠 만에 호곡에 당도했다. 이곳 지세는 과연 험준하고 꽉 막혀 있어서 도무지 쳐들어갈 길이 없었다. 그래도 노새가 날랜 걸음으로 평지를 걷듯 참호를 뛰어넘고 벼랑을 오른 덕분에 곧장 이 진사 집으로 들어갈 수 있었다. 그는 일부러 물었다.

"진사께선 집에 계시는가?"

"멀리 출타하셨습니다."

한 여종의 대답이었다. 심생은 아쉬워서 한참 동안 마루를 서성였다. 그러다가 여종에게 이런 내용을 안채에 전갈하라고 시켰다.

"나는 진사 어른과 막역한 벗이오. 만나보려 여기까지 찾아왔으나 끝내 주인을 만나지 못하고 가게 되었구려. 대신 아쉬운 마음을 조금이라도 풀 수 있게 아기 도령이라도 한번 봤으면 하오."

전갈이 간 지 얼마 되지 않아 여종이 아이를 안고 나왔다. 심생은 이 아이를 무릎 위에 앉히고 쓰다듬으며 잔뜩 귀여워했다.

"아이고 이 녀석! 또랑또랑한 게 보통이 아닌걸. 우리 친구는 이제 걱정 없겠어."

곧이어 소매 속에서 향주머니와 가져온 선물을 꺼내 아기의 바짓자락에 가득 채워주고 나서 여종더러 데려가라고 했다. 여종이 이 사실을 안채에 자세히 고했다. 안주인은 매우 기뻐하며 그가 바깥주인의 절친한 벗인 줄 단단히 믿고 찬을 한껏 차려 대접했다. 심생은 찬을 다 들고 나서 또 한참을 허전해하다가 마지못해 노새를 타고 떠났다. 그런데 동구 밖까지 나갔던 그가 갑자기 노새를 돌려 돌아왔다. 문 앞에 멈춰 서서는 다시 안채에 전갈하게 했다.

"내가 동구 밖을 나서는데 한 걸음 한 걸음 옮길 때마다 고개가 돌아가는군요. 아쉬운 마음을 걷잡지 못하겠소. 한 번만 더 아기 도령을 보았으면 하오."

여종은 심생이 아이를 챙기는 씀씀이에 감동하여 다시 아기를 안고 나왔다. 그는 노새 위에서 아기를 받아 안고 입을 맞추고 뺨을 비비며 말할 수 없이 살가워했다. 다시 여종을 불렀다.

"번거롭지만 안방마님께 다시 여쭈어라. 아이 얼굴에 황달기가 좀 있는데 최근에 무슨 병이라도 앓았느냐?"

여종이 '예' 하고 안으로 들어갔다. 그 순간 심생은 노새를 몰아 한달음에 도망쳤다. 한순간 그의 종적은 묘연해진 것이다. 여종이 다시 아뢰려고 나왔을 때 손님과 아이는 온데간데없었다. 졸지에 온 집안은 눈물바다가 되었다. 진사에게 통지하여 어서 돌아오게 했다. 진사가 허겁지겁 돌아왔으나 아무런 단서가 없었다. 이 진사는 걱정이 태산이라 식음을 전폐하고 말았다.

그러던 어느 날이었다. 집의 사내종이 아침 일찍 어귀의 돌문을 열고 보니 편지 한 통이 땅에 떨어져 있었다. 이걸 가져다가 진사에게 올렸다. 편지를 뜯어보니 내용이 이랬다.

충의대장군은 이 진사께 글을 드리오. 땅이 재물을 낳음에 반드시 그 쓰임이 있고, 하늘이 사람을 냄에 각자 먹을 게 있는 법이오. 그대는 곡식을 만 섬이나 쌓아두고도 곤궁한 백성 하나 구제하지 않았으며, 천 이랑의 밭을 일구고도 백 년의 수도 못 누릴 터. 끝내 피땀 어린 낟알이 흙 속에 썩어나가게 하는구려. 그러니 그대의 하나 있는 아들이 화를 당하는 것도 이치상

당연한 거 아니오. 이 때문에 내가 신명이 내린 계책을 이어받아 아이를 빼앗아 온 것이오. 그대는 '인생은 짧다'는 걸 슬퍼해야 하고, 또 자식을 사랑하는 지극한 인륜을 유념하여 어서 빨리 그 비루하고 인색한 마음을 고쳐 널리 보시하는 덕을 보이시오. 그대의 재산을 반분하여 아무 강변에 쌓아두어 우리더러 운반해 가게 하시오. 그러고 나면 내 당장 아이를 돌려 보내겠소. 오직 그대의 판단 여하에 달려 있소.

다 읽고 난 이 진사는 눈물을 흘리며 말했다.

"재산은 자식을 키우기 위해 있는 것이거늘 아이가 없으면 황금 만 상자가 있어도 어디에 쓴단 말인가?"

이에 쌀 2만 섬과 돈 10만 꿰미를 조용히 약속한 곳에 쌓아두었다. 이튿날 가서 보니 이미 다 실어 가버리고 없었다. 그래도 이 진사는 약속이 지켜지지 않을까 싶어 그야말로 지옥 같은 하루하루를 참고 보내야 했다. 오륙일 지난 새벽, 사내종이 돌문을 열었더니 그곳에 꽃가마 하나가 놓여 있었다. 가마에는 비단 휘장이 둘러 있고 두 겹의 무늬 담요 안에 고운 새 옷을 입은 아이가 들어 있었다. 이 진사는 놀랍기도 하고 기쁘기도 하여 아이를 덥석 끌어안고 울었다.

"내 아들이구나!"

아이를 쓰다듬으며 물었다.

"얘야, 어디에 갔다가 왔느냐?"

아이가 들려준 전말은 이랬다.

"그날 그 아저씨가 노새 위에서 나를 안고 멀리 달렸어요. 그런 다음 나를 편안한 수레로 옮겨주고 어떤 유모가 젖을 줬어요. 며칠 동안 밤낮을 안 쉬고 가서는 어떤 산채에 도착했어요. 거기 분들도 나를 아주 예뻐해 주고 잘 보살펴 주었어요. 장막 안에는 장난감이 많아서 엄마 옆에 있을 때보다 더 좋았어요. 어제는 말 탄 사람들 수십 명이 밤새 달려서 돌문 밖에 나를 두고 가버렸어요."

이 진사는 심생의 높은 의리에 깊이 감동했다. 심생은 군사 한 명도 괴롭히지 않고 막대한 재산을 빼앗은 셈이다. 산채에서는 우레와 같은 환호성이 터져 나왔다. 심생은 또 영을 내렸다.

"아무 날 함흥을 칠 것이니라."

이번에도 두령들이 들어와 청했다.

"함흥이야말로 성곽이 높고 가파르며 험한 산과 바다가 막고 있습니다. 부사는 3천의 철기가 옹위하고, 고을에는 수만의 견실한 집안이 즐비합니다. 여기에 중군과 도사•가 씨줄과 날줄로 얽혀 있습니다. 해인사에 견줄 바가 못 되고 호곡에 비교하기도 어렵습니다. 서둘러서는 아니 됩니다."

심생은 이들을 꾸짖었다.

"영이 떨어지면 이행하기만 할 뿐 거역해서는 안 되느니라. 다시 이상한 소리를 해서 군사들의 사기를 떨어뜨렸다간 당장 참수할 것이야!"

두령들은 주춤거리며 물러갔다. 심생은 한 두령을 불러 분부했다.

"너는 군졸 중에 우직한 자 쉰 명을 선발하여 다섯 개 부대로 나누

- **중군(中軍)과 도사(都事)** 모두 지방관이나 장관을 보좌하는 직책이다. 중군은 종2품 또는 정3품 무관직으로, 각 군영이나 순영에 두고 대장을 보좌하면서 실무를 총괄했다. 도사는 감사를 보좌하는 역할을 했으며, 감사가 개별적으로 데려오는 경우가 많았다.

어 꼴 베는 나무꾼으로 위장시켜 놓거라. 그들을 데리고 함흥성 밖에 방목을 금지한 곳 다섯 군데로 가서 꼴을 베게 하거라. 그러다가 아무 날 밤 어둠이 찾아올 무렵 일제히 그곳에 불을 지르게 하거라. 불길이 치솟기 전에 도망쳐 돌아오게 해야 하느니라. 이를 어기는 자는 참할 것이니라."

이번엔 다른 두령에게 분부했다.

"너는 군졸 가운데 일 처리가 괜찮은 자 쉰 명을 뽑아 해상(海商)으로 가장시켜 함선 스무 척에 태워라. 산채 뒤편의 해안을 따라 영남과 관동 지역을 거슬러 올라가면 아무 날 함흥성 밖에 정박할 수 있을 게다. 이 계획은 절대 새어 나가서는 안 되느니라."

이렇게 분담이 정해지자 심생은 3천의 정예병을 모아 관원이나 장사치 혹은 상여꾼이나 거지들로 위장하게 하고 차례로 함흥으로 출발시켰다. 아울러 약속한 날에 함흥성 밖 깊은 산속 조용하고 외진 곳에서 합류하기로 했다. 당일 이경(二更)의 북소리가 울렸을 때 성 밖에서 화염이 하늘로 치솟았다. 성안 전체가 자중지란에 빠지고 말았다. 관리들은 죄를 묻게 될까 두려워 급히 달려가 불을 끄려 했다. 함흥성의 장정들도 일시에 달려 나가는 바람에 성안에는 부녀자와 아이들만 남게 되었다.

이때 심생은 몰래 두령 넷을 시켜 각자 수십 명 군사를 거느리고 함흥성 네 개의 문을 접수하게 했다. 함경 감사에게는 비밀리 내린 영이라고 둘러대고 아무나 출입하지 못하도록 했다. 자신은 병기로 무장한 군사들을 인솔하여 몰래 성안으로 들어가 관청과 민가에 쌓아둔 재물을 모조리 약탈하여 바닷가로 실어 날랐다. 이미 약속한 대로 배들이 정박해서 대기하고 있었다. 닻을 올려 바다로 나간 배는 밤낮으로 운항을 재촉하여 어느덧 산채 뒤편 해안에 닿았다. 다시 수만의 재물을 얻게 된 것이다.

심생은 소를 잡아 잔치를 열고 무리를 모두 불러 모았다.

"너희들은 나의 기량과 지략이 한 고을은 너끈히 당해내고도 남는다는 걸 이제 알겠느냐?"

"대장님은 하늘과 땅을 뒤흔들 재주를 가지셨습니다. 이 작은 나라에서는 어울리지 않거늘 하물며 한 고을이라니요?"

심생은 껄껄 웃었다.

"제군이 이제 나를 알아보는구나. 하나 나는 운수가 나빠 고관대작이 되지 못했다. 그렇다고 도적의 우두머리가 돼서야 하겠느냐? 이번에 특별히 너희들이 받드는 정성에 부응하여 내 평소 지녔던 포부를 대강 펼쳐본 것이니라. 나는 대대로 신료를 지냈던 집안 출신이고 너희들은 모두 양민이다. 어찌 잘못된 길을 고치지 않고 함께 도적질만 일삼겠느냐? 내 이제 여기서 떠나려 한다. 너희들도 돌아가 농사를 지으며 집안 식구들과 단란하게 살고 부모님 산소도 다시 돌보거라. 살아서는 성상 폐하의 백성이 되어야 하고, 죽어서도 타향을 떠도는 혼이 되어서는 안 되느니라. 무엇이 나은 삶인지 금방 알 수 있지 않느냐. 자, 어찌하겠느냐?"

무리는 모두 눈물을 흘렸다.

"대장님 명대로 합죠!"

이에 심생은 산채의 재물과 물건을 그들에게 다 나누어주었다. 각자 집을 건사할 만한 밑천이 되었다. 심생은 횃불을 가져오라 하여 산채를 모두 태워버렸다. 그리고 다시 그들과 약조했다.

"이 소굴에 남아 있는 자가 있으면 당장 머리를 베어 나라에 바칠 것이니라. 다들 알아서 헛된 마음을 없애거라."

무리는 '예예' 하며 흩어졌다. 심생은 여기 올 때 입었던 옷가지와 짚신이며 대지팡이만 챙기고 빈손으로 떠났다. 어렵사리 집으로 돌아온 그는 문을 걸어 잠그고 밖으로 나오는 일이 없었다고 한다.

《청구야담》 권10 제20화 〈綠林客誘致沈上舍(녹림객유치심상사)〉

25화

양양의 도적 수괴를 잡은 무관

구담•은 젊었을 때부터 보통 날래고 용감한 게 아니었다. 담력과 지략도 뛰어났다. 거기다가 노래도 잘하고 술을 즐겨하는, 그야말로 풍채와 신수가 멋진 사나이였다. 처음 무과에 합격하여 상의원• 주부가 되었지만, 당시 정승 자리에 있던 누군가에게 미움을 사서 벼슬길이 막히고 말았다. 그렇게 10여 년 동안 신산한 신세로 뜻을 펼치지 못해 답답한 나날을 보내고 있었다.

정조 때 양양의 도적 이경래•가 있었다. 힘이 엄청난 장사로, 담력과 꾀도 출중했다. 무리를 불러 모아 동에 번쩍 서에 번쩍 하여 관군

- **구담(具紞)** 정조 때의 무인으로, 선전관을 거쳐 남양, 장흥, 단천 등의 부사를 지냈다. 특히 그가 단천 부사로 있을 때 지역에서 흉계를 꾸미고 있던 무리를 체포한 일이 있었는데, 이 이야기와 연관 있어 보인다.
- **상의원(尙衣院)** 왕의 의복 및 대궐 안의 재물 등을 맡아보던 궁중 관아. 주부는 주로 관청의 문서 등을 관리하는 종6품직이었다.

이 체포할 수 없었다. 마치 황해도에서 있었던 임꺽정의 난과 같았다. 임금은 구담이 용맹한 장사라는 얘기를 듣고 당장 선전관으로 임명했다. 또한 그를 직접 불러 밀지를 내려주면서 양양으로 가서 도적을 체포해 오라고 명했다. 그가 어명을 받고 출발할 즈음, 임금은 직위를 더 올려주며 격려했다.

"그대에게 의금부 도사에 암행어사까지 겸하게 하노라. 도적을 잡을 때 네 편의대로 처리하도록 하기 위함이니라. 군영에 밀지를 내려 많고 적음을 불문하고 지원을 아끼지 말라고 했으니 그리 알라. 그자를 붙잡아 오지 못하면 마땅히 군율로 다스릴 것이니라!"

구담은 임금의 명령을 받들고 물러났다. 집에는 팔순 노모가 계셨다. 그는 어찌해야 할지 막막해 연신 탄식했다.

"남아로 세상에 태어나 영영 파묻힌 채로만 있을 것인가? 올해 안에 저 도적을 잡아 큰 고을의 수령쯤은 되고 말리라."

이렇게 다짐하고서 포교 변시진을 찾아가서 동행하자고 제안했다. 변시진은 당시 탐문과 체포에 일가견이 있던 포교였다. 또 장안의 파락호인 총각 임완석도 포섭했다. 그는 하루에 삼사백 리를 갈 수 있는 인물로 유명하여 신행태보•로 불리는 자였다.

이렇게 세 사람은 광대 복장을 하고 아무도 모르게 길을 나섰다.

- **이경래(李景來)** ?-1783. 양양 출신으로 실록에는 '이경래(李京來)'로 나온다. 1782년 몇 사람과 거사를 모의한 혐의로 체포되어 능지처참당했다. 이때 조정의 신료와 결탁하는 등 양양 일대에서 나라의 저항 세력으로 이름을 떨쳤다.
- **신행태보(神行太保)** 《수호전》의 주요 인물인 대종(戴宗)의 별호. 그는 도술을 써서 하루에 800리를 갈 수 있었다.

화려한 의상과 진귀한 물건들은 전대 속에 넣어 숨겼다. 이것을 임완석더러 짊어지게 하고 일행은 탈것 없이 걸어서 양양의 경내로 들어섰다. 이때 구담의 숙부인 구세적•이 양양 현감으로 뒤따라 내려왔다. 이 또한 임금의 특지에 따른 것이었다. 구담은 숙부와 은밀히 상의한 끝에 숙부의 책객이라고 하여 본색을 숨기고 산속 정자로 들어가 지냈다. 그곳에서 날마다 이방이나 향임들과 활쏘기나 하면서 술과 고기로 흥청망청하며 돈을 물 쓰듯 했다. 이렇게 저들의 환심을 산 다음 그들 주변의 동정을 살폈다.

그중에 별감 한 명이 있었다. 그는 풍채가 좋고 말주변이 뛰어난데다 수완까지 갖춘 인물로, 지역에서 제법 행세하는 향임이었다. 구담은 이자와 친분을 맺어 심복으로 삼았다. 그러던 어느 날, 단둘이 술을 마시다가 깊은 밤 술이 거나해졌을 즈음이었다. 구담은 느닷없이 왼손으로 별감의 소매를 잡아 쥐고 오른손으로 칼을 빼 들어 가슴을 찌르려고 했다. 깜짝 놀란 별감은 어쩔 줄 모르고 흙빛이 된 얼굴로 물었다.

"이 무슨 일입니까? 왜 이러십니까?"

"나는 어명을 받든 몸이다. 본색을 숨긴 이유는 이경래 적당을 찾아 체포하기 위함이니라. 네가 바로 이경래가 아니더냐? 너는 여러 말 말고 내 칼을 받아라!"

별감은 아니라고 했다.

• **구세적(具世勣)** 조선 후기 무관가로 명성이 높았던 능성 구씨 집안 출신으로, 정조 시기에 활약했다. 실제 1784년 전후 양양 현감을 지냈다. 이후 수군절도사와 병마절도사를 두루 역임했다.

"소인은 결코 이경래가 아닙니다. 진짜 이경래는 이 근방에 있으니 그놈 있는 곳을 알려드리겠습니다. 그러니 제발 무고한 목숨을 살려 주십시오!"

"그렇다면 도적은 어디 있느냐?"

"일전까지 우리 경내에 있었는데, 듣자 하니 신관 사또가 내려온다는 소식에 눈치를 채고 금강산으로 도주해 몸을 숨겼다고 합니다. 그가 그곳으로 간 것은 분명합니다."

"어찌 그리 확실히 알고 있느냐? 너도 함께 모의한 자가 아니더냐?"

"소인을 한통속이라 하니 참으로 억울합니다. 익히 알고 지낸 터라 그의 행방을 알고 있을 뿐입니다."

구담은 이에 이런 제안을 했다.

"그렇다면 내 말을 한번 들어보거라. 그놈이 아무리 힘이 세다고 한들 언제까지 잡히지 않고 버티겠느냐? 한데도 네가 저 적당을 따른다면 일족까지 몰살당할 것이다. 그러니 나를 따라 그놈을 체포하여 큰 공을 세우지 않겠느냐?"

이렇게 순리로 달래고 역리로 어르자 별감은 '예예' 하며 영을 따르겠다고 다짐했다.

"이제 너를 놓아줄 테다. 하나 이 기밀을 누설한다면 너부터 먼저 잡아갈 것이야."

별감이 재차 '예예'라고 하자 특별히 놓아주었다.

이튿날 구담은 포교 변시진, 총각 임완석과 함께 신분을 숨기고서 금강산으로 들어갔다. 그는 자신을 장안의 광대 '구 명창'이라 하고 변시진을 고수로 삼아서 가는 곳마다 〈영산회상곡〉•을 불렀다. 복장을 화려하게 차려입고 진귀한 물품들을 내놓아 절의 중들이나 유람객들의 인심을 샀다. 어느덧 그의 명성이 산속에 자자해져 구 명창의 노래를 듣겠다고 사람들이 구름처럼 몰려들었다. 이미 별감을 통해서 이경래의 용모파기를 자세히 알아두었던 터라 구담은 구경꾼들을 낱낱이 살폈으나 끝내 이경래의 모습은 보이지 않았다. 내금강과 외금강을 가리지 않고 찾아다니며 모여든 사람들을 몰래 살폈으나 아무래도 찾을 수 없었다. 하다 못한 그는 비로봉에 올라가서 하늘에 축원하고 통곡까지 했다.

그날은 장안사•로 내려와 묵었다. 밤이 깊어지자 달빛이 창틈으로 들어왔다. 구담은 말똥말똥 잠을 못 이루다가 신선루(神仙樓)로 걸어 나왔다. 거기서 내려다보니 멀리 산 밑에 있는 초막에서 등불이 희미하게 비쳤다. 순간 뭔가 있을 듯싶어 그곳으로 내려갔다. 거기에는 어떤 중이 혼자 가부좌하고 있었다. 중은 구담이 들어오는 걸 보고는 어떤 물건을 급히 무릎 밑으로 감추었다. 이를 힐끔 본 구담은 중과 인사를 나누고 앉았다. 중은 그를 알아보고 물었다.

"어떻게 그런 명창이 되셨소?"

구담은 무릎 아래 감춘 물건을 보자며 손으로 중을 밀치면서 되물

• **영산회상곡(靈山會上曲)** 석가여래가 영산회(靈山會)에서 설법할 때 불보살을 노래한 악곡. 이 곡은 원래 고려시대부터 내려오는 불가의 음악이었으나, 조선 초에 새로운 곡조로 재탄생하여 이후 풍류방에서 선비들이 애창했다.

• **장안사(長安寺)** 내금강에 있는, 6세기에 창건된 금강산의 대표적인 사찰. 9화에 나오는 표훈사와 함께 금강산을 유람하는 시인 묵객들의 숙소이자 완상의 장소였다. 한편, 신선루는 이 사찰의 서북쪽 뒤편 범종루(泛鐘樓)와 함께 자리한 누대이다.

었다.

"스님은 내가 명창인 줄 어찌 아오?"

그 참에 중이 벌렁 나자빠졌고 앉았던 자리에서 반쯤 삼은 큰 짚신 하나가 나왔다. 구담은 중을 당장 결박했다.

"이건 바로 이경래의 짚신이렷다! 이경래가 있는 곳을 알 테니 이실직고하거라."

앞서 별감에게서 이경래의 발이 엄청나게 크다는 말을 들었기에 이리 물은 것이다. 중은 놀라자빠져서 자복하고 말았다. 그러자 구담은 중을 을러 포섭했다.

"네가 나를 도와 이경래를 잡으면 큰 상이 내릴 터이나 그렇지 않고 숨기려 들면 너는 칼끝의 외로운 혼이 되고 말 것이다. 둘 중 어느 쪽을 택하겠느냐?"

"예예, 명대로 따릅죠!"

"나는 임금의 영을 받들어 왔느니라. 저 도적을 잡을 묘수가 있겠느냐?"

중이 알려준 방법은 이랬다.

"오늘 밤 소승을 만난 건 하늘의 계시인가 봅니다. 도적을 잡을 계책을 지금 바로 아뢥니다. 이경래는 진작부터 명창 나리의 소리를 한번 듣고자 해서 모레 이 초막으로 오기로 했습니다. 오는 김에 짚신을 삼아달라고 요청하기에 지금 삼고 있던 참이었습니다. 이경래가 나타나면 소승이 명창 나리를 여기로 청해 오겠습니다. 게다가 그는 평소 술을 무척 즐기는 자입니다. 그에게 연신 술을 권해 곯아떨어지고 나면 체포하십시오. 그렇게 한다면 틀림없을 것입니다."

구담은 중의 결박을 풀어주고 심복으로 삼았다. 그리고 곧장 총각 임완석을 양양으로 보내 날래고 사나운 교졸 사오십 명을 선발하도록 했다. 그 다음다음 날 이들을 모두 변복시켜 장안사의 주요 길목을 잡아 지키도록 했다. 그리고 오는 길에 맛이 좋은 소주 두 병을 가져와서 이를 초가에서 팔게끔 했다.

다음다음 날이 되자, 과연 이경래가 초막으로 찾아왔다. 중은 구명창을 초청하여 노래를 들었다. 구담은 첫 노래로 〈권주가〉와 〈장진주사〉•를 불렀다. 이경래는 요란한 추임새를 넣으며 감탄을 연발했다. 구담은 임완석이 파는 술을 사서 한편으로 노래를 부르고 다른 한편으로 술을 권했다. 이경래는 노랫소리에 빠져 한 잔 한 잔 또 한 잔으로 그만 잔뜩 취해 눈은 벌써 게슴츠레해졌다. 그럼에도 권하는 족족 사양하지 않고 계속 받아 마셨다. 이윽고 만취해 나가떨어지려 할 때쯤, 구담은 이 틈을 타 소매 속에 숨겨두었던 철퇴로 이경래를 힘껏 내리쳤다. 하지만 이경래는 워낙 출중한 힘을 가진 자라 취중에도 초막 밖으로 뛰쳐나와 이리저리 도망을 쳤다. 이때 길목을 지키던 교졸들이 소리치며 함께 반경을 좁혀왔다. 이경래가 제아무리 날래다 하더라도 어질어질 정신이 나가 어디로 튀어야 할지 막막했다. 구담은 즉시 옷을 갈아입고 구경꾼 속에 끼어 있다가 이경래가 달아나는 곳을 뒤쫓았다. 몸을 숨기고 있다가 날뛰는 이경래에게 철퇴로 일격을 가했다. 그러자 다리가 부러지며 쓰러졌다.

• **〈권주가〉와 〈장진주사〉** 대표적인 권주가이다. 〈권주가〉는 작자·연대 모두 미상의 가사이며, 〈장진주사〉는 송강 정철이 지은 가사로 16구의 짧은 형식이다. 연행에서는 시조창과 가곡창으로 불리었다고 한다. 두 작품 모두 《청구영언》에 전하고 있다.

마침내 이경래는 오랏줄에 묶였다. 구담은 길목을 지키던 교졸을 불러 포박하라 했다. 그러나 오랏줄이 그의 완력 때문에 자주 끊어졌다. 구담이 다시 철퇴로 이경래의 두 팔을 내리친 다음에야 완전히 포박할 수 있었다. 구담은 많은 관군을 징발해 그를 함거에 실어 한양으로 압송했다. 결국 이경래는 참수되었다. 초막의 중과 양양의 별감에게는 상이 내려졌다.

구담은 복명한 그날로 선전관 중에 으뜸인 당상선전관에 제수되었다. 그 뒤로도 나라의 영을 잘 수행하여 오랫동안 선전관의 자리를 지키다가 여러 고을 수령으로 나갔다. 임금은 그를 더 크게 중용할 참이었다. 그런데 경신년(1800)에 정조 대왕이 승하하고 말았다. 구담은 밤낮으로 통곡하며 슬퍼하다가 병을 얻어 죽었다고 한다.

《청구야담》 권2 제11화 〈捕獷賊具名唱權術(포광적구명창권술)〉

불온한 시대의 아이콘, 도적

23화부터 25화까지는 도적과 관련되는 이야기다. 조선시대 도적은 어느 신분에도 들지 못한, 정주하지 못하고 떠도는 무리로 교화의 사각지대에 있던 존재들이었다. 이들이 집단을 이루면 바로 군도가 되었다. 도적과 군도는 역사적으로 성격이 갈리어, 홍길동-임꺽정-장길산으로 이어지는 신출귀몰한 의적의 계보가 있었는가 하면, 선량한 백성들의 재물을 약탈하거나 인명을 해치는 반사회적 대상도 있었다. 함양의 육십령이나 황해도의 구월산은 이런 도적떼가 출몰한 곳으로도 유명하다.

그런데 16세기 중엽 임꺽정의 난이 있고 난 뒤 조선왕조실록에는 흥미로운 기사가 실린다. '모이면 도적이고 흩어지면 백성이다. 도적이 된 원인은 정치를 잘못했기 때문이요 그들의 죄가 아니다.'라는 게 골자이다. 도적들도 원래는 평범한 백성이었으며, 이들이 도적이 되는 원인을 정치의 잘잘못에서 찾고 있다. 실로 정확한 진단이다. 그러나 진단이었을 뿐 이에 대한 조처는 보이지 않고, 그 뒤로도 도적떼는 전국에서 출몰했다. 일개 좀도둑에서부터 고개 하나를 차지한 소규모 도적단이 있었는가 하면, 천 명이 넘는 군도가 특정 지역을 차지하고 조정과 대치하는 경우도 있었다. 이런 도적들의 출몰은 왕조가 백성들의 삶을 제대로 돌보지 못한 결과였다. 그리고 이것으로 끝이 아니었다. 19세기에 접어들면 지방에 대한 차별까지 겹쳐 북쪽의 홍경래 난과 남쪽의 진주민란 같은 대항쟁으로 폭발하기도 했다. 이런 민란은 이전 시기 도적 또는 도적떼 활동의 연장선에 있었다고 봐야 한다.

도적은 분명 불온한 존재이다. 하지만 이 불온성은 당대 사회를 톺아보는 데 아주 유용한 수단이기도 하다. 그러니 우리는 도적 소재 이야기를 그저 흥밋거리로만 접할 수 없다. 그들의 행위를 비판하되 그들이 왜 그러는지는 들어보고 새겨볼 필요가 있다.

23화는 도적의 우두머리가 백만금의 부자인 한 지방 사족의 집을 턴 이야기다. 이른바 피 한 방울 안 묻히고 얻었다는 딱 그 짝이다. 지방에서 대대로 권세를 이어온 양반 가문을 '재지사족'이라 한다. 여기 영남의 사족이 그런 예인데, 그는 엄청난 위세와 부를 자랑한다. 그런데 그에게 단 한 가지 약점이라면 중앙 정계와의 연계 고리가 따로 없었다는 것이다. 박 교리로 위장한 도적 우두머리는 바로 이런 사족의 약점을 파고들었다.

나중에 밝혀지지만, 박 교리가 이끄는 도적떼는 바다를 근거지로

하고 있었다. 이들은 바닷길과 강을 이용하여 철옹성 같은 사족의 집에 접근했고, 재물을 쓸어 갈 때도 이 길을 이용했다. 한편, 박 교리는 편지에서 자신을 녹림객(綠林客)이라 칭했다. 녹림객은 도적을 점잖게 부를 때 쓰는 용어이다. 실제 그는 도적 그 이상의 면모를 보인다. 사족을 어르고 달랠 때도 '재물이란 세상의 공물'이며, '재물이 귀하다고 하지만 명분도 엄중하다'는 등 그저 남의 것을 빼앗는 약탈자의 모습만은 아니다. 그는 마치 기울어진 운동장을 바로잡듯 재물의 불균형을 조정하려고 나타난 위인처럼 행동하고 발화한다. 이쯤 되면 의적이라고 할 만하다. 주인공의 이런 면모와 함께 이 이야기의 서술 기법 또한 흥미롭다. 녹림객이 수하를 시켜 재물을 터는 장면과 사족의 하인들이 처참하게 당하는 장면에 열거법을 구사했다. 이런 열거법은 판소리 사설에서 즐겨 사용하는 기법 가운데 하나이다. 하층의 개별 주체들을 놓치지 않으면서 사건의 현장감을 부여하는 데 적절했기 때문이다. 여기서도 이런 효과를 거두고 있다.

24화는 뜻하지 않게 도적의 우두머리가 된 선비의 이야기다. 그런데 이 서사는 언뜻 보면 뭔가 이상하다. 선비가 도적의 소굴로 들어가 남의 재물을 터는 것도 적절해 보이지 않은 데다 전혀 경험이 없는 한양 선비가 도적떼를 좌지우지하는가 하면, 끝내는 수하의 도적들을 개과천선시켰다. 이 흐름을 따라가다 보면 양반의 도적 길들이기, 또는 양반의 숨은 기량 뽐내기 정도로 이해될 법하다. 실제 이런 혐의가 없지 않다. 그러나 잘 뜯어보면 흥미로운 구석들이 발견된다.

먼저 이 한양의 진사는 명문가 출신이면서도 '사소한 예법에 구속되지 않는 호방한 인물'로 '진사과에 합격하고도 과거 공부에 뜻이 없고 남의 도움으로 벼슬을 하려고도 않는' 사람이었다. 곧 그는 과거를 보지 않고 벼슬을 마다한 양반이었다. 그렇다면 그는 당대 사회에 불만을 품고 있었기에 제도에 편입되는 걸 스스로 거부한 존재일까? 이런 궁금증이 드는 순간 이야기는 그가 말을 타고 쉼 없이 달리는 장면으로 이어진다. 그리고 도적떼에 인도되어 그들의 소굴로 들어간다. 강과 바다를 통해 도적의 산채로 들어가는 장면은 장관이다. 앞의 이야기에 나오는 월출도와 마찬가지로 이들의 거처는 해상의 산채였다.

이런 산채 하면 떠오르는 곳이 변산반도이다. 변산의 군도는 17세기 후반부터 세상에 알려진 실재한 집단으로, 그 수와 세력 면에서 조선 후기 군도 중 압권이었다. 박지원의 〈허생전〉에도 이 변산의 군도가 등장한다. 2014년 영화 〈군도: 민란의 시대〉의 산채 배경도 바닷가였으니 다 변산과 연결된다. 어쨌든 선비는 타의 반 자의 반으로 군도의 우두머리가 되었다. 그리고 난공불락이라는 조선의 대표적인 '큰 곳간'을 기막힌 술수로 턴다. 이 중 호곡은 23화에 나오는 영남 사족의 거처와 엇비슷하다. 같은 소재를 달리 사용했으니 이 또한 흥미롭다.

이처럼 이 이야기는 현실에 뜻이 없었던, 그래서 모종의 다른 욕망을 가지고 있었던 한 선비가 군도 무리에 들어가 자기 역량을 발휘

한다는 역발상의 이야기라 하겠다. 그런데 이 안에 오히려 군도 내부의 현실과 저들의 목소리가 더 생생하게 드러난다. 그리고 어느 순간 선비와 군도는 하나가 되었다. 이렇게 잠시나마 선비와 도적떼는 조선 사회의 이면을 공유한다. 그러나 이것도 잠시, 선비는 산채를 불태우고 도적들을 집으로 돌려보낸다. 그리고 자신도 원래의 상태로 복귀한다. 이런 도적의 양민화는 상층 지배 집단이 언제나 바라던 바였다. 그러니 보기에 따라 선비는 상층의 바람을 실현한 대리자로도 보일 법하다. 그런데 이렇게 한다고 해서 '의롭지 않은 자의 재물을 빼앗고 갈 데 없는 사람들을 받아줬던' 산채는 없어지는 걸까? 따라서 결말은 현실에서 해결되지 않은 문제를 낭만적으로 처리한 한계를 보여준다. 그렇기는 하나 선비는 당대 불우한 양반들의 새로운 모습일 수 있다. '집으로 돌아온 그는 문을 걸어 잠그고 밖으로 나오는 일이 없었다.'라는 마지막 언급에서 세상과는 담을 쌓은 그의 모습은 더 분명해진다. 선비 나름의 세상에 대한 저항의 방식이었다고 볼 수 있다.

25화는 실제 일어났던 역모 사건을 배경으로 했다. 이경래는 실존한 인물이다. 그는 양양 출신으로, 1782년 문인방 등과 역적모의를 했다는 죄목으로 체포되어 능지처참당했다. 특히 그의 일당은 당시 이조판서로 있다가 물러난 송덕상이란 중앙 인사와 내통하며 거사를 모의했다는 혐의를 받았다. 이때 이경래의 직책은 거사 일원의 도원수였다. 다만 이 거사의 규모가 어느 정도였고, 어디까지 진행됐는지는 더 이상 확인되지 않는다. 또한 거사의 이유도 불분명하다. 하지만 당시 정계에는 상당한 부담이 될 정도로 파급력이 컸던 것 같다. 이런 주요 정치적인 사건을 이야기의 배경이자 서사의 골자로 삼았으니, 이 자체가 파격이 아닐 수 없다.

다만 어명을 받은 무관이 이경래를 직접 체포하고 압송하는 과정을 다룬 만큼 중앙의 관점에서 역적을 응징한다는 취지로 구성된 것이다. 그래서 여기에 그려지는 이경래는 역적의 표상이며 체포의 대상일 뿐 다른 여지는 없는 인물이다. 그러니까 그를 체포하는 과정이 이 이야기의 중심 줄거리다. 따라서 구담 일행이 변장하여 자취를 숨기고 이경래의 뒤를 밟아가는 과정이나 금강산에서 맞닥뜨린 장면, 그리고 마지막 체포 순간까지 긴장과 박진감이 넘친다. 그리고 끝까지 저항하는 이경래의 모습도 심상치 않다.

그런데 이경래라고 하니 누군가가 떠오르지 않는가? 바로 홍경래이다. 한자 이름까지 똑같다. 우연인지 필연인지 모르지만, 이경래가 능지처참당하고 대략 30년 뒤 서북 지역에서 홍경래 난이 일어났다. 이경래의 비상하고 끝까지 굴하지 않은 모습도 《홍경래실기》 등에서 접할 수 있는 홍경래의 형상과 닮아 있다. 그러니 이 이야기를 이경래의 입장에서 읽어보면 또 다른 느낌 들 것이다.

6장

유동하는 사회

26화

표독스럽던 백성이 순해진 이유

영남 우도•의 무변 최가는 방어사를 지냈다. 힘이 남들보다 월등했으며 항상 철퇴를 몸에 지니고 다녔다. 그가 한번은 벼슬자리를 구하기 위해 일곱 필의 짐바리 말을 앞세우고 상경길에 나섰다. 올라오던 중에 한 큼지막한 마을 앞에 이르렀다. 여관을 지나쳐 왔는데, 비가 많이 내린 참이라 말을 몰아 이 마을의 어느 집으로 들어갔다. 그런데 어떤 할미가 그를 보고는 혼자 중얼거렸다.

"저 양반도 큰 욕을 당하겠는걸. 쯧쯧!"

최가는 할미의 말이 괴상하다 싶었다. 그러나 아랑곳하지 않고 문 안으로 들어가 짐을 풀어 행랑채 아래에 두고, 여덟 필 말은 마구간에 넣고 고삐를 걸어놓았다. 그런 다음 대청으로 올라가 자리에 앉았

• **우도(右道)** 낙동강을 기준으로 영남 지역을 나눌 때, 오른쪽을 우도라 하고 왼쪽을 좌도라 했다. 진주가 우도의 중심지였고, 안동과 밀양은 좌도의 중심지였다.

다. 이 집엔 남정네는 없고 젊은 아낙만 있었다. 그녀가 안채 문을 열고 나와 최가를 맞았다.

"나리의 도포가 다 젖었네요. 벗어 주시면 말려드릴까 합니다."

그녀는 스무 살가량으로 용모와 행동거지가 단아하면서도 똑똑해 보였다. 무변이 도포를 벗어 주자 가지고 들어가더니 온돌에 말려 인두로 쫙 편 다음 금세 돌아와서 바쳤다. 그러면서 말했다.

"나리께서 비를 피해 길가 촌가에 들어온 거야 마땅하오나 이 집 주인어른은 패악하기가 세상에 둘도 없는 사람이랍니다. 나이가 예순 남짓인데도 고집불통이지요. 소첩은 후처로 들어온 지 몇 년 되었고요. 다섯 아들이 울타리 밖에 줄지어 사는데, 아비와 똑같아 여섯 부자가 범이나 승냥이 같답니다. 고을 관아에서도 어쩌지 못하지요. 저희 집을 거쳐간 길손 중에 낭패를 보지 않은 이가 없었답니다. 이제 바깥주인이 이웃에 다니러 갔다가 곧 돌아올 텐데 어쩌지요? 나리께서도 필시 욕을 면치 못하실 겁니다. 어서 다른 데로 가시는 게 좋겠어요."

"빗줄기가 이리 심한데 어디로 거처를 옮긴단 말이오?"

그러면서 물었다.

"그런 우악스러운 남편을 좀 말려보지 그랬소?"

"저야 지극정성으로 달래고 뭐라고도 해봤지요. 하나 끝내 그 성질머리를 돌릴 수 없었답니다."

잠시 뒤 얼굴과 눈매가 그야말로 가증스러운 늙은이가 나타났다. 푸른 솜옷을 걸치고 둥근 갓을 쓴 그는 벌써 이웃집에서부터 고래고래 소리를 지르며 오고 있었다.

"어떤 지나가는 자이기에 감히 남의 집 안채에 들어와 있는 게냐?"

그러면서 풀어놓은 짐을 울타리 밖으로 내던져 버렸다. 최가의 말몰이 일곱 명이 하지 말라고 막았으나 이들마저도 잡아다가 울 밖으로 밀쳐내고 말고삐를 끊더니 채찍을 갈겨 말까지 다 내쫓아 버렸다.

"비가 개면 으레 갈 텐데 꼭 이래야겠소?"

최가가 항의했으나 막무가내였다.

"비가 오고 안 오고는 상관없다니까. 내 집에 나그네 따위가 머물다니, 어림없어!"

그는 화난 눈을 부라리며 섬돌을 올라왔다. 마침 집에 있던 큰 개가 최가 앞을 지나가고 있었다. 이에 최가는 철퇴를 밖으로 드러나지 않게 도포 소매 속에 싼 채 이것으로 개의 코끝을 내리쳤다. 그러자 개는 깨갱 외마디 소리도 못 지르고 그 자리에서 꼬꾸라졌다. 주인 늙은이는 철퇴가 소매 속에 들어 있는지 모르고 맨주먹에 이렇게 된 줄 알았다. 주먹 대결을 하고 싶어진 그는 부엌문 앞에 서서 다른 개를 불렀다. 개가 나오자마자 주먹으로 내리쳤다. 그랬더니 개가 달아날 뿐 죽지는 않았다. 저자가 자기보다 힘이 세다고 판단한 주인은 머뭇거리며 두려워하는 기색이었다.

그사이에 비가 잠시 그쳤다. 최가는 거처를 옮기려고 마을의 다른 집으로 향했다. 일행과 말 모두 굶주린 상태였다. 날이 어두워지자 최가는 종들이 쓰는 벙거지로 갈아 썼다. 또 도포와 바지를 벗고 가벼운 차림의 소매가 좁은 전립으로 갈아입었다. 그는 철퇴를 쥐고 꼿꼿한 자세로 앉아 야심한 때를 기다렸다. 저 주인 늙은이를 때려죽이고 젊은 아내를 겁간하고서 밤을 틈타 도망칠 요량이었다. 이렇게 마음속으로 다짐하고 있을 즈음, 늙은이의 아내가 먹을거리를 가져왔다. 최가가 타고 온 말에 짐바리 말까지 여덟 마리가 먹을 여물까지 챙겨 두세 명의 짐꾼에게 들려서 왔다. 갑작스러운 그녀의 방문에 최가는 영문을 알 수 없었다.

"어떻게 내가 여기에 머무는 줄 알고 왔소?"

"나리께서 필시 다른 마을까지 가서 묵지는 않을 줄 알았지요. 나리와 따르는 이들이 한 끼도 못 먹어 꽤 시장하실 터라 부족한 대로 준비해 왔답니다. 나리께서 벙거지를 쓰고 도포를 벗고 전립을 입고 앉아 계신 걸 보니 의중을 짐작할 만합니다. 저 인간이 저지른 일이야 혈기 있는 사람이라면 누구라도 때려죽이고 싶지 않겠습니까? 하지만 한 사람을 없애더라도 다섯 명이 더 있답니다. 단번에 여섯 명을 때려잡지 못하면 곤란해지지 않겠습니까? 암만해도 다른 방도가 딱히 없는데, 왜 이리 현실성 없는 생각을 하는지요? 꾹 참고 분을 삭이세요. 이 밥을 드시고 말에게도 꼴을 먹이세요. 그리고 오늘은 이 집에서 편히 주무시고 새벽에 출발하시는 게 최선의 길이 아닐까 싶습니다."

이 얘기를 듣고 최가는 전립을 벗고 소매 속의 철퇴를 내던지며 미소를 지었다.

"당신 말이 지당하오. 내 어찌 거역하리오."

그는 하루를 묵고 그곳을 떠나 한양에 당도했다. 그리고 얼마 안 있어 경상 수사에 제수되었다. 조정에서 하직할 때 임금은 그에게 격려를 아끼지 않았다. 이참에 최가는 성상께 아뢰었다.

"아무 고을에 폐하의 감화를 거부한 못된 백성이 있사온데 주변을 괴롭히고 공무를 방해하는 등 그 해가 아주 큽니다. 신의 수영(水營)에서 관할할 일은 못 되오나 사정이 되는 대로 그자를 처리했으면 합니다."

임금은 그리하라고 윤허했다. 최 수사는 길을 나서는 즉시 노문(路文)을 내려서 여섯 부자를 붙잡아 하옥시키고 대기하라고 했다. 해당 고을에서 체포하려 하자 부자는 완강하게 저항했다. 이에 속오군•을 출동시켜 마을 전체를 에워싸고 저들을 포박하여 끌어냈다. 그러고는 큰 칼을 씌운 다음 옥에 가두어두었다. 최 수사는 고을의 객사에 당도하여 형틀을 단단히 갖춘 다음 죄인들을 끌어내라고 명했다. 이때 늙은이의 아내가 머리를 풀어 헤친 채 맨발로 관아 뜰로 달려들었다. 그녀는 애처롭고 완곡한 말로 애걸했다.

"소첩이 나리처럼 당했다면 역시 죽이고 싶은 마음이 있었을 것입니다. 남편의 악행을 바로잡지 못했으니 이는 아내의 도리를 다하지 못한 죄입니다. 저 늙은이가 형벌을 받아 죽는다면 소첩도 당장 자결하여 따라 죽어야겠지요. 지난번에 소첩이 나리께 그리 심한 죄를 짓지 않았으니 이번엔 소첩의 청을 들어주지 않으실는지요?"

칼을 쓴 곧 늙은이와 자식들이 끌려 들어왔다. 늙은이는 여전히 험상궂은 소리를 해댔다.

"사람을 이렇게 맘대로 죽인다고?"

그는 고개를 들어 최가를 한참 쳐다보더니 항변했다.

"아니 저번에 우리 집에 들렀던 양반 아니시오? 당신이 나를 죽이려 하다니, 그럴 수는 없소!"

• **속오군(束伍軍)** 임진왜란 중에 중앙 중심의 방위 체계를 개선하기 위해 설치한 지방 방위 체제로, 일정한 지역을 묶어 군대를 편성했다. 조선 후기에는 속오군이 감영 직속으로 재편되어 지방군의 주축이 되었다.

이읏고 눈물을 흘리는 것이었다. 최가는 난데없어 왜 그러느냐고 물었다.

"나리께서 다녀간 뒤로 아내는 제게 '조만간 필시 저 양반의 손에 죽을 거예요.'라고 했지요. 그 말이 정말 맞는가 싶어 슬퍼진 것입니다."

최 수사가 말했다.

"내 너를 죽여 백성들을 해치는 자를 제거하겠다고 상감마마께 공언했느니라. 너는 그래 놓고도 죽음을 벗어나기를 바라느냐?"

늙은이는 다시 눈물을 흘렸다.

"제가 우는 건 죽음이 두려워서가 아닙니다. 지금까지 악다구니 짓을 하면서도 이게 잘못인 줄 전혀 깨우치지 못하고 예사로 저질렀기 때문이지요. 오늘 객사 뜰에 들어온 뒤로 사람의 도리가 이래서는 안 된다는 걸 마침내 깨달았습니다. 과거 60년 동안 거칠고 몽매한 속에서 헛되이 인생을 보냈습니다. 남이 하루 사는 삶도 이러진 않았을 겁니다. 지금 새로 태어나 이전에 저지른 죄를 씻으려 해도 한번 죽고 나면 길이 없으니 어찌 슬프지 않겠습니까? 다만 엎드려 빕니다. 이 말이 목전의 죽음을 벗어나려는 얄팍한 계산이라고 보진 말아주십시오. 한번 풀어줘 살펴봐 주시면 어떻겠습니까? 그 뒤에도 개전의 여지가 없으면 그때 때려죽여도 늦지 않을 겁니다. 우리 일가붙이가 여기서 터를 잡고 있으니 하루아침이나 하룻저녁에 도망칠 수는 없을 테고요. 나리께서 뒤에 다시 이곳에 들르셔서 저희를 살피시고 여전하다면 그땐 개를 나무라듯 고함을 쳐 죽이더라도 전혀 아쉬워하지 않겠습니다. 남은 목숨을 살려주시어 스스로 개과천선하는 길을 열어주신다면 어떠실지요? 마땅히 은혜에 보답하겠습니다."

최 수사가 이자의 기색을 살펴보니 진심에서 우러나온 말 같았다. 그래서 이자와 자식들에게 일렀다.

"네가 잘못을 뉘우친 듯하다만 네 자식들도 그럴 수 있겠느냐?"

옆에 있던 다섯 아들이 일제히 아뢰었다.

"아버지께서 저러하신데 자식들이 그리하지 않는다면 하늘이 필시 가만두지 않을 것입니다."

늙은이도 덧붙였다.

"오늘 살려주신다면 소인은 죽었다가 살아난 정도가 아니고 금수였다가 사람으로 다시 태어나는 셈입니다. 오늘부로 저희 가족은 종이 되어 나리의 은덕에 보답하는 일만 하려 합니다. 훗날 나리께서 상경할 때면 객점에 묵지 마시고 하인 집 드나들 듯 저희 집으로 들르시기를 바랍니다."

이에 최 수사는 이들을 일시에 방면하고 술자리를 열어 위로하고 달랬다. 이들 부부와 자식들은 감격하여 눈물을 흘리면서 객사를 나갔다. 그 뒤 최 수사가 상경길에 실제 이 집에 들렀다. 늙은이 부자는 그저 '예예' 하며 예의를 다해 잘 받들었다. 말은 고분고분하고 얼굴은 무슨 죄지은 모양으로 겸연쩍어하며 다시는 성을 내거나 험상궂게 대하지 않았다. 이제 아주 순한 양민이 된 것이다. 이들은 죽을 때까지 최가를 섬겨, 충실한 종처럼 뵙기만 하면 엎어질 듯 달려와 맞이했다고 한다.

《동패락송》 제10화

27화

처지가 맞바뀐 기녀와 여종

영성군 박문수•가 젊었을 때의 일이다. 그는 외숙•이 진주로 부임하는 길에 따라갔다가 한 기녀에게 푹 빠져 서로가 같은 날 죽기로 맹세까지 했다. 하루는 그가 서실에 있는데 볼썽사납도록 못생긴 한 여종이 물을 길어서 지나갔다. 주변 사람들이 그녀를 보고 손가락질하며 낄낄거렸다.

"저 계집은 서른이 다 됐는데도 얼마나 못생겼는지 아직껏 음양의 이치도 모른다지. 저 계집을 가까이하는 자가 있다면 그야말로 적선

- **영성군(靈城君) 박문수(朴文秀)** 1691-1756. 자는 성보(成甫), 호는 기은(耆隱), 본관은 고령이다. 경상도와 함경도 관찰사, 어영대장 등을 역임했다. 1727년 이인좌의 난 때 공을 세워 영성군에 봉해졌다. 특히 그는 여러 번 어사로 파견되어 굶주린 백성들을 구제한 성과가 있어서 '암행어사 박문수'라는 칭호가 붙었다.
- **외숙** 이태좌(李台佐, 1660-1739)이다. 이항복의 후손으로, 육조의 판서를 모두 역임한 보기 드문 정치 경력을 자랑한다. 박문수가 어린 시절을 외가에서 보냈기에 그에게 학문을 배웠다.

하는 게 아니겠어. 필시 천지신명의 도움을 받을 거야."

이 말을 들은 박문수는 그날 밤 여종이 또 자기 앞을 지나가자 바로 불러들여 잠자리를 같이했다. 그녀는 아주 좋아하며 돌아갔다.

그 뒤 박문수는 한양으로 돌아가 과거에 급제했다. 그리고 10년 사이에 암행하라는 어명을 받들게 되었다. 암행 중에 한번은 진주에 들르게 되었다. 그는 곧장 전에 아꼈던 기녀의 집을 방문했다. 대신 바로 들어가지 않고 거지꼴 행세로 문밖에 서서 '밥 좀 주십사' 했다. 안에서 한 노파가 나와 한참을 쳐다보더니 "괴상하네, 괴상해!"라고 했다.

"할멈은 왜 그러시오?"

"당신 얼굴이 전전 사또 계실 때 박 서방과 너무 똑같아서요. 그러니 괴상하다고 한 거요."

"내가 과연 박 서방이네."

노파는 깜짝 놀랐다.

"이게 웬일이랍니까? 서방님이 이런 거지 신세가 되어 올 줄은 꿈에도 몰랐네요. 일단 제 방으로 들어가 잠깐 쉬면서 밥이라도 자시고 가세요."

노파의 방으로 들어간 박문수는 자리를 잡고 물었다.

"자네 딸은 어디 있는가?"

"수청 드는 기생으로 관아에 계속 잡혀 있어서 나오지 못하고 있지요."

노파는 밥을 지으려고 불을 지피기 위해 밖으로 나갔다. 그때 홀연 신발 끄는 소리가 들렸다. 기녀가 마침 부엌 앞에 나타난 것이다.

"모처의 박 서방이 와 있단다."

"언제 여기에 왔대요? 무슨 일로 왔대요?"

"글쎄다. 행색이 이만저만한 게 아니야. 갓은 찢어지고 옷은 해진 게 영락없는 비렁뱅이 꼴이더라. 사정을 물었더니 외가인 전전 사또 나리 집에서 쫓겨나 지금은 여기저기 떠돌면서 밥 동냥이나 한다는구나. 여기가 옛날에 오래 머물던 곳인 데다 아전들도 잘 알아 돈이나 몇 푼 얻어볼까 하여 무작정 왔다는구나."

그녀는 낯빛이 변했다.

"그런 소리를 왜 저한테 해요?"

"널 보려고 왔다는데, 기왕 왔으니 한번 들어가 뵈거라."

"만나본들 뭔 득이 있다고? 저런 사람은 보고 싶지도 않아요. 내일 병사(兵使) 나리의 생신이라 고을 수령들이 많이 모일 거예요. 촉석루• 에서 큰 잔치가 있으니 감영에서는 우리더러 옷단장을 잘하라는 엄한 분부가 내렸어요. 제 옷상자에 새로 지은 옷 한 벌이 있으니 어머니가 가져다줘요."

"내가 어떻게 안다고? 네가 들어가서 가져가렴."

그녀는 할 수 없어 박문수가 있는 방의 문을 열고 들어갔다. 잔뜩 화가 난 얼굴로 눈길 한번 주지 않고 벽을 따라가서는 옷상자를 열어 새 옷을 꺼냈다. 그러고는 뒤도 보지 않고 나가버렸다. 박문수는 어미를 불러서 말했다.

"주인이 이처럼 쌀쌀맞으니 내 더는 여기 머물지 못하겠네. 이제

• **촉석루(矗石樓)** 진주성의 남장대이자 고려시대에 창건된 영남 제일의 누각. 당시 대구에 경상도 좌영을, 진주에 경상도 우영을 두었는데 촉석루는 우영의 지휘소였다.

가겠네."

그래도 노파가 붙잡았다.

"나이가 어려 물정을 모르는 아이니 어떻게 나무라겠어요? 밥이 거의 다 되었으니 잠시만 앉아 드시고 가세요."

"밥 먹을 생각이 싹 가셨네."

문을 나온 그는 이번에는 옛날에 인연을 맺었던 여종의 집을 찾아갔다. 여종은 아직도 물을 긷고 있었다. 마침 물을 길어 오던 그녀가 박문수의 모습을 보고는 한참 동안 살폈다.

"이상하다, 이상해!"

"너는 왜 사람을 보고 이상하다고 하느냐?"

"손님께서는 지난날 이곳의 책방 도령이셨던 박 서방님과 너무 닮으셨어요. 해서 지금 이상하다고 하는 겁니다."

"그래, 내가 과연 박 서방이란다!"

이 말에 여종은 물동이를 땅에 내던지고 그의 손을 붙잡고 대성통곡했다.

"이게 무슨 일이랍니까? 또 이 모양은 무엇이고요? 저희 집이 여기서 멀지 않으니 함께 가요."

박문수는 그녀를 따라갔다. 두세 칸 작은 집이었다. 방으로 들어가 앉자마자 여종은 눈물을 흘리며 동냥하는 이유를 물었다. 박문수는 앞서 기녀의 어미에게 말한 대로 대답했다. 그녀는 놀랄 수밖에 없었다.

"이렇게까지 힘겨워지셨다고요? 저는 서방님께서 크게 되실 줄 알았는데, 이 지경이라니요? 오늘은 저희 집에 묵으세요."

그녀가 허름한 옷상자를 꺼냈다. 거기엔 명주옷 한 벌이 있었는데, 그걸로 갈아입으라고 내주었다.

"이 옷은 어디서 났느냐?"

"제가 여러 해 동안 물을 길어 받은 품삯으로 장만했답니다. 모은 돈으로 옷감을 사서 남을 시켜 재봉해 둔 것이지요. 죽기 전에 서방님을 다시 만나게 된다면 이것으로 저의 성의를 표할까 해서요."

박문수는 사양했다.

"내가 오늘 다 떨어진 옷차림으로 찾아왔는데, 지금 느닷없이 이런 옷을 입으면 사람들이 수상하게 생각하지 않겠느냐? 나중에 입을 테니 우선 놔두어라."

그녀는 부엌으로 들어가 저녁밥을 차리다가 뒤편으로 가더니 혼자 중얼중얼했다. 누군가에게 욕지거리하는 것 같았다. 또 그릇을 깨뜨리는 소리도 났다. 괴이쩍어하던 박문수는 그녀가 밥상을 들고 들어오자 무슨 일이냐고 물었다.

"남쪽에선 귀신을 섬기지요. 제가 서방님을 보내고 난 뒤에 신주를 모셔놓고 아침저녁으로 기도를 드렸답니다. 우리 서방님이 입신양명하기만을 빌었지요. 영험한 귀신이라면 서방님이 어찌 이 지경이 되었겠어요? 화가 나서 방금 제기를 깨부수고 신주를 불태워 버린 것이랍니다."

박문수는 웃음이 나왔으나 참았다. 그녀의 정성이 갸륵했다. 그는 차려 온 저녁밥을 단번에 먹어 치우고 그곳에 묵었다. 다음 날 이른 아침, 박문수는 아침밥을 서둘러 먹고는 가볼 곳이 있다며 문을 나섰다. 그는 촉석루부터 들러 누각 아래에 몸을 숨겼다. 해가 뜬 뒤 관리들이 분주하게 주변을 치우고 잔치 자리를 마련했다. 잠시 뒤 병사와 본관 사또가 나왔다. 이웃 고을의 수령 십여 명도 이 모임에 참석했다. 그때 박문수가 뛰쳐나와 윗자리에 앉더니 병사를 보고 말했다.

"지나가는 길손인데 화려한 관아 잔치에 끼고 싶어 왔습니다."

사또가 끼워주었다.

"저 모퉁이에 앉아 구경하는 거야 나쁠 게 없지."

이윽고 자리는 술과 음식이 넘쳐나고 악기 소리와 노랫소리로 떠들썩해졌다. 사또 뒤에 서 있는 기녀는 곱고 환한 옷차림에 아름다운 자태를 뽐내고 있었다. 병사가 그녀를 돌아보고는 씩 웃었다.

"사또가 요새 저것에게 푹 빠진 모양이군? 낯빛이 예전만 못한 걸 보면 말일세!"

사또가 웃으며 대답했다.

"어찌 그럴 리가 있겠습니까? 허울만 그래 보이지 실상은 그렇지 않습니다."

병사가 다시 웃었다.

"필시 그럴 리가 없지."

그러더니 기녀를 불러 좌중에 술잔을 올리라 했다. 기녀가 술잔을 들어 차례차례 올리다가 끝에 앉은 박문수 앞까지 오게 되었다.

"이 길손도 잘 마시니 한 잔 청하오."

이에 병사가 따라주라고 했다. 기녀는 술을 따라 사령에게 주며, 저 손님에게 주라고 했다. 박문수는 미소를 지었다.

"이 길손도 사내라 기생이 직접 따라주는 술을 마시고 싶소."

병사와 사또가 정색했다.

"마시는 거야 좋다만 어찌 기생이 따라주는 것까지 바라는가?"

박문수는 그대로 받아 마셔야 했다. 이어 찬이 나왔다. 그런데 다른 사람들 앞에는 저마다 큰 상이 놓였으나 그의 앞에 차려진 상은 몇 개 그릇에 지나지 않았다. 박문수가 다시 입을 열었다.

"다 양반이거늘 음식은 어째서 위아래를 둔단 말이오?"

그러자 사또가 화를 냈다.

"윗분들 모임에 어찌 그리 요구가 많은가? 음식을 얻어먹었으면 속히 가기나 할 것이지 뭔 말이 그리 많단 말이냐?"

박문수도 화를 냈다.

"나는 어른이 아니란 말이오? 아내와 자식도 두었고 수염과 머리도 희끗희끗하잖소. 내가 어린애요?"

사또는 이제 역정을 냈다.

"저 거지가 어디서 패악질을 해댄다지? 쫓아내야겠구나!"

관아 하인에게 분부하여 쫓아내라고 했다. 섬돌 아래에 서 있던 하인들이 박문수에게 소리를 질렀다.

"당장 내려오시오!"

"내가 왜 내려가? 사또가 내려가야지!"

사또는 격분했다.

"이런 미친놈이 있나? 너희들은 어째서 저놈을 당장 끌어내리지 않느냐?"

호령이 서릿발 같았다. 사령들이 그의 소매를 붙잡고 등을 떠밀어 끌어내려 했다. 그때 박문수가 큰 소리로 소리쳤다.

"물러가지 못할까!"

이 말이 떨어지기도 전에 관아 문밖에서 역졸들이 고함을 쳤다.

"암행어사 출두야!"

병사를 비롯해 거기 모인 사람들 얼굴빛이 사색이 되어 허둥지둥 달아나기 바빴다. 어사는 높은 데 자리 잡고 껄껄 웃었다.

"그래, 그렇게 나가는 게 당연하지."

어사는 병사가 앉았던 상석으로 자리를 옮겼다. 병사부터 각 고을의 수령들까지 사모관대를 갖추고 하나하나 나와 뵈었다. 인사를 다 받고 나자 어사는 기녀를 잡아들이라 했다. 그리고 기녀의 어미까지 부른 다음 기녀에게 분부했다.

"예전에 너와 내가 서로 사랑했던 것은 뭐란 말이냐? 산이 무너지고 바다가 마르도록 좋아하는 마음 변치 말자고 약조하지 않았더냐? 지금 내가 이런 행색으로 왔으면 너는 옛날의 정을 생각하여 좋은 말로 위로해 주는 게 맞거늘 어째서 화를 낸단 말이냐? 속담에 '동냥은 못 줄망정 쪽박을 깬다'더니, 바로 너를 두고 한 말이로다. 이로 보면 당장에 때려죽어야 하지만 너를 어찌 죽일 수 있겠느냐?"

어사는 역졸에게 명하여 약소하게 장을 치라고 했다. 그리고 기녀의 어미에게는 이렇게 말했다.

"너는 그나마 사람의 도리를 하였지. 내 너 때문에 딸애를 죽이지 않는 것이니라."

그러면서 쌀과 고기를 내어주라고 명했다.

"내가 보아온 여자가 있으니 어서 빨리 불러오너라!"

물 긷던 여종더러 동헌으로 올라오게 하여 곁에 앉히고 그녀를 다독였다.

"이 여인이야말로 진정 정이 있는 여자이다. 이 여자를 기생 명부에 올려 행수•의 일을 맡기거라. 아무개 기녀는 강등시켜 수급비로 내쳐라."

마지막으로 관아의 이방을 불러들여 아무 이유도 따지지 말고 돈 200냥을 속히 가져오라고 했다. 박문수는 이 돈을 여종에게 주고 떠났다.

《계서잡록》 권3 제1화

• **행수(行首)** 행수기(行首妓). 관아에 속한 으뜸 관기를 일컫는 말로, '도기(都妓)'라고도 한다. 수급비(水汲婢)는 관에 소속되어 물 긷는 등 허드렛일하는 여종을 말한다.

28화

도성의 거지들, 꼭지딴과 패두

꼭지딴은 구걸하는 거지떼의 우두머리를 말한다. 도성 저잣거리의 거지는 해마다 수백 명 남짓이었다. 이들에게도 나름의 법이 있어서, 거지 중 한 사람을 선발하여 자신들의 우두머리로 삼았다. 이들은 모든 단체 행동과 생활에서 하나같이 우두머리인 꼭지딴의 명령을 따랐다. 아무도 이를 거역하는 일이 없었다. 거지들이 하루도 빠짐없이 아침저녁으로 구걸한 걸 가져다 바쳤기에 꼭지딴은 거지지만 편히 지낼 수 있었다.

영조 경신년(1740), 이 해는 나라에 큰 풍년이 들었다. 임금은 조정은 물론 민간에도 잔치를 열어 풍년을 즐기라고 명했다. 당시 용호영의 악대•가 오영(五營) 가운데 으뜸이었다. 이 악대에는 이씨 성을 가진 이가 우두머리로, '패두'•라 불렸다. 패두는 본래 호탕하기로 유명하여 도성 안의 기녀들이 모두 그를 따랐다. 당시는 금주령이 엄격하게 시행되고 있어서 위아래 할 것 없이 잔치를 열면 기녀와 악대만을 불러야 했다. 이런 잔치 자리에 용호영의 악대를 불러오면 큰 자랑이었고, 불러오지 못하면 수치로 여겼다. 이 때문에 패두 이가는 연회에 불려다니느라 피곤할 정도였다. 그래서 가끔 병을 핑계 대고 집에 눌러 있기도 했다. 그러던 중에 한번은 느닷없이 어떤 거지가 그를 찾아왔다.

"거지 두목 아무는 패두님께 삼가 아룁니다. 지금 다행히 나라의 영으로 온 백성이 함께 풍년을 즐기고 있습니다. 소인이 비록 구걸하는 처지오나 엄연히 나라의 백성입니다. 해서 아무 날에 저희 거지들을 모아 연융대•에서 잔치를 열려고 합니다. 감히 패두님께서 악대를 동원하여 도와주신다면 그 은덕은 저버리지 않겠습니다."

패두는 바짝 화를 내면서 호통쳤다.

"서평군·낙창군• 대감이 불러도 내 갈 둥 말 둥 한데 너희 거지들을 위해 음악을 하라고?"

그러면서 종을 불러 이자를 쫓아내라고 했다. 꾹지딴이 씩 웃으며 나가자 패두는 더 분통이 터져 소리쳤다.

- **용호영(龍虎營)의 악대** 용호영 소속의 악단으로, 패두는 이 악단의 우두머리를 말한다. 원래 용호영은 국왕을 호위하던 친위부대로 도성과 외곽을 방비하던 오영(훈련도감, 어영청, 총융청, 금위영, 수어청)과 구별되는 독립적인 조직이었다. 그러나 후대에는 오영 중 하나인 금위영과 역할이 겹치기도 했다.
- **패두(牌頭)** 한패, 즉 어떤 조직의 우두머리라는 뜻.
- **연융대(鍊戎臺)** 지금의 자하문 밖 세검정 인근에 있는 낮은 봉우리로, 원래는 탕춘대라고 해서 상춘객들의 명소였다. 조선 후기에 오군영의 하나였던 총융청을 이 지역으로 옮기면서 산하 군사의 훈련 장소가 되었다.
- **서평군(西平君)·낙창군(洛昌君)** 영조 때 활동한 왕족들. 서평군은 바둑의 고수로 유명했으며, 낙창군은 연행 사절로 네 번이나 북경에 다녀오는 등 외교 분야에서 활약했다.

"우리 악대의 음악이 천해졌다고 이 지경이 될 줄이야! 거지 놈들까지 나를 부리려 하다니!"

그러고 얼마나 지났을까, 문을 두드리는 소리가 거셌다. 패두가 내다보니 다 찢어진 갈옷을 입고 체구가 퍽 건장한 자가 서 있는데, 다름 아닌 꼭지딴이었다. 그는 패두를 쏘아보며 소리쳤다.

"패두께선 이마에 구리를 까시고 물로 집을 지으셨소? 우리 떼거지 수백이 도성 안에 깔려 있어 순라군도 캐묻거나 따지지 않소이다. 몽둥이 하나에 횃불 하나씩이면 패두께선 무사할 성싶소? 우리를 깔보는 게 너무 심하잖소?"

패두는 음악으로 놀이판을 굴러먹은 사람이라 시정의 물정을 누구보다도 잘 알았다. 그는 바로 낯빛을 고쳐 웃으면서 말했다.

"자네 정말 사나이로군! 내가 잘 모르고 실수했네. 이제 자네 하자는 대로 따름세."

꼭지딴은 다짐을 받아놨다.

"내일 조반을 드신 뒤 패두께선 기생들과 악공들을 데리고 총융청 앞으로 오셔서 악단을 설치해 주시오. 때를 어겨서는 안 되오."

패두가 웃으면서 알겠다고 답했다.

꼭지딴은 그러고도 패두를 한참 뚫어지게 쳐다보다가 떠났다. 패두는 자기 단원을 모두 불러 모아 거문고, 젓대, 생황, 장고 등 악기를 새것으로 준비해 오라고 시켰다. 또 이름난 기녀 두세 명까지 따로 불렀다. 그랬더니 이들이 와서 어디로 가느냐고 묻는 것이었다. 패두는 미소를 지은 채 "그저 나만 따라오너라."라고만 했다. 이리하여 이들 일행은 약속한 곳으로 갔다.

"풍악을 울려라!"

패두가 이리 이르자 여러 악기가 동시에 울리고 기녀들은 춤을 추었다. 동시에 거적을 둘러쓰고 새끼로 허리를 동여맨 거지떼가 춤추며 모여들었다. 개미가 두둑으로 집결하듯 물밀듯이 몰려들었다. 이들은 춤을 추다가 멈추면 곧이어 노래를 불렀고, 노래가 그치면 다시 춤을 추었다.

"얼씨구 좋구나 좋아! 우리네 인생에도 오늘 같은 날이 있다니 말이야."

꼭지딴은 맨 윗자리에 걸터앉아 뿌듯한 얼굴에 희색이 만연했다. 이를 본 기녀들이 가소롭다며 계속 비웃었다. 그러자 패두가 순간 저들을 막았다.

"웃지들 말거라! 저 우두머리는 나를 죽일 수도 있거늘 하물며 너희들쯤이야!"

해가 뉘엿뉘엿해지자 거지떼는 차례로 둘러앉아 저마다 자루 속을 뒤져 고깃덩어리를 꺼내는가 하면 떡 한 덩이를 꺼내기도 했다. 이 음식들은 죄다 잔칫집에서 구걸한 것들이었다. 이걸 깨진 기왓조각에 담거나 엮은 풀에 올려 여기저기서 바쳤다.

"소인들 잔치인지라 감히 나리께 먼저 드립니다."

하지만 패두는 웃으며 거절했다.

"내가 자네들을 위해 풍악을 울릴 수는 있지만 먹을 걸 받을 수는 없네."

거지들도 웃으며 답례했다.

"나리들이야 귀한 분들인데 우리 같은 거지들의 음식을 잡숫겠습니까? 나리 말씀대로 소인들이 다 듭죠."

한편, 패두는 기녀들더러 노래와 춤을 더 선사하여 잔치의 여흥을 돋게 했다. 거지들은 다시 일어나 춤을 추었다. 이윽고 저들은 먹다 남은 과일이며 문드러진 고기 따위를 꺼내서 기녀들에게 내밀었다.

"수고에 보답할 게 없소. 집에 있는 아이들에게라도 주면 좋겠소."

하지만 기녀들은 사양하고 받지 않았다. 거지들은 이것마저 다 해치우고 고맙다며 절을 했다.

"여러 귀한 분들 덕분에 배불리 먹었수다."

저녁이 되어갈 무렵 꾝지딴이 나와서 사례했다.

"우리는 이제 저녁밥을 빌러 나가야 하오. 나리분들 오늘 수고에 감사드리오. 뒤에 또 거리에서 만납시다."

이 말과 함께 저들은 모두 흩어졌다. 기녀들과 악공들은 시장하고 피곤하여 패두에게 화를 냈다.

"내 오늘 처음으로 쾌남아를 보았구나!"

패두는 이렇게 말하며 감탄해 마지않았다. 그 뒤 패두는 길거리에서 거지를 만나면 그때마다 꾝지딴이 생각났으나 끝내 그를 다시는 만나보지 못했다.

《동야휘집》 권8 제20화 〈鍊戎臺丐帥張樂(연융대개수장악)〉

방방곡곡의 만만치 않은 세태

야담은 조선 후기 사회와 그 이면을 가장 잘 반영한 고전문학으로 알려져 있다. 심지어 비현실적인 소재와 내용을 다룬 내용이더라도 어떤 식으로든 당대의 현실과 욕망을 대변한다. 그러니 야담은 조선 후기 사회 현실의 거울이라고 볼 수 있다. 그런 만큼 웬만한 이야기면 이 장과 절에 해당할 수 있겠으나, 여기서는 몇 가지 특수한 상황을 반영한 세 이야기를 묶어봤다. 다만 이야기마다 질감이 너무 달라서 혼란스러울 수도 있을 것 같다. 그러나 지방의 양민, 기녀, 도성의 거지 등은 나름대로 당대 지역 사회의 성향과 그에 따른 인정물태의 다채로운 국면들을 흥미롭게 묘파해 낸다. 이를 통해 조선 후기 사회의 안쪽으로 더 들어가 볼 수 있는 여지가 생겼다.

26화는 영남의 어느 무변이 한 마을에서 치외법권의 횡포를 부리는 양민을 교화시킨 이야기다. 무변은 벼슬자리를 구하기 위해 상경하던 도중에 날이 저물어 어느 촌가로 들어간다. 이는 야담에서 흔히 만날 수 있는 서두의 형태이다. 그리고 이어서 어느 집에 투숙하고 누구를 만나느냐에 따라 이야기의 내용과 성격이 갈리기 마련이다.

그런데 여기 무변은 이 촌가에서 달라도 너무 다른 부부를 만났다. 남편은 예순이 넘은 나이로 고을의 무법자나 다름이 없고, 후처로 들어온 아내는 젊고 예쁘며 점잖고 착실하다. 남편의 신분은 양민인 듯한데 고집불통에 온갖 패악질을 일삼는다. 게다가 다섯 아들까지 아비를 빼닮아 동네를 무법천지로 만들었다. 요즘으로 치면 동네 양아치 아니면 건달인 셈인데, 문제는 관아에서도 이들을 어쩌지 못하는 상황이다. 양반도 아닌 그가 한 동네를 쑥밭으로 만드는 정황을 당면하니 당혹스럽기까지 하다. 그러나 충분히 있을 법한 현실이었다. 가끔 이런 무뢰한들을 처단하라는 지시가 내려지는가 하면, 이를 조처한 사례가 실록 등에서 확인되기 때문이다. 그러니 예나 지금이나 인간 사회의 현상은 매한가지다.

한편, 그와 맞닥뜨린 무변도 그리 정직한 존재는 아니다. 오히려 이해타산적인 인물이다. 자신에게 무례하게 대한 이 동네의 골칫덩이를 제거해야겠다고 작정한 것은 무인으로서의 기개라고 하겠지만, 비에 젖은 옷까지 다려주며 호의를 베푼 여자를 범하려 하는 심보는 어떻게 받아들여야 할까? 이 이야기에서 정상적인 인물은 온화하고 현명한 후처뿐이다. 그렇긴 하나 이야기의 초점은 포악무도한 동네 건달을 처치하는 쪽이 아니라 개과천선시키는 쪽이다. 그러나 일단 이자를 잡아들이는 것부터 만만치가 않았다. 나중에는 어명에 의해 속오군까지 출동시켜야 했다. 원래 속오군은 임진왜란 이후 지방 방어를 목적으로 설치한 조직이었다. 이것이 조선 후기에는 외적을 막는 역할보다는 내부의 치안 질서 유지를 담당하는 기능으로 바뀌었다. 한 마을의 조폭을 잡기 위해 지방 행정력이 총동원되는 양상이다.

무법자였던 남편이 어느새 순한 양이 되고, '죽을 때까지 종처럼 무변을 섬겼다'는 후반부의 방향 틀기는 어딘지 부자연스러워 보인다. 일반적으로는 물리력을 동원하여 마을에서 영원히 격리하거나 법에 의해 단죄하는 쪽이 자연스럽다. 그러나 서사는 어질고 현명한 아내의 성의를 내버려둘 수 없었던 모양이다. 결국 양민을 붙잡은 것은 공권력이었지만, 그를 회개시킨 주체는 그의 아내였다.

27화는 두 여성의 대조적인 모습을 보여주는 이야기다. 한쪽은 시류에 민감한 기녀이고, 다른 한쪽은 지방 관아에서 물을 긷고 허드렛일하는 수급비(水汲婢)다. 여기에 암행어사 박문수는 예의 어사로서의 활약과는 다른 역할을 수행한다. 박문수 하면 무슨 설화적인 인물로 기억되지만 엄연한 실존 인물이다. 그는 영조 시대에 활동한 문인으로, 출신은 소론이었다. 당시 정계는 노론 중심이었기에 그의 정치적 입지는 좁은 편이었다. 그럼에도 탕평책을 폈던 영조는 그를 신임하여 다섯 번이나 암행어사로 파견했다. 그는 영조의 신임에 부응하듯 어사로 나가서 적지 않은 치적을 올렸다. 따라서 그의 정치적인 이력은 중앙 정계보다는 지방에서의 임무 수행에서 더 빛이 났다. 요컨대, '암행어사 박문수'는 소론이라는 정치적인 열세와 지방에서의 치적, 그리고 연민의 시선이 추가되어 '만들어진 상'이었다.

그런데 이 이야기는 그가 암행어사가 되기 전 젊은 시절의 경험으로 시작된다. 그는 숙부의 임지에 따라갔다가 그곳의 기녀, 수급비와 연이어 인연을 맺는다. 기녀와의 만남은 우리에게 익숙하지만, 수급비와 결연한 것은 자연스러워 보이지 않는다. 그것도 남들이 그녀를 두고 낄낄거리며 적선의 대상으로 지목하자 이에 부응했을 뿐이다. 그리고 결연 이후에도 별다른 미련을 두지 않는다. 반면, 기녀와는 죽음까지도 불사하기로 약조한 사이였다. 문제는 그가 암행어사가 된 이후였다. 거지꼴의 박문수를 기녀는 문전박대한다. 그래서 방에 앉아 있는 박문수와 시선이 마주치지 않으려고 벽을 따라가서 물건을 꺼내 가는 기녀의 모습은 상징적이다. 한편, 수급비는 인물도 못나고 처지도 형편없었다. 그녀로서는 양반에게 하룻밤의 사랑을 받았을 뿐 더 이상의 기대는 분수 밖이었다. 그러니 그전과 변함없이 대했다. 어사 박문수는 그런 수급비를 높이 샀고, 자신을 박대한 기녀는 내쳐 서로 위치를 맞바꾸어 버렸다. 이야기는 변심한 이를 징치하고 한결같은 이를 장려한 권선징악의 구도로 끝이 났다.

그런데 기녀의 입장에서 따져보면 어떨까? 그녀로서는 이런 처분이 억울하지 않았을까? 기녀가 시류에 영합하는 인물로 그려졌지만 이것이 기녀의 숙명이기도 했다. 우리는 황진이 같은 문예인이나 〈춘향전〉의 춘향이 같은 의기(義妓)에 익숙하다. 그런데 어쩌면 황진이

나 춘향이는 당대 사대부들의 이상이 만들어낸 허상일 가능성이 크다. 실제 기녀는 자신이 처한 현실 속에서 자신의 삶을 살아내야 했다. 특히 지방 관아에 소속된 기녀는 사또가 바뀌거나 어디에 편입되느냐에 따라 부침을 겪을 수밖에 없었다. 공교롭게 진주는 왜란 때 논개를 배출한 의기의 고장이다. 그러다 보니 이 기녀의 쌀쌀맞은 행동이 더 부각되는 느낌이다. 그리고 야담에서 이런 시류적인 기녀는 잘 등장하지도 않는다. 그러니 그녀에게 주홍글씨를 새길 게 아니라 당대 기녀 사회의 현주소를 이해하는 통로로 보면 어떨까 싶다.

28화는 도성의 거지떼가 하루 동안 흥겨운 축제를 즐긴다는 내용이다. 그런데 이야기를 따라가다 보면 거지떼의 우두머리인 꼭지딴의 위세가 보통이 아니라는 걸 짐작할 수 있다. 이는 나름대로 이유가 있었다. 먼저 꼭지딴의 유래를 따져보면 이렇다.

원래 도성의 거지들은 주로 동대문 근처 청계천 일대에서 집단으로 생활했다고 한다. 이들이 청계천의 모래사장 같은데 땅굴을 파고 거처했기에 애초 '땅꾼'이라고 불렀다. 땅꾼 하면 뱀을 잡는 사람들이 먼저 떠오르지만, 과거에는 도성 안 거지들을 일컫는 용어였다. 이 땅꾼들을 통제하기가 만만치 않았던 포도청에서는 그들에게 우두머리를 두어 관리하고자 했다. 바로 그 우두머리를 '꼭지'라고 불렀다. 곧 땅꾼의 꼭지라고 해서 꼭지딴이 된 것이다. 이런 꼭지딴은 자체적으로 선발했는데, 관청에서는 땅꾼들 문제가 생기면 꼭지딴과 협의했다. 이러다 보니 꼭지딴은 도성 안에서 나름대로 영향력을 행사하는 위치가 되었다.

이 이야기의 또 다른 축은 용호영의 악대이다. 용호영은 국왕을 호위하던 직속 부대로, 이곳의 군악대가 유명한 사실은 어느 정도 알려져 있다. 지금 같으면 서울시향이나 장안의 제일가는 오케스트라였던 셈이다. 그런데 이 악단이 조정이나 친위영 행사에만 동원되지 않고 민간 행사에도 참여하고 있는 점이 흥미롭다. 국왕의 친위부대 소속 악단이 민간 행사에 참여한다는 것이 가능한 일이었을까? 실제 여부는 불분명하다. 한편, 이 시기 민간에선 자체적으로 조직된 소규모 풍류패의 활동도 심상치 않았다. 이 시기 장안에서 벌어지는 민관 악단들의 활동이 꽤 활발했는데, 이 악단들의 흥행을 상징적으로 보여주는 인물이 지휘자 격인 패두이다. 그는 잔치 마당에 귀한 몸이 되어 여기저기 불려 다니느라 몸이 피곤할 지경이다. 그런 그가 꼭지딴의 위협에 꼼짝없이 기녀까지 대동하여 거지들의 축제에 부응해야 했다. 그것도 공짜 지원이었다.

한편, 왁자지껄한 거지떼의 축제에는 그 어떤 예속도 찾아볼 수 없다. 그야말로 자유분방하다. 도성에서 가장 아래에 속한 집단, 땅속이 거처인 이들의 향연은 어떤 제도나 위계를 넘어서 있다. 그러니 도성 안의 모든 체제를 무장 해제시킨 느낌까지 든다. 조선 후기 한양의 또 다른 속살이자 풍속도를 거지떼와 꼭지딴을 통해 접할 수 있다는 점이 이 이야기의 미덕이다.

29화

금주령으로 인연이 된 사연

통제사 유진항•이 젊었을 적 선전관으로 조정에서 숙직하던 때였다. 이 해는 임오년(1762)으로 금주령이 엄격히 시행되고 있었다. 어느 날 달밤에 임금은 느닷없이 숙직하는 선전관에게 입시하라고 명했다. 유진항은 명을 받들어 임금을 알현했다. 임금은 그에게 장검 하나를 꺼내 하사하면서 명을 내렸다.

"듣자 하니 민가에선 아직도 술을 빚는 자가 많다고 한다. 너는 이 검을 가지고 나가 사흘 안에 다 잡아들이거라. 그러지 못하면 네 머리를 내놓아야 할 것이니라!"

유진항은 명을 받들고 물러났다. 집에 돌아온 그는 소매로 얼굴을 가린 채 누워버렸다. 옆에 있던 애첩이 물었다.

• **유진항(柳鎭恒)** 1720-1801. 자는 수성(壽聖), 본관은 진주이다. 무과에 급제하여 선전관, 회령 부사 등을 거쳐 1786년 삼도수군통제사가 되었다. 이야기에서 삭주 부사가 되었다는 이력은 따로 확인되지 않는다.

"무슨 일로 그리 헛헛하니 재미없어 하십니까?"

"내가 술을 좋아하는 건 자네도 잘 알지 않는가? 술을 못 마신 지가 오래되다 보니 갈증이 나서 죽을 것 같네."

"저물녘이 되면 소첩이 마련해 볼 테니 잠깐만 기다려보세요."

밤이 되자 애첩이 말했다.

"첩이 술 있는 집을 알기는 하는데, 직접 가지 않고서는 사 올 수가 없네요."

그러고는 술병을 허리에 차고 치마로 얼굴을 가린 채 대문을 나섰다. 유진항이 몰래 그녀의 뒤를 밟으니 동촌•의 한 초가집이었다. 첩이 술을 사 오자 그는 이 술을 달게 마시더니 더 사 오라고 했다. 애첩은 다시 그 집에 가서 술을 사 왔다. 이윽고 그는 술병을 허리에 차더니 일어섰다. 애첩이 이상하여 어딜 가느냐고 묻자 이렇게 답했다.

"아무 곳에 아무개 벗은 바로 나의 술친구일세. 이 귀한 술을 얻었는데 혼자만 취해서야 되겠는가? 가서 그 친구와 마시려고 하네."

문을 나선 그는 애첩이 술을 사 온 그 집을 찾아갔다. 사립문으로 들어가니 두세 칸짜리 움집으로 비바람도 막지 못할 지경이었다. 한 유생이 등불을 밝힌 채 책을 읽고 있다가 그를 보고는 흠칫하며 일어나 맞았다.

"손님께선 무슨 일로 이 한밤에 찾아오셨는지요?"

유진항은 자리에 앉더니 대답했다.

• **동촌(東村)** 동쪽 마을이란 뜻이 아니라 조선시대 한양의 동촌으로, 궁궐에서 동편에 해당하는 지금의 종로구 효제동 일대를 가리킨다.

"나는 지금 어명을 받들고 있소!"

허리춤에서 술병을 꺼내놓고 다시 말했다.

"이 술은 댁에서 산 것이오. 얼마 전 하교가 이러이러했었소. 이미 걸렸으니 함께 가지 않을 수 없소."

유생은 한참 동안 말이 없다가 이윽고 입을 열었다.

"금주령을 어겼으니 무슨 핑계를 대겠습니까? 하지만 집에 노모가 계시니 한 말씀 올리고 갔으면 하는데 괜찮을지요?"

"그러시오."

안으로 들어간 유생은 나지막이 모친을 불렀다. 이에 모친은 놀라서 물었다.

"진사신가? 왜 자지도 않고 왔는가?"

"전에 말씀 올리지 않았어요? 사대부는 굶어 죽는 한이 있어도 법을 어겨서는 안 된다는 것을요. 어머니께서 끝내 곧이듣지 않으시더니 지금 이렇게 발각되고 말았네요. 소자는 이제 죽으러 가야 합니다."

노모는 소리를 내며 엉엉 울었다.

"천지신명이시여, 이 무슨 일이랍니까? 내가 술을 몰래 빚은 건 재물을 탐내서가 아니라 너의 아침저녁 끼니의 밑천이었을 뿐이었는데……. 지금 이리되고 말았으니 다 내 잘못이다. 이를 장차 어찌한단 말이냐?"

이 와중에 유생의 아내도 놀라 깨어났다. 그녀는 사정을 알고 가슴을 치며 통곡했다. 유생은 차분하게 말을 꺼냈다.

"일이 이 지경이 됐으니 운들 무슨 도움이 되겠는가? 우린 자식이 없으니 내가 죽은 뒤 자네는 어머님을 내가 있을 때와 마찬가지로 잘 모시도록 하게. 그리고 아무 동네의 형제들에게 아들이 몇 있다네. 그중 하나를 양자로 데려와 키우며 남은 삶을 편히 보내기 바라네."

이렇게 신신당부하고 나왔다. 밖에서 그의 말을 듣고 있던 유진항은 속으로 안타깝기 짝이 없었다. 유생이 밖으로 나오자 물었다.

"노모께선 올해 춘추가 몇이오?"

"일흔 남짓입니다."

"자식은 있소?"

"없습니다."

"이런 모습은 누군들 눈 뜨고 보기 어려운 광경이오. 나는 아들이 둘이나 있고, 또 모셔야 할 부모님도 안 계시니 내가 대신 죽겠소. 그대는 마음 놓으시오."

이렇게 말한 유진항은 술 단지를 다 내오라고 하여 유생과 함께 마저 마셨다. 그런 다음 술 단지는 깨부숴 뜰에 묻어버렸다.

"노모를 모시는데 집안 형편이 말이 아니구려. 내 이 검으로 다소나마 한때의 우정을 표하는 바요. 이걸 팔아서 노모를 봉양하시구려."

이렇게 허리에 찬 칼까지 풀어서 유생에게 건네주고 일어섰다. 유생은 한사코 거절했으나 유진항은 뒤도 돌아보지 않고 나갔다.

"그럼, 이름자라도 알려주십시오."

"나는 선전관이오. 이름은 뭐 하려고 물으시오?"

유진항은 훌쩍 떠나버렸다.

다음 날은 바로 임금이 명했던 사흘 기한이 되는 날이었다. 그는 궐문에 들어가 처벌을 기다렸다.

"밀주자를 잡아들였느냐?"

"잡지 못했습니다."

임금이 대로했다.

"하면 네 머리는 어디 있느냐?"

유진항은 말을 못 하고 엎드려 있을 뿐이었다. 한참 뒤 그를 급히 호송하여 제주에 안치하라는 명이 떨어졌다.

그는 몇 년 뒤 유배지에서 풀려났다. 그러나 그 뒤 10여 년 동안을 떠돌아야 했다. 그러다가 느지막이 복직되어 초계•의 군수가 되었다. 그는 군수로 있는 몇 년간 오로지 자기 배를 살찌우는 데만 골몰하여 그곳 백성들의 원성이 자자했다.

그러던 어느 날 암행어사가 출두했다. 관아의 창고를 잠그고 동헌으로 들이닥쳤다. 좌수와 이방 및 창고지기들을 모조리 잡아들이고 형틀과 곤장을 쫙 벌였다. 유진항이 문틈으로 엿보니 어사는 지난번 동촌에서 술을 빚었다가 발각된 집의 그 유생이었다. 다행이라 생각한 부사 유진항은 따로 뵈었으면 한다고 아뢰었다. 하나 어사는 해괴하다며 응하지 않았다.

"본관 사또가 왜 만나겠다고 하는지? 몰염치한 인간이군!"

유진항은 안 되겠다 싶어 곧장 동헌으로 들어가 절을 올렸다. 어사는 돌아보지도 않고 정색한 채 꼿꼿이 앉아만 있었다.

"어사또께서는 저를 알아보시겠습니까?"

어사는 대답도 안 한 채 한참을 되뇌더니 혼잣말로 중얼거렸다.

• **초계(草溪)** 경상남도 합천군의 옛 지명으로, 현재 초계면으로 남아 있다. 초계 정씨의 본향이기도 하다.

"본관을 내가 어찌 알겠느냐?"

"어사또께선 전에 동촌의 아무 동네에 살지 않으셨습니까?"

어사가 움찔하여 물었다.

"어째서 그걸 묻는가?"

"아무 해 아무 달 아무 날 밤에 금주령으로 왕명을 받들었던 선전관을 혹시 기억하십니까?"

어사는 더욱 의아해졌다.

"그건 분명 기억하오."

"제가 바로 그 선전관입니다!"

이 말이 떨어지기가 무섭게 어사는 급히 일어나 그의 손을 붙잡더니 눈물을 비 오듯 쏟아냈다.

"아, 나의 은인이군요! 지금 여기서 만나게 되니 이야말로 천운이 아니겠소?"

어사는 당장 형구를 물리라 하고 잡아들인 죄인들까지 죄다 풀어주었다. 둘은 밤새도록 풍악을 울리며 즐기면서 지난날의 회포를 하나하나 풀었다. 어사는 며칠을 더 머무른 뒤에 돌아가 초계 군수를 위한 포상의 계문을 올렸다. 어사가 올린 포상으론 이보다 더 좋을 수 없었다. 이 때문에 유진항은 임금으로부터 고을을 잘 다스렸다고 인정받아 특별히 삭주 부사로 제수되었다. 그 뒤 대신의 반열에까지 올랐다. 이 일이 알려져 유진항은 당대의 의로운 인물로 크게 회자되었다.

이처럼 그는 한번 머리가 날아갈 뻔했다가 벼슬이 통제사까지 오를 수 있었다. 이 유생은 소론의 대신이었으나 그 이름은 잊어버렸다. 그래서 기록하지 못한다. 누구는 그가 판서 이익보•라고 하나 분명하지 않다.

《계서잡록》 권2 第72화

• **이익보(李益輔)** 1708-1767. 자는 사겸(士謙), 본관은 연안이다. 충청도와 경상도 관찰사를 거쳐 영조가 탕평책을 펼 때 이조와 병조의 판서를 역임했다. 다만 그는 당파가 노론이었다.

30화

글재주 없는 양반의 출세 전략

예전에 한 양반이 있었다. 그는 글을 제대로 못 읽고 글씨도 쓸 줄 모르는 데다 집도 가난했다. 간간이 과거에 응시했지만 한 번도 접•을 동원할 형편이 못 됐다. 기껏 친한 벗을 따라가 남은 글과 남은 글씨를 얻어 시험지를 제출하곤 했다. 그러다가 요행으로 초시에 합격하게 되었다. 이제 소과를 볼 차례로, 시험 날짜가 코앞으로 다가왔다. 하지만 글은 물론 글씨도 형편없었던 그는 한양 가서 응시해 볼 엄두를 못 냈다.

그렇다고 여기서 그만두기도 어려웠다. 마지못해 상경한 그는 시지(試紙) 한 장을 들고 홀몸으로 과거장에 입장했다. 주위에 아는 이라곤 전혀 없어 대신 지어주고 써줄 길도 아예 막힌 상황이었다. 그는

• **접(接)** 과거 시험을 치를 때 응시자를 도와주는 일군의 조직을 말한다. 글을 대신 지어주는 거벽(巨擘)이나 글씨를 대신 써주는 사수(寫手), 시험장의 좋은 자리를 잡는 선접꾼 등이 포함되어 있었다.

그저 두리번거리며 서성일 뿐이었다. 그러다가 느닷없이 나라 안에서 이름이 자자한 평안도 출신의 한 거벽(巨擘)을 만나게 되었다. 이자는 누군가의 과문을 대신 지어주기 위해 사칭하고 과장에 들어온 것이었다. 마침 양반은 전에 다른 자리에서 이자와 한번 안면을 튼 적이 있었다. 양반은 당장 그쪽 접으로 가서 인사를 나눈 뒤 이자를 을렀다.

"엄중한 과장에 별 어려움이 없이 남을 사칭하여 들어오다니. 내 한마디면 무슨 일이 생길지 모를 텐데 말이오."

이 말에 거벽과 주인은 얼굴이 화끈 달아오르며 당황하는 기색이 역력했다.

"과시 한 수를 성의껏 지어 넘겨주면 내 딴 얘기는 하지 않으리다."

양반의 이런 요구에 거벽은 머뭇거림 없이 종이를 펼치고 붓을 휘갈겨 금세 한 수를 지어 건네주었다. 이렇게 하여 글은 다행히 잔꾀로 얻어냈으나 이번에는 이를 베껴 제출할 일이 난감했다. 양반은 이 시권을 쥐고 계속 두리번거렸다. 때마침 주위에 글씨는 잘 쓰나 글이 짧은 자가 있었다. 이 선비도 누군가와 글과 글씨를 맞바꾸기로 약조했는데, 정작 과거 보는 날 일이 틀어져서 낭패를 본 상황이라 붓만 잡은 채 시를 짓지 못해 괴로워하고 있었다. 양반은 그 선비에게 다가가 초면이라며 말을 붙였다. 동접에게 낭패를 본 일을 위로하면서 자신의 상황을 늘어놓았다. 지은 글은 있으나 사수(寫手)가 없으니 서로 역할을 교환하자는 취지였다. 이어 자기가 가지고 있는 시를 보여주었다. 선비는 글을 잘 짓지는 못해도 과문의 격식은 잘 알고 있었기에 건네준 시가 훌륭하다는 걸 알 수 있었다. 참으로 곤란한 상황이었던 선비는 그나마 이 시를 얻은 것만도 다행이란 생각에 마침내 양반의 제의를 수락했다. 곧 시지를 펼쳐놓고 먹을 간 다음 이 시를 일필휘지했다. 동시에 양반을 몇 번이나 돌아보며 다짐해 두었다.

"내 성의를 다해 정서하고 있으니 형씨도 어서 전력을 쏟아 한 수를 더 지으시오."

"알았소."

이렇게 답한 양반은 시지를 꺼내 글을 지어가는 시늉을 했다. 쓱쓱 써가며 글자엔 검게 동그라미를 그려 남이 글자와 내용을 알아보지 못하도록 했다. 그리고 선비가 시지에 다 옮기기를 기다렸다가 즉시 시권을 말아 챙기면서 자신이 검게 칠한 초고 한 장을 그에게 내던지며 말했다.

"시권을 제출하고 곧장 돌아올 테니 잠시 기다리시오."

양반은 시권을 안고 곧장 시관(試官)이 있는 단상으로 올라가더니 일부러 출입을 금하는 그물망 안으로 뛰어 들어갔다. 이를 목격한 시관은 군졸더러 어서 빨리 붙잡아 끌어내라고 했다. 그때 양반은 군졸에게 돈을 찔러주면서 부탁했다.

"내가 접으로 돌아가야 한다고 사정을 할 것인데 절대 들어주지 말고 무조건 내몰아 밖으로 쫓아내 주게. 장내에서 한시도 붙어 있지 못하게 말이네."

군졸은 뇌물을 받은 데다 시관의 분부도 지엄하기에 잠시라도 늦춰줄 필요가 없었다. 앞에서 잡아끌고 뒤에서 떠밀어 밖으로 몰아내기 시작했다. 양반은 일부러 군졸에게 애걸하는 시늉을 했다.

"내게 정말 급한 일이 있으니 잠깐만이라도 우리 접에 들르게 해주게!"

군졸이 이 말을 들어줄 까닭이 있겠는가. 네다섯 번 무수히 간청했지만 일절 받아들여지지 않았다. 어쩔 수 없이 선비가 있는 곳을 지나 끌려 나오는 즈음, 양반은 먼발치서 선비에게 외쳤다.

"일이 이렇게 되고 말았으니 어쩔 도리가 없구려, 없어!"

그러면서 과장 밖으로 떠밀려 나왔다. 이윽고 방이 나붙었는데 과연 양반이 수석으로 합격했다. 이렇게 해서 아무개 양반은 소과에 합격할 수 있었다.

그런 그가 이제는 벼슬에 대한 욕심이 생겼다. 하지만 힘도 없는데다 끌어줄 사람도 없어 난망할 따름이었다. 그 당시 이조판서에게는 서른이 다 된 외아들이 있었는데 갑자기 죽고 말았다. 이제 막 상을 치른 판서는 실성한 듯 미친 듯 벼슬길에 뜻을 잃고 공무도 억지로 처리하고 있었다. 진사가 된 양반은 또 한 가지 묘책이 떠올랐다. 먼저, 죽은 이조판서의 아들에 대한 탐문을 시작했다. 그랬더니 나이와 성품, 기예와 글재주는 물론 평소 교유하는 이는 누구누구이며 어디서 공부했고 어느 곳을 돌아다녔는지까지 낱낱이 파악할 수 있었다. 그런 다음 남산 아래에 사는 글 잘하는 선비를 찾아가 간청한 끝에 제문(祭文) 한 통을 받아냈다. 내용에는 매우 애통하다는 뜻과 함께 아무 곳에서 서로 알게 되었으며, 아무개 집에서 함께 글을 짓고 아무 산사에서 함께 글을 읽은 사정과 나이로는 몇 년 터울이며 아교처럼 교분이 깊었다는 등의 내용이 들어갔다. 아울러 자기 집안 누대의 공덕을 빠짐없이 적었다. 그래서 이 편지를 보는 이라면 단번에 나이는 몇이고 누구의 자손인지 알 수 있도록 했다.

이런 준비를 한 양반은 닭을 잡고 술을 걸러 제수를 마련하여 판서가 관청에 나간 틈을 엿보아 직접 그 집을 찾아갔다. 종을 시켜 신줏단지를 열게 한 다음 제수를 차리고 술을 따랐다. 이어 꿇어앉아 제문을 읽는데, 목이 메어 소리가 제대로 나오지 않았다. 이윽고 슬퍼하며 대성통곡하더니 한참 동안 침통한 모습으로 있다가 돌아갔다.

그날 저녁 이조판서가 관청에서 퇴근하여 안채로 들어오니 부인이 오늘 있었던 일을 전했다.

"아까 한 선비가 아무 동네 아무개 진사라고 하면서 조문을 왔는데 죽은 우리 애의 절친한 벗이었다네요. 제수와 제문을 올리고 반식경이나 곡을 하고 갔답니다."

판서는 적이 이상하여 그가 놓고 간 제문을 가져다가 읽어보았다. 여러 폭에 연이은 내용이 거의 수백 줄이 넘었고, 글이며 글씨가 더없이 아름다웠다.

"내 아들에게 이렇게 가깝고 준수한 서생이 있었다니! 내가 왜 모르고 있었던가? 집안도 여러 대 동안 사족이었군. 나이도 마흔 줄이니 당연히 벼슬할 때고 말이야. 게다가 내가 없는 틈을 보아 영전에 제를 올리고 갔으니 이 또한 가상한 일이군."

감탄한 판서는 도목정사•에서 여러 의견을 물리치고 그를 추천했다. 그리하여 마침내 아무개 양반은 벼슬을 얻었다고 한다.

《청구야담》 권1 제25화 〈窮儒詭計得科宦(궁유궤계득과환)〉

• **도목정사(都目政事)** 인사 담당 기관인 이조와 병조에서 시행하던 관원들의 인사행정을 말한다. 매년 2회 또는 4회에 걸쳐 시행되었으며, 문무 양반의 인사는 원칙적으로 매년 6월과 12월에 이루어졌다.

중앙 정책의 반작용과 폐해

두 이야기의 주요 배경은 금주령과 과거 시험이다. 금주령은 근현대까지 이어진 정책이라 익숙할 법하다. 그렇다면 전통시대의 금주령은 어떠했을까? 이미 삼국시대부터 시행된 증거가 사료로 남아 있으며, 조선시대에는 툭하면 영이 내릴 만큼 빈번했다. 술을 빚는 재료는 조와 수수, 쌀 등 여러 가지였지만 조선시대에는 쌀이 술의 주재료였다. 그런데 쌀이 귀해 밥도 부족한 상황이라면 술을 빚는 것이 큰 문제일 수 있다. 그래서 쌀의 남용을 막기 위해 금주령이 시행된 경우가 많았다. 이는 쌀의 수급을 위한 현실적인 조처라 하겠다. 그러나 필요에 따라 사회 기강을 바로잡는다는 명목 아래 정치적인 결단으로 시행되기도 했다. 이처럼 금주령은 기본적으로 백성을 통제하기 위한 수단 가운데 하나였다.

29화의 배경이 되는 영조 시대의 금주령은 좀 특별했다. 대개 금주령은 단기간에 끝나는 경우가 많았다. 그러나 영조는 거의 10년 동안 유지했으니, 일단 그 기간이 전무후무하다. 실제 영조가 금주령을 단행한 시점은 1756년 경이었다. 여기서는 임인년(1762)이라 했으니 금주 정책이 한창이던 때이다. 이를 위반한 사람은 유배를 보내거나 노비로 강등시키고, 심지어 강제로 군역을 치르게 하기도 했다. 영조가 왜 이런 엄혹한 금주령을 내렸는지는 정치적으로나 사회적으로 잘 설명되지 않는다. 워낙 자신이 술을 싫어한 데다 강력한 왕권을 유지하려는 방편이었다는 의견이 있을 뿐이다. 아무튼 이 시기에는 조상 제사에서도 술을 쓰지 못하게 했다고 한다. 그러니 당시 술꾼들은 어떻게 견뎠을까? 여기 이야기처럼 암암리에 밀주를 만들 수밖에 없었을 것이다.

금주령이 영조 시기에 유별난 정책이었다면, 과거제는 조선 후기 내내 말 많고 탈 많던 관리 채용 제도였다. 그러나 원래 과거제는 인류 역사상 가장 혁신적인 인사 채용 시스템이었다. 동아시아에서 과거제도가 성립된 시기는 중국의 당나라 때였다. 이전까지는 귀족 사회라고 해서 몇몇 귀족 집안이 권력과 관직을 독점하여 세습하는 식이었다. 그러다가 귀족이 아닌 계층 중에 능력을 갖춘 이를 관리로 채용하는 제도를 고안했으니, 이것이 바로 과거제였다. 이 과거제도를 통해 새로운 관료로서 역사의 전면에 나선 집단이 선비(士)였다. 이로써 그때까지 이어져 왔던 귀족 체제는 붕괴하고 능력 위주의 새로운 관료 체제가 등장하게 된 것이다. 말하자면 닫힌 '그들만의 리그'에서 열린 사회로 전환하는 결정적인 계기가 과거제였다. 한편, 과거 시험의 채점도 교차 검수와 재검 등의 절차를 밟아 당시로서는 매우 객관적이고 신뢰성을 담보했다. 서양학자들도 이런 동양의 과거제도를 전근대의 사례로는 인류 역사에서 찾을 수 없는 새로운 제도로 인정한다. 아울러 전근대에서 근대적인 제도를 찾을 때 가장 먼저 드는 예가 과거제이기도 하다.

그런데 이런 혁명적인 제도에도 치명적인 약점이 있었으니, 바로 응시자의 제한이었다. 과거제도는 귀족 사회에서 선비 사회로 사회 체제를 바꿔놓았으나, 이 선비 사회는 또 다른 귀족 사회가 될 운명이었다. 조선 후기에는 여기에다 또 다른 골치 아픈 현상이 생겼다. 즉 관료 수는 정해져 있는데 과거에 응시할 수 있는 양반의 수는 급격하게 증가한 것이다. 경쟁률의 폭발적인 증가는 결국 여러 가지 폐단을 몰고 왔다. 즉 권세가 있거나 재력이 있는 집안 출신이 합격하는 경우가 많았다. 능력을 갖췄으나 힘없고 배경 없는 선비들은 밀려날 수밖에 없었다. 결국 다시 '그들만의 리그'로 돌아가고 말았다.

과거에 응시하는 이를 거자(擧子)라고 한다. 이 거자가 자기 능력으로 시험을 치러야 하는데 그렇지 않았다. 글을 대신 지어주는 거벽(巨擘)이나 글씨를 대신 써주는 사수(寫手) 등을 동원하여 팀을 이루었다. 이를 접(接)이라고 했다. 최근에 소개된 김홍도의 〈공원춘효도(貢院春曉圖)〉에 이 접들이 시험장 안팎으로 진을 치고 있는 모습이 생생하게 담겨 있다. 그런데 문제는 이 정도로 끝나지 않았다. 시험장을 지키는 군졸이나 심지어 시험관에게까지 뇌물을 먹였다. 그러니 조선 후기 과거 합격자 중에 제 실력으로 된 자들이 얼마나 될까 싶다.

조선 후기 과거제의 폐단이란 게 이런 것이었다. 30화는 이런 현실을 역으로 이용한 한 무식한 양반의 급제 사례여서 흥미롭다.

29화는 앞에서 언급한 금주령을 배경으로 하고 있다. 선전관으로 숙직하고 있던 유진항은 정조로 짐작되는 왕으로부터 밀주를 담근 자를 색출하라는 지시를 받는다. 그가 애첩을 통해 알아낸 밀주가가 하필이면 가난한 선비 집이었다. 밀주 단속이라고 하면 떠오르는 여성이 있다. 바로 다모(茶母)이다. 원래 다모는 관청에서 차나 술 따위를 담당하는 관비였다. 그런데 필요에 따라 관청의 외부 업무를 보조하기도 했다. 밀주 단속도 그중 한 가지였다. 밀주 단속을 하려면 남의 집, 그것도 부엌이나 집 안을 수색해야 하는데, 이는 주로 부녀자들의 생활 공간이기에 여성이 더 드나들기 편했기 때문이다. 이 이야기에서는 유진항의 애첩이 이런 다모 역할로 나온다.

그런데 유진항이 밀주 집을 덮쳤으나 저들의 사정이 너무도 딱했다. 그는 결국 임금의 명을 어기고 선비를 체포하기는커녕 가진 돈마저 주며 눈감아 준다. 여기까지는 인정상 충분히 그럴 법하다. 하지만 유진항이 지방 수령으로 나가 탐학을 일삼았는데도 나중에 어사가 된 선비가 그를 방면하는 데 그치지 않고 포상 대상자로 올린 것은 좀 지나친 듯하다. 이들의 금주령을 통한 우정이 불법을 눈감게 했기 때문이다. 결국 두 사람은 개인적인 정의에 사로잡혀 국법을 무시하거나 어긴 셈이다. 금주령 시대의 일그러진 자화상이라고나 할까.

30화는 어떤 무식한 양반이 임기응변으로 과거에 합격하고 벼슬자리까지 차지하는 이야기다. 앞에서 언급한 조선 후기 과거장의 실상이 흥미롭게 그려져 있으며, 이를 단신으로 헤쳐가는 주인공의 동분서주도 볼 만하다. 그는 과거에 응시할 만한 자격도 갖추지 못한 인물이었다. 글 짓는 기본적인 소양도 없는 데다 집도 가난하여 남처럼 접을 동원할 형편도 못 됐다. 기본도 없고 돈도 없고 뒷배경마저도 없다. 이렇게 응시할 자격이 없는 결격자인 그가 거벽부터 사수까지 접수하고, 나중에는 주변을 지키는 군졸에게 뇌물까지 먹여 소과에 급제한다. 모두 남들이 동원한 인원을 이용하거나 남이 하는 수법을 역이용한 사례이다.

그런데 그는 아직 소과에 붙은 정도였다. 원래 소과에 붙어도 대과에 합격해야 비로소 벼슬 문이 열렸다. 더군다나 대과에 합격했다고 해서 바로 벼슬이 내려지지도 않았다. 얼마간의 교육을 거쳐야 하고, 또 자리가 나야 마침내 관직에 나아갈 수 있었다. 그러나 그는 소과 출신으로 임명권을 쥐고 있었던 이조판서에 접근하여 벼슬까지 거머쥐었다. 이 결격자의 과거 급제와 관직 진출은 그 자체로는 비판받아 마땅하다. 그러나 이렇게 하지 않으면 그에게는 다른 길이 없었다. 이는 당대 수많은 거자에게 닥친 현실이기도 했다. 따라서 그의 급제와 벼슬 얻기는 다소 극단적임에도 당대 과거제의 현장을 가감 없이 반영한 예로 주목해 볼 만하다.

4부

역병과 귀신

7장

역병과 원혼

31화

흉가에서 귀신에게 당한 봉변

병신년(1716)에 나•는 어떤 일에 연루되어 의금부에서 취조를 받았다. 당시 첨사 최원서도 이 일에 연루되어 옥에 갇혔다. 영어의 몸이 된 우리는 자주 대화를 나누며 답답한 시간을 달랬다. 하루는 얘기를 나누다가 귀신과 도깨비를 들먹이게 되었다. 최 첨사는 젊었을 적에 귀신을 만나 거의 죽을 뻔하다가 살아난 적이 있다고 했다. 듣다 보니 정말 기이했다. 내가 더 들려달라고 하자 그는 다음과 같이 자세하게 들려주었다.

나는 원래 한양에 집이 없었다. 마침 부동•에 빈집이 하나 있다는

- **나** 이 이야기의 편자인 임방(1640-1724). 실제 그는 1716년 사위였던 이원곤의 옥사에 연루되어 투옥된 적이 있었다.
- **부동(部洞)** 지금의 서울 중구 필동에서 충무로에 걸쳐 있었던 동네로, 그 옆으로 묵정동이 있었다.

소식을 듣고 빌려 살 참이었다. 아버지께서 식솔을 거느리고 들어가 안채에 거처하시고 나는 홀로 행랑에 묵었다. 그러던 어느 날이었다. 밤이 깊어 자리에 들었으나 아직 잠들지 못한 때였다. 홀연 어떤 여자가 지게문을 열고 들어와 등불 앞에 서는 것이었다. 유심히 살펴보니 전에 몇 번 본 적이 있는 양반 집의 여종이었다. 얼굴이 어여뻐 내가 한번 안아보려고 했으나 기회가 없어 매번 마음에만 두고 있던 아이였다. 그 아이가 이 밤에 자기 발로 찾아왔으니 천만뜻밖이었다. 깜짝 놀랐으나 너무 반가워 그 애를 불러 가까이 앞으로 오라고 했다. 그런데 그녀는 서 있을 뿐 아무 움직임이 없었다. 내가 일어나 손을 뻗어 그녀를 잡으려 하자 곧장 몸을 빼 뒤로 물러났다. 남의 손이 자기 몸에 닿지 못하게 하는 것 같았다. 나는 재빨리 다가섰다. 하지만 그 애의 뒷걸음질이 워낙 빨라 끝내 붙잡을 수 없었다. 지게문에 닿자 발뒤꿈치로 문을 밀치고 나갔다. 나는 뒤따라 쫓아 나갔으나 어느새 시야에서 사라지고 말았다. 사방으로 찾아보아도 막연할 뿐 간 곳을 알 수 없었다. 그때까지만 해도 나는 '이 여자애가 몸을 피해 숨었겠지.' 하고 이상하다는 생각은 조금도 하지 않았다.

그런데 다음 날 밤에도 그녀가 찾아와 등불 앞에 섰다. 여전한 그녀의 황홀한 모습에 나는 또 일어나 끌어안으려 했다. 이번에도 그녀는 곧장 뒷걸음치며 물러나더니 문밖으로 나가서는 보이지 않았다. 어제처럼 아무리 찾아보아도 찾을 수가 없었다. 애가 타고 이상하다 싶었으나 그때까진 그 애가 귀신이란 사실을 전혀 눈치채지 못했다.

또 며칠이 지났다. 밤이 깊어 혼자 누워 있는데 갑자기 방 위 천장에서 '벌떡벌떡' 하는 소리가 들렸다. 무슨 자리를 털거나 종이를 뒤

집는 소리 같았다. 점점 시끄러워지더니 이윽고 천장에서 휘장 하나가 내려왔다. 짙은 푸른색을 띤 휘장은 방 한가운데를 가로막았다. 그러더니 어느 순간 방 안 가득 숯불이 깔리고 검붉은 불꽃이 타올랐다. 그 열기가 금방이라도 방을 태울 기세였다. 이윽고 내가 누워 있는 자리만 빼고 방 전체가 불길에 휩싸였다. 달리 빠져나갈 구멍도 보이지 않았다. 이러다가 불에 타겠다 싶어 다급하고 두려운 마음에 거의 기절할 지경이었다.

새벽닭이 울고 나서야 천장에서 들리던 벌떡벌떡 소리가 잦아들었다. 드리웠던 푸른 휘장도 걷히고 방 안에 가득했던 불도 한순간에 저절로 꺼졌다. 막 청소한 것처럼 하나도 남은 게 없이 깨끗했다.

다음 날 밤, 나는 또 혼자 방에 누웠다. 아직 옷을 벗고 잠자리에 들기 전이었다. 이번에는 느닷없이 사나운 장사 한 놈이 문을 밀치고 들어왔다. 철릭•에 청색의 갑옷을 걸친 차림새가 관아의 죄인을 다루는 군졸 같았다. 막무가내로 다가오더니 나를 잡아끌고 나가려고 했다. 나도 그땐 젊고 씩씩한 데다 담력도 있던 터라 끌려 나가지 않으려고 그를 붙잡고 다투면서 버텼다. 그러나 그자의 힘이 워낙 세 도저히 당해낼 수가 없었다. 별수 없이 금세 마당으로 끌려 나왔다. 그자는 나를 잡아 높이 쳐들어 몇 차례 빙빙 돌리다가 마당 앞 섬돌 위로 냅다 내던졌다. 나는 그 자리에서 혼절하여 땅에 꼬꾸라져 옴짝달싹할 수가 없었다. 놈은 엎어져 기절한 나를 지키고 서 있었다.

• **철릭** 무인이 입는 겉옷에 해당하는 도포. 한자로는 '천익(天益)', '철릭(綴翼)', '첩리(帖裏)' 등 다양하게 표기했다.

이 집은 정원이 하나 있고 정원 주위에 담장이 둘려 있었다. 이 담장 안 정원 위에 또 다른 십여 명의 놈들이 한데 모여 있었다. 모두 철릭과 갑옷을 입어 이 군졸과 같은 차림새였다. 저들은 나를 패대기치는 광경을 보고 있다가 일제히 그만두라고 소리쳤다.

"그만하게, 그만해!"

그러나 그자는 이렇게 맞받았다.

"무슨 상관이야, 왜 상관하냐고!"

저쪽에선 계속 그만두라고 소리쳤고, 이쪽에선 계속 무슨 상관이냐며 대꾸했다. 다시 저쪽 무리에서 소리쳤다.

"이 양반은 무관의 고위직에 오를 분이네. 그러지 말게, 하지 말아!"

여전히 그자는 받아쳤다.

"그러든 말든 무슨 상관이야, 뭔 상관이냐고!"

놈은 급기야 두 손으로 나를 들어 공중으로 내던졌다. 던져진 내 몸은 하늘로 솟구쳐 나부끼듯 남쪽으로 날아갔다. 경기와 호서를 지나 호남의 한 외진 땅에 떨어졌다. 공중에 떠서 날아갈 때 아래를 내려다보니 지나치는 삼도의 고을들이 낱낱이 눈에 들어왔다. 놈은 다시 나를 호남에서 공중으로 내던졌다. 나는 또 하늘로 솟구쳐 올라 북쪽으로 하늘하늘 날아 처음 엎어졌던 집 섬돌에 떨어졌다. 다시 정원에서 저쪽 무리가 만류했다.

"그러지 말라니까, 그러지 말아!"

"무슨 상관이냐, 왜 상관하냐고!"

이렇게 처음 했던 말을 되풀이했다. 놈은 또다시 나를 들어 공중으로 내던졌고, 호남까지 날아가 떨어진 나를 다시 호남에서 공중으로 내던졌다. 역시 섬돌 위로 떨어졌다. 이렇게 두 번을 똑같이 했다. 결국 애초 정원에 모여서 지켜보던 자들 가운데 한 명이 다가와 나를 붙잡고 있던 놈을 끌고 데려갔다. 이들은 정원에 함께 모여 한바탕 웃고 떠들다가 흩어졌다. 그리고 더는 보이지 않았다. 나는 섬돌 위에 엎어져 정신을 잃은 채 깨어나지 못했다.

다음 날 아침, 아버지께서 밖으로 나왔다가 기절해 있는 나를 보고 깜짝 놀라 부축해서 방으로 들어가 치료해 주셨다. 이윽고 숨이 돌아와 깨어날 수 있었다. 나는 결국 이 집을 버리고 다른 동네로 도망치듯 이사했다. 나중에 들으니 이 집은 평소 흉가로 알려져 있었다고 한다.

《천예록》 제38화 〈崔僉使僑舍逢魔(최첨사교사봉마)〉

32화

남대문 밖 심생의 귀신 체험

남대문 밖에 심생(沈生)이라는 양반이 살고 있었다. 집이 몹시도 가난하여 가시로 엮은 사립문에, 벽을 뚫어 창문을 내었으며, 외출할 땐 서로 옷을 바꿔 입고 나갈 정도였다. 병사 이석구•와 동서 간이어서 간혹 그의 도움으로 죽이라도 얻곤 했다. 그런 심생이 지난해 겨울 겪은 일이다.

대낮에 한가로이 앉아 있는데 느닷없이 바깥채 반자 위에서 쥐가 오가는 소리가 들렸다. 심생은 담뱃대를 가지고 위를 두들겼다. 쥐를 쫓는 방법으로 이만한 게 없었기 때문이다. 그런데 반자 안에서 사람 소리가 들렸다.

"나는 쥐가 아니고 사람이오! 당신을 만나보려고 산 넘고 물 건너

• **이석구(李石求)** 1775-1831. 자는 주경(柱卿), 본관은 전주이다. 효령대군의 후손이자 무신 집안 출신으로, 삼도통제사와 포도대장 등을 지냈다.

여기까지 찾아왔으니 이리 박대하지 마시오."

심생은 놀랍고 의아하여 도깨비겠거니 생각했다. 그러나 도깨비가 어찌 대낮에 돌아다니며 눈에 띌 리가 있겠는가? 도무지 이해가 가지 않아 얼떨떨해하는 사이 또 반자 위에서 소리가 났다.

"내가 먼 길을 오느라 몹시 배가 고프다오. 밥 한 그릇 내주면 고맙겠소."

심생은 밥을 내주지 않고 곧장 안채로 들어가 이 상황을 얘기했다. 그러나 이를 믿는 식구는 아무도 없었다. 그런데 말이 채 끝나기 무섭게 허공에서 소리가 들렸다.

"당신들 말이오…… 모여서 나를 험담하느라 이러쿵저러쿵하지 마시오!"

이 소리에 여자들은 기겁하며 달아났다. 귀것은 여자들을 쫓아다니며 머리 위에서 계속 지껄였다.

"겁내서 도망칠 필요 없소. 나는 귀댁에 오래 머물 참이니 한식구나 다름없지. 이리 멀리하고 거리를 두면 되겠소?"

여자들은 서편으로 달아나고 동편으로 숨어들었다. 하지만 귀것은 가는 곳마다 쫓아가 연거푸 밥을 달라며 소리쳤다. 별수 없이 정갈한 밥과 찬을 상에 차려 마루에 내놓았다. 쩝쩝 밥 먹는 소리와 후루룩 국을 마시는 소리가 나는가 싶더니 잠깐 사이에 다 비웠다. 다른 귀신이 흠향하는 모습과는 아예 달랐다. 심생은 너무 해괴하여 물어봤다.

"너는 무슨 귀신이며, 어떤 연유로 내 집에 들어왔느냐?"

"나는 문경관(文慶寬)이라 하오. 떠돌아다니던 중에 우연히 당신 집에 들어오게 되었소. 지금 배불리 먹었으니 이제 여기서 떠나려 하오."

그러고는 가버렸다. 그런데 이튿날도 이것이 다시 찾아와 어제처럼 먹을 걸 찾았고 이번에도 배불리 먹고 떠났다. 이때부터 날이면 날마다 찾아왔고, 어떤 때는 하룻밤 묵으며 심심풀이 얘기를 나누기도 했다. 어느덧 심생의 안팎식구들에게 익숙해진 일이 된 지 꽤 되었다. 그런데도 두려움이 가시지 않아 하루는 심생이 벽에 붉은 부적을 써 붙이고, 그 외 귀신을 물리치는 물건들을 그 앞에 죄다 벌여놓았다. 다시 온 귀것이 화를 냈다.

"나는 사악한 요물이 아니거늘 이런 짓을 한다고 겁먹을 줄 아시오? 얼른 치우시오. 오는 사람 막지 않는다는 말도 있지 않소."

심생은 할 수 없이 부적과 물건들을 치우고 한번 물어봤다.

"그럼, 너는 앞으로 닥칠 화복을 알 수 있느냐?"

"모조리 다 아오."

"그렇다면 우리 집안의 장래는 어떠하냐? 길하냐 흉하냐?"

"당신은 쉰 살 남짓까지 살지만 평생 평탄한 삶은 아니오. 당신 아들은 몇 살까지 살 것이며, 손자가 과거 급제하는 영광이 있겠으나 높은 자리에는 오르지 못하오."

이 외에도 집안의 아무 부인은 몇 살까지 산다고 알려주었다. 심생은 이 말을 듣고 경악했다. 이번에는 몇 살에 사내를 낳을지 물었더니 이것도 일일이 대답해 주고 이런 요구까지 했다.

"내 긴히 쓸데가 있으니 돈 200푼만 주면 고맙겠소."

"너는 우리 집이 가난한 것 같으냐, 부자인 것 같으냐?"

"뼈가 시릴 정도로 가난하오."

"그렇지. 그러면 그 돈을 어디서 마련하겠느냐?"

"당신 집 아무 궤짝 안에 얼마 전 빌려와서 넣어둔 돈 두 꿰미가 있지 않소. 그거라도 주겠다고 해야 하지 않소?"

"그거야 내가 온갖 수단으로 비참하게 구걸한 끝에 빌려다 놓은 돈이다. 지금 너에게 주고 나면 우린 저녁밥도 지을 수 없단 말이다. 어찌하란 말이냐?"

"당신 집에 얼마간 쌀이 남아 있으니 저녁거리야 충분하지 않소. 어째서 거짓말로 때우려고 하오? 내 당장 저 돈을 가져갈 테니 화내지 마시오."

그러고는 훌쩍 가버렸다. 심생이 수상하여 궤짝을 열어보니 자물쇠는 그대로 채워져 있는데 돈은 온데간데없었다. 그는 가슴이 먹먹해지는가 싶더니 점점 갑갑해지며 속이 타들어 갔다. 속절없이 부인네는 친척 집으로 보내고 자신은 사이 좋은 친구 집으로 가서 얹혀살았다. 하지만 귀것이 다시 그곳으로 찾아와 역정을 내는 것이 아닌가.

"왜 나를 피해 여기 먼 데까지 와서 얹혀사는 거요? 당신이 천 리를 달아나 숨은들 내가 못 찾을 것 같소?"

이번에는 친구에게 밥을 내놓으라고 을렀다. 집주인이 주지 않자 귀것은 심한 욕설을 퍼부었다. 급기야 그릇을 깨부수며 밤새 난리를 쳤다. 친구는 심생에게 화를 내며 깨진 그릇 값을 물어내라고 했다. 그러니 여기서도 편히 있을 수 없어 새벽녘에 자기 집으로 돌아와야 했다. 귀것이 이번에는 부인네가 더부살이하는 곳까지 찾아가 아까 같은 야료를 부렸다. 부인도 할 수 없이 집으로 돌아왔다. 귀것은 이전처럼 계속 왕래했다.

하루는 이 귀것이 이렇게 말했다.

"이제 작별하고 멀리 떠나려 하오. 몸을 잘 보중하기 바라오."

심생은 신이 났다.

"그래, 자네는 어디로 가는가? 아무튼 제발 빨리 떠나게. 그래야 우리 집이 편해지지."

"우리 집은 영남의 문경현에 있소. 고향에 돌아가려고 큰마음을 먹은 거요. 다만 노잣돈이 없어서 그러니 엽전 열 꿰미만 내주면 좋겠소."

"내가 가난해서 입에 풀칠하기도 어려운 줄을 자네도 익히 알고 있지 않는가. 그 많은 돈을 어디서 구해 오란 말인가?"

"병사인 이석구 어른 댁에 가서 이리이리 부탁하면 돈 마련이야 손바닥 뒤집듯 쉬울 거요. 왜 그럴 생각은 하지 않고 안 된다고만 하시오?"

"우리 집은 죽 한 그릇, 옷 한 벌도 모두 병사 어른의 도움을 받고 있네. 그 은혜가 한 형제와 같거늘 아직 티끌만 한 보답도 못 하고 있다네. 항상 면목이 없고 부끄러워 마음 한구석이 불편하기 짝이 없네. 한데 지금 또 무슨 낯짝으로 엽전 열 꿰미를 빌려달라고 한단 말인가?"

"이미 그 댁에서도 내가 당신 집에서 소란을 피운 걸 잘 알고 있잖소. 이 돈만 마련해 주고 나면 귀것이 사라질 거라며 간곡하게 부탁하면 그쪽에서도 이번에 도와주면 살겠구나 싶어 내주지 않겠소?"

심생은 기가 막혀 말도 나오지 않았다. 그렇다고 속여 넘길 수도 없었기에 기어이 병사를 찾아가 사정을 아뢰었다. 병사는 과연 개탄스러워하면서도 돈을 내주었다. 심생은 이 돈을 허리에 차고 집으로 돌아와 궤짝 속에 꼭꼭 감추고 아무렇지도 않다는 듯이 앉아 있었다.

얼마 지나지 않아 귀것이 찾아와 희희낙락했다.

"그동안의 대접도 고마웠는데 이제 노자까지 받게 됐구려. 이것으로 먼 길 나서는 데 아무 걱정거리가 없게 되었소."

그래도 심생은 일단 속였다.

"내가 누구에게 돈을 얻어 자네 노잣돈을 마련했다고 하던가?"

귀것은 씩 웃었다.

"진작부터 선생이 노숙하고 신실한 줄 아는데, 지금 와서 농을 치시오?"

그러고는 이어 말했다.

"내 이미 궤짝 안에서 선생의 돈을 꺼내고 그중 두 냥 다섯 푼은 남겨뒀소. 내 조그만 정성이니 술이나 팔아 한번 취하도록 드시오."

이렇게 인사말을 남기고 떠났다. 심생의 집 식구들은 남녀노소를 막론하고 춤을 추며 기뻐했다.

열흘쯤 지났을 때였다. 다시 공중에서 귀것이 안부를 묻는 것이었다. 심생은 노발대발했다.

"내가 남에게 애걸복걸하여 열 꿰미 돈을 마련해 주지 않았느냐! 그렇다면 너는 감사한 줄 알아야지, 지금 또 은혜를 저버리고 약속을 깨뜨린단 말이냐. 그러고도 다시 와서 괴롭히니 내 관왕묘에 하소연하여 너를 작살내 달라고 할 것이야!"

"난 문경관이 아닌데 어째서 배은망덕하다고 하는 거예요?"

"그렇다면 너는 도대체 누구냐?"

"나는 문경관의 처예요. 당신 집에서 귀신을 잘 대접해 준다고 들어서 먼 길을 마다하지 않고 찾아온 것이고요. 당신은 흔쾌히 맞아

줘야지 도리어 욕을 해대다니요? 게다가 남녀 사이는 서로 경대하는 게 선비의 행실 아닌가요? 당신은 만 권 책을 읽었을 텐데 배운 게 뭐예요?"

심생은 하도 기가 막혀 헛웃음만 나왔다.

"그럼, 내일 또 올게요."

이 뒤의 일은 전혀 들은 게 없어서 아쉽다. 당시 호사가들이 심생 집을 다투어 찾아가 귀것과 말을 주고받았다고 한다. 이 때문에 심생의 집 문 앞은 수레와 말로 몹시 붐벼 시끄러웠다. 학사 이희조•는 직접 하룻밤 묵으면서 대화를 나누기까지 했다고 한다. 아! 괴이한 일이다.

《기리총화》 중권 제9화 〈沈家鬼怪(심가귀괴)〉

• **이희조(李羲肇)** 생몰년 미상이며, 순조와 철종 연간에 활동한 이력이 나온다. 1818년에는 서장관으로 중국에 다녀오기도 했다.

조선시대 귀신의 계보와 체험담

귀신 이야기는 신선담과 함께 고전문학을 대표하는 판타지다. 양자가 비현실적인 대상이라는 점에서는 대동소이하나 출현과 관련해서는 변별되는 지점이 있다. 즉 신선은 동아시아에서 고안된, 다시 말해 완전히 만들어진 대상이라면, 귀신은 인간의 삶과 죽음의 그 경계 어딘가에 출몰하는, 인간의 믿음과 불신 사이에 존재하는 그 무엇이다. 이런 대상에 대한 인식 차이로, 신선담이 특정 시대에 풍미한 유형이라면 귀신담은 과거는 물론 지금도 생산되고 있으며 앞으로도 인간의 역사와 동행할 참이다. 그럼에도 과학 지식의 축적에 따른 자연현상에 대한 이해 정도와 이를 활용하는 주체에 따라 귀신의 존재나 그 인식까지도 계속 달라졌을 법하다. 실제로 삼국시대 귀신과 조선시대 귀신의 모습과 형상에는 꽤 차이가 보인다. 당연히 지금 시대에 출몰한다는 귀신과 조선시대의 텍스트에 등장하는 귀신과도 거리가 있다. 이는 시대마다 귀신을 믿는 경향이나 실생활에서 어떻게 받아들였는가 하는 차이와 관련이 있다. 아마도 인류사에서 영원히 풀지 못하고 넘어갈 문제 가운데 하나가 귀신이 아닐까 싶다.

조선시대의 귀신은 단순한 일상의 체험에서부터 정치적인 이슈를 상징하거나(주로 조선 전기), 전쟁이나 역병 같은 집단적인 죽음을 반영하거나(주로 조선 중후기), 개인의 원한을 풀어내는 기제로 활용하는(주로 조선 후기) 등 그 활용도가 무척 다양했다. 이를 달리 정리하면 개인과 사회의 현실적인 문제를 귀신이라는 우회로를 통해 전방위적으로 드러내고자 한 의도가 읽힌다. 귀신담이 귀신을 그저 흥미로운 대상으로 다룰 때도 있지만, 다수는 당대 사회의 뒤틀림이나 인간의 불안한 심리를 환기하고 있다. 이때 귀신은 개인과 사회의 경계에서 인간의 불완전성이나 사회의 불온함을 조장하기도 했다. 그러니 조선시대는 다른 어느 시대보다도 귀신 서사가 다채롭고 문제의식 또한 만만하지 않았다.

한편, 이 귀신 서사에서 귀신은 사람과 마주치면서 이야기가 활기를 띠는데, 양자의 관계 맺기에 따라 혹귀담(惑鬼談)과 축귀담(逐鬼談)으로 나누기도 한다. 혹귀담은 귀신에게 사람이 홀리거나 장악되는 이야기 유형이고, 축귀담은 사람이 귀신을 쫓아내거나 심지어 부리기까지 하는 유형을 말한다. 이 장에는 이런 다양한 형태의 귀신담을 편제했다. 그러니 그에 따른 질감의 차이도 실감할 수 있었으면 좋겠다.

31화는 우리에게 가장 익숙할 법한 흉가에서의 귀신 체험이다. 이야기를 전해 들은 공간이 의금부 감옥 안이라는 점에서 분위기가 더

섬뜩하다. 먼저 귀신 체험의 주체인 최 첨사와 그 가족의 현실이 주목된다. 그들은 도성 안에서 변변한 자기 집 한 채 소유하지 못한 형편이다. 오히려 지방 어디라면 모를까 사대문 안이면 사는 게 더 녹록지 않은 터라 별수 없이 흉가에 세 들어 살아야 했다. 당시 한양에 전염병이나 기타 집안의 몰락으로 남은 흉가가 있었다면 집 안에 귀신이 있을 것으로 믿는 것은 자연스러워 보인다. 그러니 그 시대의 흉가는 지금처럼 농가의 빈집하고는 성격이 다르다. 이런 흉가에서의 귀신 출현은 일견 예견된 것이었다.

실제 최 첨사는 두 귀신과 맞닥뜨려야 했다. 하나는 여자 귀신이고 다른 하나는 남자 귀신이다. 사람을 홀리는 아리따운 여자 귀신과 무지막지한 장사 귀신의 출현으로 체험자인 최 첨사는 기절초풍할 고초를 겪는다. 그런데 두 귀신의 면모와 체험자가 느끼는 강도는 달라 보인다. 양반가 여종 귀신은 처음에는 남자를 유혹하는 미모의 여인으로 등장한다. 그렇다면 이야기가 뭔가 이쪽으로 진행될 것으로 예상되나 그렇지 않았다. 방에 불을 놓아 체험자를 위험에 빠뜨리는 쪽으로 우회했다. 이 과정에서 천장에서 벌떡벌떡하는 소리가 들리고 휘장이 내려오더니 이윽고 검붉은 불길이 솟는 장면은 단순히 체험자를 질식시키려는 의도보다는 귀신의 한풀이로 이해된다. 다만 그 맺힌 한이 이것으로 해소된 것인지는 알 수 없다.

다음 귀신인 장사는 막무가내로 최 첨사를 괴롭힌다. 힘자랑이 장난이 아니다. 그가 공중으로 내던져져서 호남 땅을 오고 가는 모습은 마치 지금 비행기를 타고 아래를 내려다보는 풍경과 흡사한데, 이는 당대의 하늘을 나는 환상이 귀신 장사의 힘자랑을 통해서 구현된 셈이다. 최 첨사야 무사 귀신에게 일방적으로 해코지를 당하는 판이지만, 귀신의 능력을 통해 지상의 사람들이 꿈꿔왔던 하늘을 나는 욕망이 관철됐으니 얄궂다. 그리고 이런 요소가 들어가면서 이야기는 귀신과의 만남이 아주 두렵거나 끔찍한 방향이 아니라 새로운 세계를 경험하는 쪽으로 선회한다.

실제로 조선시대 귀신담 중에 단순 체험담이라고 하더라도 그야말로 소름 돋는 유형은 거의 없고, 이런 식으로 어떤 흥미를 유발하려는 경향이 강하다. 이런 귀신과 환상 세계가 어우러져 빚어진 서사 유형은 조선 후기에 새롭게 등장한 귀신담의 하나이다.

32화는 연고 없는 귀신이 나타나 지속해서 주인을 괴롭히는 이야기다. 쥐가 천장에서 찍찍거리며 내달리면 작대기로 쿡쿡 찌르며 쫓아냈던 일은 여느 시골 초가집의 일상으로, 그리 오래된 풍경은 아니다. 이 이야기에서도 반자 위의 쥐가 사람 소리를 내며 귀신 노릇을 하고 있다. 그래서인지 귀신의 출현이 왠지 낯설지 않다. 이 귀신은 마치 쥐가 아무렇게나 남의 집 천장으로 숨어들 듯 찾아왔기 때문이다. 자신을 문경관이라고 밝혔으나 그의 성명과 출신이 어떤 서사의 결을 내지는 않는다. 그는 아무 인연이 없는 심생의 집을 찾아와 밥을 달라, 노잣돈을 달라며 괴롭힐 뿐이다. 더구나 심생은 가난한 터라 이 괴롭힘에 고역이 이만저만 아니다. 문경관이라는 귀신의 괴롭힘과 가난한 심생의 고역이 이야기의 축을 구성하면서 당시의 귀신에 관한 풍속이나 인간과 귀신의 관계 맺기를 흥미롭게 풀어간다. 간신히 돈까지 꾸어 귀신을 내보냈으나 마지막에는 부인 귀신까지 나타난 상황에 '기가 막혀 헛웃음만 나오는 심생'의 모습은 그래서 해학적으로까지 느껴진다.

그런데 궁금하다. 왜 문경관은 전혀 연고 없는 심생에게 나타났을까? 이에 앞서 문경관 귀신은 왜 죽었을까? 이런 것들을 따져보는 것 자체가 대책 없어 보이지만, 묘한 연결 지점을 찾을 수도 있다. 왜 문경관 귀신은 먹을 것과 노자를 요구할까? 그는 아마도 굶어 죽었거나 타향을 떠돌다가 죽었을 가능성이 크다. 그렇다면 왜 하필이면 대책 없이 가난한 심생을 찾아왔을까? 여기서 심생이 가난하면서도 결국은 귀신의 요구에 부응해 주는 점을 눈여겨볼 필요가 있다. 심생은 어려운 처지에서도 꾸역꾸역 귀신을 도와준다. 몸서리치게 싫으면서도 부응하는 심생과 죽은 뒤에도 의지할 데 없는 문경관의 기막힌 만남이 이 이야기를 끌어가는 동력이다.

33화

찬을 내오라고 다그친 마마 귀신

도성에 사는 어떤 선비가 있었다. 그는 일이 있어 영남에 내려갔다가 돌아오는 길이었다. 날이 저물어 어느 시골집에 투숙하려 했다. 그런데 이 집 주인은 아이가 마마에 걸려 위독하다며 그를 받아주지 않았다. 선비는 어쩔 수 없이 다른 곳에서 묵어야 했다. 그날 밤 꿈에 반백의 노인이 나타났다.

"내가 그 집에 손님으로 와 묵은 지 벌써 여러 날이 되었네."

선비는 꿈속에서 이렇게 답했다.

"주인이 문에서 막아서며 들이지 않아 낭패를 보았습니다."

그러자 노인이 다시 말했다.

"주인이 예의를 몰라 대접하는 게 영 성의가 없구나. 해서 조만간 그 집 아이를 죽이려 하네."

"주인이 성의가 없다는 건 무슨 말씀입니까?"

"그자의 집엔 산꿩에다 쇠고기며 곶감 따위의 먹을거리가 있는데도 꼭꼭 숨겨놓고 내게 내놓지 않더군. 괘씸하지 않은가?"

그제야 선비는 그가 마마 귀신•인 줄 알아차리고 대꾸했다.

"거참 정말 미워할 만도 하군요. 하나 아이까지 죽이는 건 너무하잖습니까? 제 생각에는 아마도 깜박하고 내오지 않은 게 아닌가 싶은데요. 내일 아침에 제가 얘기해서 음식들을 내오게 할게요. 어르신과 함께 먹는다면 나그넷길의 호사가 아니겠습니까? 아이는 특별히 용서하여 낫게 해주는 게 어떨까요?"

"내 뜻은 정해졌으니 자네 말은 따를 수 없네."

선비가 재차 사정사정하자 노인은 알겠다고 하고서 가버렸다.

꿈을 꾸고 난 선비는 새벽녘에 일어나 처음 들렀던 집으로 가서 주인을 불렀다. 자식의 마마 증상이 어느 정도인지 물었더니 이리 답했다.

"지금 목숨이 경각에 달렸습죠!"

"내가 아이를 살려낼 테니 내 말을 따르겠는가?"

"오직 선비님 하라시는 대로 합죠."

"자네 집에 꿩이 있지?"

"그렇습죠."

"쇠고기도 물론 있고?"

"그렇습죠."

"곶감도 물론?"

• **마마 귀신** 마마, 즉 천연두를 관장하는 귀신. 천연두를 '두모(痘母)', '두사(痘司)'라고도 했는데, 바이러스에 의한 급성 전염병인 천연두를 앓고 난 뒤 흉터 난 자국이 콩 모양이라고 해서 붙여진 명칭이다.

"당연합죠."

주인은 대답하면서도 무척 놀라는 기색이었다. 하나하나 맞추는 게 신기했기 때문이다. 이윽고 선비가 일렀다.

"자네 아이가 위독하게 된 이유는 다 이 음식들 때문이라네. 당장 쇠고기를 삶고 꿩을 구워 찬을 내오고, 곶감도 내다가 상에 차리고 난 다음에 내게 다시 알리게."

이 말을 들은 주인은 서둘러 요구한 것들을 장만하고 거기에 찐 떡까지 보태어 두 상에 가지런히 올린 다음 선비에게 알렸다. 선비가 들어와 주인더러 상을 대청마루에 진상하되 한 상은 정면 벽의 빈 위패에 놓고 다른 한 상은 자기 앞에 놓으라고 했다. 그러더니 수저를 들어서 누군가에게 먹으라는 시늉을 하고 자신도 직접 떠먹었다. 얼마 뒤 앓던 아이가 갑자기 말문을 텄다.

"어째서 나한테는 꿩이랑 쇠고기랑 곶감을 먹으라고 안 해요?"

놀란 주인이 빈 위패 앞에 두었던 상을 가져다가 주려 했다. 그런데 상이 만 근이나 나가는 듯 무거워 도무지 옮길 수가 없었다. 주위 사람들은 두려움에 떨며 당장 남은 찬을 내놓았다. 아이는 평상시처럼 잘 먹었다. 한편, 선비는 연거푸 십여 잔을 들어 빈 위패에 올리고 평소 수작하듯 마셨다. 이윽고 거나하게 취한 그가 가족들에게 일렀다.

"이제 상을 물리게!"

이와 동시에 빈 위패에 놓였던 젓가락이 상 아래로 떨어지면서 짤그락하는 소리가 났다. 이때부터 아이의 병이 순식간에 호전되어 안정을 되찾았다. 주인은 놀라는 한편 기뻐서 어쩔 줄 몰랐다. 선비가 아이 병을 낫게 해줬다며 주인 부부는 신령 모시듯 그에게 절을 올리고 사례했다. 그러면서 며칠 묵어가십사 극구 청했다. 선비는 하는 수 없이 며칠을 더 머물렀다. 그러던 중 또 한밤에 꿈을 꾸었다. 저번의 노인이 다시 나타나 그에게 말했다.

"내 앞서 그대의 청을 들어주었으니 그대도 나의 청을 들어주겠는가?"

"말해보시지요."

"나는 본래 영남의 아무 고을 사람이네. 죽어서 마마 귀신이 되어 지금 여기서 마마를 퍼뜨리는 중이지. 내가 죽은 지 두 해가 다 되어 자식들이 곧 대상제•를 치를 참이네. 한데 내가 일이 바빠 집에 들러 제삿밥 먹을 틈이 없구려. 우리 집은 길가에 있어 그대가 가는 길에 지나치게 될 걸세. 그러니 우리 집에 한번 찾아가 이 말을 전해주시게. '지금 제사를 지내지 말고 며칠 뒤 따로 날을 다시 정해 제사를 지내거라. 하면 내 가서 흠향할 것이니라.' 자식은 모두 셋이고 이름이 아무개, 아무개, 아무개라네. 애들이 제사를 지낸다 해도 내가 참석 못 하면 이는 안 지내느니만 못하잖겠는가. 그대가 나의 이 뜻을 전해준다면 정말 고맙겠네."

이에 선비가 물었다.

"가는 길에 댁에 들러 알려주는 거야 그리 어렵지 않은 일입니다만 자제들이 이 말을 믿지 않는다면 어찌해야 합니까?"

"그렇겠네! 내가 예전에 밭뙈기 하나를 사놨었네. 평소 내가 앉던

• **대상제(大祥祭)** 사망한 날로부터 만 2년이 되는 두 번째 기일에 지내는 제사. 통상 대상을 지내고 나면 상복을 벗으며, 그 이후부터는 기제사를 올리게 된다.

뒤쪽 벽에 기둥이 하나 있는데, 이 기둥 뒤편으로 작은 구멍이 나 있다네. 거기에 이 밭뙈기 문서를 넣어두었었네. 한데 그 뒤 언젠가 벽을 바를 때 구멍에 숨겨둔 문서를 깜빡하고 종이로 발라버렸지 뭔가. 몇 년 뒤 내가 죽고 나서 자식들이 문서를 찾으려 했지만 결국 찾지 못하게 되었다네. 거기다가 이런 사실을 눈치챈 밭뙈기 전 주인이 소송을 제기하여 다시 빼앗으려고 하고 있다네. 지금 자식들이 이 때문에 골머리를 앓고 있고. 자네가 가서 자식들에게 이 사실을 전해 기둥 구멍에서 밭문서를 찾게 해주시게. 그러면 이것으로 절로 증명이 되고 내 말도 믿을 걸세."

선비는 그리하겠다고 했다. 노인은 두세 번 신신당부하고 떠났다.

뒤에 선비가 노인의 집에 들러 사정을 물었더니 과연 노인이 말한 내용과 같았다. 일단 선비는 주인의 하인 집에서 묵으며 아들을 만났으면 한다고 했다. 그러자 내일이 대상이라 손님을 뵐 수 없다는 전갈이 왔다. 이에 선비가 다시 전했다.

"반드시 제사 전에 만나봐야 하오."

그제야 아들이 선비를 들어오라고 하여 무슨 일인지 물었다. 선비는 꿈에 뵌 부친의 말을 자세히 얘기해 주었다. 자식들은 처음엔 놀랍고 이상한 일이라고 하면서 그를 엉뚱한 사람으로 취급했다. 선비가 부친의 외모를 말해주고, 또 세 자제의 이름까지 대자 조금은 믿는 듯했다. 그래도 여전히 의심을 떨쳐내지는 못했다. 결국 선비가 벽기둥 구멍에 문서를 넣어둔 사실을 얘기해 주었다. 그들은 당장에 바른 종이를 찢어내고 그곳을 살펴보았다. 그랬더니 정말 문서가 있었다. 그제야 선비의 말이 거짓이 아님을 알아차리고 저들은 서로를 붙잡고 통곡했다. 그리고 선비를 모셔다가 후하게 대접하고 친족 회의를 열었다. 회의에서는 '두 번째 기일에 신령이 내려와 흠향하지 않는다는 걸 확실히 알게는 됐지만, 그렇다고 제례상 기일을 폐할 수는 없다.'라고 의견이 모였다. 그리하여 일단 그날에 제를 올리고 다시 며칠 뒤에 날을 따로 정해 대상제를 올렸다. 선비가 전한 대로 따른 것이라고 한다.

《천예록》 제31화 〈出饌對喫活小兒(출찬대끽활소아)〉

34화

귀신을 점검하는 재야의 선비

한준겸•에게는 호남 땅에 사는 먼 친척이 있었다. 이 친척은 됨됨이가 무지하고 경망스러웠으며 집은 몹시도 가난했다. 그런 그가 수시로 한공을 찾아왔다. 그러면 한공은 추위에 헐벗고 굶주리는 그의 신세를 불쌍히 여겨 입은 옷을 벗어 주고 음식도 내주는 등 아낌없이 도와주었다. 한번 올 때마다 달포 남짓을 붙잡아 두었다가 돌려보내곤 했다. 그가 능력이 없다고 하여 나무라거나 꾸짖지도 않았다.

그러던 어느 날, 그가 한공을 찾아왔다가 돌연 돌아가겠다고 했다. 때는 정월 초하루가 며칠 남지 않은 날이었다. 그래서 한공은 그를 붙잡았다.

"자네, 말 타고 가는 길에 배를 주린 채 한 해를 보내서야 쓰겠는

• **한준겸(韓俊謙)** 1557-1627. 자는 익지(益之), 호는 유천(柳川), 본관은 청주이다. 대사성과 함경도·평안도 관찰사 등을 역임했다. 광해군에서 인조로 이어지는 정치적 파란의 시기에 활동한 인물이다.

가? 차라리 내 집에 있으면서 떡국이라도 배불리 먹고 편한 자리에 누워 새해를 맞는 게 낫지 않겠는가?"

하지만 그는 몇 번이고 돌아가겠다고 했고, 한공은 한사코 만류했다. 결국 친척은 더 이상 사양하지 못하고 그대로 머물렀다. 그런 그가 그믐날 밤이 되자 한공에게 이런 요청을 했다.

"저는 사실 수만이나 되는 귀신을 거느리는 능력이 있습니다. 매년 정월 초하루엔 저들의 이름을 불러 점검을 하지요. 이렇게 하지 않으면 저것들이 아무 거리낌이 없어져 사람들을 마구 해친답니다. 이는 결코 작은 일이 아닙니다. 제가 돌아가겠다고 한 것도 이 때문이었습니다. 어른께서 저를 이렇게 잡아두셨으니 아무래도 이 댁에서 귀신을 좀 점검해야겠습니다. 그러니 어른께서는 놀라지 마십시오."

한공은 이 말이 퍽 놀랍고 기이하여 그리하라고 했다. 친척은 다시 이런 요구도 했다.

"귀신 점검은 중대한 일이라서 대청에서 거행하고자 합니다."

한공은 이마저 허락해 주었다. 친척은 그날 밤 청사를 깨끗이 치우게 하고 남면한 채• 단정하게 앉았다. 한공이 밖에서 엿보는 중에 이윽고 수를 헤아릴 수 없는 잡귀가 대문 앞을 가득 메우며 들어왔다. 기괴한 형체와 괴상한 복장은 뭐라 형용할 수 없을 정도였다. 그 친척 앞에 쭉 둘러서서 절을 하는데 뜰은 물론 섬돌까지 가득 메웠다. 그는 책자 하나를 꺼내 들고 저들의 이름을 부르기 시작했다. 귀졸

• **남면(南面)한 채** 남면은 통상 임금이 신하나 백성을 마주할 때 남쪽으로 얼굴을 향한다는 뜻이다. 여기서는 그가 귀신 세계의 임금 행세를 한다는 설정이다.

몇이 섬돌 앞에 서서 호명하여 점검해 나가는데, 마치 관아에서 관리들을 검열하는 모양새 같았다.

귀신 점검은 한밤에 시작하여 새벽녘이 돼서야 끝이 났다. 수가 수만이라고 했던 말이 틀린 소리가 아니었다. 그런데 맨 마지막에 귀신 하나가 이름을 다 부른 뒤에야 도착했다. 또 다른 귀신 하나는 담장을 넘어서 들어왔다. 그는 귀졸을 시켜 저들을 끌고 오라고 하여 때리며 심문했다. 늦게 도착한 귀신이 사정을 빌었다.

"사람들이 목구멍에 풀칠하기도 어려운 때라 천연두를 퍼뜨리기에 좋은 철입니다. 해서 멀리 영남의 선비 아무개 집에서 천연두를 옮기고 오느라 출석에 늦었습니다. 그렇긴 하나 저의 죄는 변명의 여지가 없습니다."

이번에는 담을 넘어온 귀신이 변명했다.

"오래도록 기근이 들었기에 경기 지방의 아무개 집에 전염병을 퍼뜨리고 있다가 명부를 점검한다는 사실을 뒤늦게 알고 정신없이 온 것입니다. 그러고도 늦을까 싶어 그만 담장을 넘는 죄를 저지르고 말았습니다."

그는 버럭 소리치며 꾸짖었다.

"이들은 나의 금령을 어겼을 뿐만 아니라 잔혹한 병을 많이 옮겼으니 그 죄가 막중하다. 하물며 이곳은 재상 댁인데 감히 담장을 넘어 들어오다니! 죄가 결코 가볍지 않다. 늦게 도착한 자에겐 곤장 100대를 칠 것이며, 담장을 넘은 놈은 수백 대를 쳐서 칼을 씌우고 족쇄를 채워 감옥에 가두도록 해라!"

이어 뭇 귀신들에게 주목하게 하고는 인간 세상에 해를 끼치지 말라고 영을 내렸다. 몇 번이나 이를 확인해 둔 다음에야 점검을 끝내고 귀신들을 돌려보냈다. 귀신들은 빙 둘러 절을 올리고는 문을 빼곡히 메우며 앞다퉈 나갔다. 시끄러운 소리가 한참이 지나서야 그쳤다. 그는 빈 청사에 꼿꼿이 앉아 뭔가 수심에 잠긴 듯 가만히 있었다. 이윽고 닭이 울고 하늘은 밝아지려 했다.

이를 지켜본 한공은 그저 황홀할 뿐이었다. 이게 현실인지 아닌지 분간이 가지 않았다. 한참 뒤 그에게 귀신을 부리게 된 연유를 물었다. 그랬더니 그의 대답이 이랬다.

제가 젊은 시절 산사에서 책을 읽던 때였지요. 어떤 노승이 계셨는데 우악스럽고 기괴하게 생긴 데다 많이 노쇠하여 죽음이 임박한 상태였답니다. 사람들은 그를 업신여기며 욕을 해댔으나 저만은 늙어 빠진 모습이 안타까워 때때로 남은 밥을 주며 제법 잘 대접해 주었습니다. 그러던 어느 밝은 달밤에 노승이 이렇게 저를 속이더군요.

"절 뒤편에 한 골짜기가 있는데 경치가 절경이라오. 나랑 함께 가보지 않겠소?"

저는 그 말을 믿고 따라갔지요. 절을 나와 산기슭을 넘어 인적이 없는 곳에 다다르자 노승은 품속에서 책자 하나를 꺼내 저에게 주면서 이러더군요.

"내가 이런 재주를 가졌으나 이젠 늙어서 죽을 날이 얼마 남지 않았다오. 남에게 전수해 주려 한 지 오래되었지만 나라 안을 두루 찾아다녀도 마땅한 이를 만나지 못했소. 한데 지금 그대를 보니 적임자를 찾은 것 같아, 이제 이 비법을 그대에게 전해주려 하오."

책자를 펴보니 바로 귀신에 관한 비책이었으며 귀신 다스리는 법도 있었지요. 노승이 그 자리에서 한 부를 베껴 불을 사르니 수만의 귀신들이 잠깐 사이에 모여들지 않겠어요. 처음 이들을 본 저는 놀라 몸이 떨렸답니다. 노승은 저와 나란히 앉아서 하나하나 이름을 점검하고 나서 귀신들에게 이르더군요.

"나는 이제 늙었다! 이미 너희들을 이 젊은이에게 부탁했으니 지금부터는 이분을 따르도록 해라."

저는 책자를 받은 뒤 귀신들을 호령하여 약속을 정한 다음 흩어지게 했습니다. 이윽고 노승을 모시고 절로 돌아와서 잠을 청했지요. 새벽에 일어나 노승을 찾아뵈니 이미 떠나고 없더군요. 귀신 부리는 일을 지금까지 수십 년 해왔으나 세상에서 이를 아는 자는 없었습니다. 그러다 지금 비로소 어른께서 알게 되신 겁니다.

얘기를 들은 한공은 무척 신기하다며 물었다.

"이 능력을 내게 전수할 수 있겠는가?"

친척은 만류했다.

"어른의 정력으로는 충분히 하실 수 있지요. 하나 이 재주는 재야에 있는 곤궁한 형편의 선비나 하는 짓이지 어른 같은 재상이 할 일은 못 됩니다."

다음 날, 친척은 한공에게 하직 인사를 올리고 떠났다. 그 뒤로는 다시 찾아오는 일이 없었다. 한공은 사람을 보내 그의 거처를 알아보게 했다. 그는 첩첩산중에 띠로 엮은 게딱지만 한 암자에서, 사방천지에 이웃도 없이 외로이 홀로 살고 있었다. 오라고 불러도 끝내 오지 않았다. 뒤에 또 사람을 보내 방문했더니, 거처를 옮겼는지 끝내 종적을 찾을 수 없었다.

한공의 자손이 직접 듣고 사람들에게 전해준 이야기다.

《천예록》 제13화 〈西平鄕族點萬名(서평향족점만명)〉

마마 귀신, 전염병의 역설

두 귀신 이야기에는 마마 귀신이 등장한다. 역병은 인류사에서 전란, 기근과 함께 3대 집단적 재앙으로 받아들여졌다. 이 중에서도 역병은 전염 범위에 경계가 없기에 전란보다도 더 피해가 광범위했고, 때로는 더 많은 죽음을 몰고 왔다. 유럽 전역을 휩쓸며 수천만 명의 희생자를 냈고 그 후유증이 막대했던 중세 시대 흑사병이 이를 대변한다. 우리 쪽에서는 '호환과 마마'로 잘 알려진 마마, 즉 천연두가 가장 대표적인 역병이었다. 사료에 의하면 이 돌림병은 기원전 11세기경에 중국에서 발병한 사례가 있을 정도로 기원이 오래되었으며, 종두법에 이어 백신이 나올 때까지 인류의 가장 보편적인 질병이었다. 물론 그 치료법이 15세기 무렵부터 등장했다고는 하나 약효가 미미했다. 방대하게 퍼진 병을 막기에는 그야말로 속수무책이었다. 21세기 우리도 팬데믹으로 전 세계가 쩔쩔매는 판국이니 과거에는 오죽했겠는가.

그렇기에 한번 마마가 돌기 시작하면 마을마다 대피소를 두거나 전염된 자를 격리하는 것 외에는 다른 방도가 없었다. 이처럼 돌림병의 원인을 몰랐던 그때는 병을 퍼트리는 귀신이 따로 있다고 믿었다. 이런 귀신을 '역귀(疫鬼)'라고 불렀다. 심지어 역귀를 잘 대접하면 돌림병이 빨리 사그라들 줄로 믿기까지 했다. 그러다 보니 역병 이야기에는 마마 귀신이 심심치 않게 등장한다. 한편, 역병과 관련한 이야기가 본격적으로 등장한 시점은 전란 이야기가 본격화된 때와 맞아떨어진다. 이때가 대체로 17세기였다.

마침 이 전란의 시기를 넘어서면서 세계는 소빙하기에 접어들었다. 이에 따른 대기근이 조선 사회를 덮쳤던 사실은 어느 정도 알려져 있다. 전쟁에 이은 기후 변화와 계속되던 기근, 여기에 돌림병이 창궐하면서 조선 민중은 전례 없는 죽음의 위기 앞에 몸서리쳐야 했다. 이런 위기에 처한 민인들의 구세주는 따로 없었다. 이럴 땐 그저 신에게 비는 수밖에 없지 않겠는가. 그렇게 만들어진 대상이 역귀이기도 했다. 그리고 역귀를 이야기에 등장시켜 전염병에 대한 나름의 대응과 극복 의지를 반영하기에 이른다. 그런데 이런 역귀 이야기도 변주를 거듭한다는 점에서 흥미롭다. 여기 두 이야기가 그런 사례이기도 하다.

33화는 죽어서 마마 귀신이 된 자가 남의 집 아이를 위독하게 만들어놓고 그 집에서 제삿밥을 받아먹는다는 이야기다. 마마 귀신은 이야기에 따라 다양하게 그려졌다고 말했는데, 여기 귀신은 죽은 이가 마마를 관장하는 역귀가 된 경우이다. 그래서인지 귀신의 모습이 살벌하지 않고 상당히 온순한 편이다. 밭뙈기 문서 등을 언급하는 것으로 보아, 그가 살아 있을 때는 양민 축에 드는 이가 아니었을까 싶다. 양반이라고 해도 아마 벼슬하지 못한 지방의 한미한 선비에 지나지 않았을 것이다. 이렇게 평범한 사람이 죽어서 마마 귀신이 된다는 설정인데, 그렇다면 그의 죽음도 이와 연결되어 있지 않을까. 이를테면 그도 마마에 걸려 죽었을 수 있다.

어쨌거나 그는 갑자기 죽어서 집안을 미처 다 정리하지 못하고 저승으로 간 것이 분명하다. 이런 정황이라 마마 귀신과 마마를 앓는 아이, 그리고 도성 선비 사이가 뒤죽박죽이다. 이들 사이에 어떤 위계도 드러나지 않는다. 굶주렸던 마마 귀신은 음식을 요구하여 먹고는 죽어가던 아이를 살려준다. 그런가 하면 도성 선비는 마마 귀신의 부탁으로 집안일을 정리하는 데 일조한다. 초점이 마마 귀신의 음식 요구인지, 아니면 마마를 앓던 아이가 극적으로 살아난 쪽인지, 그것도 아니면 마마 귀신이 인간 세상과 소통하고 있는 점을 부각하려는 방향인지도 불분명하다.

사실 어느 쪽도 이야기의 중심은 아니다. 말하자면 중심이 없는 서사이다. 보기에 따라 마마를 앓던 쪽과 병을 퍼트리는 쪽과의 상호 호혜적인 관계라는 점을 부각하려는 의도로도 읽힌다. 그런데 마마를 앓고 있는 아이나 병을 퍼트리는 귀신이나 모두 마마의 피해자라는 점은 점차 분명해진다. 마마 귀신도 하늘에서 떨어진 존재가 아니며 인간 세상에 미련이 남아 있다는 점에서, 누구도 피해 갈 수 없었던 역병 시대의 참상과 그 정서가 묻어난다.

34화는 역병에 대한 극복의 서사로, 호남 땅에 사는 한 무명의 선비가 귀신을 점검한다는 이야기다. 남들이 보면 무지하고 경망한 데다 가난하기 짝이 없는 초라한 선비가 실은 세상에 퍼져 있는 귀신을 단속하는 비범한 재주를 지녔다는 설정이다. 그런 그가 그믐날 늦은 저녁부터 새해 정월 초하루가 밝아오는 새벽까지 수만의 귀신을 점고하는 장면은 이 이야기 가운데 압권이다. 마치 조정 신료가 모두 참석한 자리에서 임금이 신년 하례식을 거행하는 듯하다. 대청으로 물밀듯이 몰려드는 전국의 귀신들은 저마다 흉측하고 우악스럽다. 그런 와중에 어떤 놈은 지각하고, 또 어떤 놈은 담을 넘기까지 했다. 그리고 점고가 끝나자 다시 대문으로 빼곡히 밀려 나가는 모습은 또 무슨 영화의 한 장면 같다.

그런데 지각한 귀신과 담을 넘은 귀신이 눈에 띈다. 둘 다 천연두와 전염병을 퍼뜨리는 데 혈안이 된 귀신들이다. 앞 이야기의 마마 귀신과는 온도 차가 상당하다. 당연히 이들에게는 인간성이 존재하지 않는다. 이런 무시무시한 귀신들을 세상에서 버림받은 재야의 무명 선비가 제압하고 있으니 역설도 이런 역설이 없다. 인간을 괴롭히고 해를 입히는 귀신이 오히려 인간에게 제압당하고 부림을 받는다는 것도 그렇고, 그런 주체가 중앙의 관리나 명망 있는 학자가 아닌 일개 재야의 선비라는 것도 역설적이다. '이 재주는 재야에 있는 곤궁한 선비나 하는 짓'이라는 그의 마지막 언급은 그래서 더 역설적이다.

과거에 천연두는 원숭이 두창 바이러스에 의해 발병했던 돌림병이었다. 얼마 전까지 신종 바이러스로 전 지구가 몸살을 앓았고, 지금도 끝난 게 아니다. 이런 신종 바이러스는 인간과 자연(동식물을 포함한)의 조화가 깨질 때 발생하는 경우가 많았다. 그러니 앞으로 신종 바이러스는 우후죽순으로 생겨날 것이라는 주장이 적지 않다. 실제 그렇다면 앞으로 신종 바이러스가 창궐할 때마다 새로운 백신을 계속 개발하여 인류를 지키거나, 아니면 그때마다 대응에 실패하여 옛날처럼 다시 역귀를 부리는 퇴마사를 만들어 공포와 싸워야 할지도 모를 일이다. 인간과 자연의 대칭성을 복원하는 쪽에 관심을 가져야 하는 이유가 여기에 있다. 이래저래 이 두 이야기는 새로운 전염병 시대로 접어든 지금에 시사하는 바가 적지 않다.

35화

원한 맺힌 처녀의 혼을 풀어준 수령

예전 밀양에 어느 수령이 있었다. 그는 중년에 상처하여 집에는 별실과 며느리, 그리고 아직 혼인하지 않은 딸아이가 있었다. 딸아이는 태어난 지 몇 달 만에 어미를 잃고 유모 손에 길러졌다. 유모를 어미처럼 따르다 보니 딸아이는 아예 유모와 함께 별채의 방에서 지냈다. 딸아이에 대한 수령의 사랑은 각별했다.

그런데 어느 날, 딸아이가 유모와 함께 온데간데없이 사라져버렸다. 읍내의 마을을 샅샅이 뒤졌으나 자취조차 찾을 수 없었다. 밀양 수령은 놀란 마음에 혼이 나가 미친 사람이 되었다. 마구 소리 지르고 혼자 떠드는가 하면 목 놓아 통곡하다가도 이리저리 돌아다니기까지 했다. 그는 어쩔 수 없이 수령 자리를 내려놓고 한양으로 돌아왔는데 그길로 죽고 말았다.

그런데 그 뒤로 밀양 수령으로 온 자들은 부임한 그날로 죽어 나갔다. 이러기를 서너 차례, 이제 다들 밀양 관아를 흉가로 간주하여 발령을 피할 방법만 찾았다. 이 땅으로는 귀양마저도 가지 않으려 했다. 그러자 조정에서는 이 사태를 우려할 수밖에 없었다. 아무 날에는 조회를 열어 문관, 음관, 무관 등 모든 관리와 궐내에 있는 전임자까지 죄다 모이라 하여 밀양 수령으로 자원할 사람을 뽑았다.

그때 한 무변이 있었다. 그는 의금부 소속으로 오랫동안 근무하여 선전관까지 겸했기에 6품직에 오를 수 있었다. 그러다 부모상을 당해 직에서 물러난 지 벌써 20년이 넘은 상태였다. 지금 환갑을 지난 나이인데, 배고픔과 추위로 뼈가 저릴 정도였다. 10년에 옷 한 벌, 한 달에 아홉 끼니도 겨우겨우 해결하는 지경이었다. 문밖을 나간 지도 오래여서 이름난 인사나 정승 가운데 누구 하나라도 아는 이가 없었다. 그런 그가 밀양 수령을 뽑는다는 소식을 듣고 아내와 상의했다.

"내가 정말 저 자리에 자원하고 싶네만, 죽을까 두려워서 엄두를 못 내겠네……."

아내는 그런 그를 노려봤다.

"죽는 거야 매한가지인데 뭐가 두렵다고? 당일에 죽더라도 수령이란 이름은 얻을 수 있는 거고, 요행히 죽지 않으면 이거야말로 천만다행이 아니겠소? 제발 주저하지 말고 자원해 보시구려."

무변은 아내 말이 맞겠다 싶어 대궐로 가서 조회에 참석했다. 그는 맨 아래 대열에 엎드려 있다가 임금께 아뢰었다.

"소신이 재주는 없사오나 자진해서 나가겠습니다."

임금은 그를 가상하게 여겨 해당 부서에서 인사위원회를 열어 단독으로 추천하라 했다. 이에 그는 그 자리에서 조정에 하직하고 나왔다. 집으로 돌아온 무변은 걱정이 이만저만한 게 아니었다.

"자네 말대로 자원하기는 했네만 가면 죽을 게 빤하지 않은가. 나는 그나마 수령이라는 이름이라도 얻으니 죽어도 여한이 없네만 우리 식구들에겐 무슨 도움이 되겠는가? 지금 여기서 영영 이별이라니, 이 쓰린 마음을 어이할꼬."

"이전 수령들이 죽은 거야 다 그들 운명이었던 게지요. 귀물이 뭐라고…… 사람이면 다 죽인데요? 내가 여자긴 하지만 감당해 볼게요. 부임하는 길에 나와 같이 가는 게 어때요?"

이렇게 협의하여 무변은 아내와 함께 임지인 밀양으로 떠났다. 고을 초입에 도착했을 때 그곳 관속들이 차례차례 나와 수령을 뵈었다. 저들 낌새를 보니, 그를 '닷새 경조윤'•으로 보고 전혀 공손한 태도를 보이지 않았다. 외려 이마를 찌푸리며 못마땅한 기색이 역력했다. 더구나 부인과 함께 내려온 걸 보고는 더 골치 아픈 표정이었다. 부부가 관아 안으로 들어가서 본 광경은 처참했다. 안팎의 관사는 수리는 커녕 벽은 깨지고 구들은 무너져 내린 상태였다. 눈에 들어온 건 죄다 근심거리라 마음이 어지러워졌다.

황혼 무렵, 통인들과 사환들은 수령에게 아뢰지도 않고 퇴청해 버렸다. 관아 안은 이제 텅 비어 아무도 남아 있지 않았다. 어쩔 수 없이 부인이 나섰다.

"오늘 밤은 첫날이고 상황이 어떤지 모르니 당신은 안채로 들어가 있어요. 내가 남자 옷으로 갈아입고 관사에 앉아 동정을 살필게요."

• **닷새 경조윤** 며칠 못 가서 관직에서 해임된다는 뜻. 옛날 한나라 때 장창(張敞)이라는 사람이 지금의 서울시장 격인 경조윤이 되었으나, 수하들은 그가 남의 미움을 사서 닷새 만에 파면될 것이라고 했던 데서 유래한 말이다.

그녀는 촛불을 밝히고 홀로 앉았다. 삼경 때가 되자 느닷없이 한 줄기 음산한 바람이 어딘가에서 불어왔다. 촛불이 깜박깜박하고 한기가 뼛속까지 스며들었다. 잠시 뒤 방문이 저절로 열리더니 한 처녀가 나타났다. 온몸에 피를 흘리며 알몸에다 머리를 풀어 헤친 모습이었다. 손에는 붉은 깃발을 들고 있었다. 처녀는 눈 깜짝할 사이에 방 안으로 들어왔다. 부인은 놀라지도 두려워하지도 않았다.

"너는 필시 원통함을 못 풀어 하소연하기 위해서 온 것일 테지. 내가 너를 위해 복수를 해줄 테니 모쪼록 조용히 기다리거라. 다시 이렇게 나타나서 사람을 괴롭히지 말고!"

이 말에 처녀는 절을 올리고 물러갔다. 부인은 이윽고 관아의 안채로 들어가 수령에게 일렀다.

"귀물이 조금 전 왔다 갔으니 이제 두려워 말고 동헌으로 나가 주무세요."

잔뜩 겁이 나 있던 수령은 부인이 하는 말에 마지못해 마음을 굳게 먹고 동헌으로 나가 잠자리에 들었다. 그러나 뒤척일 뿐 잠을 이룰 수 없었다. 날이 밝아오려는 즈음, 문밖에서 발기척이 요란하며 웅성웅성 말소리가 들렸다. 창구멍을 뚫어 엿보니 이방과 군교, 관노와 사령, 통인과 방자 등이었다. 누구는 멍석을 들고 다른 누구는 맨비석을 안고 저들끼리 속삭이며 들어와 동헌 뜰을 가득 메웠다. 그리고 서로들 먼저 하라며 떠밀기 바빴다.

"네가 먼저 대청에 올라가 문을 열어라."

그러나 저들은 서로 얼굴만 바라볼 뿐 누구도 먼저 올라오려 하지 않았다. 이를 지켜보던 수령은 의관을 정제하고 문을 열고 앉았다.

"무슨 일로 이리 시끄러우냐? 또 들고 안고 온 것들은 무슨 물건이더냐?"

아전 무리가 깜짝 놀라 수령에게 신령이 내린 줄 알고 허겁지겁했다. 무슨 새나 짐승처럼 내달리며 피하질 않나, 기러기나 오리처럼 줄지어 서서 수령에게 예를 올리기도 했다. 수령은 어제 숙직하지 않은 자들의 죄를 묻는 한편 직책에 태만했다며 아전의 우두머리들을 해임해 버렸다. 내리는 호령이 엄하고 다스린 죄가 분명하니, 관속들은 덜덜 떨며 아무 소리도 하지 못했다.

그날 밤 수령은 안채로 들어가 부인에게 어젯밤에 어떤 일이 있었냐고 물었다. 부인은 세세한 사정을 얘기해 주고 덧붙였다.

"이는 필시 아무 수령의 딸 넋일 거예요. 그 처녀는 흉악한 놈에게 원통하게 죽임을 당했으나 세상에서는 아무도 이 사실을 알지 못한 거지요. 부모도 딸이 사라진 줄로만 알았고요. 나타났을 때 붉은 깃발을 들고 있었으니 아무래도 '주기'라는 자가 범인인 듯해요. 당신은 몰래 염탐해서 이름이 주기라는 자가 있으면 여러 말 따지지 말고 잡아와 족치세요."

수령은 알았다며 고개를 끄덕였다. 이튿날 조례를 마친 뒤 우연히 교안•을 넘겨 보다가 본청의 집사 이름이 '주기(周基)'라는 것을 알게 되었다. 동헌의 자리에 앉은 수령은 의장을 제대로 갖추라고 하고 형틀을 단단히 준비시켰다. 그리고 당장 주기란 놈을 잡아들이라 했다.

• **교안(校案)** 일반적으로 향교의 문건을 지칭하는데, 주로 지방 유생의 명부를 말한다. 여기서는 군교(軍校)들의 명부라고 봐도 무방할 듯하다.

꽁꽁 묶여 온 주기에게 수령은 큰 칼을 씌워 형틀 위에 올리라 명했다. 고을 사람들은 무슨 일인가 싶어 다들 궁금해했으나 그때까지 영문을 알지 못했다. 수령의 심문이 시작되었다.

"아무 수령의 아기씨 행방을 너는 필시 알렷다! 곤장 세례를 받기 전에 하나하나 불어라!"

이번 수령은 부임하는 날 죽지 않았기에 밀양 사람들은 그가 신명이나 된 듯 경외하던 터였다. 그러니 누군들 감히 속이고 감출 수 있겠는가. 하물며 이자는 큰 범죄를 저지른 자로 남들이 이 사실을 모른다고 해도 속으로는 항상 절절매고 있었다. 이자는 잡아들이라는 명을 듣자마자 그때부터 정신이 나가고 얼굴은 흙빛이 된 상태였다. 결국 심문이 시작되자마자 이자는 전후의 사정을 남김없이 실토했다.

사건은 이랬다. 전에 아무 수령이 영남루•를 구경하기 위해 납시었을 때, 이놈은 처녀를 몰래 엿보고는 불같은 욕망이 일었다. 듣자 하니 이 처녀는 달랑 유모와 별실에서 생활하고 있다는 것이었다. 게다가 그녀는 유모를 친모처럼 믿어 유모의 말이라면 무조건 따르고 있었다. 해서 놈은 뇌물을 많이 써서 유모를 단단히 매수한 다음, 처녀를 꾀어 아무 곳으로 데려오면 보답으로 천금을 주겠다고 약속했다. 그 아무 곳은 바로 관아 안채의 후원에 있는 작은 정자였다. 이곳은 아주 외져 안채와도 꽤 떨어져 있었다. 그 아래로는 빽빽이 늘어선 대숲이 있어서 이전부터 아녀자들이 수시로 이곳에서 바람을 쐬곤

• **영남루(嶺南樓)** 조선시대 밀양도호부 객사의 누정. 진주 촉석루, 평양 부벽루와 함께 조선시대 3대 누각 가운데 하나이다.

했다. 유모는 놈의 재물을 탐낸 끝에 처녀를 유인하여 정자에서 달구경을 했다. 이때 놈이 대숲 속에 몸을 숨기고 있다가 순간 튀어나와 그녀의 허리를 껴안고 대숲 깊은 곳으로 끌고 들어갔다. 강제로 욕을 보이려고 하자, 처녀는 울고불고 소리치며 끝까지 말을 듣지 않았다. 놈은 이렇게 된 마당에 죽이는 수밖에 없다고 판단하여 결국 차고 있던 칼을 뽑아 그녀를 찔러 죽이고 말았다. 유모도 죽이지 않으면 일이 쉽게 탄로 날 것이라 판단한 놈은 유모마저 찔러 죽였다. 놈은 양옆구리에 시신 한 구씩을 끼고서 담을 넘어가 인적이 닿지 않은 관가의 산 아무 곳에 암매장했다. 이 때문에 몇 년이 지난 지금까지 이 사정을 아는 이가 없었던 것이다.

수령은 이 사건을 감영에 보고하고 그날로 놈에게 장살형을 내려 때려죽였다. 그리고 처녀의 시신을 수습했다. 혈흔이 낭자했으나 그녀의 얼굴빛은 살아 있는 것처럼 변화가 없었다. 수령은 수의를 마련하여 염을 한 다음 그녀의 본가에 알렸다. 본가에서는 그녀의 시신을 운구하여 선산 곁에 묘를 써주었다. 살인 사건이 일어났던 정자는 헐고 대숲은 베어버렸다. 이후로 고을에는 이런 일이 일어나지 않았다.

한편, 신통한 수령이라며 그에 대한 칭찬으로 세상이 떠들썩했다. 수령은 그 뒤 변방의 방어사를 거쳐 평안도의 통제사가 되었다. 그가 부임하는 곳이면 영을 내리지 않아도 시행이 되고 위엄을 차리지 않아도 위엄이 섰다. 또 누구도 감히 속이거나 숨기지 못해 가는 곳마다 치적을 올렸다고 한다.

《청구야담》 권8 제22화 〈雪幽寃夫人識朱旂(설유원부인식주기)〉

아랑 전설과 여성 원혼의 복수

35화는 아랑 전설을 극화한 이야기다. 아랑 전설은 밀양의 영남루에서 무참하게 죽임을 당한 아랑(阿娘)의 원혼이 밀양 부사에게 하소연하여 자신을 죽인 원수를 찾아내 복수한다는 내용으로, 소설 〈장화홍련전〉과 함께 조선 후기 여성의 원혼을 다룬 대표적인 이야기다. 더구나 '아랑'의 어원이 한국적 한의 정서가 가장 잘 녹아 있는 민요 〈아리랑〉과 같다고 알려진 만큼, 아랑 전설은 조선시대 여성들의 한을 대변한다고 하겠다. 지금도 남아 있는 영남루 아래의 아랑각은 이 전설의 생성 공간으로, 지방문화재로 지정되어 있을 뿐만 아니라 매년 4월이면 '아랑제'를 지내는 등 지역 문화의 한 축으로 자리 잡았다. 그러니 아랑제가 열릴 때면 아랑의 혼이 서슬 퍼런 봄빛으로 물들어 있음을 잊어서는 안 될 것이다.

이 이야기의 이해를 돕기 위해서 아랑 전설의 주변을 좀 더 소개해 보면 이렇다. 전설의 시대적 배경은 조선 명종 때이며, 당시 밀양 부사의 딸은 윤동옥이었다. 그녀는 통인인 주기라는 자에게 겁탈당할 위기에서 항거하다가 살해된다. 원혼이 된 그녀가 새로 부임하는 부사에게 하소연하기 위해 나타나지만, 겁에 질린 부사들은 오는 족족 죽어 나간다. 그러다가 담력이 남달랐던 이 진사라는 부사가 부임하여 그녀의 원통한 사연을 듣게 된다. 이에 그는 범인인 주기를 잡아 처단하여 그녀의 원혼을 달래주었다. 이처럼 아랑 이야기의 시대적 배경으로 가장 오래된 것은 16세기 전반 무렵이었다. 꼭 이때 만들어졌다고 할 수는 없으나, 이후 해당 이야기가 텍스트나 구전으로 다양한 유화를 만들어냈다. 여기에 조선 후기 여성들의 현실이 더 팍팍해지면서 지역을 넘어 전국적인 서사로 확대된 유형이 된 것이다. 워낙 많은 유화가 남아 있기에 이를 모아 '아랑형 서사'로 범칭하고 있다. 이 이야기도 그중 하나라고 보면 된다. 그리고 줄거리도 이런 전체 유형에서 크게 벗어나지 않는다.

다만 이 이야기에서는 처녀의 원한을 풀어주는 데 결정적인 역할을 하는 인물이 부사의 아내란 점이 다른 유화와 다르다. 부사의 아내는 처음 무변이 부임을 미적거릴 때도 부추겼으며, 밀양 관아에서도 남편 대신 자리를 지켜 원혼과 마주했다. '온몸에 피를 흘리며 알몸에다 머리를 풀어 헤친' 처녀를 보고도 놀라지 않고 무슨 원한이 있는지 묻는다. 그리고 허수아비나 다름없는 남편에게 범인을 특정해 주고 잡을 방법까지 알려준다. 여기 부사의 아내는 여성의 원한을 여성을 통해서 풀어내는 방식에 부응하는 인물이다. 원통한 여성의 죽음 앞에 여성이 연대하는 이런 형식은 자칫 여성의 문제는 여성이 해결하라는 남성의 방조로 읽힐 소지도 없지 않다. 설혹 그렇다고 하더라도 아랑 원혼의 복수는 그렇기에 가능했다.

그런데 원혼과 복수 문제는 조선 후기 사회의 일면을 비추는 거울과도 같기에 좀 더 부연이 필요하다. 조선 후기에 만연했던 복수에 대해서는 2권의 5부에서 구체적으로 언급할 테니 그것을 참조하기 바란다. 여기서는 원혼에 대한 좀 다른 차원의 이해를 돕고자 한다. 조선시대 원혼 하면 대상이 여성이다. 조선 초 김시습이 지은《금오신화》의 몇몇 작품에서도 여성 원혼이 등장한다. 그리고 조선 중기에도 원혼 서사는 이어진다. 그런데 이때까지 서사에 등장하는 여성 원혼은 자신들의 원통한 사연을 토로하고 위로받는 것으로 이야기가 끝난다. 그런데 조선 후기로 넘어오면서 여성 원혼은 위로받는 것으로 끝나지 않고 복수를 열망한다. 〈장화홍련전〉이 그렇고 여기 아랑 서사가 그렇다. 그럼, 왜 이런 변화가 일어났을까? 이를 여성 의식의 성장이라고 보는 것은 너무 단순한 이해이다. 오히려 그 반대의 상황을 반영한 것일 수도 있기 때문이다. 이에 대해서는 '복수' 논의에서 좀 더 구체적으로 언급하기로 한다.

8장

옥사와 대결

36화

원통한 옥사를 해결한 점쟁이

전주 읍내에 한 과부가 살았다. 그런데 하룻밤 사이에 정체불명의 누군가가 집에 몰래 들어와 그녀의 목을 잘라가 버렸다. 해가 뜬 지 꽤 되었는데도 과부의 집에서 일절 움직임이 없는 게 수상했던 이웃 사람이 그 집을 찾아갔다. 문을 열고 보니 과부가 죽어 있는 게 아닌가. 흐르는 피가 방바닥에 질편했으며 그녀의 머리는 사라지고 없었다. 기절초풍한 이웃 사람들이 소장을 내어 관아에 고발했다.

보고받은 수령은 직접 현장으로 달려가서 시체를 검안했다. 그랬더니 과연 소장의 내용과 같았다. 당장 잘린 머리의 행방을 찾아야 했다. 핏자국이 문밖으로 뚝뚝 떨어져 있었다. 이 핏자국을 따라서 계속 찾아갔더니 자국은 서편 담장 아래에서 멈췄다. 담장 너머의 집으로 들어가서 샅샅이 수색한 결과, 그곳에 과부의 머리가 떨어져 있었다. 이 변고가 깊은 밤중에 일어난 데다 이곳이 후미져서 그때까지 집주인도 이 사실을 모르고 있었다.

이곳에서 죽은 과부의 머리가 발견되었기에 당연히 이 집 주인이 유력한 혐의자가 되었다. 수령은 그를 결박하여 압송한 다음, 견디기 어려운 고문을 하며 불라고 했다. 주인은 이런저런 사정을 들어가며 원통하다고 하소연했으나 수령은 일절 들으려 하지 않고 오히려 더 혹독한 고문을 가했다. 한 달이 넘도록 가두고 족친 끝에 그는 죽을 지경이 되었다. 한편, 그에게는 아들 둘이 있었다. 원통하기 짝이 없었던 이들은 분명 따로 흉악한 범인이 있을 것으로 단정했지만 이를 밝혀낼 길이 없었다. 그래서 생각했다.

"듣자 하니 봉산의 유운태•는 나라에서 최고로 치는 용한 점쟁이라고 하니, 그를 찾아가서 상의해 보는 것이 좋지 않겠는가?"

이렇게 의견을 모은 형제는 끌어모을 수 있는 복채와 노자는 다 끌어모아 말 한 필에 싣고 봉산의 점쟁이 유씨의 집을 찾아갔다. 그에게 사정을 세세하게 얘기하고 진범을 찾아 부친의 원통함을 씻어주기를 청하면서 복채를 내밀었다.

"오늘은 너무 늦었으니 내일 이른 아침에 점을 쳐봅시다."

유운태는 형제에게 이렇게 말하고 일단 이들을 돌려보냈다. 다음 날 동틀 무렵, 그는 몸을 씻은 다음 도포를 입고 나와 대청마루 위에 앉았다. 화로에 불을 지피고 앞에 서안을 하나 두더니 다시 커다란 병풍으로 주변을 둘러쳤다. 그 안에서 향을 사르고 축문을 고하고는 점을 쳤다. 이미 괘를 얻고도 한참을 풀어보더니 이윽고 밖으로 나왔

• **유운태(劉雲泰)** 생몰년 미상. 황해도 봉산 출신으로 7세에 실명한 뒤 독학으로《주역》을 깨우쳐 뛰어난 역술인이 되었다고 한다. 자료에 따라서는 '유은태(劉殷泰)'로도 나온다.

다. 그리고 형제에게 이렇게 일러주었다.

"자네들은 지금 당장 고향으로 돌아가되, 본가로 들어가지 말고 곧장 서남쪽 사잇길로 향하게. 70리쯤 가면 왼편에 따로 작은 길이 나 있을 걸세. 그 길을 따라서 가면 아래로 마밭 수십 마지기가 나타날 거네. 거기서 또 아래로 수십 걸음을 가면 초가가 있을 거고. 낮에는 마밭에 몸을 숨기고 저물녘이면 초가집의 울타리 뒤편에 숨어 초가의 동정을 살펴보게. 하면 필시 알 만한 일이 있을 걸세."

두 아들은 점쟁이의 말에 따라 급히 돌아왔다. 일러준 대로 자기 집으로 가지 않고 곧장 서남쪽 길을 향해 내달렸다. 70리쯤 가니 길 왼편에 과연 작은 사잇길이 나타났다. 이 길을 따라 더 가자 마밭이 나왔고, 이 마밭이 끝나는 지점에 과연 외딴 마을과 허름한 집이 있었다. 형제는 거기서 멀리 떨어진 산 입구에 말을 매어두고서 마밭 안에 몸을 숨긴 채 기다렸다. 황혼이 진 뒤 몰래 그 집의 울타리 아래로 다가가서는 그 사이로 안을 엿보았다. 한 사내가 목로에 앉아 불을 밝힌 채 신을 삼고 있었다. 그의 아내도 방 안에서 등불을 돋우고서 실을 켜고 있었다. 둘 다 아무런 말도 주고받지 않았다. 형제는 울타리 가에 귀를 붙인 채 정신을 집중하여 몰래 엿들었다.

얼마나 지났을까, 사내가 몸을 일으키더니 일을 정리하고는 불을 끄고 방으로 들어갔다. 그가 즐거운 표정으로 아내에게 하는 말이 이랬다.

"이제 걱정할 필요가 없겠어. 아무개가 여러 번 고문을 당한 끝에 지금 죽게 되었다는군."

이 말을 들은 형제는 울타리를 부수고 집 안으로 뛰어 들어가 사내를 끌고 나왔다. 단단히 묶어 말을 세워둔 곳까지 끌고 와서는 말에 태웠다. 말 위에서 다시 여러 번 둘둘 묶어 떨어지지 않게 하고서 급히 관아로 내달렸다.

"소인의 부친께서는 아무 죄가 없습니다. 지금 흉악한 놈을 붙잡아 왔습니다."

형제들의 보고에 수령도 놀라는 한편 반가웠다. 즉시 그자를 잡아들이라는 명을 내렸다. 형틀을 벌이고서 단단히 죄를 다룰 참이었다. 곤장 한 대도 내리치지 않았는데 사내가 죄다 실토했다.

"소인은 이웃에 사는 갖바치입니다. 과부를 좋아한 나머지 여러 차례 꾀었으나 순순히 응하지 않아 부아가 치민 나머지 죽이고 말았습니다. 머리를 잘라 서편 집에 던져두면 죄를 떠넘길 수 있겠다 싶어 저지른 짓입니다. 지금 탄로가 났으니 더 이상 변명할 여지가 없습니다."

이에 판결이 났고 사내는 처단되었다. 마침내 서편 이웃집 주인은 방면되어 돌아올 수 있었다.

《청구야담》 권1 제11화 〈訪名卜寃獄得伸(방명복원옥득신)〉

억울한 죽음과 누명 벗기

35화에 이어서 여성이 목숨을 잃는 사건으로 이야기가 시작된다. 과부를 죽인 살인 사건, 그것도 목을 잘라버린 끔찍한 범행이다. 사실 야담에서는 이런 잔혹한 현장을 직접적으로 서술하는 경우는 거의 없다. 유교 사회인 데다 서술 주체가 상층이다 보니, 아무리 이야기라고 해도 잔혹한 장면을 집어넣으려 하지 않았다. 그들에게 신체를 훼손하거나 피가 난무하는 장면을 표현하는 것은 일종의 금기였다. 요즘도 선정적인 장면은 되도록 드러내지 않으려는 게 일반적인 경향인 것처럼 말이다. 그런데 이 이야기는 맨 앞머리에 이런 끔찍한 장면을 내세웠다. 상당히 이례적인 야담의 서두인데, 아무튼 이 때문인지 과부의 죽음이 더 처참하게 느껴진다.

하지만 이 서사의 초점은 과부의 참혹한 죽음에 있지 않다. 그로 인한 무고와 옥사, 그리고 이 무고를 벗겨내는 과정이 이야기의 중심이다. 과부도 원통하게 죽었지만 부당하게 범인으로 지목된 주인도 원통한 상황이다. 그는 이 무고가 밝혀지지 않으면 꼼짝없이 형장의 이슬로 사라져야 할 판이다. 부당하게 갇혀 애먼 죄를 뒤집어쓰고 혹독한 고문 끝에 비운을 맞은 사건이야 지금 우리에게도 낯설지 않다. 그리고 지금도 법으로만 해결되지 않는 사건과 사고는 또 얼마나 잦은가? 그러니 이 주인이 옥에 갇히는 순간 먼저 드는 생각이 있다. 누명을 벗기 위해 가게는 내팽개친 채 온갖 곳을 전전하며 수많은 세월을 보냈다는 어느 가족의 가슴 아픈 사연 같은 것이랄까.

그런데 여기 무고에 걸려든 부친의 목숨을 구해야 했던 자식들은 용하다는 점쟁이를 찾아가기로 작정한다. 이 점쟁이는 맹인 유운태였다. 그에 관한 일화나 한시 등이 남아 있는 정황으로 볼 때 실제로 꽤 유명한 점쟁이였던 듯하다. 이들 자료에 근거해 보면, 그는 18세기 중엽에 활동한 맹인 점쟁이로 일부 사대부들과 교분을 맺기도 했다. 특히 황해도 봉산 땅은 점을 쳐 생계를 유지하는 맹인이 많이 살았다고 한다. 그러니 자식들이 황해도로 유운태를 찾아간 화소는 당대 사람들이 문제가 생기면 점쟁이를 찾아간 정황이 그대로 반영된 셈이다. 아무튼 유운태의 점괘로 모든 게 해결되었으니 이들의 선택은 옳았다. 그럼에도 공적인 옥사에 점쟁이가 동원되고 있는 점이나 난제처럼 느껴졌던 무고를 단번에 풀어내는 등 억지스러운 면이 없지 않다.

그러나 일반 백성이 공적인 방법으로 무고를 풀 길이 없다면 어땠을까? 실제 관아나 감영에서 옥사가 벌어지면 대개 힘의 논리에 의해 결판이 나곤 했다. 이는 2권의 4부에 속한 '35화. 영천의 박 열부와 노비 만석' 이야기에서 어느 정도 실감하게 될 터인데, 힘없는 백성은 백이면 백 다 지는 게임이었다. 정상적인 법질서와 관료의 현명한 판단을 거의 기대할 수 없었기 때문이다. 그렇다면 용하다는 점쟁이를 따를 수밖에 없지 않았을까. 그러니 이 이야기에서 봉산 유운태의 신통력을 주목할 수도 있지만, 옥사에 몰린 백성들이 점쟁이라도 찾아야 했던 그 현실을 더 환기할 수 있었으면 좋겠다.

37화

호랑이와 사투를 벌인 두 사내

인조 때 도성에 무변 이수기(李修己)가 있었다. 그는 풍채가 준수하고 기골이 장대한 데다 남다른 힘을 겸비한 장사였다. 그가 한번은 일이 있어 관동으로 가게 되었다. 양양으로 접어들었을 때 해는 벌써 저물었다. 그는 길을 잃고 수십 리 산골짜기를 구불구불 돌아갔으나 인가를 찾을 수 없었다. 순간 멀리 숲 사이로 등불이 보였다. 말을 달려 당도하니 덩그러니 집 한 채가 있었다. 바위 고개 사이에 자리한 너와를 얹은 판잣집이었는데 꽤 널찍했다. 한 나이 든 여자가 문을 열고 나와 그를 맞았다. 이생이 따라 들어가니 안에는 스무 살 남짓의 젊은 여인이 앉아 있었다. 상당히 어여쁜 그녀는 깔끔한 연한 색의 소복을 입고 있었다.

집은 지붕 하나에 방은 위아래 칸으로 나뉘었고, 벽을 사이에 두고 통하는 지게문이 있었다. 그녀는 손님을 아랫방에 묵게 하고 정갈한 밥과 맛난 찬에 향기로운 술을 내왔다. 더없이 다정하게 이생을 대접하는 것이었다. 이생은 그런 그녀가 이상스럽기 짝이 없었다.

"자네 남편은 어디 갔는가?"

"마침 출타했습니다만 이제 곧 돌아올 겁니다."

여자의 대답이었다. 밤이 깊어지자 과연 한 사내가 들어왔다. 8척 장신에 생김새도 건장하고 말소리도 우레같이 컸다.

"이런 깊은 밤에 누구기에 여인네가 홀로 거처하는 방에 들어와 있는 거요? 해괴하기 짝이 없군. 그냥 놔둘 수 없지!"

덜컥 두려워진 이생은 나와서 사정을 얘기했다.

"멀리서 온 길손이 깊은 밤에 길을 잃고 헤매다가 간신히 찾아왔소. 안됐다고 해주진 못할망정 이리 타박하시오?"

사내는 이내 껄껄 웃으며 자리에 앉았다.

"손님 말이 맞소. 내 장난으로 해본 말이니 심려치 마오."

이윽고 마당 가운데에다 관솔불을 환히 밝히고 사냥한 짐승들을 쭉 늘어놓았다. 노루와 사슴이며 멧돼지가 언덕처럼 쌓였다. 이를 본 이생은 공포 그 자체였다. 반면, 주인은 이생을 보며 희색이 만연한 얼굴로 멧돼지와 사슴을 가마솥에다 넣고 푹 삶았다.

야밤이 되니 주인은 등잔을 들고 방으로 들어와 이생더러 일어나 앉아보라고 청했다. 동이에 가득 단술을 담고 쟁반에 고기를 잔뜩 썰어 와서는 큰 대접으로 거푸 들어 권했다. 주인은 그의 아내처럼 이생을 대하는 자세가 근실하고 살가웠다. 주량이 보통 아니었던 이생은 그제야 주인이 협객의 부류라는 생각이 들어 허리띠를 풀고 주는 대로 받아 마셨다. 이윽고 술이 거나해지자 기분이 날 듯이 좋아졌다. 둘은 서로 주거니 받거니 얘기가 무르익었다. 그러던 중 주인이 느닷없이 바짝 다가와 이생의 손을 덥석 잡는 것이었다.

"당신을 보니 기골이 범상치 않구려. 필시 용감무쌍한 열혈남아로 범인과는 다를 거라 보오. 내겐 너무 원통해서 꼭 죽여야 할 원수가 있소. 하지만 사생을 같이할, 의리 넘치고 용감한 사람이 도와주지 않으면 이 일을 실행하기 어렵소. 어떻소? 이 불쌍한 나를 위해 허락해 주시겠소?"

이생이 물었다.

"어떤 일이 있었는지부터 말해보시오."

주인이 눈물을 뿌리며 들려준 사정은 이러했다.

"어찌 차마 다 말하겠소. 우리 집은 대대로 이 골짝에 거처하며 제법 살고 건실하다고 알려졌었소. 한데 10년 전 느닷없이 사나운 범이 나타났지 뭐요. 여기서 10리 남짓 떨어진 근방 깊은 산속에 웅크린 채 날마다 마을 사람들을 잡아먹었다오. 희생당한 이가 몇인지도 모를 정도요. 이 때문에 마을 사람들이 죄다 흩어지고 달아나 여기 남아 있는 이가 없게 되었소. 우리 집도 할아버지 할머니와 부모 형제까지 삼대가 모두 저것에 물려 죽었소. 사태로 보면 당장 이곳을 버리고 떠나야 했으나 너무 갑작스러워 피할 만한 곳을 못 찾고 있었지요. 그러던 중 열흘 사이에 잇달아 해를 당하게 된 것이오. 이젠 이 몸 하나만 남았으니 혼자 살아서 무엇 하겠소? 나도 힘깨나 쓰기에 기필코 저놈을 죽이고 난 뒤에야 떠나든지 말든지 하기로 하여 저놈과 몇 차례 겨뤄보기도 했소. 벌써 여러 해가 지났으나 나와 저놈의 힘이 비등하여 끝내 승부를 내지 못한 상황이오. 만약 용감한 남정네가 조금만 도와줘도 죽일 수 있겠다 싶었소. 해서 도와줄 사람을 찾은 지도 꽤 되었으나 아직껏 만나지 못했소. 그러다 보니 원통한 마음만 복받쳐 날마다 울부짖고 통곡하는 게 일이었소. 지금 당신을 만나보니 결코 범상한 분이 아니라서 감히 이렇게 말을 꺼낸 거요. 이 안타까운 상황을 돌아봐 주지 않겠소?"

이 얘기를 듣고 뭉클해진 이생은 다가가 주인의 손을 꽉 잡았다.

"아, 효자시군요! 내 어찌 손 한번 쓰는 수고를 마다하여 주인의 철천지한을 풀지 못하게 하겠소. 당신을 따라가겠소."

주인은 벌떡 일어나 절을 올리며 거듭 고마워했다. 이생은 그간의 사정을 물었다.

"칼을 가지고 가서 찌르면 될 터인데 왜 지금까지 찌르지 못했소?"

"이놈이 워낙 오래 묵은 것이라 내가 칼이나 총포를 들고 가면 영락없이 숨어서 나타나지 않는다오. 병기를 들고 있지 않을 때만 나와서 덤벼드니 죽이기 어려웠소. 그때마다 나도 여러 차례 위험에 빠져 쉽게 대적할 수가 없었던 거요."

"알았소. 이제 나도 함께하기로 했으니 며칠 기운을 보충한 다음에 가보기로 합시다."

이리하여 이생은 그 집에서 날마다 함께 술과 고기를 실컷 먹었다. 십여 일이 지난 어느 날이었다. 날은 맑게 개고 공기는 상쾌했다.

"갈 때가 되었소!"

주인은 이렇게 말하고 이생에게 예리한 검 한 자루를 쥐여 주었다. 함께 출발하여 동쪽으로 10여 리를 지나자 산골로 접어들었다. 두세 고개를 넘자 점점 산은 깊어지고 계곡물도 이어졌다. 나무와 숲이 빽빽한 속에서 순간 탁 트인 골짜기에 평탄한 밭뙈기가 펼쳐졌다. 맑은 시내가 돌아 흐르고 백사장이 빛나고 있었다. 시내 위 정상에는 높다란 바위가 우뚝 솟아 검푸르고 깎아지른 듯 서 있는 게 바라만 봐도 어두침침하고 무시무시했다.

주인은 이생에게 숲속 깊숙한 곳에 숨어 있으라고 하고, 자신은 단신에 맨주먹으로 시냇가로 내려갔다. 거기서 길게 휘파람을 불었다. 한참 이어진 소리는 유난히 맑고 우렁찼다. 그때 갑자기 바위 위에서 먼지와 모래가 몇 차례 일더니 온 골짝에 가득 찼다. 그러자 햇빛이 가려져 주변이 어두워졌다. 잠시 뒤 바위 꼭대기에 쌍횃불 빛이 깜박이며 번쩍였다. 이생이 숲속에서 뚫어져라 살펴보니 어떤 물것이 바위 사이에 걸려 있었다. 마치 한 자락 검은 비단에 한 쌍의 빛이 그 사이에서 반짝이는 듯했다. 주인은 이것을 보고 팔을 휘두르며 고함을 질렀다. 그러자 이것이 단번에 뛰어 물 찬 제비인 양 날아왔다. 어느새 주인과 뒤엉켜 있는데 다름 아닌 큰 흑범 한 마리였다. 대가리와 눈깔이 사납고 흉측한 게 예사 범과는 달랐다. 보통 사람이면 놀라 자빠지고 눈을 똑바로 떠서 볼 수도 없을 정도였다.

범이 사람처럼 몸을 일으키자 주인은 머리를 곧추세워 범의 가슴팍 사이를 들이박고서 허리를 꽉 붙잡았다. 그러자 범이 대가리를 바로 숙이지 못하고 앞발로 주인 등을 긁어 팠다. 하지만 생가죽 갑옷을 입고 있어 단단하기가 쇠 같아 예리한 발톱으로도 등을 뚫지는 못했다. 이어 주인은 다리로 범의 뒷다리를 걸어 기어이 넘어뜨리려고 했다. 그러나 범이 두 다리를 꼿꼿이 세운 채 넘어지지 않으려고 하면서 서로 밀고 당기며 일진일퇴를 거듭했다. 어느 쪽도 옴짝달싹하지 못하는 상황이었다. 이때 이생이 숲속에서 나와 칼을 치켜들고 달려들었다. 그를 본 흑범이 으르렁거리며 포효하니 바위가 쪼개질 듯 했다. 몸뚱이를 빼려 했으나 주인에게 워낙 꽉 잡혀 있던 터라 발버둥치며 허우적거렸는데, 눈에선 번갯불이 번쩍번쩍했다. 이생은 전혀 동요하지 않고 곧장 다가가 칼로 범의 허리를 몇 차례 찔렀다. 범은 몸부림치며 울부짖더니 이윽고 땅에 푹 꼬꾸라졌다. 피가 샘솟듯이 흘러나왔다.

주인은 칼을 가지고 범의 배를 가르고 뼈를 발라 장을 담글 크기로 갈래갈래 찢었다. 심장과 간은 꺼내서 아작아작 씹어먹었다. 다 해치우고 나서는 주인이 대성통곡을 했다. 해가 뉘엿뉘엿 넘어갈 때가 되어서야 이생과 함께 집으로 돌아왔다. 머리를 조아리며 이생에게 수없이 절을 하고 눈물을 흘렸다. 이생도 감격하여 흐르는 눈물을 주체할 수 없었다.

이튿날 주인은 어디론가 나갔다가 큰 소 다섯 마리와 준마 두 필을 끌고 왔다. 소와 말에는 모두 한 사람씩 딸려 있었다. 거기에 짐승 가죽과 인삼 등속을 담은 망태를 가득 실었다. 또 숨겨둔 궤짝 몇 개를 꺼내 왔는데, 거기에는 금이 가득했다. 이어 주인은 이생이 처음에 만났던 여인을 가리키며 말했다.

"저 여자는 내가 가까이한 적이 없소. 일찍이 값을 후하게 치르고 얻은 양민의 딸이오. 내가 수년간 재물을 이렇게 모은 것은 오로지 원수를 갚아주는 분에게 보답하고자 함이었소. 사양하지 말고 거두어주었으면 좋겠소. 나는 다른 곳에 집과 땅을 마련해 두었으니 그것으로도 살아가기에 충분하오. 이제 떠나려 하오."

주인은 다시 눈물을 흘리며 절을 했다. 그러나 이생은 의리로 도와

주었을 뿐이니 재물을 탐낼 리 있겠는가. 그래서 사양했다.

"내가 무변에 지나지 않으나 어찌 이런 것들을 받겠소? 더 이상 말하지 마오."

"몇 년을 여기에 마음을 쏟은 건 오늘을 위해서였소. 당신은 왜 그런 말씀을 하시오?"

주인은 이렇게 말하며 일어나 인사를 하고는 여자를 돌아보며 일렀다.

"너는 저 물건들을 가지고 가서 은인을 잘 섬기거라. 만에 하나 딴 사람을 따르거나 허튼짓을 한다면 천 리 바깥이라 하더라도 내 반드시 네 목숨을 결딴내고 말 테다. 알았느냐?"

말이 끝나자 그는 순간 자취 없이 사라져버렸다. 이생이 불러도 돌아보지 않았다. 이제 어쩔 도리가 없어 이생은 여자와 재물을 싣고 함께 돌아왔다. 적당한 임자를 골라 시집보내 주려 했으나 그녀가 죽어도 가지 않겠다고 하는 바람에 결국 첩으로 들여 살았다고 한다.

《학산한언》 제91화

38화

막무가내였던 악한 노귀찬의 최후

노귀찬(盧貴贊)은 정승 집안의 종이었으나 죄를 짓고 도망친 반노였다. 그는 여주로 숨어들어 배 젓는 사공 일을 했다. 그러나 원래 오만방자한 무뢰한이라 강변 지역에서는 흉악한 뱃사공으로 소문이 나 있었다.

어느 날 귀찬은 배에 장사꾼들을 태우고 한양으로 출발하게 되었다. 배가 강 언덕을 스치며 막 나가려 할 즈음 한 선비가 나타났다. 몸이 왜소하고 비쩍 마른 데다 반백의 머리에 입은 갈옷도 버거워 보였다. 그는 괴나리봇짐을 등에 지고 지팡이 하나를 들은 채였다. 강가 언덕에 서서 사공을 소리쳐 불렀다.

"나 좀 실어주시오. 지친 다리를 좀 쉬어야겠소."

귀찬이 얼굴을 들어 그를 보더니, 턱으로 아래 나루를 가리키는 시늉을 했다.

"저기 강가에 가서 기다리시우."

선비는 배를 놓치지나 않을까 안달이 나서 강가를 따라 달음박질을 쳤다. 숨을 헐떡이며 아래 나루에 도착하여 기다렸다. 그런데 귀찬은 배가 나루에 도착했는데도 그를 못 본 척하고 그냥 지나쳐버렸다. 선비가 실어달라고 소리쳐 부르자 귀찬은 또 다음 나루를 가리켰다. 선비는 하는 수 없이 다시 강가를 따라 다음 나루로 내달리다 보니 숨이 차올라 죽을 지경이었다. 겨우 도착하여 지팡이를 짚고 기다렸으나 귀찬은 이마저도 못 본 척하고 그대로 배를 출발시켜 버렸다. 이렇게 세 번을 반복했으나 귀찬은 끝내 이 선비를 태워줄 마음이 없었다. 선비는 여전히 이 배를 뒤쫓았다. 배가 강둑에서 대략 20보쯤 떨어진 지점을 지나가던 순간이었다. 선비는 흘낏 보고는 몸을 조금 웅크리는가 싶더니 휙 하는 소리와 함께 뛰어올라 어느샌가 배 위에 서 있었다.

배에 타고 있던 사람들은 뛰어오른 선비를 보고 깜짝 놀랐다. 귀찬도 처음에는 일개 하찮은 선비라고 깔보았다가 저런 날랜 모습을 보고는 넙죽 엎드렸다. 귀찬이 살려달라고 비는데, 선비는 아무 말 없이 배 동편 머리에 가 앉더니 싼 보자기를 풀어 작은 총포 하나를 꺼냈다. 겨우 한 자 남짓 되는 것이었다. 이윽고 장약하고 불을 붙인 다음 다시 앉아 귀찬을 을렀다.

"너는 서편 머리로 가서 내 얼굴을 보고 무릎을 꿇거라."

귀찬은 감히 한마디도 못 꺼내고 서편 머리로 가서 꿇어앉은 채 고개도 들지 못하고 선비를 힐끗힐끗 훔쳐볼 뿐이었다. 선비는 총을 들어 귀찬의 이마를 향해 겨누고서 탄환을 쏠 듯 말 듯 하며 일부러 신중한 척했다. 얼굴이 흙빛이 된 귀찬은 그저 두 손을 위로 모으고 미동도 하지 못한 채 죽을죄를 지었다는 말만 되풀이했다. 선비는 두 눈을 부릅뜨고 한참 동안 물끄러미 바라보다가 별안간 방아쇠를 당겼다. 벌건 대낮에 총성이 울렸고 귀찬은 순간 배 안에 엎어졌다. 같이 탄 사람들은 소스라치게 놀랐다. 귀찬이 이미 죽었으리라고 짐작한 그들은 두려움에 떨면서도 누구 하나 입을 열지 못했다.

선비는 천천히 총포를 거둬들여 보자기에 싸서 넣고는 귀찬에게 다가섰다. 멱살을 잡아 일으켜서는 숨을 쉬는지 살폈다. 귀찬은 한참 만에 깨어났다. 몸 아무 데도 상처가 나지 않았고 머리만 벗겨졌으며 상투가 온데간데없었다. 선비는 귀찬에게 호령하여 배를 대라고 했다. 배에서 내린 선비는 강둑 높은 곳에 앉아 귀찬더러 내리라고 했다. 귀찬이 배에서 내리자 다시 땅에 엎드리라고 했다. 그가 땅에 엎드리자 이번에는 바지를 벗어 볼기를 내보이라고 했다. 귀찬은 선비의 명대로 고분고분 볼기를 드러내고 다시 엎드렸다. 선비는 지팡이를 손에 들고 귀찬의 볼기를 세 번 내리쳤다. 맞은 곳이 다 달랐는데 그때마다 지팡이가 볼기 살 속으로 파고들어 보이지 않을 정도였다. 지팡이를 뗄 때마다 피가 솟구쳐 흘러 흥건했다. 귀찬은 그때마다 기절했다가 깨어나기를 반복했다. 이윽고 선비는 수염을 추켜세우고서 버럭 소리를 지르며 귀찬을 꾸짖었다.

"너는 공주 금강의 이(李) 사공 얘기도 들어보지 못했느냐? 하루에 한 사람을 일곱 번 건네다 주고도 하나도 귀찮아하지 않았다고 한다. 그 사람이 강 위의 산을 가리키며 사공에게 '자네가 죽게 되면 저곳에 묘를 쓰게.'라고 알려주었다지. 사공이 죽어 그곳에 장사를 지냈더니 자손들이 잘살게 되었다고 한다. 지금도 금강 나루를 지나다니는 이들은 그곳을 가리키며 '저게 이 사공의 무덤이다.' 라고 한다지. 오늘 내 두 발이 온통 부르트고 갈라진 데다 물집까지 잡혔다가 터져 통증이 이만저만한 게 아니었다. 몇 발짝도 떼기 어려워 네 배에 태워달라고 부탁한 것이다. 한데 너는 나를 태워주지 않았다. 태워주고 싶지 않으면 그만이겠지만 세 번씩이나 다음 댈 곳만 가리키면서 나를 곤경에 빠트리다니! 이렇게도 나를 우롱한단 말이냐? 앞으로 다시는 이런 나쁜 짓을 저지르지 말렷다. 오늘 네가 나를 만나 목숨을 건진 건 다행인 줄 알아라. 누가 너 같은 놈을 살려주려 하겠느냐?"

귀찬은 머리를 조아리며 살려준 은혜를 잊지 않겠다고 다짐했다.

마침 그때 나귀를 타고 지나가는 길손이 있었다. 외모로 보아 준수한 선비 같은데 좀 젊어 보였다. 길손은 귀찬을 치죄하는 걸 보고는 선비 앞으로 다가와 읍을 했다.

"통쾌하오, 통쾌해! 아주 상쾌합니다. 저자는 전에도 나를 배에서 욕보인 놈이지요. 배에 탔는데도 내리라 하더니 돛을 걸고 내뺐지요. 저는 걸어 걸어 힘들게 한양에 가느라 하마터면 과거 기일을 놓칠 뻔했답니다. 돌아오는 길에 저놈을 두미포•에서 다시 만나 일행들과 짜고 저놈을 붙잡아 물속에 처박았답니다. 저놈은 헤엄을 얼마나 잘 치던지 물오리처럼 물에 잠겼다 떴다 자유자재더군요. 전혀 두려워도 하지 않고 물속에 선 채로 팔을 휘두르며 저를 욕보였답니다. 화가 머리끝까지 치밀었으나 어찌해 볼 도리가 없었지요. 지금 선생께서

• **두미포(斗尾浦)** 두미협(斗尾峽)에 있던 한강 포구로, 하남시 검단산과 남양주시 예봉산 사이 지금의 팔당댐 인근에 있었다. 과거 남한강과 북한강이 만나는 두물머리에서 송파나루 사이에 있었던 포구로, 한양으로 들어오는 물목이었다.

이리 족치시니 소생의 묵은 수치가 다소나마 풀렸네요."

하지만 선비는 아무 대꾸도 하지 않고 훌쩍 용문산 방향으로 떠나갔다. 그 걸음이 나는 듯했다.

귀찬은 들것에 실려 집으로 돌아왔다. 거의 한 해 남짓이나 치료한 끝에 겨우 움직일 수 있었다. 머리털도 점차 쭈뼛쭈뼛 자라났다. 그러나 볼기를 맞은 흔적은 붉고 푸르스름한 게 뱀 세 마리가 가로로 꼬여 있는 것 같았다. 귀찬은 뱃일을 버리고 느릿느릿 나다녔으나 마음이 항상 울적하다 보니 재미가 없었다.

그 뒤 귀찬은 원래 일하던 정승 댁으로부터 거역한 죄를 용서받아 다시 한양을 나다녔다. 어느 날 밤, 한번은 종로 길을 걷다가 푸줏간에 들러 술에 잔뜩 취했다. 밖으로 나오다가 나졸에게 붙잡히게 되자, 그들을 발로 차서 가슴에 상처를 입히고 말았다. 주변의 나졸들이 일제히 달려들어 꽁꽁 묶은 다음 포도대장에게 보고했다. 대장은 그를 안으로 끌고 들어오라고 하여 잔뜩 노려보며 꾸짖었다.

"통금을 어기고 밤에 쏘다녔으니 이것만도 용서치 못할 죄이거늘 나졸들을 차서 다치게 하다니! 이것이 얼마나 큰 죄인 줄 아느냐? 필시 죽일 놈이구나!"

대장은 치도곤을 내리려다가 귀찬의 볼기에 나 있는 세 군데 큰 흉터를 보았다. 원래 대장은 뱀을 몹시 싫어하여 비슷한 것만 봐도 피하기 일쑤였다. 이 흉터를 보고 질린 대장은 종사관에게 맡겨 알아서 처리하라고 했다. 이 때문에 좀 느슨한 처분을 받은 귀찬은 포도청에서 나와 여주로 돌아올 수 있었다. 그 뒤 3년간 외부 출입은 꿈도 못 꿨다.

어느 날 귀찬은 여주 남한강 상류 이곳저곳을 돌아다니고 있었다.

이곳 상류에는 깎아지른 절벽이 우뚝 솟아 강과 맞닿아 있는데, 백암• 이라고 하는 곳이다. 한 나무꾼이 달려와서는 귀찬에게 외쳤다.

"저 벼랑 꼭대기에 지금 큰 곰 한 마리가 자고 있소. 몸집이 비대한 게 잡으면 백 사람이 포식하고도 남겠소."

이 말을 들은 귀찬은 급히 배를 저어 벼랑 아래에 댔다. 그런 다음 상앗대를 들고 곧바로 벼랑을 타고 올라갔다. 곰이 잠에 빠져 있는 틈을 타 상앗대로 있는 힘껏 내리쳤다. 깜짝 놀란 곰이 몸뚱이를 일으키더니 큰 돌멩이를 움켜쥐고 아래로 굴렸다. 그러면서 주둥이를 한껏 벌려 소리를 치니, 그 소리가 강변을 울렸다. 그러고는 곧장 귀찬을 향해 돌진하자 귀찬이 도망을 쳤다. 정신없이 배를 저어 중류로 나왔다 싶었는데 쫓아온 곰이 어느샌가 고물에 붙어 있는 게 아닌가. 귀찬은 다른 상앗대로 곰을 내리쳤으나 상앗대를 오히려 곰에게 뺏겼다. 곰은 이 상앗대를 부러뜨려 귀찬에게 다시 던졌다. 귀찬이 또 다른 상앗대로 쳤으나 이번에도 빼앗기고 말았다. 배 안에 있는 기물을 모두 던지고 나니 더 쓸 게 없었다. 귀찬은 이제 맨주먹으로 싸워야 했다. 곰이 뱃전을 움켜쥐자 배가 금방이라도 뒤집히려 했다. 다급해진 귀찬은 일단 몸을 피했다. 헤엄을 잘 쳤던 그는 이를 믿고 몸을 날려 물속으로 뛰어들었다. 그러자 곰도 물속으로 뛰어들었다.

점점 강가 위아래로 구경하는 사람들이 구름같이 몰려들었다. 사람과 곰이 물속으로 들어간 뒤 주변이 조용해지면서 온데간데없었

- **백암(白巖)** 여주 관아가 있었던 청심루(清心樓)에서 좀 떨어진 상류에 있었던 강가 높은 벼랑으로, 과거에는 이곳에 나루터도 있었다. 지금 여주시 점동면 흔암리 지역으로 비정된다.

다. 이윽고 배가 있던 곳에서 2리쯤 떨어진 곳에서 물결이 소용돌이쳤다. 마치 용과 용이 싸우는 것 같았다. 잠시 뒤 귀찬은 시신으로 떠올랐다. 곰은 얕은 곳으로 걸어 나와 어슬렁어슬렁 지평현• 쪽으로 사라져갔다. 누구도 그곳으로 가까이 다가갈 수 없었다. 뒤에 들으니 추읍산• 속에서 곰 한 마리가 포수의 총에 맞아 죽었는데 바로 이 곰이었다고 한다.

《청구야담》 권4 제9화 〈肆舊習熊鬪江中(사구습웅투강중)〉

- **지평현(砥平縣)** 양평군의 동편 일대로, 현재 지평면으로 남아 있다. 여주와는 남한강을 사이에 두고 있다. 참고로 현재의 양평은 과거 양근(楊根)과 지평 두 현을 합쳐 붙여진 지명이다.
- **추읍산(趨揖山)** 양평 시내와 용문면 사이에 있는 산으로, 남한강 북편에 있다. 그 동편으로 지평면이 있다.

호랑이, 곰과 사투를 벌인 사내들

37화와 38화는 사람과 동물의 혈투를 다루고 있다. 그 대상이 호랑이와 곰이다. 그런데 호랑이와의 사투는 그렇다 치더라도 남한강에서 곰과의 결투라니 상당히 낯설다. 실제 곰을 다룬 고전 작품은 거의 손에 꼽을 정도로 적다. 오히려 곰 하면 떠오르는 게 단군신화이다. 최근 콘텐츠와 문화예술 분야에서 웅녀 캐릭터가 인기라고 한다. 웅녀가 다시 살아난 듯하여 반갑다. 그러나 사실 웅녀도 그동안 우리에겐 거의 잊힌 존재였다. 뚱딴지같지만 단군신화에 따르면, 우리는 웅녀의 후손임이 명백하다. 호랑이에게 익숙한 우리로서는 왜 호랑이가 아닌 곰의 후손이 되었을까? 이 의문을 풀기 위해 잠시 단군신화의 세계로 들어가 보자.

인간 세상을 다스리기 위해 하늘의 주재자 환인은 아들 환웅을 인간 세상으로 내려보낸다. 환웅은 인간 세상을 다스릴 제도를 마련한 다음, 자신을 이을 후손을 두고자 했다. 이때 곰과 호랑이가 인간이 되게 해달라고 간청하여 이들은 시험대에 든다. 이 시험에서 곰만이

견뎌내어 인간, 그것도 여자가 된다. 이 웅녀와 환웅 사이에 낳은 자식이 단군이었다. 그런데 여기서 곰과 호랑이가 인간이 되려는 욕망을 드러낸 점이 중요하다. 토테미즘에서는 같은 권역의 인간과 동물이 서로 먹고 먹히면서 공생의 관계를 유지했다. 서로에게 먹을거리를 제공하여 양쪽이 생명을 유지했기에, 양자는 적대적인 관계가 아니라 서로의 영혼이 깃드는 신성한 대상으로 믿었다.

한편, 원래 한반도는 지금의 우랄산맥에서 시작된 몽골리안의 권역이었다. 이들 몽골계 선인들의 이동은 한반도와 일본, 알래스카와 캐나다, 미국 서부 해안을 따라 남미 지역까지 이어졌다. 이를 '몽골리안 루트'라 부른다. 그런데 이 몽골리안들은 곰을 숭배하는 집단이었다. 일본의 아이누족과 북미의 이누이트족은 자신들을 곰의 후신이라고 자처했으며, 곰을 숭배한 의식이 남아 있기도 하다. 그러니까 처음 단군신화가 구성되던 시기에 한반도인은 당연히 곰을 숭배하는 집단이었다. 이런 와중에 지금의 시베리아 쪽의 호랑이족과 몽골리안의 곰족 사이에 모종의 대결 양상이 조성됐던 모양이다. 여기서 곰이 승리하면서 단군은 그 영적인 후손이 되었다. 그런데 한반도는 역사시대로 들어오면서 호랑이 문화 권역이었던 중국의 영향권에 편입되었다. 그러면서 점차 호랑이가 우리의 의식과 생활을 지배하게 된 것이다. 결국 한반도는 곰에서 호랑이로 그 상징이 넘어간 셈이다. 그러니 곰은 우리 역사와 신화의 잃어버린 고리라 하겠다. 분명 한반도에서도 곰이 살았지만, 호랑이 세상이 됨으로써 곰은 잊혀진 신화

속의 존재가 되고 말았다. 이렇다 보니 후대의 기록에는 호랑이 일색이었고, 우리 옛이야기에서도 마찬가지였다.

그렇다고 문헌에서 곰이 완전히 사라진 것은 아니었다. 구전 이야기 등에는 가끔 곰 설화가 무슨 신화처럼 되살아나곤 했다. 여기 막돼먹은 노귀찬 앞에 떡하니 나타난 곰도 그중 하나이다. 호랑이는 워낙 많은 자료에 등장하기에 그 성격도 다양하다. 다만 37화에서는 무시무시한 대상으로 등장하여 주인공과 혈투를 벌인다.

37화는 한양에 살던 무변이 관동에 갔다가 그곳 사냥꾼과 함께 호랑이를 때려잡은 이야기다. '호환과 마마보다 무서운 게 없다'는 옛말이 있다. 당연히 호환은 호랑이한테 물려 죽는 화를 말한다. 그런데 호랑이에 대한 이미지는 단일하지 않았다. 대략 세 가지 정도로 나눠진다.

첫째는 여기처럼 사람을 해치는 그야말로 두려운 존재이다. 오죽했으면 폭정을 빗대어 '가혹한 정치가 호랑이보다 사납다'는 말까지 생겨났을까. 둘째는 이와는 반대로 어리석거나 친근한 대상으로 바라보기도 했다. 우화나 민화 같은 전통적인 이야기와 그림에서 이런 모습을 만날 수 있다. 심지어 사람에게 은혜를 갚는 영물로까지 그려지곤 한다. 따지고 보면 이런 친근한 시선도 두려운 존재에 대한 공포를 극복하고픈 사람들의 욕망이 빚어낸 상일 터다. 셋째는 영험한 산군(山君)이다. 지금도 산신각이나 산속 기도처에는 호랑이 그림이

걸려 있는 것을 볼 수 있다. 바로 산을 지키는 왕이자 산신령의 하나로 본 것이다. 조선시대 문인들은 〈산군전(山君傳)〉을 지어 호랑이의 영험성을 논하기도 했다.

이처럼 호랑이는 짐승 가운데 가장 무서운 존재이자 영물로서 우리 이야기에 수없이 많이 등장했다. 그런데 여기 무변과 관동의 사냥꾼이 맞닥뜨린 흑범은 그간 접하지 못한 호랑이다. 검은 호랑이는 원래도 개체 수가 드문 희귀종으로 알려져 있다. 그러나 이미지로는 일반 호랑이보다 더 무시무시하게 다가온다. 자기 집과 마을을 쑥대밭으로 만든 이 맹수를 관동의 사내는 한양의 무변 이수기를 만나 협공으로 기어코 때려잡았다. 두 사내와 흑범과의 사투 장면은 놀랍도록 생생하고 현장감이 압도적이다. 흑범을 유인하는 사냥꾼과 바위 위에서 날아오는 흑범, 그리고 사람과 흑범이 맞붙어 뒤엉키는 상황, 마지막으로 흑범이 칼에 찔려 붉은 피를 쏟으며 쓰러지는 장면이 실로 압권이다. 이처럼 호랑이와 사투를 다룬 이야기가 더러 있으나 이 이야기처럼 밀도 있고 입체적인 사례는 없었다.

한편, 전래되는 호랑이담을 지역으로 나누어보면 흥미로운 호랑이 지도가 만들어진다. 즉 태백산맥이나 산악 지대를 배경으로 한 것들은 여기 이야기처럼 호랑이와 대결하거나 사냥하는 내용이 많다. 이 일대는 실제 백두산 호랑이의 권역이기도 했다. 반면, 내륙 평지의 호랑이담은 사람과 호랑이의 호혜적인 미담이 대부분이다.

38화는 곰과 대결하는 한 대책 없는 사내를 다룬 이야기지만 서사의 향방이 이 대결에 모아져 있지는 않다. 곰과의 사투는 후반부에 잠깐 등장한다. 그러나 이 장면이 강렬하여 이쪽으로 시선이 쏠리는 느낌이다. 그래서 다시 전체 흐름을 보면, 이야기의 초점은 노귀찬이라는 노비 출신 사내의 악한(惡漢)으로서의 면모이다. 그의 형상은 조선시대 하층 인물 중에서도 좀처럼 만나기 어려운 캐릭터이다. 그는 원래 정승 집안의 종이었다가 도망친 반노로, 이후 사공 일을 하면서 살아간다. 그런데 하는 짓이 고약스럽다. 걸핏하면 남을 업신여기고 괴롭히는가 하면, 한양 푸줏간에서 만취하여 난동을 부리는 등 망나니짓을 서슴지 않는다. 선비를 골탕 먹이다가 총포에 혼이 나가고 볼기를 맞고 죽다 살아났으면서도 그의 악행은 멈추지 않는다. 도대체 왜 저럴까 싶다. 결국 그는 여주 남한강 암벽에서 잠자던 곰을 건드려 물속의 외로운 혼이 되고 만다. 그의 탈주가 이 싸움으로 멈춰 섰다. 마치 사람을 대신해 곰이 그를 처단해 준 모양새이다. 그렇다면 이런 인물을 어떻게 이해해야 할까?

서구에서는 르네상스 이후의 새로운 인간 유형으로 악한을 주목한다. 이 악한은 꼭 나쁜 짓을 일삼는 존재만을 가리키지 않는다. 오히려 격식에 얽매이지 않고 막무가내로 질주하는 자유로운 영혼 같은 인물을 뜻하는 경우가 많았다. 그리고 이런 인물이 등장하는 서사를 '피카레스크(Picaresque)'라고 했으며, 서구 소설의 하위 유형으로 분류한다. 이 유형의 선두에 있는 작품으로 세르반테스의 《돈키호테》를 들기도 한다. 그렇다면 서구에서는 르네상스 이후 왜 이런 서사가 유행했을까? 나쁜 짓을 하는 인간형에 대한 흥미도 있었겠지만, 실은 이들이 중세의 제도 같은 격식이나 인간의 도덕적 의무 같은 올가미에 걸려들지 않았기 때문이다. 말하자면 선악의 구도에서 벗어났거나, 또는 이를 벗어던진 인물이 피카레스크 유형이었다. 요컨대, 중세의 이념과 인간의 선악 구도를 깨트린 새로운 인간형이었다.

여기 노귀찬도 유교 사회의 기준에서 보면 당연히 용납될 수 없는 인물이다. 그런데 가만 들여다보면 그의 무리한 행동들의 근원은 반항심이라는 걸 알 수 있다. 그것이 신분적 제약에 대한 것이든 그의 본성에 기인한 것이든 어쨌든 그는 가만히 있지 못했다. 그 나름대로 사회에 대한 반항이나 대결 의식을 드러낸 것이 이런 짓들이었다. 이런 시각에서 보면 그의 모습이 좀 달라 보인다. 아무튼 노귀찬이란 인물은 우리가 꼭 기억해야 할 인간형이다.

39화

점괘대로 호랑이를 만난 선비

인동(仁同)의 선비 조양래•는 점을 잘 쳐서 신통하게 맞추곤 했다. 같은 동네의 아무 무인이 과거를 보러 가면서 그를 찾아가 합격 여부를 점쳐 달라고 했다. 조생이 괘를 맞추고 나더니 혀를 찼다.

"자네는 가는 길에 호랑이에게 잡아먹히겠네! 그런데 이상하네. 과거에도 급제하는 걸로 나오니 말일세. 죽었는데 과거에 합격하는 일이 세상에 어디 있단 말인가?"

그러고는 점괘에 따라 글을 지어 '월명산로(月明山路) 호랑가외(虎狼可畏)'•라고 써주었다. 무인이 점을 보고 난 뒤 너무 무서워져서 가

- **조양래(趙陽來)** 1752-1801. 자는 복초(復初), 호는 양졸재(養拙齋), 본관은 한양이다. 역학에 조예가 깊어 조선의 소강절(邵康節)이라 불리었다. 신통한 점괘를 잘 보아 관련 이야기들이 전하고 있다. 참고로 인동은 지금의 경상북도 칠곡, 구미 지역의 옛 지명이다.
- **월명산로(月明山路) 호랑가외(虎狼可畏)** '달 밝은 산길에 호랑이가 두렵구나.' 정도의 뜻이다.

는 길을 그만두려 했다. 조양래는 그래도 가라고 했다.

"과거에 급제하는 건 틀림없으니 가야 하지 않겠나. 호환을 피할 수 없다면 집에 있다고 한들 어쩌겠는가?"

무인도 이 말에 머리가 끄덕여졌다. 결국 그는 상경길에 올랐다. 이틀을 걸어 사람이 살지 않는 어느 곳에 당도했다. 마침 해는 저물어 달이 떠오르고 있었다. 그런데 갑자기 한 도적이 뒤를 밟아 오다가 앞으로 달려들어 말 위에 있는 그를 끌어내렸다. 이어 목을 조르고 가슴을 짓밟은 채 칼을 뽑아 겨누었다. 무인은 큰 소리로 외쳤다.

"네가 바라는 게 재물이더냐? 내 행장과 옷가지는 여기 있으니 마음대로 가져가거라. 이 말도 끌고 가고. 꼭 나를 죽여야 하겠느냐? 네 부모의 원수도 아닌데 어찌 이러느냐?"

그자는 아니라고 했다.

"내가 재물이 탐나서 이러겠느냐? 부모의 원수가 아니라면 어찌 이런 짓을 하겠느냐?"

무인은 황당했다.

"나는 일생토록 사람을 죽인 일이 없는데 너와 원수가 될 리 있겠느냐?"

"생각해 보거라!"

무인은 그때 옛날 한 가지 사건이 떠올랐다.

"젊었을 때 한 여종을 화가 나서 때렸다가 느닷없이 죽은 일은 있었다. 그 외에는 전혀 나 때문에 죽은 이는 없고."

"내가 바로 그 여종의 아들이다! 어머니가 돌아가신 뒤 나는 남에게 거두어 길러졌지. 그때부터 장성한 지금까지 마음속으로 하루도 너를 잊은 적이 없다. 당신은 나를 알아보지 못하겠지만 나는 당신을 노린 지 오래다. 지금 여기서 만났으니 어찌 당신을 놓아주겠는가!"

이제야 사태를 파악한 무인은 자포자기했다.

"그렇다면 네가 하고 싶은 대로 하거라."

그자는 이를 부득부득 갈더니 한참 있다가 칼을 던지고 땅에 엎드렸다.

"이제 조금 풀었으니 주인은 가시오."

"나는 너의 철천지원수이거늘 어째서 죽이지 않느냐?"

그러자 그자는 이런 사정을 얘기했다.

"제가 듣자 하니, 주인님이 제 모친을 죽였지만 바로 후회하여 돌아가신 날이면 언제나 제삿밥을 올려주었다지요. 그 은혜는 잊을 수 없는 일입니다. 주인이 종을 죽였다고 해서 종 된 자가 이를 되갚아야 하겠습니까? 다만 가슴속에 맺힌 한을 씻어보려는 생각에 주인의 목을 조르고 칼날을 겨눴네요. 이제 다소나마 응어리를 풀었습니다. 지금 종이 주인을 능멸했으니 이 죄는 용서받기 어렵겠지요. 소인은 이제 주인님 앞에서 죽겠습니다."

무인은 급히 말렸다.

"너는 참으로 의로운 사내이다. 왜 죽으려 하느냐? 나와 함께 한양으로 가자꾸나. 내 너를 잘 대할 테다. 지금 이 일은 절대 마음에 두지 않으마."

그러면서 이름을 물었더니 그자의 대답이 놀라웠다.

"소인의 이름은 '호랑(虎狼)'입니다. 주인님의 목을 졸랐으니 어찌 다시 종이 되겠습니까?"

조양래의 점괘에서 나왔던 바로 그 '호랑이'였다. 호랑은 그 자리에서 칼을 뽑아 자결하고 말았다. 무인은 너무 놀라 어쩔 줄 모르는 새에 두 눈에서는 눈물이 펑펑 쏟아졌다. 할 수 없이 근처 마을에 가서 지금 벌어진 사정을 말하고 도와달라고 했다. 마을 사람들은 몹시 놀라워하며 힘을 합쳐 시신을 수습하여 땅에 묻어주었다.

무인은 한양으로 올라가 과거에 합격했다고 한다.

《청구야담》 권9 제25화 〈問名卜中路遇舊僕(문명복중로우구복)〉

40화

종과 양반의 대화와 그 현실

어떤 양반이 있었다. 집이 부유했던 그는 평소 살찐 말을 타고 너른 들판을 멋지게 달리곤 했다. 한번은 채찍을 잡은 종이 느닷없이 그더러 말에서 내리라고 하는 것이었다. 양반이 내리지 않겠다고 하자 종은 강압적으로 내리라고 요구했다. 양반은 내키지 않았지만 어쩔 수 없이 말에서 내려 풀을 깔고 앉았다. 양반 주인을 두고 종이 하는 말이 이랬다.

"쇤네, 오늘 죽기를 무릅쓰고 의심나는 점들을 따지려 하니 나리께서 한번 들어보십시오. 나리께선 집에 계실 때 푹신한 방석에 앉아서 손도 까딱 않고 하루에 석 되 쌀밥을 드시지요. 한데 쇤네는 하루 종일 일하느라 잠깐 쉴 겨를이 없는 데도 하루에 기껏 두 되 밥만 먹을 수 있습니다. 편안하고 한가롭게 지내는 이가 많이 먹는 게 옳겠습니까, 종일 고생하는 자가 많이 먹는 게 옳겠습니까?"

양반은 당황하여 바로 대꾸를 못 했다. 그러자 종은 말을 이어갔다.

"나리께서는 하루가 다 가도록 따뜻한 방에서 문을 닫고 앉아서 밖에는 서리가 내리는지 눈이 오는지 알 바 없지요. 그런데도 옷과 이불은 꼭 새 솜을 넣고 곱게 바느질한 것이어야 합니다. 쇤네는 추위를 무릅쓰고 나리를 위해 산을 쏘다니며 나무를 하고, 두꺼운 얼음을 깨 물고기를 잡아야 하는데도 한기가 송송 드는 허름한 바지에, 저고리는 묵은 솜을 얄팍하게 넣었을 뿐이지요. 이건 무슨 도리랍니까?"

양반은 종의 말투가 불온해지자 안 되겠다 싶었다.

"내가 가진 재물로 내 몸을 챙기다 보면 자연히 내겐 후하기 마련이고 남을 소홀하게 대할 수밖에 없지 않겠느냐? 이제부터는 유념하여 너를 잘 대접하마."

종은 또 다른 이야기를 꺼냈다.

"나리는 날쌘 말을 타기에 온몸이 편하고 가뿐하니 하루 천 리를 달린들 조금도 피곤할 이유가 없지요. 하나 소인은 발을 둘둘 말고 험한 땅을 밟으며 내달리는 말굽을 좇기에 정신이 없답니다. 주막에라도 들르게 되면 목석이 아닌 이상 지치고 목이 쉬지 않겠습니까? 한데도 나리는 말에서 내리자마자 갈 길부터 재촉하니, 저는 잠깐 발을 쉴 시간도 없습니다. 어쩌다가 지체라도 하면 채찍과 야단이 떨어지니, 처지를 바꿔서도 그럴 수 있겠습니까?"

양반은 꿀 먹은 벙어리가 되었다.

"당신은 조상이 물려준 덕에 농사일 안 하고도 배부르고, 길쌈 안 하고도 따뜻이 지내시지요. 자기 분수로 따져봐도 만족할 만한 상황이고요. 한데 보세요. 턱없는 욕심을 내어 양반의 족보를 훔치고 벼슬을 얻어보려고 부곽전• 3천 평을 몽땅 뇌물로 바쳤지요. 하나 무슨 소득이 있었던가요? 또 당신은 한양으로 올라갈 때면 부잣집 한량이나 고관 자제들과 어울려 노느라 돈을 펑펑 쓰고, 달콤한 말에 낚여 시간 가는 줄 모르고 저들과 노닥거리지요. 물론 즐겁긴 즐겁겠지요. 그동안 저는 대문 머리에서 추위와 배고픔에 떨다가 고개 한번 들고 보면 날은 어느새 저물어가지요. 어쩌다 거친 탁주나 식어 빠진 안주 찌꺼기가 생겨도 추워서 입에 넘길 수가 없습니다. 당신이야 스스로 저 갈취하는 판에 빠져든 거지만 저는 무슨 죄가 있냐고요?"

양반은 얼굴이 붉게 달아올랐다. 부드러운 말로 종을 달랬으나 입을 막을 수는 없었다.

"당신은 아내와 첩을 두고 살지요. 저들은 다 화사한 옷을 입어 비단 자락을 끌며, 깊고 아늑한 방 안에서 분을 바른 향내가 코를 찌릅니다. 부드럽고 따스한 즐거움이야 이보다 더할 나위 있겠어요? 나는 처 하나 두고 있으나 때 낀 얼굴에 머리는 헝클어져 있고, 옷은 몸뚱이를 가리지도 못합니다. 당신은 저의 처까지 밤마다 불러들여 마음껏 더럽고 추한 짓을 한다지요? 이야말로 인정상 도저히 이해할 수 없습니다."

양반은 기가 질리고 부끄러워 미안하다는 말밖에 할 말이 없었다.

이 말을 끝으로 종은 주인에게 말에 다시 타라고 하여 집으로 돌아왔다. 돌아온 뒤 그는 더 열심히 맡은 일을 해나갔다. 양반도 이제 그를 잘 대해주었다.

- **부곽전(負郭田)** 도성이나 성곽 근처의 양질의 토지를 말한다. 여기서는 한양 근방의 소출이 많이 나는 땅으로, 시쳇말로 금싸라기 땅에 해당한다.

아! 남의 종노릇 하는 자도 이목구비와 오장육부를 가진 사람이다. 하늘이 사람을 세상에 낼 때 누구에게는 후하고 누구에게는 박하게 하여 차별을 뒀겠는가? 다만 신분이 천한 까닭으로 남 밑에서 굽히고 사는 걸 달게 받아들여야 한다. 주인이 된 자는 이런 종들을 진실로 가엽게 여겨 잘 대해주어야 하거늘 종종 가혹하게 부리는 사례가 있다. 삶에 애착하는 마음이 없으니 무슨 일인들 꺼리겠는가. 그런 까닭에 종들이 일으킨 변고가 지금 이 양반이 당한 경우보다 더한 경우가 없지 않았다. 유의해야 하지 않겠는가?

《기리총화》 하권 제72화 〈奴主問答(노주문답)〉

노비가 말하는 현실과 애환

노귀찬 이야기에 이어서 39화와 40화도 노비를 다룬 이야기들이다. 앞서 우리는 종의 신분에서 일약 부자가 되고 양반까지 되는 어느 사내종과 여종을 만났었다. 그러나 여기 두 이야기에서는 당대 현실 속 노비의 애환을 다루고 있다. 이 이야기 속 상황이 조선 후기 노비들의 가장 보편적인 현실이었다고 봐야 한다. 두 이야기의 큰 줄기는 주인과의 갈등이다.

39화는 어느 무사의 급제와 관련한 이야기다. 지금의 구미나 칠곡 어디쯤 사는 무사 아무개는 급제 운을 보고자 같은 고을의 선비 조양래를 찾아갔다. 조양래는 양반인데 점을 잘 치는 인물이다. 앞에서 나온 봉산의 점쟁이 유운태와는 신분과 처지가 달랐다. 참고로 전통시대의 점술은 여러 가지였다. 무당이나 판수가 치는 무꾸리가 있고, 풀을 쌓아서 풀어내는 시초점이 있는가 하면, 유운태같이 축문을 써서 치는 축점도 있었다. 그리고 《주역》의 점괘를 통해 풀어내는 주역

점이 따로 있었다. 양반들은 이 중에 주로 주역점을 쳤다. 상하층 할 것 없이 모두 점을 쳤다고 보면 되는데, 이처럼 점치는 풍속도가 서로 달랐다.

조양래가 괘를 풀어내는 방식을 보면 주역점을 친 것으로 판단된다. 《주역》은 수만 년의 자연현상이 축적된 자연과학의 고전이다. 이 속에 인간을 집어넣어 그 이치를 정확히 풀어내면 가장 정확하고 합리적인 결과를 얻어낼 수 있다. 따라서 주역점은 대단히 과학적이고 고급화된 점술이라고 할 만하다.

실제로 조선시대 양반들의 방 안 풍경 가운데 하나가 하루의 운수를 점치고 있는 모습이었다. 조양래 역시 이런 류의 양반이었으며, 지방 선비 중에서 단연 돋보이는 역술 전문가였다. 그만큼 그의 점이 정확했을 텐데, 여기 무사에게 쳐준 점도 완벽하게 들어맞았다. 다만 나온 점괘 자체는 점을 쳐준 조양래마저 무슨 영문인지 모를 만큼 이상한 것이었다. 그런데 여기에 반전이 숨어 있었다. 점괘에 나온 호랑이가 진짜 호랑이가 아니고 종의 이름인 '호랑(虎狼)이'였으니 말이다. 이 반전은 무사의 과거 급제 소재에서 주인과 종의 갈등으로 서사를 단번에 전환시켜 버린다.

종이 자기 부모를 죽인 주인에게 복수하려는 이 소재는 조선시대 주인과 노비의 갈등을 가장 극적으로 재현한 사례이다. 이와 비슷한 시기에 나온 〈기하인노사(記何人奴事)〉라는 작품이 있다. '어느 하인의 일'이라는 뜻으로, 요즘으로 치면 신문에 실린 기사이다. 내용은 대강 이렇다.

어떤 종이 산길을 지나다가 말에 탄 주인을 끌어내려 칼을 겨눠 죽이려 든다. 그러다가 그만 포기하고 억울한 사연을 토로한 뒤 주인을 겨누던 칼로 자결한다. 주인이 죽은 종의 아비를 죽였기에 벌어진 사건이었다. 종은 자결하기 전에 '아비도 하늘이지만 주인도 하늘이다.'라는 말을 남긴다.

하늘을 죽인 원수가 또 하늘인 현실. 이 딜레마에서 선택할 수 있는 건 죽음밖에 없었다. 지금 여기 호랑도 똑같은 상황이다. 그리하여 그의 자결로 무사는 과거 급제를 이룬다. 이야기는 무사가 자결한 호랑의 시신을 정성껏 수습하는 것으로 이를 봉합하려 든다. 아주 짧은 부분이지만 긴 울임이 있는 마무리다.

40화는 앞 화의 '호랑'의 죽음과 연계시켜 볼 만한 이야기다. 이야기라기보다는 종이 처한 현실을 당사자를 통해 드러낸 대화식 담론이라 하겠다. 이 종은 죽기를 각오하고 주인을 말에서 내리게 한 다음, 그동안 참고 참았던 울분을 토해낸다. 대화가 거듭될수록 종의 말투는 점점 거칠어져서 처음에는 자신을 '쇤네'라고 했다가 '저'나 '나'로 표현하는가 하면, 주인에 대한 호칭도 '나리'에서 '당신'으로 바뀌고 있다.

종은 크게 네 가지를 거론했다. 주인은 호의호식하며, 말 위에서 편히 이동하며, 족보를 훔치고 돈을 펑펑 쓰면서 자기 욕심을 채우고, 이것도 모자라 자기 아내인 여종까지 빼앗아 차지한다는 것이다. 자신은 이런 주인을 모시기 위해 배고프고 헐벗은 채 길 위를 달리고 있다. 사실 우리가 신분제 사회에서 종의 삶을 겪어보지 않았으니 그의 참담한 상황을 짐작만 할 뿐 실체로 다가오지 않는다. 그리고 이런 종류의 서사는 대개 상위층에 의해 종이 조명되기에 이들의 고통과 욕망은 제삼자에 의해 드러날 뿐이다.

이러한 종의 상황과 관련하여 '하위 주체는 말할 수 없다.'라는 명제가 있다. 실제로 말할 수 없는 존재라는 게 아니라 신분제 사회에서 가장 하층인 노비는 자신들의 처지나 욕망을 있는 그대로 드러낼 수 있는 통로가 없다는 뜻이다. 이들의 현실을 다룬 텍스트라고 해도 그 텍스트를 자신들이 구성하지 않는 이상 저들의 현실은 온전한 것이 못 된다. 대개는 상위 주체가 자신들이 원하는 방식으로 조정하기 때문이다.

이 이야기도 발화의 주체는 종이지만 이마저도 온전히 그 종의 육성일 수 없다. 그리고 마지막 부분에서 '종들이 일으킨 변고'를 언급하고 이를 유의해야 한다고 한 것으로 보아, 이런 일이 일어나지 않도록 해야 한다는 메시지로 볼 수 있다. 저들도 사람인 만큼 어느 정도 사정을 감안해 주어야 한다는 취지라고 하겠다. 한 걸음 더 나아가서 종이 주인을 해치는 변고 같은 사고를 미리 차단하기 위한 설정이라고 봐도 무방하다. 이런 한계가 명확하지만, 그럼에도 마치 어느

종을 인터뷰하듯이 구성한 묘미와 종의 목소리에서 느끼는 울림은 충분히 교감을 끌어낼 만하다.

5부

신선과 별세계

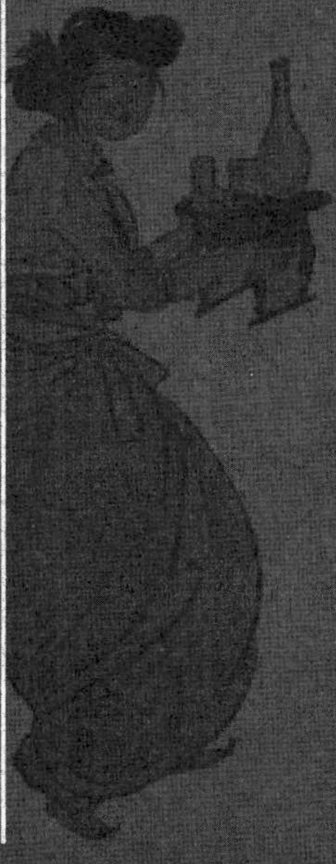

9장

신선의 세상

41화

관동에서 신선 세계를 체험한 유생

인조 때 가평군 향교에서 공부하는 한 유생이 있었다. 아직 장가를 가지 않은 그는 문장과 역사를 제법 꿰고 있던 젊은이였다. 마침 일이 생겨 관동에 다녀와야 했다. 그는 걸음이 느린 망아지를 타고 어린 종 하나를 대동한 채 길을 나섰다.

어느 산 아래에 이르렀을 때 그는 길에서 비를 만나 반나절 동안 흠뻑 젖었다. 이 와중에 갑자기 어린 종이 망아지 앞에서 쓰러져 죽고 말았다. 유생은 경악했다. 어쩔 수 없이 죽은 종의 시신을 끌어다가 길가 산모퉁이에 대강 안치하고는 얼굴을 가리고 울음을 삼켰다. 한참 뒤 그는 다시 망아지를 타고 가던 길을 재촉했다. 몇 리를 갔을까, 이번에는 망아지가 땅에 고꾸라져 죽는 게 아닌가. 힘겨운 여정에 종을 잃은 데다가 망아지마저 죽어버렸으니 앞길이 캄캄했다. 거기다 비마저 그치지 않았다. 홀몸으로 걸어서는 아무래도 관동 땅에 도착할 수 없을 것 같았다. 흐르는 눈물로도 부족하여 그는 마침내 대성통곡을 했다.

그때 느닷없이 한 노인이 지팡이를 짚고 나타났다. 눈썹이 희끗희끗하고 머리는 새하얀 모습이 퍽 비범해 보였다. 그는 유생이 통곡하는 걸 보고 다가와 왜 그러는지 물었다.

"어린 종이 죽고, 이어서 망아지까지 죽었어요. 비를 맞으며 걸어가도 머물러 쉴 곳조차 찾을 수가 없네요."

노인은 딱하다며 한참을 가여워하더니 지팡이로 한 곳을 가리켰다.

"저 솔숲과 대숲을 넘어가면 흐르는 시냇물이 보일 거요. 그 시내를 따라 올라가면 상류에 사람들이 살고 있는데, 거길 찾아가면 쉬어 갈 수 있을 거요."

유생이 노인이 가르쳐준 데를 쳐다보니, 1리쯤 떨어진 곳에 과연 소나무와 대나무가 울창한 숲을 이루고 있었다. 그는 노인에게 답례하고 그곳으로 향했다. 채 몇 걸음도 안 가서 뒤를 돌아보니 노인은 벌써 사라지고 없었다. 유생은 적이 놀랍고 의아한 생각이 들었지만 일단 노인이 가르쳐준 곳까지 가보았다. 그곳은 굵직한 소나무와 쭉 뻗은 대나무가 안팎으로 빽빽하게 둘러싸인 숲이었다. 그 너머로 과연 큰 시내가 흐르고 있었다. 시냇물 바닥엔 하얀 돌이 편평하게 깔려 있었다. 자세히 보니 자기가 서 있는 발치에서 저 멀리까지 큰 반석이었다. 옥빛 같은 물은 마치 흰 비단을 펼쳐놓은 것 같았다. 마침내 그는 바지를 걷고 물을 거슬러 올라갔다. 물은 깊지도 얕지도 않아 겨우 발을 적실 정도였다. 1리 정도를 더 올라갔다. 그랬더니 우뚝하니 시내와 마주한 화려한 누각 세 칸이 눈에 들어왔다. 단청이 훤히 내비치고 난간은 아스라이 솟아 있었다.

유생은 가시나무 지팡이를 짚고 젖은 옷자락을 끌며 다가가 누각 아래에서 잠시 쉬었다. 누각 안을 쓱 보니, 정중앙에 몇 자쯤 되는 흰 돌이 놓여 있었다. 옥처럼 깨끗하고 매끄러운 데다가 숫돌처럼 평평했다. 자세히 뜯어보니 정말 티 하나 없이 말끔했다. 이렇듯 세 칸 안에는 다 돌이 하나씩 있었다. 누각에는 돌로 만든 사방침에 달랑《주역》한 권만이 놓여 있었다. 사방침 앞의 돌화로에선 한 가닥 푸른 빛의 향 연기가 모락모락 피어올랐다. 이밖에 다른 것은 없었다. 그런데 이곳에 들어오고 보니, 날은 온화하고 경치가 멋들어져 비바람이 분 적이라고는 없는 듯했다. 경내는 맑고 고요하여 속세의 근심이 절로 사그라들었다.

유생이 주춤거리고 있는 사이에 누각 뒤편에서 별안간 신발 끄는 소리가 들려왔다. 깜짝 놀라 주변을 돌아보니 어떤 노인이 나타났다. 그는 거북이 체형에 학의 자태•로 기품이 맑고 고상해 보였다. 푸른 빛이 감도는 가벼운 비단 도포를 입고 아홉 마디 대나무 지팡이를 짚고 있는 모습은 그야말로 거룩하여 범속한 풍모와는 사뭇 달랐다. 유생은 그가 바로 주인임을 직감하고 종종걸음으로 나아가 절을 올렸다. 노인은 반색하며 읍을 했다.

"내가 이 집 주인장이오. 당신을 기다린 지 오래되었소이다."

그러면서 앞장서서 길을 인도했다. 주변의 풍광이 안으로 들어가면 갈수록 기이했다. 하늘은 활짝 열렸고 바람과 햇빛은 맑게 빛났

• **거북이 체형에 학의 자태** 장수하는 노인의 상을 말한다. 잘 알려져 있듯이 거북과 학은 장수를 상징한다.

다. 그런데 잠깐 사이에 노인은 어디론가 사라져버렸다. 이윽고 그는 어떤 거처에 이르렀다. 구슬과 나전으로 장식한 궁궐 같은 건물이 좌우로 날개를 펼친 듯 구름에 잇닿은 채 몇 리에 걸쳐 이어져 있었다. 유생은 언젠가 과거를 보러 한양에 올라갔을 때 도성의 궁궐을 본 적이 있었다. 지금 이곳의 규모와 화려함은 그때 보았던 도성 궁궐을 압도하고도 남았다.

대문으로 들어서자 의관을 갖춘 이가 앞장서서 그를 데리고 안으로 들어갔다. 서너 개의 전각을 지나 왕이 거처할 것 같은 궁전에 도착했다. 안내자는 섬돌 위로 유생을 인도했다. 대청마루에는 어떤 노인이 사방침에 기대어 앉아 있었다. 유생은 절을 올리고 알현했다. 원래 시골 출신의 한갓 유생이었던 그는 일찍이 귀인을 만난 적이 없었기에 황공하여 얼굴을 들지 못했다. 노인은 아랑곳하지 않고 흔쾌히 자리에 앉으라고 했다.

"이곳은 인간 세상이 아니고 바로 신선 세계일세. 그대가 찾아올 줄 진작 알았다네. 그래서 이렇게 환영하는 것이니 개의치 말게."

유생은 그제야 슬며시 쳐다보았다. 노인은 다름 아닌 앞서 누각 뒤편에서 신발을 끌며 나타났던 주인어른이었다. 노인은 주위를 돌아보며 영을 내렸다.

"이 사람은 필시 굶주렸을 테니 먹을 걸 내다 주도록 해라. 하나 갑작스레 신선의 찬을 주어서는 안 될 테니 인간 세상의 음식을 내주어라."

이 영과 함께 어린 시종이 한 쟁반 가득 음식을 받들어 올렸다. 과연 세상에 있는 음식이었으나 죄다 보기 드문 진귀한 것들로 푸짐하게 차려져 있었다. 이어서 어린 시종은 돌그릇을 받들어 노인에게 올렸다. 그릇 안에 담긴 것은 녹색이었으며 응고된 것이었다. 무엇인지 알 수는 없었으나 아마도 석수·옥장• 같은 것이 아닌가 싶었다. 노인은 그릇을 받아 들고 단번에 입에 털어 넣었다. 진수성찬을 받은 유생은 추위에 떨고 굶주린 터라 허겁지겁 먹어 치웠다. 제법 먹어 어느 정도 배가 부르자, 노인은 시종에게 상을 물리라고 했다. 이어서 유생에게 물었다.

"내게 시집갈 때가 된 과년한 딸이 있네. 혼처를 알아봤으나 아직 좋은 신랑감을 찾지 못했다네. 자네가 이렇게 찾아온 건 남다른 인연이 있어서일 테지. 그러니 자네를 이곳에 붙잡아 두고 내 사위로 삼고자 하네."

유생은 영문을 알 수 없어 엎드려 있을 뿐 감히 답을 하지 못했다. 노인은 주위 시종을 돌아보며 일렀다.

"딸아이를 불러오너라."

금세 여자아이가 안에서 나와 노인 곁에 앉았다. 열두세 살 정도로, 발그레한 뺨과 희고 고운 얼굴에 미간이 깔끔하고 수려하여 정말이지 백옥 같았다.

"애가 바로 내 여식이라네."

그러면서 일렀다.

"내 이 젊은이를 사위로 삼고자 한단다. 낭군 될 사람이 여기 앉아 있으니 날을 정해 혼례를 치러야겠다. 너는 좋은 날을 골라 나에게

• **석수(石髓)·옥장(玉醬)** 모두 신선들이 먹는다는 식음료로 '옥수(玉髓)', '옥로(玉露)' 등 비슷한 명칭이 많다.

고하거라."

여자아이는 부친의 영에 따라 손가락을 꼽아보더니 대답했다.

"내일모레가 가장 좋은 날이에요."

노인이 유생에게 말했다.

"길일이 이미 정해졌으니 자네는 우선 다른 데서 좀 쉬면서 대기하도록 하게."

그러고는 당장 시종을 시켜 아무개를 불러오라고 했다. 잠시 뒤 한 선관이 밖에서 잰걸음으로 들어와 분부를 받들었다. 가벼운 도포에 느슨한 허리띠를 한 그는 풍채가 깔끔하고 헌걸찬 장부였다.

"너는 이분을 모시고 나가 바깥에서 며칠간 대접하다가 길일에 맞춰 모시고 오도록 해라."

선관이 명을 받들어 유생을 데리고 나갔다. 유생은 노인에게 절을 올리고 물러나 선관의 뒤를 따랐다. 대문 밖에는 붉은 옻칠을 한 가마가 대기하고 있었다. 선관은 유생에게 가마에 오르라고 청했다. 이윽고 여덟 사람이 가마를 메고 길을 떠났다. 몇 리를 가서야 모처에 도착했다. 그곳엔 전각 하나가 시내를 마주하고 있었다. 주변이 더없이 깨끗한 게 한 점 티끌도 묻지 않은 곳이었다. 맑고 깨끗한 꽃과 대나무, 영롱한 누대와 정자가 자리하고 있었다. 선관은 유생을 모셔다 그곳에 묵으라고 하면서 옥으로 만든 상자에서 옷 한 벌을 꺼내 목욕한 다음 갈아입으라고 했다. 유생은 그제야 닳아빠지고 비에 젖어 축축한 옷을 벗고 내어준 옷으로 갈아입었다. 그 옷은 말로 표현할 수 없을 정도로 진기하고 고왔다. 방 안의 화려한 자리와 맛난 음식도 세상에 없는 것들이었다.

선관이 유생과 함께 이틀을 묵고 난 뒤 예정된 길일이 되었다. 유생에게는 다시 옷이 들어 있는 상자가 제공되었다. 유생에게 몸을 씻고 이 옷으로 갈아입으라고 했다. 이 관복은 앞서 입었던 것보다 훨씬 더 화려하고 호사스러웠다. 옷을 갈아입고 나자 선관은 붉은 옻칠을 한 가마에 유생을 태워 노인의 궁전으로 향했다. 가는 행렬에는 수십 명의 선관이 앞뒤에서 호위했다. 궁문 앞에 당도하기 무섭게 가마를 돕던 자가 유생을 인도하여 궁전에 올라 정해진 자리로 안내했다.

전안례•에 따라 유생은 절을 올렸다. 예식이 끝나자 주변에서 유생을 데리고 들어갔다. 먼발치에서 찰랑찰랑 패옥 소리가 들리고 향기로운 바람이 불다 그치곤 했다. 안으로 들어가니 좌우로 수십 명의 여인이 늘어서 있었다. 아름다운 얼굴과 화려한 복장은 정말이지 선녀들이었다. 유생은 이들 가운데 누군가가 분명 주인어른의 딸이겠거니 싶었다. 그런데 잠시 뒤 안에서 따로 아리따운 여인을 모시고 나왔다. 비췻빛 영롱한 구슬이 온 전각을 환히 밝혔다. 유생 앞에 선 그녀는 얼굴을 가리고 있던 옥부채를 내렸다. 그랬더니 수려한 얼굴과 어여쁜 자태가 사람의 눈을 빼앗아 버렸다. 좌우에 줄지어 있던 고운 여인들과 비교하면 봉황과 참새 격이었다. 유생은 이 빛에 어질어질 아찔하여 감히 쳐다보지 못했다.

수모•가 유생을 안내하여 혼례를 거행했다. 맞절과 폐백, 술잔 교

• **전안례(奠雁禮)** 전통 예식에서 신랑이 나무 기러기를 가지고 신붓집에 가서 혼주에게 바치는 과정. 이때부터 본격적인 혼례가 시작된다.

• **수모(首母)** 혼례 때에 신부의 단장을 도와주고 제반 예식을 거들어주는 이로, '수모(手母)'라고도 한다.

환 따위의 절차는 인간 세상과 똑같았다. 예식이 끝나자 유생을 신방으로 데려갔다. 화려한 수를 놓은 가리개와 금병풍이며, 비단 이불과 옥자리 등은 아무리 봐도 인간 세상의 것들이 아니었다.

혼례를 치른 다음 날이었다. 유생은 장모와 상견례를 가졌다. 장모의 나이는 서른 여남은 살쯤 돼 보였다. 그녀 역시 티끌 한 점 없이 깨끗한 부용꽃이 물속에서 나온 듯한 자태였다. 이어서 장인 노인이 그를 위한 잔치를 열었다. 안팎으론 수없이 많은 손님이 운집했다. 화려한 잔과 그릇이며 성대한 음악은 세상에선 듣도 보도 못하던 것이었다. 술이 반쯤 돌자 한 무리의 고운 여인들이 나풀거리는 치마를 끌고 너른 소매를 날리면서 자리 앞에서 춤을 추었다. 서로 화답하며 부르는 노랫소리가 지나가는 구름을 가로막았다. 이름하여 〈예상우의곡〉• 이라고 했다. 자리는 날이 저물어 모두 취한 뒤에야 끝이 났다.

유생은 쑥대 문에 새끼로 지도리를 맨 초라한 집 출신에 식견도 고루하여 우물 안의 개구리와 마찬가지였다. 그런 그가 뜻하지 않게 선계의 노인을 만난 데다 갑작스레 성대한 예식에 진수성찬까지 접하고 보니 무슨 임금이라도 된 듯했다. 황홀하기도 하고 의심스럽기도 하고 두렵기도 한 마음이 겹쳐 취한 듯 멍하니 어쩔 줄 몰랐다. 밤이 되어 신부가 들어올 때면 두근두근 떨려 가까이할 수도 없었다. 그는 옷을 그대로 입은 채로 이부자리에 엎드려 이마를 양손에 얹은 채로 잠들곤 했다. 이렇게 십여 일이 지나서야 두려운 마음이 조금 가시기

• **예상우의곡(霓裳羽衣曲)** 당나라 때 현종이 애첩 양귀비를 위해 지어주었다는 선녀들이 춤추는 모습을 표현한 노래로, 신선 세계의 환상적인 분위기를 자아낸다고 알려져 있다. 애정 고사나 풍류 문학에 단골 소재로 활용되곤 했다.

시작했다. 이윽고 점점 나아져 마침내 부부의 정을 나눌 수 있었다. 해를 넘겨서는 장난도 치며 한껏 즐거움에 빠져들었다.

그러던 어느 날, 아내가 유생에게 물었다.

"당신은 아버지께서 유람하는 곳을 보고 싶지 않으세요?"

유생은 안 그래도 그곳이 몹시 궁금하던 참이었다. 당연히 그러고 싶다고 하자 아내는 그를 데리고 후원으로 향했다. 붉은 벼랑과 푸른 절벽 사이로 맑은 샘물이 흰 물보라를 일으키며 떨어졌다. 들어가면 들어갈수록 멋진 경치라 곳곳이 기이하고 절묘했다. 여기저기 아름다운 꽃과 진기한 풀이 햇빛에 어른거리는 가운데 이따금 진기한 새와 짐승이 날거나 모여들었다. 유생은 처음 들어온 이곳에 흠뻑 빠져 돌아가기를 잊을 지경이었다. 주변을 다 구경하고 나자, 아내는 다시 유생을 데리고 후원 뒤쪽의 한 봉우리로 올라갔다. 봉우리는 그다지 높거나 험하지 않았으나 꼬불꼬불 돌아서 올라가야 했다. 꼭대기에 오르니 저절로 만들어진 듯한 두세 층의 높은 단이 있었다. 그곳에 올라 앞을 조망하자니 끝없이 넓게 펼쳐진 바다가 나타났다. 바다에는 세 개의 섬이 파도 위로 보일락 말락 하고 십주(十洲)가 눈앞에 펼쳐졌다. 아내는 손으로 하나하나 가리키며 설명해 주었다.

"저곳이 바로 봉래산이고 저곳은 방장산, 그리고 저쪽은 영주산•이에요."

이뿐만이 아니었다. 그동안 들어보기만 했던 선계들도 바다에 다

• **영주산** 앞의 두 산과 합쳐 삼신산이라 한다. 동해에 있다는 신선 세계로, 큰 거북이 이 세 산을 받치고 있다고 알려져 있다. 앞의 십주는 이 삼신산 외에 동해의 열 곳의 선계이다. 이를 합쳐 '봉래십주(蓬萊十洲)'라 한다.

드러나 있었다. 금궁궐과 은누대가 하늘 가운데 아스라하고 상서로운 구름과 안개는 하늘 밖에서 햇살을 받아 온화한 빛을 자아냈다. 거기에는 봉황을 탄 자, 난새를 탄 자, 학을 잡고 탄 자, 용을 탄 자, 기린을 모는 자들이며, 구름에 앉아서 뛰어오르는 자, 바람을 몰아 나는 자, 허공을 걷는 자, 파도 위를 걷는 자 등이 보였다. 위로 올랐다가 내려가기도 하고 아래에서 위로 올라가기도 하며, 동쪽에서 서쪽으로 혹은 남쪽에서 북쪽으로 삼삼오오 짝을 지어 날아서 오고 갔다. 생황과 퉁소로 선계 음악을 연주하는 소리도 은은하게 들려왔다. 유생은 아직 다 구경을 못 했으나 날이 저물어 되돌아와야 했다.

유생이 이곳에 머무른 지 어느덧 반년이 지나고 있었다. 하루는 장인이 유생에게 이런 말을 했다.

"내 여식이 혼례를 치른 지 오래되었는데 아직 태기가 있다는 얘길 듣지 못했네. 아마도 자네가 속세의 몸을 바꾸지 못해서 그런가 보네."

그러더니 옥으로 만든 호리병 하나를 내오게 했다. 장인은 이 호리병을 기울여 두세 알 환약을 꺼내 유생에게 주면서 일렀다.

"이 약을 먹으면 환골탈태할 수 있을 거네."

약을 받아먹은 유생은 그때부터 몸이 날렵하고 건장해졌으며 마음은 청정해졌다. 그러자 아내가 과연 태임을 하게 되어 연달아 사내아이 둘을 낳았다.

이렇게 눌러앉은 지 이러구러 벌써 3년이 흘러갔다. 어느 날, 별일 없이 아내와 앉아 있던 유생은 느닷없이 눈물을 줄줄 흘렸다. 아내가 이상하여 그 이유를 물었더니 답이 이랬다.

"알다시피 나는 저 촌구석의 서생으로 신선 세계의 사위가 되었으니 이야말로 엄청난 행운이 아니겠소. 다만 시골집에 계신 노모를 뵙지 못한 지 어느덧 3년이 되었소. 뵙고픈 마음이 사무쳐 이렇게 눈물이 나는구려."

"어머님이 그리워서 그러는 거군요? 가고 싶으면 가야지, 울기까지 하다니요?"

이렇게 위로한 아내는 아버지에게 청원했다.

"낭군이 시어머님을 찾아뵙기를 바랍니다."

이리하여 장인은 유생을 불러 확인하고 돌아갈 수 있게 해주었다. 유생은 속으로 '수레와 말에, 따르는 종도 많이 붙여주시겠지. 돌아가면 분명 마을이 들썩일 거야.'라고 생각했다. 그러나 잠시 뒤 아내가 내준 것은 보자기에 싼 옷 한 벌뿐이었다. 장인과 장모에게 하직 인사를 올리자 장인이 말했다.

"자네는 돌아가 사돈어른을 잘 뵙도록 하게. 머지않아 내 자네를 다시 부름세."

그러고는 재바르고 충직한 하인 하나를 붙여주며 전송했다. 유생은 하직하고 문을 나섰다. 밖에는 다 해진 안장을 얹은 비쩍 마른 말 한 필에 재갈을 물리고 대기하는 어린 종이 있었다. 자세히 보니 자신이 처음 길을 떠날 때 길에서 죽었던 바로 그 아이종이었고 말도 그 망아지였다. 유생은 아연실색하며 종에게 물었다.

"어떻게 네가 여기에 있단 말이냐?"

그랬더니 종의 대답이 이랬다.

"샌님을 모시고 가던 도중에 느닷없이 어떤 사람이 소인을 여기로 끌고 왔습니다. 어찌 된 일인지 통 모르고요. 여기에 온 뒤로는 일없이 한가하게 지내고 있었지요. 벌써 3년째입니다."

유생은 이마저도 놀랍고 의아하기 짝이 없었다. 그저 멍하니 옷 보자기를 안장에 걸고서 말을 타고 길을 떠났다. 노인이 붙여준 하인도 뒤를 따랐다. 유생이 처음 이곳에 들어올 때는 깊고 빼어난 경치가 수십 리에 걸쳐 펼쳐져 있었다. 그런데 지금 돌아가는 길은 문을 나선 지 불과 몇 걸음밖에 안 되었는데도 주변 경치는 온데간데없고 황야에 자욱한 안개와 들풀만이 끝없이 이어져 있을 뿐이었다. 돌아보니 그 선계는 완연한 꿈이었다. 유생은 뒤미처 슬픈 마음이 일어 자기도 모르게 눈물을 떨구며 구슬피 울었다. 그러자 뒤따르던 하인이 위로했다.

"나리께서는 3년 동안 선계에 계셨는데도 아직도 마음의 청정을 못 찾으셨단 말입니까? 인간의 칠정을 잊을 만한데 그 슬픔이 어디에서 생겼는지요?"

유생은 눈물을 닦으며 멋쩍어하면서 미안하다고 했다. 그러고 나서 채 1리도 못 갔을 때 이미 큰길에서 멀어져 있었다. 따르던 하인은 되돌아서며 인사를 올렸다.

"나리께서는 이미 귀로에 들어섰으니 소인은 여기서 물러갈까 합니다."

마침내 유생은 집으로 돌아왔다. 집 안에서는 막 무당을 불러다 신내림을 하느라 북소리가 요란했다. 집안 식구들은 그가 돌아온 걸 보고는 놀라 나자빠졌다. 처음에는 귀신인 줄 알았다가 한참 뒤에야 그가 사람인 줄 알아보았다. 어머니가 지금까지 귀가하지 않은 연유를 물었다. 유생은 평소 어머니 성품이 엄하셨기에 근거 없이 거짓말한다고 화를 낼 게 두려웠다. 그래서 있었던 사실을 숨기고 다른 이야기로 둘러댔다. 집에서는 필시 그가 죽었으리라고 간주하고 진작에 초혼제를 올리고 빈장례는 물론 삼년상까지 치른 터였다. 이날은 마침 무당을 불러다 탈상굿을 하던 참이었다.

유생은 귀가한 뒤, 가지고 온 옷 보자기를 풀어보았다. 사시사철의 옷 한 벌씩이 들어 있었다. 그리고 시간이 흘러 돌아온 지도 1년이 지났다. 어머니는 그가 홀아비인 신세가 안쓰러워 같은 동네 선비의 딸을 데리고 왔다. 유생은 평소 둔한 성격인 데다 엄격하신 어머니가 어려워 감히 거부하지 못하고 이 여자를 아내로 맞이했다. 하지만 금슬의 즐거움이 있을 수 있겠는가. 결국 서로 사이가 좋지 않았다.

한편, 유생에게는 죽마고우로 형제간의 정보다 우정이 끈끈한 친구가 있었다. 이 친구는 유생이 돌아온 뒤로 함께 묵으며 긴 밤 내내 이야기를 나누곤 했다. 당연히 친구는 유생에게 3년 동안 집에 돌아오지 않은 연유를 캐물었다. 그제야 유생은 선계에서 부인을 얻었던 일을 고백하며 대충 자초지종을 이야기해 주었다. 몹시 놀란 친구는 유생을 다시 훑어봤다. 그러나 아무리 봐도 예전 모습과 별반 달라진 건 없어 보였다. 다만 그가 입은 옷이 무명 비단도 솜도, 그렇다고 채색 비단도 명주도 아닌데 이상하게 가볍고 따뜻해 보였다. 거기다가 봄엔 봄옷 한 벌로 나고 여름엔 또한 여름옷 한 벌로 나며, 가을도 겨울도 그런 식이었다. 그런데도 빨래 한번 한 적 없었고 때가 묻는 일도 없었다. 올 하나 터지거나 빠지는 일이 없이 항상 새 옷 같았다. 친구는 이것이 신기할 뿐이었다.

두 해 남짓 지나 유생은 적절한 기회에 어머니에게 선계에 갔다 온 사실을 말씀드렸더니 괴상한 일이라며 몹시 신기해했다. 다시 3년이 지난 어느 날, 뜬금없이 선계 장인이 보낸 심부름꾼이 집을 찾아왔다. 두 아들도 딸려 보냈다. 거기에 편지도 있었는데 내용은 대략 이러했다.

> 내년에 인간 세상에 큰 난리가 일어나서 조만간 자네 사는 지역의 사람들은 다 고기밥이 되고 말걸세. 여기 심부름꾼을 보내니, 자네는 이 심부름꾼을 따라 집안 식구들을 모두 데리고 들어오게…….

유생은 편지의 취지를 친구에게 알리고 두 아들을 데려가 보여주었다. 친구가 이 아이들을 보니 얼굴이 깨끗하고 시원하여 맑은 구슬과 아름다운 나무• 같았다. 이어 유생은 어머니에게 이 사실을 아뢰고 같이 가자고 청했다. 어머니도 흔쾌히 그러자고 했다. 마침내 그의 식구들은 집과 밭을 모두 팔고 친척들과 이웃 사람들을 불러 모아 놓고 온종일 잔치를 치른 다음 이별했다. 이때는 을해년(1635)이었다. 이후로는 소식이 뚝 끊기고 말았다. 이듬해 병자년(1636)에 대란, 즉 병자호란이 발발했다. 과연 유생이 살던 마을은 쑥대밭이 되어 남아 있던 사람들은 거의 다 죽임을 당했다.

《천예록》 제2화 〈關東路遭雨登仙(관동로조우등선)〉

• **맑은 구슬과 아름다운 나무** 총명하고 빼어나 앞날이 기대되는 아이나 자식을 일컬을 때 쓰는 말.

42화

지리산에서 만난 신선 장 도령

중종 때 한양 도읍에 어떤 거지가 있었다. 그는 못생기고 우악스러운데다 지저분하기 짝이 없었다. 나이는 마흔쯤으로 아직껏 상투를 틀지 않았고, 동냥자루 하나를 어깨에 걸치고 저잣거리를 돌아다니면서 구걸하며 살았다. 낮이면 도성 안 여기저기를 헤집고 다녀 그의 발길이 닿지 않은 곳이 없을 정도였다. 그리고 밤이 되면 남의 집 문 옆에서 잠을 청했다. 그가 있는 곳은 대개 종각 근처 거리였다. 자연히 품팔이꾼이나 무뢰배들과 날마다 마주쳤다. 그러다 보니 이들은 친밀한 사이가 되어 함께 어울렸다. 한편, 그는 자신의 성을 장씨라 했기에 사람들은 그를 '장 도령'이라고 불렀다. 도령(道令)이란 사대부 집안 출신으로 아직 혼인하지 않은 자를 두고 부르는 말이다.

그때 도사 전우치•가 괴상한 도술을 부려 자못 세상을 우롱하고 있었다. 그런 전우치도 큰길가에서 장 도령을 만나기만 하면 굴러내리듯 말에서 뛰어내려 잰걸음으로 다가가 절을 올리고 감히 쳐다보질 못했다. 그러면 장 도령은 고개도 끄떡이지 않고 이렇게 물었다.

"자네 요즘 재미가 좋다던데 그런가?"

전우치는 두 손을 공손히 모으고 "예예."라고 하면서 두려운 기색이 역력했다. 간혹 이렇게 절하며 굽신거려도 장 도령은 그를 무시하고 뒤도 안 돌아보고 지나가 버렸다. 지켜보던 이가 괴이쩍어 전우치에게 둘 사이가 왜 그런지 한번 물어봤다. 그랬더니 전우치는 이렇게 대답했다.

"지금 우리나라에 신선인 도령 세 분이 계신데 장 도령이 가장 높은 신선이고, 그다음이 정렴이며, 또 그다음은 윤세평•이라네. 세상 사람들은 아무도 모르고 나만 이 사실을 알고 있지. 그러니 어찌 그를 두려워하고 공경하지 않을 수 있겠는가?"

그럼에도 사람들은 그 말을 의심했다. 전우치가 워낙 요망스럽고 미덥지 않았던 까닭에 그가 하는 말을 믿을 수 없었다.

한편, 도성 안에 음직으로 벼슬아치가 된 이가 있었다. 그의 집이 길가에 맞닿아 있어 장 도령이 길에서 구걸하는 장면을 자주 목격하곤 했다. 하루는 이 벼슬아치가 장 도령을 불러 형편을 물었다. 그랬더니, '본래 호남의 양반 집안 출신이었으나 부모가 모두 염병에 걸

- **전우치(田禹治)** 생몰년 미상으로, 개성 출신이며 중종·명종 때의 인물 정도로만 알려져 있다. 도술을 부리는 것으로 유명하여 후대에는 그를 두고 역병을 도술로 예방했다거나 나쁜 술법으로 백성을 현혹했다는 등의 다양한 이미지가 투영되었다. 그를 다룬 소설 〈전우치전〉이 유명하다.
- **윤세평(尹世平)** 대개 윤군평(尹君平)으로 알려져 있다. 정렴(鄭𥖝)과 함께 중종·명종 때의 대표적인 술가였다. 참고로 조선 전기와 중기 선도 및 술가의 계보는 '김시습 – 정희량 – 윤군평 – 곽치허 – 정렴 – 한무외' 등으로 이어진다.

려 죽었고, 형제는 물론 아는 친척도 거의 없다. 혈혈단신의 의지할 데 없는 몸이라 유리걸식하게 되었다. 이리저리 떠돌다가 한양으로 흘러 들어왔다. 백 가지 중 한 가지도 잘하는 일이 없어 낫 놓고 기역 자도 모르는 꼴이다.'라는 식으로 대답했다. 음관은 그가 사대부 집안 출신이라는 말을 듣고 더욱 안쓰럽고 가엾다는 생각이 들었다. 그래서 술과 먹을 걸 내주고 쌀과 조 같은 먹을거리를 마련해 주었다. 이때부터 집에 먹을 게 생기면 꼭 사람을 시켜 장 도령을 불러와 제공하는 등 한층 더 신경을 써주었다.

그러던 어느 날이었다. 음관이 출타했다가 사람들이 시신 한 구를 번갈아 둘러매고 광희문• 쪽으로 나가는 것을 우연히 보았다. 아직 가리개로 시신을 가리지 않은 상태였는데, 내려다보니 장 도령이 틀림없었다. 음관은 그가 죽어 마음이 너무 아팠다. 집에 돌아와서도 탄식을 금치 못했다.

"세상에 박명한 이가 한둘이 아니겠지만, 어찌 장 도령 같은 자가 또 있겠는가? 손가락을 꼽아 따져보니 그가 종각에 와서 구걸한 지도 15년이 넘었구나. 끝내 이렇게 남에게 들려 버려지는 시신이 되고 말았으니 참으로 가엾구나!"

그 뒤 수십 년이 흘렀다. 음관은 볼일이 생겨 호남 지역으로 내려가는 길이었다. 그런데 지리산 아래를 지나갈 즈음 길을 잃고 말았

• **광희문(光熙門)** 도성의 사소문(四小門) 중의 하나로 동대문에서 가까워 동소문이라 한다. 지금 서울시 중구 광희동에 일부가 남아 있다. 청계천이 흘러나가는 곳이라 하여 '수구문(水口門)'이라고 하고, 또 도성 안의 시신을 이 문을 통해 도성 밖으로 운구했기에 속칭 '시구문(屍口門)'이라고도 했다.

다. 점점 산속으로 들어가는데 날은 어두워져서 진퇴양난에 빠지게 되었다. 그러다가 꼴 베는 아이들이 다닐 법한 샛길 하나를 발견했다. 분명 가까운 곳에 인가가 있겠다 싶어 꼬불꼬불한 그 길을 따라 걸어갔다. 처음에는 그냥 길이 깊겠거니 싶었으나 점점 산과 물은 맑고 깨끗하며 초목은 싱그럽고 아름답게 느껴졌다. 들어가면 갈수록 신기하다 싶더니 수십 리를 더 가자 아연하고 황홀한 별천지가 나타났다. 그곳은 더 이상 인간 세상의 정경이 아니었다.

그 순간 저 멀리 푸른 도포를 입은 사람이 청노새를 타고 나타났다. 일산을 펼쳐 든 시종들을 거느린 채 오는데 나는 듯이 빨랐다. 높은 벼슬아치의 행렬로 보였으나, 이 깊은 산중에 웬 대관의 행차인가 싶어 음관은 적이 의구심이 들었다. 그래서 우선 말을 끌고 숲속으로 몸을 피하려고 했다. 그러나 미처 몸을 숨기기도 전에 저쪽 일행이 느닷없이 앞에 당도했다. 그 사람은 말에 탄 채 읍을 하며 물었다.

"공께서는 그간 평안하셨습니까?"

음관은 당황한 나머지 머뭇거리며 답을 하지 못했다. 그러자 그 사람이 웃으며 말햇다.

"이곳은 제가 사는 곳인데, 공께서 이렇게 왕림해 주셨군요."

그러고는 곧장 노새를 돌려 앞서갔다. 역시 나는 듯 빨라 일순간 시야에서 사라져버렸다. 음관은 그 사람의 뒤를 따라가 얼마 뒤 어떤 곳에 도착할 수 있었다. 큰 궁전들이 몇 리에 걸쳐 빽빽이 들어서 있고, 아스라한 누대는 금빛과 푸른빛이 어리비쳤다. 정문에선 의관을 갖춘 자가 대기하고 있다가 음관이 도착한 걸 보고는 예를 갖춰 맞아들였다. 전각 서너 곳을 지나 한 궁전에 이르렀다. 안내자가 음관을 인도하여 궁전으로 오르니 거기에는 차림이 장엄한 한 멋진 장부가 자리하고 있었다. 옆에는 모두 절세미인인 시녀 수십 명이 좌우로 늘어섰고, 시중드는 어린 동자도 십여 명이었다. 사령들과 종사관들까지 호위하며 늘어서 있는 모습은 여느 왕과 다름이 없었다.

음관은 종종걸음으로 다가가 절을 올리면서도 두려운 마음에 감히 위를 쳐다보지 못했다. 멋진 장부는 답례로 읍을 하고 웃으며 말했다.

"그대는 나를 알아보지 못하겠소? 잘 보시오!"

그제야 음관은 겨우 얼굴을 들어 쳐다보았다. 그는 바로 청노새를 타고 일산을 펼친 채 길에서 맞아주었던 그 사람이었다. 하지만 일찍이 면식이 있던 사이는 아니었다. 음관은 엎드린 채 대답했다.

"앞서 뵈었을 때도 몰랐는데 지금 하문하시니 어떻게 대답해야 할지 모르겠습니다."

"내가 바로 장 도령이오. 당신은 어찌 나를 모른단 말이오?"

음관은 그제야 머리를 들고 그의 얼굴과 눈매를 자세히 훑어보았다. 과연 장 도령이었다. 지금은 기품이 맑고 풍채가 화사하여 예전의 추악하고 남루했던 모습은 전혀 찾아볼 수 없었다. 깜짝 놀란 음관은 어찌 된 영문인지 도무지 감을 잡을 수 없었다. 장 도령은 당장 연회를 열어 음관을 대접하라고 주위에 영을 내렸다. 진기한 안주와 찬이며 영롱한 그릇들은 죄다 인간 세상에는 없는 것이었다. 젊은 여인 십여 명이 줄지어 곡을 연주하는데, 악기며 노래와 춤도 모두 인간 세상에서 보고 들었던 게 아니었다. 여러 여인의 곱고 아름다운 모습은 그야말로 요희요 옥녀•였다.

이윽고 장 도령이 음관에게 말했다.

"우리나라에는 4대 명산이 있고, 그곳은 각각 선관이 주재하오. 나는 바로 지리산을 주재하고 있소. 예전에 사소한 잘못을 저질러 잠시 인간 세상으로 귀양을 가 있었던 거요. 귀양 간 동안 그대는 나를 정성으로 대접해 주었소. 내가 어찌 이를 잊을 수 있겠소. 더구나 나의 주검을 보고 안타까워하던 마음씨도 내 모르는 바 아니오. 그러나 나는 실제 죽은 게 아니라 인간 세상에서의 유배 기한이 다 차서 시해• 하여 선계로 돌아온 것이오. 오늘 그대가 이 산을 지나간다는 사실을 알고 예전의 은혜를 갚고자 한번 초청하여 자리를 마련한 것이라오. 그대도 나와의 묵은 인연이 다소나마 있었기에 여기까지 오게 된 게 아니겠소?"

이어서 흥겨운 술자리가 시작되었다. 음관과 장 도령은 그간의 회포를 풀고 잔뜩 즐기고서 자리를 마쳤다. 그날 밤 음관은 한 별전에서 묵었다. 그곳의 창과 문, 처마며 살창은 모두 산호나 수정 같은 진기한 보석으로 장식되어 영롱하고 투명하여 어두운 밤인데도 대낮처럼 환하게 밝았다. 음관은 뼛골이 시원하고 정신이 맑아져서 잠을 이룰 수 없었다. 다음 날 장 도령은 다시 잔치를 열어 음관을 전별했다. 술이 얼큰해졌을 때 장 도령이 작별을 고했다.

- **요희(瑤姬)요 옥녀(玉女)** 아름다운 선녀를 말한다. 요희는 남녀의 정사를 상징하는 운우지몽의 고사에 나오는 무산(巫山)의 신녀이다. 옥녀도 전설에 등장하는 선녀로, 도가의 서사에 자주 등장한다.
- **시해(尸解)** 육신을 버리고 혼백만 빠져나가 신선이 되는 도가의 법술을 말한다. 일반적으로 신선이 인간 세상에서 신선계로 복귀한다는 의미로 많이 쓰였다.

"이곳은 그대가 오래 머물러 있을 곳이 아니니 이제 돌아가는 게 좋겠소. 선계와 인간 세상의 길은 애초 다르니 훗날 다시 만나기는 어려울 거요. 바라건대 존체 잘 보전하기를 빌어 마지않소."

이 말과 함께 즉시 시종을 시켜 돌아가는 길을 안내해 주도록 했다. 음관은 절을 하고 물러 나왔다. 그곳 문을 나와 얼마 가지 않아서 곧장 큰길로 접어들었다. 이 길은 처음 산에 들어올 때의 그 샛길이 아니었다. 그래서 음관은 오는 길에 번번이 댓가지와 나뭇가지를 꽂아 지나온 곳을 표시해 두었다. 처음 만났던 곳에 당도하자 길을 안내하던 자는 작별하고 되돌아갔다.

이듬해 음관은 다시 이곳을 찾았다. 그러나 겹겹의 언덕과 첩첩한 산등성이엔 초목만이 베를 짜듯 빼곡할 뿐 끝내 그 길을 찾을 수 없었다. 한편, 음관은 장 도령을 만난 뒤로 점점 젊어졌으며 머리털도 하얘지지 않았다. 그렇게 나이가 90여 세에 이르도록 아무런 병 없이 살다가 죽었다. 음관이 죽기 전에 한번은 이런 말을 남겼다.

"장 도령이 세상에 있을 때의 일을 더듬어보면 별반 이상한 행동은 없었어. 다만 조금도 변하거나 늙지 않는 모습이었지. 남루하고 때 묻은 옷 하나만 걸친 채 15년을 변함없이 하루처럼 지낸 것 말고는 말이야. 그러고 보면 그가 평범한 사람이 아니었는데 범속한 사람의 눈으로 알아볼 수 없었던 게지."

《천예록》 제1화 〈智異山路迷逢眞(지리산로미봉진)〉

43화

선계에 지상의 낙원을 개척한 설생

설생(薛生)은 도성에 사는 선비다. 글을 잘 지었으며 의리와 절개를 중시하는 사람이었다. 과거 급제는 자신에게 도움이 되지 않는다고 여겨 마음 가는 대로 구름처럼 사방을 떠돌았다. 만년에는 장성의 갈재• 남쪽 지방에 은거하여 세상의 명예와는 등을 지고 살았다. 그러다 보니 그를 아는 사람도 거의 없었다.

청사 김재로•가 암행어사가 되어 호남을 순시하게 되었다. 이때는 찌는 듯한 더위가 한창이었다. 그가 갈재를 넘어가는데 목이 몹시 탔다. 그러나 산속이라 인가도 없고 산골짜기 시냇물도 찾을 수 없어

- **갈재** 전라북도 정읍시와 장성군 사이에 있는 고개인 노령(蘆嶺)을 이르는 순우리말. 예로부터 노령산맥을 가로질러 호남평야와 전남평야를 잇는 주요 교통로였다.
- **청사(淸沙) 김재로(金在魯)** 1682-1759. 자는 중례(仲禮), 청사는 그의 호이며, 본관은 청풍이다. 당파는 노론으로, 경종과 영조 전반기에 활약했다. 한때 삭탈관직을 당하기도 했으나 삼정승을 두루 역임했다. 참고로 그는 1719년 전라도 관찰사를 지낸 바 있다.

목 축일 물 한 모금을 얻을 수 없었다. 땀을 많이 흘린 데다 숨까지 차올라 엎어질 것 같았다. 마침 길가에는 쭉 이어진 밭두둑을 따라 북치•가 달려 있었다. 오이밭에서 신도 들이지 말라•는 혐의를 따질 겨를도 없었던 그는 시종을 시켜 동전 세 닢을 오이 넝쿨에 걸어두고 북치 몇 개를 따 오라고 했다. 그런데 시종이 오이밭에 들어가자마자 땅에 꼬꾸라졌다.

"대감마님, 소인을 살려주세요!"

시종은 외마디 소리와 함께 기절하고 말았다. 김공은 깜짝 놀랐으나 막무가내로 들어가서 구해 올 수도 없었다. 그때 갑자기 대삿갓을 쓰고 대지팡이를 짚고서 나타난 사람이 있었다. 김공 앞으로 다가온 그자가 따져 물었다.

"어쩌자고 오이밭으로 들어갔소?"

김공은 저간의 사정을 얘기해 주었다.

"버드나무로 엮은 허술한 울타리도 넘지 말라는 말이 있잖소. 당신은 밭두둑에 심은 백마(白麻)를 보지 못한 거요? 어찌 이리 당돌하게 남의 밭에 몰래 들어갔단 말이오?"

이렇게 화를 내던 그자가 갑자기 낯빛을 바꾸어 미소를 짓더니 밭으로 들어가 엎어져 있는 시종을 끌고 아무 방향으로 돌아 나왔다. 김공이 오이밭을 다시 살펴보니 사방으로 백마가 빙 둘러 심겨 있었

- **북치** 그루갈이로 열린 작은 오이.
- **오이밭에서 신도 들이지 말라** 원래 '오이밭에서는 신이 벗어져도 고쳐 신지 말라.'라는 속어를 달리 표현한 것으로, 오해받을 만한 일을 하지 말라는 뜻이다.

다. 어떤 데는 듬성듬성하고 또 어떤 데는 빽빽하여 완전한 팔문(八門)이 만들어져 흡사 팔진도•가 펼쳐진 듯했다.

부축받아 나온 시종에게 김공이 왜 혼절하여 쓰러졌는지 물었더니 시종이 말했다.

"소인이 밭에 들어가 막 두둑으로 걸음을 뗄 즈음 하늘이 돌고 땅이 움직여 온 정신이 마구 뒤흔들리다가 순간 멍해지면서 기억을 잃었습니다. 다행히 누군가가 끌고 나와 길을 인도하여 겨우 살아날 수 있었고요. 무슨 꿈을 꾸다가 깬 듯하오나 무슨 영문인지 도대체 모르겠습니다."

그자는 북치 십여 개를 따 와 던져주면서 일렀다.

"이것으로 해갈하시고 보답할 생각은 마시오."

그러더니 가뿐한 걸음으로 낭떠러지 골짜기 사이로 사라졌다. 김공은 그자가 분명 이인인 줄 알아채고 몰래 뒤를 밟았다. 깊은 숲속으로 들어가자 두세 칸 초가집이 나타났다. 그자의 거처였다. 김공은 그자를 보고 묵어가게 해달라고 몇 번이고 청했다.

"산속에 살다 보니 형편이 말이 아니라서 귀한 손님을 접대하기 난감하군요. 누추해도 탓하지 않으신다면 침상을 치워놓지요."

"귀한 손님이라 하시니 잘못돼도 한참 잘못됐소. 나는 그저 지나가는 딱한 선비로, 먹고 잘 주막은 멀고 다리는 퉁퉁 부었기에 하룻저

• **팔진도(八陣圖)** 삼국시대 제갈량이 고안한 진법으로, 실제 그 형세와 관련해서는 여러 가지 견해가 있다. 이른바 팔진법이라는 군진이 여기서 나왔다. 실제 《삼국지》에는 오나라 장수 육손이 승세를 타고 촉나라를 공격하던 중 이 진에 갇혀 빠져나오지 못했다는 내용이 나온다.

녁만 쉬어 갈까 하는 것이오. 다른 것은 없소이다."

그러면서 주인의 성씨와 집안을 물었다.

"설씨이고 원래 도성에 살았으나 여기저기 떠돌다가 여기까지 오게 되었소."

두 사람은 한참 얘기를 나누었다. 주인이 기장밥 한 사발을 내와 잡수라고 하면서 열없어했다.

"깊은 산골에서 살다 보니 맛있는 찬이 없소. 손님 대접이 시원찮소만 나무라진 마시오."

"맛이 담박하니 기름진 음식보다 낫소. 주린 배까지 채우게 되었으니 받은 대접이 실로 크오."

이렇게 저녁을 먹고 둘은 베개를 나란히 하여 누웠다. 김공이 더 물으려 했으나 주인은 어느새 드렁드렁 코를 골고 있었다.

이윽고 동녘이 밝아왔다. 김공은 주인을 깨워 작별했다.

"당신이 품은 재주를 내 알겠소. 내가 처리할 일들이 있는데 어느 쪽으로 가야 일이 잘 풀리겠소?"

주인은 눈을 비비며 일어나 앉더니 이렇게 말했다.

"어사또께서 가는 곳이면 무슨 일인들 이루지 못하겠습니까?"

김공은 깜짝 놀랐다.

"아, 이 무슨 말이오? 시골구석의 신산한 이를 두고 어사라고 하다니?"

주인은 처마 모서리의 별 하나를 가리켰다.

"저 별은 바로 어사또를 주관하는 별이지요. 어찌 저를 속이려 합니까?"

결국 김공은 자신의 신분을 사실대로 알리고 앞날이 잘 풀릴지 안 풀릴지를 들려달라고 했다.

"지위로는 가장 높은 신료가 되실 것이고 종묘에도 배향될 터이니 그거면 충분하지 않겠습니까? 더 물으실 필요가 없지요."

김공은 고맙다고 하고서 길을 떠났다. 김공은 속으로 대단하다고 생각하면서 이 기인을 항상 마음에 담아두고 있었다.

그로부터 10여 년 뒤, 김공은 관동 지방을 유람하게 되었다. 간성에 당도하여 영랑호•에서 뱃놀이를 하는데, 순간 운무가 낀 가운데 흐릿한 물결 사이로 조각배를 타고 다가오는 이가 있었다. 확인해 보니 설생이었다. 깜짝 놀란 김공은 반갑게 맞이하여 자기 배로 올라오게 해서 손을 맞잡고 그동안의 회포를 풀었다. 지금 어디서 오는 길이었냐고 묻자 설생은 이렇게 대답했다.

"지난번 호남 땅에서 살 때 주변이 번거롭고 시끄러워 근자에 양양 땅으로 거처를 옮겼답니다. 관아 서남쪽 육칠십 리쯤에 회룡굴•이라는 곳이지요. 여기서 멀지 않으니 나리께선 잠시 왕림하시어 남은 회포를 푸시지요."

김공은 흔쾌히 그러자며 그의 뒤를 따랐다. 해가 뉘엿뉘엿해졌을 때 그곳 산어귀에 도착했다. 이때부터 말과 시종들은 다 돌아가게 하

- **영랑호(永郎湖)** 지금은 강원도 속초시에 소속된 호수이다. 신라 때 화랑인 영랑(永郎)이 금강산에서 수련을 마치고 돌아오다가 이곳 경관에 반해 그대로 머물렀다는 고사에서 호수 이름이 유래했다. 과거에는 신선이 찾는 명소로 알려져 있었다.
- **회룡굴(回龍窟)** 정확한 위치는 알 수 없으나 현재 강원도 양양군 강현면에 회룡리(回龍里)라는 지명이 남아 있어 이 지역 일대로 짐작된다. 실제 양양군 회룡리와 속초시 소재 영랑호와는 10여 킬로미터 떨어져 있다.

고 가마를 이용하여 골짜기로 들어섰다. 거기서 험한 길을 몇 리쯤 더 가자 푸른 석벽이 우뚝 솟아 있고 그 가운데가 성문처럼 벌어져 있었다. 그리고 좌우로 맑은 시냇물이 콸콸 흘러나왔다. 그야말로 용이 꿈틀거리는 회룡(回龍)의 형세였다. 석벽 사이로는 돌길이 나 있었다. 이 길을 따라 깎아지른 바위 사이를 헤치고 나가 칡넝쿨을 더위잡고 담쟁이를 붙잡고 오르니 비로소 동굴이 나왔다. 입구가 좁아 몸을 구부정하게 굽힌 채 굴 안으로 들어갔다. 그런데 그 안은 별천지가 펼쳐져 있었다. 확 트인 땅에 토질은 비옥하여 온통 뽕나무와 마가 우거져 해를 가렸다. 그곳 중앙에 설생의 거처가 있었다. 조용하고 깔끔했으며 화려하기까지 했다. 설생은 김공을 안내하여 대청으로 모신 다음 진기한 나물과 과일을 들게 했다. 이어서 그를 데리고 가서 주변을 구경시켜 주었다. 숲과 봉우리며 시냇가 돌까지 기괴하면서도 독특하여 뭐라 형언하기 어려웠다. 김공은 신선 세계에 들어와 있는 것 같았다. 순간 높은 벼슬자리가 하찮다는 걸 깨달았다.

"자네의 비범한 재주는 내 익히 알고 있었네만 이런 후미진 산골짜기에 어떻게 이런 자리까지 마련했는가?"

설생이 씩 웃었다.

"제가 돌아다니는 곳은 여기만이 아닙니다. 세상을 등진 이래로 맘껏 유람하여 동방의 명승지라면 가보지 않은 데가 없을 정도로 쭉 들러봤답니다. 그러다가 마음에 드는 데가 있으면 우거진 숲을 쳐내고 집을 짓는가 하면 황무지를 개간하여 김을 매고 1년 혹은 2, 3년 살았지요. 그러다가 흥이 다하면 또 다른 곳으로 거처를 옮겼답니다. 기이한 산세와 질 좋은 논밭이 여기보다 열 배나 되는 곳도 많지요."

잠시 뒤 한 무리의 젊은이들이 피리와 거문고를 연주하고, 수십 명의 아름다운 여인들이 노래와 춤을 선사했다. 이들 모두 설생의 하인들과 여종들이었다. 김공은 감탄한 나머지 한시를 써서 그에게 주고 이틀을 더 머물렀다. 돌아오는 길에 설생과 이런 약조도 했다.

"뒤에 꼭 한양 우리 집으로 찾아오시게."

몇 년 지나지 않아 설생이 과연 한양으로 김공을 찾아왔다. 김공은 그때 이조의 당상관으로서 임명권을 쥐고 있었다. 그래서 김공은 설생에게 벼슬을 내려 묶어두고자 했다. 하지만 설생은 이를 부끄럽게 여겨 인사도 올리지 않고 떠나버렸다. 한참 뒤 김공은 사람을 시켜 회룡굴에 서신을 보냈다. 그러나 이미 그 굴은 텅 비어 있었으며 설생이 어디로 갔는지 알 수 없었다고 한다.

《동야휘집》 권7 제2화 〈菮田接客誇奇術(과전접객과기술)〉

속세와 선계, 인간과 신선

이제 신선과 신선 세계이다. 신선은 동아시아에서 창안된 독특한 신계의 피조물이다. 원래 신선이 탄생하게 된 배경에는 인간의 무병장수에 대한 욕망이 자리하고 있었다. 거기에 사회적 혼란이 이를 부채질했다. 대체로 신선 사상은 중국 한나라 때 등장하여 삼국시대와 위진남북조시대를 거치면서 보편화되었다. 한나라 후기에 정치가 문란해지고 전쟁이 끊이지 않으면서, 사람들은 속세를 떠나려는 심리와 함께 병 없이 오래 살고 싶어 했다. 그런 상황에서 신선이라는 무형의 존재가 등장하게 된 것이다. 따라서 신선은 풍진 세상을 벗어나고픈 피세 또는 염세 의식의 상징이기도 하지만 삶을 이어가고자 하는 인간의 생에 대한 욕망이 극대화된 대상이었다. 그러니 그리스·로마 신화의 신들처럼 인간과 상하 관계로 존재한다거나 전지전능한 신계에도 들지 않았다.

이런 신선을 믿거나 신선이 되기 위해 수련하는 종교를 도교라 한다. 도교가 성립되던 삼국시대에서 위진남북조시대에는 수련을 통해 신선이 될 수 있다는 믿음으로 수많은 사람이 달려들었다. 심지어 불사약이라고 하는 단약(丹藥)을 제조하느라 납에 중독되어 생명을 잃는 경우도 허다했다고 한다. 인간이 수련을 통해서 신선이 될 수 있다는 신선 사상은 그렇기에 다른 종교와는 성격이 달랐다. 아무튼 도교는 서양의 가톨릭과 이슬람교, 동양의 불교와 함께 세계종교사의 앞 장을 장식했다.

그런데 우리의 경우 도교가 삼국시대에 중국을 통해 전래한 것으로 알려졌지만, 중국처럼 종교로서 이어져 오지는 않았다. 고려시대 이후 수도 공간인 도관(道觀)이나 수도자인 도사(道士)의 존재가 잘 드러나지 않기 때문이다. 또 그런 의식을 치른 흔적도 잘 보이지 않는다. 아마도 삼국시대 이후 불교의 영향력이 워낙 컸고, 고려 말부터는 유교 사회로의 전환이 급속도로 이루어졌기 때문에 한반도에서 도교가 설 자리는 없었다고 봐야 한다. 이처럼 도교가 종교로서의 명맥은 끊어졌지만 신선 사상은 면면히 이어졌다. 특히 문학 분야에서 두드러졌다. 그러나 정작 그 주체인 신선은 문학 소재로 잘 등장하지 않았다. 그러다가 16~17세기 사화와 전란을 겪으면서 일대 전환이 일어난다. 속세를 떠나 도가 수련을 하는 이들이 늘어났고, 그 수도처로 금강산이 각광받기 시작했다. 어느새 금강산의 계곡이나 바위틈에는 신선이 되겠다는 부류가 넘쳐났다. 동시에 문학 작품에도 신선들이 출몰했으며, 그들의 거처인 선계(仙界)가 그려지기에 이르렀다.

아울러 신선 사상은 수많은 작품의 사상적 기반이 되었다. 이런 경향은 17세기 이후 전란과 정쟁이 이어지면서 한층 강화되었다. 물론 이런 신선 취향은 상층의 문화이자 의식의 전유물이었다. 이들은 자아를 신선에 투영하기도 하고, 또 다른 세상인 선계를 갈망하기도 했다. 또한 신선의 자취를 밟는 인물들이 포착되기도 했는데, 이들을 입전한 신선전이 등장한 것도 이 무렵이다. 그런가 하면 우리나라의 선도를 구현한 인물들을 집성한 자료도 나왔다. 여기에는 최치원이나 김시습 같은 익히 알려진 인물도 있으나, 역사에 잘 알려지지 않은 재야의 선비들도 포함되었다. 이름하여 한국의 신선 계보가 만들어진 것이다. 이렇게 인간과 신선의 거리가 좁혀지면서, 별도로 만들어졌던 이전 신선의 정체성과는 다른 '인간 신선'이 새로 구성되기에 이르렀다. 요컨대, 17세기 이후 신선 문학에는 변화된 신선과 선계가 펼쳐졌다.

41화는 관동 지역에 펼쳐진 선계를 다룬 이야기다. 가평의 어느 유생이 관동으로 갔다가 신선 세계에 빠져드는 방식인데, 앞에서 언급한 금강산 일대가 주무대다. 사실 금강산을 중심으로 한 관동팔경, 그리고 동해와 접한 영동 지역이 선계로 표상되기 시작한 시점은 16세기 중엽부터이다. 우리나라 가사문학의 대표 작가인 송강 정철의 〈관동별곡〉이 그 출발점이라고 보면 되겠다. 그런데 여기 이야기에서는 이곳을 아예 신선이 거처하는 별세계로 상정했다. 우리 문학사에서 선계가 이처럼 생생하고 자세하게 묘사된 사례가 있을까 싶을 정도로 선취가 가득하다. 더구나 금강산이라는 산과 동해라는 바다가 어우러진 이 지역의 특성이 잘 반영된 점도 기발하다. 특히 후원을 통해 펼쳐진 동해 쪽의 삼신산 세상은 장관이다. 봉황이나 용을 타거나 허공이며 파도 위를 걷는 자들의 모습에서는 마치 아바타 세계를 보는 듯하다.

이런 신세계를 접한 속세의 유생은 두려움과 놀람의 연속이다. 모든 게 낯설어 머뭇머뭇할 뿐이다. 그런데 그는 이 세계를 단순히 구경만 한 것이 아니다. 선녀와 혼인하는가 하면, 환약을 먹고 '몸이 가볍고 마음이 청정해지는', 즉 인간에서 신선으로 몸이 변하는 황홀경을 맛보기도 한다. 신선담이 대개는 인간이 선계에 들어갔다가 그곳 세상을 구경하고 복귀하는 식인데, 이 이야기는 한 단계 더 들어간 셈이다. 하지만 그는 끝내 속태를 벗지 못하고 환속하는 수순을 밟는다. 그리고 통상 이쯤에서 이야기도 끝나기 마련이다. 그런데 여기서는 그렇지 않다. 유생의 속세 생활이 시작되고 선계에서의 꿈같은 생활이 그리워질 즈음, 선계에서 그를 불러 선계와의 접속이 재차 이루어졌다. 이 접속의 이유는 현실계의 전란이었다. 그러니 여기 선계는 그에게 피세의 공간이 되었다. 이처럼 이야기는 '속세→선계→속세→선계'라는 구도에 전란이라는 대사회적인 충격을 통과시켰다. 이 이야기는 17세기를 넘어가면서 전란의 파고가 신선과 선계를 문학에 구축하는 계기가 되었다는 그 사회적 배경과 그대로 일치한다.

42화는 속세를 떠돌던 신선의 이야기다. 한양의 거지가 사실은 선계에서 내려온 신선이었다는 설정이다. 그의 이름이 장 도령이라니 왠지 익숙하다. 〈홍길동전〉의 작자 허균은 신선에 관한 관심이 유별나서 몇 편의 신선전을 남긴 바 있다. 그중 하나가 〈장생전(蔣生傳)〉인데, 바로 여기 등장하는 장 도령을 입전한 작품이다. 기생집을 드나들던 비렁뱅이가 시해했다가 나중에 신선 세계를 찾아간다는 내용이다. 시정에 떠돌던 인물이 신선이 된다는, 즉 우리 문학사에서 인간이 신선이 되는 첫 사례이자 신선을 입전한 첫 번째 작품이기도 하다. 그러니 여기 장 도령 이야기는 이 〈장생전〉을 모태로 했다.

하지만 주요 지점 몇 가지에 변화를 주어 신선으로서의 장 도령의 면모를 부각하고 있다. 그 변화 국면 가운데 하나가 전우치의 개입이다. 전우치는 조선시대 인물 역사에서 대단히 흥미로운 존재이다. 그는 조선 전기에 활동했으나 생애가 자세하지 않다. 더구나 그는 정치적으로 소외되었던 개성 출신이었다. 새로 개국한 조선은 이른바 전 왕조의 수도였던 개성과 평양 지역 출신은 의도적으로 견제했다. 그러다 보니 그 지역 인물들은 좋게 이미지화된 적이 없었다. 특히 전우치는 도술을 부린다거나 요술로 민심을 유혹한다고 하여 부정하기 일쑤였다. 실제 그의 행적이 어떠했는지는 여전히 불분명하나, 전란과 당쟁을 거치면서 그는 점점 이상한 인물로 소환되곤 했다. 조선판 마녀사냥의 희생양이라고 봐도 될 만하다. 소설 〈전우치전〉도 그런 그의 행적을 뒤섞어서 만들어진 작품임은 물론이다. 이렇기에 그는 김시습부터 이어지는 조선 선가의 계보에도 끼지 못했다. 이 이야기에서도 그는 신선의 계보에 들지 못한 채 장 도령을 선망하고 있다. 결국 전우치는 당대 사람들이 신선의 위치를 어떻게 상정하고 있는지를 방증하는 대상으로 소환된 것이다.

또 다른 지점은 애초 장 도령이 지리산을 관장하는 선관이었다는 사실이다. 그의 실체가 천상의 신선이었다니 놀랍다. 천상이 선계로 표상된 역사도 꽤 오래됐다. 신선 사상이 정립되던 때부터 천상 또는 깊은 산속 등이 신선의 거처로 자리했다. 특히 천상이 지상 세계와 순환한다는 인식은 이원적인 세계관을 성립시켰다. 이후 이런 이야기 유형이 정립되었으며, 후대 소설류에 자주 구현된 구도이기도 했다. 인간계와 천상계 또는 인간과 신선의 교차와 순환은 신선담을 통해 확립된 동아시아 서사 전통이었다. 이 이야기도 이런 전통 속에 있는 셈이다.

마지막으로 장 도령이 죽어 신선이 되는 과정인 시해(尸解)라는 용어에 대해서 덧붙여 둔다. 원래 도가에서는 인간이 신선이 되는 방법으로 두 가지를 들고 있다. 하나는 단약을 복용하고 곡기를 끊거나 기 수련 등을 통해 불로장생의 법을 터득하는 것이고, 다른 하나가 시해이다. 시해는 육신만 남고 넋은 빠져나가 신선이 된다는 도가의 주요 소재이다. 이는 인간의 죽음을 다른 식으로 표현한 것이기도 하다. 기실 종교는 인간의 죽음에 대한 두려움에서 생겨났다고 해도 과언이 아니다. 그러니 종교마다 죽음과 죽음 이후의 과정을 제시하기 마련이다. 시해는 바로 도교에서 제시한 사후의 과정이다. 이 과정을 거치면 인간이 신선으로 거듭날 수 있다고 믿었다. 이런 이유로 조선 후기에 인간이 신선이 되는 이야기에는 위 두 가지 방법이 소재로 등장하며, 어느 쪽으로 신선이 되느냐에 따라 해당 신선의 면모도 조금씩 달라진다.

43화는 인간이 신선이 되는 게 아니라 인간이되 신선의 자취를 밟는 이야기다. 세속의 모든 영욕을 등지고 팔도를 유람하며 자기만의 세계를 구축한 설생이란 인물이 주인공이다. 이 이야기도 원전은 따로 있다. 오도일(吳道一, 1645-1703)의 〈설생전(薛生傳)〉이라는 작품이다. 이 인물전은 계축옥사와 인조반정이라는 17세기 전반의 정치적 격변을 배경으로 설생이 도성을 벗어나 양양의 회룡굴에 자기만의 세계를 구축한 사적을 기록했다. 그러니까 본 이야기의 후반부는 〈설생전〉의 내용을 가져왔다고 봐야 한다.

그러나 두드러지게 달라진 부분이 있다. 즉 〈설생전〉 서두의 정치적인 배경은 싹 빼고, 그 대신 장성 갈재의 오이밭 화소를 전반부에 집어넣었다. 이는 설생의 비범함과 신선적 자취에 더 집중하기 위한 의도적인 변개로 보인다. 오이밭 사건으로 김공은 설생이 범상치 않은 인물이라는 사실을 확인할 수 있었다. 그리고 두 사람의 해후는 간성의 영랑호에서 이루어진다. 운무가 깔린 속에서 조각배를 타고 다가오는 설생의 모습은 꽤 환상적이다. 영랑호는 신라시대부터 신선이 노니는 공간이었다. 그러니 여기 설생은 신선과 진배없다. 그런 그가 새로 만들어놓은 선계인 회룡굴로 김공을 안내한다. 이 회룡굴은 지상낙원을 떠올리게 한다. 속세의 사람들이 꿈꾸던 무릉도원 같은 이상향이다. 설생은 바로 이상 세계의 설계자이자 건축가였다.

그런데 원래 신선 사상에서 선계는 인간 세상의 시공간과 다르다고 봤다. 대개 선계의 하루가 인간 세상의 1년에 해당하며, 농사 따위는 하지 않는 공간이다. 그러나 여기 회룡굴은 그런 선계는 아니었다. 인간의 시간과 공간으로 남아 있다. 이것이 일반 신선담의 선계와는 다른 지점이다. 이는 설생이 세속을 거부했지만 그렇다고 온전히 신선이 된 인물은 아니었기 때문이다.

44화

지리산에서 털북숭이로 변한 선비

정조 임인(1782)·계묘(1783) 연간의 가을에 있었던 일이다. 경상도 관찰사 김 아무개가 순시하러 함양에 들렀다가 위성관•에서 묵었다. 그는 주변 하관들과 기녀들을 죄다 물리치고 홀로 방에서 잠을 잤다. 그런데 한밤중 인적마저 끊겼을 즈음 방문이 열렸다 닫혔다 하며 '탁탁' 소리가 났다. 잠에서 깬 김공이 물었다.

"너는 대체 누구냐? 사람인 게냐, 귀신인 게냐?"

이에 누군가 답했다.

"귀신이 아니고 사람이오."

"그런데 왜 인적 끊긴 깊은 밤에 이런 수상한 짓거리를 한단 말이냐? 혹여 속에 담은 말을 하고 싶어서냐?"

• **위성관(渭城館)** 조선시대 함양군 관아의 객사로, 현재의 함양읍 함양초등학교 자리에 있었다고 한다. 참고로 이곳 객사의 문루인 학사루(學士樓)는 김종직과 무오사화 때 화를 입었던 사림들이 강학하던 곳이다.

"적이 아뢸 일이 있소."

김공은 일어나 앉으며 사람을 불러 불을 밝히려 했다.

"그러지 마시오. 내 모습을 보게 되면 필시 놀라 자빠질 거요. 어둠 속에서 얘기한다고 무슨 문제가 되겠소?"

"그대 모습이 얼마나 괴기하기에 촛불을 켜지 말라고 하느냐?"

"나는 몸에 온통 털이 나 있소."

김공은 이 말을 듣고 조금 놀라기는 했다.

"네가 과연 사람이라면 무슨 연유로 온몸에 털이 났단 말이냐?"

그가 들려준 이야기는 이랬다.

나는 상주 출신으로 주서를 지낸 우(禹) 아무개요. 중종 때 명경과에 급제하여 한양에서 벼슬을 구하던 중에 정암 조 선생•을 모시고 몇 년 동안 학업을 닦았소. 그러나 기묘사화가 일어나 김정•, 이장곤 등 여러 유생이 붙잡혀 갔고, 나는 한양에서 바로 도망을 쳐야 했소. 고향으로 가려니 관에 체포될 게 뻔해 곧장 지리산으로 들어갔소. 며칠간 굶주림에 지쳐 있었지만 이 깊은 계곡에서 뭘 먹고 버텨야 할지 몰랐소. 우선 산골 물 주변에 새로 나는 풀이 있으면 뜯어서 먹고, 산

- **정암(靜庵) 조(趙) 선생** 조광조(1482-1519). 자는 효직(孝直), 정암은 그의 호이다. 조선 초 성리학사에서 빼놓을 수 없는 인물이며, 당시 사림의 중심이었다. 특히 그는 도학 정치의 실현을 위해 개혁 정치를 추진하다가 1519년 남곤 등이 일으킨 기묘사화 때 죽임을 당했다.
- **김정(金淨)** 1486-1521. 자는 원충(元冲), 호는 충암(冲菴), 본관은 경주이다. 대사헌과 형조판서 등을 역임했다. 사림파로 조광조와 함께 개혁 정치를 추진하다가 기묘사화 때 제주 등 여러 곳으로 귀양을 갔다.

과일을 보게 되면 따서 먹는 게 다였소. 이것으로 허기진 배를 겨우 채울 수 있었소.

그런 얼마 뒤 똥을 누었더니 설사를 하여 속에 있는 찌꺼기가 죄다 쏟아져 나오는 게 아니겠소. 이렇게 대여섯 달 정도가 지나자 온몸에 털이 나기 시작하더니 두세 치 남짓 자랍디다. 이때부터 걷는 게 나는 듯이 빨라지고 천 길 절벽이라도 뛰어넘는 게 어렵지 않았소. 거의 원숭이와 다름이 없어진 거요. 이렇게 되자 고민이 생겼소. 세상 사람들이 나를 보면 분명 괴수로 여기지 않겠소. 그래서 산에서 내려갈 엄두를 내지 못했던 거요. 나무꾼이나 목동을 만나게 되면 꽁꽁 숨어 밖으로 나오지 않았소. 결국 이 깊은 계곡 층층 바위산 속에서만 지내야 했소. 밝은 달이 뜨기라도 하면 홀로 앉아 지난날에 읽었던 경서를 외다가 지금의 신세를 생각하면 절로 한심하여 눈물이 줄줄 흘러내립디다. 고향으로 돌아갈 생각을 해봐도 부모님과 처자식은 모두 작고한 뒤라 돌아갈 마음도 없어졌소.

이렇게 세월을 보내다 보니 산속에선 두려운 게 없어졌소. 저 사나운 호랑이나 흉측한 독뱀이라도 무섭지 않았으니 말이오. 오직 두려운 대상은 포수였소. 그래서 낮에는 숨고 밤에만 움직였다오. 내 모습은 이렇게 변했으나 마음은 아직도 그대로여서 사람을 한 번이라도 만나서 세상 돌아가는 일을 묻고 싶었소. 하지만 이런 기괴한 모습으로는 누구에게도 다가갈 수 없었소. 일전에 마침 그대가 이곳을 순시한다는 소식을 듣게 되었소. 해서 죽음을 무릅쓰고 찾아와 뵙는 것이지 별다른 뜻이 있는 건 아니오. 다만 정암 선생 댁의 자손은 얼마나 되며 선생께서는 신원이 되어 억울함이 밝혀졌는지 궁금하오.

어찌 되었소? 자세히 들려주었으면 하오.

이 얘기를 들은 김공은 금방 말투를 바꾸어 그가 궁금해하는 것에 대답했다.

"정암 선생은 인조 연간 아무 해에 신원이 되었으며, 문묘에도 종사되었고 사액서원도 적지 않습니다. 자손 중 누구누구는 조정에서 특별히 등용했으니 이제 더는 여한이 없으실 겁니다."

그러면서 김공은 기묘사화의 전말에 대해 우 아무개에게 되물었다. 이에 그는 하나도 빠뜨리지 않고 낱낱이 얘기해 주었다. 김공이 또 물었다.

"처음 도망칠 때 연세는 얼마나 되셨었습니까?"

"서른다섯이었소."

"기묘년과 지금 사이는 거의 300여 년입니다. 그렇다면 어른은 지금 근 400살이나 되십니다."

"그간 세월을 깊은 산속에서만 보내다 보니 내 나이가 얼마인지를 모르겠소."

"어른이 거처하는 굴은 필시 이곳과 멀 터인데 어떻게 이렇게 순식간에 올 수 있었습니까?"

"내가 기운을 한번 써서 움직이면 층암절벽이라도 원숭이 날듯이 훌쩍 뛰어넘는다오. 한순간에 10리 남짓을 갈 수 있소."

김공은 정말 신기하기 짝이 없었다. 밖에 얘기하여 찬을 내오게 했다. 그랬더니 그가 사양하며 말했다.

"찬은 원하지 않소. 과일이나 많이 주었으면 하오."

그러나 방 안에는 마침 남은 과일이 없었고, 한밤중이라 가져오라고 시키기도 여의치가 않았다.

"과일은 지금 남은 게 없습니다. 내일 밤 다시 오시면 그때는 준비해 놓겠습니다. 또 오실 수 있겠습니까?"

"그리하겠소."

그는 작별하는가 싶더니 순식간에 사라졌다. 김공은 그가 내일 다시 오겠다고 했기에 병이 났다는 핑계로 순시를 미루고 계속 위성관에 머물렀다. 아침과 점심의 다담상에 있던 과일 접시를 통째로 남겨 놓고 그가 오기를 기다렸다. 밤이 깊어지자 과연 다시 찾아왔다. 김공은 일어났다 앉으며 그와 인사를 나누고 이어서 과일 그릇을 내주었다. 그는 몹시 기뻐하며 많은 과일을 단번에 먹어 치웠다.

"덕분에 한번 실컷 먹었소!"

"지리산에는 과실이 많다고 하던데 아무 때나 먹을 수 있지 않습니까?"

"매년 가을 낙엽이 질 때면 밤에 나와 과실을 주워 모아 서너 무더기로 만들어 이것으로 식량을 삼소. 그래서 처음에 풀을 씹던 괴로움을 지금은 면했소. 과일만 먹어도 풀을 먹을 때와 기력이 차이가 없소. 사나운 호랑이와 맞닥뜨려도 손으로 치고 발로 차서 때려잡을 수가 있다오."

그리고 기묘사화에 관한 이야기를 한바탕 더 나누었다. 이렇게 화기애애하게 대화를 나누다가 그는 인사하고 떠나갔다.

김공은 평생토록 남에게 이 이야기를 한 적이 없었으나 임종 때가 되자 자식들에게 들려주면서 이런 말을 남겼다.

"옛날에도 모녀•가 있었다고 하니, 이게 꼭 괴상한 일이라고만 할 순 없지."

마침내 이를 글로 써서 남기도록 했다.

《청구야담》 권8 제30화 〈餉山果渭城逢毛仙(향산과위성봉모선)〉

• **모녀(毛女)** 전설상의 신녀로, 온몸이 털로 뒤덮인 채 산에서 솔잎만 먹어 몸이 날듯이 가벼웠다고 한다. 유향의 《열선전(列仙傳)》에 나온다.

45화

묘향산에서 만난 산속 거인의 정체

박천•의 어떤 포수가 묘향산에서 사냥을 했다. 묘향산은 큰 산이어서 사람의 발길이 잘 닿지 않은 곳이었다. 포수는 사슴 한 마리를 발견하여 잡을 뻔하다가 잡지 못한 채로 온종일 쫓아다녔다. 깊은 산골짜기까지 몰았으나 끝내 소득이 없었다. 날도 저물어 어디로 내려가야 할지 막막했다. 불안하기도 하고 조급하기도 할 즈음, 깎아지른 절벽 사이로 나 있는 샛길이 보였다. 그는 이 길을 따라 몇 리를 더 갔다. 거기에 초가집 한 채가 있었다.

그런데 이 집은 열두 칸짜리로 길게 쭉 이어진 형태였다. 그중 한 칸은 부엌이었고 남은 열한 칸은 방문이나 쪽문, 창도 벽장도 없이 길게 이어진 통짜 방이었다. 부엌에는 한 아리따운 여인이 불을 때

• **박천(博川)** 평안북도 박천군으로, 안주군과 경계이다. 한편, 묘향산은 평안남도와 평안북도의 경계에 있으며 박천군과는 청천강으로 이어져 있다.

저녁밥을 짓고 있었다. 여자는 방문자를 보고도 그리 놀라거나 수상쩍어하지도 않았다. 포수가 깊은 산속에서 길을 잃었다고 하자, 여자는 외려 반가운 낯빛으로 맞아주었다. 포수는 젊은 혈기에 욕구가 일어 여자를 성적으로 부추겼으나 이마저도 부끄러워하는 기색이 전혀 없었다. 이렇게 두 사람은 어렵지 않게 남녀 간의 정을 통했다.

얼마 뒤 여자는 저녁밥을 내왔다. 반찬은 죄다 곰 발바닥 아니면 사슴 육포나 멧돼지 고기 따위였다. 집 안에 사내는 있느냐고 묻자 여자는 "사냥을 나갔답니다."라고 답했다.

이경이 되었을 무렵 사람의 발걸음 소리가 들려왔다. 여자는 황급히 방문을 열고 나가 맞았다. 포수가 밖을 보니 웬 거물이 들어와 뜰에 서 있는 것이었다. 거물이 등짐을 땅에 내려놓았는데, 등짐 크기가 한 칸짜리 집만 했다. 그 몸집은 또 얼마나 크고 길든지 집보다 열 배는 더 높았다. 그래서 방 안에서는 그자의 얼굴이 보이지 않았다. 얼마 뒤 그 거물이 여자를 돌아보며 물었다.

"저 손님을 잘 대접해 주었는가?"

"네."

이윽고 그자가 집으로 들어가는데, 몸집이 너무 크다 보니 집의 중앙으로는 들어갈 수 없었다. 그 거물은 통짜로 된 긴 방의 첫째 칸에서부터 차례차례 몸을 안으로 집어넣었다. 몸이 안으로 들어가면서 길게 눕는 식이었다. 그 길이가 열한 칸 방을 다 채웠다. 들어서자마자 누웠던 것은 앉은키도 높아 집의 대들보까지 몸을 펼 수 없었기 때문이다. 거물이 누운 채로 포수에게 물었다.

"당신은 온종일 사슴을 쫓았을 텐데, 잡은 게 없소?"

"그렇소."

"저 여자와는 정을 통하지 않았소?"

포수는 머뭇거렸다.

'저자가 저렇게 크면서 영험도 하구나. 내가 저지른 죄를 이미 꿰뚫고 있으니 속일 수가 없겠어.'

이런 생각에 결국 실토했다. 포수는 죽을죄를 지었다며 사죄했는데, 거물은 아랑곳하지 않았다.

"괜찮소! 저 여자를 여기에 붙잡아 두고는 있소만 내 음식을 챙겨주는 게 전부이고 애초 범한 적이 없소. 당신이 여자와 정을 통한 건 나와 상관없는 일이오. 조금도 심려치 마시오."

그러면서 여자를 돌아봤다.

"먹을 것을 차려 오게."

여자가 밖으로 나가더니 방금 짊어지고 온 큰 산돼지 한 마리를 잘라 동이에 담은 것을 상에 올려 내왔다. 상에는 날고기만 있고 다른 찬은 없었다. 거물은 이것을 다 씹어 먹더니 바로 잠자리에 들면서 여자에게 일렀다.

"저 손님과 같이 자게."

이에 여자는 아무렇지도 않게 포수 옆에 누웠다. 하지만 포수는 같이 누웠어도 찜찜하고 두려워 밤이 새도록 제대로 잠을 잘 수 없었다. 포수는 새벽녘에 자고 있는 거물을 살펴봤다. 사람과 비슷하긴 했으나 분명 사람은 아니었다. 포수는 속으로 온갖 의문과 해괴한 마음이 다 들었다. 이윽고 아침이 밝았다. 거물이 누운 채로 여자를 불렀다.

"손님 찬과 내가 먹을 걸 같이 준비해서 들이게."

여자는 그 말에 따라 순순히 아침밥을 올렸다. 포수의 밥과 반찬은 다 익힌 음식이었으나 거물의 것은 동이에 담긴 날고기뿐이었다. 거물은 아침을 다 먹은 다음 긴 몸을 끌며 방 밖으로 나왔다. 그 모습은 마치 기다란 이무기가 꿈틀거리는 것 같았다. 곧장 첫 칸 입구로 기어 나와서는 바깥마당에 이르러서야 앉을 수 있었다.

"그대의 관상을 보니 참으로 복이 많을 팔자시오. 그대가 어제 어떻게 여기에 온 줄 아오? 내가 유인해서 끌어들인 거요. 저 여자는 여기에 계속 있을 이유가 없으니 걱정하지 말고 데려가시오. 또 내가 모은 저 호랑이와 표범, 노루와 사슴, 곰과 멧돼지 가죽들은 쌓아놔 봤자 쓸데가 없소. 모두 그대에게 주려 하오. 하나 그대 힘으로 어찌 다 짊어지겠소. 내가 날라다 주리다."

거물은 이렇게 말하고 큰 망태기에다 동굴 안에 산더미처럼 쌓인 가죽을 가져다 채워 넣었다. 이걸 어깨에 짊어지더니 나가면서 일렀다.

"그대는 저 여자를 데리고 나보다 먼저 출발하시오. 그곳이 어디든 따지지 말고 바다 입구 쪽으로 내려가 배가 닿는 곳까지 가서 나를 기다리시오."

포수는 거물이 일러준 대로 청천강을 따라 안주(安州) 포구로 내려왔다. 얼마 지나지 않아 거물도 산더미만큼 가죽을 짊어지고서 그곳에 도착했다.

"내가 짊어지고 온 물건을 값어치로 따지자면 한 집안을 꾸리는 데 충분하고도 남을 거요. 이제 나도 그대에게 한 가지를 청하겠소. 꼭 닷새째 되는 날에 소 두 마리를 잡고 백 섬의 소금을 팔아 이곳에서 나를 기다리시오. 내 분명히 다시 오리다."

이렇게 작별하고 떠났다. 포수는 배를 빌려 여자와 가죽을 실었다. 이윽고 여자를 아내로 맞았고, 가죽은 팔아서 수천 냥을 얻었다. 하지만 저 거물이 사람인지 아닌지는 여자도 알지 못했다.

약속한 닷새째가 되는 날, 포수는 소를 잡고 소금을 실어 약속한 곳에 가서 기다렸다. 거물은 전처럼 가죽을 잔뜩 짊어지고 왔다. 잡은 소 두 마리를 다 먹어 치우더니, 소금 백 섬은 가죽을 담아 온 망태기에다 퍼 담아 짊어졌다. 이걸 다 졌는데도 힘들어하는 기색이 전혀 없었다. 거물은 가면서 또 이런 요청을 했다.

"닷새 뒤에 다시 소금을 이번만큼 마련하여 이곳에서 나를 기다려 주시오!"

포수는 잘 알겠다고 했다. 다만 거물이 소는 잊어버리고 미처 얘기하지 않은 줄로 알고 소 두 마리도 잡아놓고 기다렸다. 거물은 또 찾아왔고 짊어진 가죽 따위도 전과 같았다. 준비한 소금은 거둬 이전처럼 망태기에 담았으나 잡은 소를 보고는 야멸차게 고개를 내저었다.

"이걸 먹고 싶었다면야 왜 내가 요구하지 않았겠소? 이번에는 먹어서는 안 되오."

거물은 고개를 절레절레하며 떠나려 했다. 그런데 포수가 이번에는 거물을 붙잡고 놓아주지 않았다.

"우리는 같은 부류가 아니며 오랫동안 나눈 정도 없지만, 당신은 나를 꺼리지 않고 받아주었소. 거기에다 아름다운 여인을 아내로 삼게 해주었소. 그뿐 아니라 값어치가 만금이나 되는 짐승 가죽을 두 번이나 짊어지고 와서 주었소. 이번에 소를 잡은 것은 당신이 요구한 건 아니오만 이는 실로 은덕에 감동한 내 정성이라오. 맛이라도 한번

보지 않으시려오?"

이렇게 한사코 먹어보라고 하자 거물은 손을 꼽아 따져보았다.

"그래, 이러면 기한이 닷새가 늦어지겠지만 그대의 정성이 갸륵하니 안 먹을 수 없겠소."

그러고는 소를 다 먹어 치웠다.

"이제 여기서 헤어지면 영영 이별이오! 다른 게 있겠나, 그대 스스로 잘 보전하시오."

포수는 거물 앞에 무릎을 꿇으며 길을 막아섰다.

"서로를 알아보는 데는 같고 다름을 아는 게 중하오. 하물며 영영 이별하는 지금, 그 같고 다름을 모르고 있소. 내 마음이 답답하고 안타깝소. 도대체 당신의 모습은 무엇이오? 사람이요, 짐승이오? 아니면 도깨비요? 그것도 아니면 산신령이오?"

"그걸 나 스스로 밝힐 수는 없소. 당신은 내년 단옷날에 낙동강의 나루에 가서 기다리시오. 그러면 초립에 푸른 도포를 입고 검은 나귀를 탄 미소년을 만나게 될 텐데, 그에게 물어보면 알게 될 거요."

그러면서 유유히 떠나갔다. 포수는 한편으로는 괴이했으나 또 한편으로는 서글픈 감정이 일었다. 포수는 돌아와 거물이 짊어지고 왔던 가죽을 모두 팔아 마침내 관서 지방의 갑부가 되었다.

포수가 학수고대한 끝에 이듬해 단옷날이 돌아왔다. 거물이 말한 대로 낙동 나루•로 가서 기다렸다. 과연 거기서 한 일행을 만났다. 확

• **낙동 나루** 낙동강의 나루 전반을 지칭한 것이 아니라 낙동강 상류인 상주의 낙동면에 있었던 나루를 특정한 것이다. 과거 이곳은 역참이 있는 등 주요 교통로 가운데 하나였다.

인해 보니 거물이 말했던 그 미소년이었다. 말머리에서 인사를 나누고 거물이 지금까지 한 일들을 하나하나 따져 물었다. 그랬더니 미소년은 슬픈 표정으로 길게 탄식하더니 말을 꺼냈다.

"이는 좋은 소식이 아니오. 그는 우•라 하오. 우의 물성으로 볼 때 드러나 있으면 다행, 하지만 사라지면 불행하게 되오. 이는 천지의 순양(純陽)한 정기로 변환하면 영웅호걸이 되지요. 다만 임금이 성스럽고 신하가 곧아 나라가 태평하고 백성이 안락한 호시절이면 영웅이 세상을 구원할 필요가 없어지는 법이지요. 그렇게 되면 이 기운은 영웅호걸로 되지 못하고 그 거물처럼 깊은 산 궁벽한 골짜기에 몸을 감추게 된다오. 그러다가 세상이 뒤집혀 액운이 따르게 되면 거물은 스스로 사라지게 되는데, 이때 소금이 아니면 안 된다오. 스스로 결딴낸 뒤에는 우주로 흩어져서 허다한 영웅들을 만들어낸다오. 그러니 영웅들이 세상에 나타나는 게 그저 생긴 것이겠소? 그 거물이 소금을 찾았던 것은 그것을 먹고 자진하기 위해서였던 거요. 소금을 먹는데 닷새 동안 한껏 먹으면 쇠약해지고, 다시 닷새 더 배불리 먹으면 죽게 되오. 하지만 그사이에 날고기를 먹게 되면 죽는 기한이 닷새씩 늦어지는 법이오. 두 번째 잡은 소를 고사했던 건 이 때문이었소. 아! 앞으로 30년이 채 되지 않아 이 땅에 한(漢)나라 말기 때와 다름없는 영웅호걸들이 날 거요. 고려는 위태로워지겠군! 아무튼 그대

• **우(禹)** 옛날 중국 하(夏)나라의 군주인 우임금. 전설에 따르면, 그는 원래 모습이 벌레였다고 한다. 그래서 후대에 거인이나 이물로 재현되곤 했다. 한편, 우임금은 낙수(洛水)에서 '낙서(洛書)'라는 비서를 얻어 하나라를 다스렸던바, 우리의 낙동강도 이 낙수에서 유래했다. 배경이 낙동 나루로 설정된 이유이다.

의 복력은 축하할 만하오. 거물이 당신의 복력을 알고서 좋은 아내를 내준 거요. 거물이 그녀를 범하지 않았다는 말도 사실이오. 사람이 하늘에서 기운을 받을 때 남자는 양기를, 여자는 음기를 받는다오. 그러나 남자라고 온전히 양기만 지니지 않고, 여자라고 온전히 음기만 받는 건 아니오. 남자도 양기 가운데 음기가 있고 여자도 음기 가운데 양기가 있는 법이오. 따라서 남녀가 서로 맞물려야 하는 이치가 생기는 법이오. 저 우는 양기만이 있는 존재라오. 양기만 있다면 화합할 수 없는 게 역시 이치라오. 그러니 당신의 아내는 과연 정결한 몸이었소."

다 듣고 난 포수는 아연실색하여 허리를 굽혀 인사를 올렸다. 상대방의 성과 이름을 여쭈었더니, "나는 정몽주요!"라고 했다.

미소년은 나루에 있던 배를 타고 강을 건너가 버렸다. 실제 그의 말대로 30년이 지나지 않아 나라 안에서는 큰 난리가 일어났고• 수많은 영웅이 잇달아 출현했다. 이들은 바로 죽은 우가 환생한 것이 아니겠는가? 백성들이 수없이 처참하게 죽어 나갔으나 포수 집안만은 무사했다고 한다.

《청구야담》 권8 제16화 〈問異形洛江逢圃隱(문이형락강봉포은)〉

• **나라 안에서는 큰 난리가 일어났고** 이성계의 역성혁명으로 조선이 개국한 사실을 말한다. 다만 뒤에 백성들이 처참하게 죽어 나가는 장면을 보면, 역시 왜란이나 호란 따위의 조선 중기 환란이 중첩된 것처럼 느껴진다.

산속 이인들의 정체

여기 두 이야기는 일반적인 신선담과는 성격이 사뭇 다르다. 한쪽은 털북숭이로 변한 반짐승의 모선(毛仙)이라면, 또 한쪽은 신과 인간의 중간자라고 할 수 있는 거인이다. 둘은 외형이나 형질이 신선이라기보다는 이물에 가깝다. 이물 중에서도 자주 접할 수 없는 것들이기도 하다. 그런 이들의 거처가 각각 남쪽의 지리산과 북쪽의 묘향산이다. 두 산은 42화의 장 도령이 언급한 선관이 주재한다는 우리나라 4대 명산이다. 그런데 모선과 거인은 이런 선관의 면모와는 전혀 딴판이다. 오히려 인간 세상과는 철저히 격리된 고립된 주체들이다. 그럼에도 모선은 분명 인간에서 신선의 형태로 변모한 존재이며, 거인도 나중에 밝혀지듯이 우임금의 후신이라 신선류로 볼 만한 여지가 충분하다.

44화는 경상도 관찰사가 순시하러 함양에 들렀다가 수상한 사람의 방문을 받으면서 이야기가 시작된다. 이 수상한 자는 좀처럼 자기 모습을 드러내려 하지 않는다. 이유는 온몸에 털이 수북하게 나 있기 때문이다. 이쯤이면 서양의 늑대인간 아니면 동남아 밀림 지역의 늑대소년이 떠오른다. 그런데 털북숭이 인간은 당대의 사람이 아니다. 250여 년 전인 기묘사화(1519) 때 서른다섯 살이었으니, 관찰사가 만난 시점에서 따져보면 대략 삼백 살쯤 된다. 그러니 수명으로 보면 영원히 죽지 않는 '털이 난 신선'이라 할 수 있다.

이렇게 온몸에 털이 나는 변신담 계열의 작품으로 당나라 때의 전기소설 〈인호전(人虎傳)〉이 있다. 그리 잘 알려진 작품은 아니지만, 문제의식은 어느 소설보다도 심오하다. 주인공이 과거에 거듭 실패하고 난 뒤 어느 순간 손발에서부터 털이 나기 시작하더니 점차 네 다리로 걷게 되었고 결국은 호랑이로 변해버렸다는 게 줄거리다. 호랑이로 변한 뒤 인호는 인간 세상에 머물 수 없어서 산속으로 들어간다. 그러나 정신은 여전히 인간인 상태였다. 그런 그가 과거에 급제하여 관찰사가 된 벗을 만나 심회를 토로하는 장면은 당대 선비들의 정체성을 흔들어놓는다. 여기 털북숭이 인간도 그 처지가 인호와 엇비슷하다. 그런데 〈인호전〉은 과거 급제를 못 한 울분이 쌓여 자기 존재를 변질시키는 방향으로 나아갔고, 인호는 인간으로 회귀할 수 없는 현실 앞에 좌절한다. 이에 반해 모선은 사화를 피해 산속으로 들어갔다가 어느 순간 속태를 벗기에 이른다. 고립은 고립인데 인호의 고립과는 상황이 다르다.

그런 그가 털이 난 신선이 되는 과정도 흥미롭다. 처음에는 풀과 과일로 연명하다가 얼마 뒤 설사가 나오면서 몸속의 찌꺼기가 다 빠지고 몸이 나는 듯 가벼워졌다. 다만 그는 인간 세상에 미련을 버리지 못해 바깥세상에 대한 관심이 많았으나 외형 때문에 나오질 못했다. 그렇지만 산속에서의 삶은 별다른 어려움이 없어 보인다. 그렇다면 이 이야기는 무엇을 따지려 했던 것일까? 바로 사화이다. 사림파의 일원으로서 정치 일선에 참여했다가 화를 당한 그의 연명책은 산속의 털북숭이 신선이었다. 그는 사화로 인해 세상과 정치에서 격리되어야 했다. 그렇기에 그도 〈인호전〉의 인호와 마찬가지로 인간 세상으로 복귀하지 못한 회한을 드러낸다. '경서를 읽던 사람'으로서 유가 사회에서 배제된 현실에 눈물을 흘려야 했다. 그래서 신선의 위치에 있으면서도 인간 세상에 대한 미련은 여전하다.

45화는 앞 이야기와는 설정과 분위기가 또 다르다. 이제는 거인이다. 이 거인은 저 묘향산의 깊은 골짜기에 살며 거처는 열 칸짜리 집이다. 더구나 산속의 거인이라고 하니 왠지 또 낯설다. 옛날 거인담은 주로 해양성과 관련이 깊다. 여기 거인도 이동 경로가 주로 강이나 바다 쪽이어서 해양성과 전혀 무관하지 않으나 어쨌든 지금 사는 곳은 깊은 산속이다. 이렇다 보니 야담문학에서 나오는 사례로는 거의 유일한 육지 거인이다.

그러나 이 서사에서 거인에 대한 관심은 없다. 나중에 밝혀지지만, 그의 존재는 나라의 명운이 심상치 않다는 징조로 기능할 뿐이다. 그럼에도 '사람과 비슷하나 사람은 아니고' 한 번에 소 두 마리와 소금 백 가마니를 먹어 치우는 이 거인은 거물은 거물이다. 한편, 거인이 보이는 반응도 좀 색다르다. 어마어마한 외형에도 폭력성은 조금도 드러나지 않으며, 사냥꾼이 자기 여자와 정을 통해도 눈감아 주고, 직접 잡은 짐승 가죽으로 사냥꾼을 관서의 갑부로까지 만들어준다. 여기까지 보면 거물의 도움으로 이룬 사냥꾼의 치부담이라 할 만하다. 그러니 사냥꾼의 입장에서는 거인이 어떤 존재이며 자신에게 왜 호의를 베푸는지가 궁금할 수밖에 없었다. 사람도 짐승도, 도깨비도 산신령도 아니면 무엇이냐는 것이다. 이별하는 즈음에 '도대체 당신의 모습은 무엇이냐'며 매달려도 거인은 좀처럼 정체를 밝히지 않는다.

그의 정체는 이듬해 단옷날에나 밝혀진다. 이제 공간은 낙동강의 나루로 옮겨진다. 낙동강이란 명칭은 지금 상주의 옛 이름인 낙양(洛陽)에서 유래했다. 중국의 낙양은 아홉 왕조가 터를 잡았던 곳이자 중화 문명의 발상지다. 이렇게 같은 명칭의 공간이 설정되면서 느닷없이 중국 문명의 창시자라고 할 수 있는 우(禹)임금이 등장한다. 저 거물이 그 옛날 하나라의 임금이자 황하의 대홍수를 막아 치수(治水)의 왕으로 불리는 우임금의 환생이라는 것이다. 그리고 이 사정을 전해주는 미소년은 고려 충절의 화신인 정몽주이다. 여기서부터 내용을 따라가다 보면 복잡하고 난해하여 좀처럼 갈피를 못 잡을 것 같다. 미소년의 말을 더 들어보면, 세상이 어지러워지면 영웅이 출현하기 마련이란다. 거물은 영웅이 되지 못해 생긴 기형이어서 스스로 생명을 다했으니 조만간 영웅호걸이 나타나 세상을 구원하게 될 것이란다. 그러니 거물은 우임금의 환생이지만 영웅의 출현을 위한 중간 단계의 상태인 것이다. 진정한 영웅의 출현 이전에 거물이 먼저 사람 눈에 띄어 세상에 환란이 닥칠 조짐을 보인 셈이다.

예전 시골에서는 집에서 뱀을 목격하면 그 집안이 망한다는 속설이 있었다. 이는 분명 뱀을 부정하는 시선에서 만들어진 속설이지만 그 이면에는 집안을 지키는 수호신으로서의 뱀의 이미지도 들어 있었다. 여기 거인도 영웅이 아닌 비정상적인 변태로서 신계의 하위 유형이지만, 뱀처럼 한 집안이 아닌 나라의 운명을 저울질하는 이물이다. 그러니 결코 괴물이나 요괴가 아닌 영험성을 지닌 영물에 속한다. 그런 만큼 일반 신선류와는 성격이 아예 다르다. 그리고 시공간을 넘어서는 이물의 세상도 넓은 의미에서 또 다른 선계를 표방한다.

10장

너머의 세계

46화

어느 문관의 지옥 구경과 환생

홍내범•은 평양 출신의 문관이다. 만력 계묘년(1603)에 과거에 합격하고 정축년(1637)에 당상관에 올랐다. 인조 계미년(1643)에 그의 나이는 82세였다. 그의 아들 생원 홍선(洪僎)이 상소하여 부친이 연로하니 이에 상응한 품계를 내려달라고 청원했다. 그러나 당시 도승지였던 한형길•이 이를 기각해 버렸다.

갑신년(1644) 봄에 소현세자가 심양에서 돌아와 평양에 머물고 있었다. 홍선은 세자에게 다시 글을 올려 간청했다. 소현세자는 이 글을 인조 임금에게 올려 홍내범은 마침내 가선대부가 되었다. 팔순의

• **홍내범(洪乃範)** 잘 알려진 인물이 아니다. 다만 이어서 소개되는 관력과 정보는 어느 정도 사실에 부합한다.

• **한형길(韓亨吉)** 1582-1644. 자는 태이(泰而), 호는 유촌(柳村), 본관은 청주이다. 병자호란 시기에 소현세자를 따라 심양을 다녀오는 등 활약했으나, 직분을 망각한 일로 탄핵당하기도 하는 등 논란이 있었던 인물이다.

노인인 그는 어느 날 가족들에게 이렇게 말했다.

"올해는 내가 필시 죽을 것이다."

과연 그의 말대로 얼마 지나지 않아 죽었다.

그런데 그는 장년 시절인 갑오년(1594)에 장질부사를 앓아 위독해지더니 십여 일 만에 죽은 적이 있었다. 염을 하여 관에 안치한 다음 사람들이 모두 밖으로 나갔을 때이다. 곁에는 그의 아내만 남아 곡을 하고 있었다. 느닷없이 시신이 저절로 움직이더니 바닥으로 굴러 떨어졌다. 아내는 너무 놀라 기절하고 말았다. 멀찍이서 이를 목격한 집안사람들이 쓰러진 모친을 구하러 왔다가 시신이 움직이는 걸 보고 염을 풀어봤더니 홍내범이 살아 있었다. 그가 이때 살아 돌아온 사정을 얘기해 주었는데 다음과 같았다.

꿈속에서 어딘가를 가게 되었다. 그곳은 무슨 관아 같았는데 매우 장엄했다. 관리들과 관졸들이 쭉 열 지어 앉아 있는 가운데, 뜰아래엔 소의 머리에 짐승의 얼굴을 한 야차• 무리가 삼엄하게 늘어서 있었다. 이들이 뛰쳐나와 나를 붙잡아다가 뜰 앞에 꿇리었다. 이에 검은 옷을 입은 관리가 궁전 위에서 영을 내렸다.

"세상에는 세 가지 가르침이 있으니 석가모니의 가르침도 그 하나이니라. 지옥과 천당은 바로 사람들의 선행과 악행을 다스려 징계하는 곳이니라. 너는 항상 부처를 욕했고 게다가 천당과 지옥도 믿지

• **야차(夜叉)** 불가의 귀신. 불문을 지키는 수호신인 사천왕의 명령을 따르는 존재로, 외모는 송곳니에 피부가 푸르고 표범 가죽을 입고 있다고 알려져 있다. 저승사자의 일종이다.

않았다지? 또 편협한 자기 식견을 고집하며 큰 소리로 떠들면서 방자하게 굴었다. 이제 지옥에 처넣어 만겁을 겪어도 밖으로 나오지 못하게 할 것이니라."

말이 끝나자 손에 강철 작살을 든 귀졸 두셋이 나의 머리채를 잡아 끌고 가려 했다. 나는 큰 소리로 외쳤다.

"사실이 애매하옵니다!"

그러자 금빛 얼굴의 보살이 웃으며 말했다.

"그래, 잘못됐구나. 이자는 83세까지 수를 누리고 벼슬은 동지중추부사•에 오른 뒤에 죽는 것으로 예정되어 있느니라. 그런데 어찌하여 왔단 말이냐? 내가 잡아오라고 한 자는 전주의 홍 아무개이니라. 그렇긴 하나 이미 들어왔으니 이곳을 한번 둘러보고 세상 사람들에게 믿도록 하는 것도 나쁘지 않겠구나."

귀졸들은 이 영을 받들어 나를 데리고 나갔다. 맨 먼저 도착한 지옥은 '감치불목지옥(勘治不睦之獄)'이라는 편액이 붙어 있었다. 즉 인간 세상에서 화목하게 지내지 않은 이를 다스리는 감옥이었다. 거기엔 벽돌로 만든 긴 구유통에 탄불이 가득 쌓여 불이 활활 타오르고 있었다. 죄인을 불러서 통 가에 꿇어앉게 하더니 불에 달군 쇠꼬챙이를 꺼내 저들의 눈을 찔러댔다. 연달아 십여 명이 이런 화를 당하여 마른 물고기처럼 거꾸로 매달렸다. 귀졸의 설명이다.

"이자들은 세상에 있을 때 형제와 벗에게 공손하기는커녕 원수처

• **동지중추부사** 앞의 가선대부와 함께 실직이 아닌 명예직으로, 주로 나이가 많은 관료나 나라에 공훈이 있는 이에게 내려주었다. 동지라 하면 이 직을 말하는데, 앞의 의로운 환관 이야기에서도 나왔다.

럼 대했다. 천륜을 무시하고 오직 재물만을 탐내었기에 이런 업보를 받는 것이다."

그다음은 '감치조언지옥(勘治造言之獄)'으로, 말을 날조하여 사실을 왜곡한 자를 다스리는 감옥이었다. 아주 높다란 쇠기둥이 있고 그 아래에 커다란 돌이 놓여 있었다. 죄인을 불러 기둥 아래 꿇어앉히고는 예리한 칼로 혀를 뚫어 쇠끈에 꿴 다음 기둥에 매달아 땅에서 한 자 남짓 떨어뜨렸다. 그리고 다시 커다란 돌로 다리를 매달았다. 혀가 한 자 남짓 뽑히고 눈알이 모두 튀어나와 고통에 몸부림쳤다.

"이자들은 세상에 있을 때 긴 혀를 간교하게 놀려 거짓 이야기들을 꾸며내 부모와 형제가 이별하고 벗들도 서로 사이가 벌어지게 만들었다. 이 때문에 이런 벌을 받는 것이다."

그리고 다음은 '감치기세지옥(勘治欺世之獄)'으로, 세상을 속인 자를 다스리는 곳이었다. 생김새가 흉악하기 그지없는 야차 여럿이 철끈으로 꼼짝 못 하게 묶자, 굶주린 귀신 여덟아홉이 다가와 칼을 뽑더니 벌거벗은 자의 가슴과 배 사이에서 살점을 베어내 쇠솥 안에 넣고 삶아서 씹어 먹었다. 살점을 다 먹은 아귀들은 나머지 뼈까지 도려내 먹은 뒤에야 그만두었다. 이윽고 악업의 바람이 한번 불자 이들의 몸체는 예전처럼 되살아났다. 그러자 이번에는 쇠 뱀과 구리 개가 이들의 피와 골수를 빨아먹었다. 고통으로 절규하는 소리가 땅을 뒤흔들었다.

"이자들은 세상에 있을 때 요직에 몸담고 있었지만, 겉으로만 청렴한 척하면서 몰래 뇌물을 받아먹었다. 또 수령의 자리에 있으면서 백성들의 고혈을 빨아먹고는 겉으로 선한 일을 했다며 칭송받고자 했다. 그런가 하면 행세는 학자인 양 입으로는 주공•과 공자를 들먹이면서 세상을 속이고 이름을 훔치는 행위를 하기도 했다. 그래서 이런 벌을 받는 것이다."

여기까지 둘러봤을 때쯤 귀졸들은 저희끼리 이런 말을 했다.

"이것저것 다 둘러볼 필요 없이 곧장 저곳으로 데리고 가서 구경을 그만 끝내세."

마침내 동남쪽으로 수백 걸음을 가니 '회진관'•이란 편액이 붙은 큰 객관이 나타났다. 저들이 말한 그곳이었다. 상서로운 구름이 뿌옇게 덮여 있고 연무가 가늘게 흩뿌리고 있었다. 거기엔 가사를 입은 승려 수백 명이 거처했다. 백옥의 불자를 든 이, 푸른 연꽃을 잡고 있거나 가부좌를 틀고 있는 이, 《금강경》·《열반경》• 등을 외고 있는 이도 있었다. 이들을 모두 보살대사라고 했다.

귀졸이 다시 알려주었다.

"이들은 모두 인간 세상에 있을 때 법도와 행실을 잘 지켜 한마음으로 부처를 믿었기에 온갖 고뇌와 번민에서 벗어나 극락세계에 올랐다. 이른바 천당이라고 하는 곳이 바로 여기다."

- **주공(周公)** 중국 주(周)나라를 세웠던 무왕의 동생으로, 유학의 시조로 받들어진 인물이다. 공자도 그를 모범으로 삼아 유학을 정립했다.
- **회진관(會眞觀)** 원래 도교의 수도처인 도관이다. '회진'은 신선을 만난다는 뜻이다. 불가의 공간에 도관이 있다는 설정은 이상해 보이지만 조선시대에는 이처럼 도교와 불교가 결합한 형태가 적지 않았다.
- **《금강경》·《열반경》** 모두 불교 경전이다. 《금강경》은 원명이 '금강반야바라밀경(金剛般若波羅蜜經)'으로, 정신적인 깨달음을 중시하는 경전이다. 《열반경》은 원명이 '대반열반경(大般涅槃經)'으로, 주로 부처의 열반 전후의 과정과 설법을 기록한 경전이다.

구경을 다 마치고 다시 관서로 돌아오자 금빛 얼굴의 보살이 물었다.

"세상 사람들은 대부분 부처를 믿지 않고, 또 천당과 지옥이 있다는 것을 알지 못한다지? 그래 지금은 어떠한가?"

나는 머리를 조아리고 사례했다. 그러자 앞에서 대기하고 있던 검은 옷의 관리가 전갈했다.

"지금 이자를 내보내도록 하라."

이에 귀졸이 나를 전송해 주었다. 그 순간 놀랍고 두려운 가운데 깨어났다. 이미 사흘이 지나 있었다.

홍내범은 저승을 구경한 걸 속으로 항상 뿌듯해하여 이를 남에게 자랑하곤 했다. 그 뒤 수를 누리고 품계도 올라갔으니 보살이 말했던 것과 딱 맞아떨어졌다.

《천예록》 제8화 〈菩薩佛放觀幽獄(보살불방관유옥)〉

47화

거인섬에 표류했다가 살아난 제주인

청주의 어떤 상인이 미역 무역을 위해 제주에 입도하게 되었다. 그때 누군가가 땅에 달라붙은 채로 뒹굴뒹굴 굴러서 상인의 배로 다가왔다. 손으로 뱃머리를 잡고 뛰어오르더니 절뚝이며 선내로 들어왔다. 그는 백발이긴 해도 얼굴은 젊어 보였는데 두 다리가 없었다. 청주 상인이 궁금해서 물었다.

"당신은 어찌하여 두 다리를 잃었소?"

그는 아무렇지도 않은 듯이 답했다.

"젊은 날 표류했을 때 물고기에게 뜯겨 그러하오."

"좀 자세하게 얘기해 주오."

이에 그는 그때 일을 들려주었다.

바다에 나갔다가 표류하여 어느 섬에 닿게 되었소. 해안가에 대문이 높게 걸린 큰 집이 있습디다. 배 안에 있던 우리 스무 명 남짓은 여러 날 표류한 나머지 배를 곯고 목이 말랐던 참이라 너나 할 것 없이 배에서 내려 그 집으로 들어갔소. 그런데 집 안에는 키가 수십 장이 넘고 허리둘레는 열 아름 남짓인 데다 얼굴은 거무튀튀하고 깊은 고리눈을 한 거인이 있지 뭐요. 하는 말이 꼭 나귀 울음소리 같아서 알아들을 수가 없었소. 우리가 입을 가리키며 마실 걸 좀 달라고 했지만, 그자는 아무 말도 하지 않고 곧장 대문 쪽으로 가더니 문을 잠가버리지 뭐요. 그러고는 뒤뜰로 들어가 땔나무 한 다발을 가지고 오더니 마당 가운데 쌓고 불을 지핍디다. 불이 타오르자 우리가 모여 있는 속으로 돌진하여 가장 몸집이 좋은 총각 한 명을 붙잡아서는 곧장 불 속에 던져 굽더니 씹어 먹은 게 아니겠소.

우리는 기겁하여 혼이 싹 날아가 버렸소. 등골이 오싹하여 서로 얼굴만 마주 보며 죽을 차례나 기다려야 했소. 그자는 총각을 다 먹고 나더니 마루로 올라가서 항아리를 열고는 술을 벌컥벌컥 마십디다. 다 마시고는 한껏 고함을 지르는데 귀가 떨어져 나갈 지경이었소. 어느새 거무튀튀한 얼굴이 벌겋게 달아오르고 마루 위에 엎어진 그자는 우레와 같은 소리로 코를 골며 곯아떨어졌소. 우리는 그곳을 도망쳐 빠져나갈 요량으로 대문을 열려고 했으나 대문 한 짝만도 거의 세 칸 집 크기만 하고, 무겁고 두꺼워 온 힘을 합쳐도 꿈쩍하지 않더이다. 담장도 높이가 30길이나 되어 뛰어넘을 수도 없었소. 그때의 우리는 솥 안에 든 물고기요 도마 위에 놓인 고기였소. 서로 붙잡고 통곡하는 길밖에 다른 수가 없었소. 그러던 와중에 어떤 이가 꾀를 냅디다.

"우리에겐 칼이 있으니 저자가 저렇게 취해 널브러진 사이에 두 눈을 찌르고 뒤에서 목을 따버리는 게 어떻겠소?"

"좋아! 죽기는 매한가지니 실패하는 한이 있더라도 뭔들 못 하겠어?"

이렇게 동의한 우리는 일제히 마루로 올라가서 그자의 두 눈부터 찔렀소. 그러자 그자는 비명을 지르며 산만 한 몸을 일으키더니 팔을 휘두르며 우리를 잡으려 했소. 하지만 눈을 잃은 그자는 우리가 동편으로 달아나고 서편으로 피하자 잡지를 못합디다. 그 틈에 우리는 죄다 흩어져 뒤뜰로 들어갔소. 거기는 가축우리였는데, 양과 돼지 오륙십 마리가 있었소. 우리는 양과 돼지를 우리에서 쫓아내 집 안 여기저기로 흩어지게 했소. 그러는 사이에 그자가 마당에서 뒤뜰로 내려와서는 손을 휘저으며 사방을 뒤집디다. 다행히 우리 중에 붙잡힌 이는 없었소. 그때 우리는 양, 돼지와 한데 뒤섞여 있었기에 그자의 손에 잡힌 건 양 아니면 돼지였던 거요. 급기야 그자는 대문으로 가서 문을 열어놓고 손으로 더듬어가며 양과 돼지를 내보내기 시작합디다. 그 참에 우리도 양과 돼지 한 마리씩을 머리에 짊어지고 대문 쪽으로 나왔소. 그자가 손으로 만졌을 때 양이거나 돼지면 내보냈기에 우리도 빠져나올 수 있었소.

탈출에 성공한 우리는 죽을 듯이 달려 배에 올랐소. 거인 놈은 바닷가로 나와 하늘을 뒤흔드는 소리를 냅디다. 이에 호응하여 다른 거인 세 놈이 해안가 모퉁이에서 나타났소. 한 걸음이 거의 집 대여섯 칸 거리여서 눈 깜짝할 새에 뱃머리로 다가와 고물을 붙잡았소. 우리는 온 힘을 다해 도끼로 저들의 손을 찍고는 황급히 노를 저어 바다 가운데로 나왔소. 겨우 그곳을 벗어났으나 이번에는 세찬 바람을 만났지 뭐요. 배가 암초에 부딪혀 다 부서지고 말았고, 그 통에 선원들은 다 바다에 빠져 죽고 나만 부서진 배 조각을 붙잡아 목숨을 보전할 수 있었소. 하지만 바다를 헤엄쳐 오는 동안 악어•에게 물어 뜯겨 이렇게 두 다리를 잃고 말았소. 어쨌거나 나는 운이 좋아 살아 돌아온 거요. 그때의 일은 지금 생각해도 끔찍해 이가 시리고 뼈가 떨린다오. 다 흉악한 팔자 탓 아니겠소.

말을 마친 그는 바다를 바라보며 길게 탄식했다.

《청구야담》 권2 제4화 〈大人島商客逃殘命(대인도상객도잔명)〉

• **악어(惡魚)** 지금의 악어(鰐魚)가 아니라 사람을 해치는 상어 따위를 통칭하는 용어이다. 표류담에서 바다의 위협 요소로 많이 등장한다.

상상과 현실로 축조된 이계의 표상

인간 세상이 아닌 세계를 옛날에는 이계(異界)라 했다. 지상 세계로는 천상이, 지하 세계로는 저승이, 그리고 육지 바깥의 세계로는 용궁이 그것이다. 명확하게 갈리는 것은 아니지만 천상 세계는 도교의 상상계로, 저승은 불교의 상상계로 구분된다. 용궁은 전통적인 바닷속 상상계였다. 따라서 특정한 종교와 관련이 있는 이야기에는 각각의 이계가 설정되곤 했다. 이런 이계는 먼 시대에나 있고 후대로 오면 사라졌을 법하지만, 실상은 그렇지 않았다. 삼국시대부터 내려온 이계는 조선시대에 들어서도 여전히 서사의 주요 동력이 되었다. 물론 같은 이계라도 시대에 따라 차이가 없지는 않았다. 우주 시대를 맞은 지금의 우리도 계속 다른 세계를 꿈꾸고, 또 여러 매체를 통해서 변형된 이계를 접하고 있지 않은가. 그것은 우리가 가보지 않은 신세계에 대한 호기심과 우리가 발 딛고 있는 지상에서의 삶의 무게가 너머의 세계를 갈망하기 때문이다.

지질학적으로 지금 우리는 충적세 시대를 살고 있다. 그런데 언제

부턴가 인류세라는 말이 심심치 않게 들려오고 있다. 인류세는 다른 말로 인류가 지구의 균형 상태를 심각하게 무너뜨리고 있다는 의미이기도 하다. 우주 프로젝트가 활발해진 것도 최첨단 과학의 성과를 과시하는 면이 있는 반면, 그 근저에는 지구가 위기 상황에 봉착했다는 방증이자 인류의 시선이 지구 밖으로 향한, 즉 원심력이 작동한 결과이다. 그러니 지금의 이계는 저 너머의 우주 세계이다. 그렇다면 지금 이계의 원천도 과거의 천상을 벗어난 것은 아니다. 천상 세계의 확대판인 셈이다.

여기 두 이야기는 저승과 무인도를 배경으로 했다. 저승은 불교가 전래되면서 이야기 소재로 등장했으니 그 유래가 오래되었다. 다만 섬이 이계로 표상되기 시작한 시점은 비교적 늦은 편이다. 물론 《삼국유사》에 나오는 〈거타지 설화〉가 한국과 중국 사이의 섬에서 벌어지는 이야기이기에 후대에 일정한 영향을 주었을 것으로 판단되나, 바다와 섬이 이야기 공간으로 새롭게 자리 잡은 시점은 조선시대에 들어와서이다. 특히 무인도는 지금의 우주 공간처럼 새로 구성된 이계였다. 그런데 이 바다 밖 섬은 상상의 세계가 아니라 실재한 영역이다. 그동안 잘 알려지지 않은 미지의 세계였을 뿐이다. 그런 만큼 이쪽 이야기는 전통적인 이계(천상, 저승, 용궁)에서 보여주는 미감과는 차이가 있다.

46화는 사람이 죽어 저승 세계인 염라국에 끌려갔다가 다시 살아 돌아온 이야기로, 저승담의 가장 보편적인 형태이다. 이 이야기의 전통은 중국 위진남북조시대로 거슬러 올라간다. 이때는 중국에 불교가 전파되어 점차 민간으로 파고들던 시기였다. 불교가 민간으로 스며들기 위해서는 영험성을 강조하는 포교담이 필요했다. 사람이 죽었다가 다시 살아나는 영험담은 일반 백성들에게 매력적으로 다가왔고, 어느덧 민중을 구원하는 메시아로 자리 잡을 수 있었다. 한반도에도 삼국시대에 불교가 전래하면서부터 영험담이 등장하기 시작했다. 대개는 이승에서 선업을 쌓은 사람이면 인간 세상에서 더 살 수 있게 해준다는 인과응보의 논리가 서사의 골자이다. 이때 저승은 악행을 저지른 이들에게 벌을 내리는 공간임에도 이곳에 끌려온 이가 벌을 받은 경우는 없다. 그러므로 저승은 치죄의 공간이 아니라 선행을 권장하여 인간 세상에 경종을 울리고자 하는 경계의 공간이자 회계의 공간으로 기능한다. 이런 저승담은 후대에도 잊을 만하면 시대적인 추이에 따라 변주를 거듭하며 재생산되었다.

여기 저승담은 경험 주체가 불가의 사부대중에서 유학자이자 관료로 바뀌어 있다. 그리고 이야기의 귀결도 저승 경험 이후 불교에 귀의하거나 선업을 쌓는 쪽으로 귀결되지 않는다. 이렇게 되니 불가의 요소가 싹 빠지고 저승은 일반적인 사후 경험의 공간으로 탈바꿈했다. 그럼에도 기존의 이야기 틀을 유지하면서 저승의 감옥, 즉 지옥을 구경한다는 패턴은 유지했다. 여기서는 세 곳의 지옥을 구경한다. 화목을 해친 자, 말을 날조하여 사실을 왜곡한 자, 요직에 있으면서 뇌물을 받아먹은 자들의 지옥이다. 갇힌 자들은 각각 쇠꼬챙이에 눈이 찔리고, 혀가 뽑히고, 쇠솥에 삶아진다. 으레 불교의 탱화 같은 데서 볼 수 있는 장면이고, 누구나 한 번쯤은 들어봤을 내용이다. 하지만 죄업을 진 내용을 가만 따져보면 유가 사회에서 용납될 수 없는 죄목들이다. 특히 요직에 있으면서 뇌물을 받은 자의 인과응보는 관료 사회에 경종을 울릴 만하다. 이처럼 불교의 이야기가 유교 덕목을 강조하는 서사로 바뀌었다. 그런데 이런 이야기가 비단 과거에만 있었던 게 아니다. 지금도 이와 비슷한 경험을 했다는 간증 사례가 계속 나오고 있다. 그러니 지금은 다시 종교담으로 회귀한 인상이다.

47화는 제주의 어떤 어부가 거인이 사는 섬에 표류했다가 극적으로 생환한 이야기다. 표류 서사 가운데 거인담에 해당한다. 바다에 나갔다가 표류하여 어떤 섬에 표착했다가 우여곡절을 겪는 이야기에는 두 가지 유형이 있다. 앞의 14화에서 잠깐 언급했듯이 횡재담과 거인담이다. 두 가지 유형 모두 바다에서의 표류라는 절체절명의 순간을 배경으로 하여 한쪽은 모험으로 이를 극복하는 유형이며, 다른 한쪽은 바다가 선사하는 행운을 경험하는 유형이다. 바다에 대한 사람들의 심리와 욕망이 마치 동전의 양면처럼 드러난 게 이 두 가지 표류 서사라 하겠다. 그런데 두 유형 모두 허구성의 정도가 육지를 배경으로 한 야담보다 심한 편이다. 한쪽은 거인이 등장하여 사람을 해치는가 하면, 또 한쪽은 이무기가 구슬을 쏟아내고 있으니 얼마나 황당한가.

지금도 마찬가지지만 바다에 대한 접근성이 현저하게 떨어졌던 과거에는 바다가 '미지의 세계' 그 자체였다. 그렇다고 이런 이야기를 그저 환상의 영역으로만 치부해 버린다면 이는 바다와 인간의 역사를 무시하는 처사이다. 오히려 오랜 항해와 고기잡이의 경험이 축적되면서 만들어진 이야기로 봐야 한다. 먼바다를 항해하던 선원들과 어업을 생계의 수단으로 삼았던 어민들이 바다에서 경험한 공포와 모험, 만선의 꿈 등이 이런 극대화된 형태의 서사로 탄생했다고 믿는다. 그것은 해양 권역 사람들의 삶의 현장이자 해양인의 욕망이 얽어낸 산물이었다.

한편, 앞에서 잠깐 언급했듯이 거인은 동서양을 막론하고 해양성을 표지한다. 그리스·로마 신화에서 거인은 신과의 대결에서 패배하거나 쫓겨난 존재들이었다. 그렇다고 인간이 될 수도 없었기에 육지에서 내쫓겨 바다로 밀려났다. 그러니 바다는 이런 패자의 유배지라 할 수 있다. 그리고 이들의 거처는 대개 섬이었다. 그리스의 고전인 호메로스의 《오디세이》에 등장하는 외눈박이 거인 폴리페모스가 사는 곳도 섬이다. 그런데 참으로 공교로운 점이 있다. 여기 이야기에서 제주 사람들이 거인의 집에서 탈출하는 장면이 아주 낯익다. 바로 《오디세이》에서 오디세우스가 폴리페모스의 거처에서 탈출하는 과정과 비슷하다. 이게 어찌 된 일일까? 일단 바닷길은 국가 간 경계가 없었기에 아주 오랜 옛날부터 먼바다를 항해하던 이들은 바다의 전설을 공유했을 가능성이 크다. 그렇다면 16세기 이후 외눈박이 거인 이야기는 서구 유럽의 아시아 진출 과정에서 동아시아 해역에 알려진 것일까? 아니면 이 소재는《오디세이》가 성립되기 이전부터 전 세계 해역에서 공유하던 이야기였을까?

이를 환기할 만한 자료가 있다. 제주도의 무가(巫歌) 〈영등할망〉으로, 여기에도 외눈박이 거인이 나온다. 줄거리는 외눈박이 거인이 사는 곳에 표류했다가 영등신의 도움으로 살아 돌아온 내용이다. 제주 무가의 시원은 정확히 알 수 없다. 아주아주 오래되었다는 것만은 확실하다. 그러고 보면 거인에게서 탈출하는 이 장면은 꼭 어떤 이야기의 영향이라기보다는 예로부터 바닷사람들이 공유하는 하나의 방식이 아니었을까? 그러나 이 또한 단정할 수는 없다. 그만큼 바다와 해양 지대의 삶과 양식에 대해서 우리가 잘 모르고 있다는 하나의 사례가 아닐까 싶다.

이 이야기 소재와 관련하여 또 하나 언급해야 할 것이 있다. 바로 식인 화소이다. 이야기 속 거인은 몸집이 좋은 청년을 잡아 불에 구워 먹는다. 옛날 기록에 전쟁이나 기근으로 사람 고기를 먹고 연명했다는 기사는 적지 않다. 하지만 이런 식인 사례는 대부분 연명하기 위한 마지막 수단이자 당시의 참상을 드러내는 방식이었다. 그런데 바다와 섬 쪽에는 인육을 먹는 식인 풍습이 있었다고 한다. 이런 해양 지대의 식인 문화는 주로 서양의 선원들에 의해 알려졌다. 실제로 섬과 섬 사이에 전쟁이 일어나면 승자가 승리의 상징으로 패자의 인육을 먹었다고 한다. 이것이 섬 지대의 식인 풍습의 시발점이 되었다. 축제라는 의미의 카니발(Carnival)이 지금의 카리브해 연안에서 벌어진 식인 축제에서 기원했다는 사실은 이를 뒷받침한다.

그런데 이런 해양 지대의 식인 문화에는 육지 사람들의 편견이 개입되어 있음도 우리가 놓쳐서는 안 된다. 서구가 바다를 점유하면서부터 섬 권역을 야만의 지대로 타자화하는 작업을 병행했는데, 이때 식인 풍속을 과대 포장한 혐의가 적지 않기 때문이다. 여기에 해양 지대에 대한 육지인의 무지도 한몫했다. 인간의 역사를 보면 항상 중심이 주변을, 주체가 타자를, 다수가 소수를 부당하게 왜곡하는 경우가 많지 않은가. 여기의 식인 화소도 이런 맥락에서 이해하면 좋겠다.

48화

바닷속 섬에 펼쳐진 신선 세계

강원도 고성군에 유(劉) 동지란 이가 있었다. 젊은 시절 동네 사람 스물네 명과 함께 배를 타고 미역을 따러 바다로 나갔다. 어느 섬에 정박하여 미역을 채취한 다음 배를 돌리려는데 갑자기 서북풍이 세차게 불어왔다. 노를 저어도 되돌아오기는커녕 점점 바다로 밀려 나갔다. 배에 함께 탄 이들은 눈이 어지럽고 정신이 아찔하여 뜸• 밑으로 모두 나자빠졌다. 파도는 산을 무너뜨릴 기세로 세차게 일렁였다. 이젠 죽기만을 기다릴 뿐이어서 서로를 베개 삼아 누운 채 입은 벌어지고 눈만 멩그러니 뜬 상황이었다. 여러 날 동안 이들은 물 한 모금 마시지 못했다.

그러다가 하루는 예상치 못한 어느 곳에 표착했다. 바람이 고요해

• **뜸** 선상에 짚, 띠, 부들 따위로 엮어서 만든 거적으로, 비바람이나 볕을 막아 선원들이 쉴 수 있는 공간이었다.

져 배가 무사히 닿을 수 있었던 것이다. 유 동지가 깨어나 배 안을 살펴보니 동행한 이들 중 살아 있는 이는 고작 다섯 명뿐이었다. 이들마저도 거의 죽은 목숨이나 다름없었다.

'이미 죽은 자는 어쩔 수 없고 우린 의식이라도 있으니 살 궁리를 해야 하지 않겠는가.'

이런 생각에 유 동지는 정신을 차리고 억지로 일어나 모래사장으로 뛰어내렸다. 나머지 네 명도 그를 따라 뛰어내리다가 둘은 바닷물에 빠져 죽는 바람에 생존자는 겨우 셋이 되었다. 셋마저도 기진하여 모래사장에 엎어진 채 눈만 말똥말똥 뜨고 있었다. 그런데 비몽사몽간에 저편 모래사장에서 흰옷의 동자 둘이 갑자기 나타났다. 가까이 다가온 동자들은 쓰러져 있는 이들을 보고 수군댔다.

"어디에서 온 분들이기에 모래사장에 누워 있는 거지? 분명 표류한 사람들일 거야."

유 동지는 간신히 의식을 차렸으나 말을 할 수는 없었다. 그래서 손을 입에 갖다 대며 애걸하자, 저들은 허리춤에서 호리병을 끌러 깃으로 장식한 잔에 뭔가를 따라 마시게 했다.

"우리 선생님께선 당신네가 여기에 있는 줄 알고 우리를 보냈어요."

잔을 받아 한 모금씩 마시자 정신이 갑자기 돌아왔다. 기력도 평소처럼 회복되었으며 속도 꽉 찬 느낌이었다. 셋은 일어나 앉아서 저들에게 물었다.

"당신 선생은 어떤 사람이며 지금 어디에 계시느냐?"

"선생님께서 데리고 오라고 하셨어요."

이에 세 사람은 몸을 일으켜 동자들의 뒤를 따라 선생이 있다는 곳으로 갔다. 그들이 말한 선생은 머리에 아무것도 쓰지 않고 누더기만 걸친 채 초막에 앉아 있었다. 얼굴이 숯같이 검은 영락없는 한 늙은이였다. 세 사람이 인사를 올리고 나자 노옹이 물었다.

"그대들은 어느 고을에 살며 어떻게 여기까지 표류해 왔는가?"

유 동지가 대답했다.

"저희는 모두 고성 사람들로 미역을 따러 나왔다가 바다에 표류하게 되었습니다."

"나도 고성 사람이네. 바람에 떠밀려 표류한 끝에 지금까지 여기서 살고 있지."

세 사람은 노옹이 고성 사람이라는 말을 듣고는 반갑고 기쁘기 그지없었다. 이게 어디 타향에서 친구를 만난 정도이겠는가? 당장 다시 물었다.

"어른이 고성 분이시라면 혹시 어느 면 어느 동네에 사셨습니까?"

"아무 고을 아무 마을 사람으로, 아무개의 아비이고 아무개의 숙부이네. 표류하여 이곳에 온 지 오래되어 우리 집이 요사이는 어떻게 되었는지 모르겠네."

노옹이 말한 동네 이름을 듣고 보니 그곳은 바로 세 사람과 이웃한 마을이었다. 얘기한 아무개와 아무개는 모두 세 사람의 조부와 증조부의 벗들로 돌아가신 지 이미 오륙십 년이 지난 상황이었다. 지금 생존해 있는 이들로 따져보면, 이분의 현손 아니면 5대손뻘이었다. 그간의 동네와 집안 동정을 얘기해 주자 노옹은 한참 동안 슬퍼했다. 이때부터 이들은 노옹과 고향의 예전 일들과 현재의 사정을 얘기하며 하루하루를 보냈다.

이 섬은 해변에 깨끗한 모래가 깔려 있고 안쪽으론 푸른 솔이 우거져 있는데, 그 사이로 금잔디가 깔린 들판이 꽤 널찍이 펼쳐져 있었다. 그 안에 간간이 인가가 들어서 있었다. 이들은 농사도 짓지 않고 누에도 치지 않았다. 오직 물만 먹고 풀로 몸을 가릴 뿐이었다. 가끔 오가는 두 동자는 흰 깃으로 짠 옷을 온몸에 두르고 있었다. 세 사람은 노옹에게 섬에 관해 물었다.

"이 섬 이름은 무엇입니까?"

"동해의 단구•라 하네."

세 사람이 섬에 머무르고 있는 동안 매일 해가 떠오르는데, 세상에 이런 장관이 없었다. 고성에 살면서 봐왔던 일출과는 너무 달랐다. 급기야 궁금해졌다.

"해가 떠오르는 곳은 여기서 얼마나 떨어져 있습니까?"

"삼만여 리라네."

"그럼, 고성에서 이곳까지는 얼마나 됩니까?"

"역시 삼만여 리라네."

유 동지는 노옹에게 해가 뜨는 곳을 찾아가서 직접 구경하고 싶다고 청했다. 그러나 노옹은 말렸다. 하지만 몇 번이고 간청한 끝에 하루는 노옹이 두 동자에게 일렀다.

"너희는 이 사람들과 가서 해가 뜨는 곳을 보여주거라."

이윽고 두 동자가 배를 댔다.

• **단구(丹邱)** '단구(丹丘)'라고도 쓴다. 예로부터 신선이 노니는 공간을 범칭할 때 쓰였다.

"이 배를 타고 가면 일출을 볼 수 있답니다."

세 사람은 당장 배에 올랐다. 배는 흰 깃으로 엮은 고깃배였다. 두 동자는 양쪽 뱃머리에서 노를 저으며 주의시켰다.

"앉아 있지 말고 다 누우세요. 그리고 물을 한 잔 마시세요."

이들이 처음 이 섬에 왔을 때부터 지금까지 먹은 것이라고는 이 물뿐이었다. 색깔은 가라앉은 젓국인 양 몹시 탁했으나 맛은 맑고 시원했다.

"이 물의 이름이 무엇이오?"

"경액이랍니다."

가는 도중 이들은 이 경액을 세 번 마셨다. 이윽고 배는 어느 해안에 닿았다.

"이제 일어나서 구경하세요."

동자들의 말에 셋은 선창을 열고 내다봤다. 만경창파가 넘실대는 가운데 만 길이나 되는 은산이 하늘에 맞닿은 채 우뚝 서 있었다. 그 꼭대기로 해가 막 솟아올랐다. 구름과 바다는 뒤섞여 흔들리는 가운데 붉은빛이 눈을 부시게 했다. 이 광대함과 찬란함은 속세 사람들의 눈으로는 이루 형용할 수 없었다. 해가 떠오를 때 기운이 몹시 서늘한 게 몸이 떨려 거의 정신을 차릴 수 없을 정도였다. 은산은 수정처럼 깎아지른 듯 솟아 있었고, 산 너머까지도 환히 뚫려 속이 다 비쳤다.

"저 꼭대기를 넘으면 해가 뜨는 근원지를 볼 수 있겠네?"

"산 너머로는 우리 선생님도 가보지 못했어요. 그러니 더는 얘기하지 마세요."

그러면서 바로 배를 돌려 돌아왔다. 노옹은 돌아온 셋을 반기며 물었다.

"일출을 보았는가?"

"다행히 어르신 덕분에 세상 사람들이 구경하지 못한 장관을 볼 수 있었습니다. 다만 그 산 너머까지는 보지 못해 아쉬웠습니다."

"그 산 너머는 천상의 조화옹이라도 쉽게 가볼 수 없는 곳이라네."

세 사람은 여러 날을 더 머물렀다. 하지만 이곳에서의 재미가 더는 없었고 부모와 처자식이 그리워 견디기 어려웠다. 참다못한 이들은 노옹에게 고향에 돌아가게 해달라고 부탁했다. 그러자 노옹은 이런 얘기를 들려주었다.

"자네들, 꼭 고향에 돌아가려 하지 말고 이곳에 눌러앉는 게 어떤가? 이곳에서의 하루는 인간 세상의 1년이라네. 자네들이 바다에 표류한 뒤로 지금 벌써 50년이 되었지. 집에 돌아가더라도 생경할 걸세. 집안 식구들은 죄다 늙거나 죽었을 테니 말이야. 하니 이 섬에서 여생을 편히 보내는 것도 좋지 않겠는가?"

세 사람은 당황하지 않을 수 없었다. 이제 겨우 석 달 정도 지났겠다고 짐작했는데 벌써 50년이 지났다니. 반신반의했으나 그럴수록 더 빨리 집으로 돌아가고 싶어졌다. 이젠 애절한 눈빛과 절절한 말로 밤낮으로 노옹에게 애걸하기에 이르렀다. 이에 노옹은 더는 어쩌지 못했다.

"별수 없군! 자네들은 아직 속세의 인연이 다하지 않았으니 어쩌겠는가?"

그러면서 당장 두 동자를 불렀다.

"저 사람들을 실어 가 고향으로 보내주거라."

세 사람은 뛸 듯이 기뻐하며 노옹과 작별하고 배에 올랐다. 배는 지난번 일출을 보러 갈 때 탔던 그 배였다. 배가 출발하려는 그때, 노옹이 두 동자에게 지남철을 내어주면서 일렀다.

"아무 방향으로 향해서 가면 아무 곳이 바로 고성이라네."

지남철을 본 유 동지가 물었다.

"어르신께서는 이 섬 안에서 어떻게 나침반을 갖고 계셨습니까?"

"내가 바다에서 표류했을 때 갖고 있던 것이네."

마침내 세 사람은 노옹과 이별했다. 배에 탄 뒤에 이전처럼 또 경액을 마셨다. 배 안에 20여 개의 병이 비치되어 있었는데, 유 동지는 그중 두세 병을 몰래 훔쳐 자기 옷 속에 숨겼다. 그리고 며칠 만에 배가 정박했다.

"다 왔으니 내리세요."

동자의 말에 일어나 앉아 바라보니 바로 고성 땅이었다. 세 사람이 배에서 내려 해안에 올라서 주변을 돌아보는 순간 배와 동자는 사라지고 없었다. 이들은 각자 자기 집을 찾아갔다. 그런데 마을의 풍경은 이전과 완전히 달라졌으며, 만나는 사람들도 다 생면부지였다. 막상 자기 집에 가봐도 얼굴을 알아볼 수 있는 이는 아무도 없었다. 부모들은 작고한 지 이미 40년이 지났고 아내도 늙어 죽었으며, 표류할 당시 낳았던 자식도 이미 죽은 뒤였다. 지금 집을 지키는 자는 다름 아닌 손자들이었는데. 이들마저도 다 늙어 머리가 성성했다. 세 사람 집에서는 그들을 죽은 것으로 간주하고 옷가지로 빈장례를 치렀으며, 배에 탄 날을 기일로 잡아 제사를 지내고 있었다.

그 뒤 두 사람은 익힌 음식을 먹고 불과 몇 년 사이에 죽고 말았다. 유 동지만은 경액 두세 병을 훔친 덕으로 살아남았다. 그는 날마다 이것을 한 모금씩 마시며 익힌 음식을 먹지 않았다. 그랬더니 병이 들지 않고 몸도 건강했다. 지금 그의 나이를 따져보면 거의 200세 남짓이었다. 고성에 부임하는 원님마다 으레 그를 불러 바다에 표류한 일에 관해 물었다. 간혹 이웃 고을 수령이나 잠시 지나가던 길손도 그를 찾곤 했다. 이 때문에 관아를 출입하는 일이 셀 수 없을 정도로 빈번하여 그는 몹시 난감해했다고 한다.

《청구야담》 권10 제7화 〈識丹邱劉郞漂海(식단구유랑표해)〉

49화

섬나라 왕을 치료한 자하동 정 진사

자하동[•]에 사는 정 진사는 고상한 선비였다. 남다른 재주를 지녀 거문고와 바둑이며 글씨와 그림, 의술과 약재는 물론 점치는 능력까지 환히 꿰고 있었다. 술 마시기를 즐겼으나 집은 가난했다. 기발한 꾀내기를 좋아했으며, 텅 빈 한 칸 방에서 그림과 책으로 유유자적했다.

어느 날 새벽이었다. 잠에서 막 깬 즈음 한 잘생긴 젊은이가 대문을 열고 들어왔다.

"저는 김포에 살고 있으며 성은 백(白), 이름은 화(華)라고 합니다. 선생의 고명한 이름자를 익히 들었기에 한번 존안을 뵙고자 하여 찾아왔습니다."

정생이 그를 보니, 풍채와 거동이 시원시원하고 말도 조리가 있어

- **자하동(紫霞洞)** 한양 도성의 사소문 중 하나인 자하문 일대로, 인왕산과 북악산 고개 언저리에 있던 동네이다. 지금의 종로구 청운동 일대에 해당한다. 자하는 신선의 거처를 뜻하니, 동명 자체가 신선계를 상징한다.

시골 출신은 아니겠구나 싶었다. 그가 소매 속에서 작은 병 하나를 꺼내 술을 따라 올렸다.

"처음 뵙는데 이 술로나마 애오라지 성의를 표하고자 합니다."

받아 마시니 술기운이 차고 상쾌하여 처음 맛보는 것이었다. 정생은 연거푸 두 잔을 마셨다. 병은 겨우 두 잔이 들어갈 정도의 크기였다. 병의 뚜껑은 술잔으로 사용했고, 병 바닥에 딸린 합(盒) 속에 있던 안주는 진귀한 맛이었다. 정생은 점점 의구심이 일었다. 그는 다른 말 없이 인사를 하고 떠나더니 다음 날 아침 다시 찾아왔다. 이렇게 십여 일 동안 매일 들렀다. 그동안 그의 동정을 살피던 정생이 물었다.

"자네, 하고 싶은 말이 있는가?"

"소생에게 매우 간절한 사정이 있사온데 감히 청하지 못하고 있습니다."

"무슨 사정이 있는가?"

"소생의 부친이 병이 나서 지금 몇 년째 앓고 계십니다. 어른께서 한 번만이라도 왕림하여 진찰해 주신다면 더 바랄 게 없겠습니다."

정생은 벌써 열흘 동안 술을 얻어먹은 데다 앓고 있다는 병의 정체와 원인도 궁금했다. 정생이 허락하자 그는 몹시 기뻐하며, "이미 밖에 나귀를 준비해 두었습니다."라고 했다.

정생이 나귀를 타고 길을 나서 양화나루에 이르렀다. 거기엔 작은 나룻배가 대기하고 있었다. 정생이 배에 오르자마자 나는 듯이 한강을 통해 서해로 나아갔다. 어느덧 큰 바다로 들어섰다. 어디로 가는지 알 수 없었던 정생은 백생이 필시 이인이지 싶었다. 그래도 영문을 따져 물어보지 않고 태연하게 내어주는 술을 마셨다. 그러던 중 홀연 바다 위에 비단 돛을 높이 올린 큰 배가 나타났다.

"오르시오, 올라!"

사공의 소리에 백생은 정생에게 큰 배로 옮겨 타자고 했다. 그 배는 우리나라에서 만든 모양새가 아니었다. 선실의 창문과 문짝은 침향목으로 만들었으며, 그 안에는 필통과 차 그리고 화로가 놓여 있었다. 비단 자리가 깔려 있고 붉은 휘장도 드리워져 있었다. 정생이 선실에 자리를 잡고 앉자 또 술과 찬을 내왔다. 저마다 신기한 맛이었다. 백생은 정생을 모시고 앉아 정성껏 시중을 들었다.

이틀 밤낮을 운항한 끝에 배가 어느 해안에 정박했다. 주변은 구름과 바다가 하늘에 맞닿아 끝없이 펼쳐져 있었다. 백생의 인도 아래 정생이 배에서 내렸다. 해안가엔 비단 막사가 줄지어 있고 수레와 말이 운집해 있었다. 두 사람은 각자 수레를 타고 이동했다. 저들의 생김새와 옷차림새, 성과 궁전, 저잣거리는 이전에 볼 수 없었던 생소한 모습이었다. 이윽고 한 궁전으로 들어섰다. 이곳의 장식이나 화려함은 이루 말로 다 표현할 수 없었다.

"이곳이 어디요?"

정생이 묻자 백생이 대답했다.

"소생이 선생을 속이고 아뢴 죄 무겁습니다. 이곳은 백화국•이며, 소생은 백화국 태자입니다. 부왕께서 병을 앓고 계셔서 천하의 명의

• **백화국(白華國)** 허구의 섬나라 이름. 제주의 남쪽, 지금의 동중국해 어디에 있는 섬나라를 상정한 것이다. 대만 쪽이나 오키나와 따위가 대상이 될 수 있다.

를 찾았지만 지금까지 만나지 못했습니다. 지금 하늘이 도와 선생께서 왕림하셨습니다. 내일 날이 밝으면 진찰하고 약을 써주시기를 간청합니다."

정생은 병의 증세가 어떤지 묻지도 않은 채 묵묵히 하룻밤을 보냈다. 다음 날 아침, 태자가 찾아와 안부를 묻고 어전으로 들어가기를 청했다. 정생이 그를 따라 한 궁전에 이르렀다. 그곳엔 '태화전(太華殿)' 세 글자가 큰 글씨로 쓰여 있었다. 웅장하고 화려하기가 비할 데 없었다. 안에는 국왕이 좌정해 있었는데, 수백 명의 궁녀가 좌우에서 모시고 있었다. 정생이 절을 하고 올려다보니 국왕은 등에 아름드리 소나무를 짊어지고 있었다. 처음 본 광경에 정생도 적이 놀랐다. 이윽고 국왕은 정생에게 안부를 물었다.

"먼 데서 오느라 고생이 많았겠소. 고마움을 어찌 다 표현하리오?"

곧장 정생에게 진맥을 부탁하면서 병이 난 사정을 얘기해 주었다.

"과인은 어렸을 때부터 소나무•를 즐기는 식성이었소. 솔순이며 솔잎, 뿌리까지 삶아 먹었지 뭐요. 한데 언제부턴가 몸이 건조해지면서 속에서 열이 나기 시작했소. 증세가 점점 심해지더니, 어느 날 등이 견딜 수 없을 정도로 가렵다가 거기서 소나무가 자라지 뭐요. 싹과 줄기가 자라더니 이렇게 반송이 돼버렸소. 솔가지나 솔잎에 물건이 닿으면 통증을 참기 어렵다오. 이게 도대체 무슨 병이오?"

정생은 의서를 많이 봤다고 자부해 왔으나 이것은 듣지도 보지도

• **소나무** 남방 지역의 소나무는 한반도 소나무 종류와는 다르다. '오키니와송'이라고 하여 대만이나 오키나와, 필리핀 일대에 자생하는 종이다.

못한 괴이한 증세였다. 정생은 마지못해 아뢰었다.

"물러가 생각해 본 뒤에 약을 써보겠습니다."

그러고는 머무는 숙소로 돌아왔다. 밤낮으로 궁리해 보았으나 도대체 무슨 증상인지 알 길이 없었다. 사흘 밤낮을 향을 사르고 조용히 앉아 있던 정생은 순간 한 묘책이 떠올랐다. 이에 태자에게 요청했다.

"도끼 백 자루와 가마솥 하나, 땔나무 백 단, 냉수 한 동이를 오늘 중으로 준비해 주시오."

자신이 요청했던 모든 것이 갖추어지자, 정생은 가마솥 안에 도끼를 넣고 물을 부은 다음 약한 불과 강한 불을 써가며 달였다. 이렇게 사흘 동안 달인 물을 쇠그릇에 담아 태화전으로 갔다. 정생은 국왕의 반송 밑에서 이 물을 곳곳에 빠짐없이 점을 찍듯 뿌렸다. 그러자 반나절도 되지 않아 솔잎이 점점 마르고 누렇게 변하더니 저절로 떨어져 나가기 시작했다. 해가 질 녘에는 남은 뿌리들이 새끼손가락 크기만큼 작아졌다. 계속해서 달인 물로 씻어내자 이젠 아예 사라지고 흔적마저 없어졌다. 마지막으로 국왕에게 남은 물 한 사발을 마시게 했더니, 구름이 걷히고 하늘이 개듯 통증이 말끔히 씻겨 나갔다.

국왕 부자는 하늘을 향해 외치고 땅을 구르며 기뻐했다. 나라 전체에 사면령을 내렸고, 정생에게는 백골난망이라며 고마워했다. 국왕이 이 병의 원인을 물었더니 정생의 진단은 이런 것이었다.

"소나무 독이 몸속에 쌓였기 때문입니다. 목(木)은 화(火)를 낳는 법이라 이 독으로 인해 나무가 자라난 것입니다. 도끼는 찍어내는 것이며 또 금(金)에 해당합니다. 금은 목을 이기는 법이니• 독기가 해

소되어 통증이 저절로 없어진 것이지요. 그래서 도끼와 숯과 물을 쓴 것입니다."

국왕이 다시 물었다.

"이는 어느 의서에 나오는 것이오?"

정생의 설명이 이어졌다.

"이 병은 출처가 없어 약 또한 출처가 없습니다. 다만 의료는 마음으로 하는 것입니다. 세상의 그저 그런 의원은 의서에 기재된 처방만을 따라 곧이곧대로 할 뿐 변통을 모르지요. 간혹 잘못 처방하여 사람을 해치기까지 합니다. 옛날 화타와 편작 같은 전설상의 명의들은 모두 병을 마음으로 풀어서 신효가 있었습니다. 그러니 이 병과 처방은 의서에 나와 있지 않은 것입니다."

한편, 백화국에서는 국왕이 쾌차한 기념으로 사흘간의 조촐한 연회와 닷새간의 성대한 연회를 연이어 개최했다. 그리고 정생을 신명 받들 듯 모셨다. 연회가 다 끝나고 정생이 돌아가겠다고 아뢰자 국왕이 그를 붙잡았다.

"인생살이란 문틈으로 망아지가 지나가는 것을 보듯 빠르게 지나가오. 마음에 드는 곳이면 어디에선들 살 수 없겠소? 가지 말고 여기서 우리와 함께 부귀를 누리며 사는 게 어떻겠소?"

하지만 정생은 거절했다.

"소인은 부귀를 바라지 않습니다. 원래 살던 제 거처가 좋으니 어

• **금은 목을 이기는 법이니** 음양오행에서 '목생화(木生火)', 즉 나무가 자라 태워지면 불이 되며, '금극목(金克木)'이라 하여 도끼가 나무를 찍듯 금이 나무를 이기는 원리를 말한다.

서 돌아가야겠습니다."

높은 자리와 화려한 집에 황금과 백옥을 주겠다며 유혹해도 끄떡하지 않았다. 국왕 부자가 아무리 애를 써도 정생을 붙잡을 수 없었다. 태자는 사례라도 하고 싶었다.

"선생의 은혜는 헤아릴 수 없을 만큼 큰지라 이를 어떻게 보답해야 할지 모르겠군요. 하루 이틀이라도 더 머무시면 전별연을 열어서 보내드리겠습니다. 가실 땐 주석(酒石)을 드리고자 하는데, 선생께서 받으실는지요? 바닷속에서 난 이 주석은 보배 중의 보배랍니다. 지난번 선생께서 마신 술은 다 이 주석에서 나온 것이지요. 이것을 그릇에 넣어두면 단술이 저절로 만들어진답니다. 천 년이 지나도 마르지 않고요."

정생이야 술을 좋아하는 사람이니 어찌 이를 마다하겠는가.

"떠나는 이에게 주는 선물이야 예로부터 전해오는 미풍이니 안 받을 수 있겠소."

태자는 주석을 정성스럽게 은합에 담아 정생에게 주었다. 며칠 뒤 정생은 귀로에 들었다. 오는 길은 저번에 갈 때와 하나같이 같은 풍경이었다. 다시 양화나루에 정박하여 그길로 집에 돌아갔다. 집안 식구들은 보름 동안 애타게 그를 기다리고 있었다. 정생은 식구들에게 섬나라에 다녀온 사실을 말해주었다. 주석만큼은 남에게 말하지 않고 몰래 간직하며 평생토록 즐겼다고 한다.

《청구야담》 권10 제13화 〈饋酒石良醫奏功(궤주석양의주공)〉

50화

표류로 맺어진 유구 공주와의 사랑

판서 신희복•은 명종 때 고위직을 지냈다. 그는 처음 호남의 아무 고을에 살았다. 어릴 적부터 자질이 남달랐고 외모도 준수했으며, 글 짓는 솜씨가 봉황이 옥을 토해내듯 빼어났다. 부친은 그런 그를 몹시 아끼고 사랑했다. 그래서 일찍부터 이웃의 서당 훈장에게 글을 배우게 했다. 마침 서당에는 과거를 준비하는 유생 세 명이 공부하고 있었다. 어린 신생은 나이가 이제 막 열네댓 살이었으나 재주와 학식이 뛰어나 어엿하기가 어른 같았다. 유생들도 그가 기특하여 어린애라고 따돌리지 않고 또래로 취급하여 함께 공부했다.

한편, 이 서당과 담을 사이에 두고 한 나이 지긋한 정승이 살고 있었다. 그의 집에서는 항상 술을 빚어 누룩 향이 사방에 진동했다. 서

• **신희복(愼希復)** 1493-1565. 자는 양숙(養叔), 호는 관천자(觀川子), 본관은 거창이다. 경기도와 황해도 관찰사를 지냈으며, 병조참판을 역임했다. 특히 금산 군수로 재직할 때 극심한 가뭄으로 도탄에 빠진 백성을 구휼하여 민심을 수습하는 등 치적이 있었다.

당의 젊은이들은 한번 취해보자고 공모하고는 어린 신생을 꼬드겨 밤에 담장을 넘어가 술을 훔쳐 오게 했다. 신생은 저들의 부추김에 넘어가 몰래 정승 집으로 들어가 술동이를 열고 국자로 퍼서 병에 가득 담아 나왔다. 저들은 한껏 들떠서는 술을 나누어 마셨다. 다음 날 저녁에도 그에게 훔쳐 오라고 시키자 이번에는 신생이 못 하겠다고 했다. 별수 없이 네 사람은 이슥한 밤에 앞서거니 뒤서거니 정승 집으로 몰래 들어갔다. 이들은 술동이째 기울여 실컷 마시고 나서는 취흥이 한껏 일었다. 그중 한 사람이 이런 제안을 했다.

"이런 좋은 술을 마셨으니 시가 없으면 안 되지. 한 구씩 지어 절구를 완성해 보세. 이걸 술동이에 써붙여 우리 흔적을 남기는 게 어떻겠는가?"

그러자 다들 좋다고 했다. 제안한 이가 먼저 한 구를 지었다.

진대에 자유분방했던 필이부•	晋代疎狂畢吏部

다른 한 친구가 이었다.

천년의 풍류 우리에게 이어졌군	風流千載屬吾儕

또 한 친구는 이렇게 지었다.

• **필이부(畢吏部)** 중국 육조시대 진(晉)나라 때 이부랑을 지냈던 필탁(畢卓)이다. 그는 술을 너무 좋아해서 자기 직분을 망각한 채 항상 술독에 빠져 있었다. 어느 날 한밤중에 이웃집의 익은 술을 몰래 훔쳐 마시다 들킨 일화로 유명하다.

한밤중 훔쳐 와도 붙잡지 않아 偸來半夜無人縛

마지막으로 신생이 썼다.

취해 돌아오는 길 산 달이 지려 하네 帶醉還山月欲低

절구를 다 짓고 나서 이들은 비틀거리며 돌아왔다.

다음 날 아침, 정승 집의 술을 담당하는 여종이 깜짝 놀라 주인에게 간밤에 누군가 술을 훔쳐 먹고 술동이에 무슨 글까지 남겼다고 아뢰었다. 정승이 직접 가서 살펴보니 과연 시 한 편이 쓰여 있었다. 분명 이웃 서당의 글공부하는 자들의 소행이라고 짐작한 정승은 당장 술과 안주를 준비하라고 일렀다. 그런 다음 네 사람을 불러 술을 대접했다. 이들은 간밤에 있었던 일로 머뭇거리다가 주는 술을 억지로 받아 마셨다. 술이 얼큰해지자 정승은 옷매무새를 고치고서 캐물었다.

"자네들은 글공부하는 선비이거늘 한밤에 남의 집에 들어와 술을 훔쳐 먹고 시까지 지었단 말인가?"

이들은 황공하고 부끄러워 죄송하다는 말만 했다. 이윽고 분위기를 바꾼 정승은 절구를 지은 순서를 묻고는 얼굴을 쫙 펴며 말했다.

"부끄러워할 거 없네! 옛사람도 이런 풍류와 운치가 있었다네. 이 늙은이도 흥취가 적지 않지. 시는 성정에서 나오는 법이니 내 시험 삼아 자네들 앞날이 어떨지 얘기해 줌세. '진대의 자유분방했던'이라고 읊은 친구는 음관이 되었다가 끝내는 자연 속에서 방랑하다 말겠네. '천년의 풍류'를 읊은 친구는 명망과 벼슬길이 창창하나 역시 풍류로 자처하는 삶이 될 것이네. 또 '취해 돌아오는 길'을 읊은 친구는 중년에 이리저리 떠도는 액운이 있으나 끝내는 영달하여 이 늙은이와 같은 지위에 이를 걸세. 세 번째 구는 기상이 좋지 못하니 옥에 갇히는 욕을 면치 못할까 싶네. 아무쪼록 남을 표창하는 일을 조심하게."

그런데 그 뒤 네 사람은 정말 정승이 예언한 대로 되었다고 한다.

이에 앞서 신생은 나이가 차서 나주의 임(林) 사문의 딸과 혼인했다. 더군다나 그는 3년 전에 모친을 여읜 상황이었다. 이때 왜군이 쳐들어왔다는 경보가 다급해졌다. 신생의 부친은 이러다간 혼사가 이루어지지 않겠다 싶어 아들더러 신붓집으로 가서 당장 혼례를 치르게 했다. 그런데 신방의 화촉 심지가 아직 다 타지 않았는데 왜구가 들이닥쳐 온 경내의 사람들은 세찬 파도에 휩쓸린 듯 도망치기에 바빴다. 신붓집도 피신하여 섬으로 들어가려 하면서 신랑을 데려가려 했다. 하지만 신생은 따라갈 수 없었다.

"가친께서 홀로 집에 계시니 한시바삐 가서 뵈어야 합니다. 저만 다른 데로 피신해서야 되겠습니까?"

그러면서 신부에게 당부했다.

"우리가 혼례를 치르기 무섭게 헤어지게 됐구려. 언제 다시 만나게 될지 모르겠소. 얼굴도 익숙하지 않은데 세월이 많이 지나면 나중에 만나더라도 알아보기나 할는지? 연평의 검•을 합치고 악창의 거울•

• **연평(延平)의 검** 연평은 나루 이름이다. 육조시대 진나라 장화(張華)가 연평진을 지나다가 용천(龍泉)과 태아(太阿)라는 두 명검을 물에서 잃어버렸다. 나중에 물속의 용이 나타나 두 검을 물고 갔다고 한다. 이에 '연평의 잃어버린 검은 언제 다시 찾을 수 있을까?'라는 의미가 붙었다.

을 나누어 가져야겠소."

이에 차고 있던 작은 주머니를 풀어 이름자와 생년월시를 써서 신부에게 주었다. 신부도 옥가락지 한 쌍을 붉은 실에 묶어 답례로 내주었다. 마침내 두 사람은 길을 나누어 각자 흩어져야 했다.

그런데 본가로 돌아가던 신생은 그만 왜군에게 붙잡혀 포로가 되고 말았다. 신생의 기상이 남다름을 보고 주목한 왜장이 있었다. 퍽 마음이 간 왜장은 그를 오사카성으로 데리고 가서 자기 휘하에 두었다. 신생은 달리 탈출할 길이 없자 몰래 은화를 모으기 시작했다. 언제든 도망쳐 고국으로 돌아올 심산에서였다. 그러나 좀처럼 기회를 잡지 못했다. 그러던 중 왜 땅에 정박 중이던 남만의 상선•을 발견했다.

'저 배를 따라가면 중국에 다다를 수 있고, 그러면 고향으로 돌아갈 길이 생기겠군.'

이런 생각으로 그는 그동안 모아둔 은화를 뱃사람에게 뇌물로 주고 마침내 이 상선에 몸을 실었다. 배는 다행히 순풍을 타고 쏜살같이 항해하여 며칠 만에 안남국에 닿았다. 이곳 사람들은 고향을 떠나 홀로 떠돌고 있는 그를 불쌍해하며 돈을 갹출하여 먹고 지내게 해주었다.

신생은 여기서 고국으로 돌아갈 길을 계산해 보았다. 육로로 돌아

- **악창(樂昌)의 거울** 악창은 육조시대 진(陳)나라 공주이자 서덕언(徐德言)의 아내이다. 서덕언은 나라를 잃게 되자 아내 악창공주와 이별하면서 가지고 있던 거울을 반으로 쪼개 나누어 가졌다. 훗날 우여곡절 끝에 둘은 다시 만나 거울을 합쳤다고 한다. 부부가 헤어지는 '파경'이란 말도 여기서 생겨났다.
- **남만(南蠻)의 상선** 앞서 1화에서 '남만의 장삿배'로 나온 바 있다.

가자면 대략 2만 리는 되는 여정이었다. 게다가 주머니엔 노잣돈도 턱없이 부족했다. 어떻게 해야 할지 막막할 즈음 어떤 중국 사람이 이런 사실을 알려주었다.

"이곳 안남에서 조선까지는 해로를 이용하면 편하고 가깝소. 그대는 왜 이 가까운 길을 버리고 먼 데로 돌아가려 하오?"

그러면서 해로로 가는 방법까지 알려주는가 하면, 바닷길에 익숙한 고깃배를 빌려 삯을 내주기도 했다. 사공에게 값을 두둑이 치르고 신생을 태워 가라고 한 것이다. 이 중국 사람의 덕으로 신생은 고깃배를 타고 돛을 올려 동쪽을 향해 출항했다. 그런데 또 뭔 일인지 느닷없는 태풍이 몰려왔다. 배는 떠밀려 어떤 섬에 표착하고 말았다. 그 섬은 바로 유구국(琉球國)이었다. 그곳의 왕성은 높다랗고 경치는 수려했다. 신생이 도성으로 들어가니 시장에 가게들이 즐비했고 누각은 바둑판처럼 벌여 있었다. 진귀한 물화가 산적해 있고 갖가지 영롱한 보석들은 눈을 부시게 했다. 게다가 도로는 넓고 깨끗하여 옥자리를 펼쳐놓은 듯했다. 그곳 사람들은 모두 높다란 갓에 넓은 적삼을 입고 있었다. 그리고 이들의 풍속은 순박하면서도 후덕했다.

한편, 유구국 왕은 조선 사람이 표류해 왔다는 소식을 접하고 궁전으로 들게 했다. 국왕은 신생을 보더니 역시나 한눈에 반했다. 외모도 준수한 데다 행동거지에 기품이 넘쳤으며 말도 또박또박하고 박식했기 때문이다. 그런 그에게 왕은 객관을 내주고 잘 대접했다. 날마다 서로 이야기를 나누며 그가 지난날 경험한 일들을 캐묻고, 아울러 여러 나라의 풍토와 인물까지 하나하나 따져보고 평하기도 했다. 또한 신생이 글을 잘 짓는 걸 알고 수시로 화답하는가 하면, 화원에서의 상춘 놀이와 연꽃 핀 못에서의 야유회에 걸핏하면 신생을 불러 함께 즐겼다. 이렇게 날이 갈수록 왕의 총애가 깊어졌다.

신생은 이러구러 흘러가는 대로 있다 보니 나그네의 헛헛함을 어느 정도 잊을 수 있었다. 그러나 고국으로 돌아가겠다는 일념은 도도하게 흐르는 물과 같이 여전했다. 그런 마음을 한시로 읊기도 했다.

가을 되니 나그네 설움 쑥대인 양 헝클어져	客恨逢秋似亂蓬
하늘가 저 기러기와 어떻게 짝한다지	天邊那得伴歸鴻
어느 곳이 고향 동산일까 슬피 바라보나니	悵望鄉園何處是
냉이꽃 피는 유구 나라 초승달만 떠 있구나	扶桑如薺月如弓

국왕은 신생의 시를 보고 고향으로 돌아가고픈 마음이 간절하다는 걸 알게 되었다. 그가 안쓰러워 조만간 여장을 꾸려 돌아가는 배에 딸려 보낼 참이었다. 한편, 왕에게는 옥처럼 맑고 고운 방년 16세의 공주가 있었다. 왕과 왕비는 배필을 정하려고 공주와 의논했으나 몇 번이고 명을 따르지 않았다. 왜 그러느냐고 물었더니 공주의 대답이 이랬다.

"삼생의 인연은 하늘에서 정해주는 법이지요. 제 마음에 맞는 사람을 만나면 그때 따르겠지만 그렇지 않으면 죽어도 다른 사람에게는 가지 않을 거예요."

끝내 부모도 어쩔 수 없었다. 이런 공주도 시를 읊는 걸 좋아해 비단 전지에 한시를 짓는 게 일과였다. 신생이 지은 시구가 궁궐 안으로 돌다 보니 공주가 이 시를 보고 탄복했고 어느덧 선망하게 되었다. 어느 날 밤, 신생은 왕을 따라 후원에서 노닐다가 달빛 아래에서 낭랑한 소리로 시 한 편을 읊었다.

만 리 남쪽 물길만이 하늘까지 닿아	萬里南維水盡天
구름 달과 짝하더니 안개와 어울렸네	和雲和月復和烟
가인을 싣고 백저가•를 노래코자	欲載佳人歌白紵
깊은 밤 강둑 내려가 배에 오른다네	夜深應有下江船

이때 공주도 누각에 올라 달을 구경하다가 홀연 신생이 시 읊는 소리를 듣게 되었다. 맑고 힘찬 가락이 숲속으로 울려 퍼졌다. 담 모퉁이에서 엿보던 공주는 신생의 재주와 외모에 완전히 끌리고 말았다. 급기야 공주는 부왕에게 '저 사람에게 시집을 가겠다'고 청했다. 왕은 처음에는 다른 나라 사람인 데다 표류하여 떠도는 그를 부마로 삼기 어렵다고 거부했다. 그러나 공주가 몇 번이고 간청하자 결국 승낙하고 말했다. 그래서 신생에게 부마로 삼겠다고 했더니 이번에는 신생이 아내가 있는 몸이어서 어렵다는 것이었다. 그런 그를 왕은 이렇게 구슬렸다.

"벼랑에 지은 옛 제비집은 이미 헐렸고 새로 봉황이 깃들 거처가 마련되었으니, 핑계 대며 미루지 말고 좋은 인연을 맺었으면 하네."

이런 왕의 강권에 신생 스스로 생각해 봐도 자신은 연못 속의 물고

• **백저가(白紵歌)** 흰 모시 베를 짜는 여인의 고운 모습을 읊은 노래로, 중국 강남 지역에서 유행하던 민간의 악곡이다. 주로 춤출 때 많이 연주했다고 한다.

기요 조롱 속의 새와 같은 신세였다. 어쩔 수 없이 저들이 하자는 대로 따라야 했다. 이리하여 날을 잡아 신생과 공주는 혼례를 치렀다. 혼롓날 신생은 별도로 만들어진 신랑 옷을 입고서 궁궐 깊은 거처로 들어갔다. 차려진 신혼방은 영롱한 금과 옥으로 환하게 빛났으며, 나머지 소품과 자리도 형언할 수 없을 정도로 아름답고 화려했다. 순간 진귀한 향내가 진동하면서 찰랑찰랑 패옥 소리가 점점 가까워졌다. 양쪽에서 구름머리를 한 시녀가 한 미인을 모시고 나왔다. 이 여인은 옥 머리장식에 봉황 문양의 고운 신을 신고, 비단 치마에 무늬가 있는 상아 허리띠를 차고 있었다. 곱게 단장한 궁중 여인을 그린 그림에서나 볼 법한 모습이었다. 패옥의 빛이 달빛과 엇비치니 그야말로 천상의 선녀 그대로였다.

합근례를 치르고 술자리가 무르익었다. 밤이 깊어 주변이 조용해지자 이윽고 신랑 신부는 잠자리에 들었다. 그러나 신생은 황망하고 당혹스러워 마음을 진정할 수가 없었다. 이에 공주가 완곡한 말로 달랬다.

"첩은 봉래궁 속의 여인이랍니다. 우연히 진루에서 퉁소 소리를 듣고• 이렇게 남교에서 배항을 만나게 되었지요.• 저희 만남은 전세의 인연을 이루는 것이니 그리 놀라고 의심 둘 필요가 없답니다."

- **진루(秦樓)에서 퉁소 소리를 듣고** 중국 진(秦)나라 목공의 딸 농옥(弄玉)이 퉁소 소리를 좋아했는데, 진루에서 소사(蕭史)의 퉁소 소리를 듣고 봉황이 내려오자 둘은 이 봉황을 타고 신선 세계로 떠났다는 고사를 말한다.
- **남교(藍橋)에서 배항(裵航)을 만나게 되었지요** 당나라 때 편찬한《전기(傳奇)》라는 소설집에 실린 〈배항〉에 나오는 주인공 배항과 운영(雲英)의 이야기로, 운영은 남교에서 배항을 만나 사랑을 나누었다.

이런 끝에 신생은 엉거주춤 침상으로 올라가 마침내 운우의 정을 나누었다. 공주는 이어 〈하신랑〉• 한 편을 짓고 시녀더러 이 가사에 따라 노래로 불러 분위기를 돋우라고 했다. 이 가사는 이러하다.

봄 성에 핀 꽃과 버들	花柳遶春城
조물주의 조화로다	運神工
겹겹 누대와 전각도	重樓疊宇
순식간에 만들어졌네	頃刻間成
녹수와 청산 이리 돌고 저리 돌아	綠水青山多宛轉
난새와 학이 전혀 놀라지 않으니	免教鶴怨鸞驚
옛날 선계와 다르지 않구나	看來無異舊神京
아직 좋은 언약 이루어지지 않아 걱정했으나	慮只慮佳期不定
하늘이 이 바람 따라줘 다정한 임을 만났네	天從人願邂逅多情
침소로 가는 길엔 패옥 소리 짤랑짤랑	相引處, 佩聲聲
예사로 먼 데 머리 돌려	等閒回首遠
봉래 영주 불러보니	蓬瀛呼
어느새 선녀가 나타나	小玉旋開
화려한 연회 자리 열렸네	錦宴謾薦
난초 국은 신선이 마시는 경액이라	蘭羹須信是瓊漿

• **〈하신랑(賀新郎)〉** 중국에서 유행한 사곡으로, 신랑을 맞이하는 기쁨을 노래하는 내용이다. 송나라 때 소동파의 곡조가 유명하다. 동양판 사랑의 세레나데이다.

한 모금에 온갖 감흥이 일거니	一飮百感俱生
속세의 인연 끝났다고 말하지 마오	且休道塵緣已盡
구름 걷히고 비 그쳐 비파 타더라도	縱然雲收雨散琵琶
산골짜기엔 그대로 바람과 달빛 밝다네	峽裏依舊風月交明
이 만남 생각하면 결코 가볍지 않지	念此會 果非輕

이때부터 신생은 공주와 신방에서만 지내며 날마다 시구로 화답하느라 어느 순간 나그네의 향수마저 잊고 말았다. 공주의 시는 맑으면서도 참신하여 속세의 어투가 없었다. 그녀가 지은 시 몇 편을 소개하면 다음과 같다.

삼신산에서 요조숙녀를 허락하여	三山窈窕許飛瓊
함께 몇만 리를 거쳐 왔는지	伴作來經幾萬程
고결한 문사와 즐거움 함께하니	好與淸華公子會
자하주를 기울여도 뭐가 문제랴	不妨玄露漫相傾

넓은 하늘 왕성 해자 곁으로 옮겨	壺天移傍玉城濠
구름은 흩날리고 학은 둥지를 찾네	雲自飛揚鶴自巢
천년 만에 인간 세상 바람과 어울려	千載偶諧塵世願
벽도화 아래에서 함께 퉁소를 부르리	碧桃花下共吹簫

선계와 인간 세상 다르다 말하지 마소	莫道仙凡各一方
장석과 두난향의 만남• 알아야 하리	須知張碩遇蘭香

봄바람은 인간의 즐거움 그리워하는지　　　春風嘗戀人間樂
무심한 듯 해당화 피었는지 묻는다네　　　底事無心問海棠

그러던 중 하루는 신생이 공주에게 말했다.

"내가 공주의 정성과 사랑을 듬뿍 받아 여기에 더 머무르고 싶은 생각은 간절하오. 다만 집을 떠나 떠돈 세월이 오랜지라 부모를 그리는 마음도 절절하오. 이제 돌아가 부친을 뵈었으면 하오."

공주는 슬픈 표정으로 대답했다.

"귀국과는 멀고 멀어 한번 가시면 해후하기는 어렵겠지요. 좋은 언약은 어그러지기 쉬운 법이고요. 저와 당신은 전세의 인연이 미진하여 당신은 신선 세계에 발을 들여놓은 것이고 저는 선녀의 자태로 다시 태어난 것이었지요. 우리 정해진 이 만남을 이어가야지, 이리 갑자기 떠나신다니요?"

신생은 '그래, 그래' 하며 다시 한해 남짓을 지냈다. 그러나 그는 이곳에서 지내면 지낼수록 돌아가고픈 마음이 더 간절해졌다. 이쯤 되자 공주도 나섰다.

"이제 저도 선계에서 귀양 온 시한이 다 차서 천상으로 돌아가야 한답니다. 결국 우리는 헤어져야 하는군요. 당신은 혈혈단신으로 어떻게 저 층층 파도를 건너 고국으로 돌아갈 수 있을까요? 마침 오늘 아침 중국 사신의 배가 바다 어귀에서 바람을 기다리고 있다네요. 그

- **장석(張碩)과 두난향(杜蘭香)의 만남** 한(漢)나라 두난향의 고사로, 원래 선녀였던 그녀는 인간 세상에 내려왔다가 천상으로 복귀하던 중에 동정호 주변에 있는 장석의 집에 들러 그와 함께 선계로 떠났다고 전해진다.

배를 타고 중국에 닿으면 거기서부터는 고향으로 갈 수 있을 거예요. 다만 부왕께서 당신을 관문으로 내보내 주지 않을까 걱정이에요. 제가 꾀를 써서 부왕의 옥새와 통행증을 빼돌려 볼게요. 중국 사행선에 이걸 보이면 당신을 실어줄 거예요. 곧 배가 출항한다니 서둘러야 해요. 궁궐 마구간에 하루에 500리를 달리는 청마가 있으니, 이 말을 훔쳐 타고 갈 수 있게 할게요. 어서 채비하셨다가 새벽닭이 울자마자 출발해야 해요. 잠시라도 지체했다간 놓치고 말 거예요."

그러면서 이별 시를 읊조렸다.

연못의 푸른 버들가지마다 꽃 피는데	湖柳青青花滿枝
호시절엔 이별하던 때 그리워지겠지요	可憐分手艷陽時
임 떠난 뒤 부질없이 수심만 더해갈 터	離宮謾自添愁思
그땐 부러 바람 신을 속여야겠지요•	瞞得封姨不我知

또 읊었다.

무산에서 해후할 기약마저 없으니	陽臺後會已無期
어느덧 미간 위에 봄 시름 깊어라	眉上春雲不自知
다시 만나라는 선관의 영이 있을지	那更靈官傳曉令
이 심정 봉황 타고 시를 지을 뿐이네	舍情騎鳳强題詩

• **바람 신을 속여야겠지요** 바람의 신, 즉 풍신(風神)은 계절의 변화를 주관하는데, 계절에 따라 임을 그리는 마음을 애써 숨기거나 겉으로 드러내지 않겠다는 다짐의 의미다.

두 사람은 눈물을 뿌리며 이별했다. 공주는 시녀에게 신생을 궁궐 밖으로 안내하라고 했다. 신생은 공주가 미리 준비해 준 청마를 타고 달려가 가까스로 중국 사행선에 도착했다. 그리고 마침내 그 배를 타고 중국으로 갈 수 있었다. 그가 중국에 도착했을 때 유구국의 공주가 죽었다는 비보를 접했다. 아무 날 병 없이 죽었는데, 그날은 바로 그가 여정에 올랐던 그다음 날이었다. 신생은 하염없이 슬피 울었다.

신생은 이윽고 육로로 북경에 도착하여 거기서 조선 사신 일행을 만나 고국으로 돌아올 수 있었다. 그동안 지나온 경로를 따져보니 모두 다섯 나라를 경유했고, 지나온 육로와 해로 길이 6만여 리였으며, 흐른 세월은 거의 30년이었다. 그동안 숱한 일을 겪어 얼굴은 초췌하고 노쇠하여 예전의 모습은 찾아볼 수 없었다. 신생은 이런 모습으로 고향에 돌아가 옛집을 찾아갔다. 그러나 집은 온통 쑥대밭이 되어 있었고 사람의 기척은 물론 불 땐 흔적마저 남아 있지 않았다. 주변에 집안 식구들의 안부를 물었더니, 아는 사람이 하나도 없었다. 마지못해 성묘나 할 참으로 집안 선영을 찾아갔다. 거기에 새로 쓴 무덤이 하나 있었다. 비석엔 '선비 신 아무개 순절한 비〔사인신모순절지비(士人愼某殉節之碑)〕'라고 쓰여 있었다. 그 '신 아무개'는 바로 자기 이름이었다. 묘지기에게 물었더니 의관만 묻고 봉분을 쓴 것이라고 했다. 집안 식구들은 어떻게 됐는지 묻자 묘지기가 알려주었다.

"나리껜 유복자 한 분이 계셨지요. 조정에서는 나리의 충절을 표창하고자 자식에게 음직 자리를 내려주었답니다. 지금은 임실 현감으로 계시고요."

신생은 당장 임실의 관아를 찾아갔다. 하지만 신생의 모습이 비쩍 마른 데다 옷도 남루한 차림이었기에 문지기가 막아섰다. 그래도 그는 문지기를 밀치고 관아로 들어가 곧장 동헌으로 올라섰다. 주변 관인에게 전후 사정을 대략 말해주자 깜짝 놀란 관인은 안채로 달려가서 이 사실을 고했다. 그러자 어느 부인이 신발도 제대로 신지 않은 채 엎어질 듯 밖으로 나왔다. 그의 목소리와 모습을 확인하고 그동안의 내력을 캐물었다. 신생은 그간의 사정을 하나하나 들어 대답했다. 또 붉은 실로 묶은 옥가락지 한 쌍을 꺼내 증명해 보였다. 이에 부인은 주머니 속에서 신생의 이름자와 생년 월시가 적힌 종이를 내보였다. 이리하여 모든 게 다 들어맞았다.

"정말 내 남편이 맞아요!"

부인은 그를 껴안고 대성통곡을 했다. 수령도 살아 돌아온 부친을 부르며 통곡했다. 그때 한 늙은이가 뒷방에서 나왔다.

"내 아들이구나!"

그러면서 신생의 손을 맞잡고 슬피 울었다. 신생의 부친이 아직 무탈하여 살아 있었던 것이다. 마침내 부자와 부부가 다시 해후하게 되었다. 사람들은 신생의 일이 신기하다며 입이 닳도록 얘기했다. 신생은 훗날 과거에 급제하여 지위가 판서의 자리에까지 올랐으며 늦은 복록을 다 누렸다.

《동야휘집》 권14 제3화 〈南國接仙娥謀歸(남국접선아모귀)〉

바다 밖 세계의 체험과 욕망

47화는 바다를 소재로 한 이계 체험의 이야기였다. 여기 세 이야기도 바다 밖의 섬이나 섬나라를 경험한 이야기들이다. 앞서 14화에서 조선시대 해금 정책으로 한반도는 바다를 잃어버린 사회였다고 비판했는데, 동아시아 어느 나라보다도 우리는 바다에 대해 무지했다. 그러다 보니 바다와 관련한 이야기 자체가 손에 꼽을 정도로 적다. 그런데 편수가 적은 만큼 이야기마다 흥미로우면서도 생각할 거리를 많이 제공해 준다.

이에 앞서 바다 이야기가 형성될 수 있었던 사정부터 잠시 안내하기로 한다. 바닷길이 막히자 조선인들은 바다를 이용한 무역은 꿈도 꿀 수 없었다. 그런데 16세기 후반부터 동남아시아에 진출한 서구 세력이 무역 루트를 점차 동아시아 쪽으로 넓혀가게 된다. 그리하여 17세기에는 지금의 베트남 호이안과 마카오·홍콩, 중국 남부 연안인 복주(福州)와 천주(泉州), 그리고 일본의 나가사키와 오키나와를 잇는 무역 라인이 만들어졌다. 이 무역의 주체는 네덜란드와 영국 등이 운영한 동인도회사였다. 《하멜 표류기》로 잘 알려진 하멜은 바로 동인도회사의 일원으로서 일본으로 가던 도중에 표류하여 제주에 불시착한 네덜란드인이었다. 이게 17세기 전반의 일이다.

마침 이 시기에 제작되었다고 하는 '셀던의 지도'가 있다. 동아시아를 그린 지도인데, 육지가 아닌 해상을 그렸다. 동아시아 최초의 해양 지도에 해당한다. 여기에는 동아시아와 동남아시아 각국으로 무역선이 오가는 운항로를 선으로 그려놓았다. 요컨대, 이 지도는 동아시아 해양 지도를 넘어 해상무역 지도였다. 그 상단에 한반도가 이상한 모양으로 그려져 있으나 무역의 선은 어디에도 닿아 있지 않다. 이 지도는 당시 조선이 바다와 얼마나 동떨어져 있었는가를 시각적으로 보여주는 증거 자료이다.

그런데 조선 사람들이 셀던의 지도에 그려진 해상의 무역 루트를 접할 기회가 있었다. 그것은 불행하게도 표류였다. 일반적으로 한반도 남서부 연안에서 표류하게 되면 해류를 따라 제주 남쪽으로 흘러간다. 거기서 다시 서쪽으로 대만이나 남동쪽 오키나와로 밀려갔다. 실제 이 양쪽으로 표류한 기록들이 더러 남아 있다. 이런 기록물을 '표해록'이라 한다. 표해록은 천재일우의 기록이기에 귀중한 자료이다. 거기다가 아무도 가보지 못한 이 해양 지대를 경험했으니 얼마나 희귀한가. 당시 사람들은 이 표해록을 통해서 동아시아 바다 세계에 대해서 조금이나마 견문할 수 있었다. 여기 이야기도 이런 표류를 통한 체험을 토대로 만들어졌다.

한편, 이런 표류 경험들이 쌓이면서 바다 밖 세상에 대한 새로운 상상도 나래를 폈다. 단순한 이상 세계로 상정하는 경향이 강했으나, 가끔은 육지를 대신할 세계로 욕망하기도 했다. 일종의 대안 세계로까지 상상하기에 이르렀다. 그러니 표류 경험이 가져다준 해양 이야기는 많은 수가 아님에도 단순한 경험담에서부터 복잡한 환상담까지 그 진폭이 컸다.

48화는 바다 밖에 있는 신선 세계를 그렸다. 원래 신선담의 공간은 42화처럼 육지 안 산속이었다. 물론 41화에서 동해의 삼신산이 선계의 일부로 등장한 것처럼, 삼신산의 전설은 바로 바다 밖 선계를 대표하기는 했다. 다만 이 삼신산에서 선계 체험이 구체적으로 이루어지는 이야기는 여태까지 없었다. 이 점에서 여기 이야기는 특별하다. 더구나 표류를 통해 바다 선계를 발견했기에 그 옛날 삼신산의 선계와는 성격이 다르다.

표류자는 강원도 고성의 유 동지 일행이다. 이들은 미역을 따러 바다에 나갔다가 동해 밖으로 표류했다. 실제 동해 쪽에서 표류한 기록도 없지 않다. 지금의 일본 홋카이도까지 표류했다가 귀환한 사례도 있다. 아마도 이런 표류 경험이 만들어낸 서사가 아니었을까 싶다. 그런데 유 동지 일행이 표착한 섬은 이보다도 훨씬 멀리 떨어진 동해의 먼바다 밖이다. 고성과 이 섬은 3만 리 떨어져 있으며, 유 동지 일행이 일출의 장관을 구경한 곳은 이 섬에서 또 3만 리 떨어져 있다.

총 6만 리의 거리다. 6만 리면 대략 24,000km이다. 지구 한 바퀴가 40,000km 정도이니 반 바퀴가 훌쩍 넘는다. 그러면 동해에서 출발하여 하와이를 넘고도 남는다. 이곳 단구는 농사를 짓거나 누에도 치지 않고 경액만 마시면서 무병장수하는 이상적인 세계이다. 그런데 이곳뿐만 아니라 일출이 장관인 곳까지 선계는 확대되어 있다.

유 동지 일행이 단구와 일출처를 오가는 장면을 따라가다 보면 무슨 영화의 한 장면을 보는 듯하다. 그렇다. 우주 영화의 새 지평을 열었다고 평가받는 〈인터스텔라〉라 떠오르지 않는가. 행성 간을 오고 간다는 의미인 인터스텔라는 우주 시대를 맞고 있는 지금 우리에게 시공간의 확장과 함께 새로운 실험의 공간이 되었다. 하늘길을 상상할 수 없었던 200~300년 전의 조선 사람들은 바다를 통한 상상의 최대치가 하늘이 아닌 바다 밖 세계였다. 그 끝에 낙원이 있을 것이라는 상상, 이 상상은 미지의 세계에 대한 낙관적인 전망일 수도 있고, 육지를 대신할 대안적인 상상계일 수도 있다. 그렇다면 지금 우리는 우주를 어떻게 바라보고 욕망하고 있는가? 새삼 이 조선판 인터스텔라를 통해 상상해 볼 여지는 없을까?

49화는 섬나라를 배경으로 하고 있으나 사정은 상당히 다르다. 시작은 섬나라인 백화국에서 육지의 정 진사를 초대한 것이다. 표류로 섬을 찾아간 게 아니라 섬사람들이 표류를 통해서 발견된 길을 되짚어 육지를 찾아온 형국이다. 그런데 여기서도 해상의 무역 루트가 활용되고 있다. 우선 해상에 정박한 배는 침향목으로 만들었다고 하니 조선 선박이 아니다. 동남아와 중국 및 일본을 오고 갔던 남방의 무역선과 다름없다. 지금의 대만이나 오키나와 따위로 짐작되는 백화국은 아마도 이 해상무역 길에 걸쳐 있었을 터다. 그리고 정 진사가 도착한 그곳은 사람들의 생김새며 옷차림, 그리고 건물과 저잣거리마저 모든 게 생소하다. 그러나 웅장하고 화려하기 비길 데 없는 궁성이 있는 어엿한 국가였다.

그런데 이후의 이야기 구도는 좀 생각해 볼 점들이 있다. 정 진사를 백화국으로 초청한 것은 왕의 병을 치료하기 위해서였다. 그곳 왕이 소나무를 즐겨 먹다가 등에서 반송이 자라는 병에 걸렸다니 이 또한 뭔지 모를 야만성이 느껴진다. 이런 섬나라 왕의 병을 초야에 묻혀 사는 일개 선비가 단번에 치료한다는 게 이야기의 구도이다. 하지만 사실 이 치료법은 황당하기 짝이 없다. 음양오행의 원리를 이용한 것이라고는 하지만 솥에 끓이는 재료와 방법은 도무지 설득력이 없다. 그런데도 이 처방이 들어맞는다. 그리고 백화국은 그를 영웅으로 대접한다. 육지의 숨은 인물이 섬나라의 왕을 치료한다는 이 발상은 아무래도 섬 지대에 대한 육지인의 문명의 우위가 전제되어 있다고 봐야 한다.

이는 왕을 치료한 뒤 미련 없이 돌아오는 정 진사의 모습에서도 거듭 확인된다. 그는 왕과 왕자가 화려한 집과 황금으로 유혹하지만 부귀를 바라지 않는다는 이유로 거절하고 복귀해 버린다. 앞의 유 동지 일행도 그를 붙잡는 노옹을 뿌리치고 고향으로 귀환한 바 있다. 돌아온 정 진사는 한번 재미난 여행을 해봤다는 정도로 만족하고 원래의 삶으로 돌아간다. 선물로 받은 주석(酒石)만이 물증으로 남았을 뿐이다. 이 또한 유 동지가 경액을 훔쳐 왔던 사정과 일맥상통한다.

그렇다면 이들은 왜 돌아와야 했을까? 일반적으로 선계는 상상의 공간이기에 체험의 장이지 삶의 공간은 아니었다. 거기에 상상의 낙원을 건설했으나 그것을 인간 삶의 공간으로까지는 전환하지 못한 결과였다. 물론 실재한 공간이 아니었기에 더 그렇다. 이런 양상은 다음 이야기에서도 이어진다.

50화는 주인공이 포로로 일본에 잡혀갔다가 탈출한 다음 귀환하는 과정에서 표류하여 오키나와에 불시착, 그곳 공주와 사랑을 나누었다는 제법 분량이 긴 이야기다. 전란과 포로, 탈출과 표류, 외국 여인과의 연애까지 적지 않은 요소를 집약했다. 이와 유사한 구성과 스케일을 담은 국문소설 〈남윤전〉이 따로 있다. 그런데 이 이야기는 〈남윤전〉보다 편폭이 작으면서도 더 많은 모티프를 자랑한다. 이를테면 서두에 네 명의 술 도둑과 정승의 풍류라는 독립된 이야기까지 붙였다. 여러 가지 모티프의 경연장을 방불케 한다. 특히 전란과 포로, 귀환과 관련해서는 이 책의 1화와 2화 모티프와 닮아 있다. 야담은 이렇게 여러 화소를 엮어서 새로운 이야기를 만들어내기도 했다. 요즘이라면 표절 문제에 휩싸일 법하나 그때는 이런 이야기의 적층이 수시로 이루어졌다. 그러니 이런 활용과 적층, 조합과 변개는 그만큼 야담문학이 활물(活物)이었다는 점을 방증한다.

이런 조합품이기는 하나 서사의 중심은 주인공 신희복과 오키나와 공주의 사랑이다. 그러니 이야기 유형으로 보면 연애담에 해당한다. 그런데 일반 연애담과 가장 큰 차이는 해외에서 국제결혼에 이른다는 것이다. 야담의 연애담치고 이런 소재는 일찍이 없었다. 오키나와에 불시착한 신희복은 문명의 상징인 한시를 잘 지어 그곳 공주의 눈에 띈다. 그리고 오키나와를 다른 섬나라와는 구별하여 문명국으로 묘사했다. 그 지표가 글을 짓는 것이었다. 말하자면 오키나와가 조선과 동등한 문명의 지대로 상정되면서 두 남녀는 인연을 맺을 수 있었다.

그러면서도 이곳을 선계로 표방했다. 공주 또한 선녀로 자임한다. 이 세계에 서서히 도취한 신희복은 다른 표류자가 경험한 것과는 다른 차원의 선계를 유영했다. 그와 공주는 선취가 가득한 한시를 주고받는다. 이런 유형의 한시를 유선시(遊仙詩)라고 한다. 한편, 신희복은 일본에서 탈출할 때 남만의 장삿배를 이용하여 중국으로 넘어간다. 이 역시 일본에서 베트남이나 중국 남부 해안을 경유하던 루트로, 신희복의 귀환에 또 한 번 동아시아 무역 라인이 상정되었다.

마지막으로 한 가지 더 이해를 도울 거리가 있다. 김복수라는 제주 사람이 있었다. 그는 대략 17세기 후반의 인물로 알려져 있다. 그는 바다에 나갔다가 표류한 끝에 베트남으로 귀착했다. 돌아올 방법이 없었던 김복수는 그곳에 눌러살다가 때마침 오키나와에서 표류해

온 여성을 만나 혼인하게 된다. 이들은 자식을 낳고 한동안 단란하게 살았다. 그러다가 김복수는 일본으로 가는 상선을 탈 기회가 생겼다. 그는 일본에서 임무를 마치고 돌아오는 길에 우연히 제주 인근에 배가 닿게 되자 그길로 배에서 내려 고향으로 귀환해 버렸다. 이렇게 수십 년 만에 고대하던 고향으로 돌아왔으나 베트남에 남겨진 처자식이 그리울 수밖에 없었다. 그래서 그리움이 사무치면 한라산에 올라가 남쪽 바다를 바라보며 노래를 불렀다. 이 노래가 바로 지금 제주의 대표적인 민요 가운데 하나인 〈오돌또기〉이다. 이 노래 가사에는 '춘향'이란 여성이 나오는데, 다름 아닌 베트남에 남겨진 그의 아내 이름이다. 여기 신희복과 오키나와 공주와의 만남과 이별 이야기는 김복수 이야기와 얼마큼의 관계가 있을까? 적지 않아 보인다. 한번 상상해 보면 좋겠다.

출전 소개

《어우야담(於于野談)》

어우(於于) 유몽인(柳夢寅, 1559-1623)이 1620년대 초반에 정리했으며, 모두 520여 편이 실려 있다. 원래는 이것보다 많은 10권의 거질이었다고 하나 다 전해지지는 않는다. 유몽인은 당대 대표적인 문장가로 특히 여성에 대한 시선이 남달라 이를 작품으로 구현하기도 했다. 이 책 제명에 '야담'을 붙였듯이 조선 후기 야담문학의 첫 자리를 차지한다. 당시 전란이나 사회의 동요 등을 실시간으로 보도하는 듯한 내용들이 많이 들어 있어 16세기 후반에서 17세기 초 사회상의 보고라고 할 만하다. 다만 짧은 기사류가 많고 본격적인 이야기 작품은 적은 편이다.

《천예록(天倪錄)》

수촌(水村) 임방(任埅, 1640-1724)이 편찬한 야담집으로 총 62편을 실었다. 임방은 노론 명문가 출신으로 당쟁의 소용돌이 속에서 이 책을 정리했다. 제목의 천예는 '하늘 끝' 또는 '자연의 분기'라는 뜻으로, 인간 세상에서 일어나기 어려운 비일상적인 이야기들이 담겨 있다. 실제 신선과 귀신 이야기가 주류를 이루며 비범한 인물의 기이한 사적이 대부분이다. 편제 방식도 새로워서 비슷한 이야기를 두 편씩 모아 실은 다음 끝에 평을 붙였다. 또 개별 이야기마다 육하원칙에 따라 사건을 정연하게 전개함으로써 서사성과 문학성이 뛰어나다. 조선 후기 전문 야담집의 면모는 이 책에서 시작되었다고 본다.

《매옹한록(梅翁閑錄)》

매옹(梅翁) 박량한(朴亮漢, 1677~1746)이 지은 야사 야담집으로, 일반 야사에서부터 필기 잡록에 이르기까지 다양한 유형의 기사 260여 편을 실었다. 편저자 박량한은 영조 때 활동한 문인으로 이 책 외에는 남긴 글이 따로 없다. 책의 내용은 조선 개국 이래 17세기 후반 숙종 대까지의 정치와 사회, 당쟁과 전란 등으로 주로 사회 문제를 많이 다루었다. 본격적인 야담이라고 할 수 있는 작품은 그리 많지 않으나 호란과 관련해서는 이 책에서만 보이는 흥미로운 이야기가 들어 있다. 특히 포로로 잡혀간 여성의 서사가 눈에 띈다.

《이순록(二旬錄)》

구수훈(具樹勳, 1685~1757)이 남긴 저작으로 모두 249편의 이야기가 실려 있다. 저자 구수훈은 영조 때 병마절도사와 포도대장 등 무관 고위직을 지냈다. 제목의 '이순'에서 알 수 있듯이, 스무날 정도로 짧은 기간에 이 책을 정리했다고 한다. 이 책은 그가 무관직을 수행하면서 체험했거나 견문한 내용이 많아서 군문(軍門)이나 무관들의 이야기가 주목되며, 옥사나 변란 같은 소재도 적지 않다. 또한 이야기 중에는 의협심을 다룬 사례가 적지 않은 만큼 무관 출신 저자의 성격이 잘 드러나기도 한다. 현재까지 무관이 정리한 유일한 야담집이기도 하다.

《동패락송(東稗洛誦)》

노명흠(盧命欽, 1713-1775)이 편찬한 야담집으로 모두 78편의 이야기가 실려 전한다. 편저자 노명흠은 관직을 지낸 경력은 보이지 않고 영조와 정조 시대에 귀족 집안의 자제를 가르치는 숙사(塾師), 즉 개인 교사를 지낸 경력만 보인다. 그는 몰락한 양반으로 자신의 처지와 비슷한 인물들에 관심을 두고 관련된 이야기를 정리하는 데 심혈을 기울였다. 그래서 이 책은 당대 현실을 반영한 이야기가 주종으로, 그동안 등장하지 않았던 풍수담이나 치부담 같은 새로운 유형의 이야기가 많이 등장한다. 서사 양상도 다채로워 야담문학의 현실성을 제고하는 데 기여했다는 평가를 받는다.

《학산한언(鶴山閑言)》

학산(鶴山) 신돈복(辛敦復, 1692-1779)이 엮은 야담집으로 모두 100편이 들어 있다. 신돈복은 명문가 출신이었으나 불우한 생애를 보낸 것으로 보인다. 관직도 노년에 말단직인 참봉을 지낸 게 전부이다. 다만 《단학지남(丹學指南)》이라는 도가 서적을 저술할 만큼 도가에 관심이 많았다고 한다. 실제 이 책에는 도가의 수련담이나 선가의 계보를 잇는 인물들에 대한 일화가 많다. 이 외에도 조선과 중국의 역사와 주요 인사들, 그리고 이전 야담에서는 볼 수 없었던 예술인 이야기가 소개되는 등 새로운 내용이 적지 않다. 《동패락송》과 함께 이 시기 야담의 새로운 경지를 보여주는 저작으로 꼽힌다.

《잡기고담(雜記古談)》

난실(蘭室) 임매(任邁, 1711-1779)의 저작으로 모두 25편이 실려 있다. 저자의 호를 따서 '난실만필(蘭室漫筆)'이라고 부르기도 한다. 임매는 《천예록》을 편찬한 임방의 손자이기도 한데, 대를 이어 야담집을 찬술한 셈이다. 편 수는 다른 야담집에 비해 적지만 시의성 있는 소재와 주제로 편마다 응집력 높은 필치를 보여준다. 다룬 인물도 주로 하층이며 검녀, 내시 아내, 의로운 기녀, 과부 등 여성 인물에 대한 서사가 주목된다. 또한 평이한 서술과 구어식 표현의 문체가 참신하다. 그리고 다른 야담집과 달리 이야기마다 저자의 평을 붙였는데, 평의 내용 또한 풍부하여 저자의 시대정신을 엿볼 수 있다.

《삽교만록(霅橋漫錄)》

삽교(霅橋) 안석경(安錫儆, 1718-1774)이 지은 필기집으로, 이 가운데 야담에 해당하는 작품은 30여 편 정도가 수록되어 있다. 안석경은 원주 권역의 학자로 벼슬을 지내지 않았다. 만년에는 지금의 강원도 횡성군 삽교리에 은거하여 수양하면서 이 책을 저술했다. 내용은 주로 그의 학문과 사상, 그리고 지역 사회 학자들과의 교유, 지역민들의 동향 등을 붓 가는 대로 적었다. 이런 속에 〈검녀〉 같은 문제적인 야담도 들어 있다. 비록 야담은 많지 않지만 이 지방 출신 학자의 견문과 지역 문사들의 동향을 이해하는 데 중요한 자료이다.

《계서잡록(溪西雜錄)》

계서(溪西) 이희평(李羲平, 1772-1839)이 엮은 야담집으로 모두 235편이 실려 전한다. 이희평은 지방관을 지낸 관력이 있는 문인으로, 1795년 수원 화성에서 열린 혜경궁 홍씨의 회갑연에 참여하여 국문 일기인 《화성일기(華城日記)》를 남기기도 했다. 그의 동생인 이희준(李羲準, 1775-1842)은 따로 《계서야담(溪西野談)》을 남겼는데, 형제가 야담집을 편찬한 드문 사례이다. 이 책은 다른 야담집과는 다르게 문예 전통이 강했던 자기 집안, 즉 한산 이씨 선대의 행적을 이야기로 구현했다. 또한 전대 야담집 《동패락송》을 적극적으로 활용하면서 19세기 야담의 새 지평을 연 것으로 평가된다.

《기리총화(綺里叢話)》

기리(綺里) 이현기(李玄綺, 1796-1846)의 야담집으로 모두 146편이 실려 있다. 이현기는 당색이 소론으로 알려져 있을 뿐 생애는 거의 알 수 없다. 이 책은 야담집 중에서 비교적 늦게 알려졌지만 《어우야담》 이후 계승되던 이야기의 계보와는 다른 작품들이 많아 야담사에서 새롭게 주목되는 저작이다. 특히 조선 후기 야담 중에서 수작으로 꼽는 몇 작품이 이 책에 실려 있다. 또 야담집에서 확인된 이야기 중에 가장 장편인 〈장수과전(張守果傳)〉이 들어 있다. 이 작품은 백화체로 지어진 희작으로, 저자의 창작 능력이 돋보이는 결과물이다.

《청구야담(青邱野談)》

편저자 미상의 야담집으로 모두 290편이 실려 있다. 제목의 '청구'에서 짐작할 수 있듯이 조선의 야담을 총집한 결과물로, 명실공히 조선 후기 대표 야담집이라고 할 수 있다. 실제 이 책에 실린 이야기는 대부분 이전 야담집이나 다른 자료에서 확인되는 만큼 누군가가 기존 야담들을 편집하여 실어놓은 것으로 판단된다. 그러나 여기에 실린 작품들은 모두 야담 가운데 빼어난 작품들이어서 어느 것 하나도 놓칠 수 없을 정도로 편편이 조선 후기 사회를 조명하는 데 일조한다. 한국 야담의 진면모가 이 책에 응집되어 있다고 보면 되겠다.

《동야휘집(東野彙輯)》

종산(鍾山) 이원명(李源命, 1807-1887)이 편찬한 야담집이다. 이원명은 고종 시대에 판서를 지낸 고위 관료로, 문장이 뛰어나 당시 외교 문서 등을 전담했다. 그런 그가 《청구야담》 이후 또 한 번의 야담 총정리를 목적으로 이 책을 편찬했다. 이야기의 분류도 체계적이어서 총 13부(部)로 나누고 130항목을 16권에 걸쳐 편제했다. 그리고 항목마다 2편씩 총 260편을 수록했다. 편 수는 《청구야담》보다 적지만 편마다 문예성을 가미하여 개별 작품의 편폭이 늘어났다. 이 때문에 조선 후기 야담집 중에 가장 많은 분량을 자랑한다. 야담의 수많은 화소나 인물 등도 이 책에 다 모아져 있다.

조선의 단편

01 야담으로 읽는 세상사

1판 1쇄 발행일 2023년 10월 10일

편역 정환국

발행인 김학원
발행처 (주)휴머니스트출판그룹
출판등록 제313-2007-000007호(2007년 1월 5일)
주소 (03991) 서울시 마포구 동교로23길 76(연남동)
전화 02-335-4422 **팩스** 02-334-3427
저자·독자 서비스 humanist@humanistbooks.com
홈페이지 www.humanistbooks.com
유튜브 youtube.com/user/humanistma **포스트** post.naver.com/hmcv
페이스북 facebook.com/hmcv2001 **인스타그램** @humanist_insta

편집책임 문성환 **편집** 윤무재 **디자인** 김태형 유주현
조판 아틀리에 **용지** 화인페이퍼 **인쇄** 청아디앤피 **제본** 민성사

ISBN 979-11-7087-054-8 04810
979-11-7087-053-1 (세트)